Anónimo

LAS MIL
Y UNA NOCHES

ISBN colección: 84-9764-899-4
ISBN: 84-9764-901-X
Depósito legal: M-33656-2006

Colección: Clásicos inolvidables
Título: Las mil y una noches
Autor: Anónimo
Diseño de cubierta: Juan Manuel Domínguez
Impreso en: COFÁS

IMPRESO EN ESPAÑA – *PRINTED IN SPAIN*

INTRODUCCIÓN

Parece superfluo presentar *Las mil y una noches*, pues raro es el que no ha oído hablar de ellas o no ha leído alguno de los famosos cuentos: «Aladino», «Simbad», «Alí Babá»...

Y son muchas las generaciones de niños que han vivido las ilusiones y las fantasías maravillosas que en ellos se narran, si bien únicamente desde hace poco más de dos siglos, aunque esta limitación de fechas parezca extraña dada la antigüedad de los cuentos.

Sean permitidas, pues, unas palabras de ambientación histórica y literaria, ya que este marco y conocimiento facilitan la contemplación y goce de las creaciones humanas, como sucede, por ejemplo, con una obra arquitectónica o una buena pieza de música: las aprecia y se recrea en ellas infinitamente más una persona entendida que un profano.

Era allá por el 800. El imperio árabe, que, en ochenta años, se había extendido desde España a la India, y de Marruecos al Turquestán, constituyendo uno de los hechos históricos más sorprendentes, estaba en todo su apogeo. En Bagdad, ciudad recién construida para capital del califato, reinaba Harum-al-Raschid. Palacios suntuosos, decorados con ricos tapices y embellecidos con graciosos surtidores; jardines de ensueño, bosquecillos de naranjos y limoneros, baños magníficos, cortesanos innumerables, funcionarios de todo el mundo, lectores coránicos, astrólogos, bufones, eunucos, harenes poblados de bellezas, enjambres de servidores, comerciantes, artesanos, gentes de todas las razas y de la geografía entonces conocida, todo contribuye a convertir Bagdad en una ciudad de maravilla. En las calles y zocos se pueden adquirir los objetos más dispares, constituyendo un estupendo espectáculo la sola contemplación de aquel abigarrado mundo: telas finas de la India, brocados de Persia, sedas de China, chales de Cachemira, alfombras y tapices; porcelanas, lozas brillantes, bandejas labradas y mosaicos; papel y cueros de España; armas de todas clases, filigranas de oro y plata, collares, brazaletes y pulseras; frutas apetitosas de todos los climas; esclavos en venta de los más remotos países... De continuo llegan o salen caravanas para los puntos más distantes. Cuentan y no acaban cosas extrañas y nunca vistas de las lejanas costas de Malabar, del Turquestán y Mongolia chinos, del África occidental o del Ándalus español. Costumbres, paisajes, construcciones, todo es nuevo y sorprendente.

Pero tal vitalidad no es privativa de la capital. Este retrato, aunque en menos escala, puede corresponder igualmente a Basora, Damasco, El Cairo y muchas más. Poco tiene que hacer la imaginación oriental, por otra parte fácil y exuberante, para crear gigantes, genios y monstruos, y dar base a narraciones fantásticas, sin igual, como las que figuran en este libro, que son, sin duda, una pequeña parte de la variedad y abundancia de las creaciones de este estilo, a que tan aficionados eran los árabes. Hubo un escritor, un poeta (no pudo menos de serlo), que decidió recopilar los cuentos chinos, persas e indios que se venían narrando de boca en boca tradicionalmente, y añadió por su cuenta otros típicamente árabes, sin omitir, naturalmente, hablar del califa y sus andanzas, que han tenido la virtud de transformar aquel reinado en uno de los más famosos y simpáticos. Y supo dar a todo ese material disperso unidad, vida, gracia y la ingenuidad que tanto nos encanta.

* * *

Posteriormente, se incrementa la colección con nuevas historias, entresacadas de las que se venían narrando en los zocos de todo el ámbito musulmán. Los juglares saben embelesar a sus oyentes con leyendas y cuentos, que difunden, más o menos alterados, más bien más que menos, por Persia, Siria, Egipto, El Mogreb... A través de los siglos se hacen varias copias de esas narraciones, principalmente en Damasco y El Cairo, copias al estilo árabe, con encuadernaciones suntuosas, iluminadas con primoroso arte y enriquecidas con piedras preciosas. Por eso no fueron abundantes y solamente podían permitirse el lujo de poseerlas las familias poderosas. También hubo otros manuscritos de carácter más popular. Sin embargo, no gozaron de prestigio o nombradía en Oriente, tal vez por su escasez, o porque, al ser producto espontáneo de la imaginación del pueblo, no se les daba importancia, o, sobre todo, porque los juglares, para dar gusto al zafio auditorio de los zocos, intercalan y amplían hasta la mayor ordinariez y grosería escenas picantes, vulgares, de carácter sexual degenerado, que restan elegancia al conjunto. Y fueron mal vistas y menospreciadas por los escritores finos y espíritus selectos, llegándose al olvido y extravío de muchos manuscritos, que no eran tampoco de tipo uniforme, ya que los copistas, sintiéndose también creadores, no se limitaban a su oficio, sino que cambiaban textos e introducían nuevos cuentos, de acuerdo con sus ideas. De aquí que no se pueda hablar de una obra ni de ningún autor, sino simplemente de cuentos o narraciones orientales.

En su forma actual, unificada, esta obra maestra de la ficción humana no se conoció en Europa hasta principios del siglo XVIII, y en Oriente, hasta mucho después, aunque parezca paradójico. Influencias o reminiscencias de tales cuentos tenía que haber forzosamente en las literaturas de Occidente, ya que resultaría inexplicable que no hubiesen llegado sus noticias a España, que fue precisamente el vehículo de transmisión a Europa de todo el saber oriental. Podemos pensar en Calila y Dimna, el Sendebar, el Conde Lucanor, hasta el Clavileño del *Quijote* y *La vida es sueño*, de Calderón, pasando por Dante, Boccaccio y algunos escritores franceses. Pero el impacto profundo, sensacional, no se produce hasta la obra de Galland, favorecido seguramente por la influencia política y cultural de Francia en los tiempos del «Rey Sol».

Antonio Galland llegó a convertirse, por su esfuerzo personal, en gran personaje y notable orientalista. En uno de sus viajes a Siria halló un manuscrito, que tradujo al francés con el título de *Las mil y una noches* y lo amplió con relatos de un cristiano de Alepo, que estaba en París por aquellas fechas (1709). Esta traducción o, mejor, adaptación, escrita con estilo amanerado y un tanto remilgado, dio a conocer un mundo nuevo, fantástico y deslumbrador, que contrastaba notablemente con la Europa atildada del despotismo ilustrado. Tuvo por ello un éxito extraordinario, cundió su fama y las ediciones y versiones a otros idiomas se repitieron durante todo el siglo.

En el siguiente aparecen nuevas traducciones del árabe, asegurando ser todas auténticas, lo cual es verosímil, puesto que existieron diversos manuscritos. Son las más importantes:

La de Calcuta (1814), fragmentaria, por haberse perdido parte en un naufragio.

La de Breslau (1826), inmensa, de doce volúmenes, que dice valerse de un manuscrito de Túnez.

La de Bulaq o El Cairo (1835), basada en un manuscrito local y fuente de las posteriores ediciones impresas en Egipto.

La de W. R. Macnaghten, o segunda de Calcuta (1839).

La de Gustavo Weil, que vertió al alemán otro texto árabe y fue publicada en castellano en Barcelona (1842).

La de Beirut, editada por los PP. Jesuitas (1888).

La de J. C. Mardrús, pesada e indigesta, publicada en París (1902) y luego traducida al castellano por Vicente Blasco Ibáñez.

Por último, impulsados por su fama en Europa, revierten estos cuentos a su zona de origen, donde sufren nuevas transformaciones y adaptaciones; son despojados de occidentalismo, y es entonces cuando adquieren la fama y renombre populares que antes no consiguieron.

* * *

Tal es el proceso de esta famosa obra, desde las primitivas leyendas indias o persas, la unificación y aumento de Harum-al-Raschid, las copias y adiciones de Siria, Egipto, Palestina... hasta el libro que hoy conocemos. No es misión nuestra estudiar la legitimidad o unicidad de las diversas ediciones. Cada una responde a los principios literarios dominantes en su época y se viste con el ropaje de la moda que privaba entonces, desde lo alambicado y cortesano de Galland a lo naturalista, con lo morboso, a veces chabacano y en las lindes de lo obsceno, de Mardrús. Y cada autor modifica a su antojo el problemático o inexistente manuscrito árabe en que todos aseguran apoyarse para dar mayor garantía y atractivo a la obra. El mismo Mardrús, que afirma publicar la más completa y real, por haber encontrado un texto árabe del siglo XVII, ha sido después desmentido, demostrándose que introduce cuentos no existentes en el original y que se vale de diversos manuscritos, especialmente el de Bulaq, y de los narradores de los zocos en su tiempo.

No obstante, todas presentan el sello árabe inconfundible de elaboración y originalidad: poligamia, lujo, imaginación, celos, crímenes, ingenuidad, en cuanto al fondo; lenguaje sencillo, reiteraciones, crudeza, vulgaridad, a veces, en cuanto a la forma. Es una obra genuinamente árabe, y aunque este pueblo no pudiera recabar otro mérito que el de su recopilación y conservación, ya sería suficiente para agradecérselo. Sin esa labor, se habría perdido definitivamente.

* * *

Las mil y una noches forman un libro exótico, que refleja costumbres extrañas, mucho más libres que las nuestras; sistemas de vida que contrastan con nuestro concepto cristiano; diferentes modos de ver y sentir el acontecer diario, siempre presidido por un fatalismo invencible: «Está escrito en el libro del Destino.» Constituyen un retrato acabado y perfecto de la vida, costumbres y cualidades de aquel complejo mundo, desde los tiempos patriarcales de Mahoma a la decadencia y desmembración del Imperio, pasando por el refinamiento y grandeza de Bagdad. Así, podemos apreciar las virtudes de la hospitalidad en grado eminente, el sentimiento exaltado del honor, la libertad del individuo, la caballerosidad, la amistad, el desprendimiento... Pero también la desenfrenada alegría de vivir, el refinamiento en el amor, el placer sensual, la malicia, la picardía, la crueldad... Admiramos su alta espiritualidad, que los inclina a la poesía y a la música, artes ambas cultivadas con gran cariño y sumamente apreciadas por príncipes y poderosos. La poesía desarmaba la cólera del vencedor, favorecía las gestiones del diplomático, podía liberar de las cadenas de la esclavitud o salvar la vida de un condenado a muerte. El hecho histórico del casamiento del delicado poeta y rey sevillano al-Mutamid con la joven que supo concluir un pareado que él improvisó mientras paseaba a orillas del Gualdalquivir es una muestra de lo que podía suceder. No debe sorprendernos, pues, el que una persona humilde, por su talento o su arte, se eleve a los más altos honores.

El tema y trabazón del libro es ingenuo, como muchos de los cuentos, pero resulta fascinante y sugestivo: Un rey de Persia, resentido con el sexo femenino en general, porque su mujer no le ha sido fiel, decide vengarse sañudamente, sacrificando cada mañana a una doncella de sus reinos después del desposorio. Una crueldad inútil, que tiene aterrorizado al país, hasta que una joven prudente, discreta y bella, se torna esposa voluntaria con el propósito de dar fin a tal situación. Y en el instante crítico de ser inmolada encuentra el medio de narrar al tirano una leyenda fabulosa, que suspende sabia y astutamente en el momento más emocionante, como una novela por entregas. Queda el rey tan intrigado por conocer el fin de la aventura, que demora la ejecución hasta el día siguiente. Y en esta excitante espera transcurren semanas y meses, y el cruel Shahriar, prendido cada vez más en los encantos y virtud de Schehrazada, remite en su odio y se convierte en buen padre, esposo y rey.

Algunos cuentos son de origen indio y se distinguen por el predominio de los celos y el dramatismo. Otros son persas, y gustan de resolver las situaciones con genios poderosos e independientes. Los propiamente árabes, más sencillos, suelen descartar la magia y se refieren primordialmente a Harum-al-Raschid, alcanzando algunos notable valor literario. Muchos corresponden a la época de hegemonía de Egipto y giran asimismo sobre Harum, destacando por su arte narrativo. Aparecen genios y talismanes y se advierte algún recuerdo de las Cruzadas, lo que contribuye a localizarlos cronológicamente. Por último, también los hay judaicos, posiblemente introducidos por copistas de esta raza de los siglos XIV o XV. Adolecen de una mayor pobreza estética y de excesiva imaginación.

Se dan cita en esta obra todos los géneros literarios cultivados por los árabes: cuentos, que forman la trama principal; novelas, leyendas, anécdotas, temas didácticos, humorísticos, y de todos ellos hay bellísimos ejemplos.

La geografía es arbitraria y sumamente convencional. Es comprensible si se tiene presente, primero, que no estaban entonces muy adelantados estos conocimientos, y, en segundo lugar, que todos los cuentos son producto de la fantasía, que no se sujeta a reglas, que no admite límites en sus creaciones. Sin embargo, en muchos de ellos se advierte la honda impresión producida por los grandes descubrimientos de los audaces marinos árabes, que encontraron pequeño el Mediterráneo y surcaron en todas direcciones el océano Índico, desde Indonesia a Madagascar.

En el mundo de ensueño que nos descubre este libro todo sucede con la mayor naturalidad, como en el sencillo acaecer cotidiano, sin que los protagonistas se sorprendan por los mayores prodigios o los acontecimientos más extraordinarios: se abre el mar, dejando un camino seco para que avance el amor; se salvan inmensas distancias al solo impulso del deseo; aparecen genios bondadosos o magos perversos, que se hunden inopinadamente en el misterio; se transforman los seres humanos en los animales más variados, o recobran su ser anterior, al influjo de unas palabras extrañas. En cambio se interesan e inquieren las causas de las cosas más nimias y fácilmente explicables: una cicatriz, el color de las plumas de un ave rara, la forma de los ojos de un pez que habla y no el hecho de que hable un pez... Todo es factible y se acepta sin extrañeza, porque la fantasía es con frecuencia en estos cuentos escuela de la vida: los labradores entienden el lenguaje de los animales y, si cultivan la tierra, tienen también su espíritu tan cultivado que recitan y hasta improvisan los versos más tiernos o desgranan pensamientos de la más profunda filosofía. Los artesanos, principalmente sastres, oficio muy considerado en Oriente, ascienden a la realeza por arte y gracia de genios amigos o empujados por las circunstancias. Los príncipes quedan convertidos en mendigos o en simples obreros, obligados a trabajar duramente para subsistir. Los ladrones pueden vivir en la magnificencia y presentarse como reyes. Los palacios se hallan con frecuencia en las profundidad de la tierra y con un golpe de arado o de una azada se puede dar principio a una emocionante aventura. Los poderosos recorren sus dominios disfrazados de mercaderes o artesanos, dialogan con los humildes, se interesan por sus cuitas y resuelven después sus problemas de manera inesperada. Los mismos ejércitos no luchan con la feroz saña a que nos tienen acostumbrados los tiempos modernos, sino con hidalguía y caballerosidad, semejando más bien torneos de honor.

En fin, los ideales, las ansias, los sueños de la humanidad toda, a través de los siglos, se hacen realidades. Y como los buenos cuentos son aquellos que enseñan algo bueno, en éstos se acaba siempre descubriendo las malas artes y con el triunfo de la virtud: el amor puro, la bondad, la generosidad, el trabajo... De aquí su pervivencia. Estos valores eternos, estas cualidades que sobreviven a las circunstancias históricas o a las tendencias literarias del momento, son las que pretendemos conservar y resaltar en esta edición, suprimiendo las escabrosidades y dando mayor amenidad y animación a cada relato. Por este motivo se omite la numeración de las noches: el deseo de ajustarse al título impulsó a muchos editores a suspender las historias a cada paso, estableciendo divisiones. En realidad, mil en Oriente, y también entre nosotros, es una expresión o forma de hablar para indicar mucha cantidad, y los árabes, por aversión al número redondo, dicen mil uno. Las primeras ediciones no llegaron a las trescientas noches, y en las sucesivas fueron aumentando hasta alcanzar las mil y una.

También es un artificio literario la intervención de Doniazada cada noche para suplicar a su hermana que continúe la historia con el esperado permiso regio. Asimismo, suelen intercalarse, en forma abusiva, versos que no vienen al caso generalmente y son añadiduras posteriores, debidas a los juglares o copistas, aunque es preciso reconocer que algunos constituyen bellos ejemplos líricos.

Todas estas interrupciones, desvíos o subdivisiones creemos que retrasan la acción y restan interés y emotividad al relato, por lo que se prescinde de ellas a fin de conseguir el dinamismo y la intensidad que gustan en nuestro tiempo.

L. Pérez de los Reyes

HISTORIA DEL REY SCHAHRIAR
Y SU HERMANO, EL REY SCHAHZAMÁN

Cuéntase que en la antigüedad hubo un rey entre los reyes de Sassan, en las islas de la India y de la China. Era dueño de ejércitos y señor de auxiliares, de servidores y de un séquito numeroso. Tenía dos hijos, y ambos eran heroicos jinetes, pero el mayor valía más aún que el menor. El mayor reinó en los países, gobernó con justicia entre los hombres y por eso le querían los habitantes del país y del reino. Llamábase el rey Schahriar. Su hermano, llamado Schahzamán, era rey de Salamarcanda Ti-Ajam.

Siguiendo las cosas el mismo curso, residieron cada uno en su país y gobernaron con justicia a sus ovejas durante veinte años. Y llegaron ambos hasta el límite del desarrollo y el florecimiento.

No dejaron de ser así, hasta que el mayor sintió vehementes deseos de ver a su hermano. Entonces ordenó a su visir que partiese y volviese con él. El visir contestó: «Escucho y obedezco.»

Partió, pues, y llegó felizmente por la gracia de Alah; entró en casa de Schahzamán, le transmitió la paz, le dijo que el rey Schahriar deseaba ardientemente verle y que el objeto de su viaje era invitar a su hermano. El rey Schahzamán contestó: «Escucho y obedezco.» Dispuso los preparativos de la partida, mandando sacar sus tiendas, sus camellos y sus mulos, y que saliesen sus servidores y auxiliares. Nombró a su visir gobernador del reino y salió en demanda de las comarcas de su hermano.

Pero a medianoche recordó una cosa que había olvidado; volvió a su palacio apresuradamente y encontró a su esposa en intimidad con uno de sus esclavos negros. Al ver tal cosa el mundo se oscureció ante sus ojos, y se dijo: «Si ha sobrevenido tal cosa cuando apenas acabo de dejar la ciudad, ¿cuál sería la conducta de esta libertina si me ausentase algún tiempo para estar con mi hermano?» Y desenvainando su alfanje, acometió a ambos, dejándolos muertos sobre los tapices del lecho. Volvió a salir sin perder un instante y ordenó la marcha de la comitiva. Y viajó toda la noche hasta dar vista a la ciudad donde reinaba su hermano.

Entonces éste se alegró de su proximidad, salió a su encuentro y, al recibirlo, le deseó la paz. Se regocijó hasta los mayores límites del contento, mandó adornar en honor suyo la ciudad y se puso a hablarle lleno de efusión. Pero el rey Schahzamán recordaba la aventura de su esposa, y una nube de tristeza le velaba la faz. Su tez se había puesto pálida y su cuerpo se había debilitado. Al verle de tal modo, el rey Schahriar creyó en su alma que aquello se debía a haberse alejado de su reino y de su país, y lo dejaba estar, sin preguntarle nada. Al fin, un día, le dijo: «Hermano, tu cuerpo enflaquece y tu cara amarillea.» Y el otro respondió: «¡Ay, hermano, tengo en mi interior como una llaga en carne viva!» Pero no le reveló lo que le había ocurrido con su esposa. El rey Schahriar le dijo: «Quisiera que me acompañes a cazar a pie y a caballo, pues así tal vez se esparciera tu espíritu.» El rey Schahzamán no quiso aceptar, y su hermano se fue solo a la cacería.

Había en el palacio unas ventanas que daban al jardín, y habiéndose asomado a una de ellas, el rey Schahzamán vio cómo se abría una puerta para dar salida a veinte esclavas y veinte esclavos, entre los cuales avanzaba la mujer del rey Schahriar en todo el esplendor de su belleza. Llegados a un estanque, se desnudaron y se mezclaron todos.

Al ver aquello, pensó el hermano del rey: «¡Por Alah! Más ligera es mi calamidad que esta otra.» Y desde entonces volvió a comer y beber cuanto pudo.

A todo esto, el rey, su hermano, volvió de su excursión y ambos se desearon la paz íntimamente. Luego el rey Schahriar observó que su hermano el rey Schahzamán acababa de recobrar el buen color, pues su semblante había adquirido nueva vida, y advirtió también que comía con toda su alma después de haberse alimentado parcamente en los primeros días. Se asombró de ello, y dijo: «Hermano, poco ha te veía amarillo de tez y ahora has recuperado los colores. Cuéntame qué te pasa.» El rey le dijo: «Te contaré la causa de mi anterior palidez, pero dispénsame de referirte el motivo de haber recobrado los colores.» El rey replicó: «Para entendernos, relata primeramente la causa de tu pérdida de color y tu debilidad.»

El rey Schahzamán le refirió cuanto había visto. El rey Schahriar dijo: «Ante todo, es necesario que mis ojos vean semejante cosa.» Su hermano le respondió: «Finge que vas de caza, pero escóndete en mis aposentos y serás testigo del espectáculo; tus ojos lo contemplarán.»

Inmediatamente, el rey mandó que el pregonero divulgase la orden de marcha. Los soldados salieron con sus tiendas fuera de la ciudad. El rey marchó también, se ocultó en su tienda y dijo a sus jóvenes esclavos: «¡Que nadie entre!» Luego se disfrazó, salió a hurtadillas y se dirigió al palacio. Llegó a los aposentos de su hermano y se asomó a la ventana que daba al jardín. Apenas había pasado una hora, cuando salieron las esclavas, rodeando a su señora, y tras ellas los esclavos, e hicieron cuanto había contado Schahzamán.

Cuando vio estas cosas el rey Schahriar, la razón se ausentó de su cabeza, y dijo a su hermano: «Marchemos para saber cuál es nuestro destino en el camino de Alah, porque nada de común debemos tener con la realeza hasta encontrar a alguien que haya sufrido una aventura semejante a la nuestra. Si no, la muerte sería preferible a nuestra vida.» Su hermano le contestó lo que era apropiado y ambos salieron por una puerta secreta del palacio. Y no cesaron de caminar día y noche, hasta que por fin llegaron a un árbol, en medio de una solitaria pradera, junto a la mar salada. En aquella pradera había un manantial de agua dulce. Bebieron de ella y se sentaron a descansar.

Apenas había transcurrido una hora del día, cuando el mar empezó a agitarse. De pronto brotó de él una negra columna de humo, que llegó hasta el cielo y se dirigió después hacia la pradera. Los reyes, asustados, se subieron a la cima del árbol, que era muy alto, y se pusieron a mirar lo que tal cosa pudiera ser. Y he aquí que la columna de humo se convirtió en un efrit de elevada estatura, poderoso de hombros y robusto de pecho. Llevaba un arca sobre la cabeza. Puso el pie en el suelo, se dirigió hacia el árbol y se sentó debajo de él. Levantó entonces la tapa del arca, sacó de ella una caja, la abrió y apareció en seguida una encantadora joven, de espléndida hermosura, luminosa lo mismo que el sol, como dijo el poeta.

Después que el efrit hubo contemplado a la hermosa joven, le dijo: «¡Oh, soberana de las sederías! ¡Oh, tú, a quien rapté el mismo día de tu boda! Quisiera dormir un poco.» Y el efrit colocó la cabeza en las rodillas de la joven y se durmió.

Entonces la joven levantó la cabeza hacia la copa del árbol y vio ocultos en las ramas a los dos reyes. En seguida apartó de sus rodillas la cabeza del efrit, la puso en el suelo y les dijo por señas: «Bajad y no tengáis miedo de este efrit». Por señas, le respondieron: «¡Por Alah sobre ti! ¡Dispénsanos de lance tan peligroso!» Ella les dijo: «¡Por Alah sobre vosotros! Bajad en seguida si no queréis que avise al efrit, que os dará la peor muerte.» Entonces ellos, por miedo al efrit, hicieron con ella lo que les había pedido. Después ella sacó un saquito y del saquito un collar compuesto de quinientas sesenta sortijas con sellos, y les preguntó: «¿Sabéis lo que es esto?» Ellos le dijeron que no, y les explicó la joven: «Los dueños de estos anillos me han poseído todos y me los han dado después. De suerte que me vais a dar vuestros anillos.» Lo hicieron así, sacándoselos de los dedos, y ella entonces les dijo: «Sabed que este efrit me robó la noche de mi boda; me encerró en esa caja, metió la caja en el arca, le echó siete candados y la arrastró al fondo del mar, allí donde se combaten las olas. Pero no sabía que cuando desea alguna cosa una mujer no hay quien la venza.»

Los dos hermanos, al oír estas palabras, se maravillaron hasta más no poder, y se dijeron uno a otro: «Si éste es un efrit, y a pesar de su poderío le han ocurrido cosas más enormes que a nosotros, esta aventura debe consolarnos.» Inmediatamente se despidieron de la joven y regresaron cada uno a su ciudad.

En cuanto el rey Schahriar entró en su palacio, mandó degollar a su esposa, así como a los esclavos y esclavas. Después ordenó a su visir que cada noche le llevasen una joven virgen, Y por la mañana mandaba que la matasen. Así estuvo haciendo durante tres años, y todo eran lamentos y voces de horror. Los hombres huían con las hijas que les quedaban.

En esta situación el rey mandó al visir que, como de costumbre, le trajese una joven. El visir, por más que buscó, no pudo encontrar ninguna y regresó muy triste a su casa, con el alma transida de miedo ante el furor del rey. Pero este visir tenía dos hijas de gran hermosura, que poseían todos los encantos, todas las perfecciones, y eran de una delicadeza exquisita. La mayor se llamaba Schehrazada y el nombre de la menor era Doniazada. La mayor, Schehrazada, había leído los libros, los anales, las leyendas de los reyes antiguos y las historias de los pueblos pasados. Dicen que poseía también mil libros de crónicas referentes a los pueblos de las edades remotas, a los reyes de la antigüedad y sus poetas. Era muy elocuente y daba gusto oírla.

Al ver a su padre, le habló así: «¿Por qué te veo tan cambiado, soportando un peso abrumador de pesadumbre y aflicciones...?»

Cuando oyó estas palabras el visir, contó a su hija cuanto había ocurrido, desde el principio al fin, concerniente al rey. Entonces le dijo Schehrazada: «Por Alah, padre, cásame con el rey, porque si no me mata, seré la causa del rescate de las hijas de los muslemini y podré salvarlas de entre las manos del rey.» Entonces el visir contestó: «¡Por Alah sobre ti! No te expongas nunca a tal peligro.» Pero Schehrazada repuso: «Es imprescindible que así lo haga.» Entonces le dijo su padre: «Cuidado, no te ocurra lo que les ocurrió al asno y al buey con el labrador. Escucha su historia:

FÁBULA DEL ASNO, EL BUEY Y EL LABRADOR

Has de saber, hija mía, que hubo un comerciante dueño de grandes riquezas y de mucho ganado. Estaba casado y con hijos. Alah, el Altísimo, le dio igualmente el conocimiento de los lenguajes de los animales y el canto de los pájaros.

Habitaba este comerciante en un país fértil, a orillas de un río. En su morada había un asno y un buey.

Cierto día llegó el buey al lugar ocupado por el asno y vio aquel sitio barrido y regado. En el pesebre había cebada y paja bien cribadas, y el jumento estaba echado, descansando. Cuando el amo lo montaba, era sólo para algún trayecto corto y por asunto urgente, y el asno volvía pronto a descansar. Ese día el comerciante oyó que el buey decía al pollino: "Come a gusto y que te sea sano, de provecho y de buena digestión. ¡Yo estoy rendido y tú descansado, después de comer cebada bien cribada! Si el amo te monta alguna que otra vez, pronto vuelve a traerte. En cambio, yo me reviento arando y con el trabajo del molino." El asno le aconsejó: "Cuando salgas al campo y te echen el yugo, túmbate y no te menees aunque te den de palos. Y si te levantan, vuelve a echarte otra vez. Y si entonces te vuelven al establo y te ponen habas, no las comas, fíngete enfermo. Haz por no comer ni beber en unos días, y de ese modo descansarás de la fatiga del trabajo."

Pero el comerciante seguía presente, oyendo todo lo que hablaban.

Se acercó el mayoral al buey para darle forraje y le vio comer muy poca cosa. Por la mañana, al llevarlo al trabajo, lo encontró enfermo. Entonces el amo dijo al mayoral: "Coge al asno y que are todo el día en lugar del buey." Y el hombre unció al asno en vez de al buey y le hizo arar todo el día.

Al anochecer, cuando el asno regresó al establo, el buey le dio las gracias por sus bondades, que le habían proporcionado el descanso de todo el día; pero el asno no le contestó. Estaba muy arrepentido.

Al otro día el asno estuvo arando también durante toda la jornada y regresó con el pescuezo desollado, rendido de fatiga. El buey, al verle en tal estado, le dio las gracias de nuevo y lo colmó de alabanzas. El asno le dijo: "Bien tranquilo estaba yo antes. Ya ves cómo me ha perjudicado el hacer beneficio a los demás." Y en seguida añadió: "Voy a darte un buen consejo de todos modos. He oído decir al amo que te entregarán al matarife si no te levantas, y harán una cubierta para la mesa con tu piel. Te lo digo para que te salves, pues sentiría que te ocurriese algo."

El buey, cuando oyó estas palabras del asno, le dio las gracias nuevamente y le dijo: "Mañana reanudaré mi trabajo." Y se puso a comer, se tragó todo el forraje y hasta lamió el recipiente con su lengua.

Pero el amo les había oído hablar y empezó a reír a carcajadas. Su mujer le preguntó: "¿De qué te ríes?» Y él dijo: "De una cosa que he visto y oído; pero no la puedo descubrir porque me va en ello la vida." La mujer insistió: "Pues has de contármela, aunque te cueste morir." Y él dijo: "Me callo, porque temo a la muerte." Ella repuso: "Entonces es que te ríes de mí." Y desde aquel día no dejó de hostigarle tenazmente, hasta que le puso en una gran perplejidad. Entonces el comerciante mandó llamar a sus hijos, así como al cadí y a unos testigos. Quiso hacer testamento antes de revelar el secreto a su mujer, pues amaba a su esposa entrañablemente porque era la hija de su tío paterno, madre de sus hijos y había vivido con ella ciento veinte años de su edad. Hizo llamar también a todos los parientes de su esposa y a los habitantes del barrio y refirió a todos lo ocurrido, diciendo que moriría en cuanto revelase el secreto. Entonces toda la gente dijo a la mujer: "¡Por Alah sobre ti! No te ocupes más del asunto; pues va a perecer tu marido, el padre de tus hijos." Pero ella replicó: "Aunque le cueste la vida no le dejaré en paz hasta que me haya dicho su secreto." Entonces ya no le rogaron más. El comerciante se apartó de ellos y se dirigió al estanque de la huerta para hacer sus abluciones y volver inmediatamente a revelar su secreto, y morir.

Pero había un gallo lleno de vigor y un perro. Y el comerciante oyó que el perro increpaba al gallo de este modo: "¿No te avergüenza estar tan alegre cuando va a morirse nuestro amo?" Y el gallo preguntó: "¿Por qué causa va a morir?"

Entonces el perro contó toda la historia, y el gallo repuso: "¡Por Alah! Poco talento tiene nuestro amo. Cincuenta esposas tengo yo y a todas sé manejarlas perfectamente, regañando a unas y contentando a otras. ¡En cambio, él sólo tiene una y no sabe entenderse con ella! El medio es bien sencillo: bastaría con cortar unas cuantas varas de morera, entrar en el camarín de su esposa y darle hasta que sucumbiera o se arrepintiese. No volvería a importunarle con preguntas." Así dijo el gallo, y cuando el comerciante oyó sus palabras se iluminó su razón y resolvió dar una paliza a su mujer.

Entró el comerciante llevando ocultas las varas de morera, que acababa de cortar, y llamó aparte a su esposa: "Ven a nuestro gabinete para que te diga mi secreto." La mujer le siguió; el comerciante se encerró con ella y empezó a sacudirle varazos hasta que ella acabó por decir: "¡Me arrepiento, me arrepiento!" Y besaba las manos y los pies de su marido. Estaba arrepentida de veras. Salieron entonces, y la concurrencia se alegró muchísimo, regocijándose también los parientes. Y todos vivieron muy felices hasta la muerte.»

Y cuando Schehrazada, la hija del visir, hubo oído este relato, insistió nuevamente en su ruego: «Padre, de todos modos quiero que hagas lo que te he pedido.» Entonces el visir, sin replicar nada, mandó que preparasen el ajuar de su hija, y marchó a comunicar la nueva al rey Schahriar.

Pero cuando el rey quiso acercarse a la joven, ésta se echó a llorar. Y el rey le dijo: «¿Qué te pasa?» Y ella contestó: «¡Oh, rey poderoso, tengo una hermanita de la cual quisiera despedirme!» El rey mandó a buscar a la hermana, y apenas vino se abrazó a Schehrazada, y acabó por acomodarse cerca del lecho.

Doniazada dijo entonces a Schehrazada: «¡Hermana, por Alah sobre ti, cuéntanos una historia que nos haga pasar la noche!» Y Schehrazada contestó: «De buena gana, y como un debido homenaje, si es que me lo permite este rey tan generoso, dotado de tan buenas maneras.» El rey, al oír estas palabras, como no tuviese ningún sueño, se prestó de buen grado a escuchar la narración de Schehrazada.

HISTORIA DEL MERCADER Y EL EFRIT

«He llegado a saber, ¡oh, rey afortunado!, que hubo un mercader entre los mercaderes, dueño de numerosas riquezas, que tenía negocios comerciales en todos los países. Un día montó a caballo y salió para ciertas comarcas a las cuales le llamaban sus negocios. Como el calor era sofocante, se sentó debajo de un árbol y, echando mano al saco de provisiones, sacó unos dátiles, y cuando los hubo comido tiró a lo lejos los huesos. Pero de pronto se le apareció un efrit de enorme estatura que, blandiendo una espada, llegó hasta el mercader y le dijo: "Levántate, para que yo te mate como has matado a mi hijo." El mercader repuso: "Pero, ¿cómo he matado yo a tu hijo?" Y contestó el efrit: "Al arrojar los huesos, dieron en el pecho a mi hijo y lo mataron." Entonces dijo el mercader: "Considera, ¡oh, gran efrit!, que no puedo mentir, siendo, como soy, un creyente. Tengo muchas riquezas, tengo hijos y esposa, y además guardo en mi casa depósitos que me confiaron. Permíteme volver para repartir lo de cada uno, y te vendré a buscar en cuanto lo haga. Tienes mi promesa y mi juramento de que volveré en seguida a tu lado. Y tú entonces harás de mí lo que quieras. Alah es fiador de mis palabras."

El efrit, teniendo confianza en él, dejó partir al mercader.

Y el mercader volvio a su tierra, arregló sus asuntos, y dio a cada cual lo que le correspondía. Después contó a su mujer y a sus hijos lo que le había ocurrido y se echaron todos a llorar: los parientes, las mujeres y los hijos. Después el mercader hizo testamento y estuvo con su familia hasta el fin del año. Al llegar este término se resolvió a partir y, tomando su sudario bajo el sobaco, dijo adiós a sus parientes y vecinos, y se fue muy contra su gusto. Los suyos se lamentaban, dando gritos de dolor.

En cuanto al mercader, siguió su camino hasta que llegó al jardín en cuestión, y el día en que llegó era el primer día del año nuevo. Y mientras estaba sentado, llorando su desgracia, he aquí que un jeque se dirigió hacia él, llevando una gacela encadenada. Saludó al mercader, le deseó una vida próspera y le dijo: "¿Por qué razón estás parado y solo en este lugar tan frecuentado por los efrits?"

Entonces le contó el mercader lo que le había ocurrido con el efrit y la causa de haberse detenido en aquel sitio. Y el jeque dueño de la gacela se asombró grandemente y dijo: "¡Por Alah! ¡Oh, hermano!, no te dejaré hasta que veamos lo que te ocurrió con el efrit." Seguía allí el dueño de la gacela cuando llegó un segundo jeque con dos lebreles negros. Les deseó la paz y preguntó cómo se habían detenido allí, estando el lugar frecuentado por los efrits. Entonces ellos le refirieron la historia desde el principio hasta el fin. Y apenas se había sentado, cuando un tercer jeque se dirigió hacia ellos, llevando una mula de color de estornino. Les deseó la paz y les preguntó por qué estaban sentados en aquel sitio. Y los otros le contaron la historia desde el principio hasta el fin.

A todo esto, se levantó un violento torbellino de polvo en el centro de aquella pradera. Descargó una tormenta, se disipó después el polvo y apareció el efrit con un alfanje muy afilado en una mano y brotándole chispas de los ojos. Se acercó al grupo y dijo, cogiendo al mercader: "Ven para que yo te mate como mataste a aquel hijo mío, que era el aliento de mi vida y el fuego de mi corazón." Entonces se echó a llorar el mercader, y los tres jeques empezaron también a llorar, a gemir y a suspirar.

Pero el primero de ellos, el dueño de la gacela, acabó por tomar ánimos y, besando la mano del efrit, le dijo: "¡Oh efrit, jefe de los efrits y de su corona! Si te cuento lo que me ocurrió con esta gacela y te maravilla mi historia, ¿me recompensarás con el tercio de la sangre de este mercader?" Y el efrit dijo: "Verdaderamente que sí, venerable jeque. Si me cuentas la historia y yo la encuentro extraordinaria, te concederé el tercio de esa sangre."»

CUENTO DE LA GACELA

El primer jeque dijo:

«Sabe, ¡oh, gran efrit!, que esta gacela era la hija de mi tío, carne de mi carne y sangre de mi sangre. Cuando esta mujer era todavía joven, nos casamos y vivimos juntos cerca de treinta años. Pero Alah no me concedió tener de ella ningún hijo. Por esto tomé una concubina, que, gracias a Alah, me dio un hijo varón, más hermoso que la Luna cuando sale.

La hija de mi tío, o sea esta gacela, estaba iniciada desde su infancia en la brujería y el arte de los encantamientos. Con la ciencia de su magia transformó a mi hijo en ternerillo, y a su madre, la esclava, en una vaca, y los entregó al mayoral de nuestro ganado. Después de bastante tiempo, regresé del viaje; pregunté por mi hijo y por mi esclava, y la hija de mi tío me dijo: "Tu esclava ha muerto, y tu hijo se escapó y no sabemos de él." Entonces, durante un año estuve bajo el peso de la aflicción de mi corazón y el llanto de mis ojos.

Llegada la fiesta anual del día de los Sacrificios, ordené al mayoral que me reservara una de las mejores vacas, y me trajo la más gorda de todas, que era mi esclava, encantada por esta gacela. Remangado mi brazo, levanté los faldones de la túnica, y ya me disponía al sacrificio, cuchillo en mano, cuando de pronto la vaca prorrumpió en lamentos y derramaba lágrimas abundantes. Entonces me detuve y la entregué al mayoral para que la sacrificase; pero al desollarla no se le encontró ni carne ni grasa, pues sólo tenía los huesos y el pellejo. Me arrepentí de haberla matado; pero, ¿de qué servía ya el arrepentimiento? Se la di al mayoral y le dije: "Tráeme un becerro bien gordo." Y me trajo a mi hijo convertido en ternero.

Cuando el ternero me vio, rompió la cuerda, se me acercó corriendo y se revolcó a mis pies; pero, ¡con qué lamentos! Entonces tuve piedad de él y le dije al mayoral: "Tráeme otra vaca y deja con vida a este ternero."

El segundo día, estaba yo sentado, cuando se me acercó el pastor y me dijo: "¡Oh, amo mío! Voy a enterarte de algo que te alegrará. Esta buena nueva bien merece una gratificación." Y yo le contesté: "Cuenta con ella." Y me dijo: "¡Oh, mercader ilustre! Mi hija es bruja, pues aprendió la brujería de una vieja que vivía con nosotros. Ayer, cuando me diste el ternero, entré con él en la habitación de mi hija, y ella, apenas lo vio, cubrióse con el velo la cara, echándose a llorar y después a reír. Luego me dijo: "Padre, ¿tan poco valgo para ti que dejas entrar hombres en mi aposento?" Yo repuse: "Pero, ¿dónde están esos hombres? ¿Y por qué lloras y ríes así?" Y ella me dijo: "El ternero que traes contigo es hijo de nuestro amo el mercader, pero está encantado. Y es su madrastra la que lo ha encantado, y a su madre con él. Me he reído al verle bajo esa forma de becerro. Y si he llorado es a causa de la madre del becerro, que fue sacrificada por el padre." Estas palabras de mi hija me sorprendieron mucho y aguardé con impaciencia que volviese la mañana para venir a enterarte de todo."

Cuando oí, ¡oh, poderoso efrit! —prosiguió el jeque—, lo que me decía el mayoral, salí con él a toda prisa, y sin haber bebido vino creíame embriagado por el inmenso júbilo y por la gran felicidad que sentía al recobrar a mi hijo. Cuando llegué a casa del mayoral, la joven me deseó la paz y me besó la mano. Y luego se me acercó el ternero, revolcándose a mis pies. Pregunté entonces a la hija del mayoral: "¿Es cierto lo que afirmas de este ternero?" Y ella dijo: "Cierto, sin duda alguna. Es tu hijo, la llama de tu corazón." Y le supliqué: "¡Oh, gentil y caritativa joven, si desencantas a mi hijo, te daré cuantos ganados y fincas tengo al cuidado de tu padre!"

Apenas escuchó ella mis palabras, cogió una cacerola de cobre, llenándola de agua y pronunciando sus conjuros mágicos. Después roció con el líquido al ternero, y le dijo: "Si Alah te creó ternero, sigue ternero, sin cambiar de forma; pero si estás encantado, recobra tu figura primera con el permiso de Alah el Altísimo."

Inmediatamente el ternero empezó a agitarse y volvió a adquirir la forma humana. Entonces, arrojándose en sus brazos, la besó. Y luego le dije: "¡Por Alah sobre ti! Cuéntame lo que la hija de mi tío hizo contigo y con tu madre." Y me contó cuanto les había ocurrido. Y yo dije entonces: "¡Ah hijo mío! Alah, dueño de los destinos, reservaba a alguien para salvarte y salvar tus derechos."

Después de esto, ¡oh, buen efrit!, casé a mi hijo con la hija del mayoral. Y ella, merced a su ciencia de brujería, encantó a la hija de mi tío, transformándola en esta gacela que tú ves. Al pasar por aquí encontréme con estas buenas gentes, les pregunté qué hacían, y por ellos supe lo ocurrido a este mercader, y hube de sentarme para ver lo que pudiese sobrevenir. Y esta es mi historia.»

Entonces exclamó el efrit: «Historia realmente muy asombrosa. Por eso te concedo como gracia el tercio de la sangre que pides.»

En este momento se acercó el segundo jeque, el de los lebreles negros, y dijo:

«Sabe, ¡oh, señor de los reyes de los efrits!, que estos dos perros son mis hermanos mayores y yo soy el tercero. Al morir nuestro padre nos dejó en herencia tres mil dinares. Yo, con mi parte, abrí una tienda y me puse a vender y comprar. Uno de mis hermanos, comerciante también, se dedicó a viajar con las caravanas y estuvo ausente un año. Cuando regresó no le quedaba nada de su herencia. Entonces le dije: "¡Oh, hermano mío! ¿No te había aconsejado que no viajaras?" Y echándose a llorar, me contestó: "Hermano, Alah, que es grande y poderoso, lo dispuso así. No pueden serme de provecho ya tus palabras, puesto que nada tengo ahora." Le llevé conmigo a la tienda, le acompañé luego al hammam y le regalé un magnífico traje de la mejor clase. Después nos sentamos a comer y le dije: "Hermano, voy a hacer la cuenta de lo que produce mi tienda en un año, sin tocar el capital, y nos partiremos las ganancias." Y efectivamente, hice la cuenta y hallé un beneficio anual de mil dinares. Entonces di gracias a Alah, que es poderoso y grande, y dividí la ganancia luego entre mi hermano y yo. Y así vivimos juntos días y días.

Pero de nuevo mis hermanos desearon marcharse y pretendían que yo les acompañase. Al fin acabaron por convencerme, y les dije: "Hermanos, contemos el dinero que tenemos." Contamos, y dimos con un total de seis mil dinares. Los cogí y dividí en dos partes iguales; enterré tres mil dinares y los otros tres mil los repartí juiciosamente entre nosotros tres. Después compramos varias mercaderías, fletamos un barco, llevamos a él todos nuestros efectos y partimos.

Duró un mes entero el viaje, y llegamos a una ciudad, donde vendimos las mercancías con una ganancia de diez dinares por dinar. Luego abandonamos la plaza.

Al llegar a orillas del mar encontramos a una mujer pobremente vestida, con ropas viejas y raídas. Se me acercó, me besó la mano y me dijo: "Señor, ¿me puedes socorrer? ¿Quieres favorecerme? Yo, en cambio, sabré agradecer tus bondades." Y le dije: "Te socorreré; mas no te creas obligada a gratitud." Me la llevé, la vestí con ricos trajes, hice tender magníficas alfombras en el barco para ella y le dispensé una hospitalaria acogida llena de cordialidad. Después zarpamos.

Mi corazón llegó a amarla con un gran amor, y no la abandoné de día ni de noche. Y como de los tres hermanos era yo el único que podía gozarla, estos hermanos míos sintieron celos, además de envidiarme por mis riquezas y por la calidad de mis mercaderías.

Un día, cuando estaba yo durmiendo con mi esposa, llegaron hasta nosotros y nos cogieron, echándonos al mar. Mi esposa se despertó en el agua, y de súbito cambió de forma, convirtiéndose en efrita. Me tomó sobre sus hombros y me depositó sobre una isla. Después desapareció durante toda la noche, regresando al amanecer, y me dijo: "¿No reconoces a tu esposa? Te he salvado de la muerte con ayuda del Altísimo. Cuando yo me he acercado a ti en la pobre condición en que me hallaba, tú te aviniste de todos modos a casarte conmigo. Y yo, en justa gratitud, he impedido que perezcas ahogado. En cuanto a tus hermanos, siento el mayor furor contra ellos y es preciso que los mate." Y en vano imploré su indulgencia. Después se echó a volar llevándome en sus hombros y me dejó en la azotea de mi casa.

Abrí entonces las puertas y saqué los tres mil dinares del escondrijo. Luego abrí mi tienda y, después de hacer las visitas necesarias y los saludos de costumbre, compré nuevos géneros.

Llegada la noche, cerré la tienda y al entrar en mis habitaciones encontré estos dos lebreles que estaban atados en un rincón. Al verme se levantaron, rompieron a llorar y se agarraron a mis ropas. Entonces acudió mi mujer y me dijo: "Son tus hermanos." Y yo le dije: "¿Quién los ha puesto en esta forma?" Y ella contestó: "Yo misma. He rogado a mi hermana, más versada que yo en artes de encantamiento, que los pusiera en este estado. Diez años permanecerán así.»

El efrit dijo: «Es realmente un cuento asombroso, por lo que te concedo otro tercio de la sangre destinada a rescatar el crimen.»

Entonces se adelantó el tercer jeque, dueño de la mula, y dijo al efrit: «Te contaré una historia más maravillosa que las de estos dos. Y tú me recompensarás con el resto de la sangre.» El efrit contestó: «Que así sea.»

Y el tercer jeque dijo:

«¡Oh, sultán, jefe de los efrits! Esta mula que ves aquí era mi esposa. Una vez salí de viaje y estuve ausente todo un año. Terminados mis negocios, volví una noche y encontré a mi mujer en compañía de un esclavo negro. Al verme, ella se levantó súbitamente y se abalanzó a mí con una vasija de agua en la mano, murmuró algunas palabras luego y me dijo, arrojándome el agua: "¡Sal de tu propia forma y reviste la de un perro!" Inmediatamente me convertí en perro, y mi esposa me echó de casa. Anduve vagando hasta llegar a una carnicería, donde me puse a roer huesos. Al verme el carnicero, me cogió y me llevó con él.

Apenas penetramos en el cuarto de su hija, ésta se cubrió con el velo y recriminó a su padre: "¿Te parece bien lo que has hecho? Traes a un hombre y lo entras en mi habitación." Y repuso el padre: "Pero, ¿dónde está ese hombre?" Ella contestó: "Ese perro es un hombre. Lo ha encantado una mujer, pero yo soy capaz de desencantarlo." Y su padre le dijo: "¡Por Alah sobre ti! Devuélvele su forma, hija mía." Ella cogió una vasija con agua y, después de murmurar un conjuro, me echó unas gotas y dijo: "¡Sal de esa forma y recobra la primitiva!" Entonces volví a mi forma humana, besé la mano de la joven y le dije: "Quisiera que encantases a mi mujer como ella me encantó." Me dio entonces un frasco con agua y me dijo: "Si encuentras dormida a tu mujer, rocíale con esta agua y se convertirá en lo que quieras." Efectivamente, la encontré dormida, le eché el agua y dije: "¡Sal de esa forma y toma la de una mula!" Y al instante se transformó en una mula, y es la misma que aquí ves, sultán de reyes de los efrits.»

Esta historia consiguió satisfacer al efrit, que, lleno de emoción y de placer, hizo gracia al anciano del último tercio de la sangre.

En aquel momento Schehrazada vio aparecer la mañana, y discretamente dejó de hablar, sin aprovecharse más del permiso. Entonces su hermana, Doniazada, dijo: «¡Ah, hermana mía! ¡Cuán dulces, cuán amables y cuán deliciosas son en su frescura tus palabras!» Y Schehrazada contestó: «Nada es eso comparado con lo que te contaré la noche próxima, si vivo aún y el rey quiere conservarme.» Y el rey se dijo: «¡Por Alah! No la mataré hasta que le haya oído la continuación de su relato, que es asombroso.»

Y cuando llegó la noche Doniazada dijo:

«Hermana mía, suplico que termines tu relato.» Y Schehrazada contestó: «Con toda la generosidad y simpatía de mi corazón.» Y prosiguió después:

«He llegado a saber, ¡oh, rey afortunado!, que cuando el tercer jeque contó al efrit el más asombroso de los tres cuentos, el efrit se maravilló mucho y, emocionado y placentero, dijo: "Concedo el resto de la sangre por la que había de redimirse el crimen, y dejo en libertad al mercader."»

Entonces el mercader, contentísimo, salió al encuentro de los jeques y les dio miles de gracias. Ellos, a su vez, le felicitaron por el indulto. Y cada cual regresó a su país.»

«Pero —añadió Schehrazada— es más asombrosa la historia del pescador.»

Y el rey dijo a Schehrazada: «¿Qué historia del pescador es ésa?»

Y Schehrazada contó:

HISTORIA DEL PESCADOR Y EL EFRIT

«Hubo una vez, ¡oh, rey afortunado!, un pescador, hombre de edad avanzada, casado, con tres hijos y muy pobre.

Tenía por costumbre echar las redes sólo cuatro veces en el día y nada más. Un día entre los días, a las doce de la mañana, fue a orillas del mar, dejó en el suelo la cesta, echó la red y estuvo esperando hasta que llegara al fondo. Entonces juntó las cuerdas y notó que la red pesaba mucho y no podía con ella. Llevó el cabo a tierra y lo ató a un poste. Después se desnudó y entró en el mar maniobrando en torno de la red, y no paró hasta que la hubo sacado. Vistióse entonces muy alegre y, acercándose a la red, encontró un borrico muerto. Al verlo exclamó desconsolado: "En verdad que este donativo de Alah es asombroso." Y arrojó la red nuevamente, aguardando hasta que llegara al fondo. Quiso entonces sacarla, pero notó que pesaba más que antes y que estaba más adherida, por lo cual la creyó repleta de una buena pesca y, arrojándose otra vez al agua, la sacó al fin con gran trabajo, llevándola a la orilla, y encontró una tinaja enorme, llena de arena y de barro. Al verla se lamentó mucho.

Y luego, arrojando la tinaja lejos de él, pidió perdón a Alah por su momento de rebeldía y lanzó la red por vez tercera, y al sacarla la encontró llena de trozos de cacharros y vidrios.

Y, alzando la frente al cielo, exclamó: "¡Alah! ¡Tú sabes que yo no echo la red más que cuatro veces por día, y ya van tres!" Después invocó nuevamente el nombre de Alah y lanzó la red, aguardando que tocase el fondo. Esta vez, a pesar de todos su esfuerzos, tampoco conseguía sacarla, pues a cada tirón se enganchaba más en las rocas del fondo. Entonces dijo: "¡No hay fuerza ni poder más que en Alah!" Se desnudó, metiéndose en el agua y maniobrando, alrededor de la red, hasta que la desprendió y la llevó a tierra. Al abrirla encontró un enorme jarrón de cobre dorado, lleno e intacto. La boca estaba cerrada con un plomo que ostentaba el sello de nuestro gran señor Soleimán, hijo de Daud. Intentó mover el jarrón, pero, hallándole muy pesado, se dijo para sí: "Tengo que abrirlo sin remedio; meteré en el saco lo que contenga y luego lo venderé en el zoco de los caldereros." Sacó el cuchillo y empezó a maniobrar, hasta que levantó el plomo. Entonces sacudió el jarrón, queriendo inclinarlo para verter el contenido en el suelo. Pero nada salió del vaso, aparte de una humareda que subió hasta lo azul del cielo y se extendió por la superficie de la tierra. Y el pescador no volvía de su asombro. Una vez que hubo salido todo el humo, comenzó a condensarse en torbellinos, y al fin se convirtió en un efrit cuya frente llegaba a las nubes, mientras sus pies se hundían en el polvo. La cabeza del efrit era como una cúpula; sus manos semejaban rastrillos; sus piernas eran mástiles; su boca, una caverna; sus dientes, piedras; su nariz, una alcarraza; sus ojos, dos antorchas, y su cabellera aparecía revuelta y empolvada. Al ver a este efrit, el pescador quedó mudo de espanto, temblándole las carnes, encajados los dientes, la boca seca... y los ojos se le cegaron a la luz.

Cuando vio al pescador, el efrit dijo: "¡No hay más Dios que Alah, y Soleimán es el profeta de Alah!" Y dirigiéndose hacia el pescador, prosiguió de este modo: "¡Oh, tú, gran Soleimán, profeta de Alah, no me mates; te obedeceré siempre y nunca me rebelaré contra tus mandatos!" Entonces exclamó el pescador: "¡Oh, gigante audaz y rebelde, tú te atreves a decir que Soleimán es el profeta de Alah! Soleimán murió hace mil ochocientos años, y nosotros estamos al fin de los tiempos. Pero, ¿qué historia vienes a contarme? ¿Cuál es el motivo de que estuvieras en este jarrón?"

"Sabe que yo soy un efrit rebelde. Me rebelé contra Soleimán, hijo de Daud. Mi nombre es Sakhr El-Genni. Y Soleimán envió hacia mí a su visir Assef, hijo de Barkhia, que me cogió a pesar de mi resistencia y me llevó a manos de Soleimán. Y mi soberbia en aquel momento se transformó en humildad. Al verme, Soleimán hizo su conjuro a Alah y me mandó que abrazase su religión y me sometiese a su obediencia. Pero yo me negué. Entonces mandó traer ese jarrón, me aprisionó en él y lo selló con plomo, imprimiendo el nombre del Altísimo. Después ordenó a los efrits fieles que me llevaran en hombros y me arrojasen en medio del mar. Permanecí cien años en el fondo del agua, y decía de todo corazón: 'Enriqueceré eternamente al que logre liberarme.' Pero pasaron los cien años y nadie me liberó. Durante los otros cien años me decía: 'Descubriré y daré los tesoros de la tierra a quien me libere.' Pero nadie me libró. Y pasaron cuatrocientos años, y me dije: 'Concederé tres cosas a quien me libere.' Y nadie me libró tampoco. Entonces, terriblemente encolerizado, dije con toda el alma: 'Ahora mataré a quien me libre, pero le dejaré antes elegir, concediéndole la clase de muerte que prefiera.' Entonces tú, ¡oh, pescador!, viniste a librarme y por eso te permito que escojas la clase de muerte."

Y el pescador le contestó: "¡Oh, jeque de los efrits, así es como devuelves el mal por el bien!"

Pero el efrit le dijo: "Ya hemos hablado bastante. Sabe que sin remedio te he de matar". Entonces pensó el pescador: "Yo no soy más que un hombre y él un efrit, pero Alah me ha dado una razón bien despierta. Acudiré a una astucia para perderlo. Veré hasta dónde llega su malicia." Y entonces dijo al efrit: "¿Has decidido realmente mi muerte?" Y el efrit contestó: "No lo dudes." Entonces dijo: "Por el nombre del Altísimo, que está grabado en el sello de Soleimán, te conjuro a que respondas con verdad a mi pregunta." Cuando el efrit oyó el nombre del Altísimo, respondió muy conmovido: "Pregunta, que yo contestaré la verdad." Entonces dijo el pescador: "¿Cómo has podido entrar por entero en este jarrón donde apenas cabe tu pie o tu mano?" El efrit dijo: "¿Dudas acaso de ello?" El pescador respondió: "Efectivamente, no lo creeré jamás mientras no vea con mis propios ojos que te metes en él."

Entonces el efrit se agitó y convirtióse en humareda que subía hasta el firmamento. Después se condensó y empezó a entrar en el jarrón poco a poco, hasta el fin. Entonces el pescador cogió rápidamente la tapadera de plomo, con el sello de Soleimán, y obstruyó la boca del jarrón. Después, llamando al efrit, le dijo: "Elige y pesa la muerte que más te convenga o te echo al mar." Contestó el efrit: "Ábreme el jarrón y te colmaré de beneficios." El pescador respondió: "Mientes, ¡oh, maldito! Entre tú y yo pasa exactamente lo que ocurrió entre el visir del rey Yunán y el médico Ruyán."

Y el efrit dijo: "¿Quiénes eran el visir del rey Yunán y el médico Ruyán...? ¿Qué historia es ésa?"

El pescador dijo:

"Sabrás, ¡oh, efrit!, que en la antigüedad del tiempo y en lo pasado de la edad, hubo en la ciudad de Fars, en el país de los rumán, un rey llamado Yunán. Era rico y poderoso, señor de ejércitos, dueño de fuerzas considerables y de aliados de todas las especies de hombres. Pero su cuerpo padecía una lepra que desesperaba a los médicos y a los sabios. Ni drogas, ni píldoras, ni pomadas le hacían efecto alguno, y ningún sabio pudo encontrar un eficaz remedio para la espantosa dolencia. Pero cierto día llegó a la capital del rey Yunán un médico anciano de renombre, llamado Ruyán. Había estudiado los libros griegos, persas, romanos, árabes y sirios, así como la medicina y la astronomía.

Cuando este médico supo la historia del rey y la terrible lepra que le martirizaba, fue a palacio a verle y le dijo: "He averiguado la enfermedad que atormenta tu cuerpo y he sabido que un gran número de médicos no han podido encontrar el medio de curarla. Voy, ¡oh, rey!, a aplicarte mi tratamiento, sin hacerte beber medicinas ni untarte con pomadas." Al oírlo, el rey Yunán se asombró mucho y le dijo: "¡Por Alah, que si me curas te enriqueceré hasta los hijos de tus hijos, te concederé todos tus deseos y serás mi compañero y mi amigo!"

Entonces salió del palacio y alquiló una casa, donde instaló sus libros, sus remedios y sus plantas aromáticas. Después hizo extractos de sus medicamentos y de sus simples, y con estos extractos construyó un mazo corto y encorvado, cuyo mango horadó, y también hizo una pelota, todo esto lo mejor que pudo. Terminado completamente su trabajo, al segundo día fue a palacio; entró en la cámara del rey y besó la tierra entre sus manos. Después le prescribió que fuera a caballo al meidán y jugara con la bola y el mazo.

El rey Yunán cogió el mazo que le alargaba el médico, empuñándolo con fuerza. Intrépidos jinetes montaron a caballo y le echaron la pelota. Entonces empezó a galopar detrás de ella para alcanzarla y golpearla, siempre con el mazo bien cogido. Y no dejó de golpearla hasta que transpiró bien por la palma de la mano y por todo el cuerpo, dando lugar a que la medicina obrase sobre el organismo. Cuando el médico Ruyán vio que el remedio había circulado suficientemente, mandó al rey que volviera a palacio para bañarse en el hammam.

Al salir del baño el rey no tenía lepra y vio su piel pura como la plata virgen. Entonces se dilató con gran júbilo su pecho. Y al otro día, al levantarse el rey por la mañana, entró en el diván, se sentó en el trono y comparecieron los chambelanes y grandes del reino, así como el médico Ruyán. Por esto, al verle, el rey se levantó apresuradamente y le hizo sentar a su lado. Sirvieron a ambos manjares y bebidas durante todo el día. Y al anochecer, el rey entregó al médico dos mil dinares, sin contar los trajes de honor y magníficos presentes, y le hizo montar su propio corcel. Y entonces el médico se despidió y regresó a su casa.

Al levantarse por la mañana, salió el rey y entró en el diván, donde le rodearon los emires, los visires y los chambelanes. Y entre los visires, uno de cara siniestra, repulsiva, terrible, sórdidamente avaro, envidioso y saturado de celos y de odio. Cuando este visir vio que el rey colocaba a su lado al médico Ruyán y le otorgaba tantos beneficios, le tuvo envidia y resolvió secretamente perderlo. El proverbio lo dice: "El envidioso ataca a todo el mundo. En el corazón del envidioso está emboscada la persecución y la desarrolla si dispone de fuerza o la conserva latente la debilidad." El visir se acercó al rey Yunán, besó la tierra entre sus manos y dijo: "¡Oh, rey del siglo y del tiempo, que envuelves a los hombres en tus beneficios! Tengo para ti un consejo de gran importancia, que no podría ocultarte sin ser un mal hijo. Si me mandas que te lo revele, yo te lo revelaré." Turbado entonces el rey por las palabras del visir, dijo: "¿Qué consejo es el tuyo?" El otro respondió: "¡Oh, rey glorioso! Los antiguos han dicho: 'Quien no mire el fin y las consecuencias no tendrá a la fortuna por amiga', y justamente acabo de ver al rey obrar con poco juicio otorgando sus bondades a su enemigo, al que desea el aniquilamiento de su reino, colmándole de favores, abrumándole con generosidad. Y yo, por esta causa, siento grandes temores por el rey." Al oír esto, el rey se turbó extremadamente, cambió de color y dijo: "¿Quién es el que supones enemigo mío y colmado por mis favores?" Y el visir respondió: "¡Oh rey! Si estás dormido, despierta, porque aludo al médico Ruyán." El rey dijo: "Ese es buen amigo mío, y para mí el más querido de los hombres, pues me ha curado una cosa que yo he tenido en la mano y me ha librado de mi enfermedad, que había desesperado a los médicos. Ciertamente que no hay otro como él en este siglo, en el mundo entero, lo mismo en Occidente que en Oriente. ¿Cómo te atreves a hablarme así de él? Desde ahora le voy a señalar un sueldo de mil dinares al mes. Y aunque le diera la mitad de mi reino, poco sería para lo que merece. Creo que me dices todo eso por envidia, como se cuenta en la historia, que he sabido, del rey Sindabad."»

CUENTO DEL HALCÓN DEL REY SINDABAD

«Dicen que entre los reyes de Fars hubo uno muy aficionado a diversiones, a paseos por los jardines y a toda especie de cacerías. Tenía un halcón adiestrado por él mismo, y no le dejaba de día ni de noche, pues hasta por la noche lo tenía sujeto al puño. Cuando iba de caza lo llevaba consigo, y le había colgado del cuello un vasito de oro, en el cual le daba de beber.

Un día emprendió una de sus acostumbradas cacerías y descubrió una gacela que corría velozmente. Se puso a galopar tras ella, siguiendo el rastro, y pudo alcanzarla. El halcón le dio con el pico en los ojos de tal manera, que la cegó y la hizo sentir vértigos. Entonces el rey empuñó su maza, golpeando con ella a la gacela hasta hacerla caer desplomada. En seguida descabalgó, degollándola y desollándola, y colgó del arzón de la silla los despojos. Hacía bastante calor, y aquel lugar era desierto, árido, y carecía de agua. El rey tenía sed y también el caballo. Y el rey se volvió y vio un árbol del cual brotaba agua como manteca. El rey llevaba la mano cubierta con un guante de piel; cogió el vasito del cuello del halcón, lo llenó de aquella agua y lo colocó delante del ave, pero ésta dio con la pata al vaso y lo volcó. El rey cogió el vaso por segunda vez, lo llenó y, como seguía creyendo que el halcón tenía sed, se lo puso delante, pero el halcón le dio con la pata por segunda vez y lo volcó. El rey se encolerizó contra el halcón, y cogió por tercera vez el vaso, pero se lo presentó al caballo, y el halcón derribó el vaso con el ala. Entonces dijo el rey: "¡Alah te sepulte, oh, la más nefasta de las aves de mal agüero! No me has dejado beber, ni has bebido tú, no has dejado que beba el caballo." Y dio con su espada al halcón y le cortó las alas. Entonces el halcón, irguiendo la cabeza, le dijo por señas: "Mira lo que hay en el árbol." Y el rey levantó los ojos y vio en el árbol una serpiente, y el líquido que corría era su veneno. Entonces el rey se arrepintió de haberle cortado las alas al halcón."

Cuando el visir hubo oído el relato del rey Yunán, le dijo: "¡Oh, gran rey lleno de dignidad! ¿Qué daño he hecho yo cuyos funestos efectos hayas tu podido ver? Obro así por compasión hacia tu persona. Y ya verás cómo digo la verdad. Si me haces caso podrás salvarte, y si no, perecerás."

De este modo siguió el visir dejando escurrir su veneno, como la serpiente; y como el rey era hombre débil de carácter, llegó a olvidar los grandes servicios del médico griego y ordenó que le llamasen.

Cuando se presentó el médico Ruyán, el rey le dijo: "¿Sabes por qué te he hecho venir a mi presencia?" Y el médico contestó: "Nadie sabe lo desconocido, más que Alah el Altísimo." Y el rey le dijo: "Te he mandado llamar para matarte y arrancarte el alma." Y el médico Ruyán, al oír estas palabras, se sintió asombrado, con el más prodigioso asombro, y dijo: "¡Oh, rey! ¿Por qué me has de matar? ¿Qué falta he cometido?" Y el rey contestó: "Dicen que eres un espía y que viniste para matarme. Por eso te voy a matar antes de que me mates."

Viose perdido el médico y dijo: "Si mi muerte es realmente necesaria, déjame ir a casa para despachar mis asuntos, encargar a mis parientes y vecinos que cuiden de enterrarme y, sobre todo, para regalar mis libros de medicina. A fe que tengo un libro que es verdaderamente el extracto de los extractos y la rareza de las rarezas, que quiero legarte como un obsequio para que lo conserves cuidadosamente en tu armario." Entonces el rey preguntó al médico: "¿Qué libro es ése?" Y contestó el médico: "Contiene cosas inestimables. El menor de los secretos que revela es el siguiente: Cuando me corten la cabeza, abre el libro, cuenta tres hojas y vuélvelas; lee en seguida tres renglones de la página de la izquierda, y entonces la cabeza cortada te hablará y contestará a todas las preguntas que le dirijas." Al oír estas palabras el rey se asombró hasta el límite del asombro y, estremeciéndose de alegría y de emoción, dijo: "¡Oh, médico! ¿Hasta cortándote la cabeza hablarás?" Y el médico respondió: "Sí, en verdad, ¡oh, rey!" Entonces el rey le permitió que saliera, aunque escoltado por guardianes, y el médico llegó a su casa y despachó sus asuntos aquel día, y al siguiente entró el médico en el diván y se colocó en pie ante el rey, con un libro muy viejo y una cajita de colirio llena de unos polvos. Después se sentó y dijo: "Que me traigan una bandeja." Le llevaron una, vertió los polvos y los extendió por la superficie. Y dijo entonces: "¡Oh, rey! Coge ese libro, pero no lo abras antes de cortarme la cabeza. Cuando la hayas cortado colócala en la bandeja y manda que la aprieten bien contra los polvos para restañar la sangre. Después abrirás el libro." Pero el rey, lleno de impaciencia, no le escuchaba ya; cogió el libro y lo abrió, pero encontró las hojas pegadas unas a otras. Entonces, metiendo su dedo en la boca, lo mojó con su saliva y logró despegar la primera hoja. Lo mismo tuvo que hacer con la segunda y la tercera hoja, y cada vez se abrían las hojas con más dificultad. De ese modo abrió el rey seis hojas, y trató de leerlas, pero no pudo encontrar ninguna clase de escritura. Y el rey dijo: "¡Oh, médico, no hay nada escrito!" Y el médico respondió: "Sigue volviendo más hojas del mismo modo." Y el rey siguió volviendo más hojas. Pero apenas habían pasado algunos instantes circuló el veneno por el organismo del rey en el momento y en la hora misma, pues el libro estaba envenenado. Y entonces sufrió el rey horribles convulsiones y murió.

Sabe ahora, ¡oh, efrit!, que si el rey Yunán hubiera conservado al médico Ruyán, Alah a su vez le habría conservado. Pero al negarse, decidió su propia muerte.

Y si tú, ¡oh, efrit!, hubieses querido conservarme, Alah te habría conservado. Pero quisiste mi muerte, y te haré morir prisionero en este jarrón y te arrojaré a ese mar." Entonces el efrit clamó y dijo: "¡Por Alah sobre ti! ¡Oh, pescador, no lo hagas! Consérvame generosamente, sin reconvenirme por mi acción, pues si yo fui criminal tú debes ser benéfico, y los proverbios conocidos dicen: '¡Oh, tú, que haces bien a quien mal hizo, perdona sin restricciones el crimen del malhechor!' Y tú, ¡oh, pescador!, no hagas conmigo lo que hizo Umama con Atika". El pescador dijo: "¿Y qué caso fue ése?" Y respondió el efrit: "No es ocasión para contarlo estando encarcelado. Cuando tú me dejes salir, yo te contaré ese caso." Pero el pescador dijo: "¡Oh, eso nunca! Es absolutamente necesario que yo te eche al mar, sin que tengas medio de salir. Cuando yo supliqué y te imploraba, tú deseabas mi muerte, sin que hubiera cometido ninguna falta contra ti ni bajeza alguna, sino únicamente favorecerte, sacándote de ese calabozo. He comprendido, por tu conducta conmigo, que eres de mala raza. Pero has de saber que voy a echarte al mar, y enteraré de lo ocurrido a todos los que intenten sacarte, y así te arrojarán de nuevo, y entonces permanecerás en ese mar hasta el fin de los tiempos para disfrutar todos los suplicios." El efrit le contestó: "Suéltame, que ha llegado el momento de contarte la historia. Además te prometo no hacerte jamás ningún daño, y te seré muy útil en un asunto que te enriquecerá para siempre." Entonces el pescador se fijó bien en esta promesa de que si libertaba al efrit, no sólo no le haría jamás daño, sino que le favorecería en un buen negocio. Y cuando se aseguró firmemente de su fe y de su promesa, y le tomó juramento por el nombre de Alah Todopoderoso, el pescador abrió el jarrón. Entonces el humo empezó a subir hasta que salió completamente y se convirtió en efrit, cuyo rostro era espantosamente horrible. El efrit dio un puntapié al jarrón y lo tiró al mar. Al ver asustado al pescador, se echó a reír. Al poco rato le dijo: "¡Oh, pescador, sígueme!" Y el pescador echó a andar detrás de él, aunque sin mucha confianza en su salvación. Y así salieron completamente de la ciudad, y se perdieron de vista, y subieron a una montaña, y bajaron a una vasta llanura, en medio de la cual había un lago. Entonces el efrit se detuvo, y mandó al pescador que echara la red y pescase. Y el pescador miró a través del agua y vio peces blancos y peces rojos, azules y amarillos. Al verlos se maravilló el pescador; después echó su red y cuando la hubo sacado encontró en ella cuatro peces, cada uno de color distinto. Y se alegró mucho, y el efrit le dijo: "Ve con esos peces al palacio del sultán, ofréceselos y te dará con qué enriquecerte. Y, mientras tanto, ¡por Alah!, discúlpame mis rudezas, pues olvidé los buenos modales con mi larga estancia en el fondo del mar, donde me he pasado mil ochocientos años sin ver el mundo ni la superficie de la tierra. En cuanto a ti, vendrás todos los días a pescar a este sitio, pero nada más que una vez. Y ahora, que Alah te guarde con su protección." Y el efrit golpeó con sus dos pies en tierra, y la tierra se abrió y le tragó.

Cuando el pescador se presentó al rey y le ofreció los peces, se asombró hasta el límite, porque nunca los había visto de aquella especie, y dispuso: "Que entreguen estos peces a nuestra cocinera negra."

La cocinera negra cogió los peces, los limpió y los puso en la sartén. Después dejó que se frieran bien por un lado y los volvió en seguida del otro. Pero entonces, súbitamente, se abrió la pared de la cocina y por allí se filtró en la cocina una joven de esbelto talle, mejillas redondas y tersas, párpados pintados con kohl negro, rostro gentil y cuerpo graciosamente inclinado. Llevaba en la cabeza un velo de seda azul, pendientes en las orejas, brazaletes en las muñecas, y en los dedos sortijas con piedras preciosas. Tenía en la mano una varita de bambú. Se acercó y, metiendo la varita en la sartén, dijo: "¡Oh, peces! ¿Seguís sosteniendo vuestra promesa?" Al ver aquello la esclava se desmayó y la joven repitió su pregunta por segunda y tercera vez. Entonces todos los peces levantaron la cabeza desde el fondo de la sartén y dijeron: "¡Oh, sí...! ¡Oh, sí...!"

Cuando la esclava volvió de su desmayo, vio que se habían quemado los cuatro peces y estaban negros como el carbón. Y se echó a llorar, y le contó al visir la historia de lo que había ocurrido, y el visir se quedó muy maravillado y dijo: "Eso es verdaderamente una historia muy rara." Y mandó buscar al pescador, y en cuanto se presentó el pescador, le dijo: "Es absolutamente indispensable que vuelvas con cuatro peces como los que trajiste la primera vez." Y el pescador se dirigió al estanque, echó la red y la sacó conteniendo cuatro peces, que cogió y llevó al visir. Y el visir fue a entregárselos a la negra, y le dijo: "¡Levántate! ¡Vas a freírlos en mi presencia, para que yo vea qué asunto es éste!" Y la negra se levantó, preparó los peces y los puso al fuego en la sartén. Y, apenas habían pasado unos minutos, cuando hete aquí que se hendió la pared y apareció la joven vestida siempre con las mismas vestiduras, y se repitió la escena anterior.

Entonces el visir se marchó en busca del rey y le refirió todo lo que había pasado en su presencia. Y mandó llamar al pescador y le ordenó que volviera con cuatro peces iguales a los primeros, para lo cual le dio tres días de plazo. Pero el pescador marchó en seguida al estanque y trajo inmediatamente los cuatro peces. Entonces el rey dispuso que le dieran cuatrocientos dinares y, volviéndose hacia el visir, le dijo: "Prepara tú mismo delante de mí esos pescados." Y el visir contestó: "Escucho y obedezco." Y entonces mandó llevar la sartén delante del rey, y se puso a freír los peces, después de haberlos limpiado bien, y en cuanto estuvieron fritos por un lado los volvió del otro. Y de pronto se abrió la pared de la cocina y salió un negro semejante a un búfalo entre los búfalos, o a un gigante de la tribu de Had, y llevaba en la mano una rama verde, y dijo con voz clara y terrible: "¡Oh, peces! ¡Oh, peces! ¿Seguís sosteniendo vuestra antigua promesa?" Y los peces levantaron la cabeza desde el fondo de la sartén y dijeron: "Cierto que sí, cierto que sí."

Después el negro se acercó a la sartén, la volcó con la rama y los peces se abrasaron convirtiéndose en carbón. El negro se fue entonces por el mismo sitio por donde había entrado. Y cuando hubo desaparecido de la vista de todos, dijo el rey: "Es este un asunto sobre el cual, verdaderamente, no podríamos guardar silencio. Además, no hay duda que estos peces deben tener una historia muy extraña."

Y entonces mandó llamar al pescador, y cuando se presentó le dijo: "¿De dónde proceden estos peces?" El pescador contestó: "De un estanque situado entre cuatro colinas, detrás de la montaña que domina tu ciudad." Y el rey, volviéndose hacia el pescador, le dijo: "¿Cuántos días se tarda en llegar a ese sitio?" Y dijo el pescador: "¡Oh, sultán, señor nuestro! Basta con media hora." El sultán quedó sorprendidísimo, y mandó a sus soldados que marchasen inmediatamente con el pescador. Y el pescador iba muy contrariado, maldiciendo en secreto al efrit. Y el rey y todos partieron y subieron a una montaña, y bajaron hasta una vasta llanura.

Y el rey se detuvo y preguntó a los soldados y a cuantos estaban presentes: "¿Hay alguno de vosotros que haya visto anteriormente ese lago en este lugar?" Y todos respondieron: "¡Oh, no!"

Entonces el rey se puso a meditar y llamó a su visir. Porque éste era hombre sabio, elocuente y versado en todas las ciencias. Cuando se presentó ante el rey, éste le dijo: "Tengo intención de hacer una cosa y voy a enterarte de ella. Deseo aislarme completamente esta noche y marchar yo solo a descubrir el misterio de este lago y sus peces." Y se disfrazó, ciñó la espada y salió entre la gente sin que nadie lo viese. Y estuvo andando toda la noche sin detenerse hasta la mañana, en que el calor, demasiado excesivo, le obligó a descansar. Después anduvo durante todo el resto del día y durante la segunda noche hasta la mañana siguiente. Y he aquí que vio a lo lejos una cosa negra, y se alegró de ello y dijo: "Es probable que encuentre allí a alguien que me contará la historia del lago y sus peces." Y al acercarse a esta cosa negra vio que aquello era un palacio enteramente construido con piedras negras, reforzado con grandes chapas de hierro, y que una de las hojas de la puerta estaba abierta y la otra cerrada. Y en seguida, tomando ánimos, penetró por la puerta del palacio y llegó a un pasillo, y siguió adelante hasta que llegó al centro del palacio. Y no encontró a nadie. Pero vio que todo el palacio estaba suntuosamente revestido de tapices y que en el centro de un patio interior había un estanque coronado por cuatro leones de oro rojo, de cuyas fauces brotaba un chorro de agua que semejaba perlas y pedrería. En torno veíanse numerosos pájaros, pero no podían volar fuera del palacio, por impedírselo una gran red tendida por encima de todo. Y el rey se maravilló al ver aquellas cosas, aunque afligiéndose por no encontrar a alguien que le pudiese revelar el enigma del lago, de los peces, de las montañas y del palacio. Después se sentó entre dos puertas y meditó profundamente. Pero de pronto oyó una queja muy débil que parecía brotar de un corazón dolorido.

Cuando el rey oyó estas quejas amargas se levantó y se dirigió hacia el lugar de donde procedían. Llegó hasta una puerta cubierta por un tapiz. Levantó el tapiz, y en un gran salón vio a un joven que estaba reclinado en un gran lecho. Este joven era muy hermoso; su frente parecía una flor, sus mejillas igual que la rosa, y en medio de una de ellas tenía un lunar como una gota de ámbar negro.

Al verle el rey, muy complacido, le dijo: "¡La paz sea contigo, oh, joven! Entérame de la historia de ese lago y de sus peces de colores, así como del misterio de este palacio y de la causa de tu soledad y de tus lágrimas."

Y el joven respondió: "¿Cómo no he de llorar si me veo en este estado?" Y alargando las manos hacia el borde de su túnica, la levantó. Y entonces el rey vio que toda la mitad inferior del joven era de mármol y la otra mitad era de hombre.»

Y el joven contó la historia que sigue:

HISTORIA DEL JOVEN ENCANTADO Y DE LOS PECES

«Sabe, ¡oh, señor!, que mi padre era rey de esta ciudad. Se llamaba Mahmud y era rey de las Islas Negras y de estas cuatro montañas. Mi padre reinó setenta años y después se extinguió en la misericordia del Retribuidor. Después de su muerte, fui yo sultán y me casé con la hija de mi tío. Me quería con amor tan poderoso que, si por casualidad tenía que separarme de ella, no comía ni bebía hasta mi regreso.

Pero está escrito que no hay nada duradero. Un día llegué cansado a palacio y me acosté. Las dos esclavas que me daban aire, pensando que dormía, empezaron a hablar.

Oí entonces a una de las esclavas, que estaba detrás de mi cabeza, hablar de este modo a la que estaba a mis pies: '¡Oh, Masauda! ¡Qué desventurada juventud la de nuestro dueño! ¡Qué tristeza para él tener una esposa como nuestra ama, tan pérfida y tan criminal!' Y la otra respondió: '¡Maldiga Alah a las mujeres adúlteras!' Y la primera esclava dijo: 'Nuestro dueño debe de ser muy impasible cuando no hace caso de las acciones de esa mujer.' Y repuso la otra: 'Pero, ¿qué dices? ¿Puede sospechar siquiera nuestro amo lo que hace ella? ¿Crees que la dejaría en libertad de obrar así? Has de saber que esa pérfida pone siempre algo en la copa en que bebe nuestro amo todas las noches antes de acostarse. Le echa banj y le hace dormir con eso. En tal estado, no puede saber lo que ocurre, ni adónde va ella, ni lo que hace. Entonces, después de darle a beber el banj, se viste y se va, dejándole solo, y no vuelve hasta el amanecer.'

En el momento que oí, ¡oh, señor!, lo que decían las esclavas, se cambió en tinieblas la luz de mis ojos. Y deseaba ardientemente que viniera la noche para encontrarme de nuevo con la hija de mi tío. Por fin volvió del hammam. Y entonces se puso la mesa, y estuvimos comiendo durante una hora, dándonos mutuamente de beber, como de costumbre; después pedí el vino que solía beber todas las noches antes de acostarme, y ella me acercó la copa. Pero yo me guardé muy bien de beber, y fingí que la llevaba a los labios, como de costumbre, pero la derramé rápidamente por la abertura de mi túnica, y en la misma hora y en el mismo instante me eché en la cama, haciéndome el dormido. Y ella dijo entonces: '¡Duerme! ¡Y así no te despiertes nunca más! ¡Por Alah, te detesto! Y detesto hasta tu imagen, y mi alma está harta de tu trato.' Después se levantó, se puso su mejor vestido, se perfumó, se ciñó una espada y, abriendo la puerta del palacio, se marchó. En seguida me levanté yo también y la fui siguiendo hasta que hubo salido del palacio. Y atravesó todos los zocos, y llegó por fin hasta las puertas de la ciudad, que estaban cerradas. Entonces habló a las puertas en un lenguaje que no entendí, y los cerrojos cayeron y las puertas se abrieron, y ella salió. Y yo eché a andar detrás de ella, sin que lo notase, hasta que llegó a unas colinas formadas por los amontonamientos de escombros, y a una torre coronada por una cúpula y construida de ladrillos. Ella entró por la puerta, y yo me subí a lo alto de la cúpula, donde había una terraza, y desde allí me puse a vigilarla. Y he aquí que ella entró en la habitación de un negro muy negro. Al verle ella, besó la tierra entre sus manos y él levantó la cabeza hacia ella, y le dijo: '¡Desdichas sobre ti! ¿Cómo has tardado tanto? He convidado a los negros, que se han bebido el vino y se han entrelazado ya con sus queridas. Y yo no he querido beber por causa tuya.' Ella contestó: '¡Oh, dueño mío, querido de mi corazón! ¿No sabes que estoy casada con el hijo de mi tío, que detesto hasta su imagen y que me horroriza estar con él? Si no fuese por el temor de hacerte daño, hace tiempo que habría derruido toda la ciudad, en la que sólo se oiría la voz de la corneja y el mochuelo, y además habría transportado las ruinas al otro lado del Cáucaso.'

Cuando oí toda aquella conservación y vi con mis propios ojos eso que siguió entre ambos, el mundo se convirtió en tinieblas para mí y no supe dónde estaba.

No pude contenerme más y, bajando de la cúpula y precipitándome en la habitación, cogí la espada que llevaba la hija de mi tío, resuelto a matar a ambos. Y herí primero al negro, dándole un tajo en el cuello.

Al herir al negro para cortarle la cabeza, corté efectivamente su piel y su carne, y creí que lo había matado, porque lanzó un estertor horrible. Y a partir de ese momento, nada sé sobre lo que ocurrió. Pero al día siguiente vi que la hija de mi tío se había cortado el pelo y se había vestido de luto. Después me dijo: '¡Oh, hijo de mi tío! No censures lo que hago, porque acabo de saber que se ha muerto mi madre, que a mi padre lo han matado en la guerra santa, que uno de mis hermanos ha fallecido de picadura de escorpión y que el otro ha quedado enterrado bajo las ruinas de un edificio; de modo que tengo motivos para llorar y afligirme.' Fingiendo que la creía, le dije: 'Haz lo que creas conveniente, pues no he de prohibírtelo.' Y permaneció encerrada con su luto, con sus lágrimas y sus accesos de dolor durante todo un año, desde su comienzo hasta el otro comienzo. Y transcurrido el año, me dijo: 'Deseo construir para mí una tumba en este palacio; allí podré aislarme con mi soledad y mis lágrimas, y la llamaré la Casa de los Duelos.' Y yo le dije: 'Haz lo que tengas por conveniente.' Y se mandó constituir esta Casa de los Duelos, coronada por una cúpula, y conteniendo un subterráneo como una tumba. Después transportó allí al negro, que no había muerto, pues sólo había quedado muy enfermo y muy débil, aunque en realidad ya no le podía servir de nada a la hija de mi tío. Pero esto no le impedía estar bebiendo a todas horas vino y buza. Y desde el día en que le herí no podía hablar y seguía viviendo, pues no le había llegado todavía su hora. Ella iba a verle todos los días, entrando en la cúpula, y sentía a su lado accesos de llanto y de locura, y le daba bebida y condimentos. Así hizo, por la mañana y por la noche, durante todo otro año. Yo tuve paciencia durante este tiempo; pero un día, entrando de improviso en su habitación, la oí llorar y arañarse la cara.

No pude contenerme más y, levantado el brazo, ya me disponía a herirla, cuando ella, descubriendo entonces que había sido yo quien hirió al negro, se puso en pie, pronunciando unas palabras misteriosas, y dijo: 'Por la virtud de mi magia, que Alah te convierta mitad piedra y mitad hombre.' E inmediatamente, señor, quedé como me ves.

Y ya no puedo valerme ni hacer un movimiento, de suerte que no estoy ni muerto ni vivo. Después de ponerme en tal estado, encantó las cuatro islas de mi reino, convirtiéndolas en montañas, con ese lago en medio de ellas, y a mis súbditos los transformó en peces. Pero hay más. Todos los días me tortura azotándome con una correa, dándome cien latigazos, hasta que me hace sangrar. Y después me pone sobre las carnes una camisa de crin, cubriéndola con la ropa."

El joven calló y el rey dijo: "¡Oh, excelente joven! ¡Por Alah! Voy a hacerte un favor tan memorable, que después de mi muerte pasará al dominio de la historia." Y no añadió más. Luego se levantó y aguardó que llegase la hora nocturna de las brujas. Entonces se desnudó, volvió a ceñirse la espada y se fue hacia el sitio donde se encontraba el negro. Había allí velas y farolillos colgados, y también perfumes, incienso y distintas pócimas. Se fue derechamente al negro, le hirió, le atravesó y le hizo vomitar el alma. En seguida se lo echó a los hombros y lo arrojó al fondo de un pozo que había en el jardín. Después volvió a la cúpula, se vistió con las ropas del negro y se paseó durante un instante, a todo lo largo del subterráneo, tremolando en su mano la espada completamente desnuda.

Cuando llegó la bruja, el rey o supuesto negro torció la lengua y empezó a imitar el habla de los negros: "¡No hay fuerza ni poder sin la ayuda de Alah!" La bruja, al oír hablar al negro, después de tanto tiempo, dio un grito de júbilo y cayó desvanecida, pero pronto volvió en sí y dijo: "¿Es que mi dueño está curado?" Entonces el rey, fingiendo la voz y haciéndola muy débil, dijo: "¡Oh, miserable, libertina! No mereces que te hable." Y ella dijo: "Pero, ¿por qué?" Y él contestó: "Porque siempre estás castigando a tu marido, y él da voces, y esto me quita el sueño toda la noche." Y ella dijo: "Pues ya que tú me lo mandas le libraré del estado en que se encuentra." Después salió de la cúpula, marchó al palacio, cogió una taza de cobre llena de agua, pronunció unas palabras mágicas y el agua empezó a hervir, como hierve en la marmita. Entonces echó un poco de esta agua al joven y dijo: "¡Por la fuerza de mi conjuro, te mando que salgas de esa forma y recuperes la primitiva!" Y el joven se sacudió todo él, se puso en pie y exclamó muy dichoso al verse libre: "¡No hay más Dios que Alah, y Mohamed es el Profeta de Alah! ¡Sean con Él la bendición y la paz de Alah!" Y ella dijo: "¡Vete y no vuelvas por aquí porque te mataré!"

En cuanto a la bruja, volvió en seguida a la cúpula, descendió al subterráneo y dijo: "¡Oh, dueño mío! Levántate, que te vea yo." Y el rey contestó muy débilmente: "Aún no has hecho nada. Queda otra cosa para que recobre la tranquilidad. No has suprimido la causa principal de mis males." Y ella dijo: "¡Oh, amado mío! ¿Cuál es esa causa principal?" Y el rey contestó: "Esos peces del lago, los habitantes de la antigua ciudad y de las cuatro islas, no dejan de sacar la cabeza del agua a medianoche, para lanzar imprecaciones contra ti y contra mí. Y este es el motivo de que no recobre yo las fuerzas. Libértalos, pues. Entonces podrás venir a darme la mano y ayudarme a levantar, porque seguramente habré vuelto a la salud."

Cuando la bruja oyó estas palabras, que creía del negro, exclamó muy alegre: "¡Oh, dueño mío! Pongo tu voluntad sobre mi cabeza y sobre mis ojos." E invocando el nombre de Bismillar se levantó muy dichosa, echó a correr, llegó al lago, cogió un poco de agua y pronunció unas palabras misteriosas. Los peces empezaron a agitarse, irguiendo la cabeza, y acabaron por convertirse en hijos de Adán, y en la hora y en el instante se desató la magia que sujetaba a los habitantes de la ciudad. Y las montañas volvieron a ser islas, como lo habían sido en otros tiempos. En cuanto a la bruja, volvió junto al rey y, como le seguía tomando por el negro, le dijo: "¡Oh, querido mío!, dame tu mano generosa para besarla." Y el rey le respondió en voz baja: "Acércate más a mí". Y ella se aproximó. Y el rey cogió de pronto su buena espada y le atravesó el pecho con tanta fuerza, que la punta le salió por la espalda. Después, dando un tajo, la partió en dos mitades.

Hecho esto, salió en busca del joven encantado, que le esperaba en pie. Entonces le felicitó por su desencantamiento, y el joven le besó la mano y le dio efusivamente las gracias. Y le dijo el rey: "¿Quieres marchar a tu ciudad o acompañarme a la mía?" Y el joven contestó: "¡Oh, rey de los tiempos! ¿Sabes cuánta distancia hay de aquí a tu ciudad?" Y dijo el rey: "Dos días y medio." Entonces le dijo el joven: "¡Oh, rey! Si estás durmiendo, despierta. Para ir a tu capital emplearás, con la voluntad de Alah, todo un año. Si llegaste aquí en dos días y medio, fue porque esta población estaba encantada."

Dirigiéronse entonces al palacio del rey que había estado encantado. Y el joven anunció a los notables de su reino que iba a partir para la santa peregrinación a La Meca. Y hechos los preparativos necesarios, partieron él y el rey, cuyo corazón anhelaba el regreso a su país. Viajaron día y noche, y al fin avistaron la ciudad. El visir salió con los soldados al encuentro del rey, muy satisfecho de su regreso, pues habían llegado a temer no verle más. Y los soldados se acercaron, besaron la tierra entre sus manos y le dieron la bienvenida. Y entró en el palacio y se sentó en su trono. Después llamó al visir y le puso al corriente de cuanto le había ocurrido. Cuando el visir supo la historia del joven, le dio la enhorabuena por su desencantamiento y su salvación.

Mientras tanto, el rey gratificó a muchas personas, y después dijo al visir: "Que venga aquel pescador que en otro tiempo me trajo los peces." Y el visir mandó llamar al pescador que había sido causa del desencantamiento de los habitantes de la ciudad. Y cuando se presentó le ordenó el rey que se acercase, y le regaló trajes de honor, preguntándole acerca de su manera de vivir y si tenía hijos. Y el pescador dijo que tenía un hijo y dos hijas. Entonces el rey se casó con una de sus hijas, y el joven se casó con la otra. Después el rey conservó al pescador a su lado y le nombró tesorero general.»

HISTORIA DEL MANDADERO
Y DE LAS TRES DONCELLAS

«Había en la ciudad de Bagdad un hombre que era mozo de cordel. Estaba soltero, y cierto día, mientras estaba en el zoco indolentemente apoyado en su espuerta, se paró delante de él una mujer con un ancho manto de tela de Mussul, en seda sembrada de lentejuelas de oro y forro de brocado. Levantó un poco el velillo de la cara y aparecieron por debajo dos ojos negros con largas pestañas y ¡qué párpados! Era esbelta, sus manos y sus pies muy pequeños, y reunía, en fin, un conjunto de perfectas cualidades. Y dijo con su voz llena de dulzura: "¡Oh, mandadero, coge la espuerta y sígueme!" Y el mandadero, sorprendidísimo, no supo si había oído bien, pero cogió la espuerta y siguió a la joven, hasta que se detuvo a la puerta de una casa. Llamó y salió un nusraní, que por un dinar le dio una medida de aceitunas, y ella las puso en la espuerta, diciendo al mozo: "Lleva eso y sígueme." Y el mandadero exclamó: "¡Por Alah! ¡Bendito día!" Y cogió otra vez la espuerta y siguió a la joven. Y he aquí que se paró ésta en la frutería y compró manzanas de Siria, membrillos osmaníes, melocotones de Omán, jazmines de Alepo, nenúfares de Damasco, cohombros del Nilo, limones de Egipto, cidras sultaníes, bayas de mirto, flores de henné, anémonas rojas de color de sangre, violetas, flores de granado y narcisos. Y lo metió en la espuerta del mandadero y le dijo: "Llévalo." Y cargó con la espuerta y la siguió hasta llegar a la tienda de un confitero, y allí compró ella una bandeja y la cubrió de cuanto había en la confitería: enrejados de azúcar con manteca, pastas aterciopeladas perfumadas con almizcle y deliciosamente rellenas, bizcochos llamados sabun, pastelillos, tortas de limón y muchísimas confituras sabrosas. Entonces el mandadero dijo: "Si me hubieras avisado habría alquilado una mula para cargar tantas cosas.» Y la joven sonrió al oírlo. Después se detuvo en casa de un destilador y compró diez clases de aguas: de rosas, de azahar y otras muchas, y varias bebidas embriagadoras, como asimismo un hisopo para aspersiones de agua de rosas almizclada, granos de incienso macho, palo de áloe, ámbar gris y almizcle, y finalmente velas de cera de Alejandría. Y el mozo la volvía a seguir, llevando siempre la espuerta, hasta que la joven llegó a un palacio, todo de mármol, con un gran patio que daba al jardín de atrás. Todo era muy lujoso, y el pórtico tenía dos hojas de ébano, adornadas con chapas de oro rojo.

La joven llamó y las dos hojas de la puerta se abrieron. El mandadero vio entonces que había abierto la puerta otra joven, cuyo talle, elegante y gracioso, era un verdadero modelo. Su frente era blanca como la primera luz de la Luna nueva, sus ojos como los ojos de las gacelas, sus cejas como la Luna creciente del Ramadán, sus mejillas como anémonas, su boca como el sello de Soleimán, su rostro como la Luna llena al salir.

Y entraron, y acabaron por llegar a una sala espaciosa que daba al patio, adornada con brocados de seda y oro, llena de lujosos muebles con incrustaciones de oro, jarrones, asientos esculpidos, cortinas y unos roperos cuidadosamente cerrados. En medio de la sala había un lecho de mármol incrustado con perlas y espledorosa pedrería, cubierto con un dosel de raso rojo. Sobre él estaba extendido un mosquitero de fina gasa, también rojo, y en el lecho había una joven de maravillosa hermosura, con ojos babilónicos, un talle esbelto como la letra *aleph* y un rostro tan bello que podía envidiarle el sol luminoso. Era una estrella brillante, una noble hermosura de Arabia.

Entonces la joven se levantó y, llegando junto a sus hermanas, les dijo: "¿Por qué permanecéis quietas? Quitad la carga de la cabeza de ese hombre." Entonces entre las tres le aliviaron del peso. Vaciaron la espuerta, pusieron cada cosa en su sitio y, entregando dos dinares al mandadero, le dijeron: "¡Oh, mandadero! Vuelve la cara y vete inmediatamente." Pero el mozo miraba a las jóvenes, encantado de tanta belleza y tanta perfección, y pensaba que en su vida había visto nada semejante.

Entonces la mayor de las doncellas le dijo: "¿Por qué no te vas? ¿Es que te parece poco el salario?" Y se volvió hacia su hermana, la que había hecho las compras, y le dijo: "Dale otro dinar." Pero el mandadero replicó: "¡Por Alah, señoras mías! Mi salario suele ser la centésima parte de un dinar, por lo cual no me ha parecido escasa la paga. Pero mi corazón está pendiente de vosotras. Y me pregunto cuál puede ser vuestra vida, ya que vivís en esta soledad, y no hay hombre que os haga compañía."

Y dijeron: "Puedes pasar aquí la noche con la condición de estar bajo nuestro dominio y no pedir ninguna explicación sobre lo que veas ni sobre cuanto ocurra."

Y él respondió: "Así sea, ¡oh, señoras mías!" Y ellas añadieron: "Levántate y lee lo que está escrito encima de las puertas." Y él se levantó y encima de la puerta vio las siguientes palabras, escritas con letras de oro:

NO HABLES NUNCA DE LO QUE NO TE IMPORTE,
SI NO, OTRÁS COSAS QUE NO TE GUSTEN

Y el mandadero dijo: "¡Oh, señoras mías! Os pongo por testigo de que no he de hablar de lo que no me importe."

He llegado a saber, ¡oh, rey poderoso!, que cuando el mandadero hizo su promesa a las jóvenes, se levantó la proveedora, colocó los manjares delante de los comensales y todos comieron muy regaladamente. Después de esto encendieron las velas, quemaron maderas olorosas e incienso y volvieron a beber y comer todas las golosinas compradas en el zoco, sobre todo el mandadero, que al mismo tiempo decía versos, cerrando los ojos mientras recitaba y moviendo la cabeza. Y de pronto se oyeron fuertes golpes en la puerta, lo que no les perturbó en sus placeres, pero al fin la menor de las jóvenes se levantó, fue a la puerta, y luego volvió y dijo: "Bien llena va a estar nuestra mesa esta noche, pues acabo de encontrar junto a la puerta a tres ahjam con las barbas afeitadas y tuertos del ojo izquierdo. Es una coincidencia asombrosa. He visto inmediatamente que eran extranjeros, y deben venir del país de los Rum. Cada uno es diferente, pero los tres son tan ridículos de fisonomía, que hacen reír. Si los hiciésemos entrar nos divertiríamos con ellos." Y sus hermanas aceptaron. "Diles que pueden entrar, pero entérales de que no deben hablar de lo que no les importe, si no quieren oír cosas desagradables." Y la joven corrió a la puerta, muy alegre, y volvió trayendo a los tres tuertos. Llevaban las mejillas afeitadas, con unos bigotes retorcidos y tiesos, y todo indicaba que pertenecían a la cofradía de mendicantes llamados saalik.

Apenas entraron, desearon la paz a la concurrencia, y las jóvenes los invitaron a sentarse y les ofrecieron manjares que comieron gustosamente. Y la más joven les ofreció de beber, y los saalik bebieron uno tras otro. Y cuando la copa estuvo en circulación, dijo el mandadero: "Hermanos nuestros, ¿lleváis en el saco alguna historia o alguna maravillosa aventura con la que divertirnos?" Estas palabras los estimularon, y pidieron que les trajesen instrumentos. Y entonces la más joven les trajo inmediatamente un pandero de Mussul adornado con cascabeles, un laúd de Irak y una flauta de Persia. Y los tres saalik se pusieron en pie, y uno cogió el pandero, otro el laúd y el tercero la flauta. Y los tres empezaron a tocar, y las doncellas los acompañaban con sus cantos. Y el mandadero se moría de gusto.

En este momento volvieron a llamar a la puerta, y como de costumbre, acudió a abrir la más joven de las tres doncellas.

Y he aquí el motivo de que hubiesen llamado:

Aquella noche, el califa Harum-al-Raschid había salido a recorrer la ciudad, para ver y escuchar por sí mismo cuanto ocurriese. Le acompañaba su visir Giafar-al-Barmaki y el portaalfanje Massrur, ejecutor de sus justicias. El califa en estos casos acostumbraba disfrazarse de mercader.

Y paseando por las calles había llegado frente a aquella casa y había oído los instrumentos y los ecos de la fiesta. Y el califa dijo al visir Giafar: "Quiero que entremos en esta casa para saber qué son esas voces." Y el visir Giafar replicó: "Acaso sea un atajo de borrachos, y convendría precavernos por si nos hiciesen alguna mala partida." Pero el califa dijo: "Es mi voluntad entrar ahí. Quiero que busques la forma de entrar y sorprenderlos." Al oír esta orden, el visir contestó: "Escucho y obedezco." Y Giafar avanzó y llamó a la puerta. Y al momento fue a abrir la más joven de las tres hermanas.

Cuando la joven hubo abierto la puerta, el visir le dijo: "¡Oh, señora mía! Somos mercaderes de Tabaria. Hace diez días llegamos a Bagdad con nuestros géneros y habitamos en el khan de los mercaderes. Uno de los comerciantes del khan nos ha convidado a su casa y nos ha dado de comer. Después de la comida, que ha durado una hora, nos ha dejado en libertad de marcharnos. Hemos salido, pero ya era de noche y, como somos extranjeros, hemos perdido el camino del khan y ahora nos dirigimos fervorosamente a vuestra generosidad para que nos permitáis entrar y pasar la noche aquí. ¡Alah os tendrá en cuenta esta buena obra!"

Entonces la joven los miró, le pareció que en efecto tenían maneras de mercaderes y un aspecto muy respetable, por lo cual fue a buscar a sus dos hermanas para pedirles parecer. Y ellas le dijeron: "Déjales entrar." Entonces fue a abrirles la puerta, y le preguntaron: "¿Podemos entrar, con vuestro permiso?" Y ella contestó: "Entrad." Y entraron el califa, el visir y el portaalfanje, y al verlos las jóvenes se pusieron en pie y les dijeron: "¡Sed bien venidos y que la acogida en esta casa os sea tan amplia como amistosa! Sentaos, ¡oh, huéspedes nuestros! Sólo tenemos que imponeros una condición: *No habléis de lo que no os importa, si no queréis oír cosas que no os gusten.*" Y ellos respondieron: "Ciertamente que sí." Y se sentaron, y fueron invitados a beber y a que circulase entre ellos la copa. Después el califa miró a los tres saalik y se asombró mucho al ver que los tres estaban tuertos del ojo izquierdo. Y miró en seguida a las jóvenes, y al advertir su hermosura y su gracia, quedó aún más perplejo.

Las doncellas siguieron cumpliendo sus deberes de hospitalidad y sirvieron de beber. Pero cuando el vino produjo sus efectos, la mayor de las tres hermanas se levantó, cogió de la mano a la proveedora y le dijo: "¡Oh, hermana mía! Levántate y cumplamos nuestro deber." Y su hermana le contestó: "Me tienes a tus órdenes." Entonces la más pequeña se levantó también y dijo a los saalik que se apartaran del centro de la sala y que fuesen a colocarse junto a la puerta. Quitó cuanto había en medio del salón y lo limpió. Las otras dos hermanas llamaron al mandadero y le dijeron: "¡Por Alah! ¡Cuán poco nos ayudas! Cuenta que no eres un extraño, sino de la casa." Y entonces el mozo se levantó, se remangó la túnica y, apretándose el cinturón, dijo: "Mandad y obedeceré." Y ellas contestaron: "Aguarda en tu sitio." Y a los pocos momentos le dijo la proveedora: "Sígueme, que podrás ayudarme."

Y la siguió fuera de la sala, y vio dos perras de la especie de las perras negras, que llevaban cadenas al cuello. El mandadero las cogió y las llevó al centro de la sala. Entonces la mayor de las hermanas se remangó el brazo, cogió un látigo y dijo al mozo: "Trae aquí una de esas perras." Y el mandadero, tirando de la cadena del animal, le obligó a acercarse, y la perra se echó a llorar y levantó la cabeza hacia la joven. Pero ésta, sin cuidarse de ello, la tumbó a sus pies y empezó a darle latigazos en la cabeza, y la perra chillaba y lloraba, y la joven no la dejó de azotar hasta que se le cansó el brazo. Entonces tiró el látigo, cogió a la perra en brazos, la estrechó contra su pecho, le secó las lágrimas y la besó en la cabeza, que tenía cogida entre sus manos. Después dijo al mandadero: "Llévatela y tráeme la otra." Y el mandadero trajo la otra, y la joven la trató lo mismo que a la primera.

Entonces el califa sintió que sus ojos se llenaban de lástima y que el pecho se le oprimía de tristeza, y guiñó el ojo al visir Giafar para que interrogase sobre aquello a la joven, pero el visir le respondió por señas que lo mejor era callarse.

En seguida la mayor de las doncellas se dirigió a sus hermanas, y les dijo: "Hagamos lo que es nuestra costumbre." Y las otras contestaron: "Obedecemos." Y entonces se subió al lecho, chapado de plata y de oro, y dijo a las otras dos: «Veamos ahora lo que sabéis." Y la más pequeña se subió al lecho, mientras que la otra se marchó a sus habitaciones y volvió trayendo una bolsa de raso con flecos de seda verde; se detuvo delante de las jóvenes, abrió la bolsa y extrajo de ella un laúd. Después se lo entregó a su hermana pequeña, que lo templó, y se puso a tañerlo, cantando con voz conmovida.

Cuando acabó de cantar, su hermana le dijo: "¡Ojalá te consuele Alah, hermana mía!" Pero tal aflicción se apoderó de la joven portera, que se desgarró las vestiduras y cayó desmayada en el suelo.

Pero al caer, como una parte de su cuerpo quedó descubierta, el califa vio en él huellas de latigazos y varazos, y se asombró hasta el límite del asombro. La proveedora roció la cara de su hermana, y después que recobró el sentido, le trajo un vestido nuevo y se lo puso.

Entonces el califa dijo a Giafar: "¿No te conmueven estas cosas? ¿No has visto las señales de golpes en el cuerpo de esa mujer? Yo no puedo callarme, y no descansaré hasta descubrir la verdad de todo esto, sobre todo esa aventura de las dos perras." Y el visir contestó: "¡Oh, mi señor, corona de mi cabeza!, recuerda la condición que nos impusieron: No hables de lo que no te importe, si no quieres oír cosas que no te gusten."

Y mientras tanto, la proveedora se levantó, cogió el laúd, lo apoyó en su redondo seno y se puso a cantar.

Al oír este canto tan triste, la mayor de las doncellas se desgarró las vestiduras y cayó desmayada. Y la proveedora se levantó y le puso un vestido nuevo, después de haber cuidado de rociarle la cara con agua para que volviese de su desmayo.

Entonces dijeron los tres saalik: "Más nos habría valido no entrar en esta casa, aunque hubiéramos pasado la noche sobre un montón de escombros, porque este espectáculo nos apena de tal modo que acabará por destruirnos la espina dorsal." Entonces el califa, volviéndose hacia ellos, les dijo: "¿Y por qué es eso?" Y contestaron: "Porque nos ha emocionado mucho lo que acaba de ocurrir." Y el califa les preguntó: "¿De modo que no sois de la casa?" Y contestaron: "Nada de eso. El que parece serlo es ese que está a tu lado." Entonces exclamó el mandadero: "¡Por Alah! Esta noche he entrado en esta casa por primera vez, y mejor habría sido dormir sobre un montón de piedras."

Entonces dijeron: "Somos siete hombres y ellas sólo son tres mujeres. Preguntemos la explicación de lo ocurrido, y si no quieren contestarnos de grado, que lo hagan a la fuerza." Y todos se concertaron para obrar de ese modo, menos el visir, que les dijo: "¿Creéis que vuestro propósito es justo y honrado? Pensad que somos sus huéspedes, nos han impuesto condiciones y debemos cumplirlas. Además, he aquí que se acaba la noche, y pronto irá cada uno a buscar su suerte por el camino de Alah."

A todo esto, las jóvenes les preguntaron: "¿De qué habláis, buena gente?" Entonces el mandadero se levantó, se puso delante de la mayor de las tres hermanas y le dijo: "¡Oh, soberana mía! En nombre de Alah te pido y te conjuro, de parte de todos los convidados, que nos cuentes la historia de esas dos perras negras, y por qué las has castigado tanto, para llorar después y besarlas. Y dinos también, para que nos enteremos, la causa de esas huellas de latigazos que se ven en el cuerpo de tu hermana. Tal es nuestra petición. Y ahora, ¡que la paz sea contigo!"

Entonces la joven les preguntó a todos: "¿Es cierto lo que dice este mandadero en vuestro nombre?" Y todos, excepto el visir, contestaron: "Cierto es." Y el visir no dijo ni una palabra.

Entonces la joven, al oír su respuesta, les dijo: "¡Por Alah, huéspedes míos! Acabáis de ofendernos de la peor manera. Ya se os advirtió oportunamente que, si alguien hablaba de lo que no le importaba, oiría lo que no le había de gustar. ¿No os ha bastado entrar en esta casa y comeros nuestras provisiones? Pero no tenéis vosotros la culpa, sino nuestra hermana, por haberos traído."

Y dicho esto, se remangó el brazo, dio tres veces con el pie en el suelo y gritó: "¡Hola! ¡Venid en seguida!" E inmediatamente se abrió uno de los roperos cubiertos por cortinajes y aparecieron siete negros, altos y robustos, que blandían agudos alfanjes. Y la dueña les dijo: "Atad los brazos a esa gente de lengua larga y amarradlos unos a otros." Y, ejecutada la orden, dijeron los negros: "¡Oh, señora nuestra! ¡Oh, flor oculta a las miradas de los hombres!, ¿nos permites que les cortemos la cabeza?" Y ella contestó: "Aguardad una hora, que antes de degollarlos les he de interrogar para saber quiénes son."

Entonces exclamó el mandadero: "¡Por Alah, oh, señora mía!, no me mates por el crimen de estos hombres. Todos han faltado y todos han cometido un acto criminal, pero yo no. ¡Por Alah! ¡Qué noche tan dichosa y tan agradable habríamos pasado, si no hubiésemos visto a estos malditos saalik! Porque estos saalik de mal agüero son capaces de destruir la más floreciente de las ciudades sólo con entrar en ella."

He llegado a saber, ¡oh, rey afortunado!, que cuando la joven se echó a reír, después de haberse indignado, se acercó a los concurrentes y dijo: "Contadme cuanto tengáis que contar, pues sólo os queda una hora de vida. Y si tengo tanta paciencia, es porque sois gente humilde, que si fueseis de los notables, o de los grandes de vuestra tribu, o si fueseis de los que gobiernan, ya os habría castigado."

Entonces el califa dijo al visir: "¡Desdichados de nosotros, oh, Giafar! Revélale quiénes somos; si no, va a matarnos." Y el visir contestó: "Bien merecido nos está." Pero el califa dijo: "No es ocasión oportuna para bromas; el caso es muy serio y cada cosa a su tiempo."

Entonces la joven se acercó a los saalik y les dijo: "¿Sois hermanos?" Y contestaron ellos: "¡No, por Alah! Somos los más pobres de los pobres y vivimos de nuestro oficio, haciendo escarificaciones y poniendo ventosas." Entonces fue preguntando a cada uno: "¿Naciste tuerto, tal como ahora estás?" Y el primero de ellos contestó: "¡No, por Alah!" Los otros dijeron igual. Luego añadieron: "Somos de distinto país y nuestras historias no pueden ser más maravillosas, ni nuestras aventuras más prodigiosamente extrañas." Entonces dijo la joven: "Que cada cual cuente su historia y después se lleve la mano a la frente, para darnos las gracias, y se vaya en busca de su destino."

El mandadero fue el primero que se adelantó y dijo: "¡Oh, señora mía! Yo soy sencillamente un mandadero, y nada más. Vuestra hermana me hizo cargar con muchas cosas y venir aquí. Me ha ocurrido con vosotras lo que sabéis muy bien, y no he de repetirlo ahora, por razones que se os alcanzan. Y tal es toda mi historia. Y nada podré añadir a ella, sino que os deseo la paz."

Entonces la joven le dijo: "¡Vaya! Llévate la mano a la cabeza, para ver si está todavía en su sitio, arréglate el pelo y márchate." Pero replicó el mozo: "¡Oh, no! ¡Por Alah! No me he de ir hasta que oiga el relato de mis compañeros."»

Entonces el primer saaluk entre los saalik avanzó para contar su historia y dijo:

HISTORIA DEL PRIMER CALENDER

«Voy a contarte, ¡oh, mi señora!, el motivo de que me afeitara las barbas y de haber perdido un ojo.

Sabe, pues, que mi padre era rey. Tenía un hermano, y ese hermano era rey en otra ciudad.

El mismo día que nací yo nació también un hijo al hermano de mi padre. He de decirte que, con intervalos de algunos años, iba a visitar a mi tío y a pasar con él algunos meses. La última vez que le visité me dispensó mi primo una acogida de las más amplias y más generosas, y mandó degollar varios carneros en mi honor, y clarificar numerosos vinos. Luego empezamos a beber, hasta que el vino pudo más que nosotros. Entonces mi primo me dijo: "¡Oh, primo mío! Ya sabes que te quiero extremadamente y te he de pedir una cosa importante. No quisiera que me la negases ni que me impidieses hacer lo que he resuelto." Y yo le contesté: "Así sea, con toda la simpatía y generosidad de mi corazón."

Y en seguida se levantó, se ausentó un instante y después volvió con una mujer ricamente vestida y perfumada, con un atavío tan fastuoso que suponía una gran riqueza. Y volviéndose hacia mí, con la mujer detrás de él, me dijo: "Toma esta mujer y acompáñala al sitio que voy a indicarte." Y me señaló el sitio, explicándolo tan detalladamente que lo comprendí muy bien. Luego añadió: "Allí encontrarás una tumba entre las otras tumbas, y en ella me aguardarás." Yo no me pude negar a ello, porque había jurado con la mano derecha. Y cogí a la mujer y marchamos al sitio que me había indicado, y nos sentamos allí para esperar a mi primo, que no tardó en presentarse, llevando una vasija llena de agua, un saco con yeso y una piqueta. Y lo dejó todo en el suelo, conservando en la mano nada más que la piqueta, y marchó hacia la tumba, quitó una por una las piedras y las puso aparte. Después cavó con la piqueta hasta descubrir una gran losa. La levantó y apareció una escalera abovedada. Se volvió entonces hacia la mujer y le dijo: "Ahora puedes elegir." Y la mujer bajó en seguida la escalera y desapareció. Entonces él se volvió hacia mí y me dijo: "¡Oh, primo mío! Te ruego que acabes de completar este favor y que, cuando haya bajado, eches la losa y la cubras con tierra, como estaba. Y así completarás este favor que me has hecho. En cuanto al yeso que hay en el saco y respecto al agua de la vasija, los mezclarás bien y después pondrás las piedras como antes, y con la mezcla llenarás las juntas de modo que nadie pueda adivinar que es obra reciente. Porque hace un año que estoy haciendo este trabajo, y sólo Alah lo sabe." Y luego añadió: "Y ahora ruega a Alah que no me abrume de tristeza por estar lejos de ti, primo mío." En seguida bajó la escalera y desapareció en la tumba. Cuando hubo desaparecido de mi vista, me levanté, volví a poner la losa e hice todo lo demás que me había mandado, de modo que la tumba quedó como antes estaba.

Regresé al palacio, pero mi tío se había ido de caza, y entonces decidí acostarme aquella noche. Después, cuando vino la mañana, comencé a reflexionar sobre todas las cosas de la noche anterior y singularmente sobre lo que me había ocurrido con mi primo, y me arrepentí de cuanto había hecho. ¡Pero con el arrepentimiento no remediaba nada! Entonces volví hacia las tumbas y busqué, sin poder encontrarla, aquella en que se había encerrado mi primo. Y seguí buscando hasta cerca del anochecer, sin hallar ningún rastro. Regresé entonces al palacio y no podía beber, ni comer, ni apartar el recuerdo de lo que me había ocurrido con mi primo, sin poder descubrir qué era de él. Y me afligí con una aflicción tan considerable, que toda la noche la pasé muy apenado hasta la mañana. Marché en seguida otra vez al cementerio y volví a buscar la tumba entre todas las demás, pero sin ningún resultado. Y continué mis pesquisas durante siete días más, sin encontrar el verdadero camino. Por lo cual aumentaron de tal modo mis temores, que creí volverme loco.

Decidí viajar, en busca de remedio para mi aflicción, y regresé al país de mi padre. Pero al llegar a las puertas de la ciudad salió un grupo de hombres, se echaron sobre mí y me ataron los brazos. Entonces me quedé completamente asombrado, puesto que yo era el hijo del sultán y aquéllos los servidores de mi padre y también mis esclavos. Y me entró un miedo muy grande, y pensaba: "¿Quién sabe lo que le habrá podido ocurrir a mi padre?" Y pregunté a los que me habían atado los brazos, y no quisieron contestarme. Pero poco después, uno de ellos, esclavo mío, me dijo: "La suerte no se ha mostrado propicia con tu padre. Los soldados le han hecho traición y el visir le ha mandado matar. Nosotros estábamos emboscados, aguardando que cayeses en nuestras manos."

Luego me condujeron a viva fuerza. Yo no sabía lo que me pasaba, pues la muerte de mi padre me había llenado de dolor. Y me entregaron entre las manos del visir que había matado a mi padre. Pero entre este visir y yo existía un odio muy antiguo. Y la causa de este odio consistía en que yo, de joven, fui muy aficionado al tiro de ballesta, y ocurrió la desgracia de que un día entre los días me hallaba en la azotea del palacio de mi padre, cuando un gran pájaro descendió sobre la azotea del palacio del visir, el cual estaba en ella. Quise matar al pájaro con la ballesta, pero la ballesta erró al pájaro, hirió en un ojo al visir y se lo hundió, por voluntad y juicio escrito de Alah. Ya lo dijo el poeta:

Cuando dejé tuerto al visir, no se atrevió a reclamar en mi contra, porque mi padre era el rey del país. Pero ésta era la causa de su odio.

Y cuando me presentaron a él, con los brazos atados, dispuso que me cortaran la cabeza.

Pero antes extendió la mano, clavó su dedo en mi ojo izquierdo y lo hundió completamente.

¡Y desde entonces estoy tuerto, como todos veis!

Entonces el verdugo me llevó fuera de la ciudad. Y me sacó de la caja con las manos atadas y los pies encadenados, y me quiso vendar los ojos antes de matarme.

Pero tanto supliqué por mi vida que tuvo compasión y me perdonó, mas con la condición de salir del reino y no volver más.

Pensando que había salvado la vida, pude consolarme de haber perdido un ojo y seguí caminando, hasta llegar a la ciudad de mi tío. Entré en su palacio y le referí todo lo que le había ocurrido a mi padre y todo lo que me había ocurrido mí. Entonces derramó muchas lágrimas y exclamó: "¡Oh, sobrino mío! Vienes a añadir una aflicción a mis aflicciones y un dolor a mis dolores. Porque has de saber que el hijo de tu pobre tío ha desaparecido hace muchos días y nadie sabe dónde está."

Al oírle hablar de este modo, no puede callar por más tiempo lo que le había ocurrido a mi primo y le revelé toda la verdad. Mi tío, al saberla, se alegró hasta el límite de la alegría, y me dijo: "Llévame en seguida a esa tumba."

Entonces nos fuimos al cementerio y al fin, después de buscar en todos los sentidos, acabé por encontrarla. Y yo y mi tío llegamos al límite de la alegría y entramos en la bóveda, quitamos la tierra, apartamos la losa y descendimos los cincuenta peldaños que tenía la escalera. Al llegar abajo, subió hacia nosotros una humareda que nos cegaba. Pero en seguida mi tío pronunció la frase que libra de todo temor a quien la dice, y es ésta: "¡No hay poder ni fuerza más que en Alah, el Altísimo, el Omnipotente!"

Después seguimos andando hasta llegar a un gran salón que estaba lleno de harina y de grano de todas las especies, de manjares de todas las clases y de otras muchas cosas. Y vimos en medio del salón un lecho cubierto por unas cortinas. Mi tío miró hacia el interior del lecho y vio a su hijo en brazos de aquella mujer que le había acompañado; pero ambos estaban totalmente convertidos en carbón, como si los hubieran echado en un horno.

Al verlos, escupió mi tío en la cara a su hijo y exclamó: "Mereces el suplicio de este bajo mundo que ahora sufres, pero aún te falta el del otro, que es más terrible y más duradero." Y después de haberle escupido se descalzó una babucha y con la suela le dio en la cara.

Entonces mi tío me contó lo siguiente:

"¡Oh, sobrino mío! Sabe que este joven, que es mi hijo, ardió en amores por su hermana desde la niñez. Cuidé de separarla y de separarle a él. Pero indudablemente esta malvada le quería con un amor grandísimo, porque el Cheitán consolidó su obra en ellos. Así pues, cuando mi hijo vio que le había separado de su hermana, debió fabricar este asilo subterráneo sin que nadie lo supiera y, como ves, trajo a él manjares y otras cosas, y se aprovechó de mi ausencia, cuando yo estaba en la cacería, para venir aquí con su hermana. Con esto provocaron la justicia del Altísimo y Muy Glorioso. Y ella los abrasó aquí a los dos. Pero el suplicio del mundo futuro es más terrible todavía y más duradero."

Entonces mi tío se echó a llorar, y yo lloré con él. Y después exclamó: "¡Desde ahora serás mi hijo en vez de ese otro!"

Luego salimos de la tumba, echamos la losa, la cubrimos con tierra y, dejándolo todo como estaba antes, volvimos a palacio.

Apenas llegamos, oímos sonar instrumentos de guerra, trompetas y tambores, y vimos que corrían los guerreros. Y toda la ciudad se llenó de ruidos, del estrépito y del polvo que levantaban los cascos de los caballos. Nuestro espíritu se hallaba en una gran perplejidad, no acertando la causa de todo aquello. Pero por fin mi tío acabó por preguntar la razón de estas cosas, y le dijeron: "Tu hermano ha sido muerto por el visir, que se ha apresurado a reunir sus tropas y a venir súbitamente al asalto de la ciudad. Los habitantes han visto que no podían ofrecer resistencia y han rendido la ciudad a discreción."

Al oír todo aquello, me dije: "¡Seguramente me matará si caigo en sus manos!" Y de nuevo se amontonaron en mi alma las penas y las zozobras, y empecé a recordar las desgracias ocurridas a mi padre y a mi madre. Y no sabía qué hacer, pues si me veían los soldados estaba perdido. Y no hallé otro recurso que afeitarme la barba. Así es que me afeité la barba, me disfracé como pude y me escapé de la ciudad. Y me dirigí hacia esta ciudad de Bagdad, donde esperaba llegar sin contratiempo y encontrar alguien que me guiase al palacio del Emir de los Creyentes, Harum-al-Raschid, el califa del Amo del Universo, a quien quería contar mi historia y mis aventuras.

Tal es la causa de que me veáis afeitado y tenga un ojo hueco.»

Cuando hubo acabado de hablar, le dijo la mayor de las tres doncellas: «Está bien; acaríciate la cabeza y vete.»

Pero el primer saaluk contestó: «No me iré hasta que haya oído los relatos de los demás.»

Entonces el primer saaluk fue a sentarse en el suelo, con las piernas cruzadas, y el otro dio un paso, besó la tierra entre las manos de la joven y refirió lo que sigue:

HISTORIA DEL SEGUNDO CALENDER

«Aquí donde me ves, soy rey, hijo de un rey. También sabrás que no soy ningún ignorante. He leído el Corán, las siete narraciones, los libros capitales, los libros esenciales de los maestros de la ciencia. Y aprendí también la ciencia de los astros y las palabras de los poetas.

Además, mi nombre sobresalió entre todos los escritores. Mi fama se extendió por el mundo y todos los reyes supieron mi valía. Fue entonces cuando oyó hablar de ella el rey de la India y mandó un mensaje a mi padre rogándole que me enviara a su corte, y acompañó a este mensaje espléndidos regalos, dignos de un rey. Mi padre consintió, hizo preparar seis naves llenas de todas las cosas y partí con mi servidumbre.

Nuestra travesía duró todo un mes. Al llegar a tierra desembarcamos los caballos y los camellos, y cargamos diez de éstos con los presentes destinados al rey de la India. Pero apenas nos habíamos puesto en marcha, se levantó una nube de polvo, que cubría todas las regiones del cielo y de la tierra, y así duró una hora. Se disipó después y salieron de ella hasta sesenta jinetes que parecían leones enfurecidos. Eran árabes del desierto, salteadores de caravanas, y cuando intentamos huir corrieron a rienda suelta detrás de nosotros y no tardaron en darnos alcance. Entonces, haciéndoles señas con las manos, les dijimos: "No nos hagáis daño, pues somos una embajada que lleva estos presentes al poderoso rey de la India." Y contestaron ellos: "No estamos en sus dominios ni dependemos de ese rey." Y en seguida mataron a varios de mis servidores, mientras que huíamos los demás. Yo había recibido una herida enorme, pero, afortunadamente, los árabes sólo se cuidaron de apoderarse de las riquezas que llevaban los camellos.

No sabía yo dónde estaba ni qué había de hacer, pues me afligía pensar que poco antes era muy poderoso y ahora me veía en la pobreza y en la miseria. Seguí huyendo, hasta encontrarme en la cima de una montaña, donde había una gruta, y allí al fin pude descansar y pasar la noche.

A la mañana siguiente salí de la gruta, proseguí mi camino y así llegué a una ciudad espléndida, de clima tan maravilloso, que el invierno nunca la visitó y la primavera la cubría constantemente con sus rosas.

No sabía a quién dirigirme, pero al pasar junto a la tienda de un sastre que estaba allí cosiendo, le deseé la paz, y el buen hombre, después de devolverme el saludo, me abrazó, me invitó cordialmente a sentarme y, lleno de bondad, me interrogó acerca de los motivos que me habían alejado de mi país. Le referí entonces cuanto me había ocurrido, desde el principio hasta el fin, y el sastre me compadeció mucho.

Luego me dio de comer y beber, y comimos y bebimos en la mejor compañía. Y pasamos parte de la noche conversando, y luego me cedió un rincón de la tienda para que pudiese dormir.

Así permanecí en su tienda tres días, y transcurridos que fueron, me preguntó: "¿Sabes algún oficio para ganarte la vida?" Y yo contesté: "¡Ya lo creo! Soy un gran jurisconsulto, un maestro reconocido en ciencias, y además sé leer y contar." Pero él replicó: "Hijo mío, nada de eso es oficio. Es decir, no digo que no sea oficio (pues me vio muy afligido), pero no encontrarás parroquianos en nuestra ciudad. Aquí nadie sabe estudiar, ni leer, ni escribir, ni contar. No saben más que ganarse la vida." Entonces me puse muy triste y comencé a lamentarme: "¡Por Alah! Sólo sé hacer lo que acabo de decirte." Y él me dijo: "¡Vamos, hijo mío, no hay que afligirse de ese modo! Coge una cuerda y un hacha y trabaja de leñador, hasta que Alah te depare mejor suerte."

Marché entonces con los leñadores y, terminado mi trabajo, me eché al hombro una carga de leña, la llevé a la ciudad y la vendí por medio dinar. Compré con unos pocos cuartos mi comida, guardé cuidadosamente el resto de las monedas, y durante un año seguí trabajando de este modo. Todos los días iba a la tienda del sastre, donde descansaba unas horas sentado en el suelo con las piernas cruzadas.

Un día, al salir al campo con mi hacha, llegué hasta un bosque muy frondoso que me ofrecía una buena provisión de leña. Escogí un gran tronco seco, me puse a escarbar alrededor de las raíces, y de pronto el hacha se quedó sujeta en una argolla de cobre. Vacié la tierra y descubrí una tabla a la cual estaba prendida la argolla y, al levantarla, apareció una escalera que me condujo hasta una puerta. Abrí la puerta y me encontré en un salón de un palacio maravilloso. Allí estaba una joven hermosísima, perla inestimable, cuyos encantos me hicieron olvidar mis desdichas y mis temores. Y mirándola, me incliné ante el Creador, que la había dotado de tanta perfección y tanta hermosura.

Entonces ella me miró y me dijo: "¿Eres un ser humano o un efrit?" Y contesté: "Soy un hombre." Ella volvió a preguntar: "¿Cómo pudiste venir hasta este sitio donde estoy encerrada desde hace veinte años?" Y al oír estas palabras, que me parecieron llenas de delicia y de dulzura, le dije: "¡Oh señora mía! Alah me ha traído a tu morada para que olvide mis dolores y mis penas." Y le conté cuanto me había ocurrido, y ella me dijo: "Yo también te voy a contar mi historia:

Sabe que soy hija del rey Aknamus, el último rey de la India, señor de la isla de Ébano. Me casé con el hijo de mi tío. Pero la misma noche de mi boda, antes de perder mi virginidad, me raptó un efrit, llamado Georgirus, hijo de Rajmus y nieto del propio Eblis, y me condujo volando hasta este sitio, al que había traído dulces, golosinas, telas preciosas, muebles, víveres y bebidas. Desde entonces viene a verme cada diez días, se acuesta esa noche conmigo y se va por la mañana. Si necesitase llamarlo durante los diez días de su ausencia, no tendría más que tocar esos dos renglones escritos en la bóveda, e inmediatamente se presentaría. Como vino hace cuatro días, volverá pasados otros seis, de modo que puedes estar conmigo cinco días, para irte uno antes de su llegada."

Y yo le contesté: "Desde luego he de permanecer aquí todo ese tiempo." Entonces ella, mostrando una gran satisfacción, se levantó en seguida, me cogió la mano, me llevó por unas galerías y llegamos por fin al hammam, cómodo y agradable con su atmósfera tibia. Inmediatamente me desnudé, ella se despojó también de sus vestidos, quedando toda desnuda, y los dos entramos en el baño. Después de bañarnos, nos sentamos en la tarima del hammam, uno al lado del otro, y me dio de beber sorbetes de almizcle y a comer pasteles deliciosos. Y seguimos hablando cariñosamente mientras nos comíamos las golosinas del raptor.

En seguida me dijo: "Esta noche vas a dormir y a descansar de tus fatigas para que mañana estés bien dispuesto."

Al despertar, la encontré sentada a mi lado, frotando con un delicioso masaje mis miembros y mis pies. Y entonces invoqué sobre ella todas las bendiciones de Alah, y estuvimos hablando durante una hora cosas muy agradables. Y ella me dijo: "¡Por Alah! Antes de que vinieses vivía sola en este subterráneo, y estaba muy triste, sin nadie con quien hablar, y esto durante veinte años. Por eso bendigo a Alah, que te ha guiado junto a mí."

Entonces, más enamorado que nunca, temiendo que se acabase nuestra felicidad, le dije: "¿Quieres que te saque de este subterráneo y que te libre del efrit?" Pero ella se echó a reír y me dijo: "¡Calla y conténtate con lo que tienes! Ese pobre efrit sólo vendrá una vez cada diez días y todos los demás serán para ti." Pero, exaltado por mi pasión, me excedí demasiado en mis deseos, pues repuse: "Voy a destruir esas inscripciones mágicas y en cuanto se presente el efrit lo mataré. Para mí es un juego exterminar a esos efrits, ya sean de encima o de debajo de la tierra."

Y di un puntapié en la bóveda para deshacer el hechizo. Y la joven me dijo: "¡He ahí el efrit! ¡Ya viene contra nosotros! ¡Por Alah! ¡Me has perdido! Tiende a tu salvación y sal por donde entraste."

Entonces me precipité hacia la escalera. Pero desgraciadamente, a causa de mi gran terror, había olvidado las sandalias y el hacha. Por eso, como había ya subido algunos peldaños, volví un poco la cabeza para buscarlas y en el mismo instante vi abrirse la tierra y apareció un efrit enorme, horriblemente feo, que interrogó a la joven sobre su llamada. Pero al descubrir las babuchas y el hacha se puso furioso y se arrojó sobre la joven.

En seguida la desnudó completamente, la puso sobre cuatro estacas clavadas en el suelo y empezó a atormentarla, insistiendo en sus preguntas sobre lo que había ocurrido. Pero yo no pude resistir más aquella escena, ni escuchar su llanto, y subí rápidamente los peldaños, trémulo de terror. Una vez en el bosque, puse la trampa como la había encontrado y la oculté a las miradas cubriéndola con tierra.

Después seguí caminando, hasta llegar a la casa de mi amigo el sastre. Y lo encontré muy impaciente a causa de mi ausencia, pues se hallaba sentado y parecía que lo estuviesen friendo al fuego en una sartén. Y me dijo: "Como no viniste ayer, pasé toda la noche muy intranquilo. Y temí que te hubiese devorado alguna fiera o te hubiera pasado algo semejante en el bosque; pero, ¡alabado sea Alah que te guardó!" Entonces le di las gracias por su bondad, entré en la tienda y, sentado en mi rincón, empecé a pensar en mi desventura y a reconvenirme por aquel puntapié tan imprudente que había dado.

Y hallándome en este trance apareció el efrit como brotado del suelo y me llevó en volandas al palacio subterráneo, y allí vi desnuda a la joven, cuya sangre corría por su cuerpo. Y ante mí terminó el efrit su crueldad, cortándola manos y pies, y después, de un solo tajo, la cabeza.

Después quiso hacer lo mismo conmigo; pero tanto le rogué y supliqué, jurando que no le había hecho ofensa alguna, que me perdonó la vida. Sin embargo, afirmó que tenía que dejarme encantado.

Y dicho esto me cogió, hendió la cúpula, atravesó la tierra y voló conmigo a tal altura que el mundo me parecía una escudilla de agua. Descendió después hasta la cima de un monte y allí me soltó; cogió luego un puñado de tierra, refunfuñó como un gruñido, pronunció en seguida unas palabras misteriosas y, arrojándome la tierra, dijo: "¡Sal de tu forma y toma la de un mono!" Y al momento, ¡oh, señora mía!, quedé convertido en mono. Y el efrit se reía de un modo que daba miedo, hasta que por último desapareció.

Después descendí al pie de la montaña, hasta llegar a lo más bajo de todo. Y empecé a viajar, y por las noches me subía para dormir a la copa de los árboles. Así fui caminando durante un mes, hasta encontrarme a orillas del mar. Y allí me detuve como una hora, y acabé por ver una nave, en medio del mar, que era impulsada hacia la costa por un viento favorable. Entonces me escondí detrás de unas rocas y allí aguardé. Cuando la embarcación ancló y sus tripulantes comenzaron a desembarcar, me tranquilicé un tanto, saltando finalmente a la nave.

Y al cabo de cincuenta días, durante los cuales nos fue el viento propicio, arribamos a una ciudad enorme y tan llena de habitantes que sólo Alah podría contar su número.

Cuando llegamos, acercáronse a nuestra nave los mamalik enviados por el rey de la ciudad. Y llegaron para saludarnos y dar la bienvenida a los mercaderes, diciéndoles: "El rey nos manda que os felicitemos por vuestra feliz llegada, y nos ha entregado este rollo de pergamino para que cada uno de vosotros escriba en él una línea con su mejor letra."

Entonces yo, que no había perdido aún mi forma de mono, les arranqué de la mano el pergamino, alejándome con mi presa. Y temerosos sin duda de que lo rompiese o lo tirase al mar, me llamaron a gritos y me amenazaron; pero les hice señas de que sabía y quería escribir, y el capitán dijo: "Dejadle. Si vemos que lo emborrona, le impediremos que continúe; pero si escribe bien de veras, le adoptaré por hijo, pues en mi vida he visto un mono más inteligente."

Cogí entonces el cálamo, lo mojé, extendiendo bien la tinta por sus dos caras, y comencé a escribir.

Cuando acabé de escribir les entregué el rollo de pergamino. Y todos los que lo vieron se quedaron muy admirados. Luego, cada cual escribió una línea con su mejor letra.

Después de esto se fueron los esclavos para llevar el rollo al rey. Y cuando el rey hubo examinado lo escrito por cada uno de nosotros, no quedó satisfecho más que de lo mío, que estaba hecho de cuatro maneras diferentes, pues mi letra me había dado reputación universal cuando yo era todavía príncipe.

Y el rey dijo a sus amigos que estaban presentes y a los esclavos: "Id en seguida a ver al que ha hecho esta hermosa letra, dadle este traje de honor para que se lo vista y traedle en triunfo sobre mi mejor mula al son de los instrumentos."

Al oírlo, todos empezaron a sonreír. Y el rey, al notarlo, se enojó mucho y dijo: "¡Cómo! ¿Os doy una orden y os reís de mí?" Y contestaron: "¡Oh, rey del siglo! En verdad que nos guardaríamos de reírnos de tus palabras; pero has de saber que el que ha hecho esa letra tan hermosa no es hijo de Adán, sino un mono, que pertenece al capitán de la nave." Estas palabras sorprendieron mucho al rey, y luego, convulso de alegría y estallando de risa, dijo: "Deseo comprar ese mono."

Llegados a la nave me compraron a un precio elevado, aunque al principio el capitán se resistía a venderme, comprendiendo, por las señas que hice, que me era muy doloroso separarme de él. Después los otros me vistieron con el traje de honor, montáronme en la mula y salimos al son de los instrumentos más armoniosos que se tocaban en la ciudad. Y todos los habitantes y las criaturas humanas de la población se quedaron asombrados, mirando con interés enorme un espectáculo tan extraordinario y prodigioso.

Cuando me llevaron ante el rey y lo vi, besé la tierra entre sus manos tres veces, permaneciendo luego inmóvil. Entonces el monarca me invitó a sentarme, y yo me postré de hinojos. Y todos los concurrentes se quedaron maravillados de mi buena crianza y mi admirable cortesía; pero el más profundamente maravillado fue el rey. Y cuando me postré de hinojos, el rey dispuso que todo el mundo se fuese, y todo el mundo se marchó. No quedamos más que el rey, el jefe de los eunucos, un joven esclavo favorito y yo, señora mía.

Entonces ordenó el rey que trajesen algunas vituallas. Y colocaron sobre un mantel cuantos manjares puede el alma anhelar y cuantas excelencias son la delicia de los ojos. Y el rey me invitó luego a servirme y, levantándome y besando la tierra entre sus manos siete veces, me senté sobre mi trasero de mono y me puse a comer muy pulcramente, recordando en todo mi educación pasada.

Cuando levantaron el mantel, me levanté yo también para lavarme las manos.

En aquel instante trajeron un juego de ajedrez, y el rey me preguntó por señas si sabía jugar, contestándole yo que sí con la cabeza. Y me acerqué, coloqué las piezas y me puse a jugar con el rey. Y le di mate dos veces. Y el rey no supo entonces qué pensar, quedándose perplejo, y dijo: "¡Si éste fuera un hijo de Adán, habría superado a todos los vivientes de su siglo!"

Y ordenó luego al eunuco: "Ve a las habitaciones de tu dueña, mi hija, y dile: '¡Oh, mi señora! Venid inmediatamente junto al rey', pues quiero que disfrute de este espectáculo y vea un mono tan maravilloso."

Entonces fue el eunuco y no tardó en volver con su dueña, la hija del rey, que en cuanto me divisó se cubrió la cara con el velo y dijo: "¡Padre mío! ¿Cómo me mandas llamar ante hombres extraños?" Y el rey dijo: "Hija mía, ¿por quién te tapas la cara, si no hay aquí nadie más que nosotros?" Entonces contestó la joven: "Sabe, ¡oh, padre mío!, que ese mono es hijo de un rey llamado Amarus y dueño de un lejano país. Este mono está encantado por el efrit Georgirus, descendiente de Eblis, después de haber matado a su esposa, hija del rey Aknamus, señor de las islas de Ébano. Este mono, al cual crees mono de veras, es un hombre, pero un hombre sabio, instruido y prudente."

Y el padre exclamó: "Por el verdadero nombre de Alah sobre ti, ¡oh, hija mía!, desencanta a ese hombre, para que yo le nombre mi visir. Pero, ¿es posible que tú poseas ese talento tan enorme y que yo lo ignorase? Desencanta inmediatamente a ese mono, pues debe ser un joven muy inteligente y agradable."

¡Oh, mi señora! Al oír la princesa el ruego de su padre, cogió un cuchillo que tenía unas inscripciones en lengua hebrea, trazó con él un círculo en el suelo, escribió allí varios renglones talismánicos y después se colocó en medio del círculo, murmuró algunas palabras mágicas, leyó en un libro antiquísimo unas cosas que nadie entendía y así permaneció breves instantes. Y he aquí que de pronto nos cubrieron unas tinieblas tan espesas que nos creímos enterrados bajo las ruinas del mundo. Y súbitamente apareció el efrit Georgirus bajo el aspecto más horrible, las manos como rastrillos, las piernas como mástiles y los ojos como tizones encendidos. Entonces nos aterrorizamos todos, pero la hija del rey dijo: "¡Oh, efrit! No puedo darte la bienvenida ni acogerte con cordialidad." Y contestó el efrit: "¿Por qué no cumples tus promesas? ¿No juraste respetar nuestro acuerdo de no combatirnos ni mezclarte en nuestros asuntos? Mereces el castigo que voy a imponerte. ¡Ahora verás, traidora!" E inmediatamente el efrit se convirtió en un león espantoso, el cual, abriendo la boca en toda su extensión, se abalanzó sobre la joven. Mas ella, rápidamente, se arrancó un cabello, se lo acercó a los labios, murmuró algunas palabras mágicas y en seguida el cabello se convirtió en un sable afiladísimo. Y dio con él tal tajo al león que lo abrió en dos mitades. Pero inmediatamente la cabeza del león se transformó en un escorpión horrible, que se arrastraba hacia el talón de la joven para morderla, y la princesa se convirtió en seguida en una serpiente enorme, que se precipitó sobre el maldito escorpión, imagen del efrit, y ambos trabaron descomunal batalla. De pronto, el escorpión se convirtió en buitre y la serpiente en un águila, que se cernió sobre el buitre, y ya iba a alcanzarlo, después de una hora de persecución, cuando el buitre se transformó en un enorme gato negro y la princesa en lobo. Gato y lobo se batieron a través del palacio, hasta que el gato, al verse vencido, se convirtió en una inmensa granada roja y se dejó caer en un estanque que había en el patio. El lobo se echó entonces al agua, y la granada, cuando iba a cogerla, se elevó por los aires, pero como era tan enorme cayó pesadamente sobre el mármol y se reventó. Los granos, desprendiéndose uno a uno, cubrieron todo el suelo. El lobo se transformó entonces en un gallo, empezó a devorarlos, y ya no quedaba más que uno, pero al ir a tragárselo se le cayó del pico, pues así lo había dispuesto la fatalidad, y fue a esconderse en un intersticio de las losas, cerca del estanque. Entonces el gallo empezó a chillar, a sacudir las alas y a hacernos señas con el pico, pero no entendíamos su lenguaje y, como no podíamos comprenderle, lanzó un grito tan terrible que nos pareció que el palacio se nos venía encima. Después empezó a dar vueltas por el patio, hasta que vio el grano y se precipitó a cogerlo, pero el grano cayó en el agua y se convirtió en un pez. El gallo se transformó en una ballena enorme, que se hundió en el agua persiguiendo al pez y desapareció de nuestra vista durante una hora. Después oímos unos gritos tremendos y nos estremecimos de terror. Y en seguida apareció el efrit en su propia figura, pero ardiendo como un ascua, pues de su boca, de sus ojos y de su nariz salían llamas y humo, y detrás de él surgió la princesa en su propia forma, pero ardiendo también como metal en fusión y persiguiendo al efrit, que ya nos iba a alcanzar. Entonces, temiendo que nos abrasase, quisimos echarnos al agua, pero el efrit nos detuvo dando un grito espantoso, y empezó a resollar fuego contra todos. La princesa lanzaba fuego contra él, y fue el caso que nos alcanzó el fuego de los dos, y el de ella no nos hizo daño, pero el del efrit sí que nos lo produjo, pues una chispa me dio en este ojo y me lo saltó; otra dio al rey en la cara, y le abrasó la barbilla y la boca, arrancándole parte de la dentadura, y otra chispa prendió en el pecho del eunuco y le hizo perecer abrasado.

Mientras tanto, la princesa perseguía al efrit, lanzándole fuego encima, hasta que oímos decir: "¡Alah es el único grande! ¡Alah es el único poderoso! ¡Aplasta al que reniega de la fe de Mohamed, señor de los hombres!" Esta voz era de la princesa, que nos mostraba al efrit enteramente convertido en un montón de cenizas. Después llegó hasta nosotros y dijo: "Aprisa, dadme una taza de agua." Se la trajeron, pronunció la princesa unas palabras incomprensibles, me roció con el agua y dijo: "¡Queda desencantado en nombre del único Verdadero! ¡Por el poderoso nombre de Alah, vuelve a tu primitiva forma!"

Entonces volví a ser hombre, pero me quedé tuerto. Y la princesa, queriendo consolarme, me dijo: "¡El fuego siempre es fuego, hijo mío!" Y lo mismo dijo a su padre por sus barbas chamuscadas y sus dientes rotos. Después exclamó: "¡Oh,

44

padre mío! Necesariamente he de morir, pues está escrita mi muerte. Si este efrit hubiese sido una simple criatura humana, lo habría aniquilado en seguida. Pero lo que más me hizo sufrir fue que, al dispersarse los granos de la granada, no acerté a devorar el grano principal, el único que contenía el alma del efrit; pues si hubiera podido tragármelo, habría perecido inmediatamente. Pero, ¡ay de mí!, tardé mucho en verlo. Así lo quiso la fatalidad del Destino. Por eso he tenido que combatir tan terriblemente contra el efrit debajo de tierra, en el aire y en el agua. Y cada vez que él abría una puerta de salvación, le abría yo otra de perdición, hasta que abrió por fin la más fatal de todas, la puerta del fuego, y yo tuve que hacer lo mismo. Y después de abierta la puerta del fuego hay que morir necesariamente. Sin embargo, el Destino me permitió quemar al efrit antes de perecer yo abrasada. Y antes de matarle, quise que abrazara nuestra fe, que es la santa religión del Islam, pero se negó, y entonces lo quemé. Alah ocupará mi lugar cerca de vosotros, y esto podrá serviros de consuelo."

Después de estas palabras empezó a implorar al fuego, hasta que al fin brotaron unas chispas negras que subieron hacia su pecho. Y cuando el fuego le llegó a la cara, lloró y luego dijo: "¡Afirmo que no hay más Dios que Alah, y que Mohamed es su profeta!" No bien había pronunciado estas palabras, la vimos convertirse en un montón de ceniza, próximo al otro montón que formaba el efrit.

Al advertir el rey la transformación sufrida por su hija, lloró por ella, mesándose las barbas que le quedaban, abofeteándose y desgarrándose las ropas. Y lo propio hice yo. Y los dos lloramos sobre ella. En seguida llegaron los chambelanes, y los jefes del gobierno hallaron al sultán llorando aniquilado ante los dos montones de ceniza. Y se asombraron muchísimo, y comenzaron a dar vueltas a su alrededor, sin atreverse a hablarle. Al cabo de una hora se repuso algo el rey, y les contó lo ocurrido entre la princesa y el efrit. Y todos gritaron: "¡Alah! ¡Alah! ¡Qué gran desdicha! ¡Qué tremenda desventura!"

En seguida llegaron todas las damas de palacio con sus esclavas, y durante siete días se cumplieron todas las ceremonias del duelo y de pésame.

Luego dispuso el rey la construcción de un sarcófago para las cenizas de su hija, y que se encendiesen velas, faroles y linternas día y noche. En cuanto a las cenizas del efrit, fueron aventadas bajo la maldición de Alah.

La tristeza acarreó al sultán una enfermedad que le tuvo a la muerte. Esta enfermedad le duró un mes entero. Y cuando hubo recobrado algún vigor, me llamó a su presencia y me dijo: "¡Oh, joven! Antes de que vinieses vivíamos aquí nuestra vida en la más perfecta dicha, libre de los sinsabores de la suerte. Ha sido necesario que tú vinieses y que viéramos tu hermosa letra para que cayesen sobre nosotros todas las aflicciones. ¡Ojalá no te hubiésemos visto nunca a ti, ni a tu cara de mal agüero, ni a tu maldita escritura! Porque primeramente ocasionaste la pérdida de mi hija, la cual, sin duda, valía más que cien hombres. Después, por causa tuya, me quemé lo que tú sabes, y he perdido la mitad de mis dientes y la otra mitad casi ha volado también. Y por último, ha perecido mi pobre eunuco, aquel buen servidor que fue ayo de mi hija. Pero tú no tuviste la culpa, y mal podrías remediarlo ahora. Todo nos ha ocurrido a nosotros y a ti por voluntad de Alah. ¡Alabado sea por permitir que mi hija te desencantara, aunque ella pereciese! ¡Es el Destino! Ahora, hijo mío, debes abandonar este país, porque ya tenemos bastante con lo que por tu causa nos ha pasado. ¡Alah es quien todo lo decreta! ¡Sal, pues, y vete en paz!"

Entonces, ¡oh, mi señora!, abandoné el palacio del rey, sin fiar mucho en mi salvación. No sabía adónde ir.

Entonces salí de aquella ciudad, viajé por varios países, atravesé sus capitales y luego me dirigí a Bagdad, la Morada de Paz, donde espero llegar a ver al Emir de los Creyentes para contarle cuanto me ha ocurrido.

He aquí, ¡oh, mi señora!, los motivos de que me veas tuerto y con la barba afeitada.»

Entonces la dueña de casa dijo al segundo saalik: «Tu historia es realmente extraordinaria. Ahora alísate un poco el pelo sobre la cabeza y ve a buscar tu destino por la ruta de Alah.»

Pero él respondió: «En verdad que no saldré de aquí sin haber oído el relato de mi tercer compañero.»

Entonces el tercer saaluk dio un paso y dijo:

HISTORIA DEL TERCER CALENDER

«¡Oh, gloriosa señora! No crea que mi historia encierra menos maravillas que las de mis compañeros. Porque mi historia es infinitamente más asombrosa aún.

Soy rey, y también hijo de rey. Mi padre se llamaba Kassib y yo era su único hijo. Cuando murió el rey, mi padre, heredé su reino, y reiné y goberné con justicia, haciendo mucho bien entre mis súbditos.

Pero tenía gran afición a los viajes por mar. Y no me privaba de ellos, porque la capital de mi reino estaba junto al mar, y en una gran extensión marítima pertenecíanme numerosas islas fortificadas. Una vez quise ir a visitarlas todas, y mandé preparar diez naves grandes llenas de provisiones, dándome a la vela. El viaje duró otros veinte días, hasta que en uno de tantos perdimos el derrotero, pues las aguas en que navegábamos eran tan desconocidas para nosotros como para el capitán. Porque el capitán, realmente, no conocía este mar. Entonces le dijimos al vigía: "Mira con atención al mar." Y el vigía subió al palo, descendió después y nos dijo al capitán y a mí: "A la derecha he visto peces en la superficie del agua, y muy lejos, en medio de las olas, una cosa que unas veces parecía blanca y otras negra."

Al oír estas palabras del vigía, el capitán sufrió un cambio muy notable de color, tiró el turbante al suelo, se mesó la barba y nos dijo: "¡Os anuncio nuestra total pérdida! ¡No ha de salvarse ni uno!" Luego se echó a llorar, y con él lloramos todos. Y yo le pregunté entonces: "¡Oh, capitán! ¿Quieres explicarnos las palabras del vigía?" Y contestó: "¡Oh, mi señor! Sabe que desde el día que sopló el aire contrario perdimos el derrotero y hace de ello once días, sin que haya un viento favorable que nos permita volver al buen camino. Sabe, pues, el significado de esa cosa negra y blanca y de esos peces que sobrenadan cerca de nosotros: mañana llegaremos a una montaña de rocas negras que se llama la Montaña del Imán, y hacia ella han de llevarnos a la fuerza las aguas. Y nuestra nave se despedazará, porque volarán todos sus clavos, atraídos por la montaña y adhiriéndose a sus laderas, pues Alah el Altísimo dotó a la Montaña del Imán de una secreta virtud que le permite atraer todos los objetos de hierro. Y no puedes imaginarte la enorme cantidad de cosas de hierro que se han acumulado y colgado de dicha montaña desde que atrae a los navíos. ¡Sólo Alah sabe su número! Desde el mar se ve relucir en la cima de esa montaña una cúpula de cobre amarillo sostenida por diez columnas, y encima hay un jinete en un caballo de bronce, y el jinete tiene en la mano una lanza de cobre, y le pende del pecho una chapa de plomo grabada con palabras talismánicas desconocidas. Sabe, ¡oh, rey!, que mientras el jinete permanezca sobre su caballo, quedarán destrozados todos los barcos que naveguen en torno suyo, y todos los pasajeros se perderán sin remedio, y todos los hierros de las naves se irán a pegar a la montaña. ¡No habrá salvación posible mientras no se precipite el jinete al mar!"

Y así fue; porque apenas amaneció, nos vimos próximos a la montaña de rocas negras imantadas, y las aguas nos empujaban violentamente hacia ella. Y cuando las diez naves llegaron al pie de la montaña, los clavos se desprendieron de pronto y comenzaron a volar por millares, lo mismo que todos los hierros, y todos fueron a adherirse a la montaña. Y nuestros barcos se abrieron, siendo precipitados al mar todos nosotros.

Pasamos el día entero a merced de las olas, ahogándose la mayoría y salvándonos otros, sin que los que no perecimos pudiéramos volver a encontrarnos, pues las corrientes terribles y los vientos contrarios nos dispersaron por todas partes.

Y Alah, el Altísimo, ¡oh, señora mía!, me quiso salvar para reservarme nuevas penas, grandes padecimientos y enormes desventuras. Pude agarrarme a uno de los tablones que sobrenadaban, y las olas y el viento me arrojaron a la costa, al pie de la Montaña del Imán.

Allí encontré un camino que subía hasta la cumbre, que estaba hecho de escalones tallados en la roca.

Pero estaba tan rendido, que me eché en el suelo y me dormí. Y durante mi sueño oí que una voz me decía: "¡Oh, hijo de Kassib! Cuando te despiertes cava a tus pies y encontrarás un arco de cobre y tres flechas de plomo, en las cuales hay grabados talismanes. Coge el arco y dispara contra el jinete que está en la cúpula, y así podrás devolver la tranquilidad a los humanos, librándoles de tan terrible plaga. Cuando hieras al jinete, éste caerá al mar y el arco se escapará de tus manos al suelo. Lo cogerás entonces y lo enterrarás en el mismo sitio en que haya caído. Y mientras tanto el mar empezará a hervir, creciendo hasta llegar a la cumbre en que te encuentras. Y verás en el mar una barca, y en la barca a una persona distinta del jinete arrojado al abismo. Esa persona se te acercará con un remo en la mano. Puedes entrar sin temor en la barca. Pero guárdate bien de pronunciar el santo nombre de Alah, y no olvides esto por nada del mundo. Una vez en la barca, te guiará ese hombre, haciéndote navegar por espacio de diez días, hasta que llegues al Mar de Salvación. Y cuando llegues a este mar encontrarás a alguien que ha de llevarte a tu tierra. Pero no olvides que para que todo eso ocurra no debes pronunciar nunca el nombre de Alah."

Todo sucedió conforme al sueño, y el hombre de la barca me condujo por el mar hasta que vi unas islas a lo lejos. ¡Aquello era la salvación! Y mi alegría llegó a tales límites y tanta fue mi gratitud hacia el Altísimo, que pronuncié el nombre de Alah y lo glorifiqué, exclamando: "¡Alahu akbar! ¡Alahu akbar!"

Pero apenas dije tan sagradas palabras, el hombre de bronce se apoderó de mí, me arrojó al mar y, hundiéndose a lo lejos, desapareció.

Estuve nadando hasta el anochecer, en que mis brazos quedaron extenuados y rendido todo mi cuerpo. Entonces, viendo aproximarse la muerte, dije la *shehada,* mi profesión de fe, y me dispuse a morir. Pero en aquel momento una ola más enorme que las otras vino desde la lejanía como una torre gigantesca, y me despidió con tal empuje, que me encontré junto a unas islas que había divisado en lontananza. ¡Así lo quiso Alah!

Entonces trepé a la orilla, retorcí mi ropa, tendiéndola en el suelo para que se secase, y me eché a dormir, sin despertar hasta por la mañana. Me puse mis vestidos secos, me levanté buscando adónde ir, y me interné en un pequeño valle fértil, recorriéndolo en todas direcciones, y así di una vuelta entera al lugar en que me encontraba, viendo que me rodeaba el mar por todas partes. Y me dije: "¡Qué fatalidad la mía! ¡Siempre que me libro de una desgracia caigo en otra peor!"

Mientras me absorbían tan tristes pensamientos, divisé que venía por el mar una barca con gente. Entonces, temeroso de que me ocurriera algo desagradable, me levanté y me encaramé a un árbol para esperar los acontecimientos. Al arribar la barca salieron de ella diez esclavos con una pala cada uno. Anduvieron hasta llegar al centro de la isla, y allí empezaron a cavar la tierra, dejando al descubierto una trampa. La levantaron y abrieron una puerta que apareció debajo. Hecho esto, volvieron a la barca, descargando de su interior y echándose a hombros gran cantidad de efectos: pan, harina, miel, manteca, carneros, sacos llenos y otras muchas cosas; todo, en fin, lo que pueda desear quien vive en una casa. Los esclavos siguieron yendo y viniendo del subterráneo a la barca y de la barca a la trampa, hasta vaciar completamente aquélla, sacando luego trajes suntuosos y magníficos, que se echaron al brazo, y entonces vi salir de la barca, en medio de los esclavos, a un anciano venerable, tan flaco y encorvado por los años y las vicisitudes, que apenas tenía apariencia humana. Este jeque llevaba de la mano a un joven hermosísimo, moldeado realmente en el molde de la perfección, rama tierna y flexible, cuyo aspecto hubo de cautivar mi corazón y conmover la pulpa de mi carne.

Llegaron hasta la puerta, la franquearon y desaparecieron ante mis ojos. Pero, pasados unos instantes, subieron todos, menos el joven; entraron otra vez en la barca y se alejaron por el mar.

Cuando los hube perdido de vista salté del árbol, corrí hacia el sitio donde estaba la trampa, que habían cubierto otra vez de tierra, y la quité de nuevo.

Descendí sus peldaños de piedra y me encontré en un espacioso salón revestido de tapices magníficos y colgaduras de seda y terciopelo. En un diván, entre bujías encendidas, jarrones con flores y tarros llenos de frutas y de dulces, aparecía sentado el joven, que estaba haciéndose aire con un abanico. Al verme se asustó mucho, pero yo le dije con mi más armoniosa voz: "¡La paz sea contigo!"

Entonces el joven, dibujando una sonrisa en sus labios, me invitó a que me sentase junto a él en el diván, y me dijo: "Sabe, ¡oh, señor mío!, que no me trajeron a este lugar para que muriese, sino para librarme de la muerte. Sabe también que soy hijo de un gran joyero, conocido en todo el mundo por sus riquezas y la cuantía de sus tesoros. Al nacer yo, siendo ya él de edad bastante madura, los sabios que habían leído en los astros mi suerte le dijeron: "Matará a tu hijo un rey, hijo de otro rey, llamado Kassib, cuarenta días después de que aquél haya arrojado al mar al jinete de bronce de la montaña magnética." Y mi padre el joyero quedó afligidísimo. Y cuidó de mí, educándome con mucho esmero, hasta que hube cumplido los quince años. Pero entonces supo que el jinete había sido echado al mar, y la noticia le apenó y le hizo llorar tanto que en poco tiempo palideció su cara, enflaqueció su cuerpo y toda su persona adquirió la apariencia de un hombre decrépito, rendido por los años y las desventuras. Entonces me trajo a esta morada subterránea, la cual mandó construir para sustraerme a la busca del rey que había de matarme cuando cumpliera yo los quince años, y yo y mi padre estamos seguros de que el hijo de Kassib no podrá dar conmigo en esta isla desconocida. Tal es la causa de mi estancia en este sitio."

Entonces pensé yo: "¿Cómo podrán equivocarse así los sabios que leen en los astros? Porque, ¡por Alah!, este joven es la llama de mi corazón, y más fácil que matarle me sería matarme." Y luego le dije: "¡Oh, hijo mío! Alah Todopoderoso no consentirá nunca que se quiebre flor tan hermosa. Estoy dispuesto a defenderte y a seguir aquí contigo toda la vida." Y él me contestó: "Pasados cuarenta días vendrá a buscarme mi padre, pues ya no habrá peligro." Y yo le dije: "¡Por Alah que permaneceré en tu compañía esos cuarenta días, y después le diré a tu padre que te deje ir a mi reino, donde serás mi amigo y heredero del trono!"

Entonces el mancebo me dio las gracias con palabras cariñosas, y comprendí que era en extremo cortés y correspondía a la inclinación que a él me arrastraba. Y empezamos a conversar amistosamente, regalándonos con las vituallas deliciosas de sus provisiones, que podían bastar para un año a cien comensales.

Y pasaron los días, hasta el cuadragésimo. Este día, como venía su padre, el joven quiso darse un buen baño y puse a calentar agua en el caldero, vertiéndole agua fría para hacerla más agradable. El joven entró en el baño, y lo lavé, y lo froté, y le di masaje, perfumándole y transportándole a la cama, donde le cubrí con la colcha y le envolví la cabeza en un pedazo de seda bordado de plata, obsequiándole con un sorbete delicioso, y se durmió.

Al despertarse quiso comer algo y, eligiendo la sandía más hermosa y colocándola en una bandeja, y la bandeja en un tapiz, me subí a la cama para coger el cuchillo grande, que pendía de la pared sobre la cabeza del mancebo. Y he aquí que el joven, por divertirse, me hizo de pronto cosquillas en una pierna, produciéndome tal efecto que caí encima de él sin querer y le clavé el cuchillo en el corazón. Y expiró en seguida.

Entonces, no siéndome posible soportar la estancia en aquel sitio, y además, como sabía que el joyero no tardaría en comparecer, subí la escalera y cerré la trampa, cubriéndola de tierra, como estaba antes.

Cuando me vi fuera, me dije: "Voy a observar ahora lo que ocurra, pero ocultándome, porque si no los esclavos me matarían con la peor muerte." Y entonces me subí a un árbol copudo que estaba cerca de la trampa, y allí quedé en acecho. Una hora más tarde apareció la barca con el anciano y los esclavos. Desembarcaron todos, llegaron apresuradamente junto al árbol y, al advertir la tierra recientemente removida, atemorizáronse, quedando abatidísimo el viejo. Los esclavos cavaron apresuradamente y, levantando la trampa, bajaron con el pobre padre. Éste empezó a llamar a gritos a su hijo, sin que el muchacho respondiera, y le buscaron por todas partes, hallándolo por fin tendido en el lecho con el corazón atravesado.

Al verle, sintió el anciano que se le partía el alma y cayó desmayado. Los esclavos, mientras tanto, se lamentaban y afligían; después subieron en hombros al joyero. Sepultaron el cadáver del joven envuelto en un sudario, transportaron al padre dentro de la barca, con todas las riquezas y provisiones que quedaban aún, y desaparecieron en la lejanía sobre el mar.

Entonces, apenadísimo, bajé del árbol, medité en aquella desgracia, lloré mucho y anduve desolado todo el día y toda la noche. De repente noté que iba menguando el agua, quedando seco el espacio entre la isla y la tierra firme de enfrente. Di gracias a Alah, que quería librarme de seguir en aquel paraje maldito, y empecé a caminar por la arena invocando su santo nombre. Llegó en esto la hora de ponerse el sol. Vi de pronto aparecer muy a lo lejos como una gran hoguera, y me dirigí hacia aquel sitio, sospechando que estarían cociendo algún carnero; pero al acercarme advertí que lo que hube tomado por hoguera era un vasto palacio de cobre que se diría incendiado por el sol poniente.

Llegué hasta el límite del asombro ante aquel palacio magnífico, todo de cobre. Y estaba admirando su sólida construcción, cuando súbitamente vi salir por la puerta principal a diez jóvenes de buena estatura, y cuyas caras eran una alabanza al Creador por haberlas hecho tan hermosas. Pero aquellos diez jóvenes eran todos tuertos del ojo izquierdo, y sólo no lo era un anciano alto y venerable, que hacía el número once.

Al verlos exclamé: "¡Por Alah, que es extraña coincidencia! ¿Cómo estarán juntos diez tuertos, y del ojo izquierdo precisamente?" Mientras yo me absorbía en estas reflexiones, los diez jóvenes se acercaron y me dijeron: "¡La paz sea contigo!" Y yo les devolví el saludo de paz, y hube de referirles mi historia, desde el principio hasta el fin.

Al oírla, llegaron aquellos jóvenes al colmo de la admiración, y me dijeron: "¡Oh, señor! Entra en esta morada, donde serás bien acogido." Entré con ellos y atravesamos muchas salas revestidas con telas de raso. Y en la más espaciosa de ellas comimos y bebimos todos.

Después recogió las sobras el anciano y se sentó de nuevo. Y los jóvenes le preguntaron: "¿Cómo te sientas sin traernos lo necesario para cumplir nuestros deberes?" Y el anciano, sin replicar palabra, se levantó y salió diez veces, trayendo cada vez sobre la cabeza una palangana cubierta con un paño de raso y en la mano un bol, que fue colocado delante de cada joven. Y a mí no me dio nada, lo cual hubo de contrariarme.

Pero cuando levantaron las telas de raso, vi que las jofainas sólo contenían ceniza, polvo de carbón y kohl. Se echaron la ceniza en la cabeza, el carbón en la cara y el kohl en el ojo derecho, y empezaron a lamentarse y a llorar, mientras decían: "¡Sufrimos lo que merecemos por nuestras culpas y nuestra desobediencia!"

Y aquella lamentación prosiguió hasta cerca del amanecer. Entonces se lavaron en nuevas palanganas que les llevó el viejo, se pusieron otros trajes y quedaron como antes de la extraña ceremonia.

Por más que aquello, ¡oh, señora mía!, me asombrase, no me atreví a preguntar nada. Y la noche siguiente hicieron lo mismo que la primera, y lo mismo a la tercera y a la cuarta. Entonces ya no pude callar más, y exclamé: "¡Oh, mis señores! Os ruego que me digáis por qué sois todos tuertos y a qué obedece el que os echéis por la cabeza ceniza, carbón y kohl, pues, ¡por Alah!, prefiero la muerte a la incertidumbre en que me habéis sumido." Entonces ellos replicaron: "¿Sabes que lo que pides es tu perdición?" Y yo contesté: "Venga mi perdición antes que la duda." Pero ellos dijeron: "¡Cuidado con tu ojo izquierdo!" Y yo respondí: "No necesito el ojo izquierdo si he de seguir en esta perplejidad." Y por fin exclamaron: "¡Cúmplase tu destino! Te sucederá lo que nos sucedió; mas no te quejes, que la culpa es tuya. Y después de perdido el ojo izquierdo, no podrás venir con nosotros, porque ya somos diez y no hay sitio para el undécimo."

Dicho esto, el anciano trajo un carnero vivo. Lo degollaron, le arrancaron la piel y, después de limpiarla cuidadosamente, me dijeron: "Vamos a coserte dentro de esa piel y te colocaremos en la azotea del palacio. El enorme buitre llamado Rokh, capaz de arrebatar un elefante, te levantará hasta las nubes, tomándote por un carnero de veras, y para devorarte te llevará a la cumbre de una montaña muy alta, inaccesible a todos los seres humanos. Entonces con este cuchillo, del cual puedes armarte, rasgarás la piel de carnero, saldrás de ella y el terrible Rokh, que no ataca a los hombres, desaparecerá de tu vista. Echa después a andar hasta que encuentres un palacio diez veces mayor que el nuestro y mil veces más suntuoso."

Y así se hizo. Y de pronto noté que me agarraba el terrible Rokh, remontando el vuelo, y cuando comprendí que me había depositado en la cumbre de la montaña, rasgué con el cuchillo la piel que me cubría y salí de debajo de ella dando gritos para asustar al terrible Rokh. Se alejó volando pesadamente y vi que era todo blanco, tan ancho como diez elefantes y más largo que veinte camellos.

Entonces eché a andar muy deprisa, pues me torturaba la impaciencia por llegar al palacio. Al verlo, a pesar de la descripción hecha por los diez jóvenes, me quedé admirado hasta el límite de la admiración. Era mucho más suntuoso de lo que me habían dicho. La puerta principal, toda de oro, por la cual entré, tenía a los lados noventa y nueve puertas de maderas preciosas, de áloe y de sándalo. Las puertas de las salas eran de ébano con incrustaciones de oro y de diamantes. Y estas puertas conducían a los salones y a los jardines, donde se acumulaban todas las riquezas de la tierra y del mar.

No bien llegué a la primera habitación me vi rodeado de cuarenta jóvenes, de una belleza tan asombrosa que perdí la noción de mí mismo, y mis ojos no sabían a cuál dirigirse con preferencia a las demás, y me entró tal admiración que hube de detenerme, sintiendo que me daba vueltas la cabeza.

Luego todas se pusieron a servirme: una trajo agua caliente y toallas, y me lavó los pies; otra me echó en las manos agua perfumada, que vertía de un jarro de oro; la tercera me vistió un traje de seda con cinturón bordado de oro y plata, y la cuarta me presentó una copa llena de exquisita bebida aromada con flores. Y esta me miraba, aquella me sonreía, la de aquí me guiñaba los ojos, la de más allá me recitaba versos, otra abría los brazos, extendiéndolos perezosamente delante de mí y aquella otra hacía ondular su talle.

Después se me acercaron todas, comenzaron a acariciarme y me dijeron:

"¡Oh, convidado nuestro, cuéntanos tu historia, porque estamos sin ningún hombre hace tiempo y nuestra dicha será ahora completa!" Entonces hube de tranquilizarme, y les conté una parte de mi historia, hasta que empezó a anochecer.

Cuando llegó la hora de retirarnos, la joven que estaba a mi lado me dijo que tenía que elegir la que más me agradase de todas ellas, la cual me llevaría a su lecho sin que las demás se ofendiesen por ello. Yo cerré los ojos, deslumbrado por aquellos cuarenta soles, y tendí mi mano a la que me hablaba.

Y a la noche siguiente tuve que elegir otra, y otra la tercera, y así hasta que llegamos a los últimos días del año.

Entonces una mañana me rodearon todas, llenas de lágrimas, y me dijeron: "Ha llegado la hora de separarnos, ¡oh, luz de nuestros ojos! Eres un mancebo gentil y encantador, y no nos olvidaremos de ti; pero es forzoso que te dejemos."

Y yo les dije: "¿Y por qué habéis de abandonarme? Porque yo tampoco quiero perder la alegría de mi vida, que está en vosotras." Ellas contestaron: "Sabe que todas somos hijas de un rey, pero de distinta madre, y cada año hemos de ausentarnos cuarenta días para visitar a nuestro padre y a nuestras madres. Y hoy es el día de la marcha." Yo dije: "Pero, delicias mías, yo me quedaré en este palacio alabando a Alah hasta vuestro regreso." Y ellas me contestaron: "Cúmplase tu deseo. Aquí tienes todas las llaves del palacio. Pero guárdate muy bien de abrir la puerta de bronce que está al fondo del jardín, porque te ocurriría una gran desgracia y no volveríamos a vernos."

Dicho esto, me abrazaron y besaron todas, una tras otra, llorando y diciéndome: "¡Alah sea contigo!" Y partieron, sin dejar de mirarme a través de sus lágrimas.

Entonces, ¡oh, señora mía!, salí del salón en que me hallaba, y con las llaves en la mano empecé a recorrer el palacio. Y abrí con la primera llave la primera puerta.

Me vi entonces en un gran huerto, rebosante de árboles frutales, tan frondosos que en mi vida los había conocido iguales en el mundo. Canalillos llenos de agua los regaban tan a conciencia, que las frutas eran de un tamaño y una hermosura indecibles. Comí de ellas, especialmente bananas, y también dátiles, que eran largos como los dedos de un árabe noble, granadas, manzanas y melocotones. Cuando acabé de comer di gracias por su magnanimidad a Alah y abrí la segunda puerta con la segunda llave.

Cuando abrí esta puerta, mis ojos y mi olfato quedaron subyugados por una inmensidad de flores que llenaban un gran jardín regado por arroyos numerosos. Había allí cuantas flores pueden criarse en los jardines de los emires de la tierra: jazmines, narcisos, rosas, violetas, jacintos, anémonas, claveles, tulipanes, ranúnculos y todas las flores de todas las estaciones.

Abrí en seguida la tercera puerta y mis oídos quedaron encantados con las voces de numerosas aves de todos los colores y de todas las especies de la tierra. Estaban en una pajarera construida con varillas de áloe y sándalo. Los bebederos eran de jaspe fino y los comederos de oro. El suelo aparecía barrido y regado. Y las aves bendecían al Creador. Estuve oyéndolas cantar, y cuando anocheció me retiré.

Al día siguiente me levanté temprano y abrí la cuarta puerta con la cuarta llave. Y entonces, ¡oh, señora mía!, vi cosas que ni en sueños podría ver un ser humano. En medio de un gran patio había una cúpula de maravillosa construcción, con escaleras de pórfido que ascendían hasta cuarenta puertas de ébano, labradas con oro y plata. Se encontraban abiertas y permitían ver aposentos espaciosos, cada uno de los cuales contenía un tesoro diferente, y valía cada tesoro más que todo mi reino. La primera sala estaba atestada de enormes montones de perlas, grandes y pequeñas, abundando las grandes, que tenían el tamaño de un huevo de paloma y brillaban como la luna llena. La segunda sala superaba en riqueza a la primera, y aparecía repleta de diamantes, rubíes azules y carbunclos. En la tercera había esmeraldas solamente; en la cuarta, montones de oro en bruto; en la quinta, monedas de oro de todas las naciones; en la sexta, plata virgen; en la séptima, monedas de plata de todas las naciones. Las demás salas estaban llenas de cuantas pedrerías hay en el seno de la tierra y del mar: topacios, turquesas, jacintos, piedras del Yemen, cornalinas de los más variados colores, jarrones de jade, collares, brazaletes, cinturones y todas las preseas, en fin, usadas en las cortes de reyes y de emires.

Y yo, ¡oh, señora mía!, levanté las manos y los ojos, y di gracias a Alah el Altísimo por sus beneficios. Y así seguí cada día abriendo una o dos o tres puertas, hasta el cuadragésimo, creciendo diariamente mi asombro.

Pero el Maligno hacíame pensar en la llave de la puerta de bronce, tentándome continuamente; la tentación pudo más que yo y abrí la puerta. Nada vieron mis ojos, mi olfato notó un olor muy fuerte y hostil a los sentidos, y me desmayé, cayendo por la parte de fuera de la entrada y cerrándose inmediatamente la puerta delante de mí. Cuando me repuse, persistí en la resolución inspirada por el Cheitán y volví a abrir, aguardando a que el olor fuese menos penetrante.

Entré por fin, y me encontré en una espaciosa sala, con el suelo cubierto de azafrán y alumbrada por bujías perfumadas de ámbar gris e incienso y por magníficas lámparas de plata y oro llenas de aceite aromático, que al arder exhalaba aquel olor tan fuerte. Y entre lámparas y candelabros vi un maravilloso caballo negro con una estrella blanca en la frente, y la pata delantera derecha y trasera izquierda tenían asimismo manchas blancas en los extremos. La silla era de brocado y la brida de una cadena de oro; el pesebre estaba lleno de sésamo y cebada bien cribada; el abrevadero contenía agua fresca, perfumada con rosas.

Entonces, ¡oh, señora mía!, como mi pasión mayor eran los buenos caballos, y yo el jinete más ilustre de mi reino, me agradó mucho aquel corcel y, cogiéndole de la brida, le saqué al jardín y lo monté; pero no se movió. Entonces le di en el cuello con la cadena de oro. Y de pronto, ¡oh, señora mía!, abrió el caballo dos grandes alas negras que yo no había visto, relinchó de un modo espantoso, dio tres veces con los cascos en el suelo y voló conmigo por los aires.

En seguida, ¡oh, señora mía!, empezó todo a dar vueltas a mi alrededor; pero apreté los muslos y me sostuve como buen jinete. Y he aquí que el caballo descendió y se detuvo en la azotea del palacio donde había yo encontrado a los diez tuertos. Y entonces se encabritó terriblemente y logró derribarme. Luego se acercó a mí y, metiéndome la punta de una de sus alas en el ojo izquierdo, me lo vació, sin que pudiera yo impedirlo. Y emprendió el vuelo otra vez, desapareciendo en los aires

Me tapé con la mano el ojo huero, y anduve en todos sentidos por la azotea, lamentándome a impulsos del dolor. Y de pronto vi delante de mí a los diez mancebos, que decían: "¡No quisiste atendernos! ¡Ahí tienes el fruto de tu funesta terquedad! Y no puedes quedarte entre nosotros, porque ya somos diez. Pero te indicaremos el camino para que marches a Bagdad, capital del Emir de los Creyentes Harum-al-Raschid, cuya fama ha llegado a nuestros oídos, y tu destino quedará entre sus manos."

Partí, después de haberme afeitado y puesto este traje de saalik, para no tener que soportar otras desgracias, y viajé día y noche, no parando hasta llegar a Bagdad.

¡Y tal es la causa de mi ojo huero y de mis barbas afeitadas!

Después de oír tan extraordinaria historia, la mayor de las tres doncellas dijo al tercer saaluk: "Te perdono. Acaríciate un poco la cabeza y vete."

Pero el tercer saaluk contestó: "¡Por Alah! No he de irme sin oír las historias de los otros."

Entonces la joven, volviéndose hacia el califa, hacia el visir Giafar y hacia el portaalfanje, les dijo: "Contad vuestra historia."

Y Giafar se le acercó y repitió el relato que ya había contado a la joven portera al entrar en la casa. Y después de haber oído a Giafar, la dueña de la morada les dijo:

"Os perdono a todos, a los unos y a los otros. ¡Pero marchaos en seguida!"

Y todos salieron a la calle. Entonces el califa dijo a los saalik: "Compañeros, ¿adónde vais?" Y éstos contestaron: "No sabemos adónde ir." Y el califa les dijo: "Venid a pasar la noche con nosotros." Y ordenó a Giafar: "Llévalos a tu casa y mañana me los traes, que ya veremos lo que se hace." Y Giafar ejecutó sus órdenes.

Entonces entró en su palacio el califa, pero no pudo dormir en toda la noche. Por la mañana se sentó en el trono, mandó entrar a los jefes de su imperio y, cuando hubo despachado los asuntos y se hubieron marchado, volvióse hacia Giafar y le dijo: "Tráeme las tres jóvenes, las dos perras y los tres saalik." Y Giafar salió en seguida y los puso a todos entre las manos del califa. Las jóvenes se presentaron ante él cubiertas con sus velos. Y Giafar les dijo: "No se os castigará, porque sin conocernos nos habéis perdonado y favorecido. Pero ahora estáis en manos del quinto descendiente de Abbas, el califa Harum-al-Raschid. De modo que tenéis que contarle la verdad."»

Cuando las jóvenes oyeron las palabras de Giafar, que hablaba en nombre del Príncipe de los Creyentes, dio un paso la mayor, y dijo:

HISTORIA DE ZOBEIDA

«¡Oh, Príncipe de los Creyentes! Sabe que me llamo Zobeida; mi hermana la que abrió la puerta se llama Amina y la más joven de todas, Fahima. Las tres somos hijas del mismo padre, pero no de la misma madre. Estas dos perras son otras dos hermanas mías, de padre y madre.

Al poco tiempo de morir nuestro padre, mis dos hermanas mayores se casaron y estuvieron algún tiempo conmigo en la misma casa. Pero sus maridos no tardaron en prepararse a un viaje comercial; cogieron los mil dinares de sus mujeres para comprar mercaderías y se marcharon todos juntos, dejándome completamente sola.

Estuvieron ausentes cuatro años, durante los cuales se arruinaron mis cuñados y, después de perder sus mercaderías, desaparecieron, abandonando en país extranjero a sus mujeres.

Y mis hermanas pasaron toda clase de miserias y acabaron por llegar a mi casa como unas mendigas. Al ver aquellas dos mendigas, no pude pensar que fuesen mis hermanas, y me alejé de ellas; pero entonces me hablaron y, reconociéndolas, les dije: "¿Qué os ha ocurrido? ¿Cómo os veo en tal estado?" Y respondieron: "¡Oh, hermana! Las palabras ya nada remediarían, pues el cálamo corrió por lo que había mandado Alah." Oyéndolas se conmovió de lástima mi corazón, y las llevé al hamman, poniendo a cada una un traje nuevo.

Y he aquí que las colmé de beneficios, y estuvieron en mi casa durante un año completo, y mis bienes eran sus bienes. Pero un día me dijeron: "Realmente, preferimos el matrimonio, y no podemos pasarnos sin él, pues se ha agotado nuestra paciencia al vernos tan solas." Yo les contesté: "¡Oh, hermanas! Nada bueno podréis encontrar en el matrimonio, pues escasean los hombres honrados. ¿No probasteis el matrimonio ya? ¿Olvidáis lo que os ha proporcionado?"

Pero no me hicieron caso, y se empeñaron en casarse sin mi consentimiento. Entonces les di el dinero para las bodas y les regalé los equipos necesarios. Después se fueron con sus maridos a probar fortuna.

Pero no haría mucho que se habían ido, cuando sus esposos se burlaron de ellas, quitándoles cuanto yo les di y abandonándolas. De nuevo regresaron ambas desnudas a mi casa, y me pidieron mil perdones, diciéndome: "No nos regañes, hermana. Cierto que eres la de menos edad de las tres, pero nos aventajas a todas en razón. Te prometemos no volver a pronunciar nunca la palabra casamiento."

Así transcurrió otro año entero, y al terminar éste, pensé fletar una nave cargada de mercancías y marcharme a comerciar a Basora. Y efectivamente, dispuse un barco y lo cargué de mercancías y géneros y de cuanto pudiera necesitarse durante la travesía, y dije a mis hermanas: "¡Oh hermanas! ¿Preferís quedaros en mi casa mientras dure el viaje hasta mi regreso o viajar conmigo?" Y me contestaron: "Viajaremos contigo, pues no podríamos soportar tu ausencia." Entonces las llevé conmigo y partimos todas juntas.

Pero antes de zarpar había cuidado yo de dividir mi dinero en dos partes; cogí la mitad y la otra la escondí, diciéndome: "Es posible que nos ocurra alguna desgracia en el barco y, si logramos salvar la vida, al regresar, si es que regresamos, encontraremos aquí algo útil."

Y viajamos día y noche; pero, por desgracia, el capitán equivocó la ruta. La corriente nos llevó hasta una mar distinta por completo a la que nos dirigíamos. Y nos impulsó un viento muy fuerte, que duró días. Afortunadamente nos llevó a una playa desde la que se divisaba una hermosa ciudad.

Entonces desembarcamos, pero apenas hubimos entrado en la ciudad nos quedamos asombradas. Todos los habitantes estaban convertidos en estatuas de piedra negra. Y sólo ellos habían sufrido esta petrificación, pues en los zocos y en las tiendas aparecían las mercancías en su estado normal, lo mismo que las cosas de oro y de plata. Al ver aquello llegamos al límite de la admiración.

Yo subí a la ciudadela y vi que allí estaba el palacio del rey. Entré en el palacio por una gran puerta de oro macizo, levanté un gran cortinaje de terciopelo y advertí que todos los muebles y objetos eran de plata y oro. Y en el patio y en los aposentos, los guardias y chambelanes estaban en pie o sentados, pero petrificados en vida. Y en la última sala, llena de chambelanes, tenientes y visires, vi al rey sentado en su trono, con un traje tan suntuoso y tan rico que desconcertaba, y aparecía rodeado de cincuenta mamalik con trajes de seda y en la mano los alfanjes desnudos. El trono estaba incrustado de perlas y pedrería, y cada perla brillaba como una estrella. Os aseguro que me faltó poco para volverme loca.

Seguí andando, no obstante, y llegué a la sala del harén, que hubo de parecerme más maravillosa todavía, pues era toda de oro, hasta las celosías de las ventanas. Las paredes estaban forradas de tapices de seda. En las puertas y en las ventanas pendían cortinajes de raso y terciopelo. Y vi por fin, en medio de las esclavas petrificadas, a la misma reina, con un vestido sembrado de perlas deslumbrantes, enriquecida su corona por toda clase de piedras finas, ostentando collares y redecillas de oro admirablemente cincelados. Y se hallaba también convertida en una estatua de piedra negra.

Seguí andando y encontré abierta una puerta, cuyas hojas eran de plata virgen, y más allá una escalera de pórfido de siete peldaños, y al subir esta escalera y llegar arriba me hallé en un salón de mármol blanco, cubierto de alfombras tejidas de oro, y en el centro, entre grandes candelabros de oro, una tarima también de oro salpicada de perlas y pedrería, cubierta con telas preciosas. Y en el fondo de la sala advertí una gran luz, pero al acercarme me enteré de que era un brillante enorme como un huevo de avestruz y cuyas facetas despedían tanta claridad que bastaba su luz para alumbrar todo el aposento.

Continué andando y hube de penetrar asombrada en otros aposentos, sin hallar a ningún ser viviente. Y tanto me absorbía esto, que me olvidé de mi persona, de mi viaje, de mi nave y de mis hermanas. Y todavía seguía maravillada, cuando la noche se echó encima. Entonces quise salir del palacio, pero no di con la salida, y acabé por llegar a la sala donde estaba el magnífico lecho y el brillante y los candelabros encendidos.

En aquel momento oí una voz dulce y simpática que recitaba el Corán. Entonces me levanté y me dirigí hacia el sitio de donde provenía aquella voz. Y acabé por llegar a un aposento cuya puerta aparecía abierta y estaba iluminado por lámparas de cristal que colgaban del techo, y en el centro había un tapiz de oraciones extendido hacia Oriente, y allí estaba sentado un hermoso joven que leía el Corán en alta voz, acompasadamente. Me sorprendió mucho, y no acertaba a comprender cómo había podido librarse de la suerte de todos los otros.

Al mirarle, experimentaba una profunda turbación de mis sentidos, lamentando no haberle conocido antes, y en mi corazón se encendían como ascuas. Y le dije: "¡Oh dueño y soberano mío! Atiende a mi pregunta." Y él me contestó: "Escucho y obedezco." Y me contó lo siguiente:

"Sabe, ¡oh, mi honorable señora!, que esta ciudad era de mi padre. Y la habitaban todos sus parientes y súbditos. Mi padre es el rey que habrás visto en su trono, transformado en estatua de piedra. Y la reina, que también habrás visto, es mi madre. Ambos profesaban la religión de los magos adoradores del terrible Nardún. Juraban por el fuego y la luz, por la sombra y el calor, y por los astros que giran.

Mi padre estuvo mucho tiempo sin hijos. Yo nací a fines de su vida, cuando traspuso ya el umbral de la vejez. Y fui criado por él con mucho esmero.

Había en nuestro palacio una anciana musulmana, que creía en Alah y en su Enviado; pero ocultaba sus creencias y aparentaba estar conforme con las de mi padre. Me confió a ella y le dijo: 'Encárgate de su cuidado; enséñale las leyes de nuestra religión del fuego y dale una educación excelente atendiéndole en todo.'

Y la vieja se encargó de mí; pero me enseñó la religión del Islam, desde los deberes de la purificación y de las abluciones, hasta las santas fórmulas de la plegaria. Y me enseñó y explicó el Corán en la lengua del Profeta. Y cuando hubo terminado de instruirme, me dijo: '¡Oh, hijo mío! Tienes que ocultar estas creencias a tu padre, profesándolas en secreto, porque si no, te mataría.'

Callé, en efecto, y no hacía mucho que había terminado mi instrucción, cuando falleció la santa anciana, repitiéndome su recomendación por última vez. Y seguí en secreto siendo un creyente de Alah y de su Profeta. Pero los habitantes de esta ciudad, obcecados por su rebelión y su ceguera, persistían en la incredulidad. Y un día la voz de un muezín invisible retumbó como el trueno, llegando a los oídos más distantes: '¡Oh, vosotros, los que habitáis esta ciudad! ¡Renunciad a la adoración del fuego y de Nardún, y adorad al Rey único y Poderoso!'

Al oír aquello se sobrecogieron todos y acudieron al palacio del rey, exclamando: '¿Qué voz aterradora es esa que hemos oído? ¡Su amenaza nos asusta!' Pero el rey les dijo: 'No os aterréis y seguid firmemente vuestras antiguas creencias.'

Entonces sus corazones se inclinaron a las palabras de mi padre y no dejaron de profesar la adoración del fuego. Y siguieron en su error, hasta que llegó el aniversario del día en que habían oído la voz por primera vez. Y la voz se hizo oír por segunda vez, y luego por tercera vez, durante tres años seguidos. Pero a pesar de ello, no cesaron en su extravío. Y una mañana, cuando apuntaba el día, la desdicha y la maldición cayeron del cielo y los convirtió en estatuas de piedra negra, corriendo la misma suerte sus caballos y sus mulos, sus camellos y sus ganados. Y de todos los habitantes fui el único que se salvó de esta desgracia. Porque era el único creyente.

Desde aquel día me consagro a la oración, al ayuno y a la lectura del Corán.

Pero he de confesarte, ¡oh, mi honorable dama llena de perfecciones!, que ya estoy cansado de esta soledad en que me encuentro y quisiera tener junto a mí a alguien que me acompañase."

Entonces le dije:

"¡Oh, joven, dotado de cualidades! ¿Por qué no vienes conmigo a la ciudad de Bagdad? Allí encontrarás sabios y venerables jeques versados en las leyes y en la religión. En su compañía aumentarás tu ciencia y tus conocimientos de derecho divino, y yo, a pesar de mi rango, seré tu esclava y tu cosa. Poseo numerosa servidumbre y mía es la nave que hay ahora en el puerto abarrotada de mercancías. El Destino nos arrojó a estas costas para que conociésemos la población y ocasionarnos la presente aventura. La suerte, pues, quiso reunirnos."

Y no dejé de instarle a marchar conmigo, hasta que aceptó mi ruego.

Y ambos no cesaron de conversar, hasta que el sueño cayó sobre ellos. Y la joven Zobeida se acostó entonces y durmió a los pies del príncipe. ¡Y sentía una alegría y una felicidad inmensas!

Cuando brilló la mañana nos levantamos y fuimos a revisar los tesoros, cogiendo los de menos peso, que podían llevarse más fácilmente y tenían más valor. Salimos de la ciudadela y descendimos hacia la ciudad, donde encontramos al capitán y a mis esclavos, que me buscaban desde el día antes. Y se regocijaron mucho al verme.

En cuanto a mis hermanas, apenas me vieron en compañía de aquel joven tan hermoso, envidiaron mi suerte y, llenas de celos, maquinaron secretamente la perfidia contra mí.

Regresamos al barco, y yo era muy feliz, pues mi dicha la aumentaba el cariño del príncipe. Esperamos a que nos fuera propicio el viento, desplegamos las velas y partimos. Y mis hermanas me dijeron un día: "¡Oh, hermana! ¿Qué te propones con tu amor por ese joven tan hermoso?" Y les contesté: "Mi propósito es que nos casemos." Y acercándome a él le declaré: "¡Oh, dueño mío! Mi deseo es convertirme en cosa tuya. Te ruego que no me rechaces." Y entonces me respondió: "Escucho y obedezco." Al oírlo, me volví hacia mis hermanas y les dije: "No quiero más bienes que a este hombre. Desde ahora todas mis riquezas pasan a ser de vuestra propiedad." Y me contestaron: "Tu voluntad es nuestro gusto." Pero se reservaban la traición y el daño.

Continuamos bogando con viento favorable y salimos del mar del Terror, entrando en el de la Seguridad. Aún navegamos por él algunos días, hasta llegar cerca de la ciudad de Bassra, cuyos edificios se divisaban a lo lejos. Pero nos sorprendió la noche, hubimos de parar la nave y no tardamos en dormirnos.

Durante nuestro sueño se levantaron mis hermanas y, cogiéndonos a mí y al joven, nos echaron al agua. Y el mancebo, como no sabía nadar, se ahogó, pues estaba escrito por Alah que figuraría en el número de los mártires. En cuanto a mí, estaba escrito que me salvaría, pues en cuanto caí al agua Alah me benefició con un madero, en el cual cabalgué, y con el cual me arrastró el oleaje hasta la playa de una isla próxima. Y de pronto advertí una lagartija que corría hacia mí y en pos de ella una serpiente que quería atraparla. Compadecida de la lagartija, tiré una piedra a la cabeza de la serpiente y la dejé sin vida. Y de improviso la lagartija desplegó dos alas y, volando, desapareció. Yo llegué al límite del asombro.

Pero como estaba muy cansada, me tendí en aquel mismo sitio y dormí aproximadamente una hora. Y he aquí que al despertar vi sentada a mis plantas a una negra joven y hermosa, que me estaba acariciando los pies. Y le pregunté: "¿Quién eres y qué quieres?" Y contestó ella: "He venido a tu lado porque me has hecho un gran favor. Soy la lagartija que corría para no ser apresada por la serpiente que tú has matado. En realidad, soy una efrita. Aquella serpiente era un efrit enemigo mío que quería violarme y darme muerte después. Tú me has librado de él. Por eso en cuanto he estado libre he corrido a la nave de la que te arrojaron tus hermanas. Y a ellas las he convertido en perras negras y aquí te las traigo." Y vi las dos perras atadas a un árbol. La efrita prosiguió: "Y llevé a tu casa de Bagdad todas las riquezas que había en la nave, y después eché la nave a pique. En cuanto al joven que se ahogó, nada puedo hacer contra la muerte. ¡Porque Alah es el único Resucitador!"

Dicho esto, me cogió en brazos, desató a mis hermanas, las cogió también y volando nos transportó a las tres, sanas y salvas, a la azotea de mi casa de Bagdad, o sea aquí mismo.

Después me dijo la efrita: "¡Por la inscripción santa del sello de Soleimán, te conjuro a que todos los días pegues a cada perra trescientos latigazos! Y si un solo día se te olvida cumplir esta orden, te convertiré también en perra."

Y desde entonces, ¡oh, Príncipe de los Creyentes!, las empecé a azotar, para besarlas después llena de dolor por tener que castigarlas.»

Al oír estas palabras del califa la joven Amina avanzó un paso y, llena de timidez ante las miradas impacientes, dijo así:

HISTORIA DE AMINA

«¡Oh, emir de los Creyentes! ¡No te repetiré las palabras de Zobeida acerca de nuestros padres. Sabe, pues, que cuando nuestro padre murió, yo y Fahima, la hermana más pequeña de las cinco, nos fuimos a vivir solas con nuestra madre, mientras mi hermana Zobeida y las otras dos marcharon con la suya.

Poco después mi madre me casó con un anciano, que era el más rico de la ciudad y de su tiempo. Al año siguiente murió en la paz de Alah mi viejo esposo, dejándome como parte legal de herencia, según ordena nuestro código oficial, ochenta mil dinares de oro.

Me apresuré a comprarme con ellos diez magníficos vestidos, cada uno de mil dinares. Y no hube de carecer absolutamente de nada.

Un día entre los días, hallándome cómodamente sentada, vino a visitarme una vieja. Nunca la había visto. Era horrible.

La vieja me saludó y me dijo: "¡Oh, señora llena de gracias y cualidades! Tengo en mi casa a una joven huérfana que se casa esta noche. Y vengo a rogarte —¡Alah otorgará la recompensa a tu bondad!— que te dignes honrarnos asistiendo a la boda de esta pobre doncella tan afligida y tan humilde, que no conoce a nadie en esta ciudad y sólo cuenta con la protección del Altísimo." Y después la vieja se echó a llorar y comenzó a besarme los pies. Yo, que no conocía su perfidia, sentí lástima de ella, y le dije: "Escucho y obedezco." Entonces dijo: "Ahora me ausento, con tu venia, y entre tanto vístete, pues al amanecer volveré a buscarte." Y besándome la mano, se marchó.

Apenas amaneció el siguiente día se presentó a buscarme. Llevé conmigo alguna de mis esclavas, y salimos todas, andando hasta llegar a una calle ancha y bien regada, en la que soplaba fresca brisa. Y vimos un gran pórtico de mármol con una cúpula monumental de mármol y sostenida por arcadas. Y desde aquel pórtico vimos el interior de un palacio tan alto que parecía tocar las nubes. Penetramos y, llegados a la puerta, la vieja llamó y nos abrieron. Colgaban del artesonado lámparas de colores encendidas, y en las paredes había candelabros encendidos también y objetos de oro y plata, joyas y armas de metales hermosos. Atravesamos este corredor y llegamos a una sala tan maravillosa que sería inútil describirla.

En medio de la sala, que estaba tapizada con sedas, aparecía un lecho de mármol incrustado de perlas y cubierto con un mosquitero de raso.

Entonces vimos salir del lecho una joven, tan hermosa como la Luna.

Luego se sentó y me dijo: "¡Oh, hermana mía! He de anunciarte que tengo un hermano que te vio cierto día en una boda. Y este joven es muy gentil y mucho más hermoso que yo. Y desde aquella noche te ama con todos los impulsos de un corazón enamorado y ardiente. Y él es quien ha dado dinero a la vieja para que fuese a tu casa y te trajese aquí con el pretexto que ha inventado. Y ha hecho todo esto para encontrarte en mi casa, pues mi hermano no tiene otro deseo que casarse contigo este año bendecido por Alah y por su Enviado."

Cuando oí tales palabras, y me vi conocida y estimada en aquella mansión, le dije a la joven: "Escucho y obedezco." Entonces, mostrando una gran alegría, dio varias palmadas. Y a esta señal, se abrió la puerta y entró un joven como la Luna.

Al verle, se predispuso mi corazón en favor suyo. Entonces el joven avanzó y fue a sentarse junto a su hermana, y en seguida entró el cadí con cuatro testigos, se saludaron y se sentaron. Después el cadí escribió mi contrato de matrimonio con aquel joven, los testigos estamparon sus sellos y se fueron todos.

Entonces el joven se acercó y me dijo: "¡Sea nuestra noche bendita!" Y luego añadió: "¡Oh, señora mía! Quisiera imponerte una condición." Yo le contesté: "Habla, dueño mío. ¿Qué condición es ésa?" Entonces se incorporó, trajo el Libro Sagrado y me dijo: "Vas a jurar por el Corán que nunca elegirás a otro más que a mí, ni sentirás inclinación hacia otro." Y yo juré observar la condición aquella. Al oírme mostróse muy contento, me echó al cuello los brazos y sentí que su amor penetraba en las entrañas y hasta el fondo de mi corazón.

Vivimos durante un mes en la alegría y en la felicidad. Y al concluir ese mes pedí permiso a mi marido para ir al zoco y comprar algunas telas. Me concedió este permiso. Entonces me vestí y llevé conmigo a la vieja, que se había quedado en la casa, y nos fuimos al zoco.

Y cuando hubimos escogido la tela, ofrecimos al mercader el dinero de su importe. Pero éste se negó a coger el dinero y nos dijo: "Hoy no os cobraré dinero alguno; eso es un regalo por el placer y por el honor que recibo al veros en mi tienda." Entonces le dije a la vieja: "Si no quiere aceptar el dinero, devuélvele la tela." Y él exclamó: "¡Por Alah! No quiero tomar nada de vosotras. Todo eso os lo regalo. En cambio, ¡oh, hermosa joven!, concédeme un beso, sólo un beso. Porque yo doy más valor a ese beso que a todas las mercancías de mi tienda." Y le contesté: "¿No sabes que estoy ligada por un juramento?" Y la vieja replicó: "Déjale que te bese, que con que tú no hables ni te muevas nada tendrás que echarte en cara. Y además, recogerás el dinero, que es tuyo, y la tela también." Y tanto siguió encareciéndolo la vieja, que hube de consentir. Y para ello, me tapé los ojos y extendí el velo, a fin de que no vieran nada los transeúntes. Entonces el mercader ocultó la cabeza debajo de mi velo, acercó sus labios a mi mejilla y me besó. Pero a la vez me mordió tan bárbaramente que me rasgó la carne. Y me desmayé de dolor y de emoción.

Poco después me levanté y, sin poder dominar consecuencias, eché a andar hacia mi casa y mi espanto iba creciendo según nos acercábamos. Al llegar entré en mi aposento y me fingí enferma.

A poco entró mi marido y me preguntó muy preocupado: "¡Oh, dueña mía!, ¿qué desgracia te ocurrió cuando saliste?" Yo le contesté: "Nada. Estoy bien." Entonces me miró con atención y dijo: "Pero, ¿qué herida es ésa que tienes en la mejilla, precisamente en el sitio más fino y suave?" Y yo le dije entonces: "Cuando salí hoy con tu permiso a comprar esas telas, un camello, cargado de leña, ha tropezado conmigo en una calle llena de gente, me ha roto el velo y me ha desgarrado la mejilla."

Entonces, lleno de ira, dijo: "¡Mañana mismo iré a ver al gobernador para reclamar contra los camelleros y leñadores, y el gobernador los mandará ahorcar a todos!" Al oírle, repliqué compasiva: "¡Por Alah sobre ti! ¡No te cargues con pecados ajenos! Además, yo he tenido la culpa, por haber montado en un borrico que empezó a galopar y cocear. Caí al suelo, y por desgracia había allí un pedazo de madera que me ha desollado la cara haciéndome esta herida en la mejilla." Entonces exclamó él: "Mañana iré a ver a Giafar-al-Barmaki y le contaré esta historia, para que maten a todos los arrieros de la ciudad." Y yo le repuse: "Pero, ¿vas a matar a todo el mundo por causa mía? Sabes que esto ha ocurrido sencillamente por voluntad de Alah y por el Destino, a quien gobierna." Al oírme, mi esposo no pudo contener su furia y gritó: "¡Oh, pérfida! ¡Basta de mentiras! ¡Vas a sufrir el castigo de tu crimen!" Y me trató con las palabras más duras, y a una llamada suya se abrió la puerta y entraron siete negros terribles, que me sacaron de la cama y me tendieron en el centro del patio.

Entonces mi esposo dijo al negro que empuñara la espada: "¡Oh, valiente Saad! ¡Hiere a esa pérfida." Y Saad levantó el acero. Y en aquel momento vi entrar a la vieja, que se arrojó a los pies del joven, se puso a besarlos y le dijo: "¡Oh, hijo mío!, como nodriza tuya, te conjuro, por los cuidados que tuve contigo, a que perdones a esa criatura, pues no cometió falta que merezca castigo. Además, eres joven todavía, y temo que sus maldiciones caigan sobre ti." Y luego rompió a llorar y continuó en súplicas para convencerle, hasta que él dijo: "¡Basta! Gracias a ti no la mato; pero la he de señalar de tal modo que conserve las huellas todo el resto de su vida."

Entonces ordenó algo a los negros, e inmediatamente me quitaron la ropa, dejándome toda desnuda. Y él con una rama de membrillo me fustigó toda, con preferencia el pecho, la espalda y las caderas, tan recia y furiosamente que hube de desmayarme, perdida ya toda esperanza.

Al volver en mí, estuve mucho tiempo sin poder moverme, a causa de la paliza; luego me aplicaron varios medicamentos y poco a poco acabé de curar; pero las cicatrices de los golpes no se borraron de mis miembros ni de mis carnes, como azotadas por correas y látigos. ¡Todos habéis visto sus huellas!

Cuando hube curado, después de cuatro meses de tratamiento, quise ver el palacio en que fui víctima de tanta violencia; pero se hallaba completamente derruido, lo mismo que la calle donde estuvo, desde uno hasta el otro extremo. Y en lugar de todas aquellas maravillas no había más que montones de basura acumulados por las barreduras de la ciudad. Y a pesar de todas mis tentativas, no conseguí noticias de mi esposo.

Entonces regresé al lado de Fahima, que seguía soltera, y ambas fuimos a visitar a Zobeida, nuestra hermanastra, que te ha contado su historia y la de sus hermanas convertidas en perras.

Y así hemos vivido muy a gusto, sin hombres, hasta que Fahima nos trajo al mandadero cargado con una gran cantidad de cosas y le invitamos a descansar en casa un momento. Y entonces entraron los tres saalik, que nos contaron sus historias, y en seguida vosotros, vestidos de mercaderes. Ya sabes, pues, lo que ocurrió y cómo nos han traído a tu poder, ¡oh, Príncipe de los Creyentes!

¡Esta es mi historia!»

Entonces el califa quedó profundamente maravillado.

En seguida dijo a la joven Zobeida: «Y después, ¡oh, mi noble señora!, ¿no has vuelto a saber nada de la efrita que encantó a tus hermanas bajo la forma de estas dos perras?» Y Zobeida repuso: «Podría saberlo, ¡oh, Emir de los

Creyentes!, pues me entregó un mechón de sus cabellos y me dijo: "Cuando me necesites, quema un cabello de estos y me presentaré, por muy lejos que me halle, aunque estuviese detrás del Cáucaso."» Entonces el califa le dijo: «¡Dame uno de esos cabellos!» Zobeida le entregó el mechón y el califa cogió un cabello y lo quemó. Y apenas hubo de notarse el olor a pelo chamuscado, se estremeció todo el palacio con una violenta sacudida, y la efrita surgió de pronto en forma de mujer. Entonces le dijo: «Sabe, ¡oh, Príncipe de los Creyentes!, que esta joven, que me ha llamado por deseo tuyo, me hizo un gran favor, y la semilla que en mí sembró siempre germinará, porque jamás he de agradecerle bastante los beneficios que le debo. A sus hermanas las convertí en perras y no las maté para no ocasionarle a ella mayor sentimiento. Ahora, si tú, ¡oh, Príncipe de los Creyentes!, deseas que las desencante, lo haré por consideración a ambos, pues no has de olvidar que soy musulmana.» Entonces el califa dijo: «En verdad que deseo las liberes, y luego estudiaremos el caso de la joven azotada, y si se comprueba la certeza de su narración, tomaré su defensa y la vengaré de quien la ha castigado con tanta injusticia.»

Y la efrita cogió una vasija de agua e hizo sobre ella sus conjuros, rociando después a las dos perras, y diciéndoles: «¡Recobrad inmediatamente vuestra primitiva forma humana!» Y al momento se transformaron las dos perras en dos jóvenes tan hermosas que honraban a quien las creó.

Luego la efrita, volviéndose hacia el califa, le dijo: «El autor de los malos tratos contra la joven Amina es tu propio hijo El-Amín.»

Y el califa se quedó muy asombrado, pero dijo: «¡Loor a Alah porque intervine en el desencanto de las dos perras!» Después mandó llamar a su hijo El-Amín, le pidió explicaciones y El-Amín respondió con la verdad. Y entonces el califa ordenó que se reuniesen los cadíes y testigos en la misma sala en donde estaban reunidos los tres saalik, hijos de reyes, y las tres jóvenes, con sus dos hermanas desencantadas recientemente.

Y con auxilio de cadíes y testigos, casó de nuevo a su hijo El-Amín con la joven Amina; a Zobeida, con el primer saalik, hijo de rey; a las otras dos jóvenes, con los otros dos saalik, hijos de reyes, y por último mandó extender su propio contrato con la más joven de las cinco hermanas, la virgen Fahima, ¡la proveedora agradable y dulce!

HISTORIA DEL JOROBADO Y SUS CONSECUENCIAS

«En la antigüedad de las edades y siglos hubo en una ciudad de la China un hombre que era sastre y estaba muy satisfecho de su condición. Amaba las distracciones apacibles y tranquilas y de cuando en cuando acostumbraba salir con su mujer, para pasearse y recrear la vista con el espectáculo de las calles y los jardines. Pero cierto día que ambos habían pasado fuera de casa, al regresar a ella, al anochecer, encontraron en el camino a un jorobado de tan grotesca facha que era antídoto de toda melancolía y haría reír al hombre más triste, disipando todo pesar y toda aflicción. Inmediatamente se le acercaron el sastre y su mujer, divirtiéndose tanto con sus chanzas que le convidaron a pasar la noche en su compañía.

Mientras comían alegremente, la mujer del sastre tomó con los dedos un gran trozo de pescado y lo metió por broma todo entero en la boca del jorobado, tapándosela con la mano para que no escupiera el pedazo, y dijo: "¡Por Alah! tienes que tragarte ese bocado de una vez sin remedio o, si no, no te suelto."

Entonces el jorobado, tras de muchos esfuerzos, acabó por tragarse el pedazo entero. Pero, desgraciadamente para él, había decretado el Destino que en aquel bocado hubiese una enorme espina. Y esta espina se le atravesó en la garganta, ocasionándole en el acto la muerte.

Al verlo, el sastre exclamó: "No sé, en verdad, qué hacer." Y la mujer respondió: "Levántate, que entre los dos lo llevaremos, tapándole con una colcha de seda, y lo sacaremos ahora mismo de aquí, yendo tú detrás y yo delante. Y por todo el camino irás diciendo en alta voz: '¡Es mi hijo y ésta es su madre! Vamos buscando a un médico que lo cure. ¿Dónde hay un médico?' Eso dirás."

Al oír el sastre estas palabras se levantó, cogió al jorobado en brazos y salió de la casa en seguimiento de su esposa. Y la mujer empezó a clamar: "¡Oh, mi pobre hijo! ¿Podremos verte sano y salvo? ¡Dime! ¿Sufres mucho? ¡Oh, maldita viruela! ¿En qué parte del cuerpo te ha brotado la erupción?" Y al oírlos, decían los transeúntes: "Son un padre y una madre que llevan a un niño enfermo de viruelas." Y se apresuraban a alejarse.

Y así siguieron andando el sastre y su mujer, preguntando por la casa de un médico, hasta que lo llevaron a la de un médico judío. Llamaron entonces, y en seguida bajó una negra, abrió la puerta y vio a aquel hombre que llevaba un niño en brazos, y a la madre que lo acompañaba. Y ésta le dijo: "Traemos un niño para que lo vea el médico. Toma este dinero, un cuarto de dinar, y dáselo adelantado a tu amo, rogándole que baje a ver al niño, porque está muy enfermo."

Volvió a subir entonces la criada, y en seguida la mujer del sastre traspuso el umbral de la casa, hizo entrar a su marido y le dijo: "Deja en seguida ahí el cadáver del jorobado. Y vámonos a escape." Y el sastre soltó el cadáver del jorobado dejándolo arrimado al muro, sobre un peldaño de la escalera, y se apresuró a marcharse, seguido por su mujer.

En cuanto a la negra, entró en la casa de su amo el médico judío, y le dijo: "Ahí abajo queda un enfermo, acompañado de un hombre y una mujer, que me han dado para ti este cuarto de dinar para que recetes algo que le alivie." Y cuando el médico judío vio el cuarto de dinar, se alegró mucho y se apresuró a levantarse; pero con la prisa no se acordó de coger la luz para bajar. Y por eso tropezó con el jorobado, derribándolo. Y muy asustado, al ver rodar a un hombre, lo examinó y comprobó que estaba muerto, creyéndose el causante de la desgracia. Después de meditar sobre qué haría, acabó por cogerlo y llevarlo desde el patio a su habitación, donde lo mostró a su mujer, contando lo ocurrido. Y ella exclamó aterrorizada: "¡No, aquí no lo podemos tener! ¡Sácalo de casa cuanto antes! Como continúe con nosotros hasta la salida del sol, estamos perdidos sin remedio. Vamos a llevarlo entre los dos a la azotea y desde allí lo echaremos a la casa de nuestro vecino el musulmán. Ya sabes que nuestro vecino es el intendente proveedor de la cocina del rey, y su casa está infestada de ratas, perros y gatos que bajan por la azotea para comerse las provisiones de aceite, manteca y harina. Por tanto, esos bichos no dejarán de comerse este cadáver, y lo harán desaparecer."

Entonces el médico judío y su mujer cogieron al jorobado y lo llevaron a la azotea, y desde allí lo hicieron descender pausadamente hasta la casa del mayordomo, dejándolo en pie contra la pared de la cocina. Después se alejaron, descendiendo a su casa tranquilamente.

Pero haría pocos momentos que el jorobado se hallaba contra la pared, cuando el intendente, que estaba ausente, regresó a su casa, abrió la puerta, encendió una vela y entró. Y encontró a un hijo de Adán en pie en un rincón, junto a la pared de la cocina. Y el intendente, sorprendidísimo, exclamó: "¿Qué es eso? ¡Por Alah! He aquí que el ladrón que acostumbraba a robar mis provisiones no era un bicho, sino un ser humano. Éste es el que me roba la carne y la manteca, a pesar de que las guardo cuidadosamente por temor a los gatos y a los perros. Bien inútil habría sido matar a todos los perros y gatos del barrio, como pensé hacer, puesto que este individuo es el que bajaba por la azotea." Y en seguida agarró el intendente una enorme estaca, yéndose hacia el hombre, y le dio de garrotazos y, aunque lo vio caer, le siguió apaleando. Pero como el hombre no se movía, el intendente advirtió que estaba muerto, y entonces dijo desolado: "¡Sólo Alah el Altísimo y Omnipotente posee la fuerza y el poder!" Y después añadió: "¡Malditas sean la manteca y la carne, y maldita esta noche! Se necesita tener toda la mala suerte que yo tengo para haber matado así a este hombre. Y no sé qué hacer con él." Y se lo echó a cuestas, saliendo de su casa, y anduvo cargado con él hasta que llegó a la entrada del zoco. Allí paróse, colocó al jorobado en pie, junto a una tienda, y se fue.

Y al poco tiempo de estar allí el cadáver del jorobado, acertó a pasar un nazareno. Era el corredor de comercio del sultán. Y aquella noche estaba beodo. Y pronto vio al jorobado apoyado contra la pared. Y al encontrarse con aquel hombre, que seguía inmóvil, se le figuró que era un ladrón y que acaso fuese quien le había robado el turbante, pues el corredor nazareno iba sin nada a la cabeza. Entonces se abalanzó contra aquel hombre, y le dio un golpe tan violento en la nuca, que lo hizo caer al suelo. Y en seguida empezó a dar gritos llamando al guarda del zoco.

Entonces el guarda del zoco se acercó al jorobado, que se hallaba tendido en el suelo, lo examinó y vio que estaba muerto. Y gritó entonces: "¿Cuándo se ha visto que un nazareno tenga la audacia de tocar a un musulmán y de matarlo?" Y el guarda se apoderó del nazareno, le ató las manos a la espalda y le llevó a casa del walí. Y el nazareno se lamentaba y decía: "¡Oh, Mesías; oh, Virgen! ¿Cómo habré podido matar a ese hombre? ¡Y qué pronto ha muerto, sólo de un puñetazo! Se me pasó la borrachera y ahora viene la reflexión."

Llegados a casa del walí, el nazareno y el cadáver del jorobado quedaron encerrados toda la noche, hasta que el walí se despertó por la mañana. Entonces el walí interrogó al nazareno, que no pudo negar los hechos referidos por el guarda del zoco. Y el walí no pudo hacer otra cosa que condenar a muerte a aquel nazareno que había matado a un musulmán. Y ordenó que el portaalfanje pregonara por toda la ciudad la sentencia de muerte del corredor nazareno. Luego mandó que levantasen la horca y llevasen a ella al sentenciado.

Entonces se acercó el portaalfanje y preparó la cuerda, hizo el nudo corredizo, se lo pasó al nazareno por el cuello y, ya iba a tirar de él, cuando de pronto el proveedor del sultán hendió la muchedumbre y, abriéndose camino hasta el nazareno que estaba en pie junto a la horca, dijo al portaalfanje: "¡Detente! ¡Yo soy quien ha matado a ese hombre! Y he aquí que ahora, con mi silencio, iba a ser causa de que matasen a este nazareno, después de haber sido yo quien mató a un musulmán. ¡A mí, pues, hay que ahorcarme!"

Cuando el walí hubo oído las palabras del proveedor, dispuso que soltasen al nazareno y dijo al portaalfanje: "Ahora mismo ahorcarás a este hombre, que acaba de confesar su delito."

Entonces el portaalfanje cogió la cuerda que había pasado por el cuello del cristiano y rodeó con ella el cuello del proveedor, lo llevó junto al patíbulo y lo iba a levantar en el aire, cuando de pronto el médico judío atravesó la muchedumbre y dijo a voces al portaalfanje: "¡Aguardad! ¡El único culpable soy yo!" Y después contó así la cosa: "Sabed todos que este hombre me vino a buscar para consultarme, a fin de que lo curara. Y cuando yo bajaba la escalera para verle, como era de noche, tropecé con él y rodó hasta lo último de la escalera, convirtiéndose en un cuerpo sin alma. De modo que no deben matar al proveedor, sino a mí solamente."

Entonces el walí dispuso la muerte del médico judío. Y el portaalfanje quitó la cuerda del cuello del proveedor y la echó al cuello del médico judío, cuando se vio llegar al sastre, que, atropellando a todo el mundo, dijo: "¡Detente! Yo soy quien lo mató." Y contó lo sucedido.

El walí, prodigiosamente asombrado, dijo entonces: "En verdad que esta historia merece escribirse en los anales y en los libros." Después mandó al portaalfanje que soltase al judío y ahorcase al sastre, que se había declarado culpable.

Pero el jorobado era el bufón del sultán, que se había escapado de palacio la noche anterior. Y cuando el sultán preguntó por él le contaron lo que estaba sucediendo en la plaza. Entonces dio orden al chambelán para que llevaran a todos a su presencia.

Y el chambelán bajó y llegó junto al patíbulo, precisamente cuando el verdugo iba a ejecutar al sastre. Y el chambelán gritó: "¡Detente!" Y en seguida le contó al walí que esta historia del jorobado había llegado a oídos del rey. Y se lo llevó, y se llevó también al sastre, al médico judío, al corredor nazareno y al proveedor, mandando transportar también el cuerpo del jorobado, y con todos ellos marchó en busca del sultán.

Cuando el walí se presentó entre las manos del rey, se inclinó y besó la tierra, y refirió toda la historia del jorobado, con todos sus pormenores, desde el principio hasta el fin. Pero es inútil repetirla.»

El sultán, al oír tal historia, se maravilló mucho y llegó al límite más extremo de la hilaridad. Después mandó a los escribas del palacio que escribieran esta historia con agua de oro. Y luego preguntó a todos los presentes: «¿Habéis oído alguna vez historia semejante a la del jorobado?»

Entonces el corredor nazareno avanzó un paso, besó la tierra entre las manos del rey y dijo: «¡Oh, rey de los siglos y del tiempo! Sé una historia mucho más asombrosa que nuestra aventura con el jorobado. La referiré, si me das tu venia, porque es mucho más sorprendente, más extraña y más deliciosa que la del jorobado.»

Y dijo el rey: «¡Ciertamente! Desembucha lo que hayas de decir para que lo oigamos.»

Entonces el corredor nazareno dijo:

«Sabrás, ¡oh, rey del tiempo!, que vine a este país para un asunto comercial. Soy un extranjero a quien el Destino encaminó a tu reino. Porque yo nací en la ciudad de El Cairo y soy copto entre los coptos.

Cuando murió mi padre ya había llegado yo a la edad de hombre. Y por eso fui corredor como él, pues contaba con toda clase de cualidades para este oficio, que es la especialidad entre nosotros los coptos.

Pero un día entre los días, estaba yo sentado a la puerta del khan de los corredores de granos y vi pasar a un joven, como la Luna llena, vestido con el más suntuoso traje y montado en un borrico blanco ensillado con una silla roja. Cuando me vio este joven me saludó, y yo me levanté por consideración hacia él. Sacó entonces un pañuelo que contenía una muestra de sésamo y me preguntó: "¿Cuánto vale el ardeb de esta clase de sésamo?" Y yo le dije: "Vale cien dracmas." Entonces me contestó: "Avisa a los medidores de granos y ve con ellos al khan Al-Gaonali, en el barrio de Bab Al-Nassr; allí me encontrarás." Y se alejó, después de darme el pañuelo que contenía la muestra de sésamo.

Entonces me dirigí a todos los mercaderes de granos y les enseñé la muestra que yo había justipreciado en cien dracmas. Y los mercaderes la tasaron en ciento veinte dracmas por ardeb. Entonces me alegró sobremanera y, haciéndome acompañar de cuatro medidores, fui en busca del joven, que, efectivamente, me aguardaba en el khan. Y al verme, corrió a mi encuentro y me condujo a un almacén donde estaba el grano, y los medidores llenaron sus sacos, y lo pesaron todo, que ascendió en total a cincuenta medidas en ardebs. Y el joven me dijo: "Te corresponden por comisión diez dracmas por cada ardeb que se venda a cien dracmas. Pero has de cobrar en mi nombre todo el dinero y lo guardarás cuidadosamente en tu casa, hasta que lo reclame. Como su precio total es cinco mil dracmas, te quedarás con quinientos, guardando para mí cuatro mil quinientos. En cuanto despache mis negocios iré a buscarte para recoger esa cantidad."

Y efectivamente, aquel día gané mil dracmas de corretaje, quinientos del vendedor y quinientos de los compradores, de modo que me correspondió el veinte por ciento, según la costumbre de los corredores egipcios.

En cuanto al joven, después de un mes de ausencia, vino a verme y me dijo: "¿Dónde están los dracmas?" Y le contesté en seguida: "A tu disposición; hételos aquí metidos en ese saco." Pero él me dijo: "Sigue guardándolos algún tiempo, hasta que yo venga a buscarlos."

Volvió al cabo de un mes y me dijo: "Esta noche pasaré por aquí y recogeré el dinero." Y le preparé los fondos; pero aunque le estuve aguardando toda la noche y varios días consecutivos no volvió hasta pasado un mes, mientras yo decía para mí: "¡Qué confiado es ese joven! En toda mi vida, desde que soy corredor en los khanes y los zocos, he visto confianza como ésta."

Y transcurrió un año, al cabo del cual regresó, y le vi vestido con ropas más lujosas que antes, y siempre montado en su borrico blanco, de buena raza. Entonces le supliqué fervorosamente que aceptase mi invitación y comiera en mi casa, a lo cual me contestó: "No tengo inconveniente, pero con la condición de que el dinero para los gastos no lo saques de los fondos que me pertenecen y están en tu casa." Y se echó a reír. Y yo hice lo mismo. Y le dije: "Así sea, y de muy buena gana." Y le llevé a casa, y le rogué que se sentase, y corrí al zoco a comprar toda clase de víveres, bebidas y cosas semejantes, y lo puse todo en el mantel entre sus manos, y le invité a empezar, diciendo: "¡Bismilah!" Entonces se acercó a los manjares, pero alargó la mano izquierda, y se puso a comer con esta mano izquierda. Y yo me quedé sorprendidísimo, y no supe qué pensar. Terminada la comida, se lavó la mano izquierda sin auxilio de la derecha, y yo le alargué la toalla para que se secase, y después nos sentamos a conversar.

Entonces le dije: "¡Oh, mi generoso señor! Líbrame de un peso que me abruma y de una tristeza que me aflije. ¿Por qué has comido con la mano izquierda? ¿Sufres alguna enfermedad en tu mano derecha?"

Al oime sacó el brazo derecho de la manga del ropón y vi que la mano estaba cortada, pues aquel brazo terminaba en muñón. Y me quedé asombrado profundamente. Pero él me dijo: "¡No te asombres tanto! Y, sobre todo, no creas que he comido con la mano izquierda por falta de consideración a tu persona, pues ya ves que ha sido por tener cortada la derecha. Y el motivo de ello no puede ser más sorprendente." Entonces le pregunté: "¿Y cuál fue la causa?" Y el joven suspiró, se le llenaron de lágrimas los ojos, y dijo:

»Sabe que yo soy de Bagdad. Mi padre era uno de los principales personajes entre los personajes. Y yo, hasta llegar a la edad de hombre, pude oír los relatos de los viajeros, peregrinos y mercaderes que en casa de mi padre nos contaban las maravillas de los países egipcios. Y retuve en la memoria todos esos relatos, admirándolos en secreto, hasta que falleció mi padre. Entonces cogí cuantas riquezas pude reunir y mucho dinero, y compré gran cantidad de mercancías en tela de Bagdad y de Mossul, y otras muchas de alto precio y excelente clase; lo empaqueté todo y salí de Bagdad. Y como estaba escrito por Alah que había de llegar sano y salvo al término de mi viaje, no tardé en hallarme en esta ciudad de El Cairo, que es tu ciudad.

Cuando llegué, todos los corredores, avisados de mi viaje, me rodearon y yo les di las telas, y salieron en todas direcciones a ofrecer mis géneros a los principales compradores de los zocos.

Entonces un día, después de salir del hammam, descansé un rato, almorcé un pollo, bebí algunas copas de vino, me lavé en seguida las manos, me perfumé con esencias aromáticas y me fui al barrio de la kaisariat Guergués, para sentarme en la tienda de un vendedor de telas llamado Badreddim al-Bostaní.

Pero mientras conversábamos vimos llegar a una mujer con un largo velo de seda azul. Y entró en la tienda para comprar géneros, y se sentó a mi lado en un taburete. Y el velo, que le cubría la cabeza y le tapaba ligeramente el rostro, estaba echado a un lado, y exhalaba delicados aromas y perfumes. Y la negrura de sus pupilas, bajo el velo, asesinaba las almas y arrebataba la razón.

Pero la dama, después de examinar algunas telas, que no le parecieron bastante lujosas, dijo a Badreddim: "¿No tendrías por casualidad una pieza de seda blanca tejida con hilos de oro puro?" Y Badreddim fue al fondo de la tienda, abrió un armario pequeño, y de un montón de varias piezas de tela sacó una de seda blanca tejida con hilos de oro puro, y luego la desdobló delante de la joven. Y ella la encontró muy a su gusto y a su conveniencia, y le dijo al mercader: "Como no llevo dinero encima, creo que me la podré llevar, como otras veces, y en cuanto llegue a casa te enviaré el importe." Pero el mercader le dijo: "¡Oh, mi señora! No es posible por esta vez, porque esa tela no es mía, sino del comerciante que está ahí sentado, y me he comprometido a pagarle hoy mismo." Entonces sus ojos lanzaron miradas de indignación, y dijo: "Pero, desgraciado, ¿no sabes que tengo la costumbre de comprarte las telas más caras y pagarte más de lo que me pides? ¿No sabes que nunca he dejado de enviarte su importe inmediatamente?" Y el mercader contestó: "Ciertamente, ¡oh, mi señora! Pero hoy tengo que pagar ese dinero en seguida." Y entonces la dama cogió la pieza de tela, se la tiró a la cara al mercader y le dijo: "¡Todos sois lo mismo en tu maldita corporación!" Y levantándose airada, volvió la espalda para salir.

Pero yo comprendí que mi alma se iba con ella, me levanté apresuradamente y le dije: "¡Oh, mi señora! Concédeme la gracia de volverte un poco hacia mí y desandar generosamente tus pasos." Entonces ella volvió su rostro hacia donde yo estaba, sonrió discretamente y me dijo: "Consiento en pisar otra vez esta tienda, pero es sólo en obsequio tuyo." Y se sentó en la tienda frente a mí. Entonces, volviéndome hacia Badreddim, le dije: "¿Cuál es el precio de esta tela?" Badreddim contestó: "Mil cien dracmas." Y yo después: "Está bien. Te pagaré además cien dracmas de ganancia. Trae un papel para que te dé el precio por escrito." Y cogí la pieza de seda tejida con oro, y a cambio le di el precio por escrito, y luego entregué la tela a la dama, diciéndole: "Tómala y puedes irte sin que te preocupe el precio, pues ya me lo pagarás cuando gustes. Y para esto te bastará venir un día entre los días a buscarme en el zoco, donde siempre estoy sentado en una o en otra tienda. Y si quieres honrarme aceptándola como homenaje mío, te pertenece desde ahora." Entonces me contestó: "¡Alah te lo premie con toda clase de favores! ¡Ojalá alcances todas las riquezas que me pertenecen, convirtiéndote en mi dueño y en corona de mi cabeza! ¡Así oiga Alah mi ruego!" Y yo repliqué: "¡Oh, señora mía, acepta, pues, esta pieza de seda! ¡Y que no sea esta sola! Pero te ruego que me otorgues el favor de que admire un instante el rostro que me ocultas." Entonces se levantó el finísimo velo que le cubría la parte inferior de la cara y no dejaba ver más que los ojos.

Y vi aquel rostro de bendición, y esta sola mirada bastó para aturdirme, avivar el amor en mi alma y arrebatarme la razón. Pero ella se apresuró a bajar el velo, cogió la tela y me dijo: "¡Oh, dueño mío, que no dure mucho tu ausencia o moriré desolada!" Y después se marchó. Y yo me quedé solo con el mercader, hasta la puesta del sol.

Y me hallaba como si hubiese perdido la razón y el sentido, dominado en absoluto por la locura de aquella pasión tan repentina. Y la violencia de este sentimiento hizo que me arriesgase a preguntar al mercader respecto a aquella dama. Y antes de levantarme para irme, le dije: "¿Sabes quién es esa dama?" Y me contestó: "Claro que sí. Es una dama muy rica. Su padre fue un emir ilustre, que murió dejándole muchos bienes y riquezas."

Entonces me despedí del mercader y me marché, para volver al khan Serur, donde me alojaba. Y mis criados me sirvieron de comer, pero yo pensaba en ella y no pude probar bocado. Me eché a dormir, pero el sueño huía de mi persona, y pasé toda la noche en vela, hasta por la mañana.

Al día siguiente me puse un traje más lujoso todavía que el de la víspera, bebí una copa de vino, me desayuné con un buen plato y volví a la tienda del mercader, a quien hube de saludar, sentándome en el sitio de costumbre. Y apenas había tomado asiento, vi llegar a la joven, acompañada de una esclava. Entró, se sentó y me saludó, sin dirigir el menor saludo de paz a Badreddim. Y con su voz tan dulce y su incomparable modo de hablar, me dijo: "Esperaba que hubieses enviado a alguien a mi casa para cobrar los mil doscientos dracmas que importa la pieza de seda." A lo cual contesté: "¿Por qué tanta prisa, si a mí no me corre ninguna?" Y ella me dijo: "Eres muy generoso, pero yo no quiero que por mí pierdas nada." Y acabó por dejar en mi mano el importe de la tela no obstante mi oposición. Y empezamos a hablar. Y de pronto me decidí a expresarle por señas la intensidad de mi sentimiento. Pero inmediatamente se levantó y se alejó a buen paso, despidiéndose por pura cortesía. Y sin poder sostenerme, abandoné la tienda y la fui siguiendo hasta que salimos del zoco. Y la perdí de vista, pero se me acercó una muchacha, cuyo velo no permitía adivinar quién fuese, y me dijo: "¡Oh, mi señor! Ven a ver a mi señora, que quiere hablarte." Entonces, muy sorprendido, le dije: "¡Pero si aquí nadie me conoce!" Y la muchacha replicó: "¡Oh, cuán escasa es tu memoria! ¿No recuerdas a la sierva que has visto ahora mismo en el zoco, con su señora, en la tienda de

Badreddim?" Entonces eché a andar detrás de ella, hasta que vi a su señora en una esquina de la calle de los Cambios.

Cuando ella me vio, se acercó a mí rápidamente y, llevándome a un rincón de la calle, me dijo: "¡Ojo de mi vida! Sabe que con tu amor llenas todo mi pensamiento y mi alma. Y desde la hora que te vi, no disfruto del sueño reparador, ni como, ni bebo." Y yo le contesté: "A mí me pasa igual, pero la dicha que ahora gozo me impide quejarme." Y ella dijo: "¡Ojo de mi vida! ¿Vas a venir a mi casa o iré yo a la tuya?" Yo repuse: "Soy forastero, y no dispongo de otro lugar que el khan, en donde hay demasiada gente. Por tanto, si tienes bastante confianza en mi cariño para recibirme en tu casa, colmarás mi felicidad." Y ella respondió: "Cierto que sí, pero esta noche es la noche del viernes y no puedo recibirte... Pero mañana, después de la oración del mediodía, monta en tu borrico y pregunta por el barrio de Habbanía, y cuando llegues a él averigua la casa de Barakat, el que fue gobernador, conocido por Aby-Schama. Allí vivo yo. Y no dejes de ir, que te estaré esperando."

Yo estaba loco de alegría; después nos separamos. Volví al khan Serur, en donde habitaba, y no pude dormir en toda la noche. Pero al amanecer me apresuré a levantarme y me puse un traje nuevo, perfumándome con los más suaves aromas, y me proveí de cincuenta dinares de oro, que guardé en un pañuelo. Salí del khan Serur y me dirigí hacia el lugar llamado Bab-Zauilat, alquilando allí un borrico, en el que llegué al domicilio de mi amada.

Entré en un patio y vi un soberbio edificio con siete puertas, y aparecía toda la fachada llena de ventanas, que daban a un inmenso jardín. Este jardín encerraba todas las maravillas de árboles frutales y de flores; lo regaban arroyos y lo encantaba el gorjeo de las aves. La casa era toda de mármol blanco, tan diáfano y pulimentado que reflejaba la imagen de quien la miraba, y los artesonados interiores estaban cubiertos de oro y rodeados de inscripciones y dibujos de distintas formas. Todo su pavimento era de mármol muy rico y de fresco mosaico. En medio de la sala hallábase una fuente incrustada de perlas y pedrerías. Alfombras de seda cubrían los suelos, tapices admirables colgaban de los muros, y en cuanto a los muebles, el lenguaje y la escritura más elocuentes no podrían describirlos.

A los pocos momentos de entrar y sentarme vi que se me acercaba la joven, adornada con perlas y pedrerías, luminosa la cara y asesinos los negros ojos. Me sonrió, me cogió entre sus brazos y me estrechó contra ella. En seguida juntó sus labios con los míos y me dijo:

"¿Es cierto que te tengo aquí o estoy soñando?" Y yo respondí: "¡Soy tu esclavo!" Y ella dijo: "¡Hoy es un día de bendición! ¡Por Alah! ¡Ya no vivía, no podía disfrutar comiendo y bebiendo!" Yo contesté: "Y yo igualmente." Luego nos sentamos, y yo, confundido por aquel modo de recibirme, no levantaba la cabeza.

Pero pusieron el mantel y nos presentaron platos exquisitos: carnes asadas, pollos rellenos y pasteles de todas clases. Y ambos comimos hasta saciarnos, y ella me ponía los manjares en la boca, invitándome cada vez con dulces palabras y miradas insinuantes. Después me presentaron el jarro y la palangana de cobre, y me lavé las manos, y ella también, y nos perfumamos con agua de rosas y almizcle, y nos sentamos para departir.

Entonces ella empezó a contarme sus penas, y yo hice lo mismo. Y con esto me enamoré todavía más. Y en seguida empezamos con mimos y juegos, y nos estuvimos besando y haciéndonos mil caricias, hasta que anocheció. Pero no sería de ninguna utilidad detallarlos. Después nos fuimos al lecho y permanecimos enlazados hasta la mañana. Y lo demás, con sus pormenores, pertenece al misterio.

A la mañana siguiente me levanté, puse disimuladamente debajo de la almohada el bolsillo con los cincuenta dinares de oro, me despedí de la joven y me dispuse a salir. Pero ella se echó a llorar y me dijo: "¡Oh, dueño mío! ¿Cuándo volveré a ver tu hermoso rostro?" Y yo le dije: "Volveré esta misma noche."

Y continué haciendo lo mismo durante muchas noches, enviando siempre manjares escogidos a su domicilio y dejando disimuladamente cada mañana un bolsillo con cincuenta dinares de oro bajo su almohada.

Y siguiendo de este modo acabé por arruinarme en absoluto, y ya no poseía un dinar, ni siquiera un dracma.

Y no sabiendo qué hacer, dominado por tristes pensamientos, salí del khan para pasear un poco y llegué a la plaza de Bain al-Kasraín, cerca de la puerta de Zauilat. Allí vi un gentío enorme que llenaba toda la plaza, por ser día de fiesta y de feria. Me confundí entre la muchedumbre, y por decreto del Destino hallé a mi lado un jinete muy bien vestido. Y como la gente aumentaba, me apretaron contra él, y precisamente mi mano se encontró pegada a su bolsillo, y noté que el bolsillo contenía un paquetito redondo. Entonces metí rápidamente la mano y saqué el paquetito; pero no tuve bastante destreza para que él no lo notase. Porque el jinete comprobó por la disminución de peso que le había vaciado el bolsillo. Volvióse iracundo, blandiendo la maza de armas, y me asestó un golpazo en la cabeza. Caí al suelo y me rodeó un corro de personas, algunas de las cuales impidieron que se repitiera la agresión cogiendo al caballo de la brida y diciendo al jinete: "¿No te da vergüenza aprovecharte de las apreturas para pegar a un hombre indefenso?" Pero él dijo: "¡Sabed todos que ese individuo es un ladrón!"

En aquel momento volví en mí del desmayo en que me encontraba y oí que la gente decía: "¡No puede ser! Este joven tiene sobrada distinción para dedicarse al robo." Y todos discutían si yo habría o no robado, y cada vez era mayor la disputa. Hube de verme al fin arrastrado por la muchedumbre, y quizá habría podido escapar de aquel jinete, que no quería soltarme, cuando, por decreto del Destino, acertaron a pasar por allí el walí y su guardia, que, atravesando la puerta de Zauilat, se aproximaron al grupo en que nos encontrábamos. Y el walí preguntó: "¿Qué es lo que pasa?" Y contestó el jinete: "¡Por Alah! ¡Oh, Emir! He aquí un ladrón. Llevaba yo un bolsillo azul con veinte dinares de oro, y entre las apreturas ha encontrado manera de quitármelo." Y el walí preguntó al jinete: "¿Tienes algún testigo?" Y el jinete contestó: "No tengo ninguno." Entonces el walí llamó al mokadem, jefe de policía, y le dijo: "Apodérate de ese hombre y regístrale." Y el mokadem me echó mano, porque ya no me protegía Alah, y me despojó de toda la ropa, acabando por encontrar el bolsillo, que era efectivamente de seda azul. El walí lo cogió y contó el dinero, resultando que contenía exactamente los veinte dinares de oro, según el jinete había afirmado.

El walí mandó entonces al portaalfanje que me cortase la mano, según la ley contra los ladrones. Y el portaalfanje me cortó inmediatamente la mano derecha. Y el jinete se compadeció de mí e intercedió con walí para que no me cortasen la otra mano. Y al walí le concedió esa gracia y se alejó. Y la gente me tuvo lástima, y me dieron un vaso de vino para infundirme aliento, pues había perdido mucha sangre y me hallaba muy débil.

Sin darme cuenta me fui hacia la casa de mi amiga. Y al llegar, me tendí extenuado en el lecho. Pero ella, al ver mi palidez y mi decaimiento, me dijo:

"¿Qué te pasa que estás tan pálido? ¡Cuéntamelo!" Pero yo dije: "¡Por favor! Ahórrame la pena de contestarte." Y ella, echándose a llorar, replicó: "¡Ya veo que te cansaste de mí, pues no estás conmigo como de costumbre!" Y derramó abundantes lágrimas mezcladas con suspiros, y de cuando en cuando interrumpía sus lamentos para dirigirme preguntas, que quedaban sin respuesta, y así estuvimos hasta la noche. Entonces nos trajeron de comer, y nos presentaron los manjares como solían. Pero yo me guardé bien de aceptar, pues me habría avergonzado coger los alimentos con la mano izquierda, y temía que me preguntase el motivo de ello. Y alargándome una copa de vino repuso: "¡Vamos, hijo mío! Déjate de pensamientos tristes. Con esto se cura la melancolía. Bebe este vino y confíame la causa de tus penas." Y yo le dije: "Si te empeñas, dame tú misma de beber con tu mano." Y ella acercó la copa a mis labios, inclinándola con suavidad, y me dio de beber. Después la llenó de nuevo y me la acercó otra vez. Hice un esfuerzo, tendí la mano izquierda y cogí la copa. Pero no pude contener las lágrimas y rompí a llorar...

Y cuando ella me vio llorar, tampoco pudo contenerse, me cogió la cabeza con ambas manos y dijo: "¡Oh, por favor! ¡Dime el motivo de tu llanto! ¡Me estás abrasando el corazón! Dime también por qué tomaste la copa con la mano izquierda." Y yo le contesté: "Tengo un tumor en la derecha." Y ella replicó: "Enséñamelo; lo sanaremos y te aliviarás." Y yo respondí: "No es el momento oportuno para tal operación. No insistas, porque estoy resuelto a no sacar la mano." Vacié por completo la copa y seguí bebiendo cada vez que ella me lo ofrecía, hasta que me poseyó la embriaguez, madre del olvido. Y tendiéndome en el mismo sitio en que me hallaba, me dormí.

Al día siguiente, cuando me desperté, vi que me había preparado el almuerzo: cuatro pollos cocinados, caldo de gallina y vino abundante. De todo me ofreció, y comí y bebí, y después quise despedirme y marcharme. Pero ella me dijo: "¿Adónde piensas ir?" Y yo contesté: "A cualquier sitio en que pueda distraerme y olvidar las penas que me oprimen el corazón." Y ella me dijo: "¡Oh, no te vayas! ¡Quédate un poco más!" Y yo me senté, y ella me dirigió una intensa mirada, y me dijo: "Ojo de mi vida, ¿qué locura te aqueja? Por mi amor te has arruinado. Además, adivino que tengo también la culpa de que hayas perdido la mano derecha. Tu sueño me ha hecho descubrir tu desgracia. Pero, ¡por Alah!, jamás me separaré de ti. Y quiero casarme contigo legalmente."

Y los testigos redactaron nuestro contrato de matrimonio. Y ella les dijo: "Sed testigos asimismo de que todas las riquezas que me pertenecen, y que están en esa arca que veis, así como cuanto poseo, es desde ahora propiedad de este joven."

Entonces la joven me cogió la mano y me llevó frente a un armario, lo abrió y me enseñó un gran cajón, que abrió también, y me dijo: "Mira lo que hay en esa caja." Y al examinarla vi que estaba llena de pañuelos, cada uno de los cuales formaba un paquetito. Y me dijo: "Todo esto son los bienes que durante el transcurso del tiempo fui aceptando de ti. Cada vez que me dabas un pañuelo con cincuenta dinares de oro, tenía yo buen cuidado de guardarlo muy oculto en esa caja. Ahora recobra lo tuyo. Alah te lo tenía reservado y lo había escrito en tu Destino."

Me levanté entonces y la estreché en mis brazos. Y siguió diciéndome las palabras más gratas y lamentando lo poco que podía hacer por mí en comparación de lo que yo había hecho por ella. Después, queriendo colmar cuanto había hecho, se levantó e inscribió a mi nombre todas las alhajas y ropa de lujo que poseía, así como sus valores, terrenos y fincas, certificándolo con su sello y ante testigos.

Y desde aquel momento no dejó de lamentarse y afligirse de tal modo que al cabo de un mes se apoderó de ella un decaimiento que se fue acentuando y se agravó, hasta tal punto que murió a los cincuenta días.

Entonces dispuse todos los preparativos de los funerales, y yo mismo la deposité en la sepultura y mandé verificar cuantas ceremonias preceden al entierro. Al regresar del cementerio entré en la casa y examiné todos sus legados y donaciones, y vi que entre otras cosas me había dejado grandes almacenes llenos de sésamo.

Y esos viajes que he realizado y que te asombran eran indispensables para liquidar cuanto ella me ha dejado, y ahora mismo acabo de cobrar todo el dinero y arreglar otras cosas.

Te ruego, pues, que no rechaces la gratificación que quiero ofrecerte, ¡oh, tú que me das hospitalidad en tu casa y me invitar a compartir tus manjares! Me harás un favor aceptando todo el dinero que has guardado, y que cobraste por la venta del sésamo.

Y tal es mi historia, y la causa de que coma siempre con la mano izquierda.

Entonces yo, ¡oh, poderoso rey!, dije al joven: "En verdad que me colmas de favores y beneficios." Y me contestó: "Eso no vale nada. ¿Quieres ahora, ¡oh, excelente corredor!, acompañarme a mi tierra, que, como sabes, es Bagdad? Acabo de hacer importantes compras de género en El Cairo, y pienso venderlos con mucha ganancia en Bagdad. ¿Quieres ser mi compañero de viaje y mi socio en las ganancias?" Y contesté: "Pongo tus deseos sobre mis ojos." Y determinamos que partiríamos a fin de mes.

Y el joven vendió aquí todos su géneros y ha marchado de nuevo a Egipto, y me disponía a reunirme con él cuando me ha ocurrido esta aventura con el jorobado, debida a mi desconocimiento del país, pues soy un extranjero que viaja para realizar sus negocios.

Tal es, ¡oh, rey de los siglos!, la historia, que juzgo más extraordinaria que la del jorobado.»

Pero el rey contestó: «Pues a mí no me lo parece. Y voy a mandar que os ahorquen a todos, para que paguéis el crimen cometido en la persona de mi bufón, este pobre jorobado a quien matasteis.»

Al oír estas palabras el intendente dio un paso y, prosternándose ante el rey, dijo: «Si me lo permites te contaré una historia que es más sorprendente y maravillosa que la del jorobado. Si así lo crees, nos indultarás a todos.» El rey de la China dijo: «Así sea.» Y el intendente empezó:

CUENTO DEL INTENDENTE

«Sabe, ¡oh, rey de los siglos y del tiempo!, que la noche última me convidaron a una comida de boda a la cual asistían los sabios versados en el Libro de la Nobleza. Terminada la lectura del Corán, se tendió el mantel, se colocaron los manjares y se trató todo lo necesario para el festín. Pero, entre otros comestibles, había un plato de arroz preparado con ajos, que se llama *rozbaja* y que es delicioso si está en su punto el arroz y se han dosificado bien los ajos y especias que lo sazonan. Todos empezamos a comerlo con gran apetito, excepto uno de los convidados, que se negó rotundamente a tocar ese plato de *rozbaja*. Y como le instábamos a que lo probase, juró que no haría tal cosa. Entonces repetimos nuestro ruego, pero él nos dijo: "Por favor, no me apremiéis de ese modo. Bastante lo pagué una vez que tuve la desgracia de probarlo."

Entonces no quisimos insistir más. Pero le preguntamos: "¡Por Alah! ¿Cuál es la causa que te impide probar este delicioso plato de *rozbaja*?" Y contestó: "He jurado no comer *rozbaja* sin haberme lavado las manos cuarenta veces seguidas con soda, otras cuarenta con potasa y otras cuarenta con jabón, o sea ciento veinte veces."

Y el amo de la casa mandó a los criados que trajesen inmediatamente agua y las demás cosas que había pedido el convidado. Y después de lavarse se sentó de nuevo el convidado y, aunque no muy a gusto, tendió la mano hacia el plato en que todos comíamos, y trémulo y vacilante empezó a comer. Mucho nos sorprendió aquello, pero más nos sorprendimos cuando al mirar sus manos vimos que sólo tenía cuatro dedos, pues carecía de pulgar. Y el convidado no comía más que con cuatro dedos. Entonces le dijimos: "¡Por Alah sobre ti! Dinos por qué no tienes pulgar. ¿Es una deformidad de nacimiento, obra de Alah, o has sido víctima de algún accidente?"

Y entonces contestó: "Hermanos, aún no lo habéis visto todo. No me falta un pulgar, sino los dos, pues tampoco lo tengo en la mano izquierda. Y además, en cada pie me falta otro dedo. Ahora lo vais a ver." Y nos enseñó la otra mano, y descubrió ambos pies, y vimos que, efectivamente, no tenía más que cuatro dedos en cada uno. Entonces aumentó nuestro asombro, y le dijimos: "Hemos llegado al límite de la impaciencia, y deseamos averiguar la causa de que perdieras los dos pulgares y esos otros dos dedos de los pies, así como el motivo de que te hayas lavado las manos ciento veinte veces seguidas." Entonces nos refirió lo siguiente:

»Sabed, ¡oh, todos vosotros!, que mi padre era un mercader entre los grandes mercaderes, el principal de los mercaderes de la ciudad de Bagdad en tiempo del califa Harum-al-Raschid. Y eran sus delicias el vino en las copas, los perfumes de las flores, las flores en su tallo, cantoras y danzarinas, los negros ojos y las propietarias de estos ojos. Así es que cuando murió no me dejó dinero, porque todo lo había gastado. Pero como era mi padre, le hice un entierro según su rango, di festines fúnebres en honor suyo y le llevé luto días y noches. Después fui a la tienda que había sido suya, la abrí y no hallé nada que tuviese valor; al contrario, supe que dejaba muchas deudas. Entonces fui a buscar a los acreedores de mi padre, rogándoles que tuviesen paciencia, y los tranquilicé lo mejor que pude. Después me puse a vender y comprar, y a pagar las deudas, semana por semana, conforme a mis ganancias. Y no dejé de proceder del mismo modo hasta que pagué todas las deudas y acrecenté mi capital con mis legítimas ganancias.

Pero un día que estaba yo sentado en mi tienda, vi avanzar montada en una mula torda, un milagro entre los milagros, una joven deslumbrante de hermosura. Delante de ella iba un eunuco y otro detrás. Paró la mula, y a la entrada del zoco se apeó y penetró en el mercado, seguida de uno de los eunucos. Y éste le dijo: "¡Oh mi señora! Por favor, no te dejes ver de los transeúntes. Vas a atraer contra nosotros alguna calamidad. Vámonos de aquí." Y el eunuco quiso llevársela. Pero ella no hizo caso de sus palabras y estuvo examinando todas las tiendas del zoco, una tras otra, sin que viera ninguna más lujosa ni mejor presentada que la mía. Entonces se dirigió hacia mí, siempre seguida por el eunuco, se sentó en mi tienda y me deseó la paz.

Después me dijo: "¡Oh, joven mercader! ¿Tienes telas buenas que enseñarme?" A lo cual contesté: "¡Oh, mi señora!, tu esclavo es un pobre mercader y no posee nada digno de ti. Ten, pues, paciencia, porque, como todavía es muy temprano, aún no han abierto las tiendas los demás mercaderes. Y en cuanto abran, iré a comprarles yo mismo los géneros que buscas." Luego estuve conversando con ella, sintiéndome cada vez más enamorado.

Pero cuando los mercaderes abrieron sus establecimientos, me levanté y salí a comprar lo que me había encargado, y el total de las compras, que tomé por mi cuenta, ascendía a mil dracmas. Y todo se lo entregué al eunuco.

Transcurrió una semana y los mercaderes me reclamaron el dinero, pero como no volví a saber de la joven les rogué que tuviesen un poco de paciencia, pidiéndoles otra semana de plazo. Y ellos se avinieron.

Y así transcurrió todo un mes, cada día más atormentado mi espíritu por estas reflexiones. Y los mercaderes vinieron a reclamarme su dinero en forma tan apremiante que para tranquilizarlos hube de decirles que iba a vender mi tienda con todos los géneros, y mi casa y todos mis bienes. Me hallé, pues, próximo a la ruina, y estaba muy afligido, cuando vi a la joven que entraba en el zoco y se dirigía a mi tienda. Se acercó a mí y, con voz dulce, me dijo: "Saca la balanza para pesar el dinero que te traigo." Y me dio, en efecto, cuanto me debía y algo más, en pago de las compras que para ella había hecho.

En seguida se sentó a mi lado y me habló con gran afabilidad, y yo me moría de ventura.

Y dije: "Otorga a tu esclavo la merced que desea solicitar de ti y perdónale anticipadamente lo que va a decirte." Después le hablé de lo que tenía en mi corazón. Y vi que le agradaba, pues me dijo: "Este esclavo te traerá mi respuesta y te señalará mi voluntad. Haz cuanto te diga que hagas." Después se levantó y se fue.

Pasados algunos días vi llegar al esclavo y lo recibí con solicitud y generosidad, rogándole me diese noticias, y me dijo: "Esta joven ha sido educada por nuestra ama Zobeida, esposa favorita de Harum-al-Raschid, y ha entrado en su servidumbre. Y nuestra ama la quiere como si fuese hija suya. Y el otro día le pidió permiso para salir, diciendo: 'Mi alma desea pasear un poco.' Y se lo concedió. Un día te vio y habló de ti a nuestra ama, rogándole se la casase contigo. Y nuestra ama contestó: 'Nada puedo decir sin conocer a ese joven. Pero si te iguala en cualidades te uniré a él.' Y vengo a decirte que nuestro propósito es que entres en palacio sin que nadie te vea. Y si lo conseguimos es seguro que te casarás con ella. Pero si te descubren te cortarán la cabeza. ¿Qué te parece?" "Que iré contigo", respondí. Y él me dijo: "Apenas llegue la noche dirígete a la mezquita que Sett-Zobeida ha mandado edificar junto al Tigris. Entra, haz tu oración y aguárdame allí."

Y cuando vino la noche fui a la mezquita, entré, me puse a rezar y pasé allí toda la noche. Pero al amanecer vi, por una de las ventanas que dan al río, que llegaban en una barca unos esclavos llevando dos cajas vacías. Las metieron en la mezquita y se volvieron a su barca. Pero uno de ellos, que se había quedado detrás de los otros, era el que me había servido de mediador. Y a los pocos momentos vi llegar a la mezquita a mi amada, la dama de Sett-Zobeida. Y corrí a su encuentro, queriendo estrecharla entre mis brazos. Pero ella huyó hacia donde estaban las cajas vacías e hizo una señal al eunuco, que me cogió y antes de que pudiese defenderme me encerró en una de aquellas cajas. Y en el tiempo que se tarda en abrir un ojo y cerrar otro, me llevaron al palacio del califa. Y me sacaron de la caja. Y me entregaron trajes y efectos que valdrían lo menos cincuenta mil dracmas. Después vi a otras veinte esclavas blancas, todas con pechos de vírgenes. Y en medio de ellas estaba Sett-Zobeida, que no podía moverse de tantos esplendores como llevaba puestos. En seguida me interrogó acerca de mis negocios, mi parentela y mi linaje, contestándole yo a cuanto me preguntaba. Y pareció muy satisfecha, y dijo: "¡Alah! ¡Ya veo que no he perdido el tiempo criando a esta joven, pues le encuentro un esposo cual éste!" Y añadió: "¡Sabe que la considero como si fuese mi propia hija, y será para ti una esposa sumisa y dulce ante Alah y ante ti!" Y entonces me incliné, besé la tierra y consentí en casarme.

Y Sett-Zobeida me invitó a pasar en el palacio diez días. Y allí permanecí estos diez días, pero sin saber nada de la joven. Y eran otras jóvenes las que me traían el almuerzo y la comida y servían a la mesa.

Transcurrido el plazo indispensable para los preparativos de la boda, Sett-Zobeida rogó al Emir de los Creyentes el permiso para la boda. Y el califa, después de dar su venia, regaló a la joven diez mil dinares de oro. Y Sett-Zobeida mandó a buscar al cadí y a los testigos, que escribieron el contrato matrimonial. Después empezó la fiesta. Se prepararon dulces de todas clases y los manjares de costumbre. Comimos, bebimos y se repartieron platos de comida por toda la ciudad, durando el festín diez días completos. Después llevaron a la joven al hammam para prepararla, según es uso.

Y durante este tiempo se puso la mesa para mí y mis convidados, y se trajeron platos exquisitos y, entre otras cosas, en medio de pollos asados, pasteles de todas clases, rellenos deliciosos y dulces perfumados con almizcle y agua de rosas, había un plato de *rozbaja* capaz de volver loco al espíritu más equilibrado. Y yo, ¡por Alah!, en cuanto me senté a la mesa no pude menos de precipitarme sobre este plato de *rozbaja* y hartarme de él. Después me sequé las manos.

Y cuando me quedé a solas con la novia notó el olor en mi mano, por la *rozbaja*, y lanzó un agudo grito.

Inmediatamente acudieron por todas partes las damas de palacio, mientras que yo, trémulo de emoción, no me daba cuenta de la causa de todo aquello. Y le dijeron: "¡Oh, hermana nuestra! ¿Qué te ocurre?" Y ella contestó: "¡Por Alah sobre vosotras! ¡Libradme a escape de este estúpido, al cual creí hombre de buenas maneras!" Y yo le pregunté: "¿Y por qué me juzgas estúpido o loco?" Y ella dijo: "¡Insensato! ¡Ya no te quiero, por tu poco juicio y tu mala acción!" Y cogió un látigo que estaba cerca de ella y me azotó con tan fuertes golpes que perdí el conocimiento. Entonces ella se detuvo y dijo a las doncellas: "Cogedlo y llevádselo al gobernador de la ciudad, para que le corten la mano con que comió los ajos."

Entonces las doncellas intercedieron en mi favor y lograron calmarla, pero prometió darme un castigo.

En cuanto a mí, estuve diez días completamente solo y sin verla. Pero pasaron los diez días, vino a buscarme y me dijo: "¡Oh, tú, el de cara ennegrecida! ¿Tan poca cosa soy para ti, que comiste ajo la noche de la boda?" Después llamó a sus siervas y les dijo: "¡Atadle los brazos y las piernas!" Y entonces me ataron los brazos y las piernas, y ella cogió una cuchilla de afeitar bien afilada y me cortó los dos pulgares de las manos y los dedos gordos

74

de ambos pies. Y por eso, ¡oh, todos vosotros!, me veis sin pulgares en las manos ni en los pies.

En cuanto a mí, caí desmayado. Entonces ella echó en mis heridas polvos de una raíz aromática, y así restañó la sangre. Y yo dije, primero para mí y luego en alta voz: "¡No volveré a comer *rozbaja* sin lavarme después las manos cuarenta veces con potasa, cuarenta con soda y cuarenta con jabón!" Y al oírme, me hizo jurar que cumpliría esta promesa, y que no comería *rozbaja* sin cumplir con exactitud lo que acababa de decir.

Después me dijo: "Sabe que nadie de la corte del califa sabe lo que ha pasado entre nosotros." Y me entregó diez mil dinares de oro, diciéndome: "Toma este dinero y ve a comprar una buena casa en que podamos vivir los dos."

Entonces salí y compré una casa magnífica. Y allí transporté las riquezas de mi esposa y cuantos regalos le habían hecho, los objetos preciosos, telas, muebles y demás cosas bellas. Y todo lo puse en aquella casa que había comprado. Y vivimos juntos hasta el límite de los placeres y de la expansión.

Pero al cabo de un año, por voluntad de Alah, murió mi mujer. Y no busqué otra esposa, pues quise viajar. Salí entonces de Bagdad, después de haber vendido todos mis bienes, y cogí todo mi dinero y emprendí el viaje hasta que llegué a esta ciudad.

Esta es la historia. Estoy convencido de que es más sorprendente que nuestra aventura con el jorobado.»

Entonces dijo el rey de la China: «Pues te equivocas. No es más maravillosa que la aventura del jorobado. Y os van a crucificar a todos, desde el primero hasta el último.»

Pero en este momento avanzó el médico judío, besó la tierra entre las manos del sultán, y dijo: «¡Oh, rey del tiempo! Te voy a contar una historia que es seguramente más extraordinaria que todo cuando oíste y que la misma aventura del jorobado.»

Entonces dijo el rey de la China: «Cuéntala pronto, porque no puedo aguardar más.»

Y el médico judío dijo:

CUENTO DEL MÉDICO JUDÍO

«Estudié medicina y ciencias en la ciudad de Damasco. Y cuando hube aprendido mi profesión empecé a ejercerla para ganarme la vida.

Pero un día entre los días, cierto esclavo del gobernador de Damasco vino a mi casa y, diciéndome que le acompañase, me llevó al palacio del gobernador. Y allí, en medio de una gran sala, vi un lecho de mármol chapado de oro. En este lecho estaba echado y enfermo un hijo de Adán. Era un joven tan hermoso, que no se habría encontrado otro como él entre todos los de su tiempo. Me acerqué a su cabecera y le deseé pronta curación y completa salud. Pero él sólo me contestó haciéndome una seña con los ojos. Y yo le dije: "¡Oh, mi señor, dame la mano!" Y él me alargó la mano izquierda, lo cual me asombró mucho, haciéndome pensar: "¡Por Alah! ¡Qué cosa tan sorprendente! He aquí un joven de buena apariencia y de elevada condición, y que está sin embargo muy mal educado". No por eso dejé de tomarle el pulso, y receté un medicamento a base de agua de rosas. Y le seguí visitando, hasta que, pasados diez días, recuperó las fuerzas y pudo levantarse como de costumbre.

El gobernador de Damasco me demostró su gratitud regalándome un magnífico ropón de honor y nombrándome, no sólo médico suyo, sino también del hospital de Damasco.

Y acompañando un día al joven a los baños observé que carecía de mano derecha y, además, vi huellas de varazos en todo su cuerpo.

Le mostré mi extrañeza por ello y le rogué que me contase la causa. A lo que accedió el joven, contando la siguiente historia:

»Sabe que nací en la ciudad de Mossul, donde mi familia figuraba entre las más principales. Mi padre era el mayor de los diez vástagos que dejó mi abuelo al morir, y cuando esto ocurrió, mi padre estaba ya casado, como todos mis tíos. Pero él era el único que tuvo un hijo, que fui yo, pues ninguno de mis tíos los tuvo. Por eso fui creciendo entre las simpatías de todos mis tíos, que me querían muchísimo y se alegraban mirándome.

Un día que estaba con mi padre en la gran mezquita de Mossul para rezar la oración del viernes, vi que después de la plegaria todo el mundo se había marchado, menos mi padre y mis tíos. Se sentaron todos en la gran estera, y yo me senté con ellos. Y se pusieron a hablar, versando la conversación sobre los viajes y las maravillas de los países extranjeros y de las grandes ciudades lejanas. Pero sobre todo hablaron de Egipto y de El Cairo.

Averigüe a los pocos días que mis tíos estaban preparando un viaje a Egipto, y rogué con tanto ardor a mi padre, y tanto laboré para que me dejase ir con ellos, que me lo permitió y hasta compró mercaderías muy estimables. Y encargó a mis tíos que no me llevasen con ellos a Egipto, sino que me dejasen en Damasco, donde debía yo ganar dinero con los géneros que llevaba.

Y vimos que Damasco es una hermosa ciudad, entre jardines, arroyos, árboles, frutas y pájaros. Nos albergamos en uno de los khanes; mis tíos se quedaron en Damasco hasta que vendieron sus mercaderías de Mossul, comprando otras en Damasco para despacharlas en El Cairo, y vendieron también mis géneros tan ventajosamente que cada dracma de mercadería me valió cinco dracmas de plata. Después mis tíos me dejaron solo en Damasco y prosiguieron su viaje a Egipto.

Un día, mientras estaba sentado a la puerta de mi tienda, llegó una joven ricamente vestida y cubierta con un velo que sólo dejaba ver unos ojos negros maravillosos. Examinó las sedas y brocados y accedió después a quitarse el velo, con lo cual descubrí que era en extremo hermosa. Pero ella me dijo: "Creo que exageras tus elogios. Si quieres contemplar a una mujer realmente hermosa, mañana te la presentaré, si lo autorizas."

Al día siguiente, apenas puesto el sol, vi llegar a mi amiga acompañada por otra joven que venía envuelta en un velo muy grande. Entraron y se sentaron. Y yo, lleno de alegría, me levanté, encendí los candelabros y me puse enteramente a su disposición. Ellas se quitaron entonces los velos y pude contemplar a la otra joven. ¡Alah, Alah! Parecía la Luna llena. Me apresuré a servirlas y les presenté las bandejas repletas de manjares y bebidas, y empezaron a comer y beber. Y yo, entre tanto, besaba a la joven desconocida, y le llenaba la copa y bebía con ella. Pero esto acabó por encender los celos de la otra, que supo disimularlos, y hasta me dijo: "¡Por Alah! ¡Cuán deliciosa es esta joven! ¿No te parece más hermosa que yo?" Y yo respondí ingenuamente: "Es verdad; razón tienes." Y ella dijo: "Pues cógela y ve a dormir con ella. Así me complacerás."

Pero he aquí que al despertarme me encontré la mano llena de sangre, y vi que no era sueño, sino realidad. Como ya era día claro, quise despertar a mi compañera, dormida aún, y le toqué ligeramente la cabeza. Y la cabeza se separó inmediatamente del cuerpo y cayó al suelo.

En cuanto a mi primera amiga, no había de ella ni rastro ni olor.

Sin saber qué hacer, estuve una hora recapacitando, y por fin me decidí a levantarme, para abrir una huesa en aquella misma sala. Levanté las losas de mármol, empecé a cavar e hice una hoya lo bastante grande para que cupiese el cadáver, que enterré inmediatamente. Cerré luego el agujero y puse las cosas lo mismo que antes estaban.

Hecho esto fui a vestirme, cogí el dinero que me quedaba, salí en busca del amo de la casa y, pagándole el importe de otro año de alquiler, le dije: "Tengo que ir a Egipto, donde mis tíos me esperan."

Al llegar a El Cairo encontré a mis tíos, que se alegraron mucho de verme y me preguntaron la causa de aquel viaje. Y yo les dije: "Pues únicamente el deseo de volveros a ver y el temor de gastarme en Damasco el dinero que me quedaba." Me invitaron a vivir con ellos y acepté. Y permanecí en su compañía todo un año, divirtiéndome, comiendo, bebiendo, visitando las cosas interesantes de la ciudad, admirando el Nilo y distrayéndome de mil maneras. Desgraciadamente, al cabo del año, como mis tíos habían realizado buenas ganancias vendiendo sus géneros, pensaron en volver a Mossul; pero como yo no quería acompañarlos, desaparecí para librarme de ellos, y se marcharon solos, pensando que yo habría ido a Damasco para prepararles alojamiento, puesto que conocía bien esta ciudad. Después seguí gastando y permanecí allí otros tres años, y cada año mandaba el precio de alquiler al casero de Damasco. Transcurridos los tres años, como apenas me quedaba dinero para el viaje y estaba aburrido de la ociosidad, decidí volver a Damasco.

Y apenas llegué, me dirigí a mi casa, y fui recibido con gran alegría por mi casero, que me dio la bienvenida y me entregó las llaves enseñándome la cerradura, intacta y provista de mi sello.

Lo primero que hice fue lavar el entarimado, para que desapareciese toda huella de sangre de la joven asesinada, y cuando me quedé tranquilo fui al lecho, para descansar de las fatigas del viaje. Y al levantar la almohada para ponerla bien, encontré debajo un collar de oro con tres filas de perlas nobles. Era precisamente el collar de mi amada, y lo había puesto allí la noche de nuestra dicha. Y ante este recuerdo, derramé lágrimas de pesar y deploré la muerte de aquella joven. Oculté cuidadosamente el collar en el interior de mi ropón.

Pasados tres días de descanso en mi casa, pensé ir al zoco, para buscar ocupación y ver a mis amigos. Llegué al zoco, pero estaba escrito por acuerdo del Destino que había de tentarme el Cheitán, y yo había de sucumbir a su tentación, porque el Destino tiene que cumplirse. Y efectivamente, me dio la tentación de deshacerme de aquel collar de oro y de perlas. Lo saqué del interior del ropón y se lo presenté al corredor más hábil del zoco. Éste me invitó a sentarme en su tienda, y en cuanto se animó el mercado, cogió el collar, me rogó que le esperase y se fue a someterlo a las ofertas de mercaderes y parroquianos. Y al cabo de una hora volvió y me dijo: "Creí a primera vista que este collar era de oro de ley y perlas finas, y valdría lo menos mil dinares de oro, pero me equivoqué: es falso. Está hecho según los artificios de los francos, que saben imitar el oro, las perlas y las piedras preciosas; de modo que no me ofrecen por él más de mil dracmas, en vez de mil dinares." Y contesté: "Verdaderamente, tienes razón. Este collar es falso. Lo mandé construir para burlarme de una amiga, a quien se lo regalé. Y ahora esta mujer ha muerto y le ha dejado el collar a la mía; de modo que hemos decidido venderlo por lo que den. Tómalo, véndelo en ese precio y tráeme los mil dracmas."

El corredor, al ver que el joven no conocía el valor del collar, y se explicaba de aquel modo, comprendió en seguida que lo había robado o se lo había encontrado, cosa que debía aclararse. Cogió, pues, el collar y se lo llevó al jefe de los corredores del zoco, que se hizo con él en seguida y fue en busca del walí de la ciudad, a quien dijo: "Me habían robado este collar, y ahora hemos dado con el ladrón."

Y mientras yo aguardaba el corredor con el dinero, me vi rodeado y apresado por los guardias, que me llevaron a la fuerza a casa del walí. Y éste me hizo preguntas acerca del collar, y yo le conté la misma historia que al corredor. Entonces el walí se echó a reír y me dijo: "Ahora te enseñaré el precio de ese collar." E hizo una seña a sus guardias, que me agarraron, me desnudaron y me dieron tal cantidad de palos y latigazos que me ensangrentaron todo el cuerpo. Entonces, lleno de dolor, les dije: "¡Os diré la verdad! ¡Ese collar lo he robado!" Me pareció que esto era preferible a declarar la terrible verdad del asesinato de la joven, pues me habrían sentenciado a muerte y me habrían ejecutado, para castigar el crimen.

Y apenas me había acusado de tal robo, me asieron del brazo y me cortaron la mano derecha, como a los ladrones, y me cocieron el brazo en aceite hirviendo para cicatrizar la herida. Y caí desmayado de dolor. Y me dieron de beber una cosa que me hizo recobrar los sentidos. Entonces cogí mi mano cortada y regresé a mi casa.

Los pesares y la tristeza me pusieron enfermo, y no pude ocuparme en buscar hospedaje. Y al tercer día, estando en el lecho, vi invadida mi habitación por los soldados del gobernador de Damasco, que venían con el amo de la casa y el jefe de los corredores. Y entonces el amo de la casa me dijo: "Sabe que el walí ha comunicado al gobernador general lo del robo del collar. Y ahora resulta que el collar no es de este jefe de corredores, sino del mismo gobernador general o, mejor dicho, de una hija suya, que desapareció también hace tres años. Y vienen para prenderte."

Al oír esto, empezaron a temblar todos mis miembros y coyunturas, y me dije: "Ahora sí que me condenan a muerte sin remisión. Más me vale declarárselo todo al gobernador general. Él será el único juez de mi vida o de mi muerte." Pero ya me habían cogido y atado, y me llevaban con una cadena al cuello a presencia del gobernador general. Y nos pusieron entre sus manos a mí y al jefe de los corredores. Y el gobernador, mirándome, dijo a los suyos: "Este joven que me traéis no es un ladrón y le han cortado la mano injustamente. Estoy seguro de ello. En cuanto al jefe de los corredores, es un embustero y un calumniador. ¡Apoderaos de él y metedle en un calabozo!"

Cuanto todos se marcharon, el gobernador me miró con mucha lástima y me dijo: "¡Oh, hijo mío! Ahora vas a hablarme con franqueza, diciéndome toda la verdad sin ocultarme nada. Cuéntame, pues, cómo llegó este collar a tus manos." Yo le contesté: "¡Oh, mi señor y soberano! Te diré la verdad." Y le referí cuanto me había ocurrido con la primera joven, cómo ésta me había proporcionado y traído a la casa a la segunda joven, y cómo, por último, llevada de los celos, había sacrificado a su compañera.

Y el gobernador, en cuanto lo hubo oído, inclinó la cabeza, lleno de dolor y de amargura, y se cubrió la cara con el pañuelo. Y así estuvo durante una hora, y su pecho se desgarraba en sollozos. Después se acercó a mí y me dijo:

"Sabe, ¡oh, hijo mío!, que la primera joven es mi hija mayor. Fue desde su infancia muy perversa, y por ese motivo hube de criarla muy severamente. Pero dominaba a su hermana, mi segunda hija, hasta tal punto que no le costó trabajo llevarla a tu casa.

Pero cuando mi hija mayor regresó sola, le pregunté dónde estaba su hermana. Y me contestó llorando, y acabó por decirme, sin cesar en sus lágrimas: 'Se me ha perdido en el zoco y no he podido averiguar qué ha sido de ella.' Eso fue lo que me dijo a mí. Pero no tardó en confiarse a su madre, y acabó por decirle en secreto la muerte de su hermana, asesinada en tu lecho. Y tus palabras, hijo mío, no han hecho más que confirmar lo que yo sabía, probando que mi hija había dicho la verdad. ¡Ya ves, hijo mío, cuán desventurado soy! De modo que he de expresarte un deseo y pedirte un favor, que confío no has de rehusarme. Deseo ardientemente que entres en mi familia, y quisiera darte por esposa a mi tercera hija, que es una joven buena, ingenua y virgen, y no tiene ninguno de los vicios de sus hermanas. Y no te pediré dote para este casamiento, sino que, al contrario, te remuneraré con largueza y te quedarás en mi casa como un hijo."

En seguida el gobernador envió un propio a Mossul, mi ciudad natal, para que en mi nombre recogiese la herencia dejada por mi padre. Y efectivamente, me casé con la hija del gobernador, y desde aquel día todos vivimos aquí la vida más próspera y dulce.»

Entonces el rey de la China dijo: «Esta historia, aunque logró interesarme, te equivocas, ¡oh médico!, porque no es tan maravillosa ni sorprendente como la aventura del jorobado; de modo que no me queda más que mandaros ahorcar a los cuatro, y principalmente a ese maldito sastre, que es causa y principio de vuestro crimen.»

Oídas tales palabras, el sastre se adelantó entre las manos del rey de la China y dijo: «¡Oh, rey lleno de gloria! Antes de mandarnos ahorcar, permíteme hablar a mí también, y te referiré una historia que encierra cosas más extraordinarias que todas las demás historias juntas, y es más prodigiosa que la historia misma del jorobado.»

Y el rey de la China dijo: «Si dices la verdad, os perdonaré a todos. Pero desdichado de ti si me cuentas una historia poco interesante y desprovista de cosas sublimes. Porque no vacilaré entonces en empalaros a ti y a tus tres compañeros, haciendo que os atraviesen de parte a parte, desde la base hasta la cima.»

Entonces el sastre dijo:

CUENTO DEL SASTRE

«Sabe, pues, ¡oh, rey del tiempo!, que antes de mi aventura con el jorobado me habían convidado en una casa donde se daba un festín a los principales miembros de los gremios de nuestra ciudad: sastres, zapateros, lenceros, barberos, carpinteros y otros.

Y era muy de mañana. Por eso, desde el amanecer, estábamos todos sentados en coro para desayunarnos, y no aguardábamos más que al amo de la casa, cuando le vimos entrar acompañado de un joven forastero, hermoso, bien formado, gentil y vestido a la moda de Bagdad. Y era todo lo hermoso que se podía desear, y estaba tan bien vestido como pudiera imaginarse. Pero era ostensiblemente cojo. Después que entró donde estábamos, nos deseó la paz y nos levantamos todos para devolverle el saludo. Después íbamos a sentarnos, y él con nosotros, cuando súbitamente le vimos cambiar el color y disponerse a salir. Entonces hicimos mil esfuerzos por detenerlo entre nosotros. Y el amo de la casa insistió mucho y le dijo: "En verdad, no entendemos nada de esto. Te ruego que nos digas qué motivo te impulsa a dejarnos."

Entonces el joven respondió: "¡Por Alah te suplico, oh, mi señor, que no insistas en retenerme! Porque hay aquí una persona que me obliga a retirarme, y es ese barbero que está sentado en medio de vosotros."

Entonces todos los convidados nos dirigimos al joven y dijimos: "Cuéntanos, por favor, el motivo de tu repulsión hacia ese barbero." Y él contestó: "Señores, ese barbero de cara de alquitrán y alma de betún fue la causa de una aventura extraordinaria que me sucedió en Bagdad, mi ciudad, y ese maldito tiene también la culpa de que yo esté cojo. Así es que he jurado no vivir nunca en la ciudad en que él viva ni sentarme en sitio en donde él se sentara. Y por eso me vi obligado a salir de Bagdad, mi ciudad, para venir a este país lejano. Pero ahora me lo encuentro aquí. Y por eso me marcho ahora mismo, y esta noche estaré lejos de esta ciudad, para no ver a ese hombre de mal agüero."

Y al oírlo, el barbero se puso pálido, bajó los ojos y no pronunció palabra. Entonces insistimos tanto con el joven, que se avino a contarnos de este modo su aventura con el barbero:

»Sabed, oh, todos los aquí presentes, que mi padre era uno de los principales mercaderes de Bagdad, y fui su único hijo.

Un día entre los días, iba yo por una de las calles de Bagdad, cuando vi venir hacia mí un grupo numeroso de mujeres. En seguida, para librarme de ellas, emprendí rápidamente la fuga y me metí en una calleja sin salida. Y en el fondo de esta calle había un banco, en el cual me senté para descansar.

Y cuando estaba sentado se abrió frente a mí una celosía, y apareció en ella una joven con un regadera en la mano y se puso a regar las flores de unas macetas que había en el alféizar de la ventana.

¡Oh, mis señores! He de deciros que al ver a esta joven sentí nacer en mí algo que en mi vida había sentido. Así es que en aquel mismo instante mi corazón quedó hechizado y completamente cautivado, mi cabeza y mis pensamientos no se ocuparon más que de aquella joven, y todo mi pasado horror a las mujeres se transformó en un deseo abrasador.

Mientras seguía sentado de tal suerte, he aquí que llegó y bajó de su mula, a la puerta de la casa, el cadí de la ciudad, precedido de sus negros y seguido de sus criados. El cadí entró en la misma casa en cuya ventana había yo visto a la joven, y comprendí que debía ser su padre.

Entonces volví a mi casa en un estado deplorable, lleno de pesar y zozobra, y me dejé caer en el lecho. Y en seguida se me acercaron todas las mujeres de la casa, mis parientes y servidores, y se sentaron a mi alrededor y empezaron a importunarme acerca de la causa de mi mal. Y como nada quería decirles sobre aquel asunto, no les contesté palabra. Pero de tal modo fue aumentando mi pena de día en día que caí gravemente enfermo y me vi muy atendido y visitado por mis amigos y parientes.

Y he aquí que uno de los días vi entrar en mi casa a una vieja, que, en vez de gemir y compadecerse, se sentó a la cabeza del lecho. Y empezó a decirme palabras cariñosas para calmarme. Después me miró, me examinó atentamente y pidió a mi servidumbre que me dejaran solo con ella. Entonces me dijo: "Hijo mío, sé la causa de tu enfermedad, pero necesito que me des pormenores." Y yo le comuniqué en confianza todas las particularidades del asunto, y me contestó: "Efectivamente, hijo mío, ésa es la hija del cadí de Bagdad, y aquella casa es ciertamente su casa. Pero sabe que el cadí no vive en el mismo piso que su hija, sino en el de abajo. Y de todos modos, aunque la joven vive sola, está vigiladísima y bien guardada. Pero sabe también que yo voy mucho a esa casa, pues soy amiga de esa joven, y puedes estar seguro de que no has de lograr lo que deseas más que por mi mediación. ¡Anímate, pues, y ten alientos!"

Estas palabras me armaron de firmeza, y en seguida me levanté y me sentí el cuerpo ágil y recuperada la salud. Y al ver esto se alegraron todos mis parientes. Y entonces la anciana se marchó, prometiéndome volver al día siguiente para darme cuenta de la entrevista que iba a tener con la hija del cadí de Bagdad.

Y la vieja, como me había ofrecido, volvió a mi casa a los pocos días, asegurándome que había concertado mi entrevista con la hermosa joven, diciéndole que yo era su hijo y que estaba a punto de morir de por ella, cosa que era verdad, y se fijó la fecha del viernes.

Aguardé, pues, de este modo hasta el viernes, y entonces vi llegar a la vieja. Y en seguida me levanté, me puse mi mejor traje, me perfumé con esencia de rosas e iba a correr a casa de la joven, cuando la anciana me dijo: "Todavía queda mucho tiempo. Más vale que entre tanto vayas al hammam a tomar un buen baño y que te den masaje, que te afeiten y depilen, puesto que ahora sales de una enfermedad. Verás qué bien te sienta." Y yo respondí: "Verdaderamente, es una idea acertada. Pero mejor será llamar a un barbero para que me afeite la cabeza y después iré a bañarme al hammam."

Mandé entonces a un sirviente que fuese a buscar a un barbero, y le dije: "Ve en seguida al zoco y busca a un barbero que tenga la mano ligera, pero sobre todo que sea prudente y discreto, sobrio en palabra y nada curioso, que no me rompa la cabeza con su charla, como hacen en su mayor parte los de su profesión." Y mi servidor salió a escape y me trajo a un barbero viejo.

Y el barbero era ese maldito que veis delante de vosotros, ¡oh, mis señores!

Cuanto entró, me deseó la paz, y yo correspondí a su saludo de paz. Y me dijo: "¡Que Alah aparte de ti toda desventura, pena, zozobra, dolor y adversidad!" Y contesté: "¡Ojalá atienda Alah tus buenos deseos!" Y prosiguió: "He aquí que te anuncio la buena nueva, ¡ah, mi señor!, y la renovación de tus fuerzas y tu salud. ¿Y qué he de hacer ahora? ¿Afeitarte o sangrarte? Pues no ignoras que nuestro gran Ibn-Abbas dijo: 'El que se corta el pelo el día viernes alcanza el favor de Alah, pues aparta de él setenta clases de calamidades.' Y también: 'Pero el que se sangra en viernes o hace que le apliquen ese mismo día ventosas escarificadas, se expone a perder la vista y corre el riesgo de coger todas las enfermedades.' Así lo ha dicho." Entonces le contesté: "¡Oh, jeque! Basta ya de chanzas; levántate en seguida para afeitarme la cabeza y hazlo pronto, porque estoy débil y no puedo hablar, ni aguardar mucho."

Entonces se levantó y cogió un paquete cubierto con un pañuelo, en que debía llevar la bacía, las navajas y las tijeras; lo abrió y sacó, no la navaja, sino un astrolabio de siete facetas. Lo cogió, se salió al medio del patio de mi casa, levantó gravemente la cara hacia el Sol, lo miró atentamente, examinó el astrolabio, volvió y me dijo: "Has de saber que este viernes es el décimo día del mes de Safar del año 763 de la Hégira de nuestro Santo Profeta. ¡Vaya a él la paz y las mejores bendiciones! Y lo sé por la ciencia de los números, la cual me dice que este viernes coincide con el preciso momento en que se verifica la conjunción del planeta Mirrikh con el planeta Hutared, por siete grados y seis minutos. Y esto viene a demostrar que el afeitarse hoy la cabeza es una acción fausta y de todo punto admirable. Y claramente me indica también que tienes la intención de celebrar una entrevista con una persona cuya suerte se me muestra como muy afortunada. Y aún podría contarte más cosas que te han de suceder, pero son cosas que debo callarlas."

Yo contesté: "¡Por Alah! Me ahogas con tanto discurso y me arrancas el alma. Parece también que no sabes más que vaticinar cosas desagradables. Y yo sólo te he llamado para que me afeites la cabeza. Levántate, pues, y aféitame sin más discursos." Y el barbero replicó: "¡Por Alah! Si supieses la verdad de las cosas, me pedirías más pormenores y más pruebas. De todos modos, sabe que, aunque soy barbero, soy algo más que barbero. Pues además de ser el barbero más reputado de Bagdad, conozco admirablemente, aparte del arte de la medicina, las plantas y los medicamentos, la ciencia de los astros, las reglas de nuestro idioma, el arte de las estrofas y de los versos, la elocuencia, la ciencia de los números, la geometría, el álgebra, la filosofía, la arquitectura, la historia y las tradiciones de todos los pueblos de la Tierra."

Cuando oí este flujo de palabras, sentí que la impaciencia me reventaba la vejiga de la hiel, y exclamé dirigiéndome a mis criados: "¡Dadle en seguida un cuarto de dinar a este hombre y que se largue de aquí! Porque renuncio en absoluto a afeitarme." Pero el barbero, apenas oyó esta orden, dijo: "¡Oh, mi señor! ¡Qué palabras tan duras acabo de escuchar de tus labios! Porque, ¡por Alah!, sabe que quiero tener el honor de servirte sin ninguna retribución, y he de servirte sin remedio, pues considero un deber el ponerme a tus órdenes y ejecutar tu voluntad. Y me creería deshonrado para toda mi vida si aceptara lo que quieres darme tan generosamente. Porque sabe que si tú no tienes idea alguna de mi valía, yo, en cambio, estimo en mucho la tuya. Y estoy seguro de que eres digno hijo de tu difunto padre. ¡Alah lo haya recibido en su misericordia!"

Yo, al oír estas palabras, le dije: "¡Ojalá no haya tenido Alah compasión de mi difunto padre, por lo ciego que estuvo al recurrir a un barbero como tú!" Y el barbero, al oírme, se echó a reír, meneando la cabeza, y exclamó: "¡No hay más Dios que Alah, y Mahoma es el enviado de Alah! ¡Bendito sea el nombre de Aquel que se transforma y no se transforma! Ahora bien, ¡oh, joven!, yo te creía dotado de razón, pero estoy viendo que la enfermedad que tuviste te ha perturbado por completo el juicio y te hace divagar. Por esto no me asombra, pues conozco las palabras santas dichas por Alah en nuestro Santo y Precioso Libro, en un versículo que empieza de este modo: 'Los que reprimen su ira y perdonan a los hombres culpables...' De modo que me avengo a olvidar tu sinrazón para conmigo y olvido también tus agravios, y de todo ello te disculpo. Pero, en realidad, he de confesarte que no comprendo tu impaciencia ni me explico su causa. ¿No sabes que tu padre no emprendía nunca nada sin consultar antes mi opinión? Y a fe que en esto seguía el proverbio que dice: '¡El hombre que pide consejo se resguarda!' Y yo, está seguro de ello, soy un hombre de valía, y no encontrarás nunca tan buen consejero como este tu servidor, ni persona más versada en los preceptos de la sabiduría y en el arte de dirigir hábilmente los negocios. Heme, pues, aquí, plantado sobre mis dos pies, aguardando tus órdenes y dispuesto por completo a servirte. Pero dime: ¿cómo es que tú no me aburres y en cambio te veo fastidiado y tan furioso? Verdad es que, si tengo tanta paciencia contigo, es sólo por respeto a la memoria de tu padre, a quien soy deudor de muchos beneficios." Entonces le repliqué: ¡por Alah! ¡Ya es demasiado! Me estás matando con tu charla. Te repito que sólo te he mandado llamar para que me afeites la cabeza y te marches en seguida."

Y diciendo esto, me levanté furioso y quise echarle y alejarme de allí, a pesar de tener ya mojado y jabonado el cráneo.

Y cuando el barbero me vio en aquel estado, se dedicó a coger la navaja y a pasarla por la correa que llevaba en la cintura. Pero gastó tanto tiempo en pasar y repasar el acero por el cuero, que estuve a punto de que me saliese el alma del cuerpo.

Después me dijo: "¡Oh, mi señor! Ya veo sobradamente que no te merecen ninguna consideración mis méritos ni mi talento. Y, sin embargo, esta misma mano que hoy te afeita es la misma mano que toca y acaricia la cabeza de los reyes, emires, visires y gobernadores; en una palabra, la cabeza de toda la gente ilustre y noble."

Y replicando a tanta palabrería, le dije: "¿Quieres ocuparte en tu oficio, sí o no? Has conseguido destrozarme el corazón y hundirme el cerebro." Y entonces exclamó: "Voy sospechando que tienes prisa de que acabe." Y le dije: "¡Sí que la tengo! ¡Sí que la tengo! ¡Y sí que la tengo!" Y él insistió: "Que aprenda tu alma un poco de paciencia y de moderación. Porque sabe, ¡oh, mi joven amo!, que el apresuramiento es una mala sugestión del Tentador, y sólo trae consigo el arrepentimiento y el fracaso. Y además, nuestro soberano Mohamed (¡sean con él las bendiciones de la paz!) ha dicho: 'Lo más hermoso del mundo es lo que se hace con lentitud y madurez.' Pero lo que acabas de decirme excita grandemente mi curiosidad, y te ruego que me expliques el motivo de tanta impaciencia, pues nada perderás con decirme qué es lo que te obliga a apresurarte de este modo. Confío, en mi buen deseo hacia ti, que será una causa agradable, pues me causaría mucho sentimiento que fuese de otra clase. Pero ahora tengo que interrumpir por un momento mi tarea, pues como quedan pocas horas de sol necesito aprovecharlas." Entonces soltó la navaja, cogió el astrolabio y salió en busca de los rayos del sol, y estuvo mucho tiempo en el patio. Y midió la altura del sol, pero todo esto sin perderme de vista y haciéndome preguntas. Después, volviéndose hacia mí me dijo: "Si tu impaciencia es sólo por asistir a la oración, puedes aguardar tranquilamente, pues sabe que en realidad aún nos quedan tres horas, ni más ni menos. Nunca me equivoco en mis cálculos." Y yo contesté: "¡Por Alah! ¡Ahórrame estos discursos, pues me tienes con el hígado hecho trizas!"

Entonces cogió la navaja y volvió a suavizarla como lo había hecho antes, y reanudó la operación de afeitarme poco a poco, pero no podía dejar de hablar, y prosiguió: "Mucho siento tu impaciencia, y si quisieras revelarme su causa, sería bueno y provechoso para ti. Pues ya te dije que tu difunto padre me profesaba gran estimación, y nunca emprendería nada sin oír mi parecer." Entonces hube de convencerme que, para librarme del barbero, no me quedaba otro recurso que inventar algo para justificar mi impaciencia, pues pensé: "He aquí que se aproxima la hora de la plegaria, y si no me apresuro a marchar a casa de la joven, se me hará tarde, pues la gente saldrá de las mezquitas y entonces todo lo habré perdido." Dije, pues, al barbero: "Abrevia de una vez y déjate de palabras ociosas y de curiosidades indiscretas. Y ya que te empeñas en saberlo, te diré que tengo que ir a casa de un amigo que acaba de enviarme una invitación urgente, convidándome a un festín."

Pero cuando oyó hablar de convite y festín, el barbero dijo: "¡Que Alah te bendiga y te llene de prosperidades! Porque precisamente me hacer recordar que he convidado a comer en mi casa a varios amigos, y se me ha olvidado prepararles comida. Y me acuerdo ahora, cuando ya es demasiado tarde." Entonces le dije: "No te preocupe este retraso, que lo voy a remediar en seguida. Ya que no como en mi casa por haberme convidado a un festín, quiero darte cuantos manjares y bebidas tenía dispuestos, pero con la condición de que termines en seguida tu negocio y acabes a escape de afeitarme la cabeza." Y el barbero contestó: "¡Ojalá Alah te colme de sus dones y te lo pague en bendiciones en su día!" Y se levantó, me dio las gracias, cogió la navaja y volvió a reanudar la operación de afeitarme la cabeza. Pero apenas había empezado, se detuvo de nuevo y me dijo:

"¡Por Alah! ¡Oh, hijo de mi vida! ¡No sé a cuál de los dos alabar y bendecir hoy más extremadamente, si a ti o a tu difunto padre! Porque en realidad, el festín que voy a dar en mi casa se debe por completo a tu iniciativa generosa y a sus magnánimos donativos. Mis convidados son personas poco dignas de tan suntuoso festín. Son como yo, gente de diversos oficios, pero resultan deliciosos.

Todos estos amigos a quienes he invitado no son ni con mucho de esos charlatanes, curiosos e indiscretos, sino gente muy festiva, a cuyo lado no puede haber tristeza. El que menos, vale más en mi opinión que el rey más poderoso. Pues sabe que cada uno de ellos tiene fama en toda la ciudad por un baile y una canción diferentes. Y por si te agradase alguna, voy a bailar y cantar cada danza y cada canción."

Después, el barbero, sin darme tiempo ni para hacer una seña de protesta, imitó todas las danzas de sus amigos y entonó todas sus canciones.

Entonces, con tanta arenga y tanta habladuría, hube de echarme a reír, pero con el corazón lleno de rabia. Y después dije al barbero: "Ahora te mando que acabes de afeitarme y me dejes ir por el camino de Alah, bajo su santa protección, y por su parte, ve a buscar a tus amigos, que a estas horas te estarán aguardando."

Entonces este maldito barbero dijo: "Ya veo que de todos modos prefieres el festín de tus amigos y su compañía a la compañía de los míos, pero te ruego que tengas un poco de paciencia y que aguardes a que lleve a mi casa estas provisiones que debo a tu generosidad. Las pondré en el mantel, delante de mis convidados, y como mis amigos no cometerán la majadería de molestarme si los dejo solos para que honren mi mesa, les diré que hoy no cuenten conmigo ni aguarden mi regreso. Y en seguida vendré a buscarte, para ir contigo adonde quieras ir." Entonces exclamé: "¡Oh! ¡Sólo hay fuerzas y recursos en Alah Altísimo y Omnipotente! Pero tú, ¡oh, ser humano!, vete a buscar a tus amigos, diviértete con ellos cuanto quieras y déjame marchar en busca de los míos, que a esta hora precisamente esperan mi llegada." Y el barbero dijo: "¡Eso nunca! De ningún modo consentiré en dejarte solo."

Entonces, no pudiendo reprimirme, exclamé violentamente: "¡Oh, tú, el más maldito de los verdugos! ¿Vas a acabar de una vez con esa infame manía de hablar?" Y el barbero consintió en callar un rato, y cogió de nuevo la navaja, y por fin acabó de afeitarme la cabeza. Y a todo esto, ya hacía rato que había llegado la hora de la plegaria. Y para que el barbero se marchase, le dije: "Ve a casa de tus amigos a llevarles esos manjares y bebidas, que yo te prometo aguardar tu vuelta para que puedas acompañarme a esa cita." E insistí mucho, a fin de convencerle. Y entonces me dijo: "Ya veo que quieres engañarme para deshacerte de mí y marcharte solo. Pero sabe que te atraerás una serie de calamidades de las que no podrás salir ni librarte. Te conjuro, pues, por interés tuyo, a que no te vayas hasta que yo vuelva, para acompañarte y saber en qué para tu aventura." Yo le dije: "Sí, pero, ¡por Alah!, no tardes mucho en volver."

Entonces el barbero me rogó que le ayudara a echarse a cuestas todo lo que le había regalado, y a ponerse encima de la cabeza las dos grandes bandejas de dulces, y salió cargado de este modo. Pero apenas se vio fuera el maldito, cuando llamó a dos ganapanes, les entregó la carga, les mandó que la llevasen a su casa y se emboscó en una calleja, acechando mi salida.

En cuanto a mí, apenas desapareció el barbero, me lavé lo más deprisa posible, me puse la mejor ropa y salí.

Al verme fuera de casa, me dirigí apresuradamente a la de la joven. Y cuando llegué a la puerta del cadí, instintivamente volví la cabeza y vi al maldito barbero a la entrada del callejón. Pero como la puerta estaba entornada, esperando que yo llegase, me precipité dentro y la cerré en seguida. Y vi en el patio a la vieja, que me guió al piso alto, donde estaba la joven.

Mas, para mi desgracia, había dispuesto Alah que ocurriera un incidente, cuyas consecuencias no pudieran serme más fatales. Se dio la coincidencia de que precisamente aquel día una de las esclavas del cadí hubiese merecido un castigo. Y el cadí, en cuanto entró, se puso a apalearla, y debía pegarle muy recio, porque la esclava empezó a dar alaridos. Y entonces uno de los negros de la casa intercedió por ella, pero, enfurecido el cadí, le dio también de palos, y el negro empezó a gritar. Y se armó tal tumulto, que alborotó toda la calle, y el maldito barbero creyó que me habían sorprendido y que era yo quien chillaba. Entonces comenzó a lamentarse, y se desgarró la ropa, cubrió de polvo su cabeza y pedía socorro a los transeúntes que empezaban a reunirse a su alrededor. Y llorando decía: "¡Acaban de asesinar a mi amo en la casa del cadí!" Después, siempre chillando, corrió a mi casa seguido de la multitud y avisó a mis criados, que en seguida se armaron de garrotes y corrieron hacia la casa del cadí, vociferando y alentándose mutuamente.

Y cuando el cadí oyó este tumulto, miró por la ventana y vio a todos aquellos energúmenos que golpeaban su puerta con los palos. Entonces, juzgando que la cosa era bastante grave, bajó, abrió la puerta y preguntó: "¿Qué pasa, buena gente?" Y mis criados le dijeron: "¿Eres tú quien ha matado a nuestro amo?" Y él repuso: "Pero, ¿quién es vuestro amo y qué ha hecho para que yo lo mate?"

Entonces el barbero exclamó: "Malhadado cadí, no te hagas el tonto, pues sé toda la historia, la entrada de mi amo en tu casa y todos los demás pormenores. Sé, y ahora quiero que todo el mundo lo sepa, que tu hija está prendada de mi amo, y mi amo la corresponde. Y le he acompañado hasta aquí."

Al oír estas palabras, el cadí quedó cortado y lleno de confusión y de vergüenza ante toda aquella gente que estaba escuchando. Pero de todos modos, volviéndose hacia el barbero, le dijo: "Si no eres un embaucador, te autorizo para que entres en mi casa y busques a tu amo por donde quieras y lo libertes." Entonces el barbero se precipitó dentro de la casa.

Y yo, que asistía a todo esto detrás de una celosía, cuando vi que el barbero había entrado en la casa, quise huir inmediatamente. Pero por más que buscaba escaparme, no hallé ninguna salida que no pudiera ser vista por la gente de la casa o no la pudiera utilizar el barbero. Sin embargo, en una de las habitaciones encontré un cofre enorme que estaba vacío y me apresuré a esconderme en él, dejando caer la tapa. Y allí me quedé bien quieto, conteniendo la respiración.

Pero el barbero, después de rebuscar por toda la casa, entró en aquel cuarto, y debió mirar a derecha e izquierda y ver el cofre. Entonces, el maldito comprendió que yo estaba dentro y, sin decir nada, lo cogió, se lo puso a la cabeza y buscó a escape la salida, mientras que yo me moría de miedo. Pero dispuso la fatalidad que el populacho se empeñase en ver lo que había en el cofre, y de pronto levantaron la tapa. Y yo, no pudiendo soportar aquella vergüenza, me levanté súbitamente y me tiré al suelo, pero con tal precipitación, que me rompí una pierna, y desde entonces estoy cojo.

Vi abierta delante de mí la tienda de un mercader amigo mío. Me precipité dentro y di gracias al Recompensador por aquella liberación que no esperaba nunca.

El mercader me interrogó entonces y le conté mi historia con este barbero, y le rogué que me dejara en su tienda hasta mi curación, pues no quería volver a mi casa por miedo a que me persiguiese otra vez ese barbero de betún.

Pero por la gracia de Alah mi pierna acabó de curarse. Entonces cogí todo el dinero que me quedaba, mandé llamar testigos y escribí un testamento, en virtud del cual legaba a mis parientes el resto de mi fortuna, mis bienes y mis propiedades después de mi muerte, y elegí a una persona de confianza para que administrase todo aquello, encargándole que tratase bien a todos los míos, grandes y pequeños. Para perder de vista definitivamente a esta barbero maldito, decidí salir de Bagdad y marcharme a cualquier otra parte donde no corriese el riesgo de encontrarme cara a cara con mi enemigo.

Salí, pues, de Bagdad y no dejé de viajar día y noche hasta que llegué a este país donde creía haberme librado de mi perseguidor. Pero ya veis que todo fue trabajo perdido, ¡oh, mis señores!, pues me lo acabo de encontrar entre vosotros, en este banquete.

Por eso os explicaréis que no pueda tener tranquilidad mientras no huya de este país, como del otro, ¡y todo por culpa de ese malvado, de esa calamidad con cara de piojo, de ese barbero asesino, a quien Alah confunda, a él, a su familia y a toda su descendencia!»

«Cuando aquel joven —prosiguió el sastre, hablando al rey de la China— acabó de pronunciar estas palabras, se levantó con el rostro muy pálido, nos deseó la paz y salió sin que nadie pudiera impedírselo.

En cuanto a nosotros, una vez que oímos esta historia tan sorprendente, miramos al barbero, que estaba callado y con los ojos bajos, y le dijimos: "¿Es verdad lo que ha contado ese joven? Y en tal caso, ¿por qué procediste de ese modo, causándole tanta desgracia?" Entonces el barbero levantó la frente y nos dijo: "¡Por Alah! Bien sabía yo lo que me hacía al obrar así, y lo hice para ahorrarle mayores calamidades. Pues, a no ser por mí, estaba perdido sin remedio. Y tiene que dar gracias a Alah y dármelas a mí por no haber perdido más que una pierna en vez de perderse por completo. En cuanto a vosotros, ¡oh, señores!, para probaros que no soy ningún charlatán, ni un indiscreto, ni en nada semejante a ninguno de mis hermanos, y para demostraros también que soy un hombre listo y de buen criterio, y sobre todo muy callado, os voy a contar mi historia y juzgaréis".

Después de estas palabras, todos nosotros —continuó el sastre— nos dispusimos a escuchar en silencio aquella historia, que juzgábamos había de ser extraordinaria.»

HISTORIA DEL BARBERO

«Sabed, pues, ¡oh, señores míos!, que yo viví en Bagdad durante el reinado del Emir de los Creyentes El-Montasser Billah.

Pero un día entre los días, el califa tuvo motivo de queja contra diez individuos que habitaban no lejos de la ciudad, y mandó al gobernador-lugarteniente que trajese entre sus manos a estos diez individuos. Y quiso el Destino que precisamente cuando les hacían atravesar el Tigris en una barca, estuviese yo en la orilla del río. Y vi a aquellos hombres en la barca, y dije para mí: "Seguramente esos hombres se han dado cita en esa barca para pasarse en diversiones todo el día, comiendo y bebiendo. Así es que necesariamente me tengo que convidar para tomar parte en el festín."

Me aproximé a la orilla y, sin decir palabra, que por algo soy el Silencioso, salté a la barca y me mezclé con todos ellos. Pero de pronto vi llegar a los guardias del walí, que se apoderaron de todos, les echaron a cada uno una argolla al cuello y cadenas a las manos, y acabaron por cogerme a mí también y ponerme asimismo la argolla al cuello y las cadenas a las manos.

Y en cuanto nos vio, el califa llamó al portaalfanje y le dijo: "¡Corta inmediatamente la cabeza a esos diez malvados!" Y el verdugo nos puso en fila en el patio, a la vista del califa, y empuñando el alfanje hirió la primera cabeza y la hizo saltar, y la segunda, y la tercera, hasta la décima. Pero cuando llegó a mí, el número de cabezas cortadas era precisamente el de diez, y no tenía orden de cortar ni una más. Se detuvo, por tanto, y dijo al califa que sus órdenes estaban ya cumplidas. Pero entonces volvió la cara el califa y, viéndome todavía en pie, exclamó: "¡Oh mi portaalfanje! Te he mandado cortar la cabeza a los diez malvados! ¿Cómo es que perdonaste al décimo?" Y el portaalfanje repuso: "¡Por la gracia de Alah sobre ti y por la tuya sobre nosotros! He cortado diez cabezas." Y el califa dijo: "Vamos a ver; cuéntalas delante de mí." Las contó y, efectivamente, resultaron diez cabezas. Y entonces el califa me miró y me dijo: "Pero tú, ¿quién eres? ¿Y qué haces ahí entre esos bandidos, derramadores de sangre?" Entonces, ¡oh, señores!, y sólo entonces, al ser interrogado por el Emir de los Creyentes, me resolví a hablar. Y dije: "¡Oh, Emir de los Creyentes! Soy el jeque a quien llaman El-Samet, a causa de mi poca locuacidad. En punto a prudencia, tengo un buen acopio en mi persona, y en cuanto a la rectitud de mi juicio, la gravedad de mis palabras, lo excelente de mi razón, lo agudo de mi inteligencia y mi ninguna verbosidad, nada he de decirte, pues tales cualidades son en mí infinitas. Mi oficio es el de afeitar cabezas y barbas, escarificar piernas y pantorrillas y aplicar ventosas y sanguijuelas. Y soy uno de los siete hijos de mi padre, y mis seis hermanos están vivos. Pero he aquí mi aventura. Esta mañana me paseaba yo a lo largo del Tigris, cuando vi a esos diez individuos que saltaban a una barca, y me junté con ellos y con ellos me embarqué, creyendo que estaban convidados a algún banquete en el río. Pero he aquí que, apenas llegamos a la otra orilla, adiviné que me encontraba entre criminales, y me di cuenta de esto al ver a tus guardias que se nos echaban encima y nos ponían la argolla al cuello. Y aunque nada tenía yo que ver con esa gente, no quise hablar ni una palabra ni protestar de ningún modo, obligándome a ello mi excesiva firmeza de carácter y mi ninguna locuacidad. Y mezclado con estos hombres fui conducido entre tus manos, ¡oh, Emir de los Creyentes! Y mandaste que cortasen la cabeza a esos diez bandidos, y fui el único que quedó entre las manos de tu portaalfanje, y a pesar de todo no dije tan siquiera ni una palabra. Creo, pues, que esto es una buena prueba de valor y de firmeza muy considerable. Y además, el solo hecho de unirme a esos diez desconocidos es por sí mismo la mayor demostración de valentía que yo sepa. Pero no te asombre mi acción, ¡oh, Emir de los Creyentes!, pues toda mi vida he procedido del mismo modo, queriendo favorecer a los extraños."

Cuando el califa oyó mis palabras y advirtió en ellas que en mí era nativo el valor y la virilidad, y amor al silencio y a la compostura, y mi odio a la indiscreción y a la impertinencia, a pesar de lo que diga ese joven cojo que estaba ahí hace un momento, y a quien salvé de toda clase de calamidades, el Emir dijo: "¡Oh, venerable jeque, barbero espiritual e ingenio lleno de gravedad y de sabiduría! Dime: ¿y tus seis hermanos son como tú? ¿Te igualan en prudencia, talento y discreción?" Y yo respondí: "¡Alah me libre de ellos! ¡Cuán poco se asemejan a mí, oh, Emir de los Creyentes! ¡Acabas de afligirme con tu censura al compararme con esos seis locos que nada tienen en común conmigo, ni de cerca ni de lejos! Pues por su verbosidad impertinente, por su indiscreción y por su cobardía, se han buscado mil disgustos, y cada cual tiene una deformidad física, mientras que yo estoy sano y completo de cuerpo y espíritu. Porque, efectivamente, el mayor de mis hermanos es cojo; el segundo, mellado; el tercero, ciego; el cuarto, tuerto; el quinto no tiene nariz ni orejas, porque se las cortaron, y al sexto le han rajado los labios. Pero, ¡oh, Emir de los Creyentes!, no creas que exagero con esto mis cualidades, ni aumento los defectos de mis hermanos. Pues si te contase su historia, verías cuán diferente soy de todos ellos. Y como su historia es infinitamente interesante y sabrosa, te la voy a contar sin más dilaciones.»

HISTORIA DEL PRIMER HERMANO DEL BARBERO

«Así, ¡oh, Emir de los Creyentes!, que el mayor de mis hermanos, el que quedó cojo, se llama El-Bacbuk, porque cuando se pone a charlar parece oírse el ruido que hace un cántaro al vaciarse.

Ejercía su oficio de sastre en una tiendecilla cuyo propietario era un hombre cuajado de dinero y de riquezas. Este hombre habitaba en lo alto de la misma casa en que estaba situada la tienda de mi hermano Bacbuk. Y además, en el subterráneo de la casa había un molino donde vivían un molinero y el buey del molinero.

Pero un día que mi hermano Bacbuk estaba cosiendo, sentado en su tienda, levantó de pronto la cabeza y vio asomada a una ventana a una hermosa mujer como la Luna saliente, que se distraía mirando a los transeúntes. Y esta mujer era la esposa del propietario de la casa.

Al verla, mi hermano Bacbuk sintió que su corazón se prendaba apasionadamente de ella, y le fue imposible coser ni hacer otra cosa que mirar a la ventana. Y se pasó todo el día como aturdido y en contemplación hasta por la noche. Y al día siguiente, en cuanto amaneció, se sentó en el sitio de costumbre, y mientras cosía, muy poco a poco, levantaba a cada momento la cabeza para mirar a la ventana. Y a cada puntada que daba con la aguja se pinchaba los dedos, pues tenía los ojos en la ventana constantemente. Y así estuvo varios días, durante los cuales apenas si trabajó ni su labor valió más de un dracma.

En cuanto a la joven, comprendió en seguida los sentimientos de mi hermano Bacbuk. Y se propuso sacarles todo el partido posible y divertirse a su costa. Y un día que estaba mi hermano más entontecido que de costumbre, la joven le dirigió una mirada asesina, que se clavó inmediatamente en el corazón de Bacbuk. Y Bacbuk miró en seguida a la joven, pero de un modo tan ridículo, que ella se quitó de la ventana para reírse a su gusto.

Así es que al día siguiente no se asombró, ni con mucho, mi hermano Bacbuk, cuando vio entrar en su tienda al propietario de la casa, que llevaba debajo del brazo una hermosa pieza de hilo envuelta en un pañuelo de seda, y le dijo: "Te traigo esta pieza de tela para que me cortes unas camisas." Entonces Bacbuk no dudó que aquel hombre estaba allí enviado por su mujer, y contestó: "¡Sobre mis ojos y sobre mi cabeza! Esta misma noche estarán acabadas tus camisas." Y efectivamente, mi hermano se puso a trabajar con tal ahínco, privándose hasta de comer, que por la noche, cuando llegó el propietario de la casa, ya tenía las veinte camisas cortadas, cosidas y empaquetadas en el pañuelo de seda. Y el propietario de la casa le preguntó: "¿Qué te debo?" Pero precisamente en aquel instante se presentó furtivamente en la ventana la joven y dirigió una mirada a Bacbuk, haciéndole una seña con los ojos, como indicándole que no aceptase nada. Y mi hermano no quiso cobrarle nada al propietario de la casa.

Y al día siguiente al amanecer se presentó el propietario de la casa con otra pieza de tela debajo del brazo, y le dijo a mi hermano Bacbuk: "He aquí que acaban de advertirme en mi casa que necesito también calzoncillos nuevos para ponérmelos con las camisas nuevas. Y te traigo esta otra pieza de tela para que los hagas." Mi hermano contestó: "Escucho y obedezco." Y se estuvo tres días completos cose que cose.

Y cuando hubo terminado los calzoncillos, los envolvió en el pañuelo y, muy contento, fue a llevárselos él mismo al propietario de la casa.

No es necesario decir, ¡oh, Emir de los Creyentes!, que la joven se había puesto de acuerdo con su marido para burlarse del infeliz de mi hermano y hacerle las más sorprendentes jugarretas.

Se fue junto a mi hermano y le dijo: "Para agradecer tus favores, hemos resuelto mi mujer y yo casarte con nuestra esclava blanca, que es muy hermosa y muy gentil, y de tal suerte serás de nuestra casa." Y Bacbuk se figuró en seguida que era una excelente astucia de la mujer para que él pudiera entrar con libertad en la casa. Y aceptó en el acto. Y al momento mandaron llamar a la esclava y la casaron con mi hermano Bacbuk.

El propietario de la casa había dicho a mi hermano que aquella noche durmiesen en el molino para que estuviesen más anchos él y su mujer. Y al amanecer aún dormía mi hermano cuando entró el molinero y dijo en alta voz: "Ya ha descansado bastante este buey. Voy a engancharlo al molino para moler este montón de trigo". Y se acercó a mi hermano, fingiendo confundirle con el buey, y le dijo: "Arriba, holgazán, que tengo que engancharte." Y Bacbuk no quiso hablar, tal era su estupidez, y se dejó enganchar al molino. Y mi hermano mugía como un buey y resoplaba cuando le golpeaba.

Y hallándose en tal estado, se presentó el jeque que había escrito su contrato de matrimonio con la esclava blanca. Le deseó la paz y le dijo: "¡Concédate Alah larga vida! ¡Así sea bendito tu matrimonio! Estoy seguro de que acabas de pasar una feliz noche." Y mi hermano le contestó: "¡Alah confunda a los embaucadores y a los pérfidos de tu clase! Tú me metiste en esto para que diese vueltas al molino en lugar del buey del molinero." El jeque le invitó a que se lo contase todo, y mi hermano así lo hizo. Después se volvió a su tienda.

Y mientras estaba sentado, hete aquí que se presentó la esclava blanca y le dijo: "Mi ama te quiere muchísimo y me encarga te diga que acaba de subir a la azotea para tener el gusto de contemplarte desde el tragaluz." Y efectivamente, mi hermano vio aparecer en el tragaluz a la joven, deshecha en lágrimas, y se lamentaba y decía: "¡Oh, querido mío! ¿Por qué me pones tan mala cara y estás tan enfadado que ni siquiera me miras? Te juro por tu vida que cuanto te ha pasado en el molino se ha hecho a espaldas mías. En cuanto a esa esclava loca, no quiero que la mires siquiera. En adelante, yo sola seré tuya." Y mi hermano Bacbuk levantó entonces la cabeza y miró a la joven. Y esto le bastó para olvidar todas las tribulaciones pasadas y para hartar sus ojos contemplando aquella hermosura.

Pero la astuta casada había combinado un último plan, de acuerdo con su marido, para deshacerse de mi hermano y verse libres, ella y él, de pagarle toda la ropa que le habían encargado. Y el propietario de la casa había dicho a su mujer: "¿Cómo haríamos para que entrase en tu aposento para sorprenderle y llevarlo a casa del walí?" Y la mujer contestó: "Déjame obrar a mi gusto, y lo engañaré con tal engaño y le comprometeré en tal compromiso, que toda la ciudad se ha de burlar de él."

Así es que cuando llegó la noche fue a buscarle la esclava y le llevó a las habitaciones de su señora, que en seguida se levantó, le sonrió y dijo: "¡Por Alah! ¡Dueño mío, qué ansias tenía de verte junto a mí!" Y Bacbuk contestó: "¡Y yo también!" Y no había acabado de hablar, cuando se abrió la puerta y entró el marido con dos esclavos negros, que se precipitaron sobre mi hermano Bacbuk, le ataron, le arrojaron al suelo y empezaron por acariciarle la espalda con sus látigos. Después se lo echaron a cuestas para llevarle a casa del walí. Y éste le condenó a que le diesen doscientos azotes, y después le montaron en un camello y le pasearon por todas las calles de Bagdad. Y un pregonero iba gritando: "¡De esta manera se castigará a todo aquel que asalte a la mujer del prójimo!"

Pero mientras así paseaban a mi hermano Bacbuk, se enfureció de pronto el camello y empezó a dar grandes corcovos. Y Bacbuk, como no podía valerse, cayó al suelo y se rompió una pierna, quedando cojo desde entonces.»

Y cuando hube contado esta historia de Bacbuk, ¡oh, mis señores!, el califa Montasser-Billah se echó a reír a carcajadas y dijo: «¡Qué bien la contaste! ¡Qué divertido relato!» Y yo repuse: «En verdad que no merezco aún tanta alabanza tuya. Porque entonces, ¿qué dirás cuando hayas oído la historia de cada uno de mis otros hermanos? Pero temo que me tomes por un charlatán indiscreto.» Y el califa contestó: «¡Al contrario, barbero sobrenatural! Apresúrate a contarme lo que ocurrió a tus hermanos, para adornar mis oídos con esas historias que son pendientes de oro.» Y entonces conté:

HISTORIA DEL SEGUNDO HERMANO DEL BARBERO

«Sabed, pues, ¡oh, Emir de los Creyentes!, que mi segundo hermano se llama El-Haddar, porque muge como un camello. Y además está mellado. Como oficio no tiene ninguno, pero en cambio me da muchos disgustos.

Un día que vagaba sin rumbo por las calles de Bagdad, se le acercó una vieja y le dijo en voz baja: "Escucha, ¡oh, ser humano! Te voy a hacer una proposición, que puedes aceptar o rechazar, según te plazca." Y mi hermano se detuvo y dijo: "Ya te escucho." Y la vieja prosiguió: "Pero antes de ofrecerte esa cosa, me has de asegurar que no eres un charlatán indiscreto." Y mi hermano respondió: "Puedes decir lo que quieras." Y ella le dijo: "¿Qué te parecería un hermoso palacio con arroyos y árboles frutales, en el cual corriese el vino en las copas nunca vacías, en donde vieras caras arrebatadoras, besaras mejillas suaves, poseyeras cuerpos flexibles y disfrutaras de otras cosas por el estilo, gozando desde la noche hasta la mañana? Y para disfrutar de todo eso, no necesitarás más que avenirte a una condición." Mi hermano El-Haddar replicó a estas palabras de la vieja: "Pero, ¡oh, señora mía!, ¿cómo es que vienes a hacerme precisamente a mí esa proposición, excluyendo a otro cualquiera entre las criaturas de Alah? ¿Qué has encontrado en mí para preferirme?" Y la vieja contestó: "Ya te he dicho que ahorres palabras, que sepas callar y conducirte en silencio. Sígueme, pues, y no hables más." Después se alejó precipitadamente. Y mi hermano, con la esperanza de todo lo prometido, echó a andar detrás de ella, hasta que llegaron a un palacio magnífico, en el cual entró la vieja e hizo entrar a mi hermano Haddar. Y mi hermano vio que el interior del palacio era muy bello, pero que era más bello aún lo que encerraba. Porque se encontró en medio de cuatro muchachas como lunas. Y estas jóvenes estaban tendidas sobre riquísimos tapices y entonaban con una voz deliciosa canciones de amor.

Después de las zalemas acostumbradas, una de ellas se levantó, llenó la copa y la bebió. Y mi hermano Haddar le dijo: "Que te sea sano y delicioso, y aumente tus fuerzas." Y se aproximó a la joven, para tomar la copa vacía y ponerse a sus órdenes. Pero ella llenó inmediatamente la copa y se la ofreció. Y Haddar, cogiendo la copa, se puso a beber. Y mientras él bebía, la joven empezó a acariciarle la nuca; pero de pronto le golpeó con tal saña, que mi hermano acabó por enfadarse. Y se levantó para irse, olvidando su promesa de soportarlo todo sin protestar. Y entonces se acercó la vieja y le guiñó el ojo, como diciéndole: "¡No hagas eso! Quédate y aguarda hasta el fin." Y mi hermano obedeció, y hubo de soportar pacientemente todos los caprichos de la joven. Y las otras tres porfiaron en darle bromas no menos pesadas: una le tiraba de las orejas como para arrancárselas, otra le daba papirotazos en la nariz y la tercera le pellizcaba con las uñas.

Y tanto insistieron después para que se afeitase la barba, que al fin cedió, y la vieja le llevó a una habitación contigua, y no sólo le afeitó la barba, sino también el bigote y las cejas. Y luego le embadurnó la cara con coloretes y polvos. Y tanto rieron las jóvenes al verle que cayeron de espaldas. Después, la más hermosa de ellas le convenció para que bailara desnudo una danza al son de la darabuka. Y mi hermano se puso a bailar en el centro de la sala con un pañuelo atado a la cintura.

Pero tales eran sus gestos y sus piruetas, que las jóvenes se desternillaban de risa y empezaron a tirarle cuanto vieron a mano: los almohadones, las frutas, las bebidas y hasta las botellas. Y la más bella de todas se levantó entonces y fue adoptando toda clase de posturas, mirando a mi hermano con ojos como entornados por el deseo, y después se fue despojando de todas sus ropas, hasta quedarse sólo con la finísima camisa y el amplio calzón de seda. Y El-Haddar, que había interrumpido el baile tan pronto como vio a la joven desnuda, llegó al límite más extremo de la excitación.

Y la joven se despojó de la camisa y de lo demás, cimbreándose como una palmera nueva. Y echó a correr, dando dos vueltas por el salón, metiéndose después por un pasillo y cruzó algunas habitaciones, siempre perseguida por mi hermano, completamente loco.

Pero de pronto desapareció en un recodo, y mi hermano fue a abrir una puerta por la cual creía que había salido la joven, y se encontró en medio de una calle. Y esta era la calle en que vivían los curtidores de Bagdad. Y todos los curtidores vieron a El-Haddar afeitado de barbas, sin bigotes, las cejas rapadas y pintado el rostro como una ramera. Y, escandalizados, se pusieron a darle correazos, hasta que perdió el conocimiento. Y después le montaron en un burro, poniéndole al revés, de cara al rabo, y le hicieron dar la vuelta a todos los zocos, hasta que lo llevaron al walí, que les preguntó: "¿Quién es ese hombre?" Y ellos contestaron: "Es un desconocido que salió súbitamente de casa del gran visir. Y lo hemos hallado en este estado." Entonces el walí mandó que le diesen cien latigazos en la planta de los pies, y lo desterró de la ciudad. Y yo, ¡oh, Emir de los Creyentes!, corrí en busca de mi hermano, me lo traje secretamente y le di hospedaje. Y ahora le sostengo a mi costa. Comprenderás que, si yo no fuera un hombre lleno de entereza y de cualidades, no habría podido soportar a semejante necio.

Pero en lo que se refiere a mi tercer hermano, ya es otra cosa, como vas a ver.»

HISTORIA DEL TERCER HERMANO DEL BARBERO

«Bacbac el ciego, o por otro nombre el Cacareador hinchado, es mi tercer hermano. Era mendigo de oficio, y uno de los principales de la cofradía de los pordioseros de Bagdad, nuestra ciudad.

Cierto día, la voluntad de Alah y el Destino permitieron que mi hermano llegase a mendigar a la puerta de una casa.

Pero conviene que sepas, ¡oh, Comendador de los Creyentes!, que mi hermano Bacbac, igual que los más astutos de su cofradía, no contestaba cuando, al llamar a la puerta de una casa, le decían: "¿Quién es?" Y se callaba para obligar a que abriesen la puerta, pues de otro modo, en lugar de abrir, se contentaban con responder desde dentro: "¡Alah te ampare!", que es el modo de despedir a los mendigos.

De modo que aquel día, por más que desde la casa preguntasen: "¿Quién es?", mi hermano callaba. Y acabó por oír pasos que se acercaban, y que se abría la puerta. Y se presentó un hombre al cual Bacbac, si no hubiera estado ciego, no habría pedido limosna seguramente. Pero aquél era su Destino. Y cada hombre lleva su Destino atado al cuello.

Y el hombre le preguntó: "¿Qué deseas?" Y mi hermano Bacbac respondió: "Que me des una limosna, por Alah el Altísimo." El hombre volvió a preguntar: "¿Eres ciego?" Y Bacbac dijo: "Sí, mi amo, y muy pobre." Y el otro repuso: "En ese caso, dame la mano para que te guíe." Y le dio la mano, y el hombre lo metió en la casa, y le hizo subir escalones y más escalones, hasta que lo llevó a la azotea, que estaba muy alta. Y mi hermano, sin aliento, se decía: "Seguramente, me va a dar las sobras de algún festín."

Y cuando hubieron llegado a la azotea, el hombre volvió a preguntar: "¿Qué quieres, ciego?" Y mi hermano, bastante asombrado, respondió: "Una limosna, por Alah." Y el otro replicó: "Que Alah te ampare." Entonces Bacbac le dijo: "¿No podías haberme contestado cuando estaba abajo?" A lo que replicó el otro: "¿Por qué no me contestase tú a mí cuando yo preguntaba desde dentro: ¿Quién es? ¿Quién está a la puerta? ¡Conque lárgate de aquí en seguida o te haré rodar como una bola, asqueroso mendigo de mal agüero!" Y Bacbac tuvo que bajar más que de prisa la escalera completamente solo.

Pero cuando le quedaban unos veinte escalones dio un mal paso y fue rodando hasta la puerta. Y al caer se hizo una gran contusión en la cabeza, y caminaba gimiendo por la calle. Entonces varios de sus compañeros, mendigos como él, al oírle gemir le preguntaron la causa, y Bacbac les refirió su desventura. Y después les dijo: "Ahora tendréis que acompañarme a casa para coger dinero con que comprar comida para este día infructuoso y maldito. Y habrá que recurrir a nuestros ahorros, que, como sabéis, son importantes, y cuyo depósito me habéis confiado."

Pero el hombre de la azotea había bajado detrás de él y le había seguido. Y echó a andar detrás de mi hermano y los otros dos ciegos, sin que nadie se apercibiese, y allí llegaron todos a casa de Bacbac. Entraron y el hombre se deslizó rápidamente antes de que hubiesen cerrado la puerta. Y Bacbac dijo a los dos ciegos: "Ante todo, registremos la habitación por si hay algún extraño escondido."

Y aquel hombre, que era todo un ladrón de los más hábiles entre los ladrones, vio una cuerda que pendía del techo, se agarró de ella y silenciosamente trepó hasta una viga, donde se sentó con la mayor tranquilidad. Y los dos ciegos comenzaron a buscar por toda la habitación, insistiendo en sus pesquisas varias veces, tentando los rincones con los palos. Y hecho esto, se reunieron con mi hermano, que sacó entonces del escondite todo el dinero de que era depositario y lo contó con sus dos compañeros, resultando que tenían diez mil dracmas juntos. Después, cada cual cogió dos o tres dracmas, volvieron a meter todo el dinero en los sacos, y los guardaron en el escondite. Y uno de los tres ciegos marchó a comprar provisiones y volvió en seguida, sacando de la alforja tres panes, tres cebollas y algunos dátiles. Y los tres compañeros se sentaron en corro y se pusieron a comer.

Entonces el ladrón se deslizó silenciosamente a lo largo de la cuerda, se acurrucó junto a los tres mendigos y se puso a comer con ellos. Y se había colocado al lado de Bacbac, que tenía un oído excelente. Y Bacbac, oyendo el ruido de sus mandíbulas al comer, exclamó: "¡Hay un extraño entre nosotros!" Y alargó rápidamente la mano hacia donde oía el ruido de las mandíbulas, y su mano cayó precisamente sobre el brazo del ladrón. Entonces Bacbac y los dos mendigos se precipitaron encima de él, y empezaron a gritar y a golpearle con sus palos, ciegos como estaban, y pedían auxilio a los vecinos, chillando: "¡Oh, musulmanes, acudid a socorrernos! ¡Aquí hay un ladrón! ¡Quiere robarnos el poquísimo dinero de nuestros ahorros!" Y acudiendo los vecinos, vieron a Bacbac, que, auxiliado por los otros dos mendigos, tenía bien sujeto al ladrón, que intentaba defenderse y escapar. Pero el ladrón, cuando llegaron los vecinos, se fingió también ciego y, cerrando los ojos, exclamó: "¡Por Alah! ¡Oh, musulmanes! Soy ciego y socio de estos tres que me niegan lo que me corresponde de los diez mil dracmas de ahorros que poseemos en comunidad. Os lo juro por Alah el Altísimo, por el sultán, por el emir.

Y os pido que me llevéis a presencia del walí, donde se comprobará todo." Entonces llegaron los guardias del walí, se apoderaron de los cuatro hombres y los llevaron entre las manos del walí. Y éste preguntó: "¿Quiénes son esos hombres?" Y el ladrón exclamó: "Escucha mis palabras, ¡oh, walí justo y perspicaz!, y sabrás lo que debes saber. Y si no quisieras creerme, manda que nos den tormento, a mí primero, para obligarnos a confesar la verdad. Y somete en seguida al mismo tormento a estos hombres para poner en claro este asunto". Y el walí dispuso: "¡Coged a ese hombre, echadlo en el suelo y apaleadle hasta que confiese!" Entonces los guardias agarraron al ciego fingido, y uno le sujetaba los pies y los demás principiaron a darle de palos en ellos. A los diez palos, el supuesto ciego empezó a dar gritos y abrió un ojo, pues hasta entonces los había tenido cerrados. Y después de recibir otros cuantos palos, no muchos, abrió ostensiblemente el otro ojo.

Y el walí, enfurecido, le dijo: "¿Qué farsa es ésta, miserable embustero?" Y el ladrón contestó: "Que suspendan la paliza y lo explicaré todo." Y el walí mandó suspender el tormento, y el ladrón dijo: "Somos cuatro ciegos fingidos, que engañamos a la gente para que nos dé limosna. Pero además simulamos nuestra ceguera para poder entrar fácilmente en las casas, ver las mujeres con la cara descubierta, seducirlas y preparar los robos sobre seguro. Y como hace bastante tiempo que ejercemos este oficio tan lucrativo, hemos logrado juntar entre todos hasta diez mil dracmas. Y al reclamar mi parte a estos hombres, no sólo se negaron a dármela, sino que me apalearon, y me habrían matado a golpes si los guardias no me hubieran sacado de entre sus manos. Esta es la verdad, ¡oh, walí! Pero ahora, para que confiesen mis compañeros, tendrás que recurrir al látigo, como hiciste conmigo. Y así hablarán. Pero que les den de firme, porque de lo contrario no confesarán nada. Y hasta verás cómo se obstinan en no abrir los ojos, como yo hice."

Entonces el walí mandó a azotar a mi hermano el primero de todos. Y por más que protestó y dijo que era ciego de nacimiento, le siguieron azotando hasta que se desmayó. Y como al volver en sí tampoco abrió los ojos, mandó el walí que le dieran otros trescientos más, y lo mismo hizo con los otros dos ciegos, que tampoco los pudieron abrir, a pesar de los golpes y de los consejos que les dirigía el ciego fingido, su compañero improvisado.

Y en seguida el walí encargó a este ciego fingido que fuese a casa de mi hermano Bacbac y trajese el dinero. Y entonces dio a este ladrón dos mil quinientos dracmas, o sea la cuarta parte del dinero, y se quedó con los demás.

En cuanto a mi hermano y los otros dos ciegos, el walí les dijo: "¡Miserables hipócritas! ¿Conque coméis el pan que os concede la gracia de Alah y luego juráis en su nombre que sois ciegos? Salid de aquí y que no se os vuelva a ver en Bagdad ni un solo día."

Y tal es la historia de mi tercer hermano, Bacbac el ciego.»

Y al oírla el califa Montasser Billah, dijo: «Que den una gratificación a este barbero y que se vaya en seguida.» Pero yo, ¡oh, mis señores!, contesté: «¡Por Alah! ¡Oh, Príncipe de los Creyentes! No puedo aceptar nada sin referirte lo que les ocurrió a mis otros tres hermanos.» Y concedida la autorización, dije:

HISTORIA DEL CUARTO HERMANO DEL BARBERO

«Mi cuarto hermano, el tuerto El-Kuz, El Assuaní, o el botijo irrompible, ejercía en Bagdad el oficio de carnicero. Sobresalía en la venta de carne y picadillo, y nadie le aventajaba en criar y engordar carneros de larga cola. Y sabía a quién vender la carne buena y a quién despachar la mala. Así es que los mercaderes más ricos y los principales de la ciudad sólo se abastecían en su casa y no compraban más carne que la de sus carneros; de modo que en poco tiempo llegó a ser muy rico y propietario de grandes rebaños.

Cierto día, que estaba sentado en su tienda, entró un jeque de larga barba blanca, que le dio dinero y le dijo: "¡Corta carne buena!" Y mi hermano le dio la mejor carne, cogió el dinero y devolvió el saludo al anciano, que se fue.

Entonces mi hermano examinó las monedas de plata que le había entregado el desconocido y vio que eran nuevas, de una blancura deslumbradora. Y se apresuró a guardarlas aparte en una caja especial, pensando: "He aquí unas monedas que me van a dar buena sombra."

Y durante cinco meses seguidos el viejo jeque de larga barba blanca fue todos los días a casa de mi hermano, entregándole monedas de plata completamente nuevas a cambio de carne fresca y de buena calidad. Y todos los días mi hermano cuidaba de guardar aparte aquel dinero. Pero un día mi hermano El-Kuz quiso contar la cantidad que había reunido de este modo, a fin de comprar unos hermosos carneros, y especialmente unos cuantos morruecos para enseñarles a luchar unos con otros, ejercicio muy gustado en Bagdad, mi ciudad. Y apenas había abierto la caja en que guardaba el dinero del jeque de la barba blanca, vio que allí no había ninguna moneda, sino redondeles de papel blanco.

Y entonces empezó a darse puñetazos en la cara y en la cabeza, y a lamentarse a gritos. Y en seguida le rodeó un gran grupo de transeúntes, a quienes contó su desventura, sin que nadie pudiera explicarse la desaparición de aquel dinero. Y El-Kuz seguía gritando y diciendo: "¡Haga Alah que vuelva ahora ese maldito jeque para que le pueda arrancar las barbas y el turbante con mis propias manos!"

Y apenas había acabado de pronunciar estas palabras, cuando apareció el jeque. Y el jeque atravesó por entre el gentío y llegó hasta mi hermano para entregarle, como de costumbre, el dinero. En seguida mi hermano se lanzó contra él y, sujetándolo por un brazo, dijo: "¡Oh, musulmanes! ¡Acudid en mi socorro! ¡He aquí al infante ladrón!" Pero el jeque no se inmutó para nada, pues inclinándose hacia mi hermano le dijo de modo que sólo pudiera oírle él: "¿Qué prefieres, callar o que te comprometa delante de todos? Y te advierto que tu afrenta ha de ser más terrible que la que quieres causarme." Pero El-Kuz contestó: "¿Qué afrenta puedes hacerme, maldito viejo de betún? ¿De qué modo me vas a comprometer?" Y el jeque dijo: "Demostraré que vendes carne humana en vez de carnero." Y mi hermano repuso: "¡Mientes, oh, mil veces embustero y mil veces maldito!" Y el jeque dijo: "El embustero y el maldito es quien tiene colgado del gancho de su carnicería un cadáver en vez de un carnero." Y mi hermano protestó violentamente, y dijo: "¡Perro, hijo de perro! Si pruebas semejante cosa, te entregaré mi sangre y mis bienes." Y entonces el jeque se volvió hacia la muchedumbre y dijo a voces: "¡Oh, vosotros todos, amigos míos! ¿Veis a este carnicero? Pues hasta hoy nos ha estado engañando a todos, infringiendo los preceptos de nuestro Libro. Porque en vez de matar carneros degüella cada día a un hijo de Adán y nos vende su carne por carne de carnero. Y para convenceros de que digo la verdad, entrad a registrar la tienda."

Entonces surgió un clamor, y la muchedumbre se precipitó en la tienda de mi hermano El-Kuz, tomándola por asalto. Y a la vista de todos apareció colgado de un gancho el cadáver de un hombre, desollado, preparado y destripado. Y en el tablón de las cabezas de carnero había tres cabezas humanas, desolladas, limpias y cocidas al horno para la venta.

Y al ver esto, todos los presentes se lanzaron sobre mi hermano, gritando: "¡Impío, sacrílego, asesino!" Y la emprendieron con él a palos y latigazos. Y los más encarnizados contra él y los que más cruelmente le pegaban eran sus parroquianos más antiguos y sus mejores amigos. Y el viejo jeque le dio tan violento puñetazo en un ojo, que se lo saltó sin remedio. Después cogieron el supuesto cadáver degollado, ataron a mi hermano El-Kuz, y todo el mundo, precedido del jeque, se presentó delante del ejecutor de la ley. Porque el jeque de la blanca barba era un brujo que tenía el poder de aparentar cosas que no lo eran realmente.

En cuanto a mi hermano El-Kuz, por más que se defendió, no quiso oírle el juez, y le sentenció a recibir quinientos palos. Y le confiscaron todos sus bienes y propiedades, no siendo poca su suerte con ser tan rico, pues de otro modo le habrían condenado a muerte sin remedio. Y además le condenaron a ser desterrado.

Y mi hermano, con un ojo menos, con la espalda llena de golpes y medio muerto, salió de Bagdad camino adelante y sin saber adónde dirigirse, hasta que llegó a una ciudad lejana, desconocida para él, y allí se detuvo, decidido a establecerse en aquella ciudad y ejercer el oficio de remendón, que apenas si necesita otro capital que unas manos hábiles.

Fijó, pues, su puesto en un esquinazo de dos calles, y se puso a trabajar para ganarse la vida. Pero un día que estaba poniendo una pieza nueva a una babucha vieja oyó relinchos de caballos y el estrépito de una carrera de jinetes. Y preguntó el motivo de aquel tumulto, y le dijeron: "Es el rey, que sale de caza con galgos, acompañado de toda la corte." Entonces mi hermano El-Kuz dejó un momento la aguja y el martillo y se levantó para ver cómo pasaba la comitiva regia. Y mientras estaba en pie, meditando sobre su pasado y su presente y sobre las circunstancias que le habían convertido de famoso carnicero en el último de los remendones, pasó el rey al frente de su maravilloso séquito, y dio la casualidad de que la mirada del rey se fijase en el ojo hueco de mi hermano El-Kuz. Y al verle, el rey palideció y dijo: "¡Guárdeme Alah de las desgracias de este día maldito y de mal agüero!" Y dio vuelta inmediatamente a las bridas de su yegua y desanduvo el camino, acompañado de su séquito y de sus soldados. Pero al mismo tiempo mandó a sus siervos que se apoderaran de mi hermano y le administrasen el consabido castigo. Y los esclavos, precipitándose sobre mi hermano El-Kuz, le dieron tan tremenda paliza, que lo dejaron por muerto en medio de la calle. Y cuando se marcharon se levantó El-Kuz y se volvió penosamente a su puesto debajo del toldo que le resguardaba, y allí se echó completamente molido. Pero entonces pasó un individuo del séquito del rey que venía rezagado. Y mi hermano El-Kuz le rogó que se detuviese, le contó el trato que acababa de sufrir y le pidió que le dijera el motivo. El hombre se echó a reír a carcajadas, y le contestó: "Sabe, hermano, que nuestro rey no puede tolerar ningún tuerto, sobre todo si el tuerto lo es del ojo derecho. Porque cree que ha de traerle desgracia. Y siempre manda matar al tuerto sin remisión. Así es que me sorprende mucho que todavía estés vivo."

Mi hermano no quiso oír más. Recogió sus herramientas y, aprovechando las pocas fuerzas que le quedaban, emprendió la fuga y no se detuvo hasta salir de la ciudad. Y siguió andando hasta llegar a otra población muy lejana que no tenía rey ni tirano.

Residió mucho tiempo en aquella ciudad, cuidando de no exhibirse, pero un día salió a respirar aire puro y a darse un paseo. Y de pronto oyó detrás de él relinchar de caballos y, recordando su última desventura, escapó lo más aprisa que pudo, buscando un rincón en que esconderse, pero no lo encontró. Y delante de él vio una puerta, y empujó la puerta y se encontró en un pasillo largo y oscuro, y allí se escondió. Pero apenas se había ocultado aparecieron dos hombres, que se apoderaron de él y le encadenaron, tomándole por ladrón, y le llevaron ante el walí, contándole que tenía cicatrices en la espalda.

Y cuando estuvo en presencia del walí, éste le miró airadísimo y le dijo: "Miserable desvergonzado; los latigazos con que marcaron tu cuerpo son una prueba sobrada de todas tus anteriores y presentes fechorías." Y dispuso que le dieran cien palos. Y después le subieron y ataron a un camello y le pasearon por toda la ciudad, mientras el pregonero gritaba: "He aquí el castigo de quien se mete en casa ajena con intenciones criminales."

Tal es la historia del desdichado El-Kuz. En cuanto a mi quinto hermano, su aventura es aún más extraordinaria, y te probará, ¡oh, Príncipe de los Creyentes!, que soy el más cuerdo y el más prudente de mis hermanos.»

HISTORIA DEL QUINTO HERMANO DEL BARBERO

«Este hermano mío, ¡oh, Emir de los Creyentes!, fue precisamente aquel a quien cortaron la nariz y las orejas. Le llaman El-Aschar porque ostenta un vientre voluminoso y por su semejanza con un caldero grande.

Se hizo vendedor de cristalería y la pregonaba en una esquina.

Pero más tiempo se lo pasaba callado. Y entonces, apoyando con mayor firmeza la espalda contra la pared, empezaba a soñar despierto. Y he aquí lo que soñaba un viernes, en el momento de la oración:

"Acabo de emplear todo mi capital, o sea cien dracmas, en la compra de cristalería. Es seguro que lograré venderla en doscientos dracmas. Con estos doscientos dracmas compraré otra vez cristalería y la venderé en cuatrocientos dracmas. Y seguiré vendiendo y comprando hasta que me vea dueño de un gran capital. Entonces compraré toda clase de mercancías, drogas y perfumes, y no dejaré de vender hasta que haya hecho grandísimas ganancias. Y así podré adquirir un gran palacio y tener esclavos y caballos con sillas y gualdrapas de brocado y de oro. Y comeré y beberé soberbiamente, y no habrá cantora en la ciudad a la que no invite a cantar en mi casa. Y luego me concertaré con las casamenteras más expertas de Bagdad, para que me busquen novia que sea hija de un rey o de un visir. Y no transcurrirá mucho tiempo sin que me case, ya que no con otra, con la hija del gran visir, porque es una joven hermosísima y llena de perfecciones. De modo que le señalaré una dote de mil dinares de oro.

Y no es de esperar que su padre el gran visir vaya a oponerse a esta boda; pero si no la consiente, le arrebataría a su hija y me la llevaría a mi palacio. Y compraré diez pajecillos para mi servicio particular. Y me mandaré hacer ropa regia, como la que llevan los sultanes y los emires, y encargaré al joyero más hábil que me haga una silla de montar toda de oro, con incrustaciones de perlas y pedrería. Y montado en el corcel más hermoso de los corceles, que compraré a los beduinos del desierto o mandaré traer de la tribu de Anzei, me pasearé por la ciudad precedido de numerosos esclavos y otros detrás y alrededor de mí, y de este modo llegaré al palacio del gran visir. Y cuando éste me vea se levantará en mi honor, y me cederá su sitio quedándose en pie algo más abajo que yo, y se tendría por muy honrado con ser mi suegro. Y conmigo irán dos esclavos, cada uno con una gran bolsa. Y en cada bolsa habrá mil dinares. Una de las bolsas se la daré al gran visir como dote de su hija, y la otra se la regalaré como muestra de mi generosidad y munificencia, y para que vea también cuán por encima estoy de todo lo de este mundo. Y volveré solemnemente a mi casa, y cuando mi novia me envíe a una persona con algún recado, llenaré de oro a esa persona y le regalaré telas preciosas y trajes magníficos. Y si el visir llega a mandarme algún regalo de boda, no lo aceptaré, y se lo devolveré, aunque sea un regalo de gran valor, todo esto para demostrarle que tengo gran altura de espíritu y soy incapaz de la menor falta de delicadeza. Y señalaré después el día de mi boda y todos los pormenores, disponiendo que nada se escatime en cuanto al banquete ni respecto al número y calidad de músicos, cantoras y danzarinas. Y prepararé mi palacio tendiendo alfombras por todas partes, cubriré el suelo de flores desde la entrada hasta la sala del festín y mandaré regar el pavimento con esencias y agua de rosas.

La noche de bodas me pondré el traje más lujoso, me sentaré en un trono colocado en un magnífico estrado, tapizado de seda con bordados de flores y pájaros. Y mientras mi mujer se pasee por el salón con todas sus preseas, más resplandeciente que la luna llena del mes de Ramadán, yo permaneceré muy serio, sin mirarla siquiera ni volver la cabeza a ningún lado, probando con todo esto la entereza de mi carácter y mi cordura. Y cuando me presenten a mi esposa, deliciosamente perfumada y con toda la frescura de su belleza, yo no me moveré tampoco. Y seguiré impasible, hasta que todas las damas se me acerquen y digan: '¡Oh, señor, corona de nuestra cabeza! Aquí tienes a tu esposa, que se pone respetuosamente entre tus manos y aguarda que la favorezcas con una mirada. Y he aquí que, habiéndose fatigado al estar en pie tanto tiempo, sólo espera tus órdenes para sentarse.' Y yo no diré tampoco ni una palabra, haciendo desear más mi respuesta. Y hasta entonces no consentiré en bajar la vista para dirigir una mirada a mi mujer, pero sólo una mirada, porque volveré en seguida a levantar los ojos y recobraré mi aspecto lleno de dignidad. Y las doncellas se llevarán a mi mujer, y yo me levantaré para cambiar de ropa y ponerme otra mucho más rica. Y volverán a llevarme por segunda vez a la recién casada con otros trajes y otros adornos, bajo el hacinamiento de las alhajas, el oro y la pedrería, y perfumada con nuevos perfumes más gratos todavía. Y cuando me hayan rogado muchas veces, volveré a mirar a mi mujer, pero en seguida levantaré los ojos para no verla más. Y guardaré esta prodigiosa compostura hasta que terminen por completo todas las ceremonias. Y mandaré a mis esclavos que cojan un bolsillo con quinientos dinares en moneda menuda, y la tiren a puñados por el salón, y repartan otro tanto entre músicos y cantoras, y otro tanto a las doncellas de mi mujer. Y luego las doncellas llevarán a mi esposa a su aposento. Y yo me haré esperar mucho. Y cuando entre en la habitación atravesaré por entre las dos filas de doncellas. Y al pasar cerca de mi esposa le pisaré el pie de un modo ostensible para demostrar mi superioridad como varón. Y pediré una copa de agua azucarada y, después de haber dado gracias a Alah, la beberé tranquilamente.

Y seguiré no haciendo caso a mi mujer, que estará en la cama dispuesta a recibirme, y a fin de humillarla y demostrarle de nuevo mi superioridad y el poco caso que hago de ella, no le dirigiré ni una vez la palabra, y así aprenderá cómo pienso conducirme en lo sucesivo, pues no de otro modo se logra que las mujeres sean dóciles, dulces y tiernas. Y en efecto, no tardará en presentarse mi suegra, que me besará la frente y las manos, y dirá: '¡Oh, mí señor! Dígnate mirar a mi hija, que es tu esclava y desea ardientemente que la acompañes y le hagas la limosna de una sola palabra tuya.' Pero yo, a pesar de las súplicas de mi suegra, no le contestaré nada. Y me dirá entonces: '¡Oh, mi señor! ¡Te juro por Alah que mi hija es virgen! ¡Te juro por Alah que ningún hombre la vio descubierta, ni conoce el color de sus ojos! No la afrentes ni la humilles tanto. Mira cuán sumisa la tienes. Sólo aguarda una seña tuya para satisfacerte en cuanto quieras.'

Y mi suegra se levantará para llenar una copa de un vino exquisito, dará la copa a su hija, que en seguida vendrá a ofrecérmela, toda temblorosa. Y yo, arrellanado en los cojines de terciopelo bordados en oro, dejaré que se me acerque, sin mirarla, y gustaré de ver en pie a la hija del gran visir delante del ex vendedor de cristalería.

Y ella, al ver en mí tanta grandeza, habrá de tomarme por el hijo de algún sultán ilustre cuya gloria llene el mundo. Y entonces insistirá para que tome la copa de vino y la acercará gentilmente a mis labios. Y furioso al ver esta familiaridad, le dirigiré una mirada terrible, le daré una gran bofetada y un puntapié en el vientre, de esta manera..."

Y mi hermano hizo ademán de dar el puntapié a su soñada esposa y se lo dio de lleno al canasto que encerraba la cristalería. Y el cesto salió rodando con su contenido. Y se hizo añicos todo lo que constituía la fortuna de aquel loco.

Ante aquel irreparable destrozo, El-Aschar empezó a darse puñetazos en la cara y a desgarrarse la ropa y a llorar.

Y mientras estaba deplorando la pérdida de su capital y de sus intereses, he aquí que pasó por allí, camino de la mezquita, una gran señora. Un intenso perfume de almizcle se desprendía de toda ella. Iba montada en una mula enjaezada con terciopelo y brocado de oro, y la acompañaba un considerable número de esclavos y sirvientes.

Al ver todo aquel cristal roto y a mi hermano llorando, preguntó la causa de tal desesperación. Y le dijeron que aquel hombre no tenía más capital que el canasto de cristalería, cuya venta le daba de comer, y que nada le quedaba después del accidente. Entonces la dama llamó a uno de los criados y le dijo: "Da a este pobre hombre todo el dinero que lleves encima." Y el criado se despojó de una gran bolsa que llevaba sujeta al cuello con un cordón y se la entregó a mi hermano. Y El-Aschar la cogió, la abrió y encontró, después de contarlos, quinientos dinares de oro. Y estuvo a punto de morirse de emoción y de alegría, y empezó a invocar todas las gracias y bendiciones de Alah en favor de su bienhechora.

Y enriquecido en un momento, se fue a su casa para guardar aquella fortuna. Y se disponía a salir para alquilar una buena morada en que pudiese vivir a gusto, cuando oyó que llamaban a la puerta. Fue a abrir y vio a una vieja desconocida que le dijo: "¡Oh, hijo mío! Sabe que casi ha transcurrido la hora de la plegaria en este santo día de viernes y aún no he podido hacer mis abluciones.

Te ruego que me permitas entrar para hacerlas, resguardada de los importunos."
Y mi hermano dijo: "Escucho y obedezco." Y abrió la puerta de par en par y la
llevó a la cocina, donde la dejó sola.

Poco después salió la vieja y mi hermano quiso darle dos dinares de oro.
Pero ella rehusó diciendo que tenía de todo en casa de la señora que le había
regalado la bolsa. Y mi hermano dijo: "¿Cómo, buena madre, conoces a esa
dama? En ese caso te ruego me indiques dónde la podré ver." Y la vieja contestó: "Hijo mío, esa hermosa joven sólo te ha demostrado su generosidad para
expresar la inclinación que le inspiran tu juventud, tu vigor y tu gallardía. Levántate, pues, guarda en tu cinturón todo tu dinero y ven conmigo."

Cuando mi hermano oyó estas palabras de la vieja, se levantó, hizo lo que
le había dicho y siguió a la anciana, que había echado a andar. Y mi hermano
marchó detrás de ella hasta que llegaron ambos a un gran portal, en el que la
vieja llamó a su modo. Y mi hermano se hallaba en el límite de la emoción y
de la dicha.

Y a aquel llamamiento salió a abrir una esclava griega muy bonita, que les
deseó la paz y sonrió a mi hermano de una manera muy insinuante. Y le introdujo en una magnífica sala, con grandes cortinajes de seda y oro fino y magníficos tapices. Y mi hermano, al verse solo, se sentó en un diván, se quitó el turbante, se lo puso en las rodillas y se secó la frente. Y apenas se hubo sentado se
abrieron las cortinas y apareció una joven incomparable, como no la vieron las
miradas más maravilladas de los hombres.

Y le llevó a un diván, donde se abrazaron y pasaron unas horas felices.

Después de aquellos transportes, la joven se levantó y le dijo a mi hermano:
"¡Ojo de mi vida! No te muevas de aquí hasta que yo vuelva." Después salió
rápidamente y desapareció.

Pero de pronto se abrió violentamente la puerta y apareció un negro horrible, gigantesco, que llevaba en la mano un alfanje desnudo. Y gritó al aterrorizado El-Aschar: "¡Oh, grandísimo miserable! ¿Cómo te atreviste a llegar hasta
aquí, producto mixto de todos los criminales corrompidos?" Y mi asustado hermano temblaba y no supo qué contestar a lenguaje tan violento, se le paralizó
la lengua, se le aflojaron los músculos y se puso muy pálido. Entonces el negro
le cogió, le desnudó completamente y se puso a darle de plano con el alfanje
más de ochenta golpes, hasta que mi hermano se cayó al suelo y el negro le
creyó cadáver. Llamó entonces con voz terrible y acudió una negra con un plato
lleno de sal. Lo puso en el suelo y empezó a llenar de sal las heridas de mi hermano, que, a pesar de padecer horriblemente, no se atrevía a gritar por temor
de que le remataran.

Entonces el negro dio otro grito tan espantoso como el primero y se presentó
la vieja, que ayudada por el negro, después de robar todo el dinero a mi hermano, le cogió por los pies, le arrastró por todas las habitaciones hasta llegar al
patio, donde le lanzó al fondo de un subterráneo.

El subterráneo en cuyo fondo habían arrojado a mi hermano El-Aschar era
muy grande y oscurísimo, y en él se amontonaban los cadáveres unos sobre otros.
Allí pasó El-Aschar dos días enteros, imposibilitado de moverse por las heridas
y la caída. Pero Alah (¡alabado y glorificado sea!) quiso que mi hermano pudiese salir de entre tanto cadáver y arrastrarse a lo largo del subterráneo, guiado por
una escasa claridad que venía de lo alto. Y pudo llegar hasta el tragaluz, de donde
descendía aquella claridad, y una vez allí salir a la calle, fuera del subterráneo.

Se apresuró entonces a regresar a su casa, a la cual fui a buscarle, y le
cuidé con los remedios que sé extraer de las plantas. Y al cabo de algún tiem-

po, curado ya completamente mi hermano, resolvió vengarse de la vieja y de sus cómplices por los tormentos que le habían causado. Se puso a buscar a la vieja, siguió sus pasos y se enteró bien del sitio a que solía acudir diariamente para atraer a los jóvenes que habían de satisfacer a su ama y convertirse después en lo que se convertían. Y un día se disfrazó de persa, se ciñó un cinto muy abultado, escondió un alfanje bajo su holgado ropón y fue a esperar la llegada de la vieja, que no tardó en aparecer. En seguida se aproximó a ella y, fingiendo hablar mal nuestro idioma, remedó el lenguaje bárbaro de los persas. Dijo: "¡Oh, buena madre! Soy forastero y quisiera saber dónde podría pesar y reconocer unos novecientos dinares de oro que llevo en el cinturón, y que acabo de cobrar por la venta de unas mercaderías que traje de mi tierra." Y la maldita vieja de mal agüero le respondió: "¡Oh, no podías haber llegado más a tiempo! Mi hijo, que es un joven tan hermoso como tú, ejerce el oficio de cambista y te prestará el pesillo que buscas. Ven conmigo y te llevaré a su casa." Y él contestó: "Pues ve delante." Y ella fue delante y él detrás, hasta que llegaron a la casa consabida. Y les abrió la misma esclava griega de agradable sonrisa, a la cual dijo la vieja en voz baja: "Esta vez le traigo a la señora músculos sólidos."

Y la esclava cogió a El-Aschar de la mano y le llevó a la sala de las sedas, y estuvo con él entreteniéndose algunos momentos; después avisó a su ama, que llegó e hizo con mi hermano lo mismo que la primera vez. Pero sería ocioso repetirlo. Después se retiró, y de pronto apareció el negro terrible, con el alfanje desenvainado en la mano, y gritó a mi hermano que se levantara y le siguiese. Y entonces mi hermano, que iba detrás del negro, sacó de pronto el alfanje de debajo del ropón y del primer tajo le cortó la cabeza.

Al ruido de la caída acudió la negra, que sufrió la misma suerte; después la esclava griega, que al primer sablazo quedó también descabezada. Inmediatamente le tocó el turno a la vieja, que llegó corriendo para echar mano al botín.

Después mi hermano encontró a la bella joven en su cámara, perfumándose. Al reconocerle y verle con el alfanje ensangrentado, se echó a sus pies y suplicó el perdón. Mi hermano preguntó por las riquezas que el negro había ido amontonando al matar y robar a tantos jóvenes inexpertos.

Le llevó a un cuarto y le enseñó grandes cofres llenos de monedas de todos los países y de bolsillos de todas las formas. Y mi hermano se quedó deslumbrado y atónito. Ella entonces le dijo: "No es así como podrás llevarte este oro. Ve a buscar unos mandaderos y tráelos para que carguen con él. Mientras tanto, yo prepararé los fardos."

Apresuróse El-Aschar a buscar a los mozos, y al poco tiempo volvió con diez hombres que llevaban cada uno una gran banasta vacía.

Pero al llegar a la casa vio el portal abierto de par en par. Y la joven había desaparecido con todos los cofres. Y comprendió entonces que se había burlado de él para poderse llevar las principales riquezas. Pero se consoló al ver las muchas cosas preciosas que quedaban en la casa y los valores encerrados en los armarios, con todo lo cual podía considerarse rico para toda su vida. Y resolvió llevárselo al día siguiente; pero como estaba muy fatigado, se tendió en el magnífico lecho y se quedó dormido.

Al despertar al día siguiente, llegó hasta el límite del terror al verse rodeado por veinte guardias del walí, que le dijeron: "Levántate a escape y vente con nosotros." Y se lo llevaron, cerraron y sellaron las puertas, y le pusieron entre las manos del walí, que le dijo: "He averiguado tu historia, los asesinatos que has cometido y el robo que ibas a perpetrar." Entonces mi hermano exclamó: "¡Oh, walí! Dame la señal de la seguridad y te contaré lo ocurrido." Y el walí entonces le dio un velo, símbolo de la seguridad, y El-Aschar le contó toda la historia desde el principio hasta el fin. Pero no sería útil repetirla. Después mi hermano añadió: "Ahora, ¡oh, walí de ideas justas y rectas!, consentiré, si quieres, en compartir contigo lo que queda en aquella casa." Pero el walí replicó: "¿Cómo te atreves a hablar de reparto? ¡Por Alah! No tendrás nada, pues debo cogerlo todo. Y date por muy contento al conservar la vida. Además, vas a salir inmediatamente de la ciudad, y no vuelvas por aquí, bajo pena del mayor castigo." Y el walí desterró a mi hermano, por temor a que el califa se enterase de la historia de aquel robo. Y mi hermano tuvo que huir muy lejos.

Mas, para que se cumpliese por completo el Destino, apenas había salido de las puertas de la ciudad le asaltaron unos bandidos y, al no hallarle nada encima, le quitaron la ropa, dejándole en cueros, le apalearon y le cortaron las orejas y la nariz.

Pero la historia de mi sexto y último hermano, ¡oh, Emir de los Creyentes!, merece que la escuches antes que me decida a descansar.»

HISTORIA DEL SEXTO HERMANO DEL BARBERO

«Se llama Schakalik mi sexto hermano, el más pobre de todos nosotros, pues era verdaderamente pobre. Y no hablo de los cien dracmas de la herencia de nuestro padre, porque Schakalik, que nunca había visto tanto dinero junto, se comió los cien dracmas en una noche, acompañado de la gentuza más deplorable del barrio izquierdo de Bagdad.

Un día entre los días había salido Schakalik en busca de un poco de comida para su cuerpo extenuado por las privaciones, y vagando por las calles se encontró ante una magnífica casa, a la cual daba acceso un gran pórtico con varios peldaños. Y en estos peldaños y a la entrada había un número considerable de esclavos, sirvientes, oficiales y porteros. Y mi hermano Schakalik se aproximó a los que allí estaban y les preguntó de quién era tan maravilloso edificio. Y le contestaron: "Es propiedad de un hombre que figura entre los hijos de los reyes."

Después se acercó a los porteros, que estaban sentados en un banco en el peldaño más alto, y les pidió limosna en el nombre de Alah. Y le respondieron: "Pero, ¿de dónde sales para ignorar que no tienes más que presentarte a nuestro amo para que te colme en seguida de sus dones?" Entonces mi hermano entró y franqueó el gran pórtico, atravesó un patio espacioso y un jardín poblado de árboles hermosísimos y de aves cantoras. Lo rodeaba una galería calada con pavimento de mármol, y unos toldos le daban frescura durante las horas de calor. Mi hermano siguió andando y entró en la sala principal, cubierta de azulejos de colores verdes, azul y oro, con flores y hojas entrelazadas. En medio de la sala había una hermosa fuente de mármol, con un surtidor de agua fresca, que caía con dulce murmullo. Una maravillosa estera de colores alfombraba la mitad del suelo, más alta que la otra mitad, y reclinado en unos almohadones de seda con bordados de oro se hallaba muy a gusto un hermoso jeque de larga barba blanca y de rostro iluminado por benévola sonrisa. Mi hermano se acercó y dijo al anciano de la hermosa barba: "¡Sea la paz contigo!" Y el anciano, levantándose en seguida, contestó: "¡Y contigo la paz y la misericordia de Alah con sus bendiciones! ¿Qué deseas, ¡oh, tú!?" Y mi hermano respondió: "¡Oh, mi señor!, sólo pedirte una limosna, pues estoy extenuado por el hambre y las privaciones."

Y al oír estas palabras exclamó el viejo jeque: "¡Por Alah! ¿Es posible que estando yo en esta ciudad se vea un ser humano en el estado de miseria en que te hallas? ¡Cosa es que realmente no puedo tolerar con paciencia!" Y mi hermano, levantando las dos manos al cielo, dijo: "¡Alah te otorgue su bendición! ¡Benditos sean tus generadores!" Y el jeque repuso: "Es de todo punto necesario que te quedes en esta casa para compartir mi comida y gustar la sal en mi mesa." Y mi hermano dijo: "Gracias te doy, ¡oh, mi señor y dueño! Pues no podía estar más tiempo en ayunas, como no me muriese de hambre." Entonces el viejo dio dos palmadas y ordenó a un esclavo que se presentó inmediatamente: "¡Trae en seguida un jarro y la palangana de plata para que nos lavemos las manos!" Y dijo a mi hermano Schakalik: "¡Oh, huésped! Acércate y lávate las manos."

Y al decir esto, el jeque se levantó y, aunque el esclavo no había vuelto, hizo ademán de echarse agua en las manos con un jarro invisible y restregándose como si tal agua cayese.

Al ver esto, no supo qué pensar mi hermano Schakalik; pero como el viejo insistía para que se acercase a su vez, supuso que era una broma, y como él tenía también fama de divertido, hizo ademán de lavarse las manos lo mismo que el jeque. Entonces el anciano dijo: "¡Oh, vosotros!, poned el mantel y traed la comida, que este pobre hombre está rabiando de hambre."

Y en seguida acudieron numerosos servidores, que empezaron a ir y venir como si pusieran el mantel y lo cubriesen de numerosos platos llenos hasta los bordes. Y Schakalik, aunque muy hambriento, pensó que los pobres deben respetar los caprichos de los ricos, y se guardó mucho de demostrar impaciencia alguna. Entonces el jeque le dijo: "¡Oh, huésped!, siéntate a mi lado y apresúrate a hacer honor a mi mesa." Y mi hermano se sentó a su lado, junto al mantel imaginario, y el viejo empezó a fingir que tocaba los platos y que se llevaba bocados a la boca, y movía las mandíbulas y los labios como si realmente masticase algo. Y le decía a mi hermano: "¡Oh, huésped!, mi casa es tu casa y mi mantel es tu mantel; no tengas cortedad y come lo que quieras, sin avergonzarte. Mira qué pan; cuán blanco y bien cocido. ¿Cómo encuentras este pan?" Schakalik contestó: "Este pan es blanco y verdaderamente delicioso; en mi vida he probado otro que se le parezca." Y hablando así, Schakalik hacía como que comía realmente. Y el anciano dijo: "Así me gusta, ¡oh, huésped! Pero no creo que merezca tantas alabanzas, porque entonces, ¿qué dirás de ese plato que está a tu izquierda, de esos maravillosos pollos asados, rellenos de alfónsigos, almendras, arroz, pasas, pimienta, canela y carne picada de carnero? ¿Qué te parece el humillo?" Mi hermano exclamó: "¡Alah, Alah! ¡Cuán delicioso es su humillo, qué sabrosos están y qué relleno tan admirable de jengibre tienen!" El anciano dijo: "Por eso, ¡oh, mi huésped!, espero de tu apetito y de tu excelente educación que te comerás las cuarenta y cuatro berenjenas rellenas que hay en ese plato." Schakalik contestó: "Fácil ha de serme." Y fingió coger cada berenjena una tras otra, haciendo como si las comiese, y meneando la cabeza y dando con la lengua grandes chasquidos. Y al pensar en estos platos se le exasperaba el hambre y se habría contentado con un poco de pan seco, de habas o de maíz. Pero se guardó de decirlo.

Y el anciano repuso: "¡Oh, huésped! Tu lenguaje es el de un hombre bien educado, que sabe comer en compañía de los reyes y de los grandes. Come, amigo, y que te sea sano y de deliciosa digestión." Y mi hermano dijo: "Creo que ya he comido bastante de estas cosas." Entonces el viejo volvió a palmotear y dispuso: "¡Quitad este mantel y poned el de los postres! ¡Vengan todos los dulces, la repostería y las frutas más escogidas!" Y los esclavos empezaron otra vez a ir y venir, y a mover las manos, y a levantar los brazos por encima de la cabeza, y a cambiar un mantel por otro. Y después, a una señal del viejo, se retiraron. Y el anciano dijo a Schakalik: "Llegó, ¡oh, huésped!, el momento de endulzarnos el paladar. Empecemos por los pasteles. ¿No da gusto ver esa pasta fina, ligera, dorada y rellena de almendras, azúcar y granada, esa pasta de katayefs sublimes que hay en ese plato? ¡Por vida mía! Prueba uno o dos para convencerte. ¿Eh? ¡Cuán en su punto está el almíbar! ¡Qué bien salpicado está de canela! Se comería uno cincuenta sin hartarse, pero hay que dejar sitio para la excelente kenafa que hay en esa bandeja de bronce cincelado. Mira cuán hábil es mi repostera y cómo ha sabido trenzar las madejas de pasta. Apresúrate a comerla antes de que se vaya al jarabe y se desmigaje. ¡Es tan delicada! Y esa mahallabieh de agua de rosas, salpicada con alfónsigos pulverizados, y esos tazones llenos de natillas aromatizadas con agua de azahar. ¡Come, huésped, métele mano sin cortedad! ¡Así! ¡Muy bien!" Y el viejo daba ejemplo a mi hermano, y se llevaba la mano a la boca con glotonería, y fingía que tragaba como si fuese de veras, y mi hermano le imitaba admirablemente, a pesar de que el hambre le hacía la boca agua.

El anciano continuó: "¡Ahora, dulces y frutas! Y respecto a los dulces, ¡oh, huésped!, sólo lucharás con la dificultad de escoger. Delante de ti tienes dulces secos y otros con almíbar. Te aconsejo que te dediques a los secos, pues yo los prefiero, aunque los otros sean también muy gratos. Mira esa transparente y rutilante confitura seca de albaricoque tendida en anchas hojas. Y ese otro dulce seco de cidras con azúcar cande perfumado con ámbar. Y el otro, redondo, formando bolas sonrosadas, de pétalos de rosa y de flores de azahar. ¡Ése, sobre todo, me va a costar la vida un día! Resérvate, resérvate, que has de probar ese dulce de dátiles rellenos de clavo y almendra. Es de El Cairo, pues en Bagdad no lo saben hacer así. Por eso he encargado a un amigo de Egipto que me mande cien tarros llenos de esta delicia. Pero no comas tan aprisa, pues por más que tu apetito me honre en extremo quiero que me des tu parecer sobre ese dulce de zanahorias con azúcar y nueces perfumado con almizcle." Y Schakalik dijo: "¡Oh, este dulce es una cosa soñada! ¡Cómo adora sus delicias mi paladar! Pero se me figura que tiene demasiado almizcle." El anciano replicó: "¡Oh, no, no! Yo no pienso que sea excesivo, pues no puedo prescindir de ese perfume, como tampoco del ámbar. Y mis cocineros y reposteros lo echan a chorros en todos mis pasteles y dulces. El almizcle y el ámbar son los sostenes de mi corazón."

Y el viejo prosiguió: "Pero no olvides estas frutas, pues supongo que habrás dejado sitio para ellas. Ahí tienes limones, plátanos, higos, dátiles frescos, manzanas, membrillos y muchas más. También hay nueces y almendras frescas y avellanas. Come, ¡oh, huésped!, que Alah es misericordioso."

Pero mi hermano, que a fuerza de mascar en balde ya no podía mover las mandíbulas, y cuyo estómago estaba cada vez más excitado por el incesante recuerdo de tanta cosa buena, dijo: "¡Oh, señor! He de confesar que estoy ahíto, y que ni un bocado más me podría entrar por la garganta." El anciano replicó: "¡Es admirable que te hayas hartado tan pronto! Pero ahora vamos a beber, que aún no hemos bebido."

Entonces el viejo palmoteó y acudieron los esclavos con las mangas levantadas y los ropones cuidadosamente recogidos, y fingieron llevárselo todo y poner después en el mantel dos copas y frascos, alcarrazas y tarros magníficos. Y el anciano hizo como si echara vino en las copas, y cogió una copa imaginaria y se la presentó a mi hermano, que la aceptó con gratitud, y después de llevársela a la boca dijo: "¡Por Alah! ¡Qué vino tan delicioso!" E hizo además de acariciarse placenteramente el estómago. Y el anciano fingió coger un frasco grande de vino añejo y verterlo delicadamente en la copa, que mi hermano se bebió de nuevo. Y siguieron haciendo lo mismo, hasta que mi hermano hizo como si se viera dominado por los vapores del vino, y empezó a menear la cabeza y a decir palabras atrevidas. Y pensaba: "Llegó la hora de que pague este viejo todos los suplicios que me ha hecho pasar."

Y como si estuviera completamente borracho, levantó el brazo derecho y descargó tan violento golpe en el cogote del anciano, que resonó en toda la sala. Y alzó de nuevo el brazo y le dio el segundo golpe más recio todavía. Entonces el anciano exclamó: "¿Qué haces? ¡Oh, tú, el más vil entre los hombres!" Mi hermano Schakalik respondió: "¡Oh, dueño mío y corona de mi cabeza! Soy tu esclavo sumiso, aquel a quien has colmado de dones, acogiéndole en tu mansión y alimentándole en tu mesa con los manjares más exquisitos, como no lo probaron ni los reyes. Soy aquel a quien has endulzado con las confituras, compotas y pasteles más ricos, acabando por saciar su sed con los vinos más deliciosos. Pero bebí tanto que he perdido el seso. ¡Disculpa, pues, a tu esclavo, que levantó la mano contra su bienhechor! ¡Disculpa, ya que tu alma es más elevada que la mía, y perdona mi locura!"

Entonces el anciano, lejos de encolerizarse, se echó a reír a carcajadas y acabó por decir: "Mucho tiempo he estado buscando por todo el mundo, entre las personas con más fama de bromistas y divertidas, un hombre de tu ingenio, de tu carácter y de tu paciencia. Y nadie ha sabido sacar tanto partido como tú de mis chanzas y juegos. Hasta ahora has sido el único que ha sabido amoldarse a mi humor y a mis caprichos, conllevando la broma y correspondiendo con ingenio a ella. De modo que no sólo te perdono este final, sino que quiero que me acompañes a la mesa, que está realmente cubierta de manjares, dulces y frutas innumerables. Y en adelante, ya no me separaré jamás de ti."

Y dio orden a sus esclavos para que los sirvieran en seguida, sin escatimar nada, lo cual se ejecutó puntualmente.

Y el jeque tomó tal afecto a mi hermano, que fue su amigo íntimo y su compañero inseparable, demostrándole un inmenso cariño, y le obsequiaba cada día con mayor regalo. Y no dejaron de comer, beber y vivir deliciosamente durante veinte años más.

Pero tenía que cumplirse lo que había escrito el Destino. Y pasados los veinte años murió el viejo, e inmediatamente el walí mandó embargar todos sus bienes, confiscándolos en provecho propio, pues el jeque carecía de herederos, y mi hermano no era su hijo. Entonces Schakalik, obligado a escaparse por la persecución del walí, tuvo que buscar la salvación huyendo de Bagdad.

Y resolvió atravesar el desierto para dirigirse a La Meca y santificarse. Pero cierto día, la caravana a la cual se había unido fue atacada por los nómadas. Y los viajeros fueron despojados y reducidos a esclavitud, y a Schakalik le tocó el más feroz de aquellos bandidos beduinos, que le llevó a su tribu y le hizo su esclavo. Y todos los días le pegaba una paliza y le hacía sufrir todos los suplicios, y le decía: "Debes ser muy rico en tu país, y si no me pagas un buen rescate, acabarás por morir en mis propias manos." Y mi hermano, llorando, exclamaba: "¡Por Alah! Nada poseo, ¡oh, jefe de los árabes!, pues desconozco el camino de la riqueza. Y ahora soy tu esclavo y estoy en tu poder; puedes hacer de mí lo que quieras."

Pero el beduino tenía por esposa a una admirable mujer entre las mujeres, de negras cejas y ojos de noche, y cada vez que el beduino se alejaba de la tienda, esta criatura del desierto iba a buscar a mi hermano para ofrecerle su cuerpo, y así hasta que un día les sorprendió el terrible beduino. Y sacando un enorme cuchillo le cortó los labios y mutiló después horriblemente. En seguida, arrastrándole por los pies, lo echó sobre un camello, le llevó a lo alto de una montaña, lo tiró al suelo y se marchó para seguir su camino.

Como la tal montaña está situada en el camino por donde van los peregrinos, algunos de éstos, que eran de Bagdad, hallaron a Schakalik, y al reconocer al chistosísimo Tarro hendido, que tanto los había hecho reír, vinieron a avisarme, después de haberle dado de comer y beber.

He aquí en pocas palabras, ¡oh, Príncipe de los Creyentes!, la historia de mis seis hermanos, que habría podido contarte con más detenimiento. Pero he preferido no abusar de tu paciencia, probando de este modo lo poco charlatán que soy, y que además de hermano de mis hermanos podría llamarme su padre, y que el mérito de ellos desaparece al presentarme yo, apellidado el Samet.

Y el califa Montasser Billah se echó a reír a carcajadas y me dijo: "Efectivamente, ¡oh, Samet!, hablas bien poco, y nadie podrá acusarte de indiscreción, ni de curiosidad, ni de malas cualidades. Pero tengo mis motivos para exigir que inmediatamente salgas de Bagdad y te vayas a otra parte. Y sobre todo date prisa." Y así me desterró el califa, tan injustamente, sin explicarme la causa de aquel castigo.

Entonces, ¡oh, mis señores!, empecé a viajar por todos los climas y todos los países, hasta que supe el fallecimiento de Montasser Billah y el reinado de su sucesor el califa El-Mostasen. Volví a Bagdad en seguida, pero me encontré con que mis hermanos habían muerto.»

Cuando el barbero Samet hubo terminado su historia, no necesitamos oír más para convencernos de que era realmente el charlatán más extraordinario y el rapista más indiscreto de toda la Tierra. Y quedamos persuadidos de que el joven cojo de Bagdad había sido la víctima de su insoportable indiscreción. Entonces, aunque sus historias nos habían hecho pasar un buen rato, acordamos castigarle. Y nos apoderamos de él, a pesar de sus chillidos, y lo encerramos en un cuarto oscuro lleno de ratas. Y los demás seguimos comiendo, bebiendo y disfrutando hasta que llegó la hora de la plegaria. Y entonces nos retiramos, y yo fui en busca de mi esposa.

Pero al llegar a mi casa encontré a mi mujer de muy mal humor, y me dijo: «¿Te parece bien dejarme sola mientras andas de diversión con tus amigos? Si no me sacas en seguida a pasear, me presentaré al walí para entablar la demanda de divorcio.»

Y como soy enemigo de disturbios conyugales, quise que hubiera paz, y a pesar del cansancio salí a pasear con mi mujer. Y anduvimos recorriendo calles y jardines hasta la puesta del sol.

Y cuando regresábamos a casa encontramos por casualidad a ese jorobeta que se hallaba a tu servicio, ¡oh, rey poderoso y magnánimo! Y el jorobado estaba borracho completamente, diciendo chistes a cuantos le rodeaban.

Y se interrumpía para embromar a los transeúntes o para danzar, golpeando la pandereta. Y yo y mi mujer supusimos que sería para nosotros un agradable comensal, y le convidamos a comer con nosotros. Y juntos comimos, y mi esposa se quedó con nosotros, pues no creía que la presencia de un jorobado fuese como la de hombre regular, pues de no pensarlo así no habría comido delante de un extraño.

Entonces fue cuando a mi esposa se le ocurrió bromear con el jorobeta y meterle en la boca la comida que le ahogó.

Y en seguida, ¡oh, rey poderoso!, cogimos el cadáver del jorobeta y lo dejamos en la casa del médico judío que está presente. Y a su vez el médico judío lo dejó en la casa del intendente, que hizo responsable al corredor copto.

Y tal es, ¡oh, rey generoso!, la más extraordinaria de las historias que te hayan referido. Y esta historia del barbero y sus hermanos es, con seguridad, más sorprendente que la del jorobado.

Cuando el sastre hubo acabado de hablar, el rey de la China dijo: «He de confesar que es muy interesante esa historia, y acaso más sugestiva que la del pobre jorobeta. Pero, ¿dónde está ese asombroso barbero? Quiero verle y oírle antes de adoptar mi decisión respecto a vosotros cuatro. Después enterraremos a nuestro jorobeta. Y le erigiremos un buen sepulcro por lo mucho que me divirtió en vida, y aun después de muerto.»

Y una hora después, el sastre y los chambelanes, que habían ido a sacar al barbero del cuarto oscuro, le trajeron al palacio y se lo presentaron al rey.

El rey examinó al barbero, y vio que era un anciano jeque lo menos de noventa años, de cara muy negra, barbas muy blancas, lo mismo que las cejas, orejas colgantes y agujereadas, narices de pasmosa longitud y aspecto lleno de presunción y altanería. Al verlo, el rey de la China se echó a reír ruidosamente, y le dijo: «¡Oh, Silencioso! Me han dicho que sabes contar historias admirables y llenas de maravilla. Quisiera oírte alguna de las que sabes referir tan bien.» El barbero contestó: «¡Oh, rey del tiempo! No te han engañado al ponderarte mis cualidades, pero en primer lugar desearía saber lo que hacen aquí, reunidos, ese corredor nazareno, ese judío, ese musulmán y ese jorobeta muerto, tumbado en el suelo. ¿De dónde procede esta extraña reunión?» Y el rey de la China se rió mucho y replicó: «¿Y por qué me interrogas respecto a gente que te es desconocida?» El barbero dijo: «Pregunto solamente para demostrar a mi rey que no soy un charlatán indiscreto, que no me ocupo nunca en lo que no me importa, y que soy inocente de las calumnias que me dirigen, como la de llamarme hablador y lo demás.»

Entonces dijo el rey: «Mucho me agrada este barbero. Voy a contarle la historia del jorobado, y luego las relatadas por el nazareno, el judío, el intendente y el sastre.» Y el rey refirió al barbero todas las historias, sin omitir una particularidad. Pero no es necesario repetirlas.

Cuando el barbero hubo oído las historias y supo la causa de la muerte del jorobado, empezó a menear gravemente la cabeza y exclamó: «¡Por Alah! ¡Cosa extraordinaria es ésa y me sorprende grandemente! ¡A ver, levantad el velo que cubre el cadáver, que yo lo vea!»

Y cuando se descubrió el cadáver, el barbero se sentó en el suelo, puso la cabeza del jorobado en sus rodillas y le miró atentamente a la cara. Y de pronto soltó tal carcajada, que la fuerza de la risa le hizo caer de trasero. Y exclamó: «En verdad, toda muerte tiene una causa entre las causas. Y la causa de la muerte de este jorobado es la cosa más sorprendente de las cosas sorprendentes.

Porque merece ser escrita con hermosas letras de oro en los registros del reino, para enseñanza de los hombres futuros.»

Y el rey, pasmado al oír las palabras del barbero, le dijo: «¡Oh, barbero, oh; Silencioso! Explícanos el sentido de tus palabras.» Y el barbero replicó: «¡Oh, rey! Te juro por tu gracia y tus beneficios que tu jorobeta tiene el alma en el cuerpo. Y lo vas a ver.» Y en seguida sacó de su cinturón un frasquito con un ungüento, empapó con él el pescuezo del jorobado y le vendó el cuello con un paño de lana. Después aguardó que transcurriese una hora. Sacó entonces del mismo cinturón unas largas tenazas de hierro, las introdujo en la garguera del jorobado, manipuló en varios sentidos y las sacó al fin, llevando en ellas el pedazo de pescado y la espina, causa de lo ocurrido al jorobeta. Y éste estornudó estrepitosamente, abrió los ojos, volvió en sí, se palpó la cara con las manos, dio un brinco, se puso en pie y exclamó: «¡La ilah i le Alah! ¡Y Mahomed es el Enviado de Alah! ¡Sean con él la plegaria y la salvación de Alah!»

Y todos los circunstantes quedaron estupefactos y llenos de admiración hacia el barbero. Y después, al reponerse de su emoción, el rey y todos los presentes empezaron a reír a carcajadas al ver la cara del jorobado.

Entonces el rey de la China, lleno de júbilo, mandó que inmediatamente se escribieran con letras de oro la historia del jorobado y la del barbero, y que se conservasen en los archivos del reino. Y así se ejecutó puntualmente. En seguida regaló un magnífico traje de honor a cada uno de los acusados: al médico judío, al corredor nazareno, al intendente y al sastre, y los agregó al servicio de su persona y del palacio, y les mandó hacer las paces con el jorobeta. Y a éste le hizo maravillosos regalos, le colmó de riquezas, le nombró para altos cargos y lo eligió como compañero de mesa y bebida.

Pero aún tuvo más extraordinarias atenciones con el barbero; le hizo vestir un suntuoso traje de honor, mandó que le construyesen un astrolabio todo de oro, otros instrumentos de oro, tijeras y navajas con perlas y pedrería; le nombró barbero y peluquero de su persona y del reino, y también le tomó por compañero íntimo.

HISTORIA DE DULCE-AMIGA

«Una vez el trono de Bassra fue ocupado por un sultán tributario del califa Harum al-Raschid, que se llamaba Mohammad ben-Soleimán El-Zeiní. Amparaba a los pobres y a los necesitados, se compadecía de sus súbditos desgraciados y repartía su fortuna entre los que creían en nuestro Profeta Mohamed (¡con él sean la plegaria y la paz de Alah!).

Tenía dos visires llamados respectivamente El-Mohín ben-Sauí y El-Faldl ben-Khacán. Pero hay que saber que El-Faldl era el hombre más generoso de su tiempo, dotado de buen carácter, admirables costumbres y excelentes cualidades, que le granjearon el cariño de todos los corazones y la estimación de los hombres prudentes y sabios, quienes le consultaban y pedían su parecer en los asuntos más difíciles.

Y todos los habitantes del reino, sin ninguna excepción, le deseaban larga vida y muchas prosperidades, porque hacía todo el bien posible y odiaba la injusticia. En cuanto al otro visir, llamado El-Mohín, era muy diferente: tenía horror al bien y cultivaba el mal.

La gente sentía, pues, tanto odio y repulsión hacia el visir El-Mohín como amor le inspiraba el visir El-Faldl. Así es que El-Mohín tenía una gran enemistad hacia su compañero, y no desperdiciaba ninguna ocasión de perjudicarle ante el sultán.

Un día el rey entretenía su espíritu hablando con sus visires y otros miembros del Consejo. Y recayó la conversación sobre los esclavos que se compran, y algunos aseguraban que bastaba que la esclava fuese guapa y tuviera bonita figura. Otros sostenían que las buenas cualidades del cuerpo no son las únicas que se deben buscar en una esclava, sino que han de ir acompañadas de selecto espíritu, de sabiduría, de prudencia y de modestia. Puesto que no habría diferencia con los animales si tuviera una esclava sólo para contemplarla y satisfacer una pasión que nos es común.

El rey se puso de parte de los últimos y ordenó a El-Faldl que comprara una esclava que reuniera todas esas cualidades.

Al oír estas palabras del rey dirigidas a su visir El-Faldl Fadledín, el visir El-Mohín, lleno de envidia porque el rey depositaba toda su confianza en su rival, quiso desalentar al soberano y exclamó: "¡Pero si se pudiese encontrar a esa mujer, habría que pagarla lo menos en diez mil dinares de oro!" Entonces el rey, más obstinado por tal dificultad, llamó inmediatamente a su tesorero, y le dijo: "Toma en seguida diez mil dinares de oro y llévalos a casa de mi visir El-Faldl." Y el tesorero se apresuró a ejecutar la orden.

El visir se dirigió en seguida al zoco de los esclavos, pero nada encontró que ni de cerca ni de lejos se ajustase a las condiciones requeridas para la compra.

Y desde entonces no pasaba día sin que dos o tres corredores propusiesen una linda esclava al visir, que siempre despedía al corredor y a la esclava sin ultimar la compra. Y vio durante un mes más de mil muchachas, a cual más hermosa. Pero no podía decidirse por ninguna de ellas.

Un día entre los días iba a montar a caballo para visitar al rey y rogarle que aguardara algún tiempo, cuando se le acercó un corredor a quien conocía, el cual dijo: "¡Oh, noble El-Faldl! Te anuncio que ha aparecido la esclava que tuviste la bondad de encargarme que buscara, y está a tu disposición." Y el visir dijo: "Tráela para que yo la vea." Cuando la vio quedó completamente maravillado, y preguntó al corredor: "¿Qué precio tiene esta esclava?" Y el otro contestó: "Su amo pide diez mil dinares, y en eso hemos quedado, porque me parece justo." Dio la conformidad y le dijo llevara al dueño de la esclava. Y así se hizo.

Y el amo de la esclava deseó la paz al visir. Y éste le dijo: "¿Estás conforme en venderme a esta esclava en diez mil dinares? Has de saber que no es para mí, sino para el rey." El anciano contestó: "Siendo para el rey, prefiero ofrecérsela como un presente, sin aceptar precio alguno. Pero, ¡oh, visir magnánimo!, ya que me interrogas, mi deber es contestarte. Sabe que esos diez mil dinares apenas me indemnizan del importe de los pollos con que la alimenté desde su infancia, de los magníficos vestidos con que siempre la adorné y de los gastos que he hecho para instruirla. Porque ha tenido varios maestros y aprendió a escribir con buena letra; conoce también las reglas de la lengua árabe y de la lengua persa, la gramática y la sintaxis, los comentarios del Libro, las reglas del derecho divino y sus orígenes, la jurisprudencia, la moral, la filosofía, la medicina, la geometría y el catastro. Pero sobresale especialmente en el arte de versificar, en tañer los más variados instrumentos, en el canto y en el baile, y por último, ha leído todos los libros de los poetas e historiadores. Y todo ello ha contribuido a hacer más admirable su ingenio y su carácter; por eso la he llamado Dulce-Amiga."

Y retuvo en su palacio a Dulce-Amiga, mandando que preparasen un aposento para que descansara.

Pero el visir El-Faldl tenía un hijo de admirable hermosura, como la Luna cuando sale. Su cara era de una blancura maravillosa, sus mejillas sonrosadas, y en una de ellas tenía un lunar como una gota de ámbar gris, que se llamaba Alí-Nur, que era muy libertino, y nada sabía de la compra de la esclava. Y el visir previno a la joven:

"Sabe, ¡oh, hija mía!, que te he comprado por cuenta de nuestro amo el rey para que seas la preferida entre sus favoritas. De modo que debes tener mucho cuidado en evitar todas las ocasiones de comprometerte y comprometerme. Así es que he de advertirte que tengo un hijo algo mala cabeza, pero guapo mozo. Por tanto, evita su encuentro; pues de otra suerte te perderías sin remedio." Y Dulce-Amiga dijo: "Escucho y obedezco." Y el visir, tranquilizado sobre este punto, se alejó para seguir su camino.

Pero por voluntad escrita de Alah, las cosas llevaron un rumbo muy diferente. Porque algunos días después, Dulce-Amiga fue al hammam del palacio del visir, y las esclavas emplearon toda su habilidad en darle un baño que fuera el mejor de su vida. Después de haberle lavado los miembros y el cabello, le dieron masaje. Y la depilaron esmeradamente, frotaron con almizcle su cabellera, le tiñeron con hennée las uñas de los pies y de las manos, le alargaron con kohl las cejas y las pestañas, y quemaron junto a ella pebeteros de incienso macho y ámbar gris, perfumándola de este modo toda la piel. Después la envolvieron con una sábana embalsamada con azahar y rosas, le sujetaron la cabellera con un paño caliente y la sacaron del hammam para llevarla al aposento donde le aguardaba la mujer del visir, madre del hermoso Alí-Nur. Dulce-Amiga, al ver a la mujer del visir, corrió a su encuentro y le besó la mano, y la esposa del visir la besó en las dos mejillas, y le dijo: "¡Oh, Dulce-Amiga! ¡Ojalá te dé ese baño todo el bienestar y todas las delicias! ¡Oh, Dulce-Amiga, cuán hermosa estás, cuán limpia y perfumada! Iluminas nuestro palacio, que no necesita más luz que la tuya." Y Dulce-Amiga, muy emocionada, se llevó la mano al corazón, a los labios y a la frente, e, inclinando la cabeza, respondió: "Gracias, ¡oh, madre y señora! ¡Proporciónete Alah todos los goces de la Tierra y del paraíso! En verdad ha sido delicioso este baño, y sólo me ha dolido una cosa: no compartirlo contigo". Entonces la madre de Alí-Nur mandó que llevasen a Dulce-Amiga sorbetes y pastas, y se dispuso a marchar al hammam para tomar su baño.

Pero no quiso dejar sola a Dulce-Amiga, por temor y por prudencia. Llamó, pues, a dos esclavas jóvenes y les mandó que guardasen la puerta del aposento de Dulce-Amiga, diciéndoles: "No dejéis entrar a nadie bajo ningún pretexto, porque Dulce-Amiga está desnuda y podría enfriarse."

Pero en aquel momento entraba en la casa el joven Alí-Nur, buscó a su madre para besarle la mano, como todos los días, y como no la encontrara en su habitación la fue buscando por todas las demás, hasta que llegó frente a la puerta de aquella en que estaba encerrada Dulce-Amiga.

Y se vieron y se juraron amor eterno y ser el uno para el otro toda la vida.

Las esclavas avisaron a la madre de Alí-Nur de lo que sucedía. Mientras tanto el joven huyó.

Y la mujer del visir, pálida de emoción, se acercó a Dulce-Amiga y le dijo: "¿Qué es lo que ha ocurrido?" Y Dulce-Amiga repitió las palabras que Alí-Nur le había enseñado: "¡Oh, mi señora! Mientras estaba descansando del baño, echada en el diván, entró un joven a quien nunca he visto. Y era muy hermoso, ¡oh, señora!, y hasta se te parecía en los ojos y en las cejas. Y me dijo: '¿Eres tú, Dulce-Amiga, la que ha comprado mi padre en diez mil dinares?' Y yo le contesté: 'Sí; soy Dulce-Amiga, comprada por el visir en diez mil dinares, pero estoy destinada al sultán Mohammad ben-Soleimán El-Zeiní.' Y el joven, riéndose, replicó: '¡No lo creas, oh, Dulce-Amiga! Acaso haya tenido mi padre esa intención, pero ha cambiado de parecer y te ha destinado para mí.' Entonces, ¡oh, señora!, a fuer de esclava sumisa desde mi nacimiento, hube de obedecer. Además, creo haber hecho bien, pues prefiero ser esclava de tu hijo Alí-Nur, ¡oh, mi señora!, que convertirme en esposa del mismo califa que reina en Bagdad."

Y la madre lloró. Y las esclavas. Pero en el fondo lo que les aterraba era el padre de Alí-Nur. Y, en efecto, el visir, bueno y generoso, no podía tolerar aquella usurpación, sobre todo tratándose del rey. Y en el arrebato de su ira era capaz de matar a su hijo, al cual lloraban todas aquellas mujeres.

Alí-Nur había hecho pasar muy malos ratos a sus padres, pero Fadleddin, al enterarse de su reciente fechoría, quedó aterrado, se desgarró las vestiduras, se dio de puñetazos en la cara, se mordió las manos, se mesó las barbas y tiró por los aires el turbante. Entonces su esposa trató de consolarle, y le dijo: "No te aflijas de ese modo, pues los diez mil dinares te los restituiré por completo sacándolos de mi peculio y vendiendo parte de mis pedrerías." Pero el visir Fadleddin exclamó: "¿Qué piensas, oh, mi señora? ¿Se te figura que lamento la pérdida de ese dinero, que para nada necesito? Lo que me aflige es la mancha que ha caído en mi honor y la probable pérdida de mi vida." Y su esposa dijo: "En realidad, nada se ha perdido, pues el rey ignora hasta la existencia de Dulce-Amiga, y con mayor razón todo cuanto ha sucedido. Con los diez mil dinares que te daré podrás comprar otra esclava, y nosotros nos quedaremos con Dulce-Amiga, que adora a nuestro hijo. Y es un verdadero tesoro el haberla encontrado, porque es de todo punto perfecta." El visir replicó: "¡Oh, madre de Alí-Nur! Te olvidas del enemigo que queda detrás de nosotros, del segundo visir, llamado El-Mohín ben-Sauí, que acabará por enterarse de todo alguna vez."

Al oír esto la madre de Alí-Nur, respondió a su esposo: "Créeme: no hables a nadie de este asunto y nadie se enterará. Confía tu suerte a la voluntad de Alah, el muy poderoso. Sólo ocurrirá lo que haya de ocurrir." Entonces el visir se sintió tranquilizado con estas palabras, calmándose su inquietud en cuanto a las consecuencias futuras, pero no por ello se aplacó su cólera contra Alí-Nur.

Por lo que se refiere al joven Alí-Nur, había salido apresuradamente del aposento de Dulce-Amiga al oír los gritos de las dos esclavas, y se pasó el día dando vueltas por aquellos alrededores. No volvió al palacio hasta que fue de noche, y se apresuró a deslizarse junto a su madre, en el departamento de las mujeres, para evitar la cólera del visir. Y su madre, a pesar de todo lo ocurrido, acabó por abrazarle y perdonarle, y le ocultó cuidadosamente, ayudada por todas sus doncellas, que envidiaban secretamente a la joven. Además, todas estaban de acuerdo para prevenirle contra la ira del visir. De modo que Alí-Nur, durante un mes entero, fue amparado por aquellas mujeres, que por la noche le abrían la puerta de las habitaciones de su madre. Y allí se deslizaba Alí-Nur sigilosamente, y allí, en connivencia con su madre, le iba a buscar en secreto Dulce-Amiga.

Por último, un día la madre de Alí-Nur, viendo al visir menos indignado que de costumbre, le preguntó: "¿Hasta cuándo va a durar ese persistente enojo contra nuestro hijo Alí-Nur? ¡Oh, mi señor! Realmente hemos perdido una esclava del rey, pero, ¿quieres que perdamos también a nuestro hijo? Pues sabe que si continúa esta situación, nuestro hijo Alí-Nur huirá para siempre de la casa paterna, y entonces lloraremos a este hijo, único fruto de mis entrañas." Conmovido el visir, preguntó: "¿Y qué medio emplearemos para impedirlo?" Y la mujer respondió: "Ven a pasar esta noche con nosotros, y cuando llegue Alí-Nur yo os pondré en paz. Por lo pronto, finge quererlo castigar, pero acaba por casarlo con Dulce-Amiga. Porque Dulce-Amiga, según lo que en ella he podido ver, es admirable en todo y quiere a Alí-Nur, que está enamoradísimo de ella. Además, ya te he dicho que te daré de mi peculio el dinero que gastaste en comprarla."

El visir se conformó con lo que proponía su esposa y, apenas entró Alí-Nur en las habitaciones de su madre, se arrojó sobre él, le tiró al suelo y levantó un puñal como para matarle. Pero entonces la madre de Alí-Nur se precipitó entre el puñal y su hijo y, dirigiéndose al visir, exclamó: "¿Qué intentas hacer?" Y el visir repuso: "Le voy a matar para castigarle." Y la madre replicó: "Pero, ¿no sabes que está arrepentido?" Y Alí-Nur dijo: "¡Oh, padre! ¿Tendrás valor para sacrificarme de esta suerte?" Entonces el visir, sintiendo que los ojos se le arrasaban en lágrimas, dijo: "¡Oh, desventurado! ¿No tuviste tú valor para arrebatarme la tranquilidad y acaso la vida?"

Alí-Nur incorporóse, besó la mano a sus padres y quedó en una actitud sumisa. Y su padre le dijo: "¡Oh hijo mío! ¿Por qué no me advertiste que querías de veras a Dulce-Amiga y que no se trataba de uno más de tus caprichos? Si yo hubiese sabido que ibas a conducirte con ella como es debido, no habría vacilado en otorgártela." Y Alí-Nur contestó: "Efectivamente, ¡oh, padre mío!, estoy dispuesto a cumplir con Dulce-Amiga como se merece." Y el visir dijo: "En ese caso, ¡oh, mi querido hijo!, el único ruego que he de hacerte, y que no debes olvidar nunca, para que siempre te acompañe mi bendición, consiste en que me prometas no contraer legítimas nupcias con otra mujer que no sea Dulce-Amiga, ni maltratarla jamás, ni venderla." Y Alí-Nur contestó: "¡Juro por la vida de nuestro Profeta y por el Corán sagrado no tomar otra esposa legítima mientras viva Dulce-Amiga, no maltratarla nunca y no venderla jamás!"

Después de esto toda la casa se llenó de júbilo. Y los jóvenes gozaron de la felicidad durante más de un año.

Y he aquí que un día el visir Fadleddin fue al hammam, salió apresuradamente todo sudoroso del baño y cogió un enfriamiento, que le obligó a meterse en la cama. Después se agravó, y ya no pudo dormir ni de noche ni de día, y fue tal su consunción, que parecía la sombra de lo que había sido. Entonces no quiso demorar el cumplimiento de sus últimos deberes, y mandó que compareciese su hijo Alí-Nur, el cual se presentó en seguida con los ojos llenos de lágrimas. Y el visir le dijo: "¡Oh, hijo mío! No hay felicidad que no tenga su término, ni bien su límite, ni plazo sin vencimiento, ni copa sin brebaje amargo. Hoy me toca a mí gustar la copa de la muerte."

Después prosiguió de este modo: "¡Oh, hijo mío! No me queda ahora más que encargarte una cosa: que cifres tu fuerza en Alah, no pierdas nunca de vista los fines primordiales del hombre y, sobre todo, que cuides mucho de nuestra hija y esposa tuya Dulce-Amiga." Entonces contestó Alí-Nur: "¡Oh, padre mío! ¿Cómo es posible que nos dejes? Desaparecido tú de la Tierra, ¿qué nos quedará? Eres famoso por tus beneficios, y los oradores sagrados citan tu nombre desde el púlpito de nuestras mezquitas el santo día del viernes para bendecirte y desearte larga vida." Y Fadleddin dijo: "¡Oh, hijo mío! Sólo ruego a Alah que me reciba y no me rechace." Después pronunció en voz alta los dos actos de fe de nuestra religión: "¡Juro que no hay más Dios que Alah! ¡Juro que Mahomed es el profeta de Alah!" Y luego exhaló el último suspiro, y quedó inscrito para siempre entre los elegidos bienaventurados.

Y en seguida todo el palacio se llenó de gritos y lamentos. Llegó la noticia al sultán, y toda la ciudad de Bassra supo el fallecimiento del visir Fadleddin ben-Khacán. Y todos los habitantes le lloraban, sin exceptuar a los niños de las escuelas. Por su parte, Alí-Nur, a pesar de su abatimiento, nada escatimó para hacer unos funerales dignos de la memoria de su padre. Y a estos funerales asistieron todos los emires y visires, incluso el malvado Ben-Sauí, que, como los demás, tuvo que ayudar a transportar el féretro. También concurrieron los altos dignatarios, los grandes del reino y todos los habitantes de Bassra, sin excepción.

Alí-Nur, después de los funerales, guardó prolongado luto y estuvo encerrado mucho en su casa, negándose a ver a nadie y a ser visto, y así permaneció entregado a su aflicción.

Pero, pasado algún tiempo, sus amigos le persuadieron para que volviera a su antigua vida.

Y abrió las puertas de su casa a sus amigos, viejos y jóvenes. Y tomó particular afecto a diez jóvenes, que eran hijos de los principales mercaderes de Bassra. Y pasaba el tiempo en su compañía, entre diversiones y festines. Y a todo el mundo regalaba objetos de valor, y en cuanto le visitaba alguien, daba en seguida una fiesta en honor suyo. Pero todo lo hacía con tal prodigalidad, a pesar de las prudentes advertencias de Dulce-Amiga, que su administrador, asustado de aquel procedimiento, se le presentó un día y le dijo: "¡Oh, mi señor y dueño! ¿No sabes que es perjudicial la excesiva generosidad y que los regalos harto numerosos acaban con las riquezas? Recuerda que el que da sin contar se empobrece."

En cuanto a Alí-Nur, ya no supo reprimir desde aquel día su generosidad, que le incitaba a dar cuanto poseía, regalándolo a sus amigos y hasta a los extraños. Bastaba que cualquier convidado exclamase: "¡Qué bonita es tal cosa!", para que inmediatamente le contestara: "Tuya es." Si otro decía: "¡Oh, mi querido señor, qué hermosa es esta finca!", inmediatamente le replicaba Alí-Nur: "Voy a mandar que la inscriban ahora mismo a tu nombre." Y mandaba traer el cálamo, el tintero de cobre y el papel, e inscribía la casa a nombre del amigo, sellando el documento con su propio sello. Y así durante todo un año, y por la mañana daba un banquete a todos sus amigos, y por la tarde les ofrecía otro, al son de los instrumentos, amenizándolos los mejores cantantes y las danzarinas más notables.

Y ya no hacía caso de las advertencias de Dulce-Amiga, y hasta llegó a tenerla olvidada; pero ella no se quejaba nunca y se consolaba con la lectura de los libros de los poetas.

Un día el administrador dijo: "Sabe que ha terminado mi cometido, pues ya no tengo nada tuyo que administrar. Ya no te quedan fincas, ni nada que valga un óbolo ni menos de un óbolo. Y he aquí que traigo las cuentas de lo que has gastado, hasta derrochar todo tu capital." Y al oír estas palabras, Alí-Nur bajó la cabeza y dijo: "¡Alah es el único fuerte, el único poderoso!"

Y le fueron abandonando sus amigos, uno tras otro. Y entonces mandó llamar a Dulce-Amiga y le dijo: "¡Oh, Dulce-Amiga! Aún ignoras la desgracia que se me ha venido encima." Y le refirió cuanto le acababa de ocurrir. Y ella contestó: "¡Oh, dueño mío! Ya hace tiempo que te lo anunciaba."

Y Alí-Nur prosiguió: "¡Oh, Dulce-Amiga! Bien sabes que nada he escatimado a mis amigos, pues con ellos he derrochado todos mis bienes. Y ahora no puedo creer que me abandonen en la desgracia." Pero Dulce-Amiga replicó: "¡Te juro por Alah que para nada te han de servir!" Y Alí-Nur dijo: "Ahora mismo voy a verlos, uno por uno, y llamaré a su puerta, y cada cual me dará generosamente alguna cantidad, y de este modo reuniré un capital con el que me dedicaré al comercio, y me apartaré para siempre del juego y de las diversiones." Y efectivamente, se levantó en seguida y recorrió la calle de Bassra en que vivían sus amigos, pues todos ellos vivían en aquella calle, que era la más hermosa de la ciudad. Llamó a la primera puerta y le abrió una negra, que le dijo: "¿Quién eres?" Él contestó: "Avisa a tu amo que ha venido hasta su puerta Alí-Nur para decirle que su servidor Alí-Nur besa sus manos y espera una muestra de su generosidad." Y la negra fue a avisar a su amo. Y éste contestó: "Sal en seguida y dile que no estoy en casa." Y la negra volvió y le dijo a Alí-Nur: "¡Oh, señor, no está mi amo!" Y Alí-Nur dijo para sí: "Éste es un mal nacido que se me niega, pero los demás no serán mal nacidos." Y fue a llamar a la puerta de otro amigo y le mandó el mismo recado que al primero, recibiendo de él la misma respuesta negativa.

Y después dijo: "Por Alah que he de visitar a todos, pues espero encontrar por lo menos a uno que haga lo que estos traidores se han negado a hacer." Pero no pudo encontrar a nadie que le recibiese, ni que le enviase un pedazo de pan.

Y después fue a buscar a Dulce-Amiga, y le dijo: "¡Por Alah! ¡Ni siquiera uno me ha recibido!" Y ella contestó: "¡Oh, dueño mío, yo te había advertido que no te ayudarían en nada! Ahora te aconsejo que empieces por vender los muebles y objetos preciosos que tenemos en casa, y con eso nos podremos sostener algún tiempo." Y Alí-Nur hizo lo que Dulce-Amiga le aconsejaba. Pero pasados los días ya no les quedó nada que vender, y entonces Dulce-Amiga, aproximándose a Alí-Nur, que lloraba lleno de desesperación, le dijo: "¡Oh, dueño mío! ¿Por qué lloras? ¿No estoy yo todavía aquí? ¿No sigo siendo la misma Dulce-Amiga a quien llamas la más hermosa de las mujeres? Cógeme, pues, llévame al zoco de los esclavos y véndeme. ¿Has olvidado que tu difunto padre me compró en diez mil dinares de oro? Espero que Alah nos ayude en esa venta y la haga fructuosa, y hasta que te paguen por mí más que la primera vez. Y en cuanto a nuestra separación, ya sabes que si Alah ha escrito que nos hemos de encontrar algún día, acabaremos por reunirnos." Alí-Nur contestó: "¡Oh, Dulce-Amiga, nunca accederé a separarme de ti, ni siquiera por una hora!" Y ella replicó: "Tampoco lo quisiera yo, ¡oh, mi dueño Alí-Nur!, pero la necesidad no tiene ley."

Entonces Dulce-Amiga habló con palabras tan dulces a Alí-Nur que acabó por decidirle a que tomase la resolución que le acababa de proponer, pues era el único medio de evitar que el hijo de Fadleddin ben-Khacán se viese en aquella pobreza indigna de su rango. Salió, pues, con Dulce-Amiga y la llevó al zoco de los esclavos; se dirigió al más experto de los corredores, que la reconoció como la esclava vendida dos años antes por diez mil dinares de oro al difunto visir, y prometió sacar el mayor partido posible.

E inmediatamente marchó al sitio en que solían reunirse los mercaderes y aguardó a que llegasen, pues en aquel momento andaban dispersos, comprando esclavas de todos los países y llevándolas hacia aquel punto del zoco en que se juntaban mujeres turcas, griegas, circasianas, georgianas, abisinias y de otras partes. Y cuando vio el corredor que estaban allí todos y que la plaza se había llenado con la muchedumbre de corredores y compradores, se subió a un poyo y dijo: "¡Oh, vosotros todos, mercaderes y hombres de riqueza! Sabed que no todo lo colorado es carne; no todo lo blanco es grasa; no todo lo tinto es vino, ni todo lo pardo es dátil. ¡Oh, mercaderes ilustres entre los de Bassra y Bagdad! He aquí que presento hoy a vuestro justiprecio y valoración una perla noble y única que, si hubiera equidad en apreciarla, valdría más que todas las riquezas reunidas. A vosotros corresponde señalar el precio que ha de servir como base de pujas, pero antes venid a ver con vuestros ojos." Y les hizo aproximarse, les mostró a Dulce-Amiga y en seguida, por unanimidad, acordaron empezar por anunciarla en cuatro mil dinares, como base de pujas. Entonces el corredor gritó: "¡Cuatro mil dinares la perla de las esclavas blancas!" Y en seguida un mercader pujó a cuatro mil quinientos. Pero precisamente en aquel instante el visir Ben-Sauí pasaba a caballo por el zoco de las esclavas y vio a Alí-Nur en pie al lado del corredor, y a éste pregonando un precio. Y dijo para sí: "Ese calavera de Alí-Nur está vendiendo el último de sus esclavos después de haber vendido el último de sus muebles." Pero pronto se enteró de que lo que se pregonaba era una esclava blanca, y pensó: "Alí-Nur debe estar vendiendo a su esclava, porque ya no posee ni un óbolo. ¡Cómo se alegraría mi corazón si esto fuera verdad!" Llamó entonces al pregonero, que acudió en cuanto conoció al visir, y besó la tierra entre sus manos. Y el visir le dijo: "Quiero comprar a esa esclava que pregonas. Tráela en seguida para que la vea." Y el pregonero, que no podía negarse a obedecer al visir, se apresuró a llevarle a Dulce-Amiga y le levantó el velo. Al ver aquel rostro sin igual y al admirar todas las perfecciones de la joven, se maravilló el visir y preguntó: "¿Qué precio es el que ha alcanzado?" Y el corredor respondió: "Cuatro mil quinientos dinares a la primera puja." Y el visir dijo: "Pues bien, a ese precio me quedo con ella."

Y Alí-Nur, desesperado al oír todo esto, preguntó al corredor: "¿Y qué haremos ahora?" Y el corredor respondió: "Voy a darte un buen consejo. Me llevaré al zoco a Dulce-Amiga y tú nos alcanzarás y, arrancándola de entre mis manos, le hablarás de este modo: '¡Desdichada! ¿Qué te propones? ¿No sabes que hice juramento de fingir tu venta en el zoco para humillarte y corregir tu mal genio?' En seguida le darás unos golpes y te la llevarás. Y entonces todo el mundo, incluso el visir, creerá que, en realidad, no trajiste la esclava más que para cumplir tu juramento."

Pareció bien esto al joven, que se aproximó al grupo y se apoderó de Dulce-Amiga; pero, además, Alí-Nur, que era audaz y valiente, sujetó por las bridas el caballo del visir y agarrando después a éste le desmontó y le tiró al suelo.

Al ver esto, los diez esclavos que acompañaban al visir desenvainaron los alfanjes y quisieron echarse encima de Alí-Nur y despedazarle; pero el gentío se lo impidió y les decía: "¿Qué vais a hacer? Vuestro amo es visir. Pero, ¿no sabéis que el otro es hijo de visir? ¿No teméis que mañana se reconcilien y paguéis vosotros las consecuencias?" Y los esclavos vieron que era más prudente abstenerse.

Y como Alí-Nur se había cansado de dar golpes, soltó al visir, que se levantó cubierto de sangre y de barro, y se dirigió al palacio del sultán seguido por las miradas de la muchedumbre, que no sentía por él ninguna compasión.

En seguida Alí-Nur cogió de la mano a Dulce-Amiga y se volvió a su casa aclamado por el gentío.

El visir llegó en un estado lamentable al palacio del rey Mohammad ben-Soleimán El-Zeiní, se detuvo a la puerta y comenzó a gritar: "¡Oh, rey! ¡Te implora un afligido!" Y el rey mandó que se lo presentasen, y vio que era su visir El-Mohín ben-Sauí.

Y se quedó muy asombrado y le preguntó: "Pero, ¿quién te ha tratado de ese modo?" Entonces el visir dijo: "Has de saber, ¡oh, rey!, que he salido hoy a dar una vuelta por el zoco para comprar a una buena esclava que supiera condimentar los manjares, pues mi cocinera los quema todos los días, y vi en el zoco a una esclava joven como no vi otra en toda mi vida. Y el corredor a quien me dirigí me contestó: 'Creo que pertenece al joven Alí-Nur, hijo del difunto visir Khacán.' Ahora bien, recordarás, ¡oh, mi señor y soberano!, que entregaste tiempo ha diez mil dinares de oro al visir Fadleddin para comprar a una hermosa esclava que reuniese todas las perfecciones. Y en aquel tiempo el visir no tardó en encontrar y comprar la tal esclava, pero como era verdaderamente maravillosa y le había gustado mucho, se la regaló a su hijo Alí-Nur. Y éste, muerto su padre, se entregó a tales locuras que no tardó en vender todos sus bienes, sus fincas y hasta los muebles de su casa. Y cuando ya no tuvo ni un óbolo para vivir, llevó al zoco a la esclava para venderla y la entregó a un corredor, el cual la subastó en seguida. Y los mercaderes empezaron a pujar de tal modo, que el precio de la esclava llegó inmediatamente a cuatro mil dinares. Entonces la vi, y quise comprarla para mi soberano el sultán, que ya había dado por ella una importante suma. Llamé al corredor y le dije: 'Hijo mío, yo te daré los cuatro mil dinares.' Pero el corredor me mostró al propietario de la esclava, y éste apenas me vio corrió hacia mí, gritando como un energúmeno: '¡Sucia cabeza vieja! ¡Jeque maldito y nefasto! Antes que cedértela se la vendería a un nazareno o un judío, aunque me llenases de oro el velo que la cubre.' Y yo dije: 'Pero joven, si no la quiero para mí, pues la destino a nuestro señor el sultán, que es nuestro buen soberano, nuestro bienhechor.' Y al oír estas palabras, en vez de ceder se enfureció más aún, se tiró a la brida de mi caballo, me agarró de una pierna y me echó al suelo, y sin hacer caso de mi avanzada edad ni respetar mis barbas blancas, empezó a pegarme y a insultarme de todas maneras, y acabó por ponerme en el deplorable estado en que me ves en este momento, ¡oh, rey bueno y justo! Y todo esto me ha pasado por querer complacer a mi sultán y comprarle una esclava que le pertenecía y que juzgué digna del honor de compartir su lecho."

Entonces el visir se echó a las plantas del rey y rompió nuevamente a llorar, implorando justicia. Y al verle y oír su relato, se encolerizó de tal manera el sultán que el sudor le brotaba por entre los ojos y, volviéndose hacia los emires y grandes del reino, les hizo una seña. Inmediatamente se presentaron ante él cuarenta guardias con las espadas desenvainadas. Y el sultán les dijo: "Marchad inmediatamente a la casa del que fue mi visir El-Fadl ben-Khacán y saqueadla y destruidla por completo. Apoderaos de Alí-Nur y de su esclava, atadles los brazos, arrastradlos sobre el lodo y traedlos a mi presencia." Los cuarenta guardias contestaron: "Escuchamos y obedecemos", y se dirigieron en seguida a casa de Alí-Nur.

Pero había en el palacio un joven chambelán llamado Sanjar, que había sido mameluco del difunto Fadleddin y se había criado con su amo Alí-Nur, a quien profesaba gran cariño. Y dispuso la suerte que presenciara la queja del visir Ben-Sauí y cómo el sultán daba sus crueles órdenes. Y salió corriendo, tomando el camino más corto para llegar a la casa de Alí-Nur, que al oír llamar precipitadamente a la puerta fue a abrir en persona, y al ver a su amigo el joven Sanjar quiso abrazarle; pero éste, sin consentirlo, exclamó: "¡Oh, mi querido dueño! No son a propósito estos instantes para palabras cariñosas ni para saludos."

Y Alí-Nur dijo: "¡Oh, amigo Sanjar! ¿Qué vienes a anunciarme?" Sanjar contestó: "Sálvate y salva a la esclava Dulce-Amiga, porque El-Mohín ben-Sauí os ha tendido un lazo y como caigáis en él moriréis sin misericordia. Sabe que el sultán, por instigación del visir, ha enviado contra vosotros a cuarenta guardias con los alfanjes desenvainados. Debéis emprender la fuga antes de que os ocurra una desgracia." Y Sanjar alargó su mano, que estaba llena de oro, a Alí-Nur y le dijo: "¡Oh, mi señor! He aquí cuarenta dinares que han de serte útiles en estos momentos y perdóname que no pueda ser más generoso. Pero no perdamos tiempo. ¡Levántate y huye!"

Entonces Alí-Nur se apresuró a avisar a Dulce-Amiga, que se cubrió inmediatamente con su velo, y ambos salieron de la casa, y después de la ciudad, y llegaron a orillas del mar, amparados por el muy Altísimo. Y divisaron un bajel que precisamente se disponía a desplegar las velas; acercándose vieron al capitán que estaba en pie en medio del barco, y decía: "El que no se haya despedido que se despida inmediatamente; el que no haya acabado de proveerse de víveres que acabe en el acto; el que haya olvidado algo en su casa vaya ligero a buscarlo, porque he aquí que vamos a zarpar." Y todos los viajeros contestaron: "Nada nos queda que hacer, capitán; ya estamos listos." Entonces el capitán gritó a sus hombres: "¡Hola! ¡Desplegad las velas y soltad las amarras!" Y en aquel momento preguntó Alí-Nur: "¿Para dónde zarpas, capitán?" Y el capitán contestó: "Para Bagdad, morada de paz." Y subieron a bordo de la nave, que tendió sus velas y partió como una gigantesca ave.

Llegaron a Bagdad, dieron las gracias al capitán por sus bondades y, saliendo del navío, penetraron en la ciudad.

Pero quiso el Destino que fueran a parar al Jardín de las Delicias, en cuyo centro había un palacio, llamado de las Maravillas, que era propiedad del califa Harum al-Raschid, el cual se retiraba con frecuencia a descansar a este lugar.

Y los jóvenes, cansados como estaban, no tardaron en dormirse en uno de los bancos de la entrada. Un guarda los descubrió y se dispuso a castigarlos, tomándoles por mendigos o ladrones. Pero al ver que eran tan jóvenes se conmovió su corazón y quiso saber su historia. Aguardó a que despertaran y les preguntó: "¿De dónde venís, hijos míos?" Y Alí-Nur dijo: "¡Oh, señor, somos extranjeros!" Y se le arrasaron los ojos en lágrimas. Ibrahim repuso: "¡Oh, hijo mío! No soy de los que olvidan que el Profeta (¡sean con él la plegaria y la paz de Alah!) recomendó en varios pasajes del Libro Noble la hospitalidad para los forasteros, y que se les recibiera cordialmente y con agrado. Venid, pues, conmigo; os enseñaré este jardín y el palacio, y así olvidaréis vuestras penas y respiraréis a gusto." Entonces se levantaron Dulce-Amiga y Alí-Nur, y franquearon la puerta del jardín precedidos por Ibrahim.

Alí-Nur había visto en Bassra hermosos jardines, pero no había ni soñado con uno parecido a aquél. Formaban la entrada principal magníficos arcos superpuestos, de un efecto grandioso, y la cubrían unas parras que dejaban colgar espléndidos racimos, rojos unos como rubíes, negros otros como el ébano. Árboles frutales doblados al peso de la fruta madura sombreaban aquella avenida. Cantaban los pájaros en las ramas sus alegres motivos: el ruiseñor modulaba melodías; la tórtola entonaba su lamento de amor; el mirlo silbaba como un hombre; el palomo arrullaba como un embriagado con licores fuertes. Cada frutal estaba representado por sus dos especies mejores: había albaricoques de almendra dulce y amarga; sabrosos frutales del Khorasán; ciruelos cuyos frutos tenían el color de labios hermosos; mirabeles de dulce encanto; higos rojos, blancos y verdes, de aspecto admirable... Las flores eran como perlas y coral; las rosas aparecían más bellas que las mejillas de una mujer hermosa; las violetas recordaban la llama del azufre. Había flores blancas de arrayán, alelíes, alhucemas y anémonas, cuyas corolas se cubrían con una diadema de lágrimas de nubes. Las manzanillas sonreían, mostrando todos sus dientes, y los narcisos miraban a las rosas con hondos y negros ojos. La cidra redonda parecía una copa sin asa y sin cuello; los limones colgaban como bolas de oro. Flores de todos los colores alfombraban la tierra; la primavera reinaba en los planteles y en los bosquecillos; los fecundos ríos crecían, rodaban los manantiales y cantaba la brisa como una flauta, contestándole suavemente el céfiro, y esta canción del aire armonizaba toda aquella alegría.

Así entraron Alí-Nur y Dulce-Amiga con el jeque Ibrahim en el Jardín de las Delicias. Y entonces el jeque Ibrahim, que no quería hacer las cosas a medias, les invitó a penetrar en el Palacio de las Maravillas, y abriendo las puertas les hizo entrar.

Después les dio de comer y trajo bebidas de la bodega del califa, organizando una gran cena. Y se emborracharon también. Y luego encendieron todas las luces y abrieron las ventanas, pasando largas horas de diversión y cantando.

Pero el Destino, que está en manos de Alah el Omnipotente, el Entendedor de todo, el Creador de causas y efectos, quiso que el califa Harum-al Raschid estuviese precisamente a aquella hora tomando el fresco, a la claridad de la Luna, sentado junto a una de las ventanas de su palacio, que daba al Tigris. Y mirando por casualidad en aquella dirección, vio toda aquella iluminación que brillaba en el aire y se reflejaba a través del agua. Y no sabiendo qué pensar, empezó por llamar a su gran visir Giafar al-Barmaki. Y cuando se le presentó Giafar, le dijo a gritos: "¡Oh, perro visir! ¿Eres mi servidor y no me das cuenta de lo que ocurre en mi ciudad de Bagdad?" Y Giafar contestó: "No sé lo que quieres decirme con esas palabras." Y el califa volvió a gritarle: "¡Me parece asombroso! Si a estas horas asaltasen Bagdad nuestros enemigos, no sería menos estupendo. ¿No ves, ¡oh, maldito visir!, que mi Palacio de las Maravillas está completamente iluminado? ¿Quién es el hombre lo suficientemente audaz o poderoso que haya podido iluminarlo encendiendo todas las arañas y abriendo todas las ventanas? ¡Desdichado de ti! Es irrisorio que me llamen el califa y que, sin embargo, puedan ocurrir semejantes cosas sin mi permiso." Y Giafar, todo tembloroso, contestó: "Pero, ¿quién ha dicho que el Palacio de las Maravillas está con las ventanas abiertas y las luces encendidas?" Y el califa dijo: "Acércate aquí y mira." Y Giafar se aproximó, miró hacia los jardines y vio toda aquella iluminación, que parecía como si el palacio estuviese incendiado, brillando más que la claridad de la Luna. Entonces Giafar comprendió que aquello debía ser una imprudencia del jeque Ibrahim, y como era hombre naturalmente bueno y compasivo, se le ocurrió inmediatamente pensar algo para disculpar al anciano guardián del palacio, que probablemente no habría hecho aquello más que para obtener alguna ganancia. Dijo, pues, el califa: "¡Oh, Emir de los Creyentes! El jeque Ibrahim vino a verme la semana pasada, y me dijo: '¡Oh, amo Giafar!, mi mayor deseo es celebrar las ceremonias de la circuncisión de mis hijos bajo tus auspicios, y durante tu vida y la vida del Emir de los Creyentes.' Yo le contesté: '¿Y qué deseas de mí, oh, jeque?' Y él respondió: 'Deseo nada más que por tu mediación se logre permiso del califa para celebrar las ceremonias de la circuncisión de mis hijos en el salón del Palacio de las Maravillas.' Y yo le dije: '¡Oh, jeque!, ya puedes preparar lo necesario para la fiesta. En cuanto a mí, si Alah quiere, tendré audiencia del califa y le enteraré de tus deseos.' Entonces el jeque Ibrahim se marchó. En cuanto a mí, ¡oh, Emir de los Creyentes!, se me olvidó por completo hablarte de ese asunto." Entonces el califa contestó: "¡Oh, Giafar! En vez de una falta has cometido dos, y he de castigarte por ambos motivos. En primer lugar, no le has concedido lo que deseaba en realidad, pues si vino a hacerte aquella súplica fue para darte a entender que necesitaba algún dinero para los gastos. Y he aquí que nada le diste, ni me avisaste de su deseo para que yo le pudiese dar algo." Y Giafar contestó: "¡Oh, Emir de los Creyentes! Ha sido un olvido." Y el califa transigió: "Está bien; por esta vez te perdono. Pero, ¡por la memoria de mis padres y mis antepasados!, te mando que vayas a pasar la noche en casa del jeque Ibrahim, que es un hombre de bien, muy escrupuloso y muy estimado de los ancianos de Bagdad, que le visitan frecuentemente. Ya sabes cuán caritativo es para los pobres y cuán compasivo para todos los necesitados, y seguramente en este momento tendrá en su casa a mucha gente, que albergará y alimentará por amor a Alah. Acaso, si fuésemos allí, alguno de esos pobres haría en nuestro favor algún voto que nos sería provechoso en este mundo y en el otro. Quizá también sea provechosa nuestra visita al buen jeque Ibrahim, que, lo mismo que todos sus amigos, se llenará de júbilo al vernos." Pero Giafar repuso: "¡Oh, Emir de los Creyentes! Ha transcurrido la mayor parte de la noche, y todos los invitados de Ibrahim se dispondrán ya a dejar el palacio." Y el califa dijo: "Es mi voluntad que vayamos a reunimos con ellos". Entonces tuvo que callarse, pero se quedó muy pensativo, sin saber qué partido tomar.

El califa se levantó inmediatamente, hizo lo mismo Giafar y, seguidos de Massrur el portaalfanje, se dirigieron hacia el Palacio de las Maravillas, no sin haber tomado la precaución de disfrazarse de mercaderes.

Después de haber atravesado las calles de la ciudad, llegaron al Jardín de las Delicias. Y el califa se adelantó el primero, y vio que la puerta principal estaba abierta, y se quedó muy sorprendido, y dijo a Giafar: "He aquí que el jeque Ibrahim ha dejado la puerta abierta, cuando no es esa su costumbre." Entraron los tres, atravesaron el jardín y llegaron al palacio. Y el califa dijo: "¡Oh, Giafar! Tengo que verlo todo sin que se enteren, pues he de saber quiénes son los convidados del jeque Ibrahim, cuántos son los venerables ancianos que vinieron a su fiesta y qué regalos le han hecho. Pero en este momento deben estar cada uno en su rincón, abstraídos por las prácticas religiosas de las ceremonias, ya que no se oyen voces ni vemos a nadie." Y el califa, señalando un nogal cuya altura dominaba el palacio, dijo: "¡Oh, Giafar! Quiero subirme a ese árbol que extiende su ramaje cerca de las ventanas, y desde ahí podré mirar adentro. Conque ayúdame." Y el califa subió al árbol y no dejó de trepar de rama en rama hasta que llegó a una muy a propósito para atisbar el salón. Entonces se sentó en ella y miró a través de una de las ventanas que estaban abiertas.

Y he aquí que vio a una joven y a un joven, ambos hermosos como lunas (¡gloria a quien los creó!), y vio también al jeque Ibrahim, guardián de su palacio, sentado entre los dos jóvenes con la ropa en la mano, y oyó que decía a Dulce-Amiga: "¡Oh, soberana de la belleza! La bebida no sabe bien si no la acompaña la canción." Y recitó unas estrofas atrevidas.

Al ver al jeque Ibrahim en aquella postura, y al oír de su boca aquella canción escandalosa y nada conveniente para su edad, el califa se encolerizó de tal modo que le brotaba el sudor de entre los ojos. Y se apresuró a descender del árbol, miró a Giafar y le dijo: "¡Oh, Giafar! En mi vida he presenciado un espectáculo tan edificante como el de esos respetables jeques de nuestra mezquita que están reunidos en esa sala para cumplir religiosamente las piadosas ceremonias de la circuncisión. Esta noche es verdaderamente una noche bendita. Sube ahora tú al árbol y apresúrate a mirar, y no desperdicies esta ocasión de santificarle, gracias a las bendiciones de esos santos jeques." Cuando Giafar oyó estas palabras del Emir de los Creyentes se quedó muy perplejo, pero no pudo vacilar en obedecerle y se apresuró a trepar al árbol, llegó frente a la ventana y miró hacia el interior del salón. Y vio el espectáculo de los tres bebedores: el anciano Ibrahim, con la copa en la mano, cantando y moviendo la cabeza, Alí-Nur y Dulce-Amiga, mirándole fijamente, oyéndole y riéndose a carcajadas.

Al verlo Giafar se creyó perdido, pero bajó del árbol y se postró ante el Emir de los Creyentes. Y el califa dijo: "¡Oh, Giafar! Bendito sea Alah, que nos ha hecho seguir fervorosamente las ceremonias de la purificación, como la de esta noche, y nos aparta del mal camino, de las tentaciones y del error, y de la vista de los libertinos." Y Giafar estaba tan confuso que no sabía qué contestar. Y el califa, mirando a Giafar, prosiguió: "Vamos a otra cosa. Quisiera saber quién ha guiado hasta este lugar a esos dos jóvenes, que se me figuran forasteros. En verdad he de decirte, Giafar, que nunca han visto mis ojos belleza, perfecciones, delicadeza ni encantos como los de ellos."

Mientras tanto, Dulce-Amiga había cogido el laúd y lo templaba diestramente. Después de algunos preludios, pulsó las cuerdas y vibró toda su alma, con una intensidad capaz de fundir el hierro, de despertar a los muertos y de conmover corazones de roca y de bronce.

Y Dulce-Amiga, después de haber cantado, siguió tañendo el armonioso laúd de cuerdas animadas, y el califa dijo: "¡Oh, Giafar! En mi vida he oído voz tan maravillosa como la de esa esclava." Giafar, sonriendo, dijo: "Espero que se habrá desvanecido la ira del califa contra su servidor." Y el califa dijo: "Verdad es, ¡oh, Giafar!, que se ha desvanecido." Entonces manifestó su deseo de oír cantar para él a aquella dulce esclava, y para no asustar al guarda Ibrahim se colocó el traje de un pescador, y con una banasta de palma en su espalda se acercó al palacio.

Entonces el califa llamó a la puerta del palacio. Y el jeque Ibrahim se levantó para preguntar: "¿Quién llama?" Y contestó el califa: "Soy yo, jeque Ibrahim." Y el anciano dijo: "Pero, ¿quién eres tú?" Respondióle el califa: "Soy el pescador Karim. He sabido que tenías convidados esta noche, y he venido a traerte buen pescado, vivito y coleando."

Precisamente a Alí-Nur y a Dulce-Amiga les gustaba mucho el pescado. Y al oír al pescador se alegraron hasta el límite de la alegría. Y Dulce-Amiga dijo: "Abre pronto, ¡oh, jeque Ibrahim!, y déjale entrar con el pescado que trae." Entonces el jeque Ibrahim se decidió a abrir la puerta, y el califa, disfrazado de pescador, pudo entrar sin ningún contratiempo y fue a saludar a los presentes. Pero el jeque Ibrahim le contestó con una carcajada, y le dijo: "¡Bien venido sea entre nosotros el más ladrón de sus compañeros! ¡Ven a enseñarnos ese pescado tan bueno que traes!" Y el pescador quitó la hierba fresca y mostró el pescado que llevaba en la cesta, y vieron que estaba vivo aún y coleando todavía, y Dulce-Amiga exclamó entonces: "¡Por Alah! ¡Oh, señores míos, qué hermoso es ese pescado! ¡Lástima que no esté frito!" El anciano Ibrahim asintió en seguida: "¡Por Alah! Verdad dices." Y volviéndose hacia el califa, exclamó:

"¡Oh, pescador! ¡Qué lástima que no hayas traído frito este pescado! Cógelo, ve a freírlo y tráenoslo en seguida." Y comentó el califa: "Pongo tus órdenes sobre mi cabeza. Lo voy a freír y en seguida lo traigo." Y todos le contestaron a un tiempo: "¡Sí, sí; fríelo pronto y tráenoslo!"

El califa se apresuró a salir y fue a buscar a Giafar, a quien dijo: "¡Oh, Giafar! Ahora quieren que se fría el pescado." Y el visir contestó: "¡Oh, Emir de los Creyentes!, dámelo y yo mismo lo freiré." Pero el califa repuso: "Por la tumba de mis padres y de mis ascendientes, nadie más que yo ha de freír este pescado." Y fue a la choza en que vivía el jeque Ibrahim y empezó a buscar por todas partes, hasta que encontró los utensilios de cocina y todos los ingredientes: sal, tomillo, hojas de laurel y otras cosas semejantes. Se acercó al hornillo y exclamó: "¡Oh, Harum! Recuerda que en tus mocedades te gustaba andar por la cocina con las mujeres y te metías a guisar. Ha llegado el momento de demostrar tus habilidades." Cogió la sartén, la puso a la lumbre, le echó la manteca y aguardó. Y cuando hirvió la manteca echó en la sartén los peces, que ya había limpiado, escamado y untado con harina. Bien frito el pescado por un lado, lo volvió del otro con mucho arte, y cuando estuvo a punto lo sacó de la sartén y lo puso sobre grandes hojas de plátano. Después fue al jardín a coger limones y los puso cortados en rajas sobre las hojas de plátano. Entonces se lo llevó a los invitados y se lo puso delante. Y Alí-Nur, Dulce-Amiga y el jeque Ibrahim se pusieron a comer, y cuando hubieron acabado, se lavaron las manos, y Alí-Nur dijo: "Por Alah, ¡oh, pescador!, nos has hecho un gran favor esta noche." Y echó mano al bolsillo, sacó tres dinares de oro de los que le había dado generosamente el joven chambelán y se los tendió al pescador, diciéndole: "Perdona, ¡oh, pescador!, si no te doy más, porque, ¡por Alah!, si te hubiese conocido antes de los últimos acontecimientos que me han ocurrido, podría haber arrancado para siempre de tu corazón la amargura de la pobreza. Toma, pues, esos dinares, que son los únicos que mi actual situación me permite darte." Y obligó al califa a tomar el oro que le alargaba, y el califa lo tomó y se lo llevó a los labios, y después a la frente, como para dar gracias a Alah y a su bienhechor por aquel donativo, y luego se metió los dinares en la faltriquera.

Pero lo que quería ante todo el califa era oír a la esclava cantar delante de él, de modo que le dijo a Alí-Nur: "¡Oh, dueño y señor! Tus beneficios y tu generosidad están sobre mi cabeza y sobre mis ojos, pero mi más ardiente deseo se realizaría, gracias a tu bondad, si esta esclava tocase algo en ese laúd que a su lado veo y me dejase oír su voz, que debe ser admirable. Porque me encantan las canciones acompañadas con las melodías del laúd, y es lo que más me gusta en el mundo."

Y Dulce-Amiga cantó tan admirablemente, que el califa llegó al límite del placer y se apasionó de tal modo que no pudo reprimir el arrebatado entusiasmo de su alma, y exclamó: "¡Por Alah! ¡Por Alah!" Y Alí-Nur le dijo: "Pescador, ¿te ha encantado la voz de mi esclava y su arte de pulsar las cuerdas armoniosas?" Y contestó el califa: "Sí, ¡por Alah!" Entonces Alí-Nur, no pudiendo reprimir su costumbre de dar a los amigos todo lo que les gustaba, dijo: "¡Oh, pescador! Ya que tanto te entusiasmó mi esclava, he aquí que te la ofrezco y te la regalo, como obsequio de un corazón generoso que nunca recogió lo que dio una vez. Toma, pues, la esclava. ¡Tuya es desde ahora!"

Al oír estas palabras se impresionó mucho el califa, creyéndose causante de la separación de los dos jóvenes. Y sorprendiéndole la facilidad con que Alí-Nur le regalaba aquella maravilla, dijo: "Explícate, ¡oh, joven!, y no temas confesármelo todo, pues tengo tanta edad que podría ser tu padre: ¿Temes ser detenido y castigado por haber robado acaso a esa joven, o piensas cedérmela por tus deudas?"

Y Alí-Nur, que creía estar hablando con el pescador, le refirió su historia, desde el principio hasta el fin.

Pero cuando el califa se hubo enterado perfectamente de toda la historia, dijo: "Y ahora, ¿adónde piensas ir, oh, mi señor Alí-Nur?" Y éste contestó: "¡Oh, pescador! Las tierras de Alah son vastas hasta lo infinito." Entonces el califa dijo: "Escucha, ¡oh, joven! Aunque sea como soy, pobre pescador oscuro y sin luces, voy a darte una carta para que la entregues en propia mano al sultán de Bassra, Mohammad ben-Soleimán El-Zeiní. Y cuando la haya leído, ya verás qué resultado tan favorable tendrá para ti."

Alí-Nur, asombrado, repuso: "¿Cuándo se ha visto que un pescador escriba directamente a un rey? Es una cosa que no ha ocurrido nunca." Y el califa dijo: "Tienes razón, ¡oh, mi señor Alí-Nur!, pero voy a explicarte el motivo que me permite obrar de ese modo. Sabe que me enseñaron a leer y a escribir en la misma escuela que a Mohammad El-Zeiní, puesto que ambos tuvimos el mismo maestro. Éramos, pues, muy amigos; pero más adelante le favoreció la fortuna y llegó a ser rey, mientras Alah hizo de mí un miserable pescador. Sin embargo, como su alma nada tiene de orgullosa, mi compañero de escuela, hoy sultán de Bassra, ha seguido en relaciones conmigo, y no hay cosa que le pida que no la haga inmediatamente, y si cada día le hiciese mil peticiones, atendería con seguridad a todas ellas." Entonces Alí-Nur exclamó: "Escribe, pues, esa carta, para que yo crea en tu influjo cerca del califa."

Y el califa, después de sentarse en el suelo, doblando las piernas, cogió un tintero, un cálamo y un pliego de papel, apoyó el papel en la palma de la mano izquierda y escribió esta carta:

En nombre de Alah, el Clemente sin límites, el Misericordioso.
Este escrito es enviado por mí, Harum al-Raschid ben-Mahdy El-Abbasí, a Su Señoría Mohammad ben-Soleimán El Zeiní.
Recuerda que mi gracia te envuelve y que a ella debes el haber sido nombrado representante mío en un reino de mis reinos.
Y ahora te anuncio que el portador de este escrito, hecho por mi propia mano, es Alí-Nur, hijo de Fadleddin ben-Khacán, que fue tu visir y descansa ahora en la misericordia del Altísimo.
Inmediatamente después de haber leído mis palabras te levantarás del trono del reino y colocarás en él a Alí-Nur, que será rey en lugar tuyo. Porque he aquí que acabo de investirle de la autoridad que antes te había confiado.
Y cuida mucho que no sufra ningún aplazamiento la ejecución de mi voluntad. La salvación sea contigo.

Después el califa dobló la carta, la selló y se la entregó a Alí-Nur, sin revelarle su contenido. Y Alí-Nur cogió la carta, se la llevó a los labios y a la frente, la guardó en el turbante y salió en el acto para embarcarse con dirección a Bassra, mientras la pobre Dulce-Amiga lloraba abandonada en un rincón.

Y el califa se acercó a una ventana y dio dos palmadas. Inmediatamente acudieron Giafar y Massrur, que no aguardaban más que aquella señal, y a un ademán del califa, Massrur se echó encima del jeque Ibrahim y le inmovilizó.

Entonces el jeque Ibrahim, todo aterrado, reconoció al califa, y empezó a morderse los dedos; pero aún se resistía a creer en la realidad, y se decía: "¿Estoy despierto o dormido?" Y el califa, sin disimular la voz, le dijo: "¿Te parece bien, jeque Ibrahim, el estado en que te encuentro?" Y al oírle se le quitó de pronto la borrachera al jeque, se tiró de bruces al suelo, arrastrando su larga barba, y pidió perdón.

Entonces el califa, dirigiéndose al jeque Ibrahim, le dijo: "Te perdono." Y volviéndose hacia la desconsolada Dulce-Amiga, prosiguió: "¡Oh, Dulce-Amiga! Ahora que sabes quién soy, déjate conducir a mi palacio." Y todos salieron del Palacio de las Maravillas.

Cuando Dulce-Amiga llegó al palacio, el califa mandó prepararle un aposento reservado y puso a sus órdenes doncellas y esclavas. Después se fue en su busca, y le dijo: "¡Oh, Dulce-Amiga! Ya sabes que actualmente me perteneces, pues te deseo, y además me has sido generosamente cedida por Alí-Nur. Y yo, para corresponder a su esplendidez, acabo de enviarle como sultán a Bassra. Y si quiere Alah, pronto le enviaré un magnífico traje de honor, y serás tú la encargada de llevarlo. Y serás tú sultana con él."

En cuanto a Alí-Nur, he aquí que llegó por la gracia de Alah a la ciudad de Bassra, marchó directamente al palacio del sultán Mohammad El-Zeiní y, una vez allí, dio un gran grito. Y al oírle el sultán mandó que llevasen a su presencia al hombre que había gritado de aquel modo. Y Alí-Nur, al verse delante del sultán, sacó del turbante la carta del califa y se la entregó inmediatamente. Y el sultán abrió la carta, conoció la letra del califa y en seguida se puso en pie, leyó con mucho respeto el contenido y después de leerlo se llevó tres veces la carta a los labios y a la frente, y exclamó: "¡Escucho y obedezco a Alah el Altísimo y al califa, Emir de los Creyentes!" Y en seguida mandó llamar a los cuatro cadíes de la ciudad y a los principales emires para darles cuenta de su resolución de obedecer inmediatamente al califa, abdicando el trono. Pero en ese momento entró el gran visir El-Mohín ben-Sauí, enemigo de Alí-Nur y de su padre Fadleddin, y el sultán le entregó la carta del Emir de los Creyentes, y le dijo: "¡Lee!" El visir cogió la carta, la leyó, la releyó y quedó consternadísimo; pero de pronto desgarró muy diestramente la parte inferior de la carta que ostentaba el negro sello del califa, se la llevó a la boca, la masticó y la tiró. Y el sultán le gritó enfurecido: "¡Desdichado Sauí! ¿Qué demonios te han podido impulsar a cometer este atentado?" Y Sauí contestó: "¡Oh, rey! Has de saber que este hombre no ha visto nunca al califa, ni siquiera a su visir Giafar. Es un bribón dominado por todos los vicios, un demonio lleno de malignidad y de falsía. Ha debido encontrar algún papel escrito por el califa y ha imitado la letra, escribiendo a su gusto todo cuanto aquí acabo de leer. Pero, ¿cómo has pensado, ¡oh sultán!, en abdicar, cuando el califa no ha mandado un propio, ni una orden escrita por su noble letra? Además, si el califa hubiera enviado tal mensaje, lo habría hecho acompañar por algún chambelán o algún visir. Y he aquí que este hombre ha llegado completamente solo." Entonces el sultán le preguntó: "¿Y qué haremos ahora, oh, Sauí?" A lo cual respondió el visir: "¡Oh, rey! Confíame a ese joven y ya sabré yo descubrir la verdad. Le mandaré a Bagdad acompañado por un chambelán, que se enterará de todo lo ocurrido. Si lo que ha dicho es cierto, nos traerá una orden escrita con la noble letra del califa. Pero si ha mentido, volverá el chambelán con este joven, y entonces sabré vengarme, para hacerle expiar lo pasado y lo presente."

Después de oír al visir, acabó el sultán por creer que Alí-Nur era un maldito embaucador y, lleno de cólera, no quiso aguardar a ninguna prueba, y gritó a los guardias: "¡Apoderaos de este joven!" Y los guardias se apoderaron de Alí-Nur, le tiraron al suelo y empezaron a darle de palos, hasta que le dejaron sin sentido. Después les mandó que lo encadenaran de pies y manos, y llamó al jefe de los carceleros, y éste no tardó en presentarse al rey.

Este carcelero se llamaba Kutait. Cuando le vio el visir, le dijo: "Kutait, el sultán va a ordenarte que cojas a este hombre y lo metas en un calabozo subterráneo, donde le atormentarás día y noche con la mayor dureza." Kutait contestó: "Escucho y obedezco." Y cogió a Alí-Nur y le llevó en seguida a un calabozo.

Y cuando Kutai entró en el calabozo con Alí-Nur, cerró la puerta, mandó barrer el suelo y poner un banco detrás de la puerta, cubriéndolo con un tapiz y colocando en él un almohadón. Después, acercándose a Alí-Nur, le quitó las ligaduras y le rogó que se sentase en el banco, diciéndole: "No he de olvidar, ¡oh, mi señor!, lo mucho que me favoreció tu padre, el difunto visir; de modo que no tengas temor alguno." Y desde entonces le trató lo mejor que pudo, procurando que no careciese de nada, y sin embargo enviaba diariamente recado al visir de que Alí-Nur estaba sujeto a los más tremendos castigos. Todo ello durante cuarenta días.

Llegado el día cuarenta y uno llevaron al palacio un magnífico regalo para el rey de parte del califa. Y el rey se maravilló de lo espléndido de aquel regalo, y como no comprendía la causa que había movido al califa a enviárselo, mandó reunir a sus emires y les preguntó su parecer. Opinaron algunos que el califa destinaba el regalo a la persona enviada por él para sustituir al sultán. Y en seguida Sauí exclamó: "¡Oh, rey! ¿No te dije que lo mejor era deshacerse de ese Alí-Nur, si es que quieres obrar con prudencia?" Y entonces el sultán dijo: "¡Por Alah! Haces que lo recuerde a tiempo. Ve a buscarlo, inmediatamente y que se le degüelle sin misericordia!"

Lleno de alegría, el visir corrió a casa del gobernador y le mandó pregonar la ejecución de Alí-Nur con todos los detalles.

Inmediatamente mandó a los guardias que se apoderaran de Alí-Nur y le montasen en un mulo, pero los guardias vacilaron al ver que la muchedumbre decía a Alí-Nur: "Mándanoslo y ahora mismo apedrearemos a ese hombre y le haremos pedazos, aunque nos arriesguemos a perdernos y a perder nuestra alma." Pero Alí-Nur repuso: "¡Oh, no! ¡No hagáis semejante cosa!"

Los guardias se apoderaron entonces de Alí-Nur, le montaron en un mulo y recorrieron así toda la ciudad, hasta llegar al palacio, frente a las ventanas del sultán. Y gritaban: "¡Este es el castigo contra todo el que se atreva a falsificar documentos!" Después llevaron a Alí-Nur al lugar de los suplicios, allí donde se encharcaba la sangre de los sentenciados. Y el verdugo, con el alfanje en la mano, se acercó un momento a Alí-Nur y le dijo: "Soy tu esclavo; si necesitas que haga alguna cosa no tienes más que decirla, y la haré inmediatamente. Si necesitas beber o comer, manda y te obedeceré en el acto. Pues has de saber que te quedan muy pocos minutos de vida; sólo hasta que el sultán se asome a la ventana."

Entonces todos los presentes empezaron a llorar, y el verdugo fue en seguida en busca de una alcarraza con agua y se la presentó a Alí-Nur. Pero inmediatamente el visir Sauí acudió desde su sitio, y dando un golpe a la alcarraza la rompió en mil pedazos. Y en seguida gritó enfurecido al verdugo: "¿Qué aguardas para cortarle la cabeza?" Y el verdugo cogió entonces un lienzo y vendó los ojos a Alí-Nur. Y al verlo, la multitud se encaró con el visir y empezó a injuriarle, aumentando cada vez más el tumulto de gritos. Y no cesaba la agitación, cuando súbitamente se levantó una nube de polvo y resonaron clamores confusos que iban aproximándose, llenando el aire y el espacio.

Y al ver la nube de polvo y oír el estrépito, el sultán miró por la ventana del palacio y dijo a quienes le rodeaban: "Averiguad en seguida lo que es eso." Y el visir repuso: "No es eso lo más urgente. Antes conviene degollar a ese hombre." Pero el sultán replicó: "Calla, ¡oh, Sauí!, y déjanos ver qué es eso".

Aquella nube de polvo la levantaron los caballos en que galopaban Giafar, el gran visir del califa, y los jinetes de su séquito.

Y al llegar a Bassra se encontró Giafar con aquel tumulto, y vio la muchedumbre agitada como el oleaje del mar, y preguntó: "Pero, ¿qué alboroto es ése?" Y en seguida millares de voces le refirieron cuanto había ocurrido con Alí-Nur ben-Khacán. Y cuando Giafar oyó sus palabras, se dio más prisa para llegar a palacio. Y subió a las habitaciones del sultán, y le deseó la paz y le enteró del objeto de su viaje, y le dijo: "Si le ha sucedido alguna desgracia a Alí-Nur, tengo orden de que perezca quien tuviere la culpa, y de que tú, ¡oh, sultán!, expíes también el crimen cometido. ¿Dónde está Alí-Nur?"

El sultán mandó entonces que trajeran en seguida a Alí-Nur y los guardias fueron a buscarle a la plaza. Y apenas entró Alí-Nur, se levantó Giafar y mandó a los guardias que prendieran al sultán y al visir El-Mohín ben-Sauí. E inmediatamente nombró a Alí-Nur sultán de Bassra y le colocó en el trono, en vez de Mohammad El-Zeiní, a quien mandó encerrar con el visir.

Después Giafar permaneció en Bassra, en casa del nuevo rey, los tres días reglamentarios de cortesía. Pero al cuarto día, Alí-Nur se dirigió a Giafar y le dijo: "Tengo vivos deseos de volver a ver al Emir de los Creyentes." Y Giafar se avino a ello.

Alí-Nur marchó todo el camino al lado de Giafar, hasta que llegaron a Bagdad, morada de paz. Y se apresuraron a presentarse al califa, y Giafar le contó la historia de Alí-Nur. Entonces el califa mandó acercarse a Alí-Nur, y le dijo: "Toma este alfanje y corta con tu propia mano la cabeza de tu enemigo, el miserable Ben-Sauí." Y Alí-Nur cogió el acero y se acercó a Ben-Sauí, pero éste lo miró y le dijo: "¡Oh, Alí-Nur! Yo procedí contigo según mi temperamento, al cual no podía sustraerme. Pero tú debes obrar a tu vez según el tuyo." Entonces Alí-Nur tiró el alfanje, miró al califa y le dijo: "¡Oh, Emir de los Creyentes! Este hombre me ha desarmado."

Pero el califa exclamó: "¡Está bien, Alí-Nur!" Y dijo a Massrur: "¡Oh, Massrur, levántate y corta la cabeza a ese bandido!" Y Massrur se levantó, y de un solo tajo degolló al visir El-Mohín ben-Sauí. Entonces el califa se dirigió a Alí-Nur y le dijo: "Ahora puedes pedirme lo que quieras." Y Alí-Nur respondió: "¡Oh, señor y dueño mío! No deseo reinar, ni quiero tener ninguna intervención en el trono de Bassra. No siento más deseo que tener la dicha de contemplar tus facciones." Y el califa contestó: "¡Oh, Alí-Nur! Con todo el cariño de mi corazón y como homenaje debido." Después mandó llamar a Dulce-Amiga y se la devolvió a Alí-Nur, y les dio grandes riquezas, y un palacio de los más hermosos de Bagdad, y una suntuosa pensión del Tesoro. Y quiso que Alí-Nur ben-Khacán fuera su íntimo compañero. Y acabó por perdonar al sultán Mohammad El-Zeiní, al cual repuso en el trono, encargándole que en adelante eligiese mejor sus visires. Y todos vivieron con alegría y prosperidad hasta su muerte.»

CUENTO DE LA OCA Y LOS PAVOS REALES

«He llegado a saber, ¡oh, rey afortunado!, que en la antigüedad hubo un pavo real muy aficionado a recorrer en compañía de su esposa las orillas del mar y pasearse por una selva que allí había toda llena de arroyos y poblada por el canto de las aves. Durante el día, el pavo y la pava buscaban tranquilamente su alimento, y al llegar la noche se encaramaban a lo alto del árbol más frondoso, para no tentar los deseos de algún vecino.

Pero un día el pavo real invitó a su esposa para que le acompañase a una isla que se veía desde la playa, y de este modo podrían cambiar de aires y de perspectivas.

Aquella isla estaba cubierta de árboles cargados de fruta y regada por multitud de arroyos. El pavo y su esposa quedaron extraordinariamente encantados de su paseo por aquella frescura, y permanecieron allí algún tiempo para probar todas las frutas y beber aquella agua tan dulce y tan fina.

Cuando se disponían a regresar a su casa, vieron venir hacia ellos una oca, que batía las alas llena de espanto. Y temblándole todas sus plumas, fue a pedirles ayuda y protección. El pavo real y su esposa la recibieron muy cordialmente, y la pava le preguntó: "¿Qué te ha ocurrido y cuál es la causa de tu espanto?" Y respondió la oca: "Aún estoy enferma de lo que acaba de sucederme y del terror horrible que me inspira Ibn-Adán. ¡Alah nos guarde y nos libre de Ibn-Adán!" Y contó lo que sigue:

"Sabe, ¡oh, pavo real lleno de gloria, y tú, dulce pava, la más hospitalaria entre todas las pavas!, que habito en esta isla desde mi niñez, y he vivido siempre en ella sin ningún contratiempo y sin que nada agobiase mi alma ni molestara mi vista. Pero anoche, cuando estaba durmiendo con la cabeza debajo del ala, vi que se me aparecía en sueños ese Ibn-Adán, que quiso entablar conversación conmigo. Iba a contestarle, pero oí una voz que me gritaba: '¡Cuidado, ten mucho cuidado! ¡Desconfía de Ibn-Adán y de la dulzura de sus palabras, pues ocultan sus perfidias!'

Entonces me desperté llena de espanto y huí sin mirar atrás, alargando el cuello y desplegando las alas. Seguí corriendo hasta que las fuerzas me abandonaron. Luego, como había llegado al pie de una montaña, me oculté detrás de una roca. Y mi corazón latía de miedo y de cansancio, presa del temor que me inspiraba Ibn-Adán. ¡Y como no había comido ni bebido me atormentaban el hambre y la sed! Pero no sabía qué hacer ni me atrevía a moverme, cuando divisé enfrente de mí, a la entrada de una caverna, un león rojo, de mirada dulce, que inspiraba confianza y simpatía. Y aquel león, que era muy joven, denotó una gran satisfacción al verme, encantado de mi timidez, pues mi aspecto le había seducido. Así es que me llamó de este modo: '¡Oh, chiquita gentil, acércate y ven a conversar conmigo un rato!' Y yo, muy agradecida por su invitación, me aproximé a él humildemente. Y él me dijo: '¿Cómo te llamas y de qué razas eres?' Y le contesté: '¡Me llaman oca y soy de la raza de las aves!' Y me dijo: '¿Por qué estás tan temblorosa?' Entonces le conté cuanto había visto y oído en sueños. Y se asombró muchísimo, y exclamó: '¡Yo también he tenido un sueño análogo, y al contárselo a mi padre me ha puesto sobre aviso contra Ibn-Adán, diciéndome que desconfiara de sus ardides y perfidias! Pero hasta ahora no me he encontrado con ese Ibn-Adán.'

Al oír estas palabras, aumentó mi espanto, y dije apresuradamente al león: 'No vacilemos en hacer lo que más nos conviene. Ha llegado el momento de acabar con esa plaga, y a ti, ¡oh, hijo del sultán de los animales!, te corresponde la gloria de matar a Ibn-Adán, pues haciéndolo así se acrecentará tu fama a los ojos de todas las criaturas del cielo, del agua y de la tierra.' Y seguí lisonjeando al león, hasta que le decidí a ponerse en busca de nuestro enemigo.

Salió entonces de la caverna y me dijo que le siguiese. Y yo iba detrás de él. Y el león avanzaba arrogante, yo detrás de él y sin poder apenas seguirle, hasta que vimos a lo lejos una gran polvareda, y al disiparse apareció un burro en pelo, sin albarda ni ronzal, que brincaba, coceaba, se echaba al suelo y se revolcaba en el polvo, con las cuatro patas al aire.

Al ver esto, mi amigo el león se quedó muy asombrado, pues sus padres casi no le habían permitido hasta entonces salir de la caverna. Y el león llamó al burro: '¡Eh! ¡Tú! ¡Ven por aquí!' Y el otro se apresuró a obedecerle. Y el león le dijo: '¿Por qué obras así, animal loco? ¿De qué especie de animales eres?' Y contestó al otro: '¡Oh, mi señor! Soy el borrico tu esclavo, de la especie de los borricos.' Y el león preguntó: '¿Por qué corrías hacia aquí?' Y el burro respondió: '¡Oh, hijo del sultán de los animales! Venía huyendo de Ibn-Adán.' Entonces el joven león se echó a reír, y dijo: '¿Cómo con esa alzada tan respetable y esas anchuras temes a Ibn-Adán?' Y el borrico, meneando la cola, denotando penetración dijo: '¡Oh, hijo del sultán! Ya veo que no conoces a ese maldito. Si le temo no es porque desee mi muerte, pues sus intenciones son peores. Mi terror proviene del mal trato que me haría sufrir. Sabe que hace que le sirva de cabalgadura, y para ello me pone en el lomo una cosa que llama la albarda; después me aprieta la barriga con otra cosa que llama la cincha, y debajo del rabo me pone un anillo cuyo nombre he olvidado, pero me hiere cruelmente mis partes delicadas. Por último, me mete en la boca un pedazo de hierro que me ensangrienta la lengua y el paladar, y que llama bocado. Entonces me monta, y para hacerme andar más aprisa, me pica en el cuello y en el trasero con un aguijón. Y si el cansancio me hace retrasar la marcha, lanza contra mí las más espantosas maldiciones y las más horribles palabras, que me hacen estremecer. Cuando yo llegue a viejo, me venderá a cualquier aguador, que, poniéndome sobre el lomo un baste de bandera, me cargará de pesados pellejos y enormes cántaros de agua hasta que, no pudiendo más con los malos tratos y privaciones, reviente míseramente. ¡Y entonces echará mi esqueleto a los perros que vagan por los vertederos!' Por su parte, el joven león, viendo al borrico dispuesto a largarse, le dijo: '¡Pero no tengas prisa, compañero! ¡Quédate otro poco, porque realmente me interesas! ¡Y me gustaría que me sirvieses de guía para llegar hasta Ibn-Adán!' El burro contestó: '¡Lo siento, señor mío! Pero prefiero poner entre ambos la distancia de una buena jornada de camino, pues le he dejado ayer cuando se dirigía hacia este lugar. Y ahora busco un sitio seguro para resguardarme de sus perfidias y de su astucia.' Se revolcó después un buen rato y al fin se levantó. Entonces, como viese una polvareda que se levantaba a lo lejos, enderezó una oreja, luego la otra, miró fijamente y, volviendo la grupa, echó a correr y desapareció.

Una vez disipada la polvareda, apareció un caballo negro, con la frente marcada por una mancha blanca como un dracma de plata, hermoso, altivo, reluciente y con las patas adornadas por una corona de pelos blancos. Venía hacia nosotros relinchando de un modo muy arrogante. Y cuando vio a mi amigo el joven león, se detuvo en honor suyo, y quiso retirarse discretamente. Pero el león, encantado de su elegancia y seducido por su aspecto, le dijo: '¿Quién eres, hermoso animal? ¿Por qué corres de ese modo, como si algo te inquietase en esta inmensa soledad?' El otro contestó: '¡Oh, rey de los animales! ¡Soy un caballo entre los caballos! ¡Y huyo para evitar la proximidad de Ibn-Adán!'

El león, al oír estas palabras, llegó al límite del asombro, y dijo al caballo: 'No hables de ese modo, ¡oh, caballo!, pues en realidad es vergonzoso que sientas miedo hacia Ibn-Adán, siendo fuerte como eres, y estando dotado de esa robustez y esas alturas, y pudiendo con una sola coz hacerle pasar de la vida a la muerte. ¡Mírame! No soy tan grande como tú y, sin embargo, he prometido a esta oca gentil librarla para siempre de sus terrores, matando a Ibn-Adán y devorándolo por completo. Entonces podré tener el gusto de llevar nuevamente a esta pobre oca a su casa y al seno de su familia.'

Cuando el caballo oyó estas palabras de mi amigo, le miró con sonrisa triste y le dijo: 'Arroja lejos de ti esos pensamientos, ¡oh, hijo del sultán de los animales!, y no te hagas ilusiones acerca de mi fuerza, mi alzada y mi velocidad, pues todo eso es insignificante para la astucia de Ibn-Adán. Y sabe que cuando estoy en sus manos logra dominarme a su gusto, pues me pone en las patas trabones de cáñamo y de crin, y me ata por la cabeza a un poste en lo más alto de una pared, y de este modo no puedo moverme ni echarme. ¡Pero hay más! Cuando quiere montarme, me coloca sobre el lomo una cosa que llama silla, me oprime el vientre con dos cinchas muy duras que me mortifican y me mete en la boca un pedazo de acero, del cual tira mediante unas correas con las que me dirige por donde le place. Y montado en mí, me pincha y me perfora los costados con las puntas de unas espuelas, y me ensangrienta todo el cuerpo. ¡Pero no acaba ahí! Cuando soy viejo, y mi lomo ya no es bastante flexible y resistente, ni mis músculos pueden llevarle todo lo aprisa que él quisiera, me vende a algún molinero que me hace rodar día y noche la piedra del molino, hasta que sobreviene mi completa decrepitud. Entonces me entrega al desollador, que me degüella y me despelleja, y vende mi piel a los curtidores y mi crin a los fabricantes de tamices y cedazos! ¡Y tal es la suerte que me espera con ese Ibn-Adán!'

Entonces el joven león, muy emocionado con lo que acababa de oír, dijo al caballo: 'Veo que es preciso desembarazar a la creación de ese malhadado ser a quien todos llaman Ibn-Adán. Di, amigo mío: ¿cuándo y dónde has visto a Ibn-Adán?' El caballo dijo: 'Huí de él hacia el mediodía. ¡Y ahora me persigue, corriendo tras de mí!'

Y apenas acababa de decir estas palabras, se alzó una gran polvareda que le inspiró un terror inmenso, y sin darle tiempo para disculparse huyó a todo galope. Y vimos en medio de la polvareda aparecer y venir hacia nosotros, a paso largo, un camello muy asustado que llegaba alargando el cuello y mugiendo desesperadamente.

Al ver a este animal tan grande y tan desmesuradamente colosal, el león se figuró que debía ser Ibn-Adán y nadie más que él y, sin consultarme, se arrojó sobre el camello, e iba a dar un salto y a estrangularlo, cuando le grité con toda mi voz: '¡Oh, hijo del sultán, detente! ¡No es Ibn-Adán, sino un pobre camello, el más inofensivo de los animales! ¡Y seguramente huye también de Ibn-Adán!' Entonces el joven león se detuvo muy pasmado y preguntó al camello: 'Pero, ¿de veras temes también a ese ser llamado Ibn-Adán, oh, animal prodigioso? ¿Para qué te sirven tus pies enormes si no puedes aplastarle con ellos?' Y el camello levantó lentamente la cabeza y, con la mirada extraviada como en una pesadilla, repuso tristemente: '¡Oh, hijo del sultán! Mira las ventanas de mi nariz. ¡Todavía están agujereadas y hendidas por el anillo de crin que me puso Ibn-Adán para domarme y dirigirme, y a este anillo que aquí ves estaba sujeta una cuerda que Ibn-Adán confiaba al más pequeño de sus hijos, el cual, montado en un borriquillo, podía guiarme a su gusto, a mí y a todo un tropel de camellos colocados en fila! ¡Mira mi lomo! ¡Todavía conserva las heridas causadas por los fardos con que me carga desde hace siglos! ¡Mira mis patas! ¡Están callosas y molidas por las largas carreras y los forzados viajes a través de la arena y de las piedras! ¡Pero hay más! ¡Sabe que cuando me hago viejo, después de tantas noches sin dormir y tantos días sin descanso, explota mi pobre piel y mis huesos viejos, vendiéndome a un carnicero que revende mi carne a los pobres, y mi cuero en las tenerías, y mi pelo a los que hilan y tejen! ¡Y he aquí el trato que me hace sufrir Ibn-Adán!'

Oídas estas palabras del camello, el joven león sintió un furor sin límites y rugió, arañó el suelo con las garras, y después dijo al camello: '¡Apresúrate a decirme en dónde has dejado a Ibn-Adán!' Y el camello respondió: 'Viene buscándome y no tardará en presentarse. Así, pues, ¡oh, hijo del sultán!, déjame huir a otros países, lo más lejos que pueda escaparme. ¡Pues ni las soledades del desierto ni las tierras más remotas servirán para librarme de su persecución!' Entonces el león le dijo: '¡Oh, buen camello, aguarda un poco y verás cómo derribo a Ibn-Adán, y trituro sus huesos, y me bebo su sangre!' Pero el camello, estremecido por el espanto, contestó: 'Dispénsame, ¡oh hijo del sultán! Prefiero huir.' Después el buen camello besó la tierra entre las manos del león, se levantó y le vimos huir, tambaleándose en lontananza.

Apenas había desaparecido, se presentó un vejete, de aspecto muy débil y de piel arrugada, llevando a cuestas un canasto con herramientas de carpintero y sobre la cabeza ocho tablas grandes.

Al verle, ¡oh, señores míos!, no tuve fuerza ni para avisar a mi joven amigo, y caí como muerta al suelo. En cambio el joven león, muy divertido con el aspecto de aquel vejete tan raro, se le acercó para examinarlo más de cerca. Y el carpintero se postró entonces delante de él, y le dijo sonriendo con acento muy humilde: '¡Oh, poderoso rey, lleno de gloria, que ocupas el primer puesto en la creación! ¡Te deseo horas muy felices y ruego a Alah que te ensalce más todavía en el respeto del universo, acrecentando tus fuerzas y virtudes! Yo soy un desgraciado que viene a pedirte ayuda y protección en las desdichas que le persiguen por parte de un gran enemigo!' Y se puso a llorar, a gemir y a lamentarse.

Entonces el joven león, muy conmovido con las lágrimas y el aspecto tan desdichado de aquel hombre, suavizó la voz y le dijo: '¿Quién te persigue de esa manera? ¿Y quién eres tú, el más elocuente de los animales que conozco y el más cortés, aunque seas el más feo de todos?' El otro respondió: '¡Oh, señor de los animales! Pertenezco a la especie de los carpinteros y mi opresor es Ibn-Adán. ¡Ah, señor león! ¡Alah te guarde de las perfidias de Ibn-Adán! ¡Todos los días, desde que amanece, me hace trabajar para su provecho y nunca me paga; así es que, muriéndome de hambre, he renunciado a trabajar para él y he huido de las ciudades que habita!'

Al oír estas palabras, el león sintió un furor enorme: rugió, brincó, resolló, echó espuma y sus ojos lanzaron chispas, y exclamó: 'Pero, ¿dónde está ese Ibn-Adán? Quiero triturarlo con mis dientes y vengar a todas sus víctimas.' El hombre respondió: 'No tardará en presentarse, pues me viene persiguiendo, enfurecido por no tener quien le haga la casa.' El león dijo: 'Pero tú, ¡oh, animal carpintero!, que andas a pasos tan cortos y que vas tan inseguro sobre dos patas, ¿hacia dónde te diriges?' Y contestó el carpintero: 'Voy a buscar al visir de tu padre, el señor leopardo, que me ha llamado por medio de un emisario suyo para que le construya una cabaña sólida en que pueda albergarse y defenderse contra los ataques de Ibn-Adán, pues quiere prevenirse, desde que se ha esparcido el rumor de la próxima llegada de Ibn-Adán a estos parajes. ¡Y por eso me ves cargado con estas tablas y estas herramientas!'

Cuando el joven león oyó estas palabras, tuvo envidia del leopardo, y dijo al carpintero: '¡Por vida mía! ¡Extremada audacia sería por parte del visir de mi padre pretender que se ejecuten sus encargos antes que los nuestros ¡Vas a detenerte aquí, levantando para mi defensa esa cabaña! ¡En cuanto al señor visir, que se aguarde!' Pero el carpintero, haciendo como que se marchaba, contestó: '¡Oh, hijo del sultán! Te prometo volver en cuanto acabe la cabaña del leopardo, porque temo mucho sus iras. ¡Y entonces te construiré, no una cabaña, sino un palacio!' Pero el león no quiso hacerle caso, y hasta se enfureció y se arrojó sobre el carpintero para asustarle, y a manera de chanza le apoyó una pata en el pecho. Y sólo con aquella caricia el hombrecillo perdió el equilibrio, y fue al suelo con sus tablas y herramientas. Y el león se echó a reír al ver el terror y la facha aturdida de aquel hombre. Y éste, muy mortificado por dentro, no lo dio a entender y hasta comenzó a sonreír, y humilde y cobardemente empezó su trabajo.

Tomó, pues, las medidas del león en todas direcciones, y en pocos instantes construyó un cajón sólidamente armado, al cual sólo dejó una abertura angosta, y clavó en el interior grandes clavos cuyas puntas estaban vueltas hacia dentro, de adelante hacia atrás, y dejó a trechos unos agujeros no muy grandes. Hecho esto, invitó respetuosamente al león a tomar posesión de su propiedad. Pero el león vaciló al principio, y dijo al hombre: '¡La verdad es que eso me parece muy estrecho, y no sé cómo podré penetrar ahí!' Y el vejete repuso: '¡Bájate y entra arrastrándote, pues una vez dentro te encontrarás muy a gusto!' Entonces el león se agachó y su cuerpo flexible se deslizó en el interior, sin dejar fuera más que la cola. Pero el vejete se apresuró a enrollar aquella cola y meterla rápidamente con lo demás, y en un abrir y cerrar de ojos tapó la abertura y la clavó con solidez.

Entonces el león intentó moverse y retroceder, pero las puntas aceradas de los clavos le penetraron en la carne y le pincharon por todos lados. Y se puso a rugir de dolor, y exclamó: '¡Oh, carpintero! ¿Qué viene a ser esta casa tan angosta que has construido, y estas puntas que me hieren cruelmente?'

Oídas estas palabras, el hombre lanzó un grito de triunfo y empezó a saltar y a reír, y dijo al león: '¡Son las puntas de Ibn-Adán! ¡Oh, perro del desierto! Así aprenderás a tu costa que yo, Ibn-Adán, a pesar de mi fealdad, de mi cobardía y mi debilidad, puedo triunfar sobre la fuerza y la belleza!'

Y dichas estas espantosas palabras, el miserable encendió una antorcha, hacinó leña en torno del cajón y le prendió fuego. Y yo, más paralizada que nunca de terror, vi a mi pobre amigo arder vivo, muriendo con la muerte más cruel. Y el maldito Ibn-Adán, sin haberme visto, porque estaba tendida en el suelo, se alejó triunfante.

Entonces, pasado bastante tiempo, me pude levantar y me alejé con el alma llena de espanto. Y así pude llegar hasta aquí, donde el Destino hizo que os encontrara, ¡oh, señores míos, de alma compasiva!"

Y mientras departían de esta suerte, crujieron las ramas a su alrededor y se oyó un ruido de pasos que turbó de tal modo a la pobre oca que tendió frenéticamente las alas y se tiró al mar, gritando: "¡Tened cuidado, tened cuidado!"

Pero aquello era una falsa alarma, pues entre las ramas apareció la cabeza de un lindo corzo de ojos húmedos. Y la pava real gritó a la oca: "¡Hermana mía, no te asustes así! ¡Vuelve en seguida! ¡Tenemos un nuevo huésped! ¡Es un lindo corzo, de la raza de los animales, así como tú eres de la de las aves! ¡Y no come carne sangrienta, sino hierbas y plantas! ¡Ven y ahuyenta tu inquietud, pues nada extenúa el cuerpo y agota el alma como el temor y la zozobra!"

Entonces volvió la oca meneando las alas y el corzo, después de las zalemas de costumbre, les dijo: "¡Esta es la primera vez que vengo por aquí, y no he visto tierra más fértil, ni plantas y hierbas más frescas y tentadoras! ¡Permitidme, pues, que os acompañe y que disfrute con vosotros los beneficios del Creador!"

Y se pusieron a comer, a beber y a gozar de aquel clima tan suave durante largo espacio de tiempo. Pero nunca dejaron de rezar sus oraciones por la mañana y por la tarde, excepto la oca, que, segura ya de la paz, olvidaba sus deberes para con el Distribuidor de la tranquilidad constante.

¡No tardó en pagar con la vida aquella ingratitud hacia Alah!

Una mañana, un barco desarbolado fue arrojado a la costa; sus tripulantes abordaron a la isla y, al ver al grupo formado por el pavo real, su esposa, la oca y el corzo, se acercaron rápidamente. Entonces los dos pavos reales volaron a lo lejos ocultándose en las copas de los árboles más frondosos, el corzo saltó y en unos cuantos brincos se puso fuera de alcance. Sólo la oca se quedó allí, pues aunque intentó correr la cercaron en seguida y la cogieron, comiéndosela en la primera comida que hicieron en la isla.

En cuanto al pavo y la pava real, antes de dejar la isla para regresar a su bosque, fueron ocultamente a enterarse de la suerte de la oca y la vieron en el momento que la degollaban. Entonces buscaron por todas partes a su amigo el corzo, y después de mutuas zalemas y felicitaciones por haber escapado del peligro, enteraron al corzo del infortunio de la pobre oca. Y los tres lloraron mucho en recuerdo suyo, y la pava dijo: "¡Era muy dulce, y modesta, y gentil!" Y el corzo exclamó: "¡Verdad es! ¡Pero a última hora descuidaba sus deberes para con Alah y olvidaba darle las gracias por sus beneficios!" Entonces dijo el pavo real: "¡Oh, hija de mi tío, y tú, corzo piadoso, oremos!" Y los tres besaron la tierra entre las manos de Alah, y exclamaron:

¡Bendito sea el Justo, el Retribuidor, el Dueño Soberano del Poder, el Omnisciente, el Altísimo!»

CUENTO DE LA TORTUGA Y EL MARTÍN PESCADOR

«Se cuenta en uno de mis libros antiguos, ¡oh, rey afortunado!, que un martín pescador estaba un día a orillas de un río y observaba atentamente, alargando el pescuezo, la corriente del agua. Pues tal era el oficio que le permitía ganarse la vida y alimentar a sus hijos, y lo ejercía sin pereza, desempeñando honradamente su profesión.

Y mientras vigilaba de tal modo el menor remolino y la ondulación más leve, vio deslizarse por delante de él, y detenerse contra la peña en que estaba observando, un cuerpo muerto de la raza humana. Entonces lo examinó y, viendo que tenía heridas de importancia en todos sus miembros y rastros de lanzazos y sablazos, pensó para sí: "¡Debe ser algún bandido al cual han hecho expiar sus fechorías!" Después levantó las alas y saludó al Retribuidor, diciendo: "¡Bendito sea

Aquel que hace servir a los malos después de muertos para el bienestar de sus buenos servidores!" Y se dispuso a precipitarse sobre el cuerpo para arrancarle algunos pedazos, llevárselos a sus crías y comérselos con ellas. Pero en seguida vio que el cielo se oscurecía por encima de él con una nube de grandes aves de rapiña, como buitres y gavilanes, que empezaron a dar vueltas en grandes círculos, acercándose cada vez más.

Al ver aquello, el martín pescador se sintió sobrecogido del temor de que lo devorasen aquellos lobos del aire, y se apresuró a largarse a todo vuelo lejos de allí. Y pasadas muchas horas se detuvo en la copa de un árbol que se hallaba en medio del río, hacia su desembocadura, y aguardó allí a que la corriente arrastrara hasta aquel sitio el cuerpo flotante. Y muy entristecido se puso a pensar en las vicisitudes y en la inconstancia de la suerte. Y se decía: "He aquí que me veo obligado a alejarme de mi país y de la orilla que me vio nacer, y en la cual están mis hijos y mi esposa. ¡Ah, cuán vano es el mundo! ¡Y cuánto más vano todavía el que se deja engañar por sus exterioridades, y confiando en la buena suerte vive al día, sin ocuparse del mañana! ¡Si yo hubiese sido más prudente habría hacinado provisiones para los días de necesidad como el de hoy, y los lobos del aire no me habrían asustado al haber venido a disputarme mis ganancias! ¡Pero el sabio nos aconseja la paciencia en tales trances! ¡Tengámosla, pues!"

Y mientras recapacitaba de esta manera, vio a una tortuga que, saliendo del agua y nadando lentamente, avanzaba hacia el árbol en que él se encontraba. Y la tortuga levantó la cabeza, le vio en el árbol y en seguida le deseó la paz, y le dijo: "¿Cómo es, ¡oh, pescador!, que has desertado del ribazo en que generalmente te hallabas?" El pájaro respondió:

"Yo, ¡oh, buena tortuga!, he visto mi ribazo dispuesto a ser invadido por los lobos del aire, y para que no me impresionaran de mala manera sus caras desagradables he preferido dejarlo todo y marcharme, hasta que Alah quiera compadecerse de mi suerte."

Cuando la tortuga oyó estas palabras, dijo al martín pescador: "Desde el momento en que es así, aquí me tienes entre tus manos, dispuesta a servirte con toda mi abnegación y a hacerte compañía en tu abandono e indigencia, pues ya sé lo desdichado que es el extranjero lejos de su país y de los suyos, y cuán dulce es para él hallar afecto y solicitud entre los desconocidos. Y yo, aunque sólo te conozco de vista, seré para ti una compañera atenta y cordial."

Entonces el martín pescador dijo: "¡Oh, tortuga de buen corazón, que eres dura por fuera y dulce por dentro! ¡Comprendo que voy a llorar de emoción ante la sinceridad de tu oferta! ¡Cuántas gracias te doy! ¡Y cuán razonables son tus palabras acerca de la hospitalidad que se ha de conceder a los extranjeros y la amistad que se ha de otorgar a las personas en el infortunio! Porque, verdaderamente, ¿qué sería la vida sin amigos y sin las conversaciones con los amigos? ¿Y sin las risas y canciones con los amigos? ¡El sabio es el que sabe encontrar amigos conforme a su temperamento, pues no se puede considerar amigos a los seres con quienes hay que tratar por razón del oficio, como yo trataba con los martines pescadores de mi especie, que me envidiaban por mis pescas y mis hallazgos! Así es que ahora deben estar muy contentos con mi ausencia esos tristes compañeros, que sólo saben hablar de su pesca y de sus mezquinos intereses, ¡pero nunca piensan en elevar sus almas hasta el Dador! Siempre están con el pico vuelto hacia la tierra. ¡Y tienen alas, pero no las utilizan!"

Al oír estas palabras, la tortuga, que escuchaba silenciosa, exclamó: "¡Oh, martín pescador, baja para que te abrace!" Y el martín pescador bajó del árbol, y la tortuga le besó entre los ojos, y le dijo: "¡Verdaderamente, oh, hermano mío, no has nacido para vivir en comunidad con las aves de tu raza, que están completamente desprovistas de sutileza y no poseen modales exquisitos! ¡Quédate conmigo y nuestra vida será agradable en este rincón de la tierra perdido en medio del agua, a la sombra de este árbol y entre el rumor de las olas!" Pero el martín pescador dijo: "¡Oh, hermana tortuga! Te doy las gracias. Pero, ¿y los niños? ¿Y mi esposa?" La tortuga respondió: "¡Alah es grande y misericordioso! ¡Nos ayudará a transportarlos hasta aquí y pasaremos días tranquilos y libres de toda zozobra!" Al oírla, el martín pescador dijo: "¡Oh, tortuga! Demos juntos gracias al Óptimo, que ha permitido que nos reuniéramos!"»

CUENTO DEL LOBO Y EL ZORRO

«Sabe, ¡oh, rey afortunado!, que el zorro, cansado de las continuas iras de su señor el lobo, y de su constante ferocidad, y de sus intrusiones en los últimos derechos que al zorro le quedaban, se sentó un día en el tronco de un árbol y se puso a reflexionar. Después dio un brinco lleno de alegría, porque se le había ocurrido una idea que le parecía la solución. Y en seguida corrió en busca del lobo, hallándole al fin con el pelo todo erizado, el hocico contraído y de muy mal humor.

Y entonces el zorro dijo: "He notado, ¡oh, señor!, que desde hace algún tiempo Ibn-Adán nos hace una guerra incesante. ¡Por todo el bosque no se ven más que trampas y lazos de todas clases! Como sigamos así, llegará a ser inhabitable el bosque. ¿Qué te parecería una alianza entre todos los lobos y todos los zorros para oponerse en masa a los ataques de Ibn-Adán y prohibirle que se acerque a nuestro territorio?

Al oír estas palabras, el lobo exclamó: "¡Digo que eres muy osado pretendiendo mi alianza y mi amistad, falso, enclenque y miserable zorro! ¡Ahí tienes, por tu insolencia!" Y le sacudió una patada que lo tumbó en el suelo, medio muerto.

El zorro se levantó renqueando, pero se guardó muy bien de mostrar ningún resentimiento; al contrario, revistió el aspecto más sonriente y contrito, y dijo al lobo: "¡Cuánta razón tienes! Ya lo dijo el sabio: *¡No contestes antes que te pregunten! Pero, sobre todo, guárdate de prodigar consejos a quienes no hayan de comprenderlos, y no los des tampoco a los malos, que te tomarían ojeriza por el bien que quisieras hacerles."*

Tales eran las palabras que el zorro decía al lobo, pero por dentro pensaba: "¡Ya me tocará la vez, y este lobo me pagará la deuda hasta lo último, porque la arrogancia, la provocación, la insolencia y el orgullo necio tienen al fin y al cabo su castigo! ¡Humillémonos, pues, hasta que seamos poderosos!"

Entonces el lobo dijo al zorro: "¡Acepto tus disculpas y perdono tu mal paso y la molestia que me has ocasionado obligándome a asestarte ese golpe, pero tienes que ponerte de rodillas, con la cabeza en el polvo!" Y el zorro, sin vacilar, se arrodilló y adoró al lobo, diciéndole: "¡Alah te haga triunfar y consolide tu dominio!" Entonces el lobo dijo: "Bueno está. Ahora marcha delante de mí y sírveme de batidor. Y si ves algo de caza, ven a advertírmelo en seguida." El zorro respondió oyendo y obedeciendo, y se apresuró a marchar delante.

Pero al llegar a un terreno plantado de viñas, no tardó en observar algo que le pareció sospechoso, pues tenía todo el aspecto de una trampa, y para evitarlo dio una gran vuelta, diciendo para sí: "¡El que anda sin mirar los agujeros que hay a su paso, está destinado a caer en ellos! Además, mi experiencia de las acechanzas de Ibn-Adán ha de ponerme siempre en guardia. Por ejemplo, si viera una figura de zorro en una viña, en vez de acercarme echaría a correr, ¡pues sería seguramente un cebo puesto allí por la perfidia de Ibn-Adán! ¡Y ahora me sorprende en este viñedo algo que no me parece de buena ley! ¡Veamos lo que es, pero con prudencia, porque la prudencia es la mitad de la valentía!" Y después de razonar así, el zorro empezó a avanzar poco a poco, retrocediendo de cuando en cuando y olfateando a cada paso. Se arrastraba y aguzaba las orejas, avanzaba y retrocedía cautelosamente, y así acabó por llegar hasta el mismo límite de aquel lugar tan sospechoso. Y bien hizo, pues pudo ver que era un hoyo hondo, cubierto de débiles ramajes disimulados con tierra. Al verlo, exclamó: "¡Loor a Alah, que me ha dotado de la admirable virtud de la prudencia y de estos buenos ojos que me permiten ver tan claramente!" Después, pensando que el lobo caería allí de cabeza, se puso a bailar de alegría, como si se hubiera emborrachado con todas las uvas de la viña.

Y en seguida desanduvo lo andado y fue a buscar al lobo, al cual dijo: "¡Te anuncio una buena nueva! ¡Tu fortuna es grande y las dichas llueven sobre ti, sin que se cansen! ¡Sea continua la alegría en tu casa, y también los goces!" El lobo exclamó: "¿Qué me anuncias? ¿Y a qué vienen esas exageraciones?" El zorro dijo: "La viña está hermosa hoy. ¡Todo es júbilo, pues el amo del viñedo ha fallecido y está tendido en medio del campo, debajo de unas ramas que lo cubren!" El lobo gritó: "¿A qué aguardas entonces, alcahuete vil, para llevarme allí? ¡Anda!" Y el zorro se apresuró a guiarle hasta el centro del viñedo y, mostrándole el sitio consabido, le dijo: "¡Allí es!" Entonces el lobo lanzó un aullido y de un brinco saltó hacia las ramas, que cedieron a su peso. Y el lobo rodó hasta el fondo del hoyo.

¡Y cuál no sería su júbilo al ver al lobo llorando su caída y lamentándose de su perdición irremediable! Entonces el zorro se puso también a llorar y gemir, y el lobo levantó la cabeza y le vio llorar, y le dijo: "¡Oh, compañero zorro, qué bueno eres al llorar así conmigo! ¡Ya sé que algunas veces fui injusto contigo! Pero, por favor, déjate ahora de lágrimas y corre a avisar a mi esposa y a mis hijos enterándoles del peligro en que estoy y de la muerte que me amenaza." Entonces el zorro le dijo: "¡Ah, malvado! ¿Eres tan estúpido que supones que derramo estas lágrimas por ti? ¡Desengáñate, miserable! ¡Si lloro, es porque hasta ahora pudieras vivir sin contratiempo, y si me lamento tan amargamente es porque esta calamidad no te haya ocurrido antes! ¡Muere, pues, maldito!"

Oídas estas palabras, el lobo pensó: "¡No es ésta ocasión de amenazas, pues es el único que me puede sacar de aquí!" Y le dijo: "¡Oh, zorro prudente que eres superior a tus palabras, y seguramente no las piensas, pues las dices en broma! ¡Y en verdad, el caso no es para ello! ¡Te ruego que cojas una soga cualquiera y trates de atar una punta a un árbol para alargarme la otra punta, y yo treparé por ese medio y saldré de este hoyo!" Pero el zorro se echó a reír y le dijo: "¡Poco a poco, lobo! ¡Poco a poco! ¡Primero saldrá tu alma y después tu cuerpo! ¡Y las piedras y guijarros con que van a apedrearte realizarán perfectamente esa separación! ¡Oh, animal grosero, de ideas premiosas y de escaso ingenio! Comparo tu suerte con la del *Halcón y la perdiz*".

Al oír estas palabras, el lobo exclamó: "¡No entiendo muy bien lo que quieres decirme con eso!"

Entonces el zorro dijo al lobo:

"Sabe, ¡oh, lobo!, que un día fui a comer algunos granos de uva a una viña. Mientras estaba allí, a la sombra del follaje, vi precipitarse desde lo alto de los aires un gran halcón sobre una perdiz. Pero la perdiz logró librarse de las garras del halcón y corrió rápidamente a meterse en su escondrijo. Entonces el halcón, que la había perseguido sin poder alcanzarla, se detuvo delante del agujero que servía de entrada al albergue, y gritó a la perdiz: '¡Loquita que huyes de mí! ¿Ignoras lo mucho que te quiero? El único motivo que me impulsó a cogerte fue el saber que estás hambrienta, y querría darte el grano que he juntado para ti. ¡Ven, pues, perdicita gentil, sal de tu albergue sin temor y ven a comer el grano! ¡Y ojalá te sea muy gustoso y se alivie tu corazón, perdiz de mis ojos y de mi alma.' Cuando la perdiz oyó este lenguaje, salió confiada de su escondite, pero en seguida el halcón se lanzó sobre ella, le clavó las terribles garras en las carnes y de un picotazo la despanzurró. Y tú, ¡oh, lobo! —prosiguió el zorro—, has caído en ese hoyo por haberme dado muy mala vida y haber humillado mi alma hasta el límite de la humillación."

Entonces el lobo dijo al zorro: "¡Oh, compañero, ayúdame! Da de lado todos esos ejemplos que me citas y olvidemos lo pasado. ¡Bien castigado estoy, pues heme aquí en un hoyo, en el cual he caído a riesgo de romperme una pata o estropearme los ojos! ¡Tratemos de salir de este mal paso, pues no ignoras que la amistad más firme es la que nace después de una desgracia y que el amigo verdadero está más cerca del corazón que un hermano! ¡Ayúdame a salir de aquí y seré para ti el mejor de los amigos y el más cuerdo de los consejeros!"

Pero el zorro se echó a reír con más ganas y dijo al lobo: "¡Veo que ignoras las *Palabras de los Sabios!*" Y el lobo, pasmado, le preguntó: "¿Qué palabras y a qué sabios te refieres?" Y el zorro le dijo:

"Los sabios, ¡oh, lobo maldito!, nos enseñan que la gente como tú, la gente que tiene la máscara de la fealdad, el aspecto grosero y el cuerpo mal formado, tiene también el alma tosca y desprovista de sutileza! ¡Y cuán verdadero es esto en lo que te concierne! Lo que me has dicho acerca de la amistad es muy exacto; pero ¡cómo te equivocas al quererlo aplicar a tu alma de traidor! Porque, ¡oh, estúpido lobo!, si realmente fueses tan fértil en juiciosos consejos, ¿cómo no darías con el medio de salir de ahí? Y si eres de veras tan poderoso como dices, ¡trata de salvar tu alma de una muerte segura! ¿No recuerdas la *Historia del Médico*?" "Pero, ¿qué médico es ése?", gritó el lobo. Y el zorro dijo:

"Había un aldeano que padecía un gran tumor en la mano derecha. Y aquello le impedía trabajar. Y cansado ya de intentar curaciones, mandó llamar a un hombre el cual se creía versado en las ciencias médicas. El sabio fue a casa del enfermo con una venda en un ojo. Y el enfermo le preguntó: '¿Qué tienes en ese ojo, oh, médico?' Éste contestó: 'Un humor que no me deja ver.' Entonces el enfermo exclamó: '¿Tienes ese tumor y no lo curas? ¿Y ahora vienes para curar el mío? ¡Vuelve la espalda y enséñame la anchura de tus hombros!' Y tú, oh, lobo de maldición, antes de pensar en darme consejos y enseñarme ardides, sé lo bastante listo para librarte de ese hoyo y guardarte de lo que te va a llover encima! Y si no, ¡quédate para siempre donde estás!"

Entonces el lobo se echó a llorar y, antes de desesperarse por completo, dijo al zorro: "¡Oh, compañero! Te ruego que me saques de aquí, acercándote por ejemplo al borde del hoyo y alargándome la punta del rabo. ¡Y me agarraré a ella y saldré del agujero! ¡Y entonces, prometo ante Alah arrepentirme de todas mis ferocidades pasadas, y me limaré las garras, y me romperé los dientes, para no sentir la tentación de atacar a mis vecinos! Después me pondré la ropa tosca de los ascetas y me retiraré a la soledad para hacer penitencia, sin comer más que hierba ni beber más que agua." Pero el zorro, lejos de enternecerse, dijo al lobo: "¿Y desde cuándo se puede cambiar tan fácilmente de naturaleza? Lobo eres y lobo seguirás siendo, y no he de ser yo quien crea en tu arrepentimiento. ¡Y además, muy candoroso tendría yo que ser para confiarte mi cola! ¡Quiero verte morir, porque los sabios han dicho: '¡La muerte del malo es un beneficio para la humanidad, pues purifica la tierra!' Me has hablado hace un momento, según creo, de recompensarme al salir del hoyo y de otorgarme tu amistad. Sospecho que te pareces a aquella *serpiente* cuya historia no debes conocer, dada tu ignorancia." Y como el lobo confesase que la desconocía, el zorro dijo:

"Sabe, ¡oh, lobo!, que hubo una vez una serpiente que había logrado escaparse de manos de un titiritero. Y esta serpiente, no acostumbrada a caminar por haber estado tanto tiempo enrollada en un saco, se arrastraba penosamente por el suelo, y seguramente habría sido aplastada, si un transeúnte caritativo no la hubiera visto y, creyéndola enferma, movido de piedad, la cogió y le dio calor. Y lo primero que hizo la serpiente al recobrar la vida fue buscar el sitio más delicado del cuerpo de su salvador y clavar en él su diente cargado de veneno. Y el hombre cayó muerto inmediatamente."

Y dicho esto, se subió a lo más alto de la escarpa y empezó a chillar llamando a los amos y a los guardas, que no tardaron en acudir. Y cuando se acercaron, se ocultó el zorro, pero lo bastante cerca para ver las piedras enormes que aquéllos tiraban al hoyo y oír los aullidos de agonía de su enemigo el lobo.»

CUENTO DEL RATÓN Y LA COMADREJA

«Había una mujer cuyo oficio no era otro que descortezar sésamo. Y un día le llevaron una medida de sésamo de primera calidad, diciéndole: "¡El médico ha mandado a un enfermo que se alimente exclusivamente con sésamo! Y te lo traemos para que lo limpies y mondes con cuidado." La mujer lo cogió, puso en seguida manos a la obra y al acabar el día lo había limpiado y mondado completamente. ¡Y daba gusto ver aquel sésamo tan blanco! Así es que una comadreja que andaba por allí se vio tentadísima y, llegada la noche, se dedicó a transportarlo desde la bandeja en que estaba a su madriguera. Y tan bien lo hizo, que por la mañana no quedaba en la bandeja más que una cantidad muy pequeña de sésamo.

Y oculta la comadreja, pudo juzgar el asombro y la ira de la mondadora al ver aquella bandeja casi limpia del contenido. Y la oyó exclamar: "¡Ah, si pudiera dar con el ladrón! ¡No pueden ser más que esos malditos ratones que infectan la casa desde que se murió el gato! ¡Como pillase a uno, le haría pagar las culpas de todos los otros!"

Cuando la comadreja oyó estas palabras, se dijo: "Es necesario, para resguardarme de la venganza de esta mujer, tener que confirmar sus sospechas, en cuanto atañe a los ratones. ¡Si no, puede que la tomara conmigo y me rompiera los huesos!" Y en seguida fue a buscar al ratón, y le dijo: "¡Oh, hermano! ¡Todo vecino se debe a su vecino! ¡No hay nada tan antipático como un vecino egoísta que no guarda atención alguna a los que viven a su lado y no les envía nada de los platos exquisitos que las hembras de la casa han guisado, ni de los dulces y pasteles preparados en las grandes festividades!" Y el ratón contestó: "¡Cuán verdad es todo eso, buena amiga! ¡Por eso, aunque haga pocos días que estés aquí, me congratulo tanto de las buenas intenciones que manifiestas! ¡Plegue a Alah que todos los vecinos sean tan buenos y tan simpáticos como tú! Pero, ¿qué tienes que anunciarme?" La comadreja dijo: "La buena mujer que vive en esta casa ha recibido una medida de sésamo fresco muy apetitoso. Se lo han comido hasta hartarse entre ella y sus hijos, y sólo han dejado un puñado. Por eso vengo a avisártelo; prefiero mil veces que lo aproveches tú a que se lo coman los glotones de sus parientes."

Oídas estas palabras, el ratón se alegró tanto que empezó a dar brincos y a mover la cola. Y sin tomarse tiempo para reflexionar, ni advertir el aspecto hipócrita de la comadreja, ni fijarse en la mujer que acechaba, ni preguntarse siquiera qué móvil podía impulsar a la comadreja a semejante acto de generosidad, corrió locamente y se precipitó en medio de la bandeja, en donde brillaba el sésamo esplendente y mondado. Y se llenó glotonamente la boca. ¡Pero en aquel instante salió la mujer de detrás de la puerta y de un palo hendió la cabeza del ratón!

¡Y así el pobre ratón, por su imprudente confianza, pagó con la vida las culpas ajenas!»

CUENTO DEL CUERVO Y EL ZORRO

«Se cuenta que un zorro viejo, cuya conciencia estaba cargada de no pocas fechorías, se había retirado al fondo de un monte abundante en caza, llevándose consigo a su esposa. Y siguió haciendo tanto destrozo que acabó por despoblar completamente la montaña, y para no morirse de hambre empezó a comerse a sus propios hijos y por estrangular una noche traidoramente a su esposa, a la cual devoró en un momento. Y hecho esto no le quedó nada a qué hincar el diente.

Era demasiado viejo para cambiar de residencia y no era bastante ágil para cazar liebres y coger al vuelo las perdices. Mientras estaba absorto en estas ideas, que le ennegracían el mundo delante del hocico, vio posarse en la copa de un árbol a un cuervo que parecía muy cansado. Y en seguida pensó: "¡Si pudiera hacerme amigo de ese cuervo, sería mi felicidad! ¡Tiene buenas alas que le permiten hacer lo que no pueden mis patas baldadas! ¡Así, me traería el alimento y además me haría compañía en esta soledad que empieza a serme tan pesada!" Y pensado y hecho, avanzó hasta el pie del árbol en que estaba posado el cuervo y, después de las zalemas acostumbradas, le dijo: "¡Oh, mi vecino! ¡No ignoras que todo buen musulmán tiene dos méritos para su vecino! ¡El de ser musulmán y el de ser su vecino! ¡Reconozco en ti esos dos méritos, y me siento conmovido por la atracción invencible de tu gentileza y por las buenas disposiciones de amistad fraternal que te supongo! Y tú, ¡oh, buen cuervo!, ¿qué sientes hacia mí?"

Al oír estas palabras, el cuervo se echó a reír de tan buena gana que le faltó poco para caerse del árbol. Después dijo: "¡No puedo ocultarte que es muy grande mi sorpresa! ¿De cuándo acá, ¡oh, zorro!, esa amistad insólita? ¿Y cómo ha entrado la sinceridad en tu corazón, cuando sólo estuvo en la punta de tu lengua? ¿Desde cuándo dos razas tan distintas pueden fundirse tan perfectamente, siendo tú de la raza de los mamíferos y yo de la raza de las aves? Y sobre todo, ¡oh, zorro!, ya que eres tan elocuente, ¿sabrías decirme desde cuándo los de tu raza han dejado de ser de los que comen y los de mi raza los comidos? ¿Te asombras? ¡Pues ciertamente no hay por qué! ¡Vamos, zorro! ¡Viejo malicioso, vuelve a guardar todas esas hermosas palabras en tu alforja y dispénsame de una amistad respecto a la cual no me has dado pruebas!"

Entonces el zorro exclamó: "¡Oh, cuervo juicioso, cuán perfectamente razonas! Pero sabe que nada es imposible para Aquel que formó los corazones de sus criaturas y ha engendrado en el mío ese generoso sentimiento hacia ti. ¡Y para demostrarte que individuos de distinta raza pueden estar de acuerdo, y para darte las pruebas que con tanta razón me reclamas, no encuentro nada mejor que contarte la historia que he llegado a saber, la historia de la pulga y el ratón, si es que quieres escucharla!"

El cuervo repuso: "Puesto que hablas de pruebas, dispuesto estoy a oír esa *historia de la pulga y el ratón,* que desconozco." Y el zorro la narró de este modo:

"¡Oh, amigo, lleno de gentileza! Los sabios versados en los libros antiguos y modernos nos cuentan que una pulga y un ratón fueron a vivir en la casa de un mercader, cada cual en el lugar que fue más de su agrado.

Ahora bien, cierta noche, la pulga, harta de chupar la sangre agria del gato de la casa, saltó a la cama donde estaba tendida la esposa del mercader, se deslizó entre la ropa, se escurrió por debajo de la camisa y se puso a chupar la deliciosa sangre de la mujer hasta llegar a la hartura. Sin embargo, puso tan poca discreción en su trabajo, que la mujer se despertó al sentir la picadura y llevó la mano velozmente al sitio picado, y habría aplastado a la pulga si ésta no se hubiese escurrido diestramente por el calzón, corriendo a través de los innumerables pliegues de esa prenda especial de la mujer, y saltando desde allí al suelo para refugiarse en el primer agujero que encontró."

El cuervo exclamó: "Pero a todo eso, ¿dónde están las pruebas de que me hablabas?" El zorro repuso: "¡Precisamente vamos a ello!" Y prosiguió de esta manera:

"He aquí que el agujero en que se había refugiado la pulga era la madriguera del ratón, de modo que cuando el ratón vio entrar a la pulga en su casa se indignó extraordinariamente y le dijo: '¿Qué vienes a hacer aquí, ¡oh, pulga!, ya que no eres de mi especie ni de mi esencia? ¿Qué buscas aquí, ¡oh, parásito!, del cual sólo se puede esperar algo desagradable?' Y la pulga contestó: '¡Oh, ratón hospitalario entre los ratones! Sabe que si he invadido tan indiscretamente tu domicilio ha sido contra mi voluntad, pues lo he hecho para librarme de la muerte con que me amenazaba la dueña de esta casa.' Entonces, convencido el ratón por el acento sincero de la pulga, dijo: 'Si realmente es así, ¡oh, pulga!, puedes compartir mi albergue y vivir aquí tranquila. ¡Serás mi compañera en la próspera y adversa fortuna!'

Cuando la pulga oyó este discurso del ratón, se sintió muy conmovida y le dijo: '¡Oh, ratón, hermano mío, qué vida tan deliciosa vamos a pasar juntos! ¡Alah apresura el momento en que pueda agradecer tus bondades!'

Y el tal momento no tardó en llegar. Efectivamente, la misma noche, el ratón, que había ido a dar una vuelta por la casa del mercader, oyó un rumor metálico y sorprendió al mercader que contaba uno por uno los numerosos dinares guardados en un saquito, y cuando hubo echado la cuenta, los escondió bajo la almohada, se tumbó en la cama y se durmió.

Entonces el ratón fue a buscar a la pulga, le contó lo que acababa de ver y le dijo: 'Ha llegado la ocasión de que me ayudes a transportar esos dinares de oro desde la cama del mercader hasta mi albergue.' Al oír estas palabras, la pulga estuvo a punto de desmayarse de emoción, por lo exorbitante que le pareció todo aquello, y exclamó con tristeza: 'No debes pensar en eso, ¡oh, ratón! ¿Cómo he de llevar yo a cuestas un dinar, cuando mil pulgas juntas no podrían ni siquiera moverlo? En cambio, puedo ayudarte de otro modo, pues tan pulga como me ves, me encargo de sacar al mercader de su habitación ahuyentándole de la casa, y entonces serás el amo del terreno, y sin apresurarte y a tu gusto podrás transportar los dinares a tu madriguera.'

Entonces la pulga, dando brincos, saltó a la cama en que dormía el mercader, fue rectamente hacia sus posaderas y en ellas le picó como nunca había picado pulga alguna en trasero humano. El mercader, al sentir la picadura y el agudísimo dolor que le produjo, se levantó rápidamente, llevándose la mano al honroso sitio, del cual ya se había apresurado a alejarse la pulga. Y el mercader empezó a lanzar mil maldiciones, que resonaban en el vacío de la casa silenciosa. Después de dar mil vueltas trató de volverse a dormir. ¡Pero no contaba con su enemigo! En vista de que el mercader se empeñaba en seguir acostado, la pulga volvió a la carga más enfurecida que antes.

Entonces el mercader, sobresaltado y rugiendo, rechazó las mantas y las ropas, y bajó corriendo al lugar donde estaba el pozo, y allí se remojó insistentemente con agua fría, a fin de calmar el escozor. Y ya no quiso volver a su alcoba, sino que se echó en un banco del patio para pasar el resto de la noche.

De esta suerte el ratón pudo transportar a su madriguera sin ninguna dificultad todo el oro del comerciante, y cuando amaneció ya no quedaba un dinar en el saco.

¡Y de este modo, supo agradecer la pulga la hospitalidad del ratón, recompensándole con creces! Y tú, amigo cuervo —prosiguió el zorro—, espero que pronto verás mi abnegación en cambio del pacto de amistad que sellamos."

Pero el cuervo dijo: "Verdaderamente, ¡oh, mi señor zorro!, tu historia no me ha convencido ni mucho menos. Al fin y al cabo cada cual puede libremente hacer o dejar de hacer el bien, sobre todo cuanto este bien amenaza convertirse en causa de varias calamidades. Y este es el caso presente. Hace mucho tiempo que eres famoso por tus perfidias y por el incumplimiento de la palabra empeñada. ¿Cómo ha de inspirarme ninguna confianza un ser como tú, de mala fe, y que ha sabido últimamente traicionar y hacer perecer a su primo el lobo? Porque, ¡oh, traidor entre los traidores!, estoy bien enterado de esa fechoría tuya cuyo relato es sabido por toda la gente animal. ¡De modo que si te prestaste a sacrificar a uno que si no era de tu especie era de tu raza, si lo has traicionado después de tratarle como amigo tanto tiempo y de adularle de mil maneras, es seguro que para ti será un juego la perdición de cualquier otro animal que sea de raza diferente de la tuya! Esto me recuerda una historia muy aplicable al caso." El zorro preguntó: "¿Qué historia?" Y el cuervo dijo: "¡La del buitre!" Entonces exclamó el zorro: "No conozco nada de esa *historia del buitre*. ¡Cuéntamela!" Y el cuervo habló de este modo:

"Había un buitre cuya tiranía sobrepasaba todos los límites conocidos. No se sabía de ave alguna, ni chica ni grande, que estuviese libre de sus vejaciones. Había sembrado el terror entre todos los lobos del aire y de la tierra, y de tal modo se le temía, que las alimañas más feroces, al verle llegar, soltaban lo que tuvieran y huían espantadas de su pico formidable y de sus plumas erizadas. Pero llegó un tiempo en que los años, acumulados sobre su cabeza, se la desplumaron del todo, le gastaron las garras y le hicieron caer a pedazos las quijadas amenazadoras. La intemperie ayudó también a dejarle el cuerpo baldado y las alas sin virtud. Entonces se convirtió en tal objeto de lástima que sus antiguos enemigos no quisieron devolverle sus tiranías y sólo lo trataron con desprecio. ¡Y para comer tenía que contentarse con las sobras que dejaban las aves y los animales! Y he aquí, ¡oh, zorro!, que tú has perdido ahora tus fuerzas, pero te queda aún la alevosía. Quieres, viejo e imposibilitado como estás, aliarte conmigo que, gracias a la bondad del Hacedor, conservo intacto el empuje de mis alas, lo agudo de mi vista y lo acerado de mi pico: ¡No quieras hacer conmigo lo que hizo el *gorrión!*"

Pero el zorro, lleno de asombro, preguntó "¿De qué gorrión hablas?" Y el cuervo dijo:

"He llegado a saber que un gorrión habitaba un prado en el cual pacía un rebaño de corderos. Rayaba la tierra con el pico, siguiendo a los carneros, cuando de pronto vio que un águila enorme se precipitaba sobre un corderillo, se lo llevaba en las garras y desaparecía con él a lo lejos. El gorrión, sintiéndose acometido de una extrema arrogancia, extendió las alas poseído de vanidad y dijo para sí: 'También yo sé volar, y por tanto podré arrebatar un carnero de los más grandes.' Inmediatamente eligió el carnero más gordo, se lanzó sobre él y quiso llevárselo. Pero al primer impulso, las patas se le quedaron enredadas en las vedijas de lana, y entonces él fue el que quedó prisionero. Acudió el pastor, se apoderó de él, le arrancó las plumas de las alas y, atándole una pata con un bramante, se lo dio a sus hijos para que jugasen con él, y les dijo: '¡Mirad bien este pájaro! Ha querido, para desgracia suya, habérselas con quien es más fuerte que él, ¡y por eso ha sido castigado con la esclavitud!'

Y tú, ¡oh zorro inválido!, quieres compararte conmigo, pues tienes la audacia de proponerme tu alianza. ¡Vamos, viejo taimado, vuelve las espaldas en seguida!" Comprendió el zorro entonces que era inútil querer engañar a un individuo tan listo como el cuervo. Y, dominado por la rabia, empezó a rechinar tan fuerte las mandíbulas que se rompió un diente. Y el cuervo, burlonamente, dijo: "¡Siento de veras que te hayas roto un diente por mi negativa!" Pero el zorro le miró con un respeto sin límites, y le dijo: "No es por tu negativa por lo que se me ha roto el diente, sino por la vergüenza de haber dado con uno más listo que yo!"

Y dichas estas palabras, el zorro se apresuró a marchar para ir a esconderse.»

CUENTO DEL CUERVO Y EL GATO

«He llegado a saber que un cuervo y un gato de Algalia habían trabado una firme amistad y se pasaban las horas retozando y jugando a varios juegos. Y un día que hablaban de cosas realmente interesantes, pues no hacían caso de lo que pasaba a su alrededor, fueron devueltos a la realidad por el rugido espantoso de un tigre, que resonaba en el bosque.

Inmediatamente, el cuervo, que estaba en el tronco de un árbol al lado de su amigo, se apresuró a ganar las ramas altas. En cuanto al gato, espantado, no sabía dónde ocultarse, pues ignoraba el sitio de donde acababa de salir el rugido del tigre. En tal perplejidad, dijo al cuervo: "¿Qué haré, amigo mío? Dime si puedes indicarme algún medio o si puedes prestarme algún socorro eficaz." El cuervo respondió: "¿Qué no haría yo por ti, buen amigo? Estoy dispuesto a afrontarlo todo para sacarte de apuros."

En seguida el cuervo se apresuró a volar hacia un rebaño que pasaba por allí, guardado por enormes perros, más imponentes que leones. Y se fue derecho a uno de los perros, se precipitó sobre su cabeza y le dio un fuerte picotazo. Después se lanzó sobre otro perro e hizo lo mismo, y habiendo excitado así a todos los perros, echó a volar a una altura suficiente para que le fueran persiguiendo, pero sin que le alcanzaran sus dientes. Y graznaba a toda voz, como para mofarse de ellos. De modo que los perros le fueron siguiendo cada vez más furiosos, hasta que los atrajo hacia el centro del bosque. Y cuando los ladridos hubieron resonado en todo el bosque, el cuervo supuso que el tigre, espantado, había debido huir; entonces el cuervo se remontó cuanto pudo y, habiéndolo perdido de vista los perros, regresaron al rebaño. El cuervo fue a buscar a su amigo el gato, el cual había salvado de aquel peligro, y vivió con él en paz y felicidad.»

HISTORIA DE KAMARALZAMÁN
Y LA PRINCESA BUDUR

«He llegado a saber, ¡oh, rey afortunado!, que hubo durante la antigüedad del tiempo, en el país de Khaledán, un rey llamado Schahramán, dueño de poderosos ejércitos y de riquezas considerables. Pero este rey, aunque era extremadamente dichoso y tenía setenta favoritas, sin contar sus cuatro mujeres legítimas, sufría en el alma por su esterilidad en cuanto a descendencia, pues había llegado a avanzada edad y sus huesos y su médula empezaban a adelgazar, y Alah no le dotaba de un hijo que pudiera sucederle en el trono del reino.

Sin embargo, al cabo de cierto tiempo, una de sus mujeres le otorgó un hijo.

Y el niño que acababa de nacer resultó tan hermoso, y tan semejante era a una luna, que su padre, maravillado, le puso por nombre Kamaralzamán.

¡Y en verdad que aquel niño era la más bella de las cosas creadas! Hubo de comprobarse especialmente cuando llegó a la adolescencia, y la belleza esparció sobre sus quince años todas las flores que encantan la vista de los humanos.

Mucho quería el rey Schahramán a su hijo, hasta tal punto que no podía separarse de él un momento. Y como tenía que disipar con excesos sus cualidades y su hermosura, deseaba en extremo no morirse sin verle casado y disfrutar así de su posteridad. Y un día que le preocupaba más que de costumbre tal idea, se la manifestó a su gran visir, que le dijo: "¡La idea es excelente! Porque el matrimonio suaviza el humor." Entonces el rey Schahramán dijo al jefe de los eunucos: "¡Ve pronto a decir a mi hijo Kamaralzamán que venga a hablar conmigo!" Y en cuanto el eunuco le transmitió la orden, Kamaralzamán se presentó a su padre y, después de haberle deseado la paz respetuosamente, besó la tierra entre sus manos, con los ojos bajos y en modesta actitud, como cuadra a un hijo sumiso para su padre.

Entonces el rey Schahramán le dijo: "¡Oh, hijo mío Kamaralzamán; mucho desearía no morirme sin verte casado, para alegrarme contigo y ensancharme el corazón con tu boda!"

Al oír estas palabras de su padre, Kamaralzamán cambió de color y contestó con voz alterada: "¡Sabe, padre, que en realidad no siento inclinación alguna al matrimonio, y mi alma no tiene afecto a las mujeres! ¡Pues además de la aversión instintiva que les tengo, he leído en los libros de los sabios tantos ejemplos de sus maldades y perfidias que he llegado a preferir la muerte a su proximidad! ¡De modo, padre, que, aunque haya de apenarte mucho, no vacilaré en suicidarme si me quieres obligar a casarme!"

Cuando el rey Schahramán oyó estas palabras de su hijo, quedó en extremo confuso y afligido, y la luz se convirtió en tinieblas ante sus ojos. Pero como quería excesivamente a su hijo, y deseaba no ocasionarle penas, se contentó con decirle: "Kamaralzamán, no he de insistir sobre un asunto que, por lo que veo, no te agrada. ¡Pero todavía eres joven, tienes tiempo para reflexionar, así como para pensar en la alegría que me produciría el verte casado y con hijos!

Y aquel día no volvió a hablarle del asunto, sino que le mimó y le hizo buenos regalos, y procedió del mismo modo con él durante un año.

Pero pasado el año, le mandó llamar como la primera vez, y le dijo: "¿Recuerdas, Kamaralzamán, mi ruego, y has reflexionado sobre lo que te pedí, sobre la felicidad que me causaría que te casaras?" Entonces Kamaralzamán se prosternó delante del rey, su padre, y le dijo: "¡Oh, padre mío! ¿Cómo olvidar tus consejos, ni dejar de obedecerte, cuando el mismo Alah me ordena el respeto y la sumisión? Pero, por lo que afecta al matrimonio, he reflexionado todo este tiempo y estoy más resuelto que nunca a no contraerlo, y más que nunca los libros antiguos y modernos me enseñan a evitar las mujeres a toda costa, ¡pues son taimadas, necias y repugnantes! ¡Líbreme Alah de ellas, aunque sea preciso que me mate!"

Oídas estas palabras, el rey Schahramán comprendió que sería contraproducente todavía insistir más u obligar a la obediencia a aquel hijo querido.

Pero un año después volvió a insistir, esta vez delante de los emires, visires y grandes del reino, y el rey le dijo:

"¡Oh, hijo mío! ¡Sabe que te mandé asistir a esta asamblea para expresarte mi resolución de casarte con una princesa digna de tu categoría, y alegrarme así con mi posteridad antes de fallecer!"

Cuando Kamaralzamán oyó estas palabras de su padre, sintióse de improviso atacado por una especie de locura, que le dictó cierta respuesta tan poco respetuosa que todos los circunstantes bajaron los ojos, cohibidos, y el rey quedó mortificado hasta el límite extremo de la mortificación, y como estaba obligado a poner coto a tamaña insolencia en público, gritó a su hijo con voz terrible: "¡Ahora verás lo que cuesta a los hijos desobedecer a sus padres y no guardarles la consideración debida!" E inmediatamente mandó a los guardias que ataran a Kamaralzamán los brazos a la espalda y le encerraran en la torre vieja de la ruinosa ciudadela contigua al palacio, lo cual se ejecutó inmediatamente. Y uno de los guardias se quedó en la puerta para vigilar al príncipe y acudir a su llamamiento en caso de necesidad.

Al caer la noche, el esclavo entró con un candelabro encendido que dejó a los pies del lecho, pues había cuidado de arreglar en aquella habitación una cama bien acondicionada para el hijo del rey, y verificado esto, se retiró. Entonces Kamaralzamán se levantó, hizo sus abluciones, recitó algunos capítulos del Corán y, aunque desconsolado con la idea de haber enojado a su padre, no tardó en dormirse profundamente.

Pero no sabía, ni podía figurárselo, lo que iba a ocurrir aquella noche, en aquella torre vieja, frecuentada por los genios del aire y de la tierra.

En efecto, la torre en que se había encerrado a Kamaralzamán estaba abandonada de muchos años atrás y databa del tiempo de los antiguos romanos, y al pie de la torre había un pozo, también antiquísimo y de construcción romana. Y aquel pozo era precisamente el que servía de habitación a una efrita joven, llamada Maimuna.

La efrita Maimuna, de la posteridad de Eblis, era hija del poderoso efrit Domriatt, jefe principal de los genios subterráneos. Maimuna era una efrita muy agradable, creyente, sumisa, ilustre entre todas las hijas de los genios por sus propias virtudes y las de su ascendencia, famosa en las regiones de lo desconocido.

Sobre las doce de aquella noche, la efrita Maimuna salió del pozo, según solía, a tomar el fresco y voló ligera hacia los estados del cielo, para dirigirse desde allí al lugar hacia el cual se sintiera atraída. Y al pasar por cerca de la techumbre de la torre, se asombró de ver luz en un sitio en el que desde hacía largos años nunca había visto nada. Dijo, pues, para sí: "¡Seguramente que esa luz está ahí por algo! ¡He de entrar dentro a ver lo que es!" Entonces dio un rodeo y penetró en la torre, y vio al esclavo echado a la puerta; pero sin pararse, pasó por encima y entró en la habitación. ¡Y cuál no fue su encantadora sorpresa al ver al joven que estaba echado medio desnudo en la cama! Empezó por pararse de puntillas y, para verle mejor, se acercó sigilosamente, después de haberse bajado las alas, que la molestaban un tanto en aquella habitación tan angosta. Y levantó por completo la colcha que tapaba la cara del joven, y la dejó maravillada tanta hermosura.

Y cuando la efrita Maimuna, hija del efrit Domriatt, sació bien sus ojos con aquel espectáculo maravilloso, alabó a Alah exclamando: "¡Bendito sea el Creador que modela la perfección!" Después pensó: "¿Y cómo los padres de este adolescente pueden separarse de él para encerrarle solo en esta torre destruida? ¿No temerán los maleficios de los genios malos de mi raza que habitan en los escombros y en los lugares desiertos? Pero, ¡por Alah!, ya que ellos no hacen caso de su hijo, ¡juro otorgarle mi protección y defenderle contra todo efrit que, atraído por sus encantos, quiera abusar de él!"

A lo que contestó el efrit:

"Sabe, ¡oh, gloriosa Maimuna!, que vengo en este momento del fondo de un interior lejano, de los extremos de la China, país en que reina el Gran Ghayur, señor de El-Buhur y de El-Kussur, en donde se yerguen en derredor numerosas torres y se encuentran su corte, sus mujeres con sus adornos y sus guardias en las encrucijadas y en todo el contorno. ¡Y allí han visto mis ojos la cosa más hermosa de todos mis viajes y mis giras, su hija única, El-Sett Budur!

Pero también he de decirte, ¡oh, Maimuna!, que el rey Ghayur amaba en extremo a su hija El-Sett Budur, cuyas perfecciones acabo de enumerarte sencillamente, y la quería con afecto tan vivo que su placer era ingeniarse para darle cada día una distracción nueva. Pero como, pasado cierto tiempo, ya se le agotaron toda clase de diversiones, pensó en darle goces diferentes, construyendo para ella palacios maravillosos. Empezó la serie por la edificación de siete, cada cual de estilo distinto y de diversa materia preciosa. Así, mandó construir el primero todo de cristal, el segundo de alabastro diáfano, el tercero de porcelana, el cuarto de mosaicos de pedrería, el quinto de plata, el sexto de oro y el séptimo sólo de perlas y diamantes.

¡Es natural que en medio de tantas cosas bellas, la belleza de la joven se afinara, y llegara por último al estado supremo que hubo de encantarme!

De tal modo que no te pasmarás, ¡oh, Maimuna!, si te digo que todos los reyes vecinos a los Estados del rey Ghayur deseaban ardientemente casarse con la joven, que siempre rechazaba todas las proposiciones que recibía en este sentido.

Y el rey Ghayur, que habría preferido la muerte a contrariar a Budur, no encontraba nada que replicar, y se veía forzado a no atender las peticiones de los reyes vecinos suyos y de los príncipes que con tal fin iban a su reino desde los países más remotos. Y un día que un rey joven, más bello y poderoso que los demás, se presentó después de haber enviado muchos regalos preparatorios, el rey Ghayur habló de él a Budur, que, indignada esta vez, estalló en reconvenciones y exclamó: '¡Ya veo que no me queda más que un medio de acabar con este tormento continuo! ¡Voy a coger ese alfanje que veo ahí y clavármelo de punta en el corazón para que me salga por la espalda! ¡Por Alah! ¡No tengo otro recurso!' Y como se disponía de veras a emplear tal violencia consigo misma, el rey Ghayur se asustó de tal modo que sacó la lengua y sacudió la mano, y puso los ojos en blanco, y después se apresuró a confiar a Budur a diez viejas muy listas y llenas de experiencia, una de las cuales fue la propia nodriza de Budur. Y desde entonces las diez viejas no la dejan un momento y vigilan sucesivamente a la puerta de su habitación."

Cuando la efrita oyó esta historia rió burlonamente, asegurando que no había posible comparación con el joven que ella cuidaba, y le hizo una apuesta. Y fueron al aposento en que estaba Kamaralzamán.

Dahnasch contempló al joven y dijo: "¡Oh, mi señora Maimuna! ¡Ya veo que tu amigo es de belleza incomparable! ¡Pero el molde no se ha roto sin producir antes una muestra femenil, que es precisamente la princesa Budur!"

Al oír estas palabras, Maimuna le ordenó ir a buscar a la princesa para verlos juntos. Y la trajo.

Verdaderamente, la princesa era muy bella y tal como la había descrito el efrit Dahnasch. Y Maimuna pudo observar que el parecido entre los dos jóvenes era tan perfecto que se los hubiera tomado por dos gemelos.

Dijo, pues, a Dahnasch: "Veo que se puede vacilar un momento acerca de la preferencia debido a uno u otra de nuestros amigos. ¡Pero hay que ser ciego o insensato como tú, para no reconocer que entre dos jóvenes de igual belleza, siendo un varón y otra hembra, el varón es superior a la hembra! ¿Qué dices a eso, maldito?" Pero Dahnasch contestó: "¡Por mi parte, sé lo que sé, y veo lo que veo, y el tiempo no me haría creer lo contrario de lo que mis ojos han visto! Pero, oh, mi señora, ¡si tuvieras empeño en que mintiese, mentiría para darte gusto!"

Cuando la efrita Maimuna oyó estas palabras, se echó a reír y, comprendiendo que no podría nunca ponerse de acuerdo con el testarudo Dahnasch sólo por medio de un examen, le dijo: "¡Acaso haya un medio de averiguar cuál de nosotros dos tiene razón, y es recurrir a nuestra inspiración! ¡El que diga los mejores versos en loor de su preferido, será quien esté en lo cierto! ¿Estás conforme, o no eres capaz de esa habilidad, propia sólo de los seres delicados?" Pero el efrit Dahnasch exclamó: "¡Eso es precisamente, señora mía, lo que quería proponerte! Pues mi padre, Schamhurasch, me enseñó las reglas de la construcción poética y el arte de los versos ligeros de ritmo perfecto. Pero sea tuya la prioridad, ¡oh, encantadora Maimuna!"

Pero tampoco los versos, hermosos por ambas partes, resolvieron la cuestión, y entonces dijo Maimuna: "Dahnasch, no encuentro otro medio para terminar esta disputa que recurrir al arbitraje de un tercero." Él dijo: "Me avengo a ello."

Entonces Maimuna dio con el pie en el suelo, que se abrió y dio paso a un efrit espantoso, inmensamente horrible. Tenía seis cuernos y tres rabos, un brazo mucho más largo que el otro, era cojo y jorobado. Se llamaba Kaschkasch, y dijo: "¡Oh, mi dueña Maimuna, hija de nuestro rey Domriatt, soy tu esclavo y aguardo órdenes!" Ella dijo: "¡Quiero, Kaschkasch, que seas juez en la disputa que ha surgido entre este maldito y yo! Sé imparcial y dinos quién te parece más hermoso, si mi amigo o esa joven."

Entonces Kaschkasch se volvió hacia la cama en que ambos jóvenes dormían tranquilos, y dijo: "¡Por Alah! Bien mirado, me parecen iguales en belleza y diferentes sólo en sexo; pero hay un medio único para dirimir la apuesta, y es despertarles mientras nosotros permanecemos invisibles, y acordemos que aquel que demuestre más pasión por el otro será el menos hermoso, pues se reconocerá subyugado por los encantos de su compañero."

Oídas estas palabras del efrit Kaschkasch, Maimuna exclamó: "¡Admirable idea!" Y Dahnasch también exclamó: "¡Me parece muy bien!" E inmediatamente se convirtió otra vez en pulga, para picar en el cuello a Kamaralzamán.

Al sentir la picadura, que fue terrible, Kamaralzamán se despertó con sobresalto y se llevó la mano rápidamente al sitio picado; pero no pudo coger nada, y al retirar la mano tropezó con la joven, abrió los ojos y contempló atónito la belleza que estaba a su lado. Y todo su odio hacia las mujeres se esfumó. Y sintió en su ser un amor ardiente, nunca hasta entonces sentido. Y ya iba a despertar a la joven para hacerla su esposa, cuando se le ocurrió pensar:

"Seguramente es el rey, mi padre, quien ha mandado traer a esta joven a mi cama para decirme mañana: '¡Kamaralzamán, decías que te inspiraban horror las mujeres! ¿Pues qué has hecho esta noche con una joven!' Y me considerará falso y embustero." Y se inclinó hacia Sett Budur, la besó, le quitó del dedo meñique una sortija y se la puso en su propio dedo, y luego puso en el dedo de la joven su propia sortija. Después, aunque con gran pesar, volvió a dormirse.

Entonces Maimuna se convirtió en pulga y con una sola picadura hizo saltar a la joven, que abrió los ojos y lanzó un grito de terror y asombro al ver tendido junto a ella al joven. Pero a la primera mirada que le dirigió pasó del espanto a la admiración y después a una gran alegría.

Y entonces fue cuando Budur dirigió al joven una mirada, y con aquel rápido examen quedó deslumbrada por su gentileza, y exclamó: "¡Oh, corazón mío! ¡Qué hermoso es!" Y desde aquel mismo instante quedó tan cautivada, que se inclinó hacia aquella boca que sonreía en sueños y le dio un beso en los labios, exclamando: "¡Qué dulce es! ¡Por Alah! ¡A éste sí que le quiero como esposo! ¿Por qué ha tardado tanto mi padre en traérmelo!" Después cogió temblando la mano del joven y la conservó entre las suyas, y le habló afablemente para despertarle, diciendo: "¡Gentil amigo! ¡Oh, luz de mis ojos! ¡Oh, alma mía! ¡Levántate, levántate! ¡Ven a besarme, querido mío, ven, ven! ¡Por mi vida sobre ti! ¡Despierta!"

Pero como Kamaralzamán, cada vez más sumido en el sueño, seguía sin contestar, la hermosa Budur creyó por un momento que era una ficción de aquél para sorprenderla más y, medio riéndose, le dijo: "¡Vamos, vamos, gentil amigo, no seas tan falso! ¿Es que mi padre te ha dado esas lecciones de malicia para vencer mi orgullo? ¡Inútil trabajo, en verdad! ¡Pues tu belleza, por sí sola, oh, joven gamo, esbelto y encantador, me ha convertido en la más sumisa de las esclavas del amor!"

Tras lo cual, Sett Budur cubrió de besos a su amigo dormido, le cogió las manos y se las besó una tras otra en la palma; después le levantó y se lo puso en el regazo, y le rodeó el cuello con los brazos, y así enlazados, se durmió sonriendo.

¡Eso fue todo! ¡Y en tanto los tres genios seguían invisibles, sin perder un ademán! Consumada la cosa tan pronto, Maimuna traspuso el límite del júbilo, y Dahnasch reconoció sin dificultad que Budur había llegado mucho más allá en las manifestaciones de su ardor y le había hecho perder la apuesta. Pero Maimuna, segura ya de la victoria, fue magnánima, y dijo a Dahnasch: "¡En cuanto a la apuesta que me debes, te la perdono, oh, maldito! Y hasta voy a darte un salvoconducto, que en adelante te asegurará la tranquilidad. ¡Pero cuida de no abusar de él, ni vuelvas a faltar a la corrección!"

Después de lo cual la joven efrita se volvió hacia Kaschkasch y le dijo afablemente: "¡Kaschkasch, te doy mil gracias por tu consejo! ¡Y te nombro jefe de mis emisarios, y de mi cuenta corre que mi padre Domriatt apruebe mi decisión!" Luego añadió: "¡Ahora, avanzad ambos y coged a esa joven, y transportadla pronto al palacio de su padre Ghayur, señor de El-Buhur y El-Kussur! Vistos los rápidos progresos que acababa de hacer delante de mis ojos, le otorgo mi amistad, y tengo ya completa confianza en su porvenir. ¡Ya veréis cómo realiza grandes cosas!"

Y los dos genios respondieron: "¡Inschalah!" Y después se acercaron al lecho, cogieron a la joven, que se echaron a cuestas, y volaron con ella hasta el palacio del rey Ghayur, al cual no tardaron en llegar, y la depositaron con delicadeza en su cama para irse en seguida cada cual por un lado.

En cuanto a Maimuna, se volvió a su pozo, después de haber depositado un beso en los ojos de su amigo.

Pero en cuanto a Kamaralzamán, por la mañana despertó del sueño con el cerebro todavía turbado por su aventura nocturna. Y se volvió hacia la derecha y hacia la izquierda; pero, como era natural, sin encontrar a la joven. Entonces dijo para sí: "¡Bien adiviné que era mi padre el que había preparado todo esto para probarme e impulsarme al matrimonio! De modo que he hecho bien en aguardar para pedirle el consentimiento, como buen hijo."

Y en aquel momento el rey Schahramán conversaba con su gran visir, diciendo: "¡Oh, visir mío! ¡He pasado muy mala noche, por lo inquieto que está mi corazón respecto a mi hijo Kamaralzamán! ¡Y temo mucho que le haya ocurrido alguna desgracia en esa torre vieja, tan mal acondicionada para un joven tan delicado como mi hijo!" Pero el visir le contestó: "¡Tranquilízate! ¡Por Alah! ¡Nada ha de sucederle allí! ¡Así se domará su arrogancia y se reducirá su orgullo!"

Pero el rey le envió a saber de su hijo, y cuando éste le vio ante sí se puso furioso y dijo: "¡Si ahora mismo no me dices lo que habéis hecho con mi amante, la joven de hermosos ojos y mejillas frescas y sonrosadas, me pagarás tus intrigas."

Y el joven, como loco, empezó a maltratar al visir, que solamente se le ocurrió mentir, diciéndole que su padre le había prohibido bajo pena de horca inmediata descubrir el secreto. Y añadió: "Si me sueltas voy a suplicar a tu padre que te saque de esta torre y le daré cuenta de tu deseo de casarte con esa joven."

Accedió el joven con gran alegría.

En cuanto el visir se vio libre, se precipitó fuera del aposento, cuidando de cerrar la puerta con doble vuelta de llave, y corrió, fuera de sí y con la ropa hecha pedazos, a la sala del trono.

Al ver el rey Schahramán a su visir en aquel estado lamentable, le dijo: "¡Te hallo muy abatido y sin turbante! ¡Y pareces muy mortificado! ¡Bien se ve que ha debido de ocurrirte algo desagradable que ha trastornado tus sentidos!" "¡Es por lo que le sucede a tu hijo, oh, rey!" Éste preguntó: "Pues entonces, ¿qué es?" El visir dijo: "¡No cabe duda de que está completamente loco!"

Y contó al rey todos los pormenores, sin omitir cómo escapó de las manos del joven. Y el rey se fue a la torre y, seguido del visir, penetró en la habitación de Kamaralzamán.

Cuando Kamaralzamán vio entrar a su padre, se levantó rápidamente en honor suyo y saltó de la cama, y se quedó respetuosamente a fuer de buen hijo. Y el rey, contentísimo al ver a su hijo tan pacífico, delante de él, cruzado de brazos, después de haberle besado la mano, le echó los brazos con ternura alrededor del cuello y le besó entre los dos ojos, llorando de alegría.

Entonces el rey, tranquilizado ya acerca del estado de su hijo, se volvió hacia el visir y dijo: "¡Aquí no hay más loco que tú, viejo visir malhadado!" Y el visir meneó la cabeza y quiso contestar; pero se calló y dijo: "¡Aguardemos al final!"

Y el rey dijo en seguida a su hijo: "¡Hijo mío, figúrate que este jeque y ese eunuco de betún han ido a contarme tales y cuales palabras que les habías dicho respecto a una supuesta joven que había pasado la noche contigo! ¡Diles en la cara que han mentido!"

Al oír estas palabras Kamaralzamán se sonrió amargamente y dijo al rey: "¡Oh, padre mío! ¡Sabe que en verdad ya no tengo ni ganas ni paciencia para soportar más tiempo esa broma que me parece ha durado bastante! Por favor, ahórrame tal mortificación y consiento en casarme con la hermosa joven que has tenido a bien mandarme esta noche para que me acompañara en la cama. La he encontrado perfectamente deseable, y sólo con verla se me ha puesto toda la sangre en movimiento."

Entonces el rey, que cada vez lo entendía menos, dijo a su hijo: "¡Sólo Alah puede aclarar este misterio!" Pero Kamaralzamán, muy conmovido, replicó: "¡Oh, padre mío! ¡Te suplico que hagas pesquisas y gestiones para devolverme a la deliciosa joven cuyo recuerdo me alborota el alma, y te conjuro a que tengas compasión de mí y hagas que se la encuentre, o moriré!"

En seguida el rey, muy desconsolado, cogió la mano a su hijo y se lo llevó desde la torre hasta el palacio, en donde se encerró con él. Y se negó a ocuparse de los asuntos de su reino para quedarse llorando con Kamaralzamán, que se había metido en la cama lleno de desesperación por amar a una joven desconocida, que, después de tan señaladas pruebas de amor, había desaparecido.

Después, el rey, para verse más libre aún de las cosas y gente de palacio, y no preocuparse más que en cuidar a su hijo, a quien tanto quería, mandó edificar en medio del mar un palacio, unido sólo a la tierra por una escollera de veinte codos de anchura, y lo hizo amueblar para su uso y el de su hijo. Y ambos lo habitaban solos, lejos del mundo y de las preocupaciones.

En cuanto a Budur, al despertar y no encontrar al hermoso adolescente, lanzó un agudo grito, que hizo acudir a su nodriza y a las demás mujeres encargadas de su cuidado. Y dijo: "¡Oh, malhadada nodriza, dime en seguida dónde está el hermoso joven a quien he entregado esta noche mi corazón!"

Cuando la nodriza y las otras diez mujeres oyeron semejantes palabras, levantaron los brazos y exclamaron: "¡Oh, confusión! ¡Oh, señora nuestra, libre te veas de la locura y de las acechanzas malignas, y del mal de ojo! ¡Verdaderamente, traspasas esta mañana los límites de la chanza!"

Se enfureció de tal manera Budur que descolgó de la pared una espada y se precipitó sobre las mujeres para atravesarlas. Enloquecidas entonces, se echaron fuera, atropellándose y aullando, y llegaron en desorden y demudados los semblantes al aposento del rey. Y la nodriza, con lágrimas en los ojos, le enteró de lo que acababa de decir Sett Budur.

El rey corrió a las habitaciones de su hija y después de oírla pensó que estaba completamente loca, y dijo:

"Budur, ¿quieres decir de una vez qué significa esa conducta extraña y tan poco digna de tu posición?" Entonces Budur ya no pudo contenerse, y se rasgó la camisa de abajo arriba, y se puso a sollozar, dándose de bofetadas.

Al ver aquello el rey ordenó a los eunucos y a las viejas que le sujetaran las manos para que no se hiciera daño, y en caso de reincidencia, que la encadenaran y le pusieran al cuello una argolla de hierro, y la ataran a la ventana de su habitación.

Luego, el rey Ghayur, desesperado, se retiró a sus aposentos, pensando en los medios que utilizaría para obtener la curación de aquella locura que suponía en su hija. Pues, a pesar de todo, seguía queriéndola con tanto cariño como antes y no podía acostumbrarse a la idea de que se hubiese vuelto loca para siempre.

Reunió, pues, en su palacio a todos los sabios de su reino: médicos, astrólogos, magos, hombres versados en libros antiguos y drogueros, y les dijo a todos: "Mi hija El-Sett Budur está en tal y cual estado. Se la daré por esposa a aquel de vosotros que la cure y le nombraré heredero de mi trono cuando yo me muera. Pero al que haya entrado en el aposento de mi hija y no haya logrado curarle se le cortará la cabeza."

Después mandó pregonar lo mismo por toda la ciudad y envió correos a todos sus Estados para promulgarlo.

Y se presentaron muchos médicos, sabios, astrólogos, magos y drogueros; pero una hora más tarde se veían encima de la puerta de palacio sus cabezas cortadas. Y en poco tiempo se juntaron cuarenta cabezas a lo largo de la fachada del palacio. Entonces los otros pensaron: "¡Mala señal! ¡La enfermedad debe ser incurable!" Y nadie se atrevía a presentarse, para no exponerse a que le cortaran la cabeza.

Pero he aquí que Budur tenía un hermano de leche, hijo de su nodriza, llamado Marzauán. Éste, aunque musulmán ortodoxo y buen creyente, había estudiado la magia y la brujería, los libros de los indios y los egipcios, los caracteres talismáticos y la ciencia de las estrellas, y después, como ya no tenía nada que aprender en libros, se había dedicado a viajar y había recorrido las comarcas más remotas, consultando a los hombres más duchos en las ciencias secretas, y de este modo se había empapado en todos los conocimientos humanos. Y entonces púsose en camino para regresar a su país, al que había llegado con buena salud.

Y lo primero que vio Marzauán al entrar en la ciudad fueron las cuarenta cabezas cortadas de los médicos, colgadas encima de la puerta del palacio. Y al preguntar a los transeúntes, le explicaron toda la historia y la ignorancia notoria de los médicos justamente ejecutados.

Y se decidió a intentar la curación de la joven, para lo que se disfrazó de mujer y fue a palacio.

Cuando Marzauán llegó a presencia de la princesa, se levantó el velo que le cubría el rostro, se sentó en el suelo y sacó de debajo de la ropa un astrolabio, libros de hechicería y una vela, y se disponía a sacar el horóscopo de Budur antes de interrogarla, cuando de pronto la joven se arrojó a su cuello y le besó con ternura, pues le había reconocido en seguida. Luego le dijo: "¿Cómo, hermano Marzauán, crees también en mi locura, como todos los demás?" Y él comprendió que Budur estaba sencillamente enamorada, y que esta era toda su enfermedad. Y le dijo: "El hombre sagaz sólo necesita una seña para enterarse. ¡Apresúrate a contarme tu historia y, si Alah quiere, seré para ti causa de consuelo y mediador para tu salvación!" Entonces Budur le refirió minuciosamente toda la aventura. Marzauán bajó la cabeza durante una hora y se sumió en sus pensamientos. Después levantó la cabeza y dijo a la desolada Budur: "¡Por Alah! Veo claro que tu historia es exacta de todo punto; pero en verdad que resulta difícil de entender. Sin embargo, tengo esperanzas de curar tu corazón dándote la satisfacción que deseas. Pero, ¡por Alah!, procura aguantar con paciencia hasta mi regreso. ¡Y estáte bien segura de que el día en que de nuevo me veas junto a ti será aquel en que te habré traído de la mano a tu amante!" Y dicho esto, Marzauán se retiró bruscamente de la habitación de la princesa, su hermana de leche, y el mismo día se fue de la ciudad del rey Ghayur. Al cabo de un mes de viaje llegó a una gran ciudad, situada a orillas del mar, que se llamaba Tarab, y dejó de oír a la gente hablar de Sett-Budur; pero en cambio no se ocupaban más que de la historia sorprendente de un príncipe, hijo del rey de aquella comarca, que se llamaba Kamaralzamán. Y Marzauán hizo que le contaran los pormenores de aquella aventura, y los encontró tan semejantes en todos sus puntos a los que ya sabía de Sett-Budur, que se enteró con exactitud del lugar en que se encontraba aquel hijo del rey. Y se presentó allí como médico que curaba toda clase de enfermedades. Y cuando el visir le habló del príncipe, contestó que viéndole daría antes con el tratamiento más indicado. Y el visir le llevó sin tardanza al aposento de Kamaralzamán.

Y dio a entender al príncipe que comprendía su mal y sabía el remedio. Y le contó que conocía a Budur y venía de su parte.

Al oír estas palabras, Kamaralzamán se sintió tan aliviado de su languidez que notó cómo las fuerzas daban a su alma nueva vida, y se levantó de la cama, cogió del brazo a Marzauán y le dijo: "¡Voy a irme en seguida contigo al país del rey Ghayur!" Pero Marzauán le dijo: "¡Está algo lejos, y primero has de recobrar las fuerzas por completo! ¡Después iremos juntos allá, y tú solo curarás a Sett-Budur!"

A todo esto, el rey, impulsado por la curiosidad, volvió a la sala y vio el rostro radiante de su hijo. Entonces, con la alegría, se le atascó en la garganta el aliento, y la alegría llegó al delirio cuando oyó que su hijo le decía: "¡Voy a vestirme al momento para ir al hammam!"

En seguida el rey se echó al cuello de Marzauán y le besó, sin pensar siquiera en preguntarle de qué receta o remedio se había servido para obtener en tan poco tiempo tan buen resultado. Y luego de colmar a Marzauán de regalos y honores, mandó iluminar toda la ciudad en señal de alegría, distribuyó prodigiosa cantidad de ropones de honor y obsequios a sus dignatarios y a toda la servidumbre de palacio, y mandó abrir todas las cárceles y poner en libertad a los presos. Y de aquella manera toda la ciudad y todo el reino se llenaron de contento y dicha.

Cuando Marzauán vio al príncipe algo repuesto, planeó una cacería y marcharon de incógnito en busca de la princesa Budur.

Y así siguieron viajando durante bastante tiempo, hasta que por fin avistaron la ciudad del rey Ghayur. Echaron entonces a todo galope los caballos y, franqueando los muros, entraron por la puerta principal de las caravanas.

Kamaralzamán quiso ir en seguida a palacio; pero Marzauán le dijo que tuviera un poco de paciencia, y le llevó al khan, en donde paraban los ricos extranjeros, y allí estuvieron tres días completos para descansar bien de las fatigas del viaje. Y Marzauán aprovechó el tiempo en mandar fabricar para uso del príncipe un artilugio completo de astrólogo, todo de oro y materias preciosas, y luego le llevó al hammam, y después del baño le vistió con un traje de astrólogo y, habiendo comunicado las instrucciones necesarias, le guió hasta el pie del palacio del rey. Y se ofreció a sanar a la princesa. Y la gente rodeó al joven astrólogo y mirábanle con lástima, aconsejándole que desistiera, pues le cortarían la cabeza con toda seguridad.

A todo esto, el rey, al oír el tumulto en la plaza y al ver el gentío que rodeaba al astrólogo, dijo al visir: "¡Ve pronto a buscar a ese hombre!" Y el visir ejecutó inmediatamente la orden.

Cuando Kamaralzamán llegó a la sala del trono, besó la tierra entre las manos del rey, que empezó por decir: "¡Mira, hijo mío, mejor estarías sin ese traje de médico! ¡Y mucho me alegraría de casarte con mi hija si consiguieras curarla! ¡Pero dudo que lo logres! ¡Y como he jurado que nadie conservaría la vida después de haber visto la cara de la princesa, a no ser que la alcanzara por esposa, me vería obligado, muy contra mi gusto, a hacerte sufrir la misma suerte que a los cuarenta que te han precedido! ¡Contesta, pues! ¿Te allanas a las condiciones impuestas?"

Oídas estas palabras, Kamaralzamán dijo: "¡Oh, rey afortunado! ¡Vengo desde muy lejos a este país próspero para ejercer mi arte y no para callar! ¡Sé lo que arriesgo, pero no retrocederé!" Entonces el rey dijo al jefe de los eunucos: "Ya que insiste, guíale a la habitación de la princesa."

Entonces ambos fueron al aposento de la princesa, y el eunuco, al ver que el joven apresuraba el paso, dijo: "¡Infeliz! ¿Crees de veras que llegarás a ser yerno del rey?" Kamaralzamán dijo: "¡Así lo espero! Y además estoy tan seguro de ganar que sin moverme de aquí puedo curar a la princesa, demostrando a toda la tierra mi habilidad y mi sabiduría." "¡Cómo! ¿Puedes curarla sin verla? ¡Gran mérito el tuyo si así es!" Kamaralzamán dijo: "Aunque el deseo de ver a la princesa, que ha de ser mi esposa, me mueva a penetrar inmediatamente en su aposento, prefiero obtener su curación quedándome detrás del cortinaje de su cuarto". El eunuco dijo: "¡Más sorprendente será la cosa!"

Entonces Kamaralzamán se sentó en el suelo, detrás del cortinaje del cuarto de Sett-Budur, sacó del cinturón un pedazo de papel y recado de escribir, y redactó la siguiente carta:

Estos renglones son de mano de Kamaralzamán, hijo del sultán Schahramán, rey de las tierras y de los océanos en los países musulmanes de las islas de Khaledán.

A Sett Budur, hija del rey Ghayur, señor de El-Buhur y El-Kussur, para expresarle sus penas de amor.

Si hubiera de decirte, ¡oh, princesa!, todo lo abrasado que está este corazón que heriste, no habría en la tierra cañas bastante duras para trazar sobre

150

el papel afirmación tan osada. Pero sabe, ¡oh, adorable!, que si se agotara la
tinta, mi sangre no se agotaría y con su color hubiera de expresarte mi inter-
na llama, esta llama que me consume desde la noche mágica en que me apa-
reciste en sueños y me cautivaste para siempre.

Dentro de este pliego va la sortija que te pertenecía. Te la mando como prue-
ba cierta de que soy el quemado por tus ojos, el amarillo como azafrán, el hir-
viente como volcán, el sacudido por las desventuras y el huracán, que grita
hacia ti Amán, *firmando con su nombre,* Kamaralzamán.

Habito en la ciudad en el gran khan.

Escrita ya la carta, Kamaralzamán la dobló, metiendo en ella diestramente
la sortija; la cerró y luego entregósela al eunuco, que fue inmediatamente a dár-
sela a Sett Budur, diciéndole: "¡Ahí detrás de la cortina, oh, mi señora, hay un
joven astrólogo tan temerario, que pretende curar a la gente sin verla! ¡He aquí,
por cierto, lo que para ti me entregó!"

Pero apenas abrió la carta la princesa Budur, cuando conoció la sortija y dio
un grito agudo, y después, enloquecida, atropelló al eunuco y corrió a levantar
la cortina, y a la primera ojeada reconoció también en el joven astrólogo al hermoso adolescente a quien se había entregado toda durante su sueño. Y tal fue
su alegría que entonces sí que le faltó poco para volverse loca de veras. Echó-
se al cuello de su amante, y ambos se besaron como dos palomas separadas
durante mucho tiempo.

Al ver aquello, el eunuco fue a escape a avisar al rey de lo que acababa de
ocurrir, diciéndole: "Ese astrólogo joven es el más sabio de todos los astrólogos. ¡Acaba de curar a tu hija sin verla siquiera, quedándose detrás del cortinaje!" Y el rey exclamó: "¿Es verdad eso que me cuentas?" El eunuco dijo:
"¡Oh, señor mío, puedes ir a comprobarlo con tus propios ojos!"

Entonces el rey se dirigió inmediatamente al cuarto de su hija, y vio que, en
efecto, era una realidad lo dicho. Y se regocijó tanto que besó a su hija entre los
dos ojos, porque la quería mucho, y besó también a Kamaralzamán y después
le preguntó de qué tierra era. Kamaralzamán le contestó: "¡De las islas de Khaledán, y soy el propio hijo del rey Schahramán!" Y refirió al rey Ghayur toda
su historia con Sett Budur.

Y el rey mandó llamar al cadí y a los testigos, para que se extendiera sin
demora el contrato de matrimonio de Sett Budur con Kamaralzamán. Y mandó
adornar e iluminar la ciudad siete noches y siete días, y se comió, y se bebió, y
se disfrutó, y Kamaralzamán y Sett Budur llegaron al colmo de sus anhelos, y se
amaron recíprocamente durante mucho tiempo entre fiestas, bendiciendo a Alah
el Bienhechor.

Pero una noche, después de cierto festín al cual habían sido invitados los
principales personajes de las islas exteriores, tuvo, dormido ya, un sueño en el
cual vio a su padre Schahramán, que se le aparecía con la cara bañada en llanto y le decía tristemente:

"¿Cómo me abandonas así ya, Kamaralzamán? ¡Mira! ¡Voy a morirme de
dolor!"

Entonces Kamaralzamán se despertó sobresaltado y despertó también a su
esposa, y empezó a exhalar hondos suspiros. Y Sett Budur, ansiosa, le preguntó: "¿Qué te pasa, ojos míos? Si te duele el vientre, te haré en seguida un coci-
miento de anís e hinojo. Y si te duele la cabeza, te pondré en la frente paños de
vinagre. Y si has comido demasiado por la noche, te colocaré encima del estómago un panecillo caliente envuelto en una servilleta, y te daré de beber un

poco de agua de rosas y jugo de flores." Y Kamaralzamán contestó: "Tenemos que marcharnos mañana, ¡oh, Budur!, a mi país, cuyo rey, mi padre, está enfermo. ¡Acaba de aparecérseme en sueños y me aguarda allá llorando!" Budur contestó: "¡Escucho y obedezco!" Y aunque todavía era de noche, se levantó en seguida y fue en busca de su padre, el rey Ghayur, que estaba en el harén, y a quien por el eunuco mandó recado de que tenía que hablarle.

El rey Ghayur, al ver aparecer la cabeza del eunuco a aquellas horas, se quedó estupefacto y le dijo: "¿Qué desastre vienes a anunciarme, ¡oh, cara de alquitrán!?" El eunuco contestó: "¡La princesa Budur desea hablar contigo!" Él contestó: "Aguarda que me ponga el turbante." Después de lo cual salió y dijo a Budur: "Hija mía, ¿qué clase de pimienta has tragado para estar en movimiento a estas horas?" Ella contestó: "¡Oh, padre mío, vengo a pedirte permiso para salir al amanecer hacia el país de Khaledán, reino del padre de mi esposo Kamaralzamán!" El rey dijo: "¡No me opongo, con tal de que vuelvas pasado un año!" Ella dijo: "¡Sí, por cierto!" Y dio las gracias a su padre por el permiso besándole la mano, y llamó a Kamaralzamán, que también le dio las gracias.

Y al amanecer del día siguiente estaban hechos los preparativos, enjaezados los caballos y cargados los dromedarios y camellos. Entonces el rey Ghayur se despidió de su hija Budur y la recomendó mucho a su esposo, y les regaló numerosos presentes de oro y diamantes, y los acompañó durante algún tiempo. Tras lo cual regresó a la ciudad, no sin haberles encargado, llorando, que se cuidaran mucho, y les dejó seguir su camino.

Entonces Kamaralzamán y Sett Budur, después del llanto de la despedida, no pensaron más que en la alegría de ver al rey Schahramán. Y viajaron el primer día, y el segundo, y el tercero, y así sucesivamente hasta el día trigésimo. Llegaron entonces a un prado muy agradable, que les gustó hasta el punto de que mandaron armar el campamento allí para descansar un día o dos. Y no bien estuvo dispuesta y armada junto a una palmera la tienda de Sett Budur, cansada ésta entró en seguida en ella, tomó un bocado y no tardó en dormirse.

Cuando Kamaralzamán acabó de dar órdenes y de mandar armar las otras tiendas mucho más lejos, para que él y Budur pudieran disfrutar del silencio y la soledad, penetró a su vez en la tienda y vio dormida a su joven esposa. Y al verla se acordó de la primera noche milagrosa pasada con ella en la torre.

Y viajaron un día, y el segundo, y el tercero, y así sucesivamente.

Entonces descubrió un objeto duro cosido al cinturón, y resultó ser un talismán que su madre le había dado contra el mal de ojo. Y salió de su tienda para examinarlo mejor. Y vio que tenía talladas unas figuras extrañas. Y cuando más distraído estaba llegó un ave grandísima que en un giro rapidísimo se lo arrancó de su mano.

Y después fue a posarse, algo más lejos, en la copa de un árbol alto, y lo miró, inmóvil y burlona, sujetando con el pico el talismán.

Ante aquel desastroso accidente, la estupefación de Kamaralzamán fue tan honda que abrió la boca y estuvo algún rato sin poder moverse, pues a su vista pasó todo el dolor con que presentía afligida a Budur al saber la pérdida de una cosa que indudablemente debía estimar mucho. Así es que Kamaralzamán, repuesto de su sorpresa, no vaciló un instante. Cogió una piedra y corrió hacia el árbol en que se había posado el ave. Llegó a la distancia necesaria para tirarle la piedra al ladrón, y ya levantaba la mano apuntándole, cuando el ave saltó del árbol y fue a posarse en otro algo más lejano. Entonces Kamaralzamán la persiguió, y el ave voló y fue al tercer árbol. Y Kamaralzamán dijo para sí: "¡Ha debido ver que llevo una piedra en la mano! Voy a tirarla para que comprenda que no quiero hacerle daño." Y tiró la piedra a lo lejos.

Cuando el ave vio que Kamaralzamán tiraba la piedra, saltó al suelo, pero manteniéndose de todos modos a cierta distancia. Y Kamaralzamán pensó: "¡Ahí me está esperando!" Y se acercó a ella con rapidez, pero al ir a tocarla con la mano, el ave saltó algo más lejos. Y así sucesivamente, horas y horas, hasta que anocheció.

En aquel momento, Kamaralzamán notó humedad en la frente, más de desesperación que de cansancio, y pensó que tal vez haría mejor en regresar al campamento. Pero dijo para sí: "Mi amada Budur sería capaz de morirse de pena si le anunciase la pérdida irremediable de este talismán, de virtudes desconocidas para mí, pero que para ella deben ser esenciales. Y además, si me volviera ahora que la tiniebla es tan espesa, me expondría a extraviarme, o a que me atacasen las alimañas nocturnas." Sumido entonces en pensamientos tan desconsoladores, no sabía qué resolución tomar, y se tendió en el suelo, llegando al límite del aniquilamiento.

Y al día siguiente se reprodujo la misma persecución, y así continuaron hasta el décimo día, desde por la mañana hasta por la noche; pero al amanecer el undécimo día, atraído sin cesar por el vuelo del ave, Kamaralzamán llegó a las puertas de una ciudad situada junto al mar.

Después Kamaralzamán traspuso las puertas y entró en la ciudad. Empezó a andar por las calles sin que ninguno de los numerosos habitantes con quienes se cruzaba le mirara con afabilidad, como acostumbran a hacer los musulmanes con los extranjeros. Siguió, pues, su camino y llegó de tal modo a la puerta opuesta de la ciudad, por la cual se salía para ir a los jardines.

Como encontró abierta la puerta de un jardín más grande que los demás, entró en él y vio que se le acercaba el jardinero, que fue el primero que le saludó, según la fórmula de los musulmanes. Y Kamaralzamán correspondió a sus deseos de paz, y respiró a gusto oyendo hablar en árabe.

Y le contó su historia y le preguntó por el camino que le llevaría con su esposa. Y el jardinero le dijo que tardaría más de un año yendo por tierra. Lo mejor sería esperar un barco que le llevase a la isla de Ébano y desde allí ya sería más fácil ir a su país. Mientras tanto, tendría asilo y reposo en su casa.

Pero pasaron días y meses sin encontrar un barco que fuese a la isla de Ébano.

Mas volvamos a Budur.

Cuando, pasado buen rato, vio que Kamaralzamán no volvía, empezó a alarmarse mucho y pronto apoderóse de ella una aflicción inconcebible. Y cuando llegó la noche sin que hubiera regresado Kamaralzamán, ya no supo qué pensar de aquella desaparición.

Pero cuando Sett Budur vio que pasados dos días no regresaba su esposo, en vez de aturdirse, como lo habría hecho cualquier mujer en tales circunstancias, encontró dentro de la desgracia una firmeza de la cual no suelen estar provistas las personas de su sexo. Nada quiso decir a nadie respecto a tal desaparición, por temor de que sus esclavas le traicionasen o la sirvieran mal; ocultó su dolor dentro del alma y prohibió a la doncella que la acompañaba que dijera palabra de ello. Después, como sabía que se parecía a Kamaralzamán, abandonó en seguida su traje de mujer, cogió de un cajón la ropa de Kamaralzamán y empezó a vestírsela.

Después, y disfrazada de Kamaralzamán, se puso a viajar, seguida por su escolta, durante días y noches, hasta que llegó a una ciudad situada a orillas del mar.

Entonces mandó armar las tiendas a las puertas de la plaza y preguntó: "¿Cuál es esta ciudad?" Y le contestaron: "Es la capital de la isla de Ébano." Preguntó otra vez: "¿Cuál es su rey?" Y le contestaron: "Se llama el rey Armanos".

Entonces Sett Budur envió un correo con una carta al rey Armanos, para anunciarle su llegada, y esta carta la firmaba como príncipe Kamaralzamán, hijo del rey Schahramán, señor del país del Khaledán.

Cuando el rey Armanos conoció esta noticia, como siempre había mantenido excelentes relaciones con el poderoso rey Schahramán, se alegró mucho de poder hacer los honores de su ciudad al príncipe Kamaralzamán. Inmediatamente, seguido de una comitiva compuesta de los principales de su corte, fue hacia las tiendas al encuentro de Sett Budur, y la recibió con todos los miramientos y honores que creía ofrecer al hijo de un rey amigo. Y a pesar de las vacilaciones de Budur, que trató de no aceptar el alojamiento que graciosamente le ofrecía en palacio el rey Armanos, se decidió a acompañarle. E hicieron juntos su entrada solemne en la población. Y durante tres días obsequiaron a la corte toda con magníficos festines de suntuosidad extraordinaria.

Y después el rey Armanos se reunió con Sett Budur para hablarle de su viaje y preguntarle qué pensaba hacer. Y aquel día, Sett Budur, siempre disfrazada de Kamaralzamán, había ido al hammam del palacio, en el cual no quiso aceptar los servicios de ningún masajista. Y había salido de él tan milagrosamente bella y brillante, y sus encantos tenían bajo aquel aspecto de hombre un atractivo tan sobrenatural, que todo el mundo se detenía a su paso sin respirar y bendecía al Creador.

El rey Armanos se sentó al lado de Sett Budur, y habló con ella largo rato. Y tanto le subyugaron sus encantos y elocuencias, que le dijo: "¡Oh, hijo mío, verdaderamente fue Alah quien te envió a mi reino para que seas el consuelo de mi ancianidad y ocupes el lugar de un hijo a quien pueda dejar mi trono! ¿Quieres, hijo mío, darme esa satisfacción, aceptando un casamiento con mi única hija Hayat-Alnefus? No hay en el mundo nadie tan digno como tú de sus destinos y belleza. Acaba de llegar a la nubilidad, pues durante el mes pasado entró en los quince años. ¡Es una flor exquisita, y yo quisiera que la aspiraras! ¡Acéptala, hijo mío, y en el acto abdicaré en ti el trono, cuya pesada carga es ya insoportable para mi mucha edad!"

Semejante proposición, tan generosa y espontánea, puso en molesto apuro a la princesa Budur. Al principio no supo qué hacer para no delatar la turbación que la agitaba: bajó los ojos y reflexionó un buen rato, mientras un sudor frío le helaba la frente.

Levantó, pues, la cabeza, y con el rostro coloreado por un sonrojo que el rey atribuyó a modestia y cortedad, naturales en un adolescente tan candoroso, contestó: "¡Soy el hijo sumiso que responde oyendo y obedeciendo a los menores deseos de su rey!"

Estas palabras transportaron al rey Armanos al límite de la satisfacción, y quiso que la ceremonia del casamiento se verificase el mismo día. Empezó por abdicar el trono en favor de Kamaralzamán delante de todos sus emires, personajes, oficiales y chambelanes; mandó que se anunciara este suceso a toda la ciudad por medio de los pregoneros, y despachó correos a todo su imperio para que se enteraran de ello las poblaciones.

Entonces organizó en un momento una fiesta sin precedentes en la ciudad y en palacio, y entre gritos de júbilo y al son de pífanos y címbalos, se extendió el contrato de casamiento del nuevo rey con Hayat-Alnefus.

Cuando la princesa Budur se vio a solas con Hayat-Alnefus le tomó las manos cariñosamente y le pidió perdón por el engaño contando toda su historia. Después le suplicó guardase el más absoluto secreto y le ayudase a buscar al príncipe Kamaralzamán. Y Hayat lo prometió. Y Sett Budur siguió sentándose en el trono de la isla de Ébano, siendo muy querido por sus súbditos.

Y vamos ahora con Kamaralzamán. Se había quedado en la casa del buen jardinero musulmán, situada extramuros de la ciudad habitada por los invasores inhospitalarios y sucios procedentes de los países de Occidente. Y su padre, el rey Schahramán, en las islas de Khadelán, al ver en el bosque los despojos ensangrentados, ya no dudó de la pérdida de su amado Kamaralzamán, y se puso de luto, lo mismo que todo el reino, y mandó edificar un monumento funerario, en el cual se encerró para llorar en silencio la muerte de su hijo.

Y por su parte, Kamaralzamán, a pesar de la compañía del anciano jardinero, que hacía cuanto podía por distraerle hasta la llegada de un barco que le llevase a la isla de Ébano, vivía triste y recordaba con dolor los hermosos tiempos pretéritos.

Pero un día que el jardinero había ido, según su costumbre, a dar una vuelta por el puerto con objeto de encontrar un barco que quisiera llevarse a su huésped, Kamaralzamán estaba sentado muy triste en el jardín y recitaba versos viendo jugar a las aves, cuando de pronto llamaron su atención los gritos roncos de dos aves grandes. Levantó la cabeza hacia el árbol del cual procedía el ruido y vio una riña encarnizada a picotazos, arañados y aletazos. Pero pronto cayó sin vida, precisamente delante de él, una de las aves, mientras la vencedora emprendía el vuelo.

Y he aquí que en el mismo instante dos aves mucho mayores, que habían visto el combate posadas en un árbol vecino, fueron a colocarse a los lados de la muerta; una se puso a la cabeza y otra a los pies, y después ambas abatieron tristemente el cuello y echáronse a llorar.

Al ver aquello, Kamaralzamán se conmovió en extremo y pensó en su esposa Sett Budur, y luego, por simpatía hacia las aves, se echó a llorar también.

Pasado un rato, Kamaralzamán vio a las dos aves abrir con las uñas y los picos una huesa, y enterrar a la muerta. Luego echaron a volar, y a los pocos momentos volvieron adonde estaba el hoyo, pero llevando agarrada, una por una pata y otra por un ala, al ave matadora, que hacía grandes esfuerzos para huir y daba gritos espantosos. La colocaron sin soltarla en la tumba de la difunta, y con pocos y rápidos picotazos la despanzurraron para vengar su crimen, le arrancaron las entrañas y tendieron el vuelo, dejándola en tierra palpitante y agónica.

¡Eso fue todo! Y Kamaralzamán había permanecido inmóvil de sorpresa ante un espectáculo tan extraordinario. Después, cuando las aves se fueron, impulsado por la curiosidad, acercóse al sitio en que yacía el ave criminal sacrificada, y al mirar el cadáver vio en el estómago desgarrado una cosa colorada que le llamó mucho la atención. Se inclinó y, habiéndola recogido, cayó desmayado de emoción. ¡Acababa de encontrar la cornalina talismánica de Sett Budur!

Y empezó a brincar de alegría.

Cuando se tranquilizó, recordó que el buen jardinero le había encargado que desarraigase un algarrobo añoso que ya no daba hojas ni frutos. Se ajustó, pues, un cinturón de cáñamo, se levantó las mangas, cogió una azada y un canasto, y puso inmediatamente manos a la obra, dando grandes golpes a las raíces del añoso árbol a ras de tierra. Pero de pronto notó que el hierro del instrumento chocaba con un cuerpo metálico y resistente, y oyó como un ruido sordo que se propagaba por debajo del suelo. Separó entonces velozmente la tierra y los guijarros, dejando al descubierto una gran chapa de bronce, que se apresuró a quitar. Entonces columbró una escalera de diez peldaños bastante altos abierta en la roca, y tras haber pronunciado las palabras propiciatorias *la ilah il' Alah,* se dio prisa en bajar y vio una ancha cueva cuadrada, de construcción muy antigua, de los tiempos remotos de Thammud y Aad, y en aquella cueva abovedada encontró veinte tinajas enormes, colocadas en orden a ambos lados. Levantó la tapa de la primera, y comprobó que estaba completamente llena de barras de oro rojo; levantó entonces la segunda tapa, y advirtió que la segunda tinaja estaba repleta de polvo de oro. Y abrió las otras dieciocho, y las encontró llenas alternativamente de barras y polvo de oro.

Repuesto de su sorpresa, Kamaralzamán salió entonces de la cueva, volvió a poner la chapa, acabó el trabajo, regó los árboles, según costumbre adquirida de ayudar al jardinero, y no acabó hasta por la noche, cuando volvió su anciano amigo.

Las primeras palabras que el jardinero dijo a Kamaralzamán fueron para darle una buena noticia. Díjole así: "¡Oh, hijo mío! Tengo la alegría de anunciarte tu próximo regreso al país de los musulmanes. He encontrado, en efecto, un barco fletado por mercaderes ricos que se dará a la vela dentro de tres días. He hablado con el capitán, que está conforme en darte pasaje hasta la isla de Ébano." Al oír estas palabras, Kamaralzamán se alegró mucho y besó la mano del jardinero, y le dijo: "¡Oh, padre mío! ¡Puesto que acabas de darme una buena nueva, yo te he de dar también, a mi vez, otra noticia que creo ha de contentarte!"

Llevó entonces al jardinero al sitio en que se erguía el algarrobo desarraigado, levantó la chapa y, sin reparar en la sorpresa y espanto de su amigo, le hizo bajar a la cueva y destapó delante de él las veinte tinajas llenas de oro en barras y el polvo. Y el buen jardinero, como atontado, levantaba las manos y abría extremadamente los ojos ante cada tinaja. Después Kamaralzamán le dijo: "¡He aquí ahora tu hospitalidad recompensada por el Dador!"

Al oír estas frases, el anciano jardinero, que no podía articular palabra, se echó a llorar y dijo: "Hijo mío, ¿qué quieres que haga un viejo como yo con este oro y estas riquezas?

Verdad es que soy pobre, pero con mi dicha me basta. Tengo cariño a este jardín y a este arroyo, ¡oh, hijo mío!, y al murmurador follaje, y a este sol, y a esta tierra materna en que mi sombra se alarga en libertad y se conoce a sí misma, y a la Luna, que de noche me sonríe por encima de los árboles hasta la mañana.

Y de esas tinajas preciosas que te preocupan, toma, si lo deseas, las diez primeras, y deja las otras diez en la cueva. Serán el premio para aquel que entierre el sudario en que yo duerma.

Pero hay más. Lo difícil no es eso, sino embarcar las vasijas en el navío sin llamar la atención y excitar la codicia de los hombres de alma negra que habitan en la ciudad. Ahora bien; en mi jardín hay olivos cargados de fruto y en el sitio adonde vas, en la isla de Ébano, las aceitunas son cosa rara y muy estimada. De modo que ahora mismo voy a comprar veinte tarros grandes, que llenaremos a medias de barras y polvo de oro, acabándolas de llenar con las aceitunas de mi jardín. Y entonces será cuando podamos llevarlos sin temor al barco que va a salir."

Este consejo fue seguido inmediatamente por Kamaralzamán, que se pasó el día preparando los tarros comprados. Y cuando no le quedaba por llenar más que uno, dijo para sí: "Este talismán milagroso no está bastante seguro arrollado a mi brazo; pueden robármelo mientras duermo o perderse de otra manera. Lo mejor es, seguramente, colocarlo en el fondo de este tarro; después lo cubriré con las barras y el polvo de oro, y encima colocaré las aceitunas." Y en seguida ejecutó su proyecto; terminado que fue aquello, tapó el último tarro con su tapa de madera blanca y, para distinguirlo de los otros en caso necesario, le hizo una muestra en la base y después, enardecido por aquel trabajo, grabó con una navaja todo su nombre, Kamaralzamán, en hermosos caracteres enlazados. Concluida tal tarea, rogó a su anciano amigo que avisase a los hombres de la nave para que al día siguiente fueran a recoger los tarros. El viejo desempeñó en seguida el encargo y regresó a casa un tanto fatigado, y se acostó con un poco de calentura y algunos escalofríos.

Al siguiente día murió el buen jardinero y Kamaralzamán lloró mucho a su lado. Después de cerrarle los ojos le ríndió el último tributo, le hizo un sudario blanco, abrió la huesa y enterró al último musulmán de aquel país caído en el descreimiento. Y decidió embarcarse.

Compró ciertas provisiones, cerró la puerta del jardín, se llevó la llave consigo y corrió a escape al puerto, cuando el sol estaba ya muy alto; pero fue para ver que el barco, a toda vela, iba ya obedeciendo al viento favorable hacia alta mar.

Extremado fue el dolor de Kamaralzamán al ver aquello, pero no lo exteriorizó, para que no se riera a costa suya la gentuza del puerto. Y volvió a emprender tristemente el camino del jardín, del cual era ya único heredero y propietario por fallecimiento del anciano.

En cuanto al buque, tuvo vientos favorables y no tardó en llegar a la isla de Ébano, y fue a fondear precisamente debajo del malecón en que se elevaba el palacio habitado por la princesa Budur con el nombre de Kamaralzamán.

Al ver aquella nave que entraba a toda vela y ordenado el pabellón, Sett Budur sintió vivos deseos de ir a verla, tanto más cuanto que siempre tenía la esperanza de que había de encontrar algún día a su esposo Kamaralzamán embarcado en alguno de los navíos que venían de lejos.

Al llegar a bordo, mandó llamar al capitán, y le dijo que quería ver la nave. Después, cerciorada de que Kamaralzamán no se encontraba entre los pasajeros, preguntó por curiosidad al capitán: "¿De qué viene cargado el barco, capitán?" Éste contestó: "¡Oh, señor! Además de los mercaderes pasajeros, llevamos en el sollado ricas telas, sederías de todos los países, bordados en terciopelo y brocados, telas pintadas, antiguas y modernas, de muy buen gusto, y otras mercancías de valor; llevamos medicamentos chinos e indios, droga en polvo y en rama, díctamos, pomadas, colirios, ungüentos y bálsamos preciosos; llevamos pedrería, perlas, ámbar amarillo y coral; tenemos también perfumes de todas clases y especias selectas; almizcle, ámbar gris e incienso, almáciga en lágrimas transparentes, benjuí gurí y esencias de todas las flores; tenemos asimismo alcanfor, culanto, cardamomo, clavo, canela de Serendib, tamarindo y jengibre; finalmente, hemos embarcado en el último puerto aceitunas superiores, de las llamadas 'de pájaro', que tienen una piel muy fina y una pulpa dulce, jugosa, de color del aceite rubio."

Cuando la princesa Budur oyó nombrar las aceitunas, que le gustaban con delirio, interrumpió: "Quiero comprar uno de esos tarros." Y el capitán contestó: "Aunque al propietario se le escapó el barco en el momento de zarpar y no puedo disponer libremente de ellos, nuestro señor el rey tiene derecho a coger lo que quiera."

Sett Budur mandó levantar la tapa y le maravilló tanto el aspecto admirable de aquellas aceitunas "de pájaro", que exclamó: "Quisiera comprar los veinte tarros. ¿Cuánto costarán, según el precio corriente del zoco?" El capitán contestó: "Según el precio del zoco de la isla de Ébano, creo que cada tarro de aceitunas valdrá cien dracmas." Sett Budur dijo a sus chambelanes: "¡Pagad al capitán mil dracmas por cada tarro!" Y añadió: "Cuando vuelvas al país del mercader, le pagarás eso por las aceitunas."

La primera diligencia de Sett Budur al llegar a palacio fue entrar en el aposento de su amiga Hayat-Alnefus para avisarle de la llegada de las aceitunas.

Mandó Budur vaciar los tarros, uno tras otro, y al volcar el último apareció el nombre de Kamaralzamán en la base y brilló el talismán entre las aceitunas.

Budur dio un grito y se lo llevó a los labios, exhalando un suspiro de felicidad; después despidió a las esclavas y dijo a su amiga: "¡He aquí, oh, amada mía querida, el talismán causante de que estemos separados mi esposo adorado y yo! ¡Pero así como he dado con él, también encontraré a aquel cuya venida nos llenará de felicidad a ambas!"

Inmediatamente mandó llamar al capitán de la nave y le ordenó que volviera rápidamente adonde había embarcado las aceitunas y le trajera al dueño de ellas. Y así lo hizo el capitán, sin consideraciones para el pobre Kamaralzamán, que no sabía por qué le arrastraban al barco de esa manera.

A todo esto el barco llegó a la isla de Ébano con felicidad. Y el capitán llevó en seguida a Kamaralzamán a palacio y solicitó ver al rey. Y como le aguardaban, se le introdujo en la sala del trono.

Y Sett Budur le reconoció al instante y se puso pálida, y dijo a los chambelanes:

"¡Coged a ese joven y llevadle al hammam! ¡Después le vestiréis suntuosamente y me lo volveréis a presentar mañana por la mañana, a la primera hora del diwán!" Y lo mandado se ejecutó al momento.

Al día siguiente le nombró gran visir y ordenó le dieran cien esclavos, caballos, mulos, camellos y arcas llenas. Y entró en seguida en el consejo. Y la asamblea fue dirigida por su autoridad.

Y a la noche siguiente Budur se puso sus vestidos de mujer, apareciendo más hermosa que nunca, y mandó ir a la cámara regia a su muy dulce y bien amado Kamaralzamán. Al entrar reconoció a su esposa, quedando profundamente emocionado. Y luego los dos jóvenes, llorando y riendo, se confundieron en un abrazo interminable.

Cuando dominaron su profunda emoción se contaron sus aventuras. Después se besaron tiernamente y se retiraron a descansar.

Al día siguiente los dos esposos se presentaron al rey Armanos y le explicaron todas sus andanzas, así como las razones del comportamiento de la princesa.

Y el rey, aunque lo sintió mucho, pues quería realmente a Budur, les perdonó. Y pensando en su hija, preguntó: "¿Y ahora qué pensáis hacer?" A lo que contestó la princesa: "Como nuestra religión concede libertad a los hombres para tener varias esposas, tu hija, a quien mucho aprecio, puede casarse con Kamaralzamán, para satisfacción de todos."

Al oír estas palabras, el rey Armanos se regocijó hasta el límite del regocijo, y fue a sentarse para aquel caso en el trono de justicia, y mandó reunir a todos los emires, visires, chambelanes y notables del reino, y les contó la historia de Kamaralzamán y de su esposa Sett Budur, desde el principio hasta el fin. Luego les comunicó su proyecto de dar a Hayat-Alnefus por segunda esposa a Kamaralzamán y nombrarle al mismo tiempo rey de la isla de Ébano en lugar de su esposa la reina Budur. Y todos besaron la tierra entre sus manos y respondieron: "¡Desde el momento en que Kamaralzamán es el esposo de Sett Budur, que ha reinado antes en este trono, le aceptamos con júbilo por nuestro rey, y nos consideramos dichosos con ser sus esclavos fieles!"

Después de estas palabras, el rey Armanos se entusiasmó hasta el límite más extremo del entusiasmo, e inmediatamente mandó llamar a los cadíes, testigos y jefes principales, y extender el contrato de boda de Kamaralzamán con Hayat-Alnefus. Y se sacrificaron millares de reses para los pobres y desgraciados, y hubo liberalidad para todo el pueblo y todo el ejército. Y no quedó nadie en el reino que no deseara larga vida y felicidad para el rey Kamaralzamán y sus dos esposas, Sett Budur y Hayat-Alnefus.

HISTORIA DE LA DOCTA SIMPATÍA

«Cuentan que hubo en Bagdad un comerciante muy rico, que gozaba de honores y privilegios de todas clases; pero no era dichoso, porque Alah no extendió su bendición sobre él hasta el punto de concederle un descendiente. Pero siendo ya viejo le concedió un hijo tan bello que parecía un trozo de luna. Y le puso por nombre Abul-Hassán.

El niño se crió en brazos de nodrizas y de bellas esclavas, y como a cosa preciosa le cuidaron mujeres y criados hasta que estuvo en edad de estudiar. Entonces se le confió a los maestros más sabios, que le enseñaron a leer las palabras sublimes del Corán y le adiestraron en la escritura hermosa, en la poesía, en el cálculo y sobre todo en el arte de disparar el arco.

El joven Abul-Hassán fue, pues, la alegría de su padre y la delicia de sus pupilas durante el tiempo que el Destino le marcó de antemano. Pero cuando el anciano sintió acercarse al término que le estaba fijado, hizo sentarse a su hijo entre sus manos un día entre los días, y le dijo: "Hijo mío, se aproxima mi fin y ya sólo me resta prepararme a comparecer ante el Dueño Soberano. Te lego grandes bienes, muchas riquezas y propiedades, poblados enteros y fértiles tierras y abundosos huertos, que os bastarán para vivir, no sólo a ti, sino también a los hijos de tus hijos. ¡Únicamente te recomiendo que sepas aprovecharte de ello sin abusar y dando gracias al Retribuidor y con el respeto que le es debido!" Luego murió de su enfermedad el viejo comerciante, y Abul-Hassán se afligió en extremo, y cuando terminaron las exequias estuvo de duelo y se encerró con su dolor.

Pero no tardaron sus camaradas en distraerle y alejarle de sus penas, de modo que Abul-Hassán olvido poco a poco los consejos de su padre y acabó por persuadirse de que eran inagotables la dicha y la fortuna. Así, pues, no dejó de satisfacer todos sus caprichos, entregándose a todos los placeres, visitando a las cantarinas y tañedoras de instrumentos, comiendo todos los días una cantidad enorme de pollos, porque le gustaban los pollos, complaciéndose en destapar las botellas añejas de licores enervantes y de oír el tintineo de las copas que se entrechocan, deteriorando lo que pudo deteriorar, arruinando lo que pudo arruinar y trastornando lo que pudo trastornar, ¡hasta tal punto que a la postre se despertó un día sin nada entre las manos, a no ser su persona! Y de cuantos servidores y mujeres le hubo legado su difunto padre, no le quedaba más que una sola esclava.

Esta esclava se llamaba Simpatía. Y en verdad que jamás nombre alguno cuadró mejor a las cualidades de quien lo llevaba. Era ella una adolescente de estatura proporcionada y tan esbelta y delicada que podía desafiar al sol a que prolongase en el suelo su sombra; maravillosas eran la belleza y lozanía de su rostro.

Y he aquí que, al percatarse de que su patrimonio habíase disipado irremediablemente, Abul-Hassán quedó sumido en un estado de desolación tan grande que le robó el sueño y el apetito, y permaneció tres días y tres noches sin comer, ni beber, ni dormir, alarmando a la esclava Simpatía, que creyó verle morir, y resolvió salvarle a toda costa.

Se atavió con sus trajes más dignos de exhibirse y con las joyas y adornos que le quedaban, y se presentó a su amo, diciéndole, mientras mostraba en sus labios una sonrisa de buen augurio: "Por mi causa va a hacer cesar Alah tus tribulaciones. Para ello bastará que me conduzcas ante nuestro señor el Emir de los Creyentes, Harum al-Raschid, quinto descendiente de Abbas, y me vendas a él, pidiéndole como precio diez mil dinares. Si encontrara este precio demasiado caro, dile: ¡Oh, Emir de los Creyentes! Esta adolescente vale más todavía, como podrás advertir mejor tomándola a prueba. ¡Entonces se realzará a tus ojos y verás que no tiene par ni rival y que verdaderamente es digna de servir a nuestro señor el califa!" Después, la esclava, insistiendo mucho, le recomendó que se guardase de rebajar el precio.

Abul-Hassán, que hasta aquel momento, por negligencia, no se había preocupado de observar las cualidades y talentos de su hermosa esclava, no estaba en situación para apreciar por sí mismo los méritos que pudiese ella poseer. Solamente le pareció que la idea no era mala y que tenía probabilidades de éxito. Se levantó, pues, en seguida y, llevando a Simpatía tras sí, la condujo ante el califa, a quien repitió las palabras que ella le había recomendado que dijese.

Entonces el califa volvióse hacia ella y le preguntó: "¿Cómo te llamas?" Ella dijo: "Me llamo Simpatía". Él exclamó: "¡Oh, Simpatía! ¿Estás versada en ciertos conocimientos y puedes enumerarme las diversas ramas del saber que has cultivado?" Ella contestó: "¡Oh, señor! Estudié la sintaxis, la poesía, el derecho civil y el derecho general, la música, la astronomía, la geometría, la aritmética, la jurisprudencia desde el punto de vista de las sucesiones y el arte de descifrar las escrituras mágicas y las inscripciones antiguas. Me sé de memoria el Libro Sublime y puedo leerle de siete maneras distintas; no soy profana en lógica, ni en arquitectura, ni en filosofía, como tampoco en lo que afecta a la elocuencia, al lenguaje escogido, a la retórica y a las reglas de los versos, los cuales sé ordenar y medir sin omitir ninguna dificultad en su construcción; en una palabra, aprendí muchas cosas y retuve cuanto aprendí."

Cuando el califa Harum al-Raschid hubo oído estas palabras, se asombró y entusiasmó de encontrar tal elocuencia unida a belleza tal, tanto saber y juventud en la que frente a él se mantenía con los ojos respetuosamente bajos. Se volvió hacia Abul-Hassán y le dijo: "Quiero dar orden al instante para que vengan todos los maestros de la ciencia a fin de poner a prueba a tu esclava y asegurarme por medio de un examen público y decisivo de si realmente es tan instruida como bella. ¡En caso de que saliese victoriosa de la prueba, no sólo te daría diez mil dinares, sino que te colmaría de honores por haberme traído semejante maravilla! ¡De no ser así, no hay nada de lo dicho y seguirá perteneciéndote!"

Luego, acto continuo, el califa hizo llegar al sabio mayor de aquella época, Imraim ben-Sayar, que había profundizado en todos los conocimientos humanos; mandó que acudiesen también todos los poetas, los dramáticos, los lectores del Corán, los médicos, los astrónomos, los filósofos, los jurisconsultos y los doctores en teología. Y apresuráronse a ir a palacio todos, y se reunieron en la sala de recepción, sin saber por qué motivo se les convocaba.

Cuando en aquella asamblea se estableció un silencio tan completo que se hubiera podido oír el ruido de una aguja que cayese al suelo, Simpatía hizo a todos una zalema llena de gracia y dignidad, y con un modo de hablar verdaderamente exquisito dijo al califa:

"¡Oh, Emir de los Creyentes, manda! Aquí estoy pronta a cuantas preguntas quieran dirigirme los doctos y venerables sabios, lectores del Corán, jurisconsultos, médicos, arquitectos, astrónomos, geómetras, dramáticos, filósofos y poetas!"

Entonces el califa Harum al-Raschid se encaró con todos ellos y les dijo desde el trono en que estaba sentado: "¡Hice que os mandaran venir aquí para que examinéis a esta adolescente en lo que afecta a la variedad y profundidad de sus conocimientos, y no perdonéis nada que contribuya a que resalte a la vez vuestra erudición y su saber!"

Entonces se levantó uno de los lectores y dijo:

"¡Oh, joven, desde el momento en que estudiaste a fondo el santo Libro de Alah, debes conocer el número de capítulos, palabras y letras que encierra y los preceptos de nuestra fe! Dime, pues, para empezar, ¿quién es tu Señor, quién es tu Profeta, quién es tu Imán, cuál es tu orientación, cuál es tu norma de vida, cuál es tu guía en los caminos y quiénes son tus hermanos?"

Ella contestó: "¡Mi señor es Alah; mi Profeta es Mohamed (¡con él la oración y la paz!); mi ley, y por tanto mi imán, es el Corán; mi orientación es la Kaaba, la casa de Alah, levantada por Abraham en La Meca; mi norma de vida es el ejemplo de nuestro santo Profeta; mi guía en los caminos es la Sunna, recopilación de tradiciones, y mis hermanos son todos los creyentes!"

Mientras comenzaba el califa a maravillarse de la claridad y precisión de estas respuestas en boca de una joven tan gentil, añadió el sabio:

"¡Dime! ¿Cómo sabes que hay un Dios?"

Ella contestó: "¡Por la razón!"

Él preguntó: "¿Qué es la razón?"

Ella dijo: "La razón es un don doble: innato y adquirido."

Él añadió: "¡Muy bien! Pero, ¿dónde reside la razón?"

Ella contestó: "¡En nuestro corazón! Y desde él se elevan sus inspiraciones hacia nuestro cerebro, para establecer allí su domicilio."

Dijo él: "¡Muy bien! Pero, ¿puedes decirme cuáles son los deberes indispensables de nuestra religión?"

Ella contestó: "En nuestra religión hay cinco deberes indispensables: la profesión de fe '¡No hay más Dios que Alah, y Mohamed es el enviado de Alah!', la oración, la limosna, el ayuno del mes de Ramadán y la peregrinación a La Meca cuando puede hacerse."

Él preguntó: "¿Qué acciones pías son las más meritorias?"

Contestó ella: "Son seis: la plegaria, la limosna, el ayuno, la peregrinación, la lucha contra malos instintos y cosas ilícitas, y por último, la guerra santa."

Él dijo: "¡Bien contestado! Pero, ¿qué objeto persigues con la plegaria?"

Ella replicó: "¡Sencillamente, el de ofrecer al Señor el homenaje de mi adoración, alabarle y levantar mi espíritu hacia las regiones serenas!"

El sabio dijo: "¡En verdad que respondiste perfectamente! ¿Puedes ahora decirme cómo debe pagarse el diezmo de la limosna?"

Ella contestó: "Se puede pagar el diezmo de la limosna de catorce maneras: en oro, en plata, en camellos, en vacas, en carneros, en trigo, en cebada, en mijo, en maíz, en habas, en garbanzos, en arroz, en pasas y en dátiles.

Por lo que se refiere al oro si sólo se posee una suma inferior a veinte dracmas de oro de La Meca, no hay que pagar ningún diezmo; pasando de esa suma, se da el tres por ciento. Lo mismo ocurre con la plata en la proporción correspondiente.

Por lo que se refiere al ganado, quien posee cinco paga un carnero; quien posee veinticinco camellos da uno como diezmo, y así sucesivamente en la misma proporción.

Por lo que se refiere a carneros y borregos, de cada cuarenta se da uno. Y así sucesivamente con todo lo demás."

El sabio dijo: "¡Perfectamente! ¡Háblame ahora del ayuno!"

Simpatía contestó: "El ayuno consiste en abstenerse de comer, de beber y de goces sexuales durante el día y hasta la puesta del sol, en el transcurso del mes de Ramadán, desde que sale la luna nueva. Es recomendable abstenerse igualmente, durante la comida, de todo discurso vano y de cualquier lectura que no sea la del Corán."

Dijo el sabio: "¡Está muy bien! ¿Y qué piensas del retiro espiritual?"

Dijo ella: "El retiro espiritual es una estancia de larga duración en una mezquita, sin salir nunca más que para satisfacer una necesidad, y renunciando al comercio con las mujeres y al uso de la palabra. La recomienda la Sunna; pero no es una obligación dogmática."

Dijo el sabio: "¡Admirable! ¡Deseo ahora oírte hablar de la peregrinación!"

Ella contestó: "La peregrinación a La Meca o *hadj* es un deber que todo buen musulmán ha de cumplir, por lo menos una vez en su vida, cuando llega a la edad de la razón. Para cumplirlo, hay que observar diversas condiciones. Debe uno revestirse con la capa de peregrino o *irham*, guardarse de tener comercio con mujeres, afeitarse el pelo, cortarse las uñas y taparse la cabeza y el rostro. La Sunna hace también otras prescripciones."

El sabio dijo: "¡Perfectamente! ¡Pero pasemos a la guerra santa!"

Ella contestó: "La guerra santa es la que se lleva a cabo contra los infieles cuando el Islam está en peligro. No se debe hacer más que para defenderse y jamás debe tomarse la ofensiva. ¡Cuando el creyente se ha puesto ya sobre las armas debe ir contra el infiel sin volver sobre sus pasos nunca!"

A estas palabras, irguióse sobre sus pies el sabio y exclamó: "¡En verdad que para ella son insignificantes mis preguntas y argumentos! Asombra el saber y la clarividencia de esta esclava, ¡oh, Emir de los Creyentes!"

Pero Simpatía sonrió ligeramente y le interrumpió: "A mi vez —le dijo— quisiera hacerte una pregunta. ¿Puedes decirme, ¡oh, sabio lector!, cuáles son las bases del Islam?"

Reflexionó él un instante y dijo: "Son cuatro: la fe iluminada por la razón sana, la rectitud, el conocimiento de los deberes y derechos estrictos, y la discreción y el cumplimiento de los compromisos."

Ella añadió: "¡Permíteme que te haga otra pregunta todavía! Si no pudieses resolverla, tendré el derecho de arrebatarte el manto que te sirve como distintivo de sabio lector del Libro".

Dijo él: "¡Acepto! ¡Venga la pregunta, oh, esclava!"

Ella preguntó: "¿Cuáles son las ramas del Islam?"

El sabio permaneció algún tiempo recapacitando, y finalmente no supo qué responder.

Entonces habló el propio califa y dijo a Simpatía: "¡Responde tú misma a la pregunta y te pertenecerá el manto de este sabio!"

Simpatía se inclinó y repuso: "¡Los ramajes del Islam son veinte: la observancia estricta de lo que enseña el Libro; conformarse con las tradiciones y la enseñanza oral de nuestro santo Profeta; no cometer nunca injusticias; comer los alimentos permitidos; no comer jamás alimentos prohibidos; castigar a los malhechores, a fin de que no aumente la malicia de los malos por causa de la indulgencia de los buenos; arrepentirse de las propias faltas; profundizar en el estudio de la religión; hacer bien a los enemigos; llevar vida modesta; socorrer a los servidores de Alah; huir de toda innovación y todo cambio; desplegar valor en la adversidad y fortaleza en las pruebas a que se nos someta; perdonar cuando se es fuerte y poderoso; ser paciente en la desgracia; conocer a Alah el Altísimo; conocer al Profeta (¡con él la plegaria y la paz!); resistir a las sugestiones del Maligno; resistir a nuestras pasiones y a los malos instintos de nuestra alma; proclamarse en absoluto al servicio de Alah con toda confianza y toda sumisión!"

Cuando el califa Harum al-Raschid hubo oído esta respuesta, ordenó que inmediatamente despojaran de su manto al sabio y se lo dieran a Simpatía, lo cual se ejecutó en seguida, ante la confusión del sabio, que salió de la sala cabizbajo.

Entonces se levantó un segundo sabio, reputado por su sagacidad en los conocimientos teológicos, y a quien todos los ojos designaban para que tuviera el honor de interrogar a la joven.

El sabio preguntó: "¿Puedes decirme ahora, ¡oh, esclava!, a qué se llama cualquier cosa, la mitad de cualquier cosa y menos que cualquier cosa?"

Ella contestó sin vacilar: "¡El creyente es cualquier cosa, el hipócrita es la mitad de cualquier cosa y el infiel es menos que cualquier cosa!"

Él añadió: "¡Así es! ¡Dime! ¿Dónde está la fe?"

Ella replicó: "La fe habita en cuatro lugares: en el corazón, en la cabeza, en la lengua y en los miembros. ¡Por eso la fuerza del corazón consiste en la alegría, la fuerza de la cabeza en el conocimiento de la verdad, la fuerza de la lengua en la sinceridad y la fuerza de los demás miembros en la sumisión!"

Él preguntó: "¿Cuántas clases de corazones hay?"

Ella repuso: "Hay varias: el corazón del creyente, que es un corazón puro y sano; el corazón del infiel, que es completamente opuesto al primero; el corazón tocado de las cosas terrenas y el corazón tocado de las cosas espirituales; hay corazón dominado por las pasiones, o por el odio, o por la avaricia; hay corazón cobarde, corazón abrasado de amor, corazón henchido de orgullo; también existe el corazón iluminado, como el de los compañeros de nuestro santo Profeta, y por último, existe el propio corazón de nuestro santo Profeta, ¡el corazón del Elegido!"

Cuando oyó tal respuesta el sabio teólogo, exclamó: "¡Mereces mi aprobación, oh, esclava!"

Entonces la hermosa Simpatía miró al califa y dijo: "¡Oh, Comendador de los Creyentes, permíteme que a mi vez haga una sola pregunta a mi examinador y me apodere de su manto si no puede contestarme!" Y cuando se le acordó el consentimiento preguntó al sabio:

"¿Puedes decirme, ¡oh, venerable jeque!, qué deber ha de cumplirse con preferencia a todos los deberes, aunque no sea el de más importancia?"

A esta pregunta no supo qué decir el sabio, y la joven se apresuró a quitarle el manto y se dio a sí misma la siguiente respuesta:

"¡Es el deber de la ablución, porque está formalmente prescrito que hemos de purificarnos antes de cumplir el menor deber religioso y antes de cualquier acto previsto por el Libro y la Sunna!"

Entonces se irguió en medio de la asamblea un médico reputado por lo vasto de sus conocimientos y que había escrito libros muy estimados. Encaróse con Simpatía y le dijo:

"Hablaste de un modo excelente acerca de lo espiritual; pero ya es hora de ocuparse del cuerpo del hombre, sus nervios, sus huesos y sus vértebras, y por qué se le llamó Adán."

Ella contestó: "El nombre de Adán viene de la palabra árabe *adim,* que significa la piel, la superficie de la Tierra, y se llamó así al primer hombre porque fue creado con un amasijo de tierra de diversas partes del mundo. En efecto, la cabeza de Adán se formó con tierra de Oriente, su pecho con tierra de la Kaaba y sus pies con tierra de Occidente. Luego, para dar un temperamento a Adán, el Creador reunió en él los cuatro elementos: agua, tierra, fuego y aire. He aquí por qué el temperamento bilioso tiene la naturaleza del fuego, que es cálido y seco; el temperamento nervioso tiene la naturaleza de la tierra, que es seca; el linfático tiene la naturaleza del agua, que es fría y húmeda, y el sanguíneo, la naturaleza del aire, que es cálido y seco."

Él preguntó: "¿Qué comida es excelente entre todas?"

Ella contestó: "La preparada por mano de mujer, sin que haya costado demasiados preparativos, y cuando se come con corazón alegre."

El sabio exclamó: "¡Con qué sagacidad has respondido! Pero todavía tengo que hacerte dos últimas preguntas. ¿Puedes decirme qué ser viviente no vive más que aprisionado y muere en cuanto respira el aire libre? ¿Y qué frutas son las mejores?"

Ella contestó: "¡El primero es el pez y las segundas son la toronja y la granada!"

Cuando oyó el médico todas estas respuestas de la bella Simpatía, no pudo por menos de declararse incapaz de cogerla en un error científico, y se dispuso a ocupar de nuevo su sitio. Pero se lo impidió con un gesto Simpatía, que le dijo: "Es preciso que a mi vez yo te haga una pregunta: ¿Puedes decirme, ¡oh, sabio!, qué cosa hay redonda como la Tierra y que se aloja en un ojo, ausentándose de este ojo unas veces y penetrando otras en él?"

A esta pregunta el sabio se atormentó en vano el espíritu, porque no supo responder, y después de quitarle su manto a instancia del califa, Simpatía contestó por sí misma: "¡Es el botón con el ojal!"

Tras de lo anterior, irguióse entre los venerables jeques un astrónomo, que era el más famoso entre los astrónomos del reino, y a quien miró sonriendo la bella Simpatía, de antemano segura de que él la encontraría los ojos más enigmáticos que todas las estrellas de los cielos.

El astrónomo fue a sentarse ante la adolescente y, después del acostumbrado preámbulo, le preguntó:

"¿De dónde sale el sol y adónde va cuando desaparece?"

Ella contestó: "Sabe que el sol sale de los manantiales de Oriente y desaparece en los manantiales de Occidente. Ciento ochenta son estos manantiales. El Sol es el sultán del día, como la Luna es la sultana de las noches. Y dijo Alah en el Libro: 'Soy yo quien otorgó su luz al Sol y su resplandor a la Luna, y quien le asignó lugares matemáticos que permitiesen conocer el cálculo de los días y los años. ¡Yo soy quien fijó un límite a la carrera de los astros y prohibió a la Luna que jamás esperase al Sol, así como a la noche que se adelantase al día!' ¡Por eso el día y la noche, las tinieblas y la luz, sin mezclar su esencia nunca, se identifican continuamente!"

El sabio astrónomo exclamó: "¡Qué respuesta tan maravillosa de precisión! Pero, ¡adolescente!, ¿puedes hablarnos de los demás astros y decirnos sus influencias buenas y malas?"

Ella contestó: "Si tuviera que hablar de todos los astros necesitaría consagrar a ello más de una sesión. Sólo diré, pues, pocas palabras. Además del Sol y la Luna, existen otros cinco planetas, que son: Ultared (Mercurio), El-Zohrat (Venus), El-Merrilhk (Marte), El-Muschtari (Júpiter) y Zohal (Saturno). La Luna, fría y húmeda, de influencia buena, está en Cáncer, su apogeo es Tauro, tiene por inclinación a Escorpión y por perigeo a Capricornio."

Cuando el astrónomo hubo oído esta respuesta, admiró mucho la profundidad de los conocimientos de la joven Simpatía. Sin embargo, intentó turbarla con alguna pregunta más difícil, y la interrogó:

"¡Oh, joven! ¿Crees que este mes tendremos lluvias?"

Al escuchar semejante pregunta, la docta Simpatía bajó la cabeza y reflexionó bastante tiempo, lo cual hizo al califa suponer que se reconocía incapaz de contestar. Pero no tardó ella en alzar la cabeza y dijo al califa: "¡No hablaré, oh, Emir de los Creyentes, mientras no me des permiso para desarrollar mi pensamiento por completo!" Asombrado, dijo el califa: "¡Ya tienes permiso!" Ella dijo: "¡Entonces, oh, Emir de los Creyentes, déjame tu alfanje un instante para que corte la cabeza a este astrónomo, que no es más que un impío y un descreído!"

A estas palabras no pudieron por menos de reír el califa y todos los sabios de la asamblea. Pero Simpatía continuó: "¡Has de saber, oh, astrónomo, que hay cinco cosas que conoce sólo Alah: la hora de la muerte, cuándo va a llover, el sexo del niño en el seno de su madre, los sucesos futuros y el sitio donde morirá cada uno!"

Cuando el astrónomo hubo oído tal respuesta, exclamó: "¡Cuán admirablemente respondiste a todo! Pero, ¿puedes aún decirnos de qué punto o piso del cielo están suspendidos los siete planetas?"

Simpatía contestó: "¡Desde luego! ¡El planeta Saturno está colgado del séptimo cielo exactamente; Júpiter está colgado del sexto cielo; Marte, del quinto; el Sol del cuarto; Venus, del tercero; Mercurio, del segundo, y la Luna, del primer cielo!"

Luego añadió Simpatía: "¡Voy a interrogarte a mi vez ahora! ¿Cuáles son las tres clases de estrellas?"

En vano meditó el sabio levantando los ojos al cielo, porque no pudo salir del compromiso. Entonces, y tras quitarle el manto, respondió Simpatía por sí misma a su propia pregunta:

"Las estrellas se dividen en tres clases, según la misión a que se las destina: unas cuelgan de la bóveda celeste como antorchas, y sirven para alumbrar la Tierra; otras están suspendidas de manera invisible en el aire, y sirven para alumbrar los mares, y las estrellas de la tercera categoría se mueven a voluntad entre los dedos de Alah: se las ve desfilar en la noche, y entonces sirven para lapidar y castigar a los demonios que osan infringir las órdenes del Altísimo."

A estas palabras, el astrónomo se declaró muy inferior a la bella adolescente en conocimientos, y retiróse de la sala. Entonces, por mandato del califa, le sucedió un filósofo, que fue a apostarse ante Simpatía y le preguntó:

"¿Puedes decirme cuál es el hombre que, al ponerse en oración, no oraba ni en el cielo ni en la tierra?"

Ella contestó: "¡Soleimán, que se ponía en oración sobre una alfombra suspendida en el aire entre el cielo y la tierra!"

Dijo el filósofo: "¡Así es! ¿Puedes decirme cuál es la tumba que hubo de moverse con la persona que encerraba?"

Ella contestó: "¡La ballena que devoró al profeta Jonás!"

Él preguntó: "¿Qué valle alumbró el Sol una vez únicamente y jamás volverá a alumbrar hasta el día de la Resurrección?"

Ella contestó: "¡El valle formado por la vara de Moisés al hendir el mar para hacer paso a su pueblo fugitivo!"

Él preguntó: "¿Qué cola arrastró primero por el suelo?"

Ella contestó: "¡La cola del vestido de Agar, madre de Ismael, cuando barrió la tierra ante Sara!"

Él preguntó: "¿Qué cosa respira sin estar animada?"

Ella contestó: "¡La mañana! Porque dice el Libro: *Cuando la mañana respira...*"

Él dijo: "Dime cuanto puedas acerca de este problema: Una bandada de pajarillos se abate sobre la copa de un árbol; unos se posan en las ramas superiores y otros en las bajas. Los pajarillos que se hallan en lo alto del árbol dicen a los de abajo: si se juntase a nosotros uno de vosotros, nuestro grupo sería doble que el vuestro; pero si bajara uno de nosotros hacia vosotros, nos igualaríais en número. ¿Cuántos pajarillos había?"

Ella contestó: "Había en total doce pajarillos. En efecto, estaban siete en lo alto del árbol y cinco en las ramas bajas. Si uno de los pajarillos de abajo se reuniese con los de arriba, el número de estos últimos ascendería a ocho, que es el doble de cuatro; pero si uno de los de arriba descendiese hasta juntarse con los de abajo, serían seis en cada sitio. ¡Pero Alah es más sabio!"

Al oír el filósofo las diversas respuestas, temió que le interrogara la adolescente y, para conservar su manto, se puso en fuga a toda prisa y desapareció.

Entonces fue cuando se levantó el hombre más sabio del siglo, el prudente Ibrahim ben-Sayar, que fue a ocupar el sitio del filósofo, y dijo a la bella Simpatía:

"¡Quiero creer que con anterioridad a mis preguntas te declararás vencida, siendo, por tanto, ocioso interrogarte!"

Ella contestó: "¡Oh, venerable sabio, mi consejo es que envíes a buscar otro traje distinto al que llevas, pues no tardaré en quitártelo!"

El sabio dijo: "¡Vamos a verlo! ¿Qué cinco cosas creó el Altísimo antes que Adán?"

Ella contestó: "¡El agua, la tierra, la luz, las tinieblas y el fuego!"

Él preguntó: "¿Qué obras son las formadas por las propias manos del Todopoderoso y no por el simple efecto de su voluntad, como fueron creadas todas las demás cosas?"

Ella contestó: "¡El trono, el árbol del Paraíso, el Edén y Adán! Sí, por las propias manos de Alah se crearon estas cuatro cosas mientras que para crear todas las demás cosas dijo: '¡Sean!', y fueron."

Él preguntó: "¿Quién es tu padre en el Islam y quién es el padre de tu padre?"

Ella contestó: "Mi padre en el Islam es Mohamed (¡con él la plegaria y la paz!), y el padre de mi padre es Abraham, el amigo de Alah."

"¿Qué cosa empezó siendo de madera y terminó gozando vida propia?"

"La vara que tiró Moisés para que se convirtiese en serpiente. Según las circunstancias, esta misma vara, clavada en el suelo, podía transformarse en árbol frutal, en un frondoso árbol muy grande para resguardar del ardor del sol a Moisés, o en un perro enorme que guardara el rebaño durante la noche."

"¿Puedes decirme qué mujer fue engendrada por un hombre sin que una madre la llevase en el seno, y qué hombre fue engendrado por una mujer sin el concurso de un padre?"

"¡Eva, que nació de Adán, y Jesús, que nació de María!"

"¿Cuál es la clave de este enigma?: Cuando bebo mana de mis labios la elocuencia, y camino y hablo sin hacer ruido. ¡Y sin embargo, a pesar de estas cualidades, no tengo honores en mi vida, y después de mi muerte no me llora nadie!"

Ella contestó: "¡La pluma!"

"¿Y la clave de este otro enigma?: Soy pájaro, pero no tengo carne, ni sangre, ni plumas, ni plumón; me comen asado, o cocido, o al natural, y es muy difícil saber si estoy vivo o muerto; en cuanto a mi color, es de plata y oro."

Ella contestó: "Es verdad que tienes ganas de emplear palabras excesivas para hacerme saber que se trata del huevo. ¡Procura preguntarme algo más difícil!"

Él preguntó: "¿Cuántas palabras dijo en total Alah a Moisés?"

Ella contestó: "¡Alah dijo a Moisés, exactamente, mil quinientas palabras!"

"¿Y la clave de este otro enigma?: Como sin tener boca ni vientre, y me nutro de árboles y animales. ¡Los alimentos solos prolongan mi vida, en tanto que cualquier bebida me mata!"

"¡El fuego!"

Preguntó él: "¿Puedes decirme ahora cuántas veces tiene derecho a interceder por cada creyente el Profeta? (¡Con él la plegaria y la paz!)"

Ella contestó: "¡Ni más ni menos de tres veces!"

"¿Quién abrazó primero la fe del Islam?"

"¡Abubekr!"

"Entonces, ¿no crees que fue musulmán Alí antes que Abubekr?"

"Alí, por gracia del Altísimo, no fue jamás idólatra, porque desde la edad de siete años Alah le hizo seguir el camino más recto, iluminando su corazón y dotándolo de la fe de Mohamed. (¡Con él la plegaria y la paz!)"

"¡Sí! Pero yo quisiera saber cuál de los dos, entre Alí y Abbas, reúne mayores méritos a tus ojos."

Ante esta pregunta, con exceso insidiosa, advirtió Simpatía que el sabio trataba de arrancarle una respuesta comprometedora; porque si daba la preeminencia a Alí, yerno del Profeta, disgustaría al califa, que era descendiente de Abbas, tío de Mohamed. (¡Con él la plegaria y la paz!). Primero enrojeció, luego palideció y, tras un instante de reflexión, repuso:

"¡Sabe, oh, Ibrahim, que no hay ninguna preeminencia entre dos cuando cada cual de ellos tiene un mérito excelente!"

No bien el califa hubo oído esta respuesta, llegó al límite del entusiasmo e, irguiéndose sobre ambos pies, exclamó: "¡Por el Señor de la Kaaba! ¡Es admirable tal respuesta, oh, Simpatía!"

Pero el sabio continuó: "¿Puedes decirme de qué trata este enigma?: ¡Es esbelta y tierna y de sabor delicioso; es derecha como la lanza, pero no tiene hierro agudo; es útil por su dulzura, y se come con gusto por la noche en el mes de Ramadán!"

Ella contestó: "¡De la caña de azúcar!"

Dijo él: "Todavía tengo que dirigirte algunas preguntas, y voy a hacerlo rápidamente. Puedes decirme en pocas palabras: ¿Qué hay más dulce que la miel? ¿Qué hay más cortante que el hacha? ¿Qué hay más rápido que el veneno en sus efectos? ¿Cuál es el goce de un instante? ¿Cuál es la felicidad que dura tres días? ¿Cuál es el día más dichoso? ¿Cuál es el regocijo de una semana? ¿Cuál es el suplicio que nos persigue hasta la tumba? ¿Cuál es la alegría del corazón? ¿Cuál es el sufrimiento del espíritu? ¿Cuál es la desolación de la vida? ¿Cuál es el mal que no tiene remedio? ¿Cuál es la vergüenza que no puede borrarse? ¿Cuál es el animal que vive en los lugares desiertos y habita lejos de las ciudades, huyendo del hombre, y reúne la naturaleza de otros siete animales?"

Ella contestó: "¡Antes de hablar, deseo que me entregues tu manto!"

Entonces el califa Harum al-Raschid dijo a Simpatía: "Sin duda tienes razón. Pero, ¿no convendría más que, por consideración a su edad, contestases primero a sus preguntas?"

Y dijo ella: "¡El amor de los niños es más dulce que la miel! ¡La lengua es más cortante que el hacha! ¡El mal de ojo es más rápido que el veneno! ¡El goce del amor sólo dura un instante! ¡La felicidad que dura tres días es la que experimenta el marido en las épocas menstruales de su esposa, porque entonces él descansa! ¡El día más dichoso es el de ganancia de un negocio! ¡El regocijo que dura una semana es el de la boda! ¡La deuda que ha de pagar toda persona es la muerte! ¡La mala conducta de los hijos es la pena que nos persigue hasta la tumba! ¡La alegría del corazón es la mujer sumisa para con el esposo! ¡El sufrimiento del espíritu es un sirviente malo! ¡La pobreza es la desolación de la vida! ¡El mal carácter es el mal sin remedio! ¡La vergüenza imborrable es el deshonor de una hija! ¡En cuanto al animal que vive en los lugares desiertos y detesta al hombre, es el saltamontes, que reúne la naturaleza de otros siete animales: tiene, efectivamente, cabeza de caballo, cuello de toro, alas de águila, pies de camello, cola de serpiente, vientre de escorpión y cuernos de gacela!"

Ante tanta sagacidad y saber, el califa Harum al-Raschid se sintió en extremo edificado y ordenó al sabio Ibrahim ben-Sayar que diera su manto a la adolescente. Después de haberle entregado su manto, levantó la mano derecha el sabio y manifestó en público que la joven habíale superado en conocimientos y que era la maravilla entre las maravillas del siglo.

Entonces preguntó el califa a Simpatía: "¿Sabes tocar instrumentos armónicos y cantar acompañándote?" Ella contestó: "¡Sí, por cierto!"

Inmediatamente hizo traer un laúd en un estuche de raso rojo, rematado con una borla de seda amarilla y cerrado con un broche de oro.

Entonces lo apoyó ella contra sí, inclinóse como una madre sobre su hijo, sacó del instrumento acordes de doce maneras distintas y en medio del entusiasmo general cantó con una voz que hubo de repercutir en todos los corazones y arrancar lágrimas de emoción en los ojos de todos.

Cuando acabó ella, irguióse sobre ambos pies el califa y exclamó: "¡Aumente en ti sus dones Alah, oh, Simpatía, y tenga en su misericordia a quienes fueron tus maestros y a los autores de tus días!" Y acto seguido hizo contar diez mil dinares de oro en cien sacos para Abul-Hassán, y dijo a Simpatía: "Dime, ¡oh, maravillosa adolescente!, ¿prefieres entrar en mi harén y tener un palacio y tren de casa para ti sola, o bien prefieres volver con este joven, tu antiguo amo?"

Y Simpatía besó la tierra entre las manos del califa y contestó: "¡Extienda Alah sus gracias sobre nuestro dueño el califa! ¡Pero su esclava desea volver a la casa de su antiguo amo!"

Lejos de mostrarse ofendido por esta preferencia, el califa accedió inmediatamente a su demanda, haciendo que como regalo le entregaran cinco mil dinares más, y le dijo: "¡Podrás acaso ser tan experta en amor como lo eres en conocimientos espirituales!" Luego quiso aún poner remate a su magnificencia, designando a Abul-Hassán para desempeñar un alto cargo en palacio, y le admitió en el número de sus favoritos más íntimos. Después levantó la sesión.

Entonces, agobiada bajo mantos de sabios Simpatía y cargado con sacos repletos de dinares de oro Abul-Hassán, salieron de la sala ambos, seguidos por todos los asistentes a la asamblea, que alzaban los brazos y exclamaban, maravillándose de cuanto acababan de ver y oír: "¿Dónde habrá en el mundo una generosidad semejante a la de los descendientes de Abbas?"

Tales son, ¡oh, rey afortunado! —continuó Schehrazada—, las palabras que la docta Simpatía dijo en medio de la asamblea de sabios, las cuales, transmitidas por los anales del reino, sirven para instruir a toda mujer musulmana.»

HISTORIA DE SIMBAD EL MARINO

«En tiempos del califa Harum al-Raschid hubo un hombre llamado Simbad. Era de condición pobre, y para ganarse la vida acostumbraba transportar bultos en su cabeza. Un día entre los días hubo de llevar cierta carga muy pesada, y aquel día precisamente sentíase un calor tan excesivo, que sudaba el cargador, abrumado por el peso que llevaba encima. Intolerable se había hecho ya la temperatura, cuando el cargador pasó por delante de la puerta de una casa que debía pertenecer a algún mercader rico, a juzgar por el suelo bien barrido y regado alrededor con agua de rosas. Soplaba allí una brisa gratísima, y cerca de la puerta aparecía un ancho banco para sentarse. Al verlo, el cargador Simbad soltó la carga sobre el banco en cuestión, con objeto de descansar y respirar aquel aire agradable, sintiendo a poco que desde la puerta llegaba a él un aura pura y mezclada con delicioso aroma, y tanto le deleitó, que fue a sentarse en un extremo del banco. Entonces advirtió un concierto de laúdes e instrumentos diversos, acompañados por magníficas voces que cantaban canciones en un lenguaje escogido, y advirtió también píos de aves cantoras que glorificaban de modo encantador a Alah el Altísimo; distinguió, entre otros, acentos de tórtolas, de ruiseñores, de mirlos, de bulbuls, de palomas de collar y de perdices domésticas. Maravillóse mucho e, impulsado por el placer enorme que todo aquello le causaba, asomó la cabeza por la rendija abierta de la puerta y vio en el fondo un jardín inmenso, donde se apiñaban servidores jóvenes, y esclavos, y criados, y gente de todas calidades, y había allí cosas que no se encontrarían más que en alcázares de reyes y sultanes.

Tras esto llegó hasta él una tufarada de manjares realmente admirables y deliciosos, a la cual se mezclaba todo género de fragancias exquisitas procedentes de diversas vituallas y bebidas de buena calidad. Entonces no pudo por menos de suspirar, y alzó al cielo los ojos y exclamó: "¡Gloria a Ti, Señor Creador, oh, Donador! ¡Sin calcular, repartes cuantos dones te placen, oh, Dios mío! ¡Pero no creas que clamo a ti para pedirte cuentas de tus actos o para preguntarte acerca de tu justicia y de tu voluntad, porque a la criatura le está vedado interrogar a su dueño omnipotente! Me limito a observar. ¡Gloria a ti! ¡Enriqueces o empobreces, elevas o humillas, conforme a tus deseos, y siempre obras con lógica, aunque a veces no podamos comprenderla! ¡He ahí al amo de esta casa...! ¡Es dichoso hasta los límites extremos de la felicidad! ¡Disfruta las delicias de esos aromas encantadores, de esas fragancias agradables, de esos manjares sabrosos, de esas bebidas superiormente deliciosas! ¡Vive feliz, tranquilo y contentísimo, mientras otros, como yo, por ejemplo, nos hallamos en el último confín de la fatiga y la miseria!"

Luego se levantó y quiso poner de nuevo la carga en su cabeza y continuar su camino cuando se destacó en la puerta del palacio y avanzó hacia él un esclavito que le dijo: "Entra a hablar con mi amo, que desea verte." Muy intimidado, el cargador intentó encontrar cualquier excusa que le dispensase de seguir al joven esclavo, mas en vano. Dejó, pues, su cargamento en el vestíbulo y penetró con el niño en el interior de la morada.

Vio una casa espléndida, llena de personas graves y respetuosas, y en el centro de la cual se abría una gran sala, donde le introdujeron. Se encontró allí ante una asamblea numerosa compuesta de personajes que parecían honorables, y debían de ser convidados de importancia. También encontró allí flores de toda especie, perfumes de todas clases, confituras secas de todas calidades, golosinas, pastas de almendras, frutas maravillosas y una cantidad prodigiosa de bandejas cargadas con corderos asados y manjares suntuosos, y más bandejas cargadas con bebidas extraídas del zumo de las uvas. Encontró asimismo instrumentos armónicos que sostenían en sus rodillas unas esclavas muy hermosas, sentadas ordenadamente en el sitio asignado a cada una.

En medio de la sala, entre los demás convidados, vislumbró el cargador a un hombre de rostro imponente y digno, cuya barba blanqueaba a causa de los años, cuyas facciones eran correctas y agradables a la vista, y cuya fisonomía toda denotaba gravedad, bondad, nobleza y grandeza.

Entonces el dueño de la casa le dijo que se aproximara, y le invitó a sentarse a su lado después de desearle la bienvenida con acento muy amable; le sirvió de comer, ofreciéndole lo más delicado, y lo más delicioso, y lo más hábilmente condimentado entre todos los manjares que cubrían las bandejas. Y no dejó Simbad *el Cargador* de hacer honor a la invitación luego de pronunciar la fórmula invocadora. Así es que comió hasta hartarse; después dio las gracias a Alah, diciendo: "¡Loores a Él siempre!" Tras lo cual, se lavó las manos y agradeció a todos los invitados su amabilidad.

Solamente entonces dijo el dueño de la casa al cargador, siguiendo la costumbre que no permite hacer preguntas al huésped más que cuando se le ha servido de comer y beber: "¡Sé bien venido y obra con toda libertad! ¡Bendiga Alah tus días! Pero, ¿puedes decirme tu nombre y profesión, oh, huésped mío?" Y contestó el otro: "¡Oh, señor! Me llamo Simbad *el Cargador*, y mi profesión consiste en transportar bultos sobre mi cabeza mediante un salario." Sonrió el dueño de la casa y le dijo: "¡Sabe, oh, cargador, que tu nombre es igual que mi nombre, pues me llamo Simbad *el Marino*!"

Luego continuó: "¡Sabe también, oh, cargador, que si te rogué que vinieras aquí fue para oírte repetir las hermosas estrofas que cantabas cuando estabas sentado en el banco ahí fuera!"

A estas palabras sonrojóse el cargador y dijo: "¡Por Alah sobre ti! ¡No me guardes rencor a causa de tan desconsiderada acción, ya que las penas, las fatigas y las miserias, que nada dejan en la mano, hacen descortés, necio e insolente al hombre!" Pero Simbad *el Marino* dijo a Simbad *el Cargador*: "No te avergüences de lo que cantaste, ni te turbes, porque en adelante serás mi hermano. ¡Sólo te ruego que te des prisa a cantar esas estrofas que escuché y me maravillaron mucho!" Entonces cantó el cargador las estrofas en cuestión, que gustaron en extremo a Simbad *el Marino*.

Concluidas que fueron las estrofas, Simbad *el Marino* se encaró con Simbad *el Cargador* y le dijo: "¡Oh, cargador! Sabe que yo también tengo una historia asombrosa, y que me reservo el derecho de contarte a mi vez. Te explicaré, pues, todas las aventuras que me sucedieron y todas las pruebas que sufrí antes de llegar a esta felicidad y de habitar este palacio. Y verás entonces a costa de cuán terribles y extraños trabajos, a costa de cuántas calamidades, de cuántos males y de cuántas desgracias iniciales adquirí estas riquezas en medio de las que me ves vivir en mi vejez. Porque sin duda ignoras los siete viajes extraordinarios que he realizado, y cómo cada cual de estos viajes constituye por sí solo una cosa tan prodigiosa que únicamente con pensar en ella queda uno sobrecogido y en el límite de todos los estupores. ¡Pero cuanto voy a contarte a ti y a todos mis honorables invitados no me sucedió, en suma, más que porque el Destino lo había dispuesto de antemano y porque toda cosa escrita debe acaecer, sin que sea posible rehuirla o evitarla!"

Primer viaje

"Sabed todos vosotros, oh, señores ilustrísimos, y tú, honrado cargador, ¡que te llamas como yo, Simbad!, que mi padre era un mercader de rango entre los mercaderes. Había en su casa numerosas riquezas, de las cuales hacía uso sin cesar para distribuir a los pobres dádivas con largueza, si bien con prudencia, ya que a su muerte me dejó muchos bienes, tierras y poblados enteros, siendo yo muy pequeño todavía.

Cuando llegué a la edad de hombre, tomé posesión de todo aquello y me dediqué a comer manjares extraordinarios y a beber bebidas extraordinarias, alternando con la gente joven y presumiendo de trajes excesivamente caros, y cultivando el trato de amigos y camaradas. Estaba convencido de que aquello había de durar siempre, para mayor ventaja mía. Continué viviendo mucho tiempo así, hasta que un día, curado de mis errores y vuelto a mi razón, hube de notar que mis riquezas habíanse disipado, mi condición había cambiado y mis bienes habían huido. Entonces desperté completamente de mi inacción, sintiéndome poseído por el temor y el espanto de llegar a la vejez un día sin tener qué ponerme.

Tan pronto como me asaltaron estos pensamientos, me levanté, reuní lo que me restaba de muebles y vestidos, y sin pérdida de momento lo vendí en la almoneda pública con los residuos de mis bienes, propiedades y tierras. De ese modo me hice con la suma de tres mil dracmas.

Así, pues, sin tardanza corrí al zoco, donde tuve cuidado de comprar mercancías diversas y pacotillas de todas clases. Lo transporté inmediatamente todo a bordo de un navío, en el que se encontraban ya dispuestos a partir otros mercaderes, y con el alma deseosa de marinas andanzas, vi cómo se alejaba de Bagdad el navío y descendía por el río hasta Bassra, yendo a parar al mar.

En Bassra el navío dirigió la vela hacia alta mar, ¡y entonces navegamos durate días y noches, tocando en islas y en islas, y entrando en un mar después de otro mar, y llegando a una tierra después de otra tierra! Y en cada sitio en que desembarcábamos vendíamos unas mercancías para comprar otras, y hacíamos trueques y cambios muy ventajosos.

Un día en que navegábamos sin ver tierra desde hacía varios días, vimos surgir del mar una isla que por su vegetación nos pareció algún jardín maravilloso entre los jardines del Edén. Al advertirla, el capitán del navío quiso tomar allí tierra, dejándonos desembarcar una vez que anclamos.

Mientras de tal manera reposábamos, sentimos de repente que temblaba la isla toda con tan ruda sacudida que fuimos despedidos a algunos pies de altura sobre el suelo. Y en aquel momento vimos aparecer en la proa del navío al capitán, que nos gritaba con una voz terrible y gestos alarmantes: '¡Salvaos pronto, oh, pasajeros! ¡Subid en seguida a bordo! ¡Dejadlo todo! ¡Abandonad en tierra vuestros efectos y salvad vuestras almas! ¡Huid del abismo que os espera! ¡Porque la isla donde os encontráis no es una isla, sino una ballena gigantesca que eligió en medio de este mar su domicilio desde antiguos tiempos, y merced a la arena marina crecieron árboles en su lomo! ¡La despertasteis ahora de su sueño, turbasteis su reposo, excitasteis sus sensaciones encendiendo lumbre sobre su lomo, y hela aquí que se despereza! ¡Salvaos o, si no, nos sumergirá en el mar, que ha de tragaros sin remedio! ¡Salvaos! ¡Dejadlo todo, que he de partir!'

Al oír estas palabras del capitán, los pasajeros, aterrados, dejaron todos sus efectos, vestidos, utensilios y hornillas, y echaron a correr hacia el navío, que a la sazón levaba ancla. Pudieron alcanzarlo a tiempo algunos; otros no pudieron. Porque la ballena se había ya puesto en movimiento y, tras unos cuantos saltos espantosos, se sumergía en el mar con cuanto tenía encima del lomo, y las olas, que chocaban y se entrechocaban, cerráronse para siempre sobre ella y sobre ellos.

¡Yo fui de los que se quedaron abandonados encima de la ballena y habían de ahogarse!

Pero Alah el Altísimo veló por mí y me libró de ahogarme, poniéndome al alcance de la mano una especie de cubeta grande de madera, llevada allí por los pasajeros para lavar su ropa.

Durante una noche y un día enteros estuve en lucha contra el abismo. El viento y las corrientes me arrastraron a las orillas de una isla escarpada, cubierta de plantas trepadoras que descendían a lo largo de los acantilados hundiéndose en el mar. Me así a estos ramajes y, ayudándome con pies y manos, conseguí trepar hasta lo alto del acantilado.

Muy apesadumbrado por el estado en que me hallaba, hube de arrastrarme a gatas unas veces y de rodillas otras, en busca de algo para comer. Al fin llegué a una llanura cubierta de árboles frutales y regada por manantiales de agua pura y fresquísima. Y allí reposé durante varios días, manteniéndome de frutas, hasta que cierto día que me paseaba por la orilla vi a lo lejos una cosa que creí era un animal salvaje o algún monstruo del mar, y al acercarme descubrí una yegua maravillosa atada a un poste. Iba a acercarme a ella para contemplarla de cerca, cuando oí un grito espantoso y surgió de debajo de la tierra un hombre, que alcanzó hasta donde yo estaba y exclamó: '¿Quién eres y de dónde vienes? ¿Y qué motivo te impulsó a aventurarte hasta aquí?'

Yo le conté mi aventura, rogándole que a su vez él me explicara lo que había visto en la isla. Y me dijo: 'Sabe que somos varios los que estamos en esta isla para guardar los caballos del rey Mihraján. ¡Bendice, pues, a Alah, que te hizo encontrarme, porque sin mí morirías de tristeza en esta soledad, sin volver a ver nunca a los tuyos y a tu país, y sin que nunca supiese nadie de ti!'

Entonces, todos los guardianes, cada uno con su yegua, se agruparon a mi alrededor y me prodigaron mil amabilidades, y después de facilitarme aún más comida y de comer conmigo, me ofrecieron una buena montura, y en vista de la invitación que me hizo el primer guardián, me propusieron que les acompañara a ver al rey su señor. Acepté, desde luego, y partimos todos juntos.

Cuando llegamos a la ciudad, se adelantaron mis compañeros para poner a su señor al corriente de lo que me había acaecido. Tras lo cual volvieron a buscarme y me llevaron al palacio, y en uso del permiso que se me concedió, entré en la sala del trono y fui a ponerme entre las manos del rey Mihraján, al cual le deseé la paz.

Correspondiendo a mis deseos de paz, el rey me dio la bienvenida y quiso oír de mi boca el relato de mi aventura. Obedecí en seguida y le conté cuanto me había sucedido, sin omitir un detalle.

Al escuchar semejante historia, el rey Mihraján se maravilló y me dijo: '¡Por Alah, hijo mío, que si tu suerte no fuera tener una vida larga, sin duda a estas horas habrías sucumbido a tantas pruebas y sinsabores! ¡Pero da gracias a Alah por tu liberación!' Todavía me prodigó muchas más frases benévolas, quiso admitirme en su intimidad para lo sucesivo y, a fin de darme un testimonio de sus buenos propósitos con respecto a mí, y de lo mucho que estimaba mis conocimientos marítimos, me nombró desde entonces director de los puertos y radas de su isla, e interventor de las llegadas y salidas de todos los navíos.

Durante mi estancia en aquella isla tuve ocasión de ver cosas asombrosas, y cuyo relato me apartaría demasiado de esta cuestión. Me limitaré a añadir que viví todavía en aquella isla el tiempo necesario para aprender muchas cosas y enriquecerme con diversos cambios, ventas y compras.

Un día, según mi costumbre, estaba yo en pie a la orilla del mar, en funciones, cuando vi entrar en la rada un navío enorme lleno de mercaderes. Esperé a que el navío hubiese anclado sólidamente y soltado su escala, para subir a bordo y buscar al capitán a fin de inscribir su cargamento. Los marineros iban desembarcando todas las mercancías, que al propio tiempo yo anotaba, y cuando terminaron su trabajo, pregunté al capitán: '¿Queda aún alguna cosa en tu navío?' Me contestó: 'Aún quedan, ¡oh, mi señor!, algunas mercancías en el fondo del navío; pero están en depósito únicamente, porque se ahogó hace mucho tiempo su propietario, que viajaba con nosotros. ¡Y quisiéramos vender esas mercancías para entregar su importe a los parientes del difunto en Bagdad, morada de paz!'

Emocionado entonces hasta el último límite de la emoción, exclamé: '¿Y cómo se llamaba ese mercader, oh, capitán?' Me contestó: '¡Simbad *el Marino*!'

A estas palabras miré con más detenimiento al capitán, y reconocí en él al dueño del navío que se vio precisado a abandonarnos encima de la ballena. Y grité con toda mi voz: '¡Yo soy Simbad *el Marino*!'

Y conté al capitán cómo pude salvarme y a través de cuántas vicisitudes había llegado a ejercer las altas funciones de escriba marítimo al lado del rey Mihraján.

Y añadí diversos incidentes que sólo conocíamos él y yo. Entonces ya no dudó de mi identidad y se apresuró a devolverme mis mercancías.

Una vez en el zoco, abrí mis fardos y vendí mis mercancías con un beneficio de ciento por uno; pero tuve cuidado de reservarme algunos objetos de valor, que me apresuré a ofrecer como presente al rey Mihraján.

Le relaté la llegada del capitán del navío y el rey asombróse en extremo de este acontecimiento inesperado, y como me quería mucho, no quiso ser menos amable que yo, y a su vez me hizo regalos inestimables que contribuyeron no poco a enriquecerme completamente. Porque yo me di prisa a vender todo aquello, realizando así una fortuna considerable que transporté a bordo del mismo navío donde había emprendido antes mi viaje.

Efectuado esto, fui a palacio para despedirme del rey Mihraján y darle gracias por todas sus generosidades y por su protección.

Subí en seguida a bordo y a poco diose a la vela el navío con la autorización de Alah. Porque nos favoreció la Fortuna y nos ayudó el Destino en aquella travesía, que duró días y noches, y por último una mañana llegamos con salud a la vista de Bassra, donde no nos detuvimos más que muy escaso tiempo, para ascender por el río y entrar al fin, con el alma regocijada, en la ciudad de paz, Bagdad, mi tierra.

Cargado de riquezas y con la mano pronta para las dádivas, llegué así a mi calle y entré en mi casa, donde volví a ver con buena salud a mi familia y a mis amigos. Y al punto compré gran cantidad de esclavos de uno y otro sexo, mamalik, mujeres hermosas, negros, tierras, casas y propiedades, como no tuve nunca, ni aun cuando murió mi padre.

Con esta nueva vida olvidé las vicisitudes pasadas, las penas y los peligros sufridos, la tristeza del destierro, los sinsabores y fatigas del viaje. Tuve amigos numerosos y deliciosos, y durante largo tiempo viví una vida llena de agrado y de placeres y exenta de preocupaciones y molestias, disfrutando con toda mi alma de cuanto me gustaba y comiendo manjares admirables y bebiendo bebidas deliciosas.

¡Y tal es el primero de mis viajes!

Pero mañana, si Alah quiere, os contaré, ¡oh, invitados míos!, el segundo de los siete viajes que emprendí, y que es bastante más extraordinario que el primero."

Y Simbad *el Marino* se encaró con Simbad *el Cargador* y le rogó que cenase con él. Luego, tras haberle tratado con mucho miramiento y afabilidad, hizo que le entregaran mil monedas de oro, y antes de despedirle le invitó a volver al día siguiente.

Así es que en cuanto amaneció apresuróse a volver a casa de Simbad *el Marino*. Y se dieron un banquete y se regalaron el espíritu y el oído. Y cuando acabaron habló Simbad en estos términos:

Segundo viaje

"Verdaderamente disfrutaba de la más sabrosa vida, cuando un día entre los días me asaltó la idea de los viajes por las comarcas de los hombres, y de nuevo sintió mi alma con ímpetu el anhelo de correr y gozar con la vista el espectáculo de tierras e islas, y mirar con curiosidad cosas desconocidas, sin descuidar jamás la compra y venta por diversos países.

Partimos aquel mismo día y tuvimos una navegación excelente. Viajamos de isla en isla y dc mar en mar durante días y noches, y a cada escala íbamos en busca de mercaderes de la localidad, y de los notables, y de los vendedores, y de los compradores, y vendíamos y comprábamos, y verificábamos cambios ventajosos. Y de tal suerte continuábamos navegando, y nuestro destino nos guió a una isla muy hermosa, cubierta de frondosos árboles, abundante en frutas, rica en flores, habitada por el canto de los pájaros, regada por aguas puras, pero absolutamente virgen de toda vivienda y de todo ser humano.

El capitán accedió a nuestro deseo de detenernos unas horas allí, y echó el ancla junto a tierra. Desembarcamos en seguida y fuimos a respirar el aire grato en las praderas sombreadas por árboles donde holgábanse las aves. Llevando algunas provisiones de boca fui a sentarme a orillas de un arroyo de agua límpida, resguardado del sol por ramajes frondosos, y tuve un placer extremado en comer un bocado y beber de aquella agua deliciosa. Por si eso fuera poco, una brisa suave modulaba dulces acordes e invitaba al reposo absoluto. Así es que me tendí en el césped y dejé que se apoderara de mí el sueño en medio de la frescura y los aromas del ambiente.

Cuando desperté no vi ya a ninguno de los pasajeros, y el navío había partido sin que nadie se enterase de mi ausencia. En vano hube de mirar a derecha y a izquierda, delante y atrás, pues no distinguí en toda la isla a otra persona que a mí mismo. A lo lejos se alejaba por el mar una vela que muy pronto perdí de vista.

Quedé sumido en un estupor sin igual y empecé a gemir y a lanzar gritos espantosos, hasta que la desesperación se apoderó de mi corazón.

Pero como por último comprendí que eran inútiles todos mis lamentos y mi arrepentimiento demasiado tardío, hube de conformarme con mi destino. Me erguí sobre mis piernas y, tras haber andado algún tiempo sin rumbo, tuve miedo de un encuentro desagradable con cualquier animal salvaje o con un enemigo desconocido, y trepé a la copa de un árbol, desde donde me puse a observar con más atención a derecha y a izquierda; pero no pude distinguir otra cosa que el cielo, la tierra, el mar, los árboles, los pájaros, la arena y las rocas. Sin embargo, al fijarme más atentamente en un punto del horizonte, me pareció distinguir un fantasma blanco y gigantesco. Entonces me bajé del árbol, atraído por la curiosidad, pero, paralizado de miedo, fui avanzando muy lentamente y con mucha cautela hacia aquel sitio. Cuando me encontré más cerca de la masa blanca, advertí que era una inmensa cúpula, de blancura resplandeciente, ancha de base y altísima.

Mientras reflexionaba sobre el medio de que me valdría para dar con alguna puerta de entrada o salida de la tal cúpula, advertí que de pronto desaparecía el Sol y que el día se tornaba en una noche negra. Primero lo creí debido a cualquier nube inmensa que pasase por delante del Sol, aunque la cosa fuera imposible en pleno verano. Alcé, pues, la cabeza para mirar la nube que tanto me asombraba y vi un pájaro enorme, de alas formidables, que volaba por delante de los ojos del Sol, esparciendo la oscuridad sobre la isla.

Mi asombro llegó entonces a sus límites extremos, y me acordé de lo que en mi juventud me habían contado viajeros y marineros acerca de un pájaro de tamaño extraordinario, llamado *rokh*, que se encontraba en una isla muy remota y que podía levantar un elefante. Saqué entonces como conclusión que el pájaro que yo veía debía ser el *rokh*, y la cúpula blanca a cuyo pie me hallaba debía ser un huevo entre los huevos de aquel *rokh*. Pero no bien me asaltó esa idea, el pájaro descendió sobre el huevo y se posó encima como para empollarlo.

Entonces, yo, que me había echado de bruces en el suelo, y precisamente me encontraba debajo de una de las patas, la cual me pareció más gruesa que el tronco de un árbol añoso, me levanté con viveza, desenrollé mi turbante y lo retorcí para servirme como de soga. La até sólidamente a mi cintura y sujeté ambos cabos con un nudo resistente a un dedo del pájaro. Porque me dije para mí: 'Este pájaro enorme acabará por remontar el vuelo, con lo que me sacará de esta soledad y me transportará a cualquier punto donde pueda ver seres humanos. ¡De cualquier modo, el lugar en que caiga será preferible a esta isla desierta, de la que soy único habitante!'

¡Esto fue todo! ¡Y a pesar de mis movimientos, el pájaro no se cuidó de mi presencia más que si se tratara de alguna mosca sin importancia o de alguna humilde hormiga que por allí se pasease!

Así permanecí toda la noche, sin poder pegar los ojos por temor de que el pájaro echase a volar y me llevase durante mi sueño. Pero no se movió hasta que fue de día. Sólo entonces se quitó de encima de su huevo, lanzó un grito espantoso y remontó el vuelo, llevándome consigo. Subió y subió tan alto, que creí tocar la bóveda del cielo; pero de pronto descendió con tanta rapidez que ya no sentía yo mi propio peso, y abatióse conmigo en tierra firme. Se posó en un sitio escarpado, y yo, en seguida, sin esperar más, me apresuré a desatar el turbante, con un gran terror de ser izado otra vez antes de que tuviese tiempo de librarme de mis ligaduras. Pero conseguí desasirme sin dificultad y, después de estirar mis miembros y arreglarme el traje, me alejé apresuradamente hasta hallarme fuera del alcance del pájaro, a quien de nuevo vi elevarse por los aires. Llevaba entonces en sus garras un enorme objeto negro, que no era otra cosa que una serpiente de inmensa longitud y de forma detestable. No tardó en desaparecer, dirigiendo hacia el mar su vuelo.

Conmovido en extremo por cuanto acababa de ocurrirme, lancé una mirada en torno de mí y quedé inmóvil de espanto. Porque me encontraba en un valle ancho y profundo, rodeado por todas partes de montañas tan altas que para medirlas con la vista tuve que alzar de tal modo la cabeza, que rodó por mi espalda mi turbante al suelo.

En seguida me levanté del sitio en que me encontraba y recorrí aquel valle para explorarlo un poco, observando que estaba enteramente creado con rocas de diamante. Por todas partes a mi alrededor aparecía sembrado el suelo de diamantitos desprendidos de la montaña y que en ciertos sitios formaban montones de la altura de un hombre.

Comenzaba yo a mirarlos ya con algún interés, cuando me inmovilizó de terror un espectáculo más espantoso que todos los horrores experimentados hasta entonces. Entre las rocas de diamantes vi circular a sus guardianes, que eran innumerables serpientes negras, más gruesas y mayores que palmeras, y cada una de las cuales muy bien podía devorar a un elefante grande. En aquel momento comenzaban a meterse en sus antros porque durante el día se ocultaban para que no las cogiese su enemigo el pájaro *rokh*, y únicamente salían de noche.

Entonces intenté con precauciones íntimas alejarme de allí, mirando bien dónde ponía los pies y pensando desde el fondo de mi alma: '¡He aquí lo que ganaste a trueque de haber querido abusar de la clemencia del Destino, oh, Simbad, hombre de ojos insaciables y siempre vacíos!' Y presa de un cúmulo de terrores, continué en mi caminar sin rumbo por el valle de diamantes, descansando de cuando en cuando en los parajes que me parecían más resguardados, y así estuve hasta que llegó la noche.

Iba ya a acostarme, cuando advertí que lo que a primera vista tomé por una enorme roca negra era una espantosa serpiente enroscada sobre sus huevos para incubarlos. Sintió entonces mi carne todo el horror de semejante espectáculo, y la piel se me encogió como una hoja seca y tembló en toda su superficie; caí al suelo sin conocimiento y permanecí en tal estado hasta la mañana.

Entonces, al convencerme de que no había sido devorado todavía, tuve alientos para deslizarme hasta la entrada, separar la roca y lanzarme fuera, como ebrio, y sin que mis piernas pudieran sostenerme de tan agotado como me encontraba por la falta de sueño y de comida, y por aquel terror sin tregua.

Miré a mi alrededor y de repente vi caer a algunos pasos de mi nariz un gran trozo de carne, que chocó contra el suelo con gran estrépido. Aturdido al pronto, alcé los ojos luego para ver quién querría aporrearme con aquélla, pero no vi a nadie. Entonces me acordé de cierta historia oída antaño en boca de los mercaderes, viajeros y exploradores de la montaña de diamantes, de la que se contaba que, como los buscadores de diamantes no podían bajar a este valle inaccesible, recurrían a un medio curioso para procurarse esas piedras preciosas. Mataban unos carneros, los partían en cuartos y los arrojaban al fondo del valle, donde iban a caer sobre las puntas de diamantes, que se incrustaban en ellos profundamente. Entonces se abalanzaban sobre aquella presa los *rokh* y las águilas gigantescas, sacándola del valle para llevársela a sus nidos en lo alto de las rocas y que sirviera de sustento a sus crías. Los buscadores de diamantes se precipitaban entonces sobre el ave, haciendo muchos gestos y lanzando gritos para obligarla a soltar su presa y a emprender de nuevo el vuelo. Registraban entonces el cuarto de carne y cogían los diamantes que tenía adheridos.

Asaltóme a la sazón la idea de que podía tratar aún de salvar mi vida y salir de aquel valle que se me antojó había de ser mi tumba. Me incorporé, pues, y comencé a amontonar una gran cantidad de diamantes, escogiendo los más gordos y los más hermosos. Me los guardé en todas partes, abarroté con ellos mis bolsillos, me los introduje entre el traje y la camisa, llené mi turbante y mi calzón, y hasta metí algunos entre los pliegues de mi ropa. Tras lo cual, desenrollé la tela de mi turbante, como la primera vez, y me la rodeé a la cintura, yendo a situarme debajo del cuarto de carne, que até sólidamente a mi pecho con las dos puntas del turbante.

Permanecí algún tiempo en esta posición, cuando súbitamente me sentí llevado por los aires, como una pluma, entre las garras formidables de un *rokh* y en compañía del cuarto de carne. Y en un abrir y cerrar de ojos me encontré fuera del valle, sobre la cúspide de una montaña, en el nido del *rokh*, que se dispuso enseguida a despedazar la carne aquella y mi propia carne para sustentar a sus *rokhecillos*. Pero de pronto se alzó hacia nosotros un estrépito de gritos que asustaron al ave y la obligaron a emprender de nuevo el vuelo, abandonándome. Entonces desaté mis ligaduras y me erguí sobre ambos pies, con huellas de sangre en mis vestidos y en mi rostro.

Vi a la sazón aproximarse al sitio en que yo estaba a un mercader, que se mostró muy contrariado y asombrado al percibirme.

Al advertir aquello, me acerqué a él y le deseé la paz. Pero él, sin corresponder a mi zalema, me arañó furioso y exclamó: '¿Quién eres? ¿Y de dónde viniste para robarme mi fortuna?' Le respondí: 'No temas nada, ¡oh, digno mercader!, porque no soy ningún ladrón, y tu fortuna en nada ha disminuido. Soy un ser humano y no un genio malhechor, como creías, por lo visto. Ayúdame y yo te gratificaré con algunos diamantes recogidos por mí mismo en el fondo de esa cima, que jamás fue sondeada por la vista humana.'

Saqué en seguida de mi cinturón algunos hermosos ejemplares de diamantes y se los entregué, diciéndole: '¡He aquí una ganancia que no habrías osado esperar en tu vida!' Entonces el propietario del cuarto de carnero manifestó una alegría inconcebible y me dio muchas gracias, y tras de mil zalemas me dijo: '¡La bendición está contigo, oh, mi señor! ¡Uno solo de estos diamantes bastaría para enriquecerme hasta la más dilatada vejez! ¡Porque en mi vida hube de verlos semejantes ni en la corte de los reyes y sultanes!' Y me dio gracias otra vez, y finalmente llamó a otros mercaderes que allí se hallaban y que se agruparon en torno mío, deseándome la paz y la bienvenida. Y les conté mi rara aventura desde el principio hasta el fin.

Entonces, vueltos de su asombro los mercaderes, me felicitaron mucho por mi liberación, diciéndome: '¡Por Alah! ¡Tu destino te ha sacado de un abismo del que nadie regresó nunca!' Después, al verme extenuado por la fatiga, el hambre y la sed, se apresuraron a darme de comer y beber con abundancia, y me condujeron a una tienda, donde velaron mi sueño, que duró un día entero y una noche.

A la mañana, los mercaderes me llevaron con ellos, en tanto que comenzaba yo a regocijarme de modo intenso por haber escapado a aquellos peligros sin precedentes. Al cabo de un viaje bastante corto, llegamos a una isla muy agradable, donde crecían magníficos árboles de copa tan espesa y amplia que con facilidad podrían dar sombra a cien hombres. De estos árboles es precisamente de los que se extrae la sustancia blanca, de olor cálido y grato, que se llama alcanfor. A tal fin, se hace una incisión en lo alto del árbol, recogiendo en una cubeta que se pone al pie el jugo que destila, y que al principio parece como gotas de goma, y no es otra cosa que la miel del árbol.

También en aquella isla vi al espantable animal que se llama *karkadann* y pace exactamente como pacen las vacas y los búfalos en nuestras praderas. El cuerpo de esa fiera es mayor que el cuerpo del camello; al extremo del morro tiene un cuerno de diez codos de largo y en el cual se halla labrada una cara humana. Es tan sólido este cuerno, que le sirve al *karkadann* para pelear y vencer al elefante, enganchándole y teniéndole en vilo hasta que muere. Entonces la grasa del elefante muerto va a parar a los ojos del *karkadann*, cegándole y haciéndole caer. Y desde lo alto de los aires se abate sobre ellos el terrible *rokh* y los transporta a su nido para alimentar a sus crías.

Vi asimismo en aquella isla diversas clases de búfalos.

Vivimos algún tiempo allí, respirando el aire embalsamado, y tuve con ello ocasión de cambiar mis diamantes por más oro y plata de lo que podría contener la cola de un navío. ¡Después nos marchamos de allí, y de isla en isla, y de tierra en tierra, y de ciudad en ciudad, admirando a cada paso la obra del Creador, y haciendo acá y allá algunas ventas, compras y cambios, acabamos por bordear Bassra, país de bendición, para ascender hasta Bagdad, morada de paz!

Me faltó el tiempo entonces para correr a mi calle y entrar en mi casa, enriquecido con sumas considerables, dinares de oro y hermosos diamantes que no tuve alma para vender. Y he aquí que, tras las efusiones propias del retorno entre mis parientes y amigos, no dejé de comportarme generosamente, repartiendo dádivas a mi alrededor, sin olvidar a nadie."

Tercer viaje

"Y al regreso de mi segundo viaje, acabé por perder completamente, entre las riquezas y el descanso, el recuerdo de los sinsabores sufridos y de los peligros que corrí, aburriéndome a la postre de la inacción monótona de mi existencia en Bagdad. Así es que mi alma deseó con ardor la mudanza y el espectáculo de las cosas de viaje. Y la misma afición al comercio, con su ganancia y su provecho, me tentó otra vez. En el fondo, siempre la ambición es causa de nuestras desdichas. En breve debía yo comprobarlo del modo más espantoso.

Puse en ejecución inmediatamente mi proyecto, y después de proveerme de ricas mercancías del país, partí de Bagdad para Bassra. Allí me esperaba un gran navío lleno ya de pasajeros y mercaderes, todos gente de bien, honrada, con buen corazón, hombres de conciencia y capaces de servirle a uno, por lo que se podría vivir con ellos en buenas relaciones.

Bajo felices auspicios comenzó, en efecto, nuestra navegación. En todos los lugares que abordábamos hacíamos negocios excelentes, a la vez que nos paseábamos e instruíamos con todas las cosas nuevas que veíamos sin cesar.

Un día entre los días, estábamos en alta mar, muy lejos de los países musulmanes, cuando de pronto vimos que el capitán del navío se golpeaba con fuerza el rostro, se mesaba los pelos de la barba, desgarraba sus vestiduras y tiraba al suelo su turbante, después de examinar durante largo tiempo el horizonte. Luego empezó a lamentarse, a gemir y a lanzar gritos de desesperación.

Al verlo, rodeamos todos al capitán y le dijimos: '¿Qué pasa, oh, capitán?' Contestó: 'Sabed, ¡oh, pasajeros de paz!, que estamos a merced del viento contrario y, habiéndonos desviado de nuestra ruta, nos hemos lanzado a este mar siniestro. Y para colmar nuestra mala suerte, el Destino hace que toquemos en esa isla que veis delante de vosotros, y de la cual jamás pudo salir con vida nadie que arribara a ella. ¡Es la isla de los Monos! ¡Me da el corazón que estamos perdidos sin remedio!'

Todavía no había acabado de explicarse el capitán, cuando vimos que rodeaba el navío una multitud de seres velludos cual monos, y más innumerable que una nube de langostas, en tanto que desde la playa de la isla otros monos, en cantidad incalculable, lanzaban chillidos que nos helaron de estupor. ¡Eran peludos y velludos, con ojos amarillos en sus caras negras; tenían poquísima estatura, apenas cuatro palmos, y sus muecas y sus gritos resultaban más horribles que cuanto a tal respecto pudiera imaginarse! Por lo que afecta a su lenguaje, en vano nos hablaban y nos insultaban chocando las mandíbulas, ya que no lográbamos comprenderles, a pesar de la atención que a tal fin poníamos. No tardamos, por desgracia, en verles ejecutar el más funesto de los proyectos. Treparon por los palos, desplegaron las velas, cortaron con los dientes todas las amarras y acabaron por apoderarse del timón. Entonces, impulsado por el viento, marchó el navío contra la costa, donde encalló. Y los monos, apoderáronse de todos nosotros, nos hicieron desembarcar sucesivamente, nos dejaron en la playa y, sin ocuparse más de nosotros para nada, embarcaron de nuevo en el navío, al cual consiguieron poner a flote, y desaparecieron todos en él a lo lejos del mar.

Entonces, en el límite de la perplejidad, juzgamos inútil permanecer de tal modo en la playa contemplando el mar, así que avanzamos por la isla y encontramos un edificio muy grande que parecía abandonado. Nos acercamos a él y vimos que era un palacio cuadrado, alto, rodeado por sólidas murallas y que tenía una gran puerta de ébano de dos hojas. Como esta puerta estaba abierta y ningún portero la guardaba, la franqueamos y penetramos en seguida en una inmensa sala tan grande como un patio. Tenía por todo mobiliario la tal sala enormes utensilios de cocina y asadores de una longitud desmesurada; el suelo por toda alfombra, montones de huesos, ya calcinados unos, otros sin quemar aún. Dentro reinaba un olor que perturbó en extremo nuestro olfato. Pero como estábamos extenuados de fatiga y de miedo, nos dejamos caer cuan largos éramos y nos dormimos profundamente.

Ya se había puesto el sol, cuando nos sobresaltó un ruido estruendoso, despertándonos de repente, y vimos descender ante nosotros desde el techo a un ser negro con rostro humano, tan alto como una palmera, y cuyo aspecto era más horrible que el de todos los monos reunidos. Tenía los ojos como dos tizones inflamados, los dientes largos y salientes como los colmillos de un cerdo, una boca enorme, tan grande como el brocal de un pozo, labios que le colgaban sobre el pecho, orejas movibles como las del elefante y que le cubrían los hombros, y uñas ganchudas cual garras de león.

A su vista, nos llenamos de terror y después nos quedamos rígidos como muertos. Pero él fue a sentarse en un banco alto adosado a la pared, y desde allí comenzó a examinarnos en silencio y con toda atención uno a uno. Tras lo cual se fue hacia nosotros, cogiendo uno tras otro a todos los mercaderes, y le tocó ser el último en el turno al capitán del navío.

Aconteció que el capitán era un hombre gordo y lleno de carne, y naturalmente era el más robusto y sólido de todos los hombres del navío. Así es que el espantoso gigante no dudó en fijarse en él al elegir; encendió leña en el hogar que había en la sala, puso entre las llamas al capitán ensartado y comenzó a darle vueltas lentamente hasta que estuvo en sazón. Lo retiró del fuego entonces y empezó a trincharle en pedazos, como si se tratara de un pollo, sirviéndose para el caso de sus uñas. Hecho aquello, lo devoró en un abrir y cerrar de ojos. Tras de lo cual chupó los huesos, vaciándolos de la médula, y los arrojó en medio del montón que se alzaba en la sala.

Concluida esta comida, el espantoso gigante fue a tenderse en el banco para digerir, y no tardó en dormirse, roncando exactamente igual que un búfalo a quien se degollara o como un asno a quien se incitara a rebuznar. Y así permaneció dormido hasta por la mañana. Le vimos entonces levantarse y alejarse como había llegado, mientras permanecíamos inmóviles de espanto.

Cuando tuvimos la certeza de que había desaparecido, salimos del silencio que guardamos toda la noche y nos comunicamos mutuamente nuestras reflexiones, y empezamos a sollozar y gemir pensando en la suerte que nos esperaba.

Abandonamos entonces aquella casa y vagamos por toda la isla en busca de algún escondrijo donde resguardarnos; pero fue en vano, porque la isla era llana y no había en ella cavernas ni nada que nos permitiese sustraernos a la persecución. Así es que, como caía la tarde, nos pareció más prudente volver al palacio.

Y así cada noche veía morir a un compañero de aquella manera horrible. Hasta que pensamos en la forma de deshacernos del gigantesco negro mientras dormía.

Cogimos a tal fin dos de los inmensos asadores de hierro y los calentamos al fuego hasta que estuvieron al rojo blanco; luego los empuñamos fuertemente por el extremo frío y, como eran muy pesados, los llevamos entre varios cada uno. Nos acercamos a él quedamente, y entre todos hundimos a la vez ambos asadores en ambos ojos del horrible hombre negro que dormía, y apretamos con todas nuestras fuerzas para que se cegase por completo.

Debió sentir seguramente un dolor extremado, porque el grito que lanzó fue tan espantoso que al oírlo rodamos por el suelo a una distancia respetable. Y saltó él a ciegas y, aullando y corriendo en todos sentidos, intentó coger a alguno de nosotros. Pero habíamos tenido tiempo de evitarlo y echamos al suelo de bruces a su derecha y a su izquierda, de manera que a cada vez sólo se encontraba con el vacío. Así es que, viendo que no podía realizar su propósito, acabó por dirigirse a tientas a la puerta y salió dando gritos espantosos.

Entonces, convencidos de que el gigante ciego moriría por fin en su suplicio, comenzamos a tranquilizarnos y nos dirigimos al mar con paso lento. Arreglamos un poco mejor la balsa, nos embarcamos en ella, la desamarramos de la orilla y, ya íbamos a remar para alejarnos, cuando vimos al horrible gigante ciego que llegaba corriendo, guiado por una hembra gigante, todavía más horrible y antipática que él. Llegados que fueron a la playa, lanzaron gritos amedrentadores al ver que nos alejábamos; después cada uno de ellos comenzó a apedrearnos, arrojando a la balsa trozos de peñasco. Por aquel procedimiento consiguieron alcanzarnos con sus proyectiles y ahogar a todos mis compañeros, excepto a dos. En cuanto a los tres que salimos con vida, pudimos al fin alejarnos y ponernos fuera del alcance de los peñascos que lanzaban.

Pronto llegamos a alta mar, donde nos vimos a merced del viento y empujados hacia una isla que distaba dos días de aquella en que creímos perecer ensartados y asados. Pudimos encontrar allí frutas, con lo que nos libramos de morir de hambre; luego, como la noche era ya avanzada, trepamos a un gran árbol para dormir en él.

Por la mañana, cuando nos despertamos, lo primero que se presentó ante nuestros ojos asustados fue una terrible serpiente tan gruesa como el árbol en que nos hallábamos, y que clavaba en nosotros sus ojos llameantes y abría una boca tan ancha como un horno. Y de pronto se irguió, y su cabeza nos alcanzó en la copa del árbol. Cogió con sus fauces a uno de mis dos compañeros y lo engulló hasta los hombros, para devorarle por completo casi inmediatamente.

Y vagamos en busca de abrigo más seguro y acabamos por encontrar un árbol de una altura prodigiosa. Trepamos a él al hacerse de noche y, ya instalados lo mejor posible, empezábamos a dormirnos cuando nos despertó un silbido seguido de un rumor de ramas tronchadas, y antes de que tuviésemos tiempo de hacer un movimiento para escapar la serpiente cogió a mi compañero, que se había encaramado por debajo de mí, y de un solo golpe lo devoró.

Continué en el árbol sin moverme hasta por la mañana, y únicamente entonces me decidí a bajar.

Empecé a buscar leña y, encontrándola en seguida, me tendí en tierra y cogí una tabla grande que sujeté a las plantas de mis pies en toda su extensión; cogí luego una segunda tabla que até a mi costado izquierdo, otra a mi costado derecho, la cuarta me la puse en el vientre, y la quinta, más ancha y más larga que las anteriores, la sujeté a mi cabeza. De este modo me encontraba rodeado por una muralla de tablas que oponían en todos sentidos un obstáculo a las fauces de la serpiente. Realizado aquello, permanecí tendido en el suelo y esperé lo que me reservaba el Destino.

Al hacerse de noche, no dejó de ir la serpiente. En cuanto me vio, arrojóse sobre mí dispuesta a sepultarme en su vientre, pero se lo impidieron las tablas. Se puso entonces a dar vueltas a mi alrededor, intentando cogerme por algún lado más accesible; pero no pudo. Y al amanecer me dejó por fin, y se alejó muy furiosa, en el límite de la cólera y de la rabia.

Y cuando estuve seguro de que se había alejado del todo, saqué la mano y me desembaracé de las ligaduras que me ataban a las tablas. Pero había estado en una postura tan incómoda que en un principio no logré moverme, y durante varias horas creí no poder recobrar el uso de mis miembros. Pero al fin conseguí ponerme en pie, y poco a poco pude andar y pasearme por la isla. Me encaminé hacia el mar, y apenas llegué descubrí en lontananza un navío que bordeaba la isla velozmente a toda vela.

Al verlo me puse a agitar los brazos y gritar como un loco; luego desplegué la tela de mi turbante y, atándola a una rama de árbol, la levanté por encima de mi cabeza y me esforcé en hacer señales para que me advirtiesen desde el navío.

El destino quiso que mis esfuerzos no resultasen inútiles. No tardé, efectivamente, en ver que el navío viraba y se dirigía a tierra; poco después fui recogido por el capitán y sus hombres.

Comencé, pues, a vivir de nuevo tras ver a dos pasos de mí la muerte, y bendije a Alah por su misericordia, y le di gracias por haber interrumpido mis tribulaciones. Así es que no tardé en reponerme completamente de mis emociones y fatigas, hasta el punto de casi llegar a creer que todas aquellas calamidades habían sido un sueño.

Nuestra navegación resultó excelente, y con la venia de Alah el viento nos fue favorable todo el tiempo, y nos hizo tocar felizmente en una isla llamada Salahata, donde debíamos hacer escala, y en cuya rada ordenó anclar el capitán, para permitir a los mercaderes desembarcar y despachar sus asuntos.

Cuando estuvieron en tierra los pasajeros, como era el único a bordo que carecía de mercancías para vender o cambiar, el capitán se acercó a mí y me dijo: '¡Escucha lo que voy a decirte! Eres un hombre pobre y extranjero, y por ti sabemos cuántas pruebas has sufrido en tu vida. ¡Así, pues, quiero serte de alguna utilidad ahora y ayudarte a regresar a tu país, con el fin de que cuando pienses en mí lo hagas gustoso e invoques para mi persona todas las bendiciones!' Yo le contesté: 'Ciertamente, ¡oh capitán!, que no dejaré de hacer votos en tu favor.' Y él dijo: 'Sabe que hace algunos años vino con nosotros un viajero que se perdió en una isla en que hicimos escala. Y desde entonces no hemos vuelto a tener noticias suyas, ni sabemos si ha muerto o si vive todavía. Como están en el navío depositadas las mercancías que dejó aquel viajero, abrigo la idea de confiártelas para que, mediante un corretaje provisional sobre la ganancia, las vendas en esta isla y me des su importe, a fin de que a mi regreso a Bagdad pueda yo entregarlo a sus parientes o dárselo a él mismo, si consiguió volver a su ciudad.' Y contesté yo: '¡Te soy deudor del bienestar y la obediencia, oh, señor! ¡Y verdaderamente eres acreedor a mi mucha gratitud, ya que quieres proporcionarme una honrada ganancia!'

Y cuando sacaron los fardos y vi que estaban inscritos a mi nombre me di a conocer. Y nadie me creía, hasta que conté toda mi historia, con detalles de cuando el mismo capitán del navío me abandonó en la isla, y uno de los mercaderes me reconoció como el que le hizo rico en la montaña de los diamantes, al ser remontado por el *rokh*.

Entonces me contempló un instante el capitán del navío y en seguida me reconoció también por Simbad *el Marino*. Y me tomó en sus brazos como lo hubiera hecho con su hijo, me felicitó por estar con vida todavía y me dijo: '¡Por Alah, oh, señor, que es asombrosa tu historia y prodigiosa tu aventura! ¡Pero bendito sea Alah, que permitió nos reuniéramos e hizo que encontraras tus mercancías y tu fortuna!' Luego dio orden de que llevaran mis mercancías a tierra para que yo las vendiese, aprovechándome de ellas por completo aquella vez. Y, efectivamente, fue enorme la ganancia que me proporcionaron, indemnizándome con mucho de todo el tiempo que había perdido hasta entonces.

Después de lo cual, dejamos la isla Salahata y llegamos al país de Sind, donde vendimos y compramos igualmente.

En aquellos mares lejanos vi cosas asombrosas y prodigios innumerables, cuyo relato no puedo detallar. Pero, entre otras cosas, vi un pez que tenía el aspecto de una vaca y otro que parecía un asno. Vi también un pájaro que nacía del nácar marino y cuyas crías vivían en la superficie de las aguas, sin volar nunca sobre tierra.

Más tarde continuamos nuestra navegación, con la venia de Alah, y a la postre llegamos a Bassra, donde nos detuvimos pocos días, para entrar por último en Bagdad.

Pero mañana, si Alah quiere, ¡oh, amigos míos!, os contaré la historia de mi cuarto viaje, que supera en interés a los tres que acabáis de oír."

Luego Simbad *el Marino*, como los anteriores días, hizo que dieran cien monedas de oro a Simbad *el Cargador*, invitándole a volver al día siguiente.

No dejó de obedecer el cargador, y volvió al otro día para escuchar lo que había de contar Simbad *el Marino* cuando terminase la comida.

Cuarto viaje

Y relató Simbad *el Marino*:

"Ni los placeres ni las delicias de la vida de Bagdad, ¡oh, queridos amigos míos!, me hicieron olvidar los viajes. Al contrario, casi no me acordaba de las fatigas sufridas y los peligros corridos. Y el alma pérfida que vivía en mí no dejó de mostrarme lo ventajoso que sería recorrer de nuevo las comarcas de los hombres. Así es que no pude resistirme a sus tentaciones y, abandonando un día la casa y las riquezas, llevé conmigo una gran cantidad de mercaderías de precio, bastante más que las que había llevado en mis últimos viajes, y de Bagdad partí para Bassra, donde me embarqué en un gran navío en compañía de varios notables mercaderes prestigiosamente conocidos.

Al principio fue excelente nuestro viaje por el mar, gracias a la bendición. Fuimos de isla en isla y de tierra en tierra, vendiendo y comprando y realizando beneficios muy apreciables, hasta que un día, en alta mar, hizo anclar el capitán, diciéndonos: '¡Estamos perdidos sin remedio!' Y de improviso un golpe de viento terrible hinchó todo el mar, que se precipitó sobre el navío, haciéndole crujir por todas partes, y arrebató a los pasajeros, incluso al capitán, los marineros y yo mismo. Y se hundió todo el mundo, y yo igual que los demás.

Pero, merced a la misericordia, pude encontrar sobre el abismo una tabla del navío, a la que me agarré con manos y pies, y encima de la cual navegamos durante medio día yo y algunos otros mercaderes que lograron asirse conmigo a ella.

Entonces, a fuerza de bregar con pies y manos, ayudados por el viento y la corriente, caímos en la costa de una isla, cual si fuésemos un montón de algas, medio muertos ya de frío y de miedo.

Toda una noche permanecimos sin movernos, aniquilados, en la costa de aquella isla. Pero al día siguiente pudimos levantarnos e internarnos por ella, vislumbrando una casa, hacia la cual nos encaminamos.

Cuando llegamos a ella, vimos que por la puerta de la vivienda salía un grupo de individuos completamente desnudos y negros, quienes se apoderaron de nosotros sin decirnos palabra y nos hicieron penetrar en una vasta sala, donde aparecía un rey sentado en alto trono.

El rey nos ordenó que nos sentáramos, y así lo hicimos. Entonces pusieron a nuestro alcance platos llenos de manjares como no los habíamos visto en toda nuestra vida. Sin embargo, su aspecto no excitó mi apetito, al revés de lo que ocurría a mis compañeros, que comieron glotonamente para aplacar el hambre que les torturaba desde que naufragamos. Y averigüé que aquellos hombres desnudos comían carne humana, empleando diversos medios para cebar a los hombres que caían entre sus manos y hacer de tal suerte más tierna y más jugosa su carne. En cuanto al rey de estos antropófagos, descubrí que era ogro. Todos los días le servían asado un hombre cebado por aquel método; a los demás no les gustaba el asado y comían la carne humana al natural, sin ningún aderezo.

Ante tan triste descubrimiento, mi ansiedad sobre mi suerte y la de mis compañeros no conoció límites cuando advertí en seguida una disminución notable de la inteligencia de mis camaradas, a medida que se hinchaba su vientre y engordaba su cuerpo. Acabaron por embrutecerse del todo a fuerza de comer, y cuando tuvieron aspecto de unas bestias buenas para el matadero, se les confió a la vigilancia de un pastor, que a diario les llevaba a pacer en el prado.

En cuanto a mí, por una parte el hambre, y el miedo por otra, hicieron de mi persona la sombra de mí mismo y la carne se me secó encima del hueso. Así es que, cuando los indígenas de la isla me vieron tan delgado y seco, no se ocuparon ya de mí y me olvidaron enteramente, juzgándome sin duda indigno de servirme asado ni siquiera a la parrilla ante su rey.

Tal falta de vigilancia por parte de aquellos insulares negros y desnudos me permitió un día alejarme de su vivienda y marchar en dirección opuesta a ella. Anduve aún todo el otro día, y también los seis siguientes, sin perder más que el tiempo necesario para hacer una comida diaria que me permitiese seguir mi carrera en pos de lo desconocido. Y por todo alimento cogía hierbas y me comía las indispensables para no sucumbir de hambre.

Y al amanecer del octavo día llegué a la orilla opuesta de la isla y me encontré con hombres como yo, blancos y vestidos con trajes, que se ocupaban en quitar granos de pimienta de los árboles de que estaba cubierta aquella región. Cuando me advirtieron, se agruparon en torno mío y me hablaron en mi lengua, el árabe, que no escuchaba yo desde hacía tiempo. Me preguntaron quién era y de dónde venía. Contesté: '¡Oh, buenas gentes, soy un pobre extranjero!' Y les enumeré cuantas desgracias y peligros había experimentado. Mi relato les asombró maravillosamente y me felicitaron por haber podido escapar de los devoradores de carne humana; me ofrecieron de comer y de beber, me dejaron reposar una hora y después me llevaron a su barca para presentarme a su rey, cuya residencia se hallaba en otra isla vecina.

La isla en que reinaba este rey tenía por capital una ciudad muy poblada, abundante en todas las cosas de la vida, rica en zocos y en mercaderes cuyas tiendas aparecían provistas de objetos preciosos, cruzadas por calles en que circulaban numerosos jinetes en caballos espléndidos, aunque sin sillas ni estribos. Así es que cuando me presentaron al rey, tras de las zalemas hube de participarle mi asombro por ver cómo los hombres montaban a pelo en los caballos. Y le dije: '¿Por qué motivo, ¡oh, mi señor y soberano!, no se usa aquí la silla de montar? ¡Es un objeto muy cómodo para ir a caballo! ¡Y, además, aumenta el dominio del jinete!'

Sorprendióse mucho de mis palabras el rey, y me preguntó: 'Pero, ¿en qué consiste una silla de montar? ¡Se trata de una cosa que nunca en nuestra vida vimos!' Yo le dije: '¿Quieres, entonces, que te confeccione una silla, para que puedas comprobar su comodidad y experimentar sus ventajas?' Me contestó: ¡Sin duda!'

Dije que pusiera a mis órdenes a un carpintero hábil, y le hice trabajar a mi vista la madera de una silla conforme exactamente a mis indicaciones. Y permanecí junto a él hasta que la terminó. Entonces yo mismo forré la madera de la silla con lana y cuero y acabé guareciéndola con bordados de oro y borlas de diversos colores. Hice que viniese a mi presencia luego un herrero, al cual le enseñé el arte de confeccionar un bocado y estribos, y ejecutó perfectamente estas cosas, porque no le perdí de vista un instante.

Cuando estuvo todo en condiciones, escogí el caballo más hermoso de las cuadras del rey y le ensillé y embridé, y le enjaecé espléndidamente, sin olvidarme de ponerle diversos accesorios de adorno, como largas gualdrapas, borlas de seda y oro, penacho y collera azul. Y fui en seguida a presentárselo al rey, que lo esperaba con mucha impaciencia desde hacía algunos días.

Inmediatamente lo montó el rey, y se sintió tan a gusto y le satisfizo tanto la invención, que me probó su contento con regalos suntuosos y grandes prodigalidades.

Cuando el gran visir vio aquella silla y comprobó su superioridad, me rogó que le hiciera una parecida. Y yo accedí gustoso. Entonces todos los notables del reino y los altos signatarios quisieron asimismo tener una silla, y me hicieron la oportuna demanda. Y tanto me obsequiaron que en poco tiempo hube de convertirme en el hombre más rico y considerado de la ciudad.

Y el rey, por no perderme, se empeñó en casarme con una mujer noble, rica en oro y en cualidades, y me regaló un palacio verdaderamente regio.

Desde entonces viví en medio de una tranquilidad perfecta y llegué al límite del desahogo y el bienestar. Y de antemano me regocijaba la idea de poder un día escaparme de aquella ciudad y volver a Bagdad con mi esposa; porque la amaba mucho, y ella también me amaba, y nos llevábamos muy bien.

Un día, por orden de Alah, murió la esposa de mi vecino. Como el tal vecino era amigo mío, fui a verle y traté de consolarle, diciéndole: '¡No te aflijas más de lo permitido, oh, vecino! ¡Pronto te indemnizará Alah dándote una esposa más bendita todavía! ¡Prolongue Alah tus días!' Pero mi vecino, asombrado de mis palabras, levantó la cabeza y me dijo: '¿Cómo puedes desearme larga vida, cuando bien sabes que sólo me queda ya una hora de vivir?' Entonces me asombré a mi vez y le dije: '¿Por qué hablas así, vecino, y a qué vienen semejantes presentimientos? ¡Gracias a Alah, eres robusto y nada te amenaza! ¿Pretendes, pues, matarte por tu propia mano?' Contestó: '¡Ah! Bien veo ahora tu ignorancia acerca de los usos de nuestro país. Sabe, pues, que la costumbre quiere que todo marido vivo sea enterrado vivo con su mujer cuando ella muera, y que toda mujer viva sea enterrada viva con su marido cuando muera él. ¡Es cosa inviolable! ¡Y en seguida debo ser enterrado vivo yo con mi mujer muerta! ¡Aquí ha de cumplir tal ley, establecida por los antepasados, todo el mundo, incluso·el rey!'

Mientras hablábamos en estos términos, entraron los parientes y amigos de mi vecino y se dedicaron, en efecto, a consolarle por su propia muerte y la de su mujer. Tras de lo cual se procedió a los funerales. Pusieron en un ataúd descubierto el cuerpo de la mujer, después de revestirla con los trajes más hermosos y adornarla con las más preciosas joyas. Luego se formó el acompañamiento; el marido iba a la cabeza, detrás del ataúd, y todo el mundo, incluso yo, se dirigió al sitio del entierro.

Salimos de la ciudad, llegando a una montaña que daba sobre el mar. En cierto paraje vi una especie de pozo inmenso, cuya tapa de piedra levantaron en seguida. Bajaron por allí el ataúd donde yacía la mujer muerta adornada con sus alhajas; luego se apoderaron de mi vecino, que no opuso ninguna resistencia; por medio de una cuerda le bajaron hasta el fondo del pozo, proveyéndole de un cántaro con agua y siete panes. Hecho lo cual, taparon el brocal del pozo con las piedras grandes que lo cubrían y nos volvimos por donde habíamos ido.

Asistí a todo esto en un estado de alarma inconcebible, pensando: '¡La cosa es aún peor que todas cuantas he visto!' Y no bien regresé a palacio, corrí en busca del rey y le dije: '¡Oh, señor mío! ¡Muchos países recorrí hasta hoy; pero en ninguna parte vi una costumbre tan bárbara como esa de enterrar al marido vivo con su mujer muerta! Por tanto, desearía saber, ¡oh, rey del tiempo!, si el extranjero ha de cumplir también esta ley al morir su esposa.' El rey contestó: '¡Sin duda que se le enterrará con ella!'

Cuando hube oído aquellas palabras, sentí que en el hígado me estallaba la vejiga de la hiel a causa de la pena; salí de allí loco de terror y marché a mi casa, temiendo ya que hubiese muerto mi esposa durante mi ausencia y que se me obligase a sufrir el horroroso suplicio que acababa de presenciar. En vano intenté consolarme diciendo: '¡Tranquilízate, Simbad! ¡Seguramente morirás tú primero! ¡Por consiguiente, no tendrás que ser enterrado vivo!' Tal consuelo de nada había de servirme, porque poco tiempo después mi mujer cayó enferma, guardó cama algunos días y murió, a pesar de todos los cuidados con que no cesé de rodearla día y noche.

Entonces mi dolor no tuvo límites; porque, si realmente resultaba deplorable el hecho de ser devorado por los comedores de carne humana, no lo resultaba menos el de ser enterrado vivo. Cuando vi que el rey iba personalmente a mi casa para darme el pésame por mi entierro, no dudé ya de mi suerte. El soberano quiso hacerme el honor de asistir, acompañado por todos los personajes de la corte, a mi entierro, yendo al lado mío a la cabeza del acompañamiento, detrás del ataúd en que yacía muerta mi esposa, cubierta con sus joyas y adornada con todos sus atavíos.

Cuando estuvimos al pie de la montaña que daba sobre el mar, se abrió el pozo en cuestión, haciendo bajar al fondo del agujero el cuerpo de mi esposa; tras lo cual, todos los concurrentes se acercaron a mí y me dieron el pésame, despidiéndose. Entonces yo quise intentar que el rey y los concurrentes me dispensaran de aquella prueba, y exclamé llorando: '¡Soy extranjero y no parece justo que me someta a vuestra ley! ¡Además en mi país tengo una esposa que vive e hijos que necesitan de mí!'

Pero en vano hube de gritar y sollozar, porque cogiéronme sin escucharme, me echaron cuerdas por debajo de los brazos, sujetaron a mi cuerpo un cántaro de agua y siete panes, como era costumbre, y me descolgaron hasta el fondo del pozo. Cuando llegué abajo, me dijeron: '¡Desátate, para que nos llevemos las cuerdas!' Pero no quise desligarme y continué con ellas, por si se decidían a subirme de nuevo. Entonces abandonaron las cuerdas, que cayeron sobre mí, taparon otra vez con las grandes piedras el brocal del pozo y se fueron por su camino, sin escuchar mis gritos que movían a piedad.

A poco, me obligó a taparme las narices la hediondez de aquel subterráneo. Pero no me impidió inspeccionar, merced a la escasa luz que descendía de lo alto, aquella gruta mortuoria llena de cadáveres antiguos y recientes. Era muy espaciosa, y se dilataba hasta una distancia que mis ojos no podían sondear. Entonces me tiré al suelo llorando y exclamé: '¡Bien merecida tienes tu suerte, Simbad de alma insaciable! Y luego, ¿qué necesidad tenías de casarte en esta ciudad? ¡Ah! ¿Por qué no pereciste en el valle de los diamantes o por qué no te devoraron los comedores de hombres? ¡Era preferible que te hubiese tragado el mar en uno de tus naufragios y no tendrías que sucumbir ahora a tan espantosa muerte!' Y al punto comencé a golpearme con fuerza en la cabeza, en el estómago y en todo mi cuerpo. Sin embargo, acosado por el hambre y la sed, no me decidí a dejarme morir de inanición, y desaté de la cuerda los panes y el cántaro de agua, y comí y bebí aunque con prudencia, en previsión de los siguientes días.

De este modo viví durante algunos días, habituándome paulatinamente al olor insoportable de aquella gruta, y para dormir me acostaba en un lugar que tuve buen cuidado de limpiar de los huesos que en él aparecían. Pero no podía retrasar más el momento en que se me acabara el pan y el agua. Y llegó ese momento. Entonces, poseído por la más absoluta desesperación, hice mi acto de fe, y ya iba a cerrar los ojos para aguardar la muerte, cuando vi abrirse por encima de mi cabeza el agujero del pozo y descender en un ataúd a un hombre muerto, y tras él su esposa con los siete panes y el cántaro de agua.

Entonces esperé a que los hombres de arriba tapasen de nuevo el brocal y, sin hacer el menor ruido, muy sigilosamente, cogí un gran hueso de muerto y me arrojé de un salto sobre la mujer, rematándola de un golpe en la cabeza; para cerciorarme de su muerte todavía le propiné un segundo y un tercer golpe con toda mi fuerza. Me apoderé entonces de los siete panes y del agua, con lo que tuve provisiones para algunos días.

Al cabo de ese tiempo, abrióse de nuevo el orificio, y esta vez descendieron a una mujer muerta y a un hombre. Con el objeto de seguir viviendo —¡porque el alma es preciosa!—, no dejé de rematar al hombre, robándole sus panes y su agua. Y así continué viviendo durante algún tiempo, matando en cada oportunidad a la persona a quien se enterraba viva y robándole sus provisiones.

Un día entre los días, dormía yo en mi sitio de costumbre, cuando me desperté sobresaltado al oír un ruido insólito. Era cual un resuello humano y un rumor de pasos. Me levanté y cogí el hueso que me servía para rematar a los individuos enterrados vivos, dirigiéndome al lado de donde parecía venir el ruido. Después de dar unos pasos, creí entrever algo que huía resollando con fuerza. Entonces, siempre armado con mi hueso, perseguí mucho tiempo a aquella especie de sombra fugitiva y continué corriendo en la oscuridad tras ella, tropezando a cada paso con los huesos de los muertos; pero de pronto creí ver en el fondo de la gruta como una estrella luminosa que tan pronto brillaba como se extinguía. Proseguí avanzando en la misma dirección, y conforme avanzaba veía aumentar y ensancharse la luz. Sin embargo, no me atreví a creer que fuese aquello una salida por donde pudiese escaparme y me dije: '¡Indudablemente debe ser un segundo agujero de este pozo por el que bajan ahora algún cadáver!' Así pues, cuál no sería mi emoción al ver que la sombra fugitiva, que no era otra cosa que un animal, saltaba con ímpetu por aquel agujero. Entonces comprendí que se trataba de una brecha abierta por las fieras para ir a comerse en la gruta los cadáveres. Y salté detrás del animal y me hallé al aire libre bajo el cielo.

Al darme cuenta de la realidad caí de rodillas, y con todo mi corazón di gracias al Altísimo por haberme libertado, y calmé y tranquilicé mi alma.

Miré entonces al cielo y vi que me encontraba al pie de una montaña junto al mar, y observé que la tal montaña no debía de comunicarse de ninguna manera con la ciudad, por lo escarpada e impracticable que era.

Todos los días continué yendo a la gruta para quitarles los panes y el agua, matando a los que se enterraba vivos. Luego tuve la idea de recoger todas las joyas de los muertos, diamantes, brazaletes, collares, perlas, rubíes, metales cincelados, telas preciosas y cuantos objetos de oro y plata había por allí. Y poco a poco iba transportando mi botín a la orilla del mar, esperando que llegara el día en que pudiese salvarme con tales riquezas. Y para que todo estuviese preparado, hice fardos bien envueltos con los trajes de los hombres y mujeres de la gruta.

Estaba yo sentado un día a la orilla del mar, pensando en mis aventuras y en mi actual estado, cuando vi que pasaba un navío por cerca de la montaña. Me levanté en seguida, desenrollé la tela de mi turbante y me puse a agitarla con bruscos ademanes y dando muchos gritos mientras corría por la costa. Gracias a Alah, la gente del navío advirtió mis señales y destacaron una barca para que fuese a recogerme y transportarme a bordo. Me llevaron con ellos y también se encargaron gustosos de mis fardos.

Cuando estuvimos a bordo, el capitán se acercó a mí y me dijo: '¿Quién eres y cómo te encontrabas en esa montaña donde nunca vi más que animales salvajes y aves de rapiña, pero no un ser humano, desde que navego por estos parajes?' Contesté: '¡Oh, señor mío, soy un pobre mercader extranjero en estas comarcas! Embarqué en un navío enorme que naufragó junto a esta costa y, gracias a mi valor y a mi resistencia, yo solo entre mis compañeros pude salvarme de perecer ahogado y salvé conmigo mis fardos de mercancías, poniéndolos en una tabla grande que me proporcioné cuando el navío viose a merced de las olas. El Destino y mi suerte me arrojaron a esta orilla, y Alah ha querido que no muriese yo de hambre y de sed.' Y esto fue lo que dije al capitán, guardándome mucho de decirle la verdad sobre mi matrimonio y mi enterramiento, no fuera que a bordo hubiese alguien de la ciudad donde reinaba la espantosa costumbre de que estuve a punto de ser víctima.

Y quise hacerle un hermoso regalo; pero no aceptó, con gran sorpresa por mi parte. Dio orden de desplegar las velas y puso en marcha el navío.

Durante días y días navegamos en excelentes condiciones, de isla en isla y de mar en mar, mientras yo me pasaba las horas muertas deliciosamente tendido, pensando en mis extrañas aventuras y preguntádome si en realidad había yo experimentado todos aquellos sinsabores o si no eran un sueño. Y al recordar algunas veces mi estancia en la gruta subterránea con mi esposa muerta creía volverme loco de espanto.

Pero al fin, por obra y gracia de Alah, llegamos con buena salud a Bassra, donde no nos detuvimos más que algunos días, entrando luego en Bagdad."

Quinto viaje

"Sabed que al regresar del cuarto viaje hice una vida de diversiones, y con ello olvidé en seguida mis pasados sufrimientos, y sólo me acordé de las ganancias admirables que me proporcionaron mis aventuras extraordinarias. Así es que no os asombréis si os digo que no dejé de atender a mi alma, la cual inducíame a nuevos viajes por los países de los hombres.

Me apresté, pues, a seguir aquel impulso y compré las mercaderías que a mi experiencia parecieron de más fácil salida y de ganancia segura y fructífera; hice que las encajonasen, y partí con ellas para Bassra.

Allí fui a pasearme por el puerto y vi un navío grande, nuevo completamente, que me gustó mucho y que acto seguido compré para mí solo. Contraté a mi servicio a un buen capitán experimentado y a los necesarios marineros. Después mandé que cargaran las mercaderías mis esclavos, a los cuales mantuve a bordo para que me sirvieran. También acepté en calidad de pasajeros a algunos mercaderes de buen aspecto, que me pagaron honradamente el precio del pasaje. De esta manera, convertido entonces en dueño de un navío, podía ayudar al capitán con mis consejos, merced a la experiencia que adquirí en asuntos marítimos.

Abandonamos Bassra con el corazón confiado y alegre, deseándonos mutuamente todo género de bendiciones. Y nuestra navegación fue muy feliz, favorecida de continuo por un viento propicio y un mar clemente. Y después de haber hecho diversas escalas con objeto de vender y comprar, arribamos un día a una isla completamente deshabitada y desierta, y en la cual se veía como única vivienda una cúpula blanca. Pero al examinar más de cerca aquella cúpula blanca, adiviné que se trataba de un huevo de *rokh*. Me olvidé de advertirlo a los pasajeros, los cuales, una vez que desembarcaron, no encontraron para entretenerse nada mejor que tirar gruesas piedras a la superficie del huevo, y algunos instantes más tarde sacó del huevo una de sus patas el *rokhecillo*.

Al verlo, continuaron rompiendo el huevo los mercaderes; luego mataron a la cría del *rokh*, cortándola en pedazos grandes, y fueron a bordo para contarme la aventura.

Entonces llegué al límite del terror y exclamé: '¡Estamos perdidos! ¡En seguida vendrán el padre y la madre del *rokh* para atacarnos y hacemos perecer! ¡Hay que alejarse, pues, de esta isla lo más deprisa posible!' Y al punto desplegamos las velas y nos pusimos en marcha, ayudados por el viento.

En tanto, los mercaderes ocupábanse en asar los cuartos del *rokh*; pero no habían empezado a saborearlos, cuando vimos sobre los ojos del Sol dos gruesas nubes que lo tapaban completamente. Al hallarse más cerca de nosotros estas nubes, advertimos que no eran otra cosa que dos gigantescos *rokhs*, el padre y la madre del muerto. Y les oímos batir las alas y lanzar graznidos más terribles que el trueno. Y en seguida nos dimos cuenta de que estaban precisamente encima de nuestras cabezas, aunque a una gran altura, sosteniendo cada cual en sus garras una roca enorme, mayor que nuestro navío.

Al verlos no dudamos ya de que la venganza de los *rokhs* nos perdería. Y de repente uno de los *rokhs* dejó caer desde lo alto la roca en dirección al navío. Pero el capitán tenía mucha experiencia; maniobró con la barra tan rápidamente que el navío viró a un lado, y la roca, pasando junto a nosotros, fue a dar en el mar, el cual abrióse de tal modo que vimos su fondo, y el navío se alzó y bajó y volvió a alzarse espantablemente. Pero quiso nuestro Destino que en aquel mismo instante soltase el segundo *rokh* su piedra, que, sin que pudiésemos evitarlo, fue a caer en la popa, rompiendo el timón en veinte pedazos y hundiendo la mitad del navío.

Pero tanto luché con la muerte, impulsado por el instinto de conservar mi alma preciosa, que pude salir a la superficie del agua. Y por fortuna logré agarrarme a una tabla de mi destrozado navío.

Remando con los pies y ayudado por viento y corriente, pude llegar a una isla en el preciso instante en que iba a entregar mi último aliento, pues estaba extenuado de fatiga, hambre y sed. Empecé por tenderme en la playa, donde permanecí aniquilado una hora, hasta que descansaron y se tranquilizaron mi alma y mi corazón. Me levanté entonces y me interné en la isla, con objeto de reconocerla.

No tuve necesidad de caminar mucho para advertir que aquella vez el Destino me había transportado a un jardín tan hermoso, que podría compararse con los jardines del paraíso. Ante mis ojos extáticos aparecían por todas partes árboles de dorados frutos, arroyos cristalinos, pájaros de mil plumajes diferentes y flores arrebatadoras. Por consiguiente, no quise privarme de comer de aquellas frutas, beber de aquella agua y aspirar aquellas flores, y todo lo encontré lo más excelente posible.

Pero cuando llegó la noche y me vi en aquella isla, solo entre los árboles, no pude por menos de tener un miedo atroz, a pesar de la belleza y la paz que me rodeaban; no logré dormirme más que a medias, y durante el sueño me asaltaron pesadillas terribles en medio de aquel silencio y aquella soledad.

Al amanecer me levanté más tranquilo y avancé en mi exploración. De esta suerte pude llegar junto a un estanque donde iba a dar el agua de un manantial, y a la orilla del estanque hallábase sentado, inmóvil, un venerable anciano cubierto con amplio manto hecho de hojas de árbol. Y pensé para mí: '¡También este anciano debe ser algún náufrago que se refugiara antes que yo en esta isla!' Me acerqué, pues, a él y le deseé la paz. Me devolvió el saludo, pero solamente por señas y sin pronunciar palabra. Y le pregunté: '¡Oh, venerable jeque! ¿A qué se debe tu estancia en este sitio?' Tampoco me contestó, pero movió con aire triste la cabeza y con la mano me hizo señas que significaban: '¡Te suplico que me cargues a tu espalda y atravieses el arroyo conmigo, porque quisiera coger frutas en la otra orilla!'

Entonces pensé: '¡Ciertamente, Simbad, que verificaréis una buena acción sirviendo así a este anciano!' Me incliné, pues, y me lo cargué sobre los hombros, atrayendo a mi pecho sus piernas, y con sus muslos él me rodeaba el cuello y la cabeza con sus brazos. Y le transporté a la otra orilla del arroyo hasta el lugar que hubo de designarme; luego me incliné nuevamente y le dije: '¡Baja con cuidado, oh, venerable jeque!' ¡Pero no se movió! Por el contrario, cada vez apretaba más sus muslos en torno de mi cuello y se afianzaba a mis hombros con todas sus fuerzas.

Al darme cuenta de ello llegué al límite del asombro y miré con atención sus piernas. Me parecieron negras y velludas, y ásperas como la piel de un búfalo, y me dieron miedo. Así es que, haciendo un esfuerzo inmenso, quise desenlazarme de su abrazo y dejarlo en tierra; pero entonces me apretó él la garganta tan fuertemente que casi me estranguló y ante mí se oscureció el mundo. Todavía hice un último esfuerzo, pero perdí el conocimiento, casi ya sin respiración, y caí al suelo desvanecido.

Al cabo de algún tiempo volví en mí, observando que, a pesar de mi desvanecimiento, el anciano se mantenía siempre agarrado a mis hombros; sólo había aflojado sus piernas ligeramente para permitir que el aire penetrara en mi garganta.

Cuando me vio respirar, diome dos puntapiés en el estómago para obligarme a que me incorporara de nuevo. El dolor me hizo obedecer y me erguí sobre mis piernas, mientras él se afianzaba a mi cuello más que nunca. Con la mano me indicó que anduviera por debajo de los árboles y se puso a coger frutas y a comerlas. Y cada vez que me paraba yo contra su voluntad o andaba demasiado deprisa, me daba puntapiés tan violentos que veíame obligado a obedecerle.

Todo aquel día estuvo sobre mis hombros, haciéndome caminar como un animal de carga; llegada la noche, me obligó a tenderme con él para dormir sujeto siempre a mi cuello. Y a la mañana siguiente me despertó de un puntapié en el vientre, obrando como la víspera.

Hacía ya mucho tiempo que me veía reducido a tan deplorable estado, cuando un día aquel hombre me obligó a caminar bajo unos árboles de los que colgaban gruesas calabazas, y se me ocurrió la idea de aprovechar aquellas frutas secas para hacer con ellas recipientes. Recogí una gran calabaza seca que había caído del árbol tiempo atrás, la vacié por completo, la limpié y fui a una vid para cortar racimos de uvas, que exprimí dentro de la calabaza hasta llenarla. La tapé luego cuidadosamente y la puse al sol, dejándola allí varios días, hasta que el zumo de uvas convirtióse en vino puro. Entonces cogí la calabaza y bebí de su contenido la cantidad suficiente para reponer fuerzas y ayudarme a soportar las fatigas de la carga, pero no lo bastante para embriagarme. Al momento me sentí reanimado y alegre hasta tal punto que, por primera vez, me puse a hacer piruetas en todos sentidos con mi carga, sin notarla ya, y a bailar cantando por entre los árboles. Incluso hube de dar palmadas para acompañar mi baile, riendo a carcajadas.

Cuando el anciano me vio en aquel estado inusitado y advirtió que mis fuerzas se multiplicaban hasta el extremo de conducirle sin fatiga, me ordenó por señas que le diese la calabaza. Me contrarió bastante la petición, pero le tenía tanto miedo que no me atreví a negarme; me apresuré, pues, a darle la calabaza de muy mala gana. La tomó en sus manos, la llevó a sus labios, saboreó primero el líquido, para saber a qué atenerse, y como lo encontró agradable se lo bebió, vaciando la calabaza hasta la última gota y arrojándola después lejos de mí.

En seguida se hizo sentir en su cerebro el efecto del vino y, como había bebido lo suficiente para embriagarse, no tardó en bailar a su manera en un principio, zarandeándose sobre mis hombros, para aplomarse luego con todos los músculos relajados, venciéndose a derecha e izquierda y sosteniéndose sólo lo preciso para no caerse.

Entonces yo, al sentir que no me oprimía como de costumbre, desanudé de mi cuello sus piernas con un movimiento rápido, y por medio de una contracción de hombros le despedí a alguna distancia, haciéndole rodar por el suelo, en donde quedó sin movimiento. Salté sobre él entonces y, cogiendo de entre los árboles una piedra enorme, le sacudí con ella en la cabeza diversos golpes tan certeros que le destrocé el cráneo.

A la vista de su cadáver, me sentí el alma todavía más aligerada que el cuerpo y me puse a correr de alegría, y así llegué a la playa, al mismo sitio donde me arrojó el mar cuando el naufragio de mi navío. Quiso el Destino que precisamente en aquel momento se encontrasen allí unos marineros que desembarcaron de un navío anclado para buscar agua y frutas. Al verme, llegaron al límite del asombro, y me rodearon y me interrogaron después de mutuas zalemas. Y les conté lo que acababa de ocurrirme.

Estupefactos quedaron los marineros con el relato de mi historia, y exclamaron: '¡Es prodigioso que pudieras librarte de ese jeque, conocido por todos los navegantes con el nombre de Anciano del Mar! Tú eres el primero a quien no estranguló, porque siempre ha ahogado entre sus muslos a cuantos tuvo a su servicio. ¡Bendito sea Alah, que te libró de él!'

Después de lo cual, me llevaron a su navío, donde su capitán me recibió cordialmente y me dio vestidos con que cubrir mi desnudez, y después que le hube contado mi aventura, me felicitó por mi salvación y nos hicimos a la vela.

Tras varios días y varias noches de navegación, entramos en el puerto de una ciudad que tenía casas muy bien construidas junto al mar. Esta ciudad llamábase la Ciudad de los Monos, a causa de la cantidad prodigiosa de monos que habitaban en los árboles de las inmediaciones.

Después de andar durante algún tiempo, llegamos a un valle cubierto de árboles tan altos que resultaba imposible subir a ellos, y estos árboles estaban poblados por los monos, y sus ramas aparecían cargadas de frutos de corteza dura llamados cocos de Indias.

Nos detuvimos al pie de aquellos árboles y mis compañeros dejaron en tierra los sacos y pusiéronse a apedrear a los monos, tirándoles piedras. Y yo hice lo que ellos. Entonces, furiosos, los monos nos respondieron tirándonos desde lo alto de los árboles una cantidad enorme de cocos. Y nosotros, procurando resguardarnos, recogíamos aquellos frutos y llenábamos nuestros sacos con ellos.

Una vez llenos los sacos, nos los cargamos de nuevo a hombros y volvimos a emprender el camino de la ciudad, en la cual un mercader me compró el saco, pagándome en dinero. Y de este modo continué acompañando todos los días a los recolectores de cocos y vendiendo en la ciudad aquellos frutos, y así estuve hasta que poco a poco, a fuerza de acumular lo que ganaba, adquirí una fortuna que engrosó por sí sola después de diversos cambios y compras, y me permitió embarcarme en un navío que salía para el mar de las Perlas.

Como tuve cuidado de llevar conmigo una cantidad prodigiosa de cocos, no dejé de cambiarlos por mostaza y canela a mi llegada a diversas islas, y después vendí la mostaza y la canela, y con el dinero que gané me fui al mar de las Perlas, donde contraté buzos por mi cuenta. Fue muy grande mi suerte en la pesca de perlas, pues me permitió realizar en poco tiempo una gran fortuna. Así es que no quise retrasar más el regreso y, después de comprar, para mi uso personal, madera de áloe de la mejor calidad a los indígenas de aquel país descreído, me embarqué en un buque que se hacía a la vela para Bassra, adonde arribé felizmente después de una excelente navegación. Desde allí salí en seguida para Bagdad, y corrí a mi calle y a mi casa, donde me recibieron con grandes manifestaciones de alegría mis parientes y mis amigos.

Como volvía más rico que jamás lo había estado, no dejé de repartir en torno mío el bienestar, haciendo muchas dádivas a los necesitados. Y viví en un reposo perfecto desde el seno de la alegría y los placeres."

Sexto viaje

"Sabed todos, queridos huéspedes, que al regreso de mi quinto viaje estaba un día sentado delante de mi puerta tomando el fresco, y he aquí que llegué al límite del asombro cuando vi pasar por la calle a unos mercaderes que al parecer volvían de viaje. Al verlos recordé con satisfacción los días de mis retornos, la alegría que experimentaba al encontrar a mis parientes, amigos y antiguos compañeros, la alegría, mayor aún, de volver a ver mi país natal, y este recuerdo incitó a mi alma al viaje y al comercio. Resolví, pues, viajar; compré ricas y valiosas mercaderías a propósito para el comercio por mar, mandé cargar los fardos y partí de la ciudad de Bagdad con dirección a la de Bassra. Allí encontré una gran nave llena de mercaderías y de notables, que llevaban consigo mercancías suntuosas. Hice embarcar mis fardos con los suyos a bordo de aquel navío y abandonamos en paz la ciudad de Bassra.

No dejamos de navegar de pueblo en pueblo y de ciudad en ciudad, vendiendo, comprando y alegrando la vista con el espectáculo de los países de los hombres, viéndonos favorecidos constantemente por una feliz navegación, que aprovechábamos para gozar de la vida. Pero un día entre los días, cuando nos creíamos en completa seguridad, oímos gritos de desesperación. Era nuestro capitán quien los lanzaba. Al mismo tiempo le vimos tirar al suelo el turbante, golpearse el rostro, mesarse las barbas y dejarse caer en mitad del buque, presa de un pesar inconcebible.

Entonces todos los mercaderes y pasajeros le rodeamos, y le preguntamos: '¡Oh, capitán! ¿Qué sucede?' El capitán respondió: 'Sabed, buena gente, aquí reunida, que nos hemos extraviado con nuestro navío y hemos salido del mar en que estábamos para entrar en otro mar cuya derrota no conocemos.'

Dicho esto, el capitán se levantó y subió al palo mayor, y quiso arreglar las velas; pero de pronto sopló con violencia el viento y echó al navío hacia atrás tan bruscamente que se rompió el timón cuando estábamos cerca de una alta montaña. Entonces el capitán bajó del palo y exclamó: '¡No hay fuerza ni recurso más que en Alah el Altísimo y Todopoderoso! ¡Nadie puede detener el Destino! ¡Por Alah! ¡Hemos caído en una perdición espantosa, sin ninguna probabilidad de salvarnos!'

Al oír tales palabras, todos los pasajeros se echaron a llorar por propio impulso, despidiéndose unos de otros antes de que se acabase la existencia y se perdiera toda esperanza. De pronto el navío se inclinó hacia la montaña y se estrelló y se dispersó en tablas por todas partes. Y cuantos estaban dentro se sumergieron. Y los mercaderes cayeron al mar. Y unos se ahogaron y otros se agarraron a la montaña y pudieron salvarse. Yo fui de los que pudieron agarrarse a ésta.

Estaba la tal montaña situada en una isla muy grande, cuyas costas aparecían cubiertas por restos de buques naufragados y de toda clase de residuos. En el sitio en que tomamos tierra vimos a nuestro alrededor una cantidad prodigiosa de fardos y mercaderías, y objetos valiosos de todas clases arrojados por el mar.

Y yo empecé a andar por en medio de aquellas cosas dispersas y a los pocos pasos llegué a un riachuelo de agua dulce que, al revés que todos los demás ríos, que van a desaguar al mar, salía de la montaña y se alejaba del mar, para internarse más adelante en una gruta situada al pie de aquella montaña y desaparecer por ella.

Pero había más. Observé que las orillas de aquel río estaban sembradas de piedras, de rubíes, de gemas de todos los colores, de pedrería de todas formas y de metales preciosos. Y todas aquellas piedras preciosas abundaban tanto como los guijarros en el cauce de un río. Así es que todo aquel terreno brillaba y centelleaba con mil reflejos y luces, de manera que los ojos no podían soportar su resplandor.

He de deciros asimismo que todas aquellas riquezas no le servían a nadie, puesto que nadie pudo llegar a aquella isla y salir de ella vivo ni muerto. En efecto, todo navío que se acercaba a sus costas estrellábase contra la montaña, y nadie podía subir a ésta, porque era inaccesible.

Así estuvimos durante bastante rato en la orilla, sin saber qué hacer, y después, como habíamos encontrado algunas provisiones, nos las repartimos con toda equidad. Y mis compañeros, que no estaban acostumbrados a las aventuras, se comieron su parte de una vez o en dos y no tardaron, al cabo de cierto tiempo, variable según la resistencia de cada cual, en sucumbir uno tras otro por falta de alimento. Pero yo supe economizar con prudencia mis víveres y no comí más que una vez al día, aparte de que había encontrado otras provisiones, de las cuales no dije palabra a mis compañeros.

Los primeros que murieron fueron enterrados por los demás después de lavarlos y meterlos en sudarios confeccionados con las telas recogidas en la orilla. Con las privaciones vino a complicarse una epidemia de dolores de vientre, originada por el clima húmedo del mar. Así es que mis compañeros no tardaron en morir hasta el último, y yo abrí con mis manos la huesa del postrer camarada.

Después pensé en cavar mi propia fosa para cuando llegara mi hora. Pero levanté la vista y, viendo el río, se me ocurrió hacer una barca, meterme en ella y dejarme llevar por la corriente del agua, que penetraba en la gruta, pensando: '¡Si es mi destino, me salvaré; si no, mejor será morir ahí dentro que perecer de hambre en esta playa!'

Me levanté, pues, algo animado por esta idea, y en seguida me puse a ejecutar mi proyecto. Junté grandes haces de madera de áloe comarí y chino; los até sólidamente con cuerdas; coloqué encima grandes tablones recogidos de la orilla y procedentes de los barcos náufragos, y con todo confeccioné una balsa tan ancha como el río, o mejor dicho algo menos ancha, pero poco. Terminado este trabajo, cargué la balsa con algunos sacos llenos de rubíes, perlas y toda clase de pedrería, escogiendo las más gordas, que eran como guijarros, y cogí también algunos fardos de ámbar gris, que elegí muy bueno y libre de impurezas, y no dejé tampoco de llevarme las provisiones que me quedaban. Lo puse todo bien acondicionado sobre la balsa, que cuidé de proveer de dos tablas a guisa de remos, y acabé por embarcarme en ella, confiando en la voluntad de Alah.

La balsa fue, pues, arrastrada por la corriente bajo la bóveda de la gruta, donde empezó a rozar con aspereza contra las paredes, y también mi cabeza recibió varios choques, mientras que yo, espantado por la oscuridad completa en que me vi de pronto, quería ya volver a la playa. Pero no podía retroceder; la fuerte corriente me arrastraba cada vez más adentro y el cauce del río tan pronto se estrechaba como se ensanchaba, en tanto que iban haciéndose más densas las tinieblas a mi alrededor, cansándome muchísimo. Entonces, soltando los remos, que por cierto no me servían para gran cosa, me tumbé boca abajo en la balsa con objeto de no romperme el cráneo contra la bóveda y, no sé cómo, fui insensibilizándome en un profundo sueño.

Debió éste durar un año o más, a juzgar por la pena que lo originó. El caso es que al despertarme me encontré en plena claridad. Abrí los ojos y me encontré tendido en la hierba de una vasta campiña, y mi balsa estaba amarrada junto a un río, y alrededor de mí había indios y abisinios.

Cuando me vieron ya despierto aquellos hombres, se pusieron a hablarme, pero no entendí nada de su idioma y no les pude contestar. Empezaba a creer que era un sueño todo aquello cuando advertí que hacia mí avanzaba un hombre, que me dijo en árabe: '¡La paz contigo, oh, hermano nuestro! ¿Quién eres, de dónde vienes y qué motivo te trajo a este país? Nosotros somos labradores que venimos aquí a regar nuestros campos y plantaciones. Vimos la balsa en que te dormiste y la hemos sujetado y amarrado a la orilla. Después aguardamos a que despertaras tú solo, para no asustarte. ¡Cuéntanos ahora qué aventura te condujo a este lugar!'

Cuando hubieron oído mi relato, quedaron maravillosamente asombrados y conversaron entre sí, y el que hablaba árabe me explicaba lo que se decían, como también les había hecho comprender mis palabras. Tan admirados estaban que querían llevarme junto a su rey para que oyera mis aventuras. Yo consentí inmediatamente, y me llevaron. Y no dejaron tampoco de transportar la balsa como estaba, con sus fardos de ámbar y sus sacos llenos de pedrería.

Oído mi relato, el rey de aquella isla, que era la de Serendib, llegó al límite del asombro y me felicitó mucho por haber salvado la vida a pesar de tanto peligro corrido. En seguida quise demostrarle que los viajes me sirvieron de algo, y me apresuré a abrir en su presencia mis sacos y mis fardos.

Entonces el rey, que era muy inteligente en pedrería, admiró mucho mi colección, y yo, por deferencia a él, escogí un ejemplar muy hermoso de cada especie de piedra, como asimismo perlas grandes y pedazos enteros de oro y plata, y se los ofrecí de regalo. Avínose a aceptarlos, y en cambio me colmó de consideraciones y honores, y me rogó que habitara en su propio palacio. Así lo hice, y desde aquel día llegué a ser amigo del rey y uno de los personajes principales de la isla.

Un día, el rey de Serendib me interrogó acerca de los asuntos públicos de Bagdad y del modo que tenía de gobernar el califa Harum al-Raschid. Y yo le conté cuán equitativo y magnánimo era el califa y le hablé extensamente de sus méritos y buenas cualidades. Y el rey de Serendib se maravilló y me dijo: '¡Por Alah! ¡Veo que el califa conoce verdaderamente la cordura y el arte de gobernar su imperio, y acabas de hacer que le tome gran afecto! ¡De modo que desearía prepararle algún regalo digno de él y enviárselo contigo!' Yo contesté en seguida: '¡Escucho y obedezco, oh, señor! ¡Ten la seguridad de que entregaré fielmente tu regalo al califa, que llegará al límite del encanto! ¡Y al mismo tiempo le diré cuán excelente amigo suyo eres y que puede contar con tu alianza!'

Oídas estas palabras, el rey de Serendib dio algunas órdenes a sus chambelanes, que se apresuraron a obedecer. Y he aquí en qué consistía el regalo que me dieron para el califa Harum al-Raschid. Primeramente había una gran vasija tallada en un solo rubí de color admirable, que tenía medio pie de altura y un dedo de espesor. Esta vasija, en forma de copa, estaba completamente llena de perlas redondas y blancas, como una avellana cada una. Además, había una alfombra hecha con una enorme piel de serpiente, con escamas grandes como un dinar de oro, que tenía la virtud de curar todas las enfermedades a quienes se acostaban en ella. En tercer lugar había doscientos granos de un alcanfor exquisito, cada cual del tamaño de un alfónsigo. En cuarto lugar había dos colmillos de elefante, de doce codos de largo cada uno y dos de ancho en la base. Y por último había una hermosa joven de Serendib, cubierta de pedrerías.

Al mismo tiempo el rey me entregó una carta para el Emir de los Creyentes, diciéndome: 'Discúlpame con el califa de lo poco que vale mi regalo. ¡Y has de decirle lo mucho que le quiero!' Y yo contesté: '¡Escucho y obedezco!' Y le besé la mano. Entonces me dijo: 'De todos modos, Simbad, si prefieres quedarte en mi reino, te tendré sobre mi cabeza y mis ojos, y en ese caso enviaré a otro en tu lugar junto al califa de Bagdad.' Entonces exclamé: '¡Por Alah! Tu esplendidez es grande, y me has colmado de beneficios. ¡Pero precisamente hay un barco que va a salir para Bassra y mucho desearía embarcarme en él para volver a ver a mis parientes, a mis hijos y mi tierra!'

Oído esto, el rey no quiso insistir en que me quedase y mandó llamar inmediatamente al capitán del barco, así como a los mercaderes que iban a ir conmigo, y me recomendó mucho a ellos, encargándoles que me guardaran toda clase de consideraciones. Pagó el precio de mi pasaje y me regaló muchas preciosidades que conservo todavía, pues no pude decidirme a vender lo que me recuerda al excelente rey de Serendib.

Después de despedirme del rey y de todos los amigos que me hice durante mi estancia en aquella isla tan encantadora, me embarqué en la nave, que en seguida se dio a la vela. Partimos con viento favorable y navegamos de isla en isla y de mar en mar, hasta que, gracias a Alah, llegamos con toda seguridad a Bassra, desde donde me dirigí a Bagdad con mis riquezas y el presente destinado al califa.

De modo que lo primero que hice fue encaminarme al palacio del Emir de los Creyentes; me introdujeron en el salón de recepciones y besé la tierra entre las manos del califa, entregándole la carta y los presentes, y contándole mi aventura con todos sus detalles.

El califa quedó satisfecho de mis palabras, y me dijo: 'La carta que acabo de leer y tu discurso me demuestran que el rey de Serendib es un hombre excelente que no ignora los preceptos de la sabiduría y saber vivir. ¡Dichoso el pueblo gobernado por él!' Después el califa me regaló un ropón de honor y ricos presentes, y me colmó de preeminencias y prerrogativas, y quiso que escribieran mi historia los escribas más hábiles para conservarla en los archivos del reino.

Y tal es mi historia durante el sexto viaje. Pero mañana, ¡oh, huéspedes míos!, os contaré la historia de mi séptimo viaje, que es más maravillosa, y más admirable, y más abundante en prodigios que los otros seis juntos."

Séptimo y último viaje

"Sabed, amigos míos, que al volver del sexto viaje renuncié en absoluto a emprender otros, pues mi edad me impedía hacer excursiones lejanas y ya no tenía deseos de acometer nuevas aventuras, tras de tanto peligro corrido y tanto mal experimentado. Además, había llegado a ser el hombre más rico de Bagdad y el califa me mandaba llamar con frecuencia para oír de mis labios el relato de las cosas extraordinarias que en mis viajes vi.

Un día que el califa ordenó que me llamaran, según costumbre, me disponía a contarle una, o dos, o tres de mis aventuras, cuando me dijo: 'Simbad, hay que ir a ver al rey de Serendib para llevarle mi contestación y los regalos que le destino. ¡Nadie conoce como tú el camino de esta tierra, cuyo rey se alegrará mucho de volver a verte! ¡Prepárate, pues, a salir hoy mismo, porque no me estaría bien quedar en deuda con el rey de aquella isla, ni sería digno retrasar más la respuesta y el envío!'

Ante mi vista se ennegreció el mundo y llegué al límite de la perplejidad y la sorpresa al oír estas palabras del califa. Pero logré dominarme, para no caer en su desagrado. Y aunque había hecho voto de no volver a salir de Bagdad, besé la tierra entre las manos del califa y contesté oyendo y obedeciendo. Entonces ordenó que me dieran mil dinares de oro para mis gastos de viaje y me entregó una carta de su puño y letra y los regalos destinados al rey de Serendib.

Y he aquí en qué consistían los regalos: en primer lugar una magnífica cama, completa, de terciopelo carmesí, que valía una cantidad enorme de dinares de oro; además había otra cama de otro color, y otra de otro; había también cien trajes de tela fina y bordada de Kuka y Alejandría, y cincuenta de Bagdad. Había una vasija de cornalina blanca, procedente de tiempos muy remotos, en cuyo fondo figuraba un guerrero armado con su arco tirante contra un león. Y había otras muchas cosas que sería prolijo enumerar, y un tronco de caballos de la más pura raza árabe.

Entonces me vi obligado a partir, contra mi gusto aquella vez, y me embarqué en una nave que salía de Bassra.

Tanto nos favoreció el destino, que a los dos meses, día tras día, llegamos a Serendib con toda seguridad. Y me apresuré a llevar al rey la carta y los obsequios del Emir de los Creyentes.

Al verme, se alegró y satisfizo el rey, quedando muy complacido de la cortesía del califa. Quiso entonces retenerme a su lado una larga temporada, pero yo no accedí a quedarme más que el tiempo preciso para descansar. Después de lo cual me despedí de él y, colmado de consideraciones y regalos, me apresuré a embarcarme de nuevo para tomar el camino de Bassra, por donde había ido.

Al principio nos fue favorable el viento, y el primer sitio a que arribamos fue una isla llamada la isla de Sin. Y realmente, hasta entonces habíamos estado contentísimos, y durante toda la travesía hablábamos unos con otros, conversando tranquila y agradablemente acerca de mil cosas.

Pero un día, a la semana después de haber dejado la isla, en la cual los mercaderes habían hecho varios cambios y compras, mientras estábamos tendidos tranquilos, como de costumbre, estalló de pronto sobre nuestras cabezas una tormenta terrible y nos inundó una lluvia torrencial. Entonces nos apresuramos a tender tela de cáñamo encima de nuestros fardos y mercancías, para evitar que el agua los estropease, y empezamos a suplicar a Alah que alejase el peligro de nuestro camino.

En tanto permanecíamos en aquella situación, el capitán del buque se levantó, apretóse el cinturón a la cintura, se remangó las mangas y la ropa, y después subió al palo mayor, desde el cual estuvo mirando bastante tiempo a derecha e izquierda. Luego bajó con la cara muy amarilla, nos miró con aspecto completamente desesperado y en silencio empezó a golpearse el rostro y a mesarse las barbas. Entonces corrimos hacia él muy asustados y le preguntamos: '¿Qué ocurre?' Y él contestó: '¡Pedidle a Alah que nos saque del abismo en que hemos caído! ¡O más bien, llorad por todos y despedíos unos de otros! ¡Sabed que la corriente nos ha desviado de nuestro camino, arrojándonos a los confines de los mares del mundo!'

Y después de haber hablado así, el capitán abrió un cajón y sacó de él un saco de algodón, del cual extrajo polvo que parecía ceniza. Mojó el polvo con un poco de agua, esperó algunos momentos y se puso luego a aspirar aquel producto. Después sacó del cajón un libro pequeño, leyó entre dientes algunas páginas y acabó por decirnos: 'Sabed, ¡oh, pasajeros!, que el libro prodigioso acaba de confirmar mis suposiciones. La tierra que se dibuja ante nosotros en lontananza es la tierra conocida con el nombre de Clima de los Reyes. Ahí se encuentra la tumba de nuestro señor Soleimán ben-Daúd. (¡Con ambos la plegaria y la paz!) Ahí se crían monstruos y serpientes de espantable catadura. ¡Además, el mar en que nos encontramos está habitado por monstruos marinos que se pueden tragar de un bocado los navíos mayores con cargamento y pasajeros! ¡Ya estáis avisados! ¡Adiós!'

Cuando oímos estas palabras del capitán, quedamos de todo punto estupefactos y nos preguntábamos qué espantosa catástrofe iría a pasar, cuando de pronto nos sentimos levantados con barco y todo, y después hundidos bruscamente, mientras se alzaba del mar un grito más terrible que el trueno. Tan espantados quedamos, que dijimos nuestra última oración y permanecimos inertes como muertos. Y de improvisto vimos que sobre el agua revuelta y delante de nosotros avanzaba hacia el barco un monstruo tal alto y grande como una montaña, y después otro monstruo mayor, y detrás otro tan enorme como los dos juntos. Este último brincó de pronto por el mar, que se abría como una sima, mostró una boca más profunda que un abismo y se tragó las tres cuartas partes del barco con cuanto contenía. Yo tuve el tiempo justo para retroceder hacia lo alto del buque y saltar al mar, mientras el monstruo acababa de tragarse la otra cuarta parte y desaparecía en las profundidades con sus dos compañeros.

Logré agarrarme a uno de los tablones que habían saltado del barco al darle la dentellada el monstruo marino, y después de mil dificultades pude llegar a una isla que, afortunadamente, estaba cubierta de árboles frutales y regada por un río de agua excelente. Pero noté que la corriente del río era rápida hasta el punto de que el ruido que hacía oíase muy a lo lejos. Entonces, al recordar cómo me salvé de la muerte en la isla de las pedrerías, concebí la idea de construir una balsa igual a la anterior y dejarme llevar por la corriente.

Apenas subí a la balsa y me hube separado de la orilla, me vi arrastrado con una rapidez espantosa por la corriente, y sentí vértigos, y caí desmayado encima del montón de fruta, exactamente igual que un pollo borracho.

Al recobrar el conocimiento, miré a mi alrededor y quedé más inmóvil de espanto que nunca, y ensordecido por un ruido como el del trueno. El río no era más que un torrente de espuma hirviente, y más veloz que el viento, que, chocando con estrépito contra las rocas, se lanzaba hacia un precipicio que adivinaba yo más que veía. ¡Indudablemente iba a hacerme pedazos en él, despeñándome quién sabe dónde y desde qué altura!

Ante esta idea aterradora, me agarré con todas mis fuerzas a las ramas de la balsa y cerré los ojos instintivamente para no verme aplastado y destrozado, e invoqué el nombre de Alah antes de morir. Y de pronto, en vez de rodar hasta el abismo, comprendí que la balsa se paraba bruscamente encima del agua; abrí los ojos un minuto para saber a qué distancia estaba de la muerte, y no fue para verme estrellado contra los peñascos, sino cogido con mi balsa en una inmensa red que unos hombres echaron sobre mí desde la ribera. De esta suerte me hallé cogido y llevado a tierra, y allí me sacaron medio vivo y medio muerto de entre las mallas de la red, en tanto transportaban a la orilla mi balsa.

Mientras permanecía tendido, inerte y tiritando, se adelantó hacia mí un venerable jeque de barbas blancas, que empezó por darme la bienvenida y por cubrirme con ropa caliente, que me sentó muy bien, y me llevó a su casa.

Cuando entré en la morada de aquel anciano, toda su familia se alegró mucho de mi llegada y me recibió con gran cordialidad y demostraciones amistosas. El mismo anciano hízome sentar en medio del diván de la sala de recepción, y me dio a comer cosas de primer orden, y a beber un agua agradable perfumada con flores.

Del propio modo me trataron durante tres días, sin que nadie me interrogase ni me dirigiera ninguna pregunta, y no dejaban que careciese de nada, cuidándome con mucho esmero, hasta que recobré completamente las fuerzas y mi alma y mi corazón se calmaron y refrescaron. Entonces el anciano me preguntó quién era yo y de dónde venía. Y le conté mi historia desde el principio hasta el fin, sin omitir detalle alguno.

Quedó prodigiosamente asombrado entonces el jeque, y estuvo una hora sin poder hablar, conmovido por lo que acababa de oír. Luego levantó la cabeza, me reiteró la expresión de su alegría por haberme socorrido y me dijo: '¡Ahora, oh, huésped mío, si quisieras oír mi consejo, venderías aquí tus mercancías, que valen mucho dinero por su rareza y calidad!'

Al oír las palabras del viejo, llegué al límite del asombro y, no sabiendo lo que quería decir ni de qué mercancías hablaba, pues yo estaba desprovisto de todo, empecé por callarme un rato y, como de ninguna manera quería dejar escapar una ocasión tan extraordinaria que se presentaba inesperadamente, me hice el enterado y contesté: '¡Puede que sí!'

Cuando llegamos al centro del zoco en que se hacía la subasta pública, ¡cuál no sería mi asombro al ver mi balsa transportada allí y rodeada de una multitud de corredores y mercaderes que la miraban con respeto y moviendo la cabeza! Y por todas partes oía exclamaciones de admiración: '¡Ya Alah! ¡Qué maravillosa calidad de sándalo! ¡En ninguna parte del mundo la hay mejor!' Entonces comprendí cuál era la mercancía consabida, y creí conveniente para la venta tomar un aspecto digno y reservado.

Y en la subasta el precio fue subiendo hasta diez mil dinares, quedándose al fin el buen anciano con todo ello y agradeciéndome todavía el favor que le había hecho.

Después me rogó que no me fuera de su lado, pues me había tomado cariño, y me pidió tomara a su hija por esposa para mayor seguridad. Y yo acepté.

Y me casó con su hija, y nos dio un festín enorme, y celebró una boda espléndida.

Y cuando la tuve cerca, me gustó. Y nos enamoramos uno de otro. Y vivimos mucho tiempo juntos, en el colmo de las caricias y la felicidad.

El anciano padre de mi esposa falleció al poco tiempo en la paz y misericordia del Altísimo. Le hicimos unos grandes funerales y lo enterramos. Y yo tomé posesión de todos sus bienes, y sus esclavos y servidores fueron mis esclavos y servidores, bajo mi única autoridad. Además, los mercaderes de la ciudad me nombraron su jefe, en lugar del difunto, y pude estudiar las costumbres de los habitantes de aquella población y su manera de vivir.

En efecto, un día noté con estupefacción que la gente de aquella ciudad experimentaba un cambio anual en primavera; de un día a otro mudaban de forma y aspecto: les brotaban alas de los hombros y se convertían en volátiles. Podían volar entonces hasta lo más alto de la bóveda aérea y se aprovechaban de su nuevo estado para volar todos fuera de la ciudad, dejando en ésta a los niños y mujeres, a quienes nunca brotaban alas.

Este descubrimiento me asombró al principio, pero acabé por acostumbrarme a tales cambios periódicos. Sin embargo, llegó un día en que empecé a avergonzarme de ser el único hombre sin alas, viéndome obligado a guardar yo solo la ciudad con las mujeres y niños. Y por mucho que pregunté a los habitantes sobre el medio que habría de valerme para que me saliesen alas en los hombros, nadie pudo ni quiso contestarme. Y me mortificó bastante no ser más que Simbad *el Marino* y no poder añadir a mi sobrenombre la condición de aéreo.

Un día, desesperado por no conseguir nunca que me revelaran el secreto del crecimiento de las alas, me dirigí a uno, a quien había hecho muchos favores, y, cogiéndole del brazo, le dije: '¡Por Alah sobre ti! Hazme siquiera el favor, por los que te he hecho yo a ti, de dejarme que me cuelgue de tu persona y vuele contigo a través del aire. ¡Es un viaje que me tienta mucho y quiero añadir a los que realicé por mar!' Al principio no quiso prestarme atención, pero a fuerza de súplicas acabé por moverle a que accediera. Tanto me encantó aquello que ni siquiera me cuidé de avisar a mi mujer ni a mi servidumbre; me colgué de él abrazándole por la cintura y me llevó por el aire, volando con las alas muy desplegadas.

Nuestra carrera por el aire empezó ascendiendo en línea recta durante un tiempo considerable. Y acabamos por llegar tan arriba en la bóveda celeste que pude oír claramente cantar a los ángeles y sus melodías debajo de la cúpula del cielo.

Al oír cantos tan maravillosos, llegué al límite de la emoción religiosa, y exclamé: '¡Loor a Alah en lo profundo del cielo! ¡Bendito y glorificado sea por todas las criaturas!'

Apenas formulé estas palabras, cuando mi portador lanzó un juramento tremendo y, bruscamente, entre el estrépito de un trueno precedido de terrible relámpago, bajó con tal rapidez que me faltaba el aire, y por poco me desmayo, soltándome de él con peligro de caer al abismo insondable. Y en un instante llegamos a la cima de una montaña, en la cual me abandonó mi portador dirigiéndome una mirada infernal, y desapareció, tendiendo en vuelo por lo invisible.

Después de reflexionar sobre el medio de salir de allí, me decidí a caminar cuesta abajo. Y llevaba algún tiempo andando cuando vi salir súbitamente de detrás de un peñasco una gran serpiente que llevaba en la boca a un hombre. Corrí detrás de ella y le di un golpe con tanta fortuna que quedó exánime. Y ayudé al hombre a salir de la serpiente, que se lo había medio tragado.

Cuando miré mejor la cara del hombre, llegué al límite de la sorpresa al conocer que era el volátil que me había llevado en su viaje aéreo y había acabado por precipitarse conmigo, a riesgo de matarme, desde lo alto de la bóveda del cielo hasta la cumbre de la montaña en la cual me había abandonado, exponiéndome a morir de hambre y sed. Pero ni siquiera quise demostrar rencor por su mala acción y me conformé con decirle dulcemente: '¿Es así como obran los amigos con los amigos?' Él me contestó: 'En primer lugar he de darte las gracias por lo que acabas de hacer en mi favor. Pero ignoras que fuiste tú, con tus invocaciones inoportunas pronunciando el Nombre, quien me precipitaste de lo alto contra mi voluntad. ¡El Nombre produce ese efecto en todos nosotros! ¡Por eso no lo pronunciamos jamás!' Entonces yo, para que me sacara de aquella montaña, le dije: '¡Perdona y no me riñas, pues, en verdad, yo no podía adivinar las consecuencias funestas de mi homenaje al Nombre! ¡Te prometo no volverlo a pronunciar durante el trayecto, si quieres transportarme ahora a mi casa!'

Entonces el volátil se bajó, me cogió a cuestas y en un abrir y cerrar de ojos me dejó en la azotea de mi casa y se fue a la suya.

Cuando mi mujer me vio bajar de la azotea y entrar en la casa después de tan larga ausencia, comprendió cuanto acababa de ocurrir y bendijo a Alah que me había salvado una vez más de la perdición. Y tras las efusiones del regreso, me dijo: 'Ya no debemos tratarnos con la gente de esta ciudad. ¡Son hermanos de los demonios!' Y yo le dije: '¿Y cómo vivía tu padre entre ellos?' Ella me contestó: 'Mi padre no pertenecía a su casta, ni hacía nada como ellos, ni vivía su vida. De todos modos, si quieres seguir mi consejo, lo mejor que podemos hacer ahora que mi padre ha muerto es abandonar esta ciudad impía.'

En seguida empecé a vender lo mejor que pude, pieza por pieza y cada cosa en su tiempo, todos los bienes de mi tío el jeque, padre de mi esposa, ¡difunto a quien Alah haya recibido en su paz y misericordia¡ Y así convertí en monedas de oro cuanto nos pertenecía, como muebles y propiedades, y gané un ciento por uno.

Después de lo cual me llevé a mi esposa y las mercancías que había cuidado de comprar, fleté por mi cuenta un barco, que con la voluntad de Alah tuvo navegación feliz y fructuosa, de modo que de isla en isla y de mar en mar, acabamos por llegar con seguridad a Bassra, en donde paramos poco tiempo. Subimos el río y entramos en Bagdad, ciudad de paz."

Cuando Simbad *el Marino* terminó de esta suerte su relato entre los convidados silenciosos y maravillados, se volvió hacia Simbad *el Cargador* y le dijo: "Ahora, Simbad terrestre, considera los trabajos que pasé y las dificultades que vencí, gracias a Alah, y dime si tu suerte de cargador no ha sido mucho más favorable para una vida tranquila que la que me impuso a mí el Destino. Verdad es que sigues pobre y yo adquirí riquezas incalculables; pero, ¿no es verdad también que a cada uno de nosotros se le retribuyó según su esfuerzo?"

Entonces Simbad *el Marino* mandó poner el mantel para sus convidados y les dio un festín que duró treinta noches. Y después quiso tener a su lado, como mayordomo de su casa, a Simbad *el Cargador*. Y ambos vivieron en amistad perfecta y en el límite de la satisfacción, hasta que fue a visitarlos aquella que hace desvanecerse las delicias, rompe las amistades, destruye los palacios y levanta las tumbas, la amarga muerte. ¡Gloria al Eterno, que no muere jamás!»

HISTORIA DE LA CIUDAD DE BRONCE

«Cuentan que en el trono de los califas omniadas, en Damasco, se sentó un rey llamado Abdalmalek ben-Merwán. Le gustaba departir a menudo con los sabios de su reino acerca de nuestro señor Soleimán ben-Daúd, de sus virtudes, de su influencia y sobre su poder ilimitado sobre las fieras de las soledades, los efrits que pueblan el aire y los genios marinos y subterráneos.

Un día en que el califa, oyendo hablar de ciertos vasos de cobre antiguo, cuyo contenido era una extraña humareda negra de formas diabólicas, asombrábase en extremo y parecía poner en duda la realidad de hechos tan verídicos, hubo de levantarse entre los circunstantes el famoso viajero Taleb ben-Sehl, quien confirmó el relato que acababan de escuchar, y añadió: "En efecto, ¡oh, Emir de los Creyentes!, esos vasos de cobre no son otros que aquellos donde se encerró, en tiempos antiguos, a los genios que rebeláronse ante las órdenes de Soleimán, vasos arrojados al fondo del mar mugiente, en los confines del Moghreb, en el África occidental, tras de sellarlos con el sello temible. Y el humo que se escapa de ellos es simplemente el alma condensada de los efrits, los cuales no por eso dejan de tomar un aspecto formidable si llegan a salir al aire libre."

Al oír tales palabras, aumentaron considerablemente la curiosidad y el asombro del califa Abdalmalek, que dijo a Taleb ben-Sehl: "¡Oh, Taleb, tengo muchas ganas de ver uno de esos vasos de cobre que encierran efrits convertidos en humo! ¿Crees realizable mi deseo?" El otro contestó: "¡Oh, Emir de los Creyentes! No tienes más que enviar una carta al emir Muza, en el país del Moghreb." Y escribió el califa una carta de su puño y letra para el emir Muza, la selló y se la dio a Taleb, que besó la tierra entre las manos del rey y, no bien hizo los preparativos oportunos, partió con toda diligencia hacia el Moghreb, adonde llegó sin contratiempos.

El emir Muza le recibió con júbilo y le guardó todas las consideraciones debidas a un enviado del Emir de los Creyentes, y cuando Taleb le entregó la carta, la cogió y, después de leerla y comprender su sentido, se la llevó a sus labios, luego a su frente y dijo: "¡Escucho y obedezco!" Y en seguida mandó que fuera a su presencia el jeque Abdossamad, hombre que había recorrido todas las regiones habitables de la Tierra y que a la sazón pasaba los días de su vejez anotando cuidadosamente, por fechas, los conocimientos que adquirió en una vida de viajes no interrumpidos. Y cuando presentóse el jeque, el emir Muza le saludó con respeto y le dijo: "¡Oh, jeque Abdossamad! He aquí que el Emir de los Creyentes me transmite sus órdenes para que vaya en busca de los vasos de cobre antiguos, donde fueron encerrados por nuestro Soleimán ben-Daúd los genios rebeldes. Parece ser que yacen en el fondo de un mar situado al pie de una montaña que debe hallarse en los confines extremos del Moghreb. Por más que desde hace mucho tiempo conozco todo el país, nunca oí hablar de ese mar ni del camino que a él conduce; pero tú, ¡oh, jeque Abdossamad!, que recorriste el mundo entero, no ignorarás sin duda la existencia de esa montaña y de ese mar!"

Reflexionó el jeque una hora de tiempo y contestó: "¡Oh, emir Muza ben-Nossair! No son desconocidos para mi memoria esa montaña y ese mar; pero, a pesar de desearlo, hasta ahora no he podido ir adonde se hallan; el camino que allá conduce se hace muy penoso a causa de la falta de agua en las cisternas, y para llegar se necesitan dos años y algunos meses, y más aún para volver, ¡suponiendo que sea posible volver de una comarca cuyos habitantes no dieron nunca la menor señal de su existencia, y viven en una ciudad situada, según dicen, en la propia cima de la montaña consabida, una ciudad en la que no logró penetrar nadie y que se llama la Ciudad de Bronce!"

Y dichas tales palabras, se calló el jeque, reflexionando un momento todavía, y añadió: "Por lo demás, ¡oh, emir Muza!, no debo ocultarte que ese camino está sembrado de peligros y de cosas espantosas, y que para seguirlo hay que cruzar un desierto poblado por efrits y genios, guardianes de aquellas tierras vírgenes de la planta humana desde la antigüedad. Efectivamente, sabe, ¡oh, Ben-Nossair!, que esas comarcas del Extremo Occidente africano están vedadas a los hijos de los hombres. Sólo dos de ellos pudieron atravesarlas: Soleimán ben-Daúd, uno, y El-Iskandar de Dos-Cuernos, el otro. ¡Y desde aquellas épocas remotas, nada turba el silencio que reina en tan vastos desiertos! Pero si deseas cumplir las órdenes del califa e intentar, sin otro guía que tu servidor, ese viaje por un país que carece de rutas ciertas, desdeñando obstáculos misteriosos y peligros, manda cargar mil camellos con odres repletos de agua y otros mil camellos con víveres y provisiones; lleva la menos escolta posible, porque ningún poder humano nos preservaría de la cólera de las potencias tenebrosas cuyos dominios vamos a violar, y no conviene que nos indispongamos con ellas alardeando de armas amenazadoras e inútiles."

Al oír tales palabras, el emir Muza, gobernador de Moghreb, invocando el nombre de Alah, no quiso tener un momento de vacilación; congregó a los jefes de sus soldados y a los notables del reino, testó ante ellos y nombró como sustituto a su hijo Harum. Tras lo cual, mandó hacer los preparativos consabidos, no se llevó consigo más que algunos hombres seleccionados de antemano, y en compañía del jeque Abdossamad y de Taleb, el enviado del califa, tomó el camino del desierto, seguido por mil camellos cargados con agua y por otros mil cargados con víveres y provisiones.

Durante días y meses marchó la caravana por las llanuras solitarias, sin encontrar por su camino un ser viviente en aquellas inmensidades monótonas cual mar encalmado. Y de esta suerte continuó el viaje en medio del silencio infinito, hasta que un día advirtieron en lontananza como una nube brillante a ras del horizonte, hacia la que se dirigieron. Y observaron que era un edificio con altas murallas de acero chino, sostenido por cuatro filas de columnas de oro que tenían cuatro mil pasos de circunferencia. La cúpula de aquel palacio era de oro, y servía de albergue a millares y millares de cuervos, únicos habitantes, que bajo el cielo se veían allá. En la gran muralla donde abríase la puerta principal, de ébano macizo incrustado de oro, aparecía una placa inmensa de metal rojo, la cual dejaba leer estas palabras trazadas en caracteres jónicos, que descifró el jeque Abdossamad y se las tradujo al emir Muza y a sus acompañantes:

¡Entra aquí para saber la historia de los dominadores!

¡Todos pasaron ya! ¡Y apenas tuvieron tiempo para descansar a la sombra de mis torres!

¡Los dispersó la muerte como si fueran sombras! ¡Los disipó la muerte como a la paja el viento!

Entre el vuelo mudo de los pajarracos negros, surgió ante ellos la alta desnudez granítica de una torre cuyo final perdíase de vista, y al pie de la cual se alineaban en redondo cuatro filas de cien sepulcros cada una, rodeando un monumental sarcófago de cristal pulimentado, en torno del cual se leía esta inscripción, grabada en caracteres jónicos realzados por pedrerías:

¡Pasó cual el delirio de las fiebres la embriaguez del triunfo!
¿De cuántos acontecimientos no hube de ser testigo?
¿De qué brillante fama no gocé en mis días de gloria?
¿Cuántas capitales no retemblaron bajo el casco sonoro de mi caballo?
¿Cuántas ciudades no saqueé, entrando en ellas como el simún destructor?
¿Cuántos imperios no destruí, impetuoso como el trueno?

Al oír estas palabras que traducía el jeque Abdossamad, el emir Muza y sus acompañantes no pudieron por menos de llorar. Y permanecieron largo rato en pie ante el sarcófago y los sepulcros, repitiéndose las palabras fúnebres. Luego se encaminaron a la torre, que se cerraba con una puerta de dos hojas de ébano, sobre la cual se leía esta inscripción, también grabada en caracteres jónicos realzados por pedrerías:

¡Aprende, viajero que pasas por aquí, a no enorgullecerte de las apariencias, porque su resplandor es engañoso!

Al oír tan sublimes verdades, el emir Muza y sus acompañantes prorrumpieron en sollozos y lloraron largamente. Tras lo cual penetraron en la torre, y hubieron de recorrer inmensas salas habitadas por el vacío y el silencio. Y acabaron por llegar a una estancia mayor que las otras, con bóveda redondeada en forma de cúpula, y que era la única de la torre que tenía algún mueble, el cual consistía en una colosal mesa de madera de sándalo, tallada maravillosamente.

Anduvieron uno, dos y tres días, hasta la tarde del tercero. Entonces vieron destacarse a los rayos del rojo sol poniente, erguida sobre un alto pedestal, la silueta de un jinete inmóvil que blandía una lanza de larga punta, semejante a una llama incandescente del mismo color que el astro que ardía en el horizonte.

Cuando estuvieron muy cerca de aquella aparición, advirtieron que el jinete, su caballo y el pedestal eran de bronce, y que en el palo de la lanza, por el sitio que iluminaban aún los postreros rayos del astro, aparecían grabadas en caracteres de fuego estas palabras:

¡Audaces viajeros que pudisteis llegar hasta las tierras vedadas, ya no sabréis volver sobre vuestros pasos!
¡Si os es desconocido el camino de la ciudad, movedme sobre mi pedestal con la fuerza de vuestros brazos y dirigíos hacia donde yo vuelva el rostro cuando quede otra vez quieto!

Entonces, el emir Muza se acercó al jinete y le empujó con la mano. Y de súbito, con la rapidez del relámpago, el jinete giró sobre sí mismo y se paró volviendo el rostro en dirección completamente opuesta a la que habían seguido los viajeros. Y el jeque Abdossamad hubo de reconocer que, efectivamente, habíase equivocado y que la nueva ruta era la verdadera.

Al punto volvió sobre sus pasos la caravana, emprendiendo el nuevo camino, y de esta suerte prosiguió el viaje durante días y días, hasta que una noche llegó ante una columna de piedra negra, a la cual estaba encadenado un ser extraño del que no se veía más que medio cuerpo, pues el otro medio aparecía enterrado en el suelo. Aquel busto que surgía de la tierra, diríase un engendro monstruoso arrojado allí por la fuerza de las potencias infernales. Era negro y corpulento como el tronco de una palmera vieja, seca y desprovista de sus palmas. Tenía dos enormes alas negras y cuatro manos, dos de las cuales semejaban garras de leones. En su cráneo espantoso se agitaba de un modo salvaje una cabellera erizada de crines ásperas, como la cola de un asno silvestre. En las cuencas de sus ojos llameaban dos pupilas rojas, y en la frente, que tenía dobles cuernos de buey, aparecía el agujero de un solo ojo que abríase inmóvil y fijo, lanzando iguales resplandores verdes que la mirada de tigres y panteras.

Al ver a los viajeros, el busto agitó los brazos dando gritos espantosos y haciendo movimientos desesperados como para romper las cadenas que le sujetaban a la columna negra. Y asaltada por un terror extremado, la caravana se detuvo allí sin alientos para avanzar ni retroceder.

Entonces se encaró el emir Muza con el jeque Abdossamad y le preguntó: "¿Puedes, ¡oh, venerable!, decirnos qué significa esto?" El jeque contestó: "¡Por Alah, oh, emir, que esto supera a mi entendimiento!" Y dijo el emir Muza: "¡Aproxímate, pues, más a él e interrógale! ¡Acaso él mismo nos lo aclare!" Y el jeque Abdossamad no quiso mostrar la menor vacilación, y se acercó al monstruo, gritándole: "¡En nombre del Dueño que tiene en su mano los imperios de lo Visible y de lo Invisible, te conjuro a que me respondas! ¡Dime quién eres, desde cuándo estás ahí y por qué sufres un castigo tan extraño!"

Entonces ladró el busto:

"Soy un efrit de la posteridad de Eblis, padre de los genios. Me llamo Daesch ben-Alaemasch y estoy encadenado aquí por la Fuerza Invisible hasta la consumación de los siglos.

Antaño, en este país, gobernado por el rey del Mar, existía en calidad de protector de la Ciudad de Bronce un ídolo de ágata roja, del cual yo era guardián y habitante al propio tiempo. Porque me aposenté dentro de él y de todos los países venían muchedumbres a consultar por conducto mío la suerte y a escuchar los oráculos y las predicciones augurales que hacía yo.

El rey del Mar, de quien yo mismo era vasallo, tenía bajo su mando supremo al ejército de los genios que se habían rebelado contra Soleimán ben-Daúd, y me había nombrado jefe de ese ejército para el caso de que estallara una guerra entre aquél y el señor formidable de los genios. Y, en efecto, no tardó en estallar tal guerra.

Tenía el rey del Mar una hija tan hermosa que la fama de su belleza llegó a oídos de Soleimán, quien, deseoso de contarla entre sus esposas, envió un emisario al rey del Mar para pedírsela en matrimonio, a la vez que le instaba a romper la estatua de ágata y a reconocer que no hay más Dios que Alah, y que Soleimán es el profeta de Alah. Y le amenazó con su enojo y su venganza si no se sometía inmediatamente a sus deseos.

Entonces congregó el rey del Mar a sus visires y a los jefes de los genios, y les dijo: 'Sabed que Soleimán me amenaza con todo género de calamidades para obligarme a que le dé mi hija y rompa la estatua que sirve de vivienda a nuestro jefe Daesch ben-Alaemasch. ¿Qué opináis acerca de tales amenazas? ¿Debo inclinarme o resistir?'

Los visires contestaron: '¿Y qué tienes que temer del poder de Soleimán, oh, rey nuestro? ¡Nuestras fuerzas son tan formidables como las suyas por lo menos, y sabremos aniquilarlas!' Luego encaráronse conmigo y me pidieron mi opinión. Dije entonces: '¡Nuestra única respuesta para Soleimán será dar una paliza a su emisario!' Lo cual ejecutóse al punto. Y dijimos al emisario: '¡Vuelve ahora para dar cuenta de la aventura a tu amo!'

Cuando enteróse Soleimán del trato infligido a su emisario, llegó al límite de la indignación y reunió en seguida todas sus fuerzas disponibles, consistentes en genios, hombres, pájaros y animales.

Empezó por formar en dos alas a los animales, colocándolos en líneas de a cuatro, y en los aires apostó a las grandes aves de rapiña, destinadas a servir de centinelas que descubriesen nuestros movimientos y a arrojarse de pronto sobre los guerreros para herirles y sacarles los ojos. Compuso la vanguardia con el ejército de hombres, y la retaguardia con el ejército de genios, y mantuvo a su diestra a su visir Assaf ben-Barkhia y a su izquierda a Domriat, rey de los efrits del aire. Él permaneció en medio, sentado en su trono de pórfido y de oro, que arrastraban cuatro elefantes. Y dio entonces la señal de la batalla.

De repente hízose oír un clamor que aumentaba con el ruido de carreras al galope y el estrépito tumultuoso de los genios, hombres, aves de rapiña y fieras guerreras; resonaba la corteza terrestre bajo el azote formidable de tantas pisadas, en tanto que retemblaba el aire con el batir de millones de alas y con las exclamaciones, los gritos y los rugidos.

Por lo que a mí respecta, se me concedió el mando de la vanguardia del ejército de genios sometidos al rey del Mar. Hice una seña a mis tropas y a la cabeza de ellas me precipité sobre el tropel de genios enemigos que mandaba el rey Domriat, cuando le vi convertirse de improviso en una montaña inflamada que empezó a vomitar fuego a torrentes. Y nos vimos rodeados de adversarios de todas clases, que nos derrotaron y persiguieron implacablemente. A mí me apresaron y me condenaron a estar sujeto a esta columna negra hasta la extinción de las edades, y a todos los genios que me ayudaron los convirtieron en humaredas y los encerraron en vasos de cobre con el sello de Soleimán, que arrojaron al mar que baña las murallas de la Ciudad de Bronce."

Cuando acabó de hablar el busto, el emir y sus acompañantes siguieron su camino.

Apenas comenzó el alba por Oriente y aclarar las cimas de las montañas, el emir Muza despertó a sus acompañantes y se puso con ellos en camino para alcanzar una de las puertas de entrada. Entonces vieron erguirse formidables ante ellos, en medio de la claridad matinal, las murallas de bronce, tan lisas, que diríase acababan de salir del molde en que las fundieron. Era tanta su altura que parecían como una primera cadena de los montes gigantescos que las rodeaban, y en cuyos flancos incrustábanse, cual nacidas allí mismo, con el metal de que se hicieron.

Cuando pudieron salir de la inmovilidad que les produjo aquel espectáculo sorprendente, buscaron con la vista alguna puerta por donde entrar bordeando las murallas, siempre en espera de encontrar la entrada. Pero no vieron entrada ninguna. Y siguieron andando todavía horas y horas, sin ver puerta ni brecha alguna, ni nadie que se dirigiese a la ciudad o saliese de ella. Y a pesar de estar ya muy avanzado el día, no oyeron dentro ni fuera de las murallas el menor rumor, ni tampoco notaron el menor movimiento arriba ni al pie de los muros. Pero el emir Muza no perdió la esperanza, animando a sus acompañantes para que anduviesen más aún, y caminaron así hasta la noche, y siempre veían desplegarse ante ellos la línea inflexible de murallas de bronce que seguían la carrera del Sol por valles y costas, y parecían surgir del propio seno de la Tierra.

Entonces el emir Muza ordenó a sus acompañantes que hicieran alto para descansar y comer. Y se sentó con ellos durante algún tiempo, reflexionando acerca de la situación.

Cuando hubo descansado, dijo a sus compañeros que se quedaran allí y vigilando el campamento hasta su regreso, y seguido del jeque Abdossamad y de Taleb ben-Sehl, trepó con ellos a una alta montaña con el propósito de inspeccionar los alrededores y reconocer aquella ciudad que no quería dejarse violar por las tentativas humanas.

Y a sus plantas el espectáculo les contuvo la respiración.

Estaban viendo una ciudad de ensueño.

Bajo el blanco cendal que caía de la altura, en toda la extensión que podía abarcar la mirada fija en los horizontes hundidos en la noche aparecían dentro del recinto de bronce cúpulas de palacios, terrazas de casas, apacibles jardines, y a la sombra de los macizos brillaban los canales, que iban a morir en un mar de metal, cuyo seno frío reflejaba las luces del cielo. Y el bronce de las murallas, las pedrerías encendidas de las cúpulas, las terrazas cándidas, los canales y el mar entero, así como las sombras proyectadas por Occidente, amalgamábanse bajo·la brisa nocturna y la Luna mágica.

Sin embargo, aquella inmensidad estaba sepultada, como en una tumba, en el universal silencio. Allá dentro no había ni un vestigio de vida humana.

No pudo el emir Muza contener su emoción y se estuvo largo tiempo llorando con las manos en las sienes, y decía: "¡Oh, el misterio del nacimiento y de la muerte! ¿Por qué nacer, si hay que morir? ¿Por qué vivir, si la muerte da el olvido de la vida? ¡Pero sólo Alah conoce los destinos, y nuestro deber es inclinarnos ante Él con obediencia muda!" Hechas estas reflexiones, se encaminó de nuevo al campamento con sus compañeros y ordenó a sus hombres que al punto pusieran manos a la obra para construir con madera y ramajes una escala larga y sólida, que les permitiese subir a lo alto del muro, con objeto de intentar luego bajar a aquella ciudad sin puertas.

En seguida dedicáronse a buscar madera y gruesas ramas secas; las mondaron lo mejor que pudieron con sus sables y sus cuchillos; las ataron unas a otras con sus turbantes, sus cinturones, las cuerdas de los camellos, las cinchas y las guarniciones, logrando construir una escala lo suficientemente larga para llegar a lo alto de las murallas. Y entonces la tendieron en el sitio más a propósito, sosteniéndola por todos lados con piedras gruesas, e invocando el nombre de Alah, comenzaron a trepar por ella lentamente.

El emir Muza y sus acompañantes anduvieron durante algún tiempo por lo alto de los muros, y llegaron al fin ante dos torres unidas entre sí por una puerta de bronce, cuyas dos hojas encajaban tan perfectamente que no se hubiera podido introducir por su intersticio la punta de una aguja. Sobre aquella puerta aparecía grabada en relieve la imagen de un jinete de oro que tenía un brazo extendido y la mano abierta, y en la palma de esta mano había trazados unos caracteres jónicos, que descifró en seguida el jeque Abdossamad y los tradujo del siguiente modo: "Frota la puerta doce veces con el clavo que hay en mi ombligo."

Y así lo hizo Muza, y se abrieron las dos hojas de la puerta, dejando ver una escalera de granito rojo que descendía caracoleando. Entonces el emir Muza y sus acompañantes bajaron por los peldaños de esta escalera, la cual les condujo al centro de una sala que daba a ras de una calle en la que se estacionaban guardias armados con arcos y espadas.

Pero ninguno se movió, aunque el jeque les habló en diversas lenguas, ni hicieron el menor gesto, ni la menor sonrisa de bienvenida o burla, como si fueran de piedra.

Prosiguieron andando así hasta llegar a la entrada del zoco. Como encontráronse con las puertas abiertas, penetraron en el interior. El zoco estaba lleno de gentes que vendían y compraban, y por delante de las tiendas se amontonaban maravillosas mercancías. Pero el emir Muza y sus acompañantes notaron que todos los compradores y vendedores, como también cuantos se hallaban en el zoco, habíanse detenido, cual puestos de común acuerdo, en la postura en que les sorprendieron, y se diría que no esperaban para reanudar sus ocupaciones habituales más que a que se ausentasen los extranjeros.

Cuando cruzaron el zoco de los sahumerios, desembocaron en una plaza inmensa, donde deslumbraba la claridad del sol después de acostumbrarse la vista a la dulzura de la luz tamizada de los zocos. Y al fondo, entre columnas de bronce de una altura prodigiosa, que servían de pedestales a enormes pájaros de oro con las alas desplegadas, erguíase un palacio de mármol, flanqueado con torreones de bronce y guardado por una cadena de guardias, cuyas lanzas y espadas despedían de continuo vivos resplandores. Daba acceso a aquel palacio una puerta de oro, por la que entró el emir Muza seguido de sus acompañantes.

Primeramente vieron abrirse a lo largo del edificio una galería sostenida por columnas de pórfido, que limitaba un patio con pilas de mármoles de colores, y esta galería utilizábase como armería, pues veíanse allí, por doquier, colgadas de las columnas, de las paredes y del techo, armas admirables, maravillas enriquecidas con incrustaciones preciosas, y que procedían de todos los países de la Tierra. En torno a la galería se adosaban bancos de ébano de un labrado maravilloso, repujados de plata y oro, y en los que aparecían, sentados o tendidos, guerreros en traje de gala, quienes, por cierto, no hicieron movimiento alguno para impedir el paso a los visitantes, ni para animarles a seguir en su asombrada exploración.

Continuaron, pues, por esta galería, cuya parte superior estaba decorada con una cornisa bellísima, y vieron, grabada en letras de oro sobre fondo azul, una inscripción en lengua jónica que contenía preceptos sublimes, y cuya traducción fiel hizo el jeque Abdossamad en esta forma:

¡En el nombre del Inmutable, Soberano de los destinos! ¡Oh, hijo de los hombres, vuelve la cabeza y verás que la muerte se dispone a caer sobre tu alma! ¿Dónde está Adán, padre de los humanos? ¿Dónde está Nuh y su descendencia? ¿Dónde está Nemrod el formidable? ¿Dónde están los reyes, los conquistadores, los Khosroes, los césares, los faraones, los emperadores de la India y del Irak, los dueños de Persia y de Arabia e Iscandar el Bicornio? ¿Dónde están los soberanos de la tierra Hamán y Karún, y Scheddad, hijo de Aad, y todos los pertenecientes a la posteridad de Canaán? ¡Por orden del Eterno, abandonaron la tierra para ir a dar cuenta de sus actos el día de la Retribución!

¡Oh, hijo de los hombres, no te entregues al mundo y a sus placeres! ¡Teme al señor y sírvele con corazón devoto! ¡Teme a la muerte! ¡La devoción por el Señor y el temor a la muerte son el principio de toda sabiduría! ¡Así cosecharás buenas acciones, con las que te perfumarás el día terrible del Juicio!

Cuando escribieron en sus pergaminos esta inscripción, que les conmovió mucho, franquearon una gran puerta que se abría en medio de la galería y entraron en una sala, en el centro de la cual había una hermosa pila de mármol transparente, de donde se escapaba un surtidor de agua. Sobre la pila, a manera de techo agradablemente colocado, se alzaba un pabellón cubierto con colgaduras de seda y oro en matices diferentes, combinados con un arte perfecto. Para llegar a aquella pila, el agua se encauzaba por cuatro canalillos trazados en el suelo de la sala con sinuosidades encantadoras, y cada canalillo tenía un lecho de color especial: el primero tenía un lecho de pórfido rosa; el segundo, de topacios; el tercero, de esmeraldas, y el cuarto, de turquesas; de tal modo que el agua de cada uno se teñía del color de su lecho y, herida por la luz atenuada que filtraban las sedas en la altura, proyectaba sobre los objetos de su alrededor y las paredes de mármol una dulzura de paisaje marino.

Allí franquearon una segunda puerta y entraron en la segunda sala. La encontraron llena de monedas antiguas de oro y plata, de collares, de alhajas, de perlas, de rubíes y de toda clase de pedrerías. Y tan amontonado estaba todo, que apenas se podía cruzar la sala y circular por ella para penetrar en la tercera.

Aparecía ésta llena de armaduras de metales preciosos, de escudos de oro enriquecidos con pedrerías, de cascos antiguos, de sables de la India, de lanzas, de venablos y de corazas del tiempo de Daúd y de Soleimán, y todas aquellas armas estaban en tan buen estado de conservación, que creeríase habían salido la víspera de entre las manos que las fabricaron.

Entraron luego en la cuarta sala, enteramente ocupada por armarios y estantes de maderas preciosas, donde se alineaban ordenadamente ricos trajes, ropones suntuosos, telas de valor y brocados labrados de un modo admirable. Desde allí se dirigieron a una puerta abierta que les facilitó el acceso a la quinta sala, la cual no contenía entre el suelo y el techo más que vasos y enseres para bebidas, para manjares y para abluciones: tazones de oro y plata, jofainas de cristal de roca, copas de piedras preciosas, bandejas de jade y de ágata de diversos colores.

Cuando hubieron admirado todo aquello, pensaron en volver sobre sus pasos, y he aquí que sintieron la tentación de llevarse un tapiz inmenso de seda y oro que cubría una de la paredes de la sala. Y detrás del tapiz vieron una gran puerta labrada con finas marqueterías de marfil y ébano, y que estaba cerrada con cerrojos macizos, sin la menor huella de cerradura donde meter una llave. Pero el jeque Abdossamad se puso a estudiar el mecanismo de aquellos cerrojos y acabó por dar con un resorte oculto, que hubo de ceder a sus esfuerzos. Entonces la puerta giró sobre sí misma y dio a los viajeros libre acceso a una sala milagrosa, abovedada en forma de cúpula y construida con un mármol, tan pulido, que parecía un espejo de acero. Por las ventanas de aquella sala, a través de las celosías de esmeraldas y diamantes, filtrábase una claridad que inundaba los objetos con un resplandor imprevisto. En el centro, sostenido por pilastras de oro, sobre cada una de las cuales había un pájaro con plumaje de esmeraldas y pico de rubíes, erguíase una especie de oratorio adornado con colgaduras de seda y oro, y al que unas gradas de marfil unían al suelo, donde una magnífica alfombra, diestramente fabricada con lana de colores gloriosos, abría sus flores sin aroma en medio de su césped sin savia, y vivía toda la vida artificial de sus florestas pobladas de pájaros y animales copiados de manera exacta, con su belleza natural y sus contornos verdaderos.

El Amir Muza y sus acompañantes subieron por las gradas del oratorio, y al llegar a la plataforma se detuvieron mudos de sorpresa. Bajo un dosel de terciopelo salpicado de gemas y diamantes, en amplio lecho construido con tapices de seda superpuestos, reposaba una joven de tez brillante, de párpados entornados por el sueño tras unas largas pestañas combadas, y cuya belleza realzábase con la calma admirable de sus facciones, con la corona de oro que ceñía su cabellera, con la diadema de pedrerías que constelaba su frente y con el húmedo collar de perlas que acariciaba su dorada piel. A derecha y a izquierda del lecho se hallaban dos esclavos, blanco uno y negro otro, armado cada cual con un alfanje desnudo y una pica de acero.

Entonces dijo Taleb ben-Sehl: "¡Oh, emir nuestro, nada en este palacio puede compararse a la belleza de una joven! Sería una lástima dejarla ahí en vez de llevárnosla a Damasco para ofrecérsela al califa. ¡Valdría más semejante regalo que todas las ánforas con efrits del mar!" Y tras decir estas palabras se acercó a la joven y quiso levantarla en brazos. Pero cayó muerto de repente, atravesado por los alfanjes y picas de los esclavos, que le acertaron al mismo tiempo en la cabeza y en el corazón.

Al ver aquello, el emir Muza no quiso permanecer ni un momento más en el palacio, y ordenó a sus acompañantes que salieran deprisa para emprender el camino del mar.

Cuando llegaron a la playa, encontraron allí a unos cuantos hombres negros ocupados en sacar sus redes de pescar, que correspondieron a la zalema en árabe y conforme a la fórmula musulmana. Y dijo el emir Muza al de más edad entre ellos, que parecía ser el jefe: "¡Oh, venerable jeque! Venimos de parte de nuestro dueño el califa Abdalmalek ben-Merwán, para buscar en este mar vasos con efrits de tiempos del profeta Soleimán. ¿Puedes ayudarnos en nuestras investigaciones y explicarnos el misterio de esta ciudad donde están privados de movimiento todos los seres?" Y contestó el anciano: "Ante todo, hijo, has de saber que cuantos se encuentran en esa Ciudad de Bronce están encantados desde la antigüedad, y permanecerán así hasta el día del Juicio. Respecto a los vasos que contienen efrits, nada más fácil que procurároslos, puesto que poseemos una porción de ellos que, una vez destapados, nos sirven para cocer pescado y alimentos. Os daremos todos los que queráis. ¡Solamente es necesario, antes de destaparlos, hacerlos resonar golpeándolos con las manos y obtener de quienes los habitan el juramento de que reconocerán la verdad de la misión de nuestro profeta Mohammed, expiando su primera falta y su rebelión contra la supremacía de Soleimán ben-Daúd!" Luego añadió: "Además, también deseamos daros, como testimonio de nuestra fidelidad al Emir de los Creyentes, amo de todos nosotros, dos hijas del mar que hemos pescado hoy mismo, y que son más bellas que todas las hijas de los hombres."

Y cuando hubo dicho estas palabras, el anciano entregó al emir Muza doce vasos de cobre, sellados en plomo con el sello de Soleimán, y a las dos hijas del mar, que eran dos maravillosas criaturas de largos cabellos ondulados como las olas, de cara de luna y de senos admirables y redondos y duros. Pero más abajo sólo tenían un cuerpo de pez que se movía a derecha y a izquierda, de la propia manera que las mujeres cuando advierten que a su paso llaman la atención. Tenían la voz muy dulce y su sonrisa resultaba encantadora; pero no comprendían ni hablaban ninguno de los idiomas conocidos, y contentábanse con responder únicamente con la sonrisa de sus ojos a todas las preguntas que se les dirigían.

No dejaron de dar las gracias al anciano por su generosa bondad el emir Muza y sus acompañantes, e invitáronles, a él y a todos los pescadores que estaban con él, a seguirles al país de los musulmanes, a Damasco, la ciudad de las flores y de las frutas y de las aguas dulces. Aceptaron la oferta el anciano y los pescadores, y todos juntos volvieron primero a la Ciudad de Bronce para coger cuanto pudieron llevarse de cosas preciosas, joyas, oro y todo lo ligero de peso y pesado de valor. Cargados de este modo, se descolgaron otra vez por las murallas de bronce, llenaron sus sacos y cajas de provisiones con tan inesperado botín, y emprendieron de nuevo el camino de Damasco, adonde llegaron felizmente al cabo de un largo viaje sin incidentes.

El califa Abdalmalek quedó encantado y maravillado al mismo tiempo del relato que de la aventura le hizo el emir Muza, y exclamó: "Siento en extremo no haber ido con vosotros a esa Ciudad de Bronce. ¡Pero iré, con la venia de Alah, a admirar por mí mismo esas maravillas y a tratar de aclarar el misterio de ese encantamiento!" Luego quiso abrir con su propia mano los doce vasos de cobre, y los abrió uno tras otro. Y cada vez salía una humareda muy densa que convertíase en un efrit espantable, el cual se arrojaba a los pies del califa y exclamaba: "¡Pido perdón por mi rebelión a Alah y a ti, oh, señor nuestro Soleimán!" Y desaparecía a través del techo ante la sorpresa de todos los circunstantes. No se maravilló menos el califa de la belleza de las dos hijas del mar. Su sonrisa, su voz y su idioma desconocido le conmovieron y le emocionaron. E hizo que las pusieran en un gran baño, donde vivieron algún tiempo, para morir de consunción y de calor por último.»

HISTORIA DE IBN AL-MANSUR Y LOS DOS JÓVENES

«He sabido, ¡oh, rey afortunado!, que el califa Harum al-Raschid sufría con frecuencia de insomnios. Una noche en vano daba vueltas de un lado a otro en su lecho, porque no lograba amodorrarse, y al fin se cansó de la inutilidad de sus tentativas. Rechazó entonces violentamente con un pie las ropas de su cama y, dando una palmada, llamó a Massrur, su portaalfanje, que vigilaba la puerta siempre, y le dijo: "¡Massrur, búscame una distracción, porque no logro dormir!" El otro contestó: "¡No hay nada como los paseos nocturnos, mi señor, para calmar el alma y adormecer los sentidos! Ahí fuera, en el jardín, está hermosa la noche. Bajaremos y nos pasearemos entre los árboles, entre las flores, y contemplaremos las estrellas y sus incrustaciones magníficas, y admiraremos la belleza de la Luna que avanza lentamente en medio de ellas y desciende hasta el río para bañarse en el agua." El califa dijo: "¡Massrur, esta noche no desea mi alma ver semejantes cosas!" El otro añadió: "¡Señor, en tu palacio tienes trescientas mujeres secretas, y cada una disfruta de un pabellón para ella sola! Iré a prevenirlas para que todas estén preparadas." El califa dijo: "¡Massrur, este palacio es mi palacio y esas jóvenes me pertenecen; pero no es nada de eso lo que anhela mi alma esta noche!" El otro contestó: "¡Ordena mi señor y haré que ante ti se congreguen los sabios, los consejeros y los poetas de Bagdad!" El califa contestó: "¡Massrur, no es nada de eso lo que anhela mi alma esta noche!" Y Massrur dijo: "¡Córtame entonces la cabeza, mi señor! ¡Quizá sea lo único que disipe tu hastío!"

Al oír estas palabras al-Raschid se echó a reír a carcajadas y dijo: "Puede que lo haga algún día, pero ahora ve a ver si hay en el vestíbulo alguien que sea agradable de aspecto y de conversación."

Entonces salió a ejecutar la orden Massrur y volvió en seguida para decir al califa: "¡Oh, Emir de los Creyentes! No encontré ahí fuera más que a este viejo de mala índole, que se llama Ibn al-Mansur!" Y preguntó al-Raschid: "¿Qué Ibn al-Mansur? ¿Es acaso Ibn al-Mansur el de Damasco?" El jefe de los eunucos dijo: "¡Ese mismo viejo malicioso!" Al-Raschid dijo: "¡Hazle entrar cuanto antes!" Y Massrur introdujo a Ibn al-Mansur, que dijo: "¡Sea contigo la zalema, oh, Emir de los Creyentes!" El califa le devolvió la zalema y dijo: "¡Ya, Ibn al-Mansur! ¡Ponme al corriente de una de tus aventuras!" El otro contestó:

"¡Oh, Emir de los Creyentes! ¿Debo entretenerte con la narración de algo que yo haya visto o solamente con el relato de algo que haya oído?" El califa contestó: "¡Si viste alguna cosa asombrosa, date prisa a contármela, porque las cosas que se vieron son siempre preferibles a las que se oyeron contar!" El otro dijo: "¡Entonces, oh, Emir de los Creyentes, presta oído y otórgame una atención simpática!" El califa contestó: "¡Ya, Ibn al-Mansur! ¡Heme aquí dispuesto a escucharte con mis oídos, a verte con mis ojos y a otorgarte de todo corazón una atención simpática!" Entonces dijo Ibn al-Mansur:

"Has de saber, ¡oh, Emir de los Creyentes!, que todos los años iba yo a Bassra para pasar algunos días junto al emir Mohammad al-Haschami, lugarteniente tuyo en aquella ciudad. Un año en que fui a Bassra, como de costumbre, al llegar a palacio vi al emir que se disponía a montar a caballo para ir de caza. Cuando me vio, no dejó, tras las zalemas de bienvenida, de invitarme a que le acompañara; pero yo le dije: 'Dispénsame, señor, pues la sola vista de un caballo me para la digestión, y a duras penas puedo tenerme en un burro. ¡No voy a ir de caza en burro!' El emir Mohammad me excusó, puso a mi disposición todo el palacio y encargó a sus oficiales que me sirvieran con todo miramiento y no dejasen que careciera de nada mientras durase mi estancia. Y así lo hicieron.

Cuando se marchó, me dije: '¡Por Alah!, Ibn al-Mansur, he aquí que hace años y años que vienes regularmente desde Bagdad a Bassra, y hasta hoy te contentaste con ir del palacio al jardín y del jardín al palacio como único paseo por la ciudad. No basta eso para que te instruyas. Ahora que puedes distraerte, trata, pues, de ver por las calles de Bassra alguna cosa interesante. ¡Por cierto que nada ayuda a la digestión tanto como andar, y tu digestión es muy pesada, y engordas y te hinchas como una ostra!' Entonces obedecí a la voz de mi alma ofuscada por mi gordura y me levanté al punto, me puse mi traje más hermoso y salí del palacio con objeto de andar un poco a la ventura, de acá para allá.

Entonces me apresuré a tomar la primera bocacalle para buscar algo de sombra, y de este modo llegué a un callejón sin salida, por donde se entraba a una casa grande de muy buena apariencia. La entrada, medio oculta por un tapiz de seda roja, daba a un gran jardín que había delante de la casa. A ambos lados aparecían bancos de mármol sombreados por una parra, lo que me incitó a sentarme para tomar aliento.

Mientras me secaba la frente, resoplando de calor, oí que del jardín llegaba una voz de mujer, que cantaba con aire muy lastimero. Entonces me levanté y me acerqué a la entrada, cuyo tapiz levanté con cuidado y miré poco a poco para no despertar sospechas. Y advertí en medio del jardín a dos jóvenes, de las cuales parecía ser el ama una y la esclava la otra. Y ambas eran de una belleza extraordinaria. Pero la más bella era precisamente quien cantaba y la esclava la acompañaba con un laúd.

La joven volvió la cabeza y me vio, y bajó el velillo de su rostro, y con gran indignación me dijo: '¿No te da vergüenza, oh, jeque, mirar así en su cara a las mujeres? ¿Y no te aconsejan tu barba blanca y tu vejez el respeto para las cosas honorables?' Yo contesté en alta voz: '¡Mi presencia aquí tiene una excusa! ¡Soy extranjero y padezco una sed de la que voy a morir!' Ella entonces mandó a su esclava que corriera a darme de beber.

Desapareció la pequeña para volver al cabo de un momento con un tazón de oro en una bandeja y una servilleta de seda verde. Y me ofreció el tazón, que estaba lleno de agua fresca, perfumada agradablemente con almizcle puro. Lo tomé y me puse a beber muy lentamente y a largos sorbos, dirigiendo de soslayo miradas de admiración a la joven principal y miradas de notorio agradecimiento a ambas. Cuando me hube servido de este juego durante cierto tiempo, devolví el tazón a la joven, la cual me ofreció entonces la servilleta de seda invitándome a limpiarme la boca. Me limpié la boca, le devolví la servilleta, que estaba deliciosamente perfumada con sándalo, y no me moví de aquel sitio.

Cuando la hermosa joven vio que mi inmovilidad pasaba de los límites correctos, me dijo con acento adusto: '¡Oh, jeque! ¿Qué esperas aún para reanudar tu marcha por el camino de Alah?' Yo contesté con aire pensativo: '¡Oh, mi dueña! Me preocupan extremadamente ciertos pensamientos, y me veo sumido en reflexiones que no puedo llegar a resolver por mí solo.' Ella me preguntó: '¿Y cuáles son esas reflexiones?' Yo dije: '¡Oh, mi dueña! Reflexiono acerca del reverso de las cosas y acerca del curso de los acontecimientos que produce el tiempo!' Ella me contestó: '¡Cierto que son graves esos pensamientos, y todos tenemos que deplorar alguna fechoría del tiempo! Pero, ¿qué ha podido inspirarte a la puerta de nuestra casa, ¡oh, jeque!, semejantes reflexiones?' Yo dije: '¡Precisamente, oh, mi dueña, pensaba yo en el dueño de esta casa! ¡Le recuerdo muy bien ahora! Antaño me propuse vivir en este callejón compuesto por una sola casa con jardín. ¡Sí, por Alah! El propietario de esta casa era mi mejor amigo!' Ella me preguntó: '¿Te acordarás, entonces, del nombre de tu amigo?' Yo dije: '¡Ciertamente, oh, mi dueña! Se llamaba Alí ben-Mohammad y era el síndico respetado por todos los joyeros de Bassra! Ya hace años que le perdí de vista, y supongo que estará en la misericordia de Alah ahora! Permíteme, pues, ¡oh, mi dueña!, que te pregunte si dejó posteridad.'

Al oír estas palabras, los ojos de la joven se humedecieron de lágrimas, y dijo: '¡Sean con el síndico Alí ben-Mohammad la paz y los dones de Alah! Ya que fuiste su amigo, has de saber, ¡oh, jeque!, que el difunto síndico dejó por única descendencia a una hija llamada Badr. ¡Y ella sola es la heredera de sus bienes y de sus inmensas riquezas!' Yo exclamé: '¡Por Alah, que no puede ser nadie más que tú misma, ¡oh, mi dueña!, la hija bendita de mi amigo!' Ella sonrió y contestó: '¡Por Alah, que lo adivinaste!' Yo dije: '¡Acumule sobre ti Alah sus bendiciones, oh, hija de Alí ben-Mohammad! Pero, a juzgar por lo que puedo ver a través de la seda que cubre tu rostro, ¡oh, luna!, me parece que contrae tus facciones una gran tristeza. ¡No temas revelarme su causa, porque quizá me envía Alah para que trate de poner remedio a ese dolor que altera tu hermosura!' Ella contestó: '¿Cómo quieres que te hable de cosas tan íntimas, si ni siquiera me dijiste aún tu nombre ni tu calidad?' Yo me incliné y contesté: '¡Soy tu esclavo Ibn al-Mansur, oriundo de Damasco, una de las personas a quienes nuestro dueño el califa Harum al-Raschid honra con su amistad y ha escogido para compañeros íntimos!'

Apenas hube pronunciado estas palabras, ¡oh, Emir de los Creyentes!, me dijo Sett Badr: '¡Bien venido seas a mi casa, donde puedes encontrar hospitalidad larga y amistosa, oh, jeque Ibn al-Mansur!' Y me invitó a que la acompañara y a que entrara a sentarme en la sala de recepción.

Entonces entramos los tres en la sala de recepción, y cuando estuvimos sentados, y después de los refrescos usuales, que fueron exquisitos, Sett Badr me dijo: '¡Ya que quieres saber la causa de una pena que adivinaste en mis facciones, oh, jeque Ibn al-Mansur, prométeme el secreto y la fidelidad!' Yo contesté: '¡Oh, mi dueña! En mi corazón está el secreto como en un cofre de acero cuya llave se hubiese perdido!' Y me dijo ella entonces: '¡Escucha, pues, mi historia, oh, jeque!' Y después de ofrecerme aquella joven esclava tan gentil una cucharada de confitura de rosas, dijo Sett Badr:

'Has de saber, ¡oh, Ibn al-Mansur!, que estoy enamorada, y que el objeto de mi amor se halla lejos de mí. ¡He aquí toda mi historia!'

Y tras esas palabras, Sett Badr dejó escapar un gran suspiro y se calló. Y yo le dije: '¡Oh, mi dueña! Estás dotada de belleza perfecta y el que amas debe ser perfectamente bello! ¿Cómo se llama?' Ella me dijo: 'Sí, Ibn al-Mansur, el objeto de mi amor es perfectamente bello, como has dicho. Es el emir Jobair, jefe de la tribu de los Bani-Schaibán. ¡Sin ningún género de duda es el joven más admirable de Bassra y del Irak! ¡Pero el emir Jobair me ha ofendido con una simple suposición!' Yo exclamé: '¿Quieres decirme, por lo menos, en qué ha fundado sus suposiciones el emir?' Y ella contestó: 'Un día, después de haber tomado el baño, me puse en manos de mi esclava favorita, esta joven que aquí ves, para que me vistiera y peinara mis cabellos. Era sofocante el calor y mi esclava me despojó de las toallas que sufrían mis hombros y senos y se puso a arreglar mis trenzas. Cuando hubo concluido me rodeó el cuello con sus brazos y me dio un beso en la mejilla. Y en aquel momento precisamente entró el emir; nos lanzó una mirada singular y salió bruscamente. Después recibí una esquela suya en la que había trazado estas palabras: *El amor no puede hacernos dichosos más que cuando nos pertenece en absoluto.* Y desde aquel día no he vuelto a verle.'

Yo dije: 'Entonces, ¡oh, mi dueña!, si me lo permites seré el lazo de unión entre vosotros dos, simplemente por el gusto de ver reunidos a dos seres selectos.' Ella exclamó: '¡Bendito sea Alah, que nos puso en tu camino, oh, jeque de rostro blanco! ¡No creas que vas a dar con una persona ingrata que ignora el valor de los beneficios! Voy ahora mismo a escribir de mi puño y letra una carta para el emir Jobair, y tú se la entregarás, procurando hacerle entrar en razón.' Y dijo a su favorita: 'Ahora, gentil, tráeme un tintero y una hoja de papel.' Se los trajo la otra, y Sett Badr escribió:

¿Por qué dura tanto la separación, mi bien amado? ¿No sabes que el dolor ahuyenta de mis ojos el sueño y que cuando pienso en tu imagen se me aparece tan cambiada que ya no la reconozco?

¡Te conjuro a que me digas por qué dejaste la puerta abierta a mis calumniadores! ¡Levántate, sacude el polvo de los malos pensamientos y vuelve a mí sin tardanza! ¡Qué día de fiesta va a ser para ambos el que alumbre nuestra reconciliación!

Cuando llegué al palacio del emir Jobair, me dijeron que también estaba de caza, y esperé su regreso. No tardó en llegar, y en cuanto supo mi nombre y mis títulos, me rogó aceptase su hospitalidad y considerase su casa como propia. Y en seguida fue a hacerme honores él en persona. Y pusieron la mesa los esclavos ante nosotros.

Era una mesa llena de vajilla del Khorassán, de oro y de plata, y que ostentaba cuantos manjares fritos y asados pudiesen desear el paladar, la nariz y los ojos.

¡Sin embargo, oh, Emir de los Creyentes, te juro por la nobleza de mis antecesores que reprimí los impulsos de mi alma y no probé bocado! Por el contrario, esperé a que mi huésped me instase con mucho ahínco a servirme de aquello, y le dije: '¡Por Alah! Hice voto de no tocar ninguno de los manjares de tu hospitalidad, emir Jobair, mientras no accedas a una súplica que es el móvil de mi visita a tu casa!' Él me preguntó: '¿Puedo al menos, ¡oh, mi huésped!, saber, antes de comprometerme a una cosa tan grave y que me amenaza con que renuncies a mi hospitalidad, cuál es el objeto de esta visita?' Por toda respuesta saqué yo de mi pecho la carta y se la di.

La cogió, la abrió y la leyó. Pero al punto la rompió, arrojó a tierra los pedazos, los pisoteó y me dijo: '¡Ya, Ibn al-Mansur! Pide cuanto quieras y te será concedido al instante. ¡Pero no me hables del contenido de esta carta, a la que no tengo nada que contestar!'

Entonces me levanté y quise marcharme en seguida; pero me retuvo asiéndome de la ropa y me suplicó que me quedase, diciéndome: '¡Oh, mi huésped! ¡Si supieras el motivo de mi repulsa, no insistirías ni por un instante! ¡Tampoco creas que eres el primero en quien se ha confiado semejante misión! ¡Y si lo deseas, te diré exactamente las palabras que te encargó ella me dijeses!' Y me repitió al punto las palabras consabidas, con tanta precisión como si hubiese estado en presencia nuestra en el momento en que se pronunciaron.

Al día siguiente, en el momento en que me disponía a partir y rogaba a uno de los servidores que transmitiese a su amo mi agradecimiento por aquella hospitalidad, se presentó un esclavo, que me entregó una bolsa con mil dinares, rogándome que la aceptara como compensación por el anterior trastorno y diciéndome que estaba encargado de recibir mis adioses. Entonces, sin haber conseguido nada, abandoné la casa de Jobair y regresé a la de aquella que me había enviado.

Al llegar al jardín, encontré a Sett Badr, que me esperaba a la puerta y, sin darme tiempo de abrir la boca, me dijo: '¡Ya, Ibn al-Mansur, sé que no tuviste éxito en tu misión!' Y me relató punto por punto todo lo acaecido entre el emir Jobair y yo, haciéndolo con tanta exactitud que sospeché pagaba espías que la tuviesen al corriente de lo que pudiera interesarle. Y le pregunté: '¿Cómo te hallas tan bien informada, oh, mi dueña? ¿Acaso estuviste allí sin ser vista?' Ella me dijo: '¡Ya, Ibn al-Mansur! Has de saber que los corazones de los amantes tienen ojos que ven lo que ni suponer podrían los demás! ¡Pero yo sé que tú no tienes la culpa de la repulsa! ¡Es mi destino!' Luego añadió, levantando los ojos al cielo: '¡Oh, Señor, dueño de los corazones, soberano de las almas, haz que en adelante me amen sin que yo ame nunca! ¡Haz que lo que resta de amor por Jobair en este corazón se desvíe hacia el corazón de Jobair, para tormento suyo! ¡Haz que vuelva a suplicarme que le escuche y dame valor para hacerle sufrir!'

Tras lo cual me dio las gracias por lo que me presté a hacer en su favor y se despidió de mí. Volví al palacio del emir Mohammad y desde allí regresé a Bagdad.

Pero al año siguiente hube de ir nuevamente a Bassra, según mi costumbre, para ventilar mis asuntos, porque debo decirte, ¡oh, Emir de los Creyentes!, que el emir Mohammad era deudor mío, y no disponía yo de otro medio que aquellos viajes regulares para hacerle pagar el dinero que me adeudaba. Y he aquí que al día siguiente de mi llegada me dije: '¡Por Alah, tengo que saber en qué paró la ventura de los dos amantes!'

Encontré cerrada la puerta del jardín, conmoviéndome con la tristeza que emanaba el silencio reinante en torno mío. Miré entonces por la rejilla de la puerta y vi en medio de la avenida, bajo un sauce de ramas lagrimeantes, una tumba de mármol completamente nueva todavía, y cuya inscripción funeral no pude leer a causa de la distancia. Y me dije: '¡Ya no está ella aquí! ¡Segaron su juventud! ¡Qué lástima que una belleza semejante se haya perdido para siempre! ¡La debió desbordar la pena, anegándola el corazón...!'

Con el pecho oprimido por la angustia, me decidí entonces a personarme en el palacio del emir Jobair. Allá me esperaba un espectáculo más entristecedor aún. Todo estaba desierto, y los muros derrumbábanse ruinosos; habíase secado el jardín, sin la menor huella de que lo cuidase nadie. Ningún esclavo guardaba la puerta del palacio y no había ni un ser vivo que pudiera darme noticia de quienes habitaron en el interior. Ante aquel espectáculo, me dije desde lo profundo de mi alma: '¡También ha debido morir él!'

Poco después salió un esclavo, que quiso informarse de mi estancia allí. Yo le dije que era amigo de Jobair y que me apenaba su muerte. Y él me dijo que vivía, pero que era como si hubiera muerto, pues yacía tendido en su lecho sin moverse.

Efectivamente, encontré al emir Jobair tendido en su lecho, con la mirada perdida en el vacío, muy pálido y adelgazado el rostro, y desconocido en verdad. Le saludé al punto, pero no me devolvió la zalema. Le hablé, pero no me contestó. Entonces me dijo al oído el esclavo: 'No comprende más lenguaje que el de los versos.' ¡Por Alah, que no encontré nada mejor para entrar en conversación con él! Me abstraje un instante; luego improvisé estos versos con voz clara:

¿Anda todavía en tu alma el amor de Sett Badr o hallaste el reposo tras las zozobras de la pasión?
¿Pasas siempre en vigilia tus noches o al fin conocen tus párpados el sueño?
¡Si aún corren tus lágrimas, si aún alimentas con la desolación a tu alma, sabe que llegarás al colmo de la locura!

Cuando oyó él estos versos, abrió los ojos y me dijo: '¡Bien venido seas, Ibn al-Mansur! ¡Las cosas tomaron para mí un carácter grave!' Yo contesté en seguida: '¿Puedo, al menos, señor, serte de alguna utilidad?' Él dijo: '¡Eres el único que puede salvarme todavía! ¡Tengo el propósito de mandar a Sett Badr una carta por mediación tuya, pues tú eres capaz de convencerla para que me responda!' Yo contesté: '¡Por encima de mi cabeza y de mis ojos!' Reanimado entonces, se incorporó, desenrolló una hoja de papel en la palma de la mano, cogió un cálamo y escribió:

¡Oh, dura bien amada! He perdido la razón y me debato en la desesperanza. Antes de este día creí que el amor era una cosa fútil, una cosa fácil, una cosa leve. Pero, al naufragar en sus olas, vi, ¡ay!, que para quien en él se aventura es un mar terrible y confuso. A ti vuelvo con el corazón herido, implorando el perdón para lo pasado. ¡Ten piedad de mí y acuérdate de nuestro amor! Si deseas mi muerte, olvida la generosidad.

Selló entonces la carta y me la entregó. Aunque yo ignoraba la suerte de Sett Badr, no dudé: cogí la carta y regresé al jardín. Crucé el patio y sin previa advertencia entré en la sala de recepción.

Pero cuál no sería mi asombro al advertir sentadas en las alfombras a diez jóvenes esclavas blancas, en medio de las cuales se encontraba llena de vida y de salud, pero en traje de luto, Sett Badr, que se apareció como un sol puro a mis miradas asombradas. Me apresuré a inclinarme deseándole la paz, y no bien me vio ella entrar, me sonrió devolviéndome mi zalema, y me dijo: '¡Bien venido seas, Ibn al-Mansur! ¡Siéntate! ¡Tuya es la casa!' Entonces le dije: '¡Aléjense de aquí todos los males, oh, mi dueña! Pero, ¿por qué te veo en traje de luto?' Ella contestó: '¡Oh, no me interrogues, Ibn al-Mansur! ¡Ha muerto la gentil! En el jardín pudiste ver la tumba donde duerme.' Y vertió un mar de lágrimas, mientras intentaban consolarla todas sus compañeras.

Aprovechándome entonces del estado de postración en que se hallaba, le entregué la carta, que hube de sacar de mi cinturón. Y añadí: '¡De tu respuesta, oh, mi dueña, depende su vida o su muerte! Porque, en verdad, la única cosa que le ata a la Tierra todavía es la espera de esta respuesta.' Cogió ella la carta, la abrió, la leyó, sonrió y dijo: '¿Ha llegado ahora a semejante estado de pasión él, que no quería leer mis cartas otras veces? ¡Fue preciso que guardara yo silencio desde entonces y desdeñara verle, para que volviese a mí más inflamado que nunca!' Yo contesté: 'Tienes razón, y hasta te cabe el derecho de hablar aún con más amargura. Pero el perdón de las faltas es patrimonio de las almas generosas.'

Entonces, ¡oh, Emir de los Creyentes!, cogió papel y escribió una carta, cuya elocuencia emocionante no sabrían igualar los mejores escribas de tu palacio. No me acuerdo de los términos exactos de aquella carta, pero en sustancia decía así:

A pesar del deseo, ¡oh, mi amante!, jamás he comprendido el motivo de nuestra separación. Reflexionando bien, es posible que en el pasado errara yo. Pero el pasado ya no existe, y los celos, cualesquiera sean, deben morir con la víctima de la Separadora.

Déjame que te tenga ahora al alcance de mi vista, para que descansen mis ojos como no lo harían con el sueño.

Juntos entonces, beberemos nuevamente los tragos refrigerantes, y si nos embriagamos, no podrá censurarnos nadie.

Selló luego la carta y me la entregó; yo le dije: '¡Por Alah! ¡He aquí lo que apacigua la sed del sediento y cura las dolencias del enfermo!' Y me disponía a despedirme para llevar la buena nueva al que la esperaba, cuando me detuvo ella aún para decirme: '¡Ya, Ibn al-Mansur, puedes añadir también que esta noche será para nosotros dos una noche de bendición!' Y lleno de alegría corrí a casa del emir Jobair, a quien encontré con la mirada fija en la puerta por donde debía yo entrar.

Cuando hubo leído la carta y comprendió su alcance, lanzó un gran grito de alegría y cayó desvanecido. No tardó en volver en sí, y preguntóme, todavía anhelante: 'Dime, ¿fue ella misma quien redactó esta carta? ¿Y la escribió con su mano?' Yo le contesté: '¡Por Alah que no supe hasta ahora que se pudiese escribir con los pies!'

Por lo demás, ¡oh, Emir de los Creyentes!, apenas había yo pronunciado estas palabras, cuando oímos detrás de la puerta un tintinear de brazaletes y un ruido de cascabeles y seda, viendo aparecer, un instante más tarde, a la joven en persona.

Como no puede describirse con la palabra dignamente la alegría, no trataré de hacerlo en vano. Sólo he de decirte, ¡oh, Emir de los Creyentes!, que ambos amantes corrieron a echarse en brazos uno de otro, entusiasmados y con las bocas juntas.

Algunos instantes después vi entrar al cadí y a los testigos, que extendieron el contrato de matrimonio de ambos amantes, y se fueron luego, llevando un regalo de mil dinares que les dio Sett Badr. Quise igualmente retirarme; pero no lo consintió el emir, que hubo de decirme: '¡No se dirá que tuviste únicamente parte en nuestras tristezas, sin participar de nuestra alegría!' Y me invitaron a un festín que duró hasta la aurora. Entonces me dejaron retirarme a la estancia que habíanme reservado."

Ibn al-Mansur interrumpió de pronto su relato porque acababa de oír un ronquido que le cortó la palabra. Era el califa que dormía profundamente, dominado al fin por el sueño que hubo de producirle esta historia. Así es que, temiendo despertarle, Ibn al-Mansur se evadió dulcemente por la puerta que más dulcemente aún le abrió el jefe de los eunucos.»

HISTORIA DE YAMLIKA, PRINCESA SUBTERRÁNEA

«Se cuenta que en la antigüedad del tiempo y el pasado de las edades y de los siglos había un sabio entre los sabios de Grecia que se llamaba Danial. Tenía muchos discípulos respetuosos, que escuchaban su enseñanza y se aprovechaban de su ciencia; pero le faltaba el consuelo de un hijo que pudiese heredarle sus libros y sus manuscritos. Como ya no sabía qué hacer para obtener este resultado, concibió la idea de rogar al Dueño del cielo que le concediese semejante favor. Y el Altísimo, que no tiene portero en la puerta de su generosidad, escuchó el ruego, y en aquella hora y aquel instante hizo que quedase encinta la esposa del sabio.

Y desde entonces consagró su tiempo en resumir en algunas hojas cuanta ciencia contenían sus diversos escritos. Luego las releyó, reflexionó y pensó que en aquellas cinco hojas había cosas que podían extractarse aún más. Y consagróse aún más a la reflexión y acabó por resumir las cinco hojas en una sola y ésta cinco veces más pequeña que las primeras.

Entonces, para que sus libros y sus manuscritos no llegasen a ser propiedad de otro, el viejo sabio los tiró hasta el último al mar, y no conservó más que la consabida hojita de papel. Llamó a su esposa encinta, y le dijo: "Acabó mi tiempo, ¡oh, mujer!, y no me es dable educar por mí mismo al hijo que nos concede el cielo y a quien no he de ver. Pero le dejo por herencia esta hojita de papel, que solamente le darás el día en que te pida la parte que le corresponde de los bienes de su padre. Y si llega a descifrarla y a comprender su sentido, será el hombre más sabio del siglo. ¡Deseo que se llame Hassib!" Y tras haber dicho estas palabras, el sabio Danial expiró en la paz de Alah.

Se le hicieron funerales, a los que asistieron todos sus discípulos y todos los habitantes de la ciudad. Y todos le lloraron mucho y tomaron parte en el duelo por su muerte.

Cuando tuvo el niño la edad de cinco años, su madre le llevó a la escuela para que aprendiese algo allí; pero no aprendió nada absolutamente. Le sacó ella entonces de la escuela, y quiso que abrazara una profesión; pero pasaron muchos años sin que el muchacho hiciese nada, y llegó a la edad de quince sin aprender nada tampoco, y sin lograr un medio de vida con el que contribuir a los gastos de su madre. Se echó a llorar entonces ella, y las vecinas le dijeron: "Sólo el matrimonio podría darle aptitud para el trabajo; porque entonces verá que cuando se tiene una mujer hay que trabajar para sostenerla." Estas palabras decidieron a la madre a ponerse en movimiento y a buscar entre sus conocimientos una joven, y habiendo encontrado una que era de su conveniencia, se la dio en matrimonio. Y el joven Hassib fue perfecto para con su esposa, y no la desdeñó, sino todo lo contrario. Pero continuó sin hacer nada y sin aficionarse a trabajo alguno.

Y he aquí que en la vecindad había leñadores, que dijeron a la madre un día: "Compra a tu hijo un asno, cuerdas y un hacha, y déjale ir a cortar leña a la montaña con nosotros. Luego venderemos la leña y repartiremos el provecho con él. De esta manera podrá ayudarte en tus gastos y sostener mejor a su esposa."

Al oír tales palabras, la madre de Hassib, llena de alegría, le compró en seguida un asno, cuerdas y un hacha, y se lo confió a los leñadores, recomendándoselo mucho, y los leñadores le contestaron: "No te preocupes por eso. ¡Es hijo de nuestro amo Danial y sabremos protegerle y velar por él!" Y le llevaron consigo a la montaña, donde le enseñaron a cortar leña y cargarla a lomos del asno para venderla luego en el mercado. Y Hassib se aficionó en extremo a este oficio, que le permitía pasearse a la vez que ayudar a su madre y a su esposa.

Y un día entre los días, cuando cortaban leña en la montaña, les sorprendió una tempestad, acompañada de lluvia y de truenos, que hubo de obligarles a correr para refugiarse en una caverna situada no lejos de allí, y en la cual encendieron lumbre para calentarse. Y al mismo tiempo encargaron al joven Hassib, hijo de Danial, que hiciese leños para alimentar el fuego.

Mientras Hassib, retirado en el fondo de la caverna, se ocupaba en partir madera, oyó de pronto resonar su hacha sobre el suelo con un ruido sonoro, como si en aquel sitio hubiese un espacio hueco bajo tierra. Empezó entonces a escarbar con los pies y puso a la vista una losa de mármol antiguo con una anilla de cobre.

Al ver aquello, llamó a sus compañeros, que acudieron y consiguieron levantar la losa de mármol. Y dejaron entonces al descubierto una cueva muy ancha y muy profunda, en la que se alineaba una cantidad innumerable de ollas que parecían viejas, y cuyo cuello estaba sellado cuidadosamente. Bajaron entonces por medio de cuerdas a Hassib al fondo de la cueva, para que viese el contenido de las ollas y las atase a las cuerdas con objeto de que las izaran a la caverna.

Cuando bajó a la cueva el joven Hassib, empezó por romper con su hacha el cuello de una de las ollas de barro y al punto vio salir de ella una miel amarilla de calidad excelente. Participó su descubrimiento a los leñadores, quienes, aunque un poco desencantados por encontrar miel donde esperaban dar con un tesoro de tiempos antiguos, se alegraron bastante al pensar en la ganancia que había de procurarles la venta de las innumerables ollas con su contenido. Izaron, una tras otra, todas las ollas, conforme las ataba el joven Hassib, cargándolas en sus asnos en vez de la leña, y sin querer sacar del subterráneo a su compañero, marcharon a la ciudad todos, diciéndose: "Si le sacáramos de la cueva, nos veríamos obligados a partir con él el provecho de la venta. ¡Además, es un bribón, cuya muerte será para nosotros preferible a su vida!"

Y se encaminaron, pues, al mercado con sus asnos y comisionaron a uno de los leñadores para que fuese a decir a la madre de Hassib: "Estando en la montaña, cuando estalló la tempestad sobre nosotros, el asno de tu hijo se dio a la fuga y obligó a tu hijo a correr detrás de él mientras los demás nos refugiábamos en una caverna. Quiso la mala suerte que de repente saliera de la selva un lobo y matara a tu hijo, devorándole con el asno. ¡Y no hemos encontrado otras huellas que un poco de sangre y algunos huesos!"

Al saber semejante noticia, la desgraciada madre y la pobre mujer de Hassib se abofetearon el rostro y cubriéronse con polvo la cabeza, llorando todas las lágrimas de su desesperación.

¡Pero he aquí lo que al joven Hassib le acaeció! Cuando vio que no le sacaban de la cueva, se puso a gritar y a suplicar, pero en vano, porque ya se habían marchado los leñadores, que habían resuelto dejarle morir sin socorrerle. Trató entonces de abrir en las paredes agujeros donde enganchar manos y pies; pero comprobó que las paredes eran de granito y resistían al acero del hacha. Entonces no tuvo límites su desesperación, e iba a lanzarse al fondo de la cueva para dejarse morir allí, cuando de pronto vio salir de un intersticio de la pared de granito un rayo de luz. Se le ocurrió entonces la idea de meter por aquel intersticio la hoja del hacha, apalancando fuertemente. Y con gran sorpresa por su parte, pudo de tal modo descubrir una puerta, que se alzó poco a poco, mostrando una abertura lo bastante amplia para dar paso a un cuerpo de hombre.

Al ver aquello, no dudó un instante Hassib, penetrando por la abertura, y se encontró en una larga galería subterránea, de cuya extremidad venía la luz. Durante una hora estuvo recorriendo la tal galería y llegó ante una puerta considerable de acero negro, con cerradura de plata y llave de oro. Abrió aquella puerta y de repente hallóse al aire libre, en la orilla de un lago, al pie de una colina de esmeralda. En el borde del lago vio un trono de oro resplandeciente de pedrerías, y a su alrededor, reflejándose en el agua, sillones de oro, de plata, de esmeralda, de cristal, de acero, de madera de ébano y de sándalo blanco.

Y vio avanzar una larga fila de personas que se desplegaban hacia el lago, deslizándose más que caminando, y no pudo distinguirlas a causa de la distancia. Cuando estuvieron más cerca, vio que eran mujeres de belleza admirable, pero cuya extremidad inferior terminaba como el cuerpo alargado y reptador de las serpientes. Su voz era muy agradable, y cantaban en griego loas a una reina que él no veía. Pero en seguida apareció detrás de la colina un cuadro formado por cuatro mujeres serpentinas, que llevaban en sus brazos, alzados por encima de su cabeza, un gran azafate lleno de oro, en el que se mostraba la reina sonriente y llena de gracia. Y se sentó en el trono de oro. Y las otras en los sillones, entonando un himno en lengua griega, mientras sonaban los címbalos.

Cuando acabaron su canto, la reina, que había notado la presencia de Hassib, volvió la cabeza gentilmente hacia él y le hizo una seña para animarle a que se aproximara. Muy emocionado, se aproximó Hassib, y la reina le invitó a sentarse, y le dijo: "¡Bien venido seas a mi reino subterráneo, oh, joven a quien el destino propicio condujo hasta aquí! Ahuyente de ti todo temor y dime tu nombre, porque soy la reina Yamlika, princesa subterránea. Y todas estas mujeres serpentinas son súbditas mías. Habla, pues, y dime quién eres y cómo pudiste llegar hasta este lago, que es mi residencia de invierno y el sitio donde vengo a pasar algunos meses cada año, dejando mi residencia veraniega del monte Cáucaso."

Al oír estas palabras, el joven Hassib, tras besar la tierra entre las manos de la reina Yamlika, se sentó a su diestra en un sillón de esmeralda, y dijo: "Me llamo Hassib y soy hijo del difunto Danial, el sabio. Mi oficio es el de leñador, aunque hubiese podido llegar a ser mercader entre los hijos de los hombres, o hasta un gran sabio. ¡Pero preferí respirar el aire de las selvas y montañas, pensando que habría siempre tiempo para encerrarse, después de la muerte, entre las cuatro paredes de la tumba!" Luego contó con detalles lo que le había ocurrido con los leñadores, y cómo, por efecto del azar, pudo penetrar en aquel reino subterráneo.

El discurso del joven Hassib complació mucho a la reina Yamlika, que le dijo: "¡Dado el tiempo que estuviste abandonado en la fosa, debes tener bastante hambre y bastante sed, Hassib!" E hizo cierta seña a una de sus damas, la cual se deslizó hasta el joven llevando en su cabeza una bandeja de oro llena de uvas, granadas, manzanas, alfónsigos, avellanas, nueces, higos frescos y plátanos. Luego, cuando hubo él comido y aplacado su hambre, bebió un sorbete delicioso contenido en una copa tallada en un rubí. Entonces se alejó con la bandeja la que le había servido y, dirigiéndose a Hassib, le dijo la reina Yamlika: "Ahora, Hassib, puedes estar seguro de que mientras dure tu estancia en mi reino no te sucederá nada desagradable. Si tienes, pues, intención de quedarte con nosotras a orillas de este lago y a la sombra de estas montañas una semana o dos, para hacerte pasar mejor el tiempo te contaré una historia que servirá para instruirte cuando estés de regreso en el país de los hombres."

Y entre la atención de las doce mil mujeres serpentinas sentadas en los sillones de esmeralda y de oro, la reina Yamlika, princesa subterránea, contó en lengua griega lo siguiente al joven Hassib, hijo de Danial, el sabio:

"Has de saber, ¡oh, Massib!, que en el reino de Bani-Israil había un rey muy prudente que en el lecho de muerte llamó a su hijo, heredero del trono, y le dijo:

'¡Oh, hijo Belukia, te recomiendo que cuando tomes posesión del poder hagas por ti mismo inventario de cuantas cosas hay en este palacio, sin que dejes de examinar nada con la mayor atención!'

Entonces, el primer cuidado del joven Belukia al convertirse en rey fue pasar revista a los efectos y tesoros de su padre, y recorrer las diferentes salas que servían de almacén a todas las cosas preciosas acumuladas en el palacio. De este modo llegó a una sala retirada, en la que halló una arquilla de madera de ébano colocada encima de una columnata de mármol blanco que se elevaba en medio de la habitación. Belukia apresuróse a abrir la arquilla de ébano y encontró dentro de ella un cofrecillo de oro. Abrió el cofrecillo de oro y vio un rollo de pergamino, que desplegó al punto. Y decía en lengua griega:

Quien desee llegar a ser dueño y soberano de los hombres, de los genios, de las aves y de los animales, no tendrá más que encontrar el anillo que el profeta Soleimán lleva al dedo en la isla de los Siete Mares que le sirve de sepultura. Ese anillo mágico es el que Adán, padre del hombre, llevaba al dedo en el paraíso antes de su pecado, y que se lo quitó el ángel Gobrail, donándoselo al prudente Soleimán más tarde. Pero ningún navío podría intentar surcar los piélagos y llegar a esa isla situada allende los Siete Mares. Sólo llevará a cabo esta empresa quien encuentre el vegetal con cuyo jugo basta frotar la planta de los pies para poder caminar por la superficie del mar. Ese vegetal se encuentra en el reino subterráneo de la reina Yamlika. Y únicamente esta princesa sabe el lugar donde crece tal planta; porque conoce el lenguaje de las plantas y las flores todas, y no ignora ninguna de sus virtudes.

Cuando hubo leído este pergamino, el príncipe Belukia convocó a los sacerdotes y les preguntó si había alguno capaz de enseñarle el camino que conducía al reino subterráneo de la princesa Yamlika. Todos los circunstantes le indicaron entonces con el dedo al sabio Offán, que se encontraba en medio de ellos. Y el sabio Offán era un venerable anciano que había profundizado en todas las ciencias conocidas y poseía los misterios de la magia, las llaves de la astronomía y de la geometría, y todos los arcanos de la alquimia y de la hechicería.

Entonces el joven rey Belukia nombró a su visir para que le sustituyera en la dirección de los asuntos del reino mientras durase su ausencia, se despojó de sus atributos reales, vistióse con la capa del peregrino y se puso un calzado de viaje. Tras lo cual, seguido por el sabio Offán, salió de su palacio y de su ciudad y se adentró en el desierto.

Sólo entonces le dijo el sabio Offán: '¡Este es el lugar propicio para hacer los conjuros que deben enseñarnos el camino!' Se detuvieron, pues, y Offán trazó sobre la arena, en torno suyo, el círculo mágico, hizo los conjuros rituales, y no dejó de descubrir por aquel lado el sitio en que se hallaba la entrada a mi reino subterráneo. Hizo entonces todavía algunos otros conjuros y se entreabrió la tierra, y les dio paso a ambos hasta el lago que tienes delante de los ojos, ¡oh, Hassib!

Yo les acogí con todas las consideraciones que guardo para quien viene a visitar mi reino. Entonces me expusieron ellos el objeto de su visita y al punto me hice llevar en mi azafate de oro sobre la cabeza de las que me transportan, y les conduje a la cumbre de esa colina de esmeralda, donde a mi paso plantas y flores rompen a hablar cada cual en su lenguaje.

Dije a mis dos visitantes entonces: '¡He aquí delante de vosotros la planta que buscáis!' Y al punto cortó Offán cuantas plantas de esas quiso, maceró los brotes y recogió el jugo en un frasco grande que le di.

Pensé entonces en interrogar a Offán, y le dije: '¡Oh, sabio Offán, ¿puedes decirme el motivo que a ambos os impulsa a surcar los mares?' Me contestó: '¡Oh, reina, es para ir a la isla de los Siete Mares a buscar el anillo mágico de Soleimán, señor de los genn, de los hombres, de los animales y de las aves!' Yo le dije: '¿Cómo no sabes, ¡oh sabio!, que nadie que no sea Soleimán, haga lo que haga, podrá apropiarse de ese anillo? ¡Créeme, Offán, y tú también, oh, joven rey Belukia! ¡Escúchame! Abandonad ese proyecto temerario, ese proyecto insensato de recorrer los mares de la creación para ir en busca de ese anillo que no poseerá nadie. ¡Mejor es que cojáis aquí la planta que otorga una juventud eterna a quienes comen de ella!' Pero no quisieron escucharme y, despidiéndose de mí, desaparecieron por donde habían venido.

Cuando el joven Belukia y el sabio Offán me dejaron para ir a la isla situada allende los Siete Mares, donde se encuentra el cuerpo de Soleimán, llegaron a la orilla del Primer Mar, se sentaron allí en tierra y empezaron por frotarse enérgicamente la planta de los pies y los tobillos con el jugo que habían recogido en el frasco. Luego se levantaron y, con mucha precaución al principio, se aventuraron por el mar. Pero cuando comprobaron que podían marchar por el agua sin temor a ahogarse, y aún mejor que en tierra firme, se animaron y se pusieron en camino muy deprisa para no perder tiempo. De ese modo anduvieron por aquel mar durante tres días y tres noches, y a la mañana del cuarto día arribaron a una isla que les pareció el Paraíso; la tierra era de azafrán dorado; las piedras eran de jade y de rubíes; praderas en cuadros de flores exquisitas con corolas ondulantes bajo la brisa que embalsamaban, casándose las sonrisas de las rosas con las tiernas miradas de los narcisos, conviviendo los lirios con los claveles, las violetas, la manzanilla y las anémonas, y triscando ligeras entre las líneas blancas de jazmines las gacelas saltarinas; las frondas de los áloes y de otros árboles de grandes flores refulgentes susurraban con todas sus ramas, desde las que arrullaban las tórtolas en respuesta al murmullo de los arroyos, y con voz conmovida cantaban los ruiseñores a las rosas su martirio amoroso, mientras las rosas escuchábanles atentamente; aquí, los manantiales melodiosos se ocultaban bajo cañaverales de azúcar, únicas cañas que en el paraje había; allá, la tierra natural mostraba sin esfuerzo sus riquezas jóvenes y respiraba en medio de su primavera.

Así es que el rey Belukia y Offán se pasearon hasta la noche muy satisfechos en la sombra de los bosquecillos, contemplando aquellas maravillas que les llenaban de delicias el alma. Luego, cuando cayó la noche, se subieron a un árbol para dormir en él, y ya iban a cerrar los ojos, cuando de pronto retembló la isla con un formidable bramido que la conmovió hasta sus cimientos, y vieron salir de las olas del mar a un animal monstruoso que tenía en sus fauces una piedra brillante como una antorcha, e inmediatamente detrás de él, una multitud de monstruos marinos, cada cual con una piedra luminosa en sus fauces. Así es que la isla quedó en seguida tan clara como en pleno día con todas aquellas piedras. En el mismo momento, y de todos lados a la vez, llegaron leones, tigres y leopardos en tal cantidad que sólo Alah habría podido contarlos. Y los animales de la tierra encontráronse en la playa con los animales marinos y se pusieron a charlar y a conversar entre sí hasta la mañana. Entonces volvieron al mar los monstruos marinos y las fieras se dispersaron por la selva. Y Belukia y Offán, que no habían podido cerrar los ojos en toda la noche a causa del miedo, se dieron prisa a bajar del árbol y correr a la playa, donde se frotaron los pies con el jugo de la planta para proseguir al punto su viaje marítimo.

Y viajaron por el Segundo Mar días y noches. Y al fin encontraron el Tercer Mar. Y llegaron a una isla. Lo primero que hicieron fue echarse para descansar.

Tras lo cual se levantaron con propósito de recorrer la isla, y la hallaron cubierta de árboles frutales. Pero aquellos árboles tenían la facultad maravillosa de que sus frutos crecían confitados en las ramas. Así es que disfrutaron extraordinariamente en aquella isla ambos viajeros, en especial Belukia, a quien gustaban muchísimo las frutas confitadas y todas las cosas almibaradas en general, y se pasó todo el día dedicado a su regalo.

Viajaron cuatro días y cuatro noches por este Cuarto Mar, y tomaron tierra en una isla que no era más que un banco de arena muy fina, de color blanco, donde anidaban reptiles de todas las formas, cuyos huevos se incubaban al sol. Como no advirtieron en aquella isla ningún árbol ni una sola brizna de hierba. no quisieron pararse allí más que el tiempo preciso para descansar y frotarse los pies con el jugo que contenía el frasco.

Por el Quinto Mar sólo viajaron un día y una noche, porque al amanecer vieron una islita cuyas montañas eran de cristal con anchas venas de oro, y estaban cubiertas de árboles asombrosos que tenían flores de un amarillo brillante. Al caer la noche estas flores refulgían como astros, y su resplandor, reflejado por las rocas de cristal, iluminó la isla y la dejó más brillante que en pleno día.

Y viajaron por el Sexto Mar el tiempo suficiente para experimentar un placer grande al llegar a una isla cubierta de hermosísima vegetación, en la cual pudieron disfrutar de algún reposo sentados en la playa. Se levantaron luego y comenzaron a pasearse por la isla. ¡Pero cuál no sería su espanto al ver que los árboles ostentaban, a manera de frutos, cabezas humanas sostenidas por los cabellos! No tenían la misma expresión todas aquellas frutas en forma de cabeza humana: sonreían unas, lloraban o reían otras, mientras que las que habían caído de los árboles rodaban por el polvo y acababan por transformarse en globos de fuego que alumbraban la selva y hacían palidecer la luz del sol. Y no pudieron por menos de pensar ambos viajeros: '¡Qué selva más singular!' Pero no se atrevieron a acercarse a aquellas frutas extrañas y prefirieron volver a la playa. Y he aquí que a la caída de la tarde se sentaron detrás de una roca, y vieron de repente salir del agua y avanzar por la playa doce hijas del mar, de una belleza sin par, y con el cuello ceñido por un collar de perlas, quienes se pusieron a bailar en corro, saltando y dedicándose a jugar entre ellas con mil juegos locos durante una hora. Tras lo cual se pusieron a cantar a la luz de la Luna, y se alejaron a nado por el agua.

Su viaje por este Séptimo Mar fue de muy larga duración, porque estuvieron andando dos meses de día y de noche, sin encontrar en su camino tierra alguna. Y para no morirse de hambre se vieron obligados a coger rápidamente los peces que de cuando en cuando salían a la superficie del agua, comiéndoselos crudos, tal y como estaban. Y empezaron a comprender a la sazón cuán prudentes eran los consejos que les di y a lamentarse por no haberlos seguido. Acabaron, empero, por llegar a una isla que supusieron era la isla de los Siete Mares, donde debía encontrarse el cuerpo de Soleimán con el anillo mágico en uno de sus dedos.

Halláronse con que la isla de los Siete Mares estaba cubierta de hermosísimos árboles frutales y regada por numerosos caudales de agua. Y como tenían bastante gana y la garganta seca a causa del tiempo que se vieron reducidos a no tomar por todo alimento más que peces crudos, se acercaron con extremado gusto a un gran manzano de ramas llenas de racimos de manzanas maduras. Belukia tendió la mano y quiso coger de aquellos frutos; pero en seguida se hizo oír dentro del árbol una voz terrible que les gritó a ambos: '¡Como toquéis estas frutas seréis partidos en dos!' Y en el mismo instante apareció enfrente de ellos un enorme gigante de una altura de cuarenta brazos, según medida de aquel tiempo.

A estas palabras, Belukia y Offán se apresuraron a abandonar aquel paraje, y avanzaron hacia el interior de la isla. Buscaron otras frutas y se las comieron; luego se pusieron en busca del lugar donde pudiera encontrarse el cuerpo de Soleimán.

Después de caminar sin rumbo por la isla durante un día y una noche, llegaron a una colina cuyas rocas eran de ámbar amarillo y de almizcle, y en cuyas laderas se abría una gruta magnífica con bóveda y paredes de diamantes. Como estaba tan bien alumbrada, cual a pleno sol, se aventuraron bastante en sus profundidades y, a medida que avanzaban, veían aumentar la claridad y ensancharse la bóveda. Así anduvieron maravillándose de aquello, y empezaban a preguntarse si tendría fin la gruta, cuando de repente llegaron a una sala inmensa, tallada de diamante, que ostentaba en medio un gran lecho de oro macizo, en el cual aparecía tendido Soleimán ben-Daúd, a quien podía reconocerse por su manto verde adornado de perlas y pedrerías, y por el anillo mágico que ceñía un dedo de su mano derecha, lanzando resplandores ante los que palidecía el brillo de la sala de diamantes. La mano que tenía el anillo en el dedo meñique descansaba sobre su pecho, y la otra mano, extendida, sostenía el cetro áureo de ojos de esmeralda.

Al ver aquello, Belukia y Offán se sintieron poseídos por un gran respeto y no osaron avanzar. Pero en seguida dijo Offán a Belukia: 'Ya que afrontamos tantos peligros y experimentamos tantas fatigas, no vamos a retroceder ahora que hemos alcanzado lo que perseguíamos. Yo me adelantaré solo hacia ese trono donde duerme el Profeta, y por tu parte pronunciarás tú las fórmulas conjuratorias que te enseñé y que son necesarias para hacer escurrir el anillo por el dedo rígido.'

Entonces comenzó Belukia a pronunciar las fórmulas conjuratorias y Offán se acercó al trono y tendió la mano para llevarse el anillo. Pero, en su emoción, Belukia había pronunciado al revés las palabras mágicas y tal error resultó fatal para Offán, porque en seguida le cayó desde el techo una gota de diamante líquido, que le inflamó por entero y en unos instantes le dejó reducido a un montoncillo de cenizas al pie del trono de Soleimán.

Cuando Belukia vio el castigo infligido a Offán por su tentativa sacrílega, se dio prisa en ponerse a salvo, cruzando la gruta y llegando a la salida para correr directamente al mar. Allí quiso frotarse los pies y marcharse de la isla, pero vio que ya no podía hacerlo porque se había abrasado Offán y con él se consumió el frasco milagroso.

Muy entristecido entonces, comprendió por fin toda la exactitud y realidad de las palabras que les dije anunciándoles las desgracias que en tal empresa les esperaban, y echó a andar sin rumbo por la isla, ignorando lo que sería de él entonces, que se hallaba completamente solo, sin que pudiese servirle nadie de guía.

Mientras andaba de este modo vio una gran polvareda de la que salía un estrépito que se hizo ensordecedor como el trueno, y oyó chocar lanzas y espadas detrás de ella, y un tumulto producido por galopes y gritos que nada tenían de humano; de repente vislumbró que de entre el polvo disipado salía un ejército entero de efrits, de genn, de mareds, de ghuls, de khotrobs, de saals, de baharis, en una palabra, de todas las especies de espíritus del aire, del mar, de la tierra, de los bosques, de las aguas y del desierto.

Tanto terror hubo de producirle este espectáculo, que ni siquiera pretendió moverse, y esperó allí hasta que el jefe de aquel ejército se adelantó hacia él y le preguntó: '¿Quién eres? ¿Y cómo te ingeniaste para poder llegar a esta isla, donde venimos todos los años a fin de vigilar la gruta en que duerme el dueño de todos nosotros, Soleimán ben-Daúd?' Belukia contestó: '¡Oh, jefe de los bravos! Yo soy Belukia, rey de los Beni-Israil. Me he perdido en el mar y tal es la razón de que me encuentre aquí. Mas permíteme que a mi vez te pregunte quién eres y quiénes son todos esos guerreros.' El otro contestó: 'Somos los genn, de la descendencia de Jan ben-Jan. ¡Ahora mismo veníamos del país donde reside nuestro rey, el poderoso Sàkhr, señor de la Tierra-Blanca en que antaño reinó Scheddad, hijo de Aad!' Belukia preguntó: 'Pero, ¿dónde está enclavada esa Tierra-Blanca en que reina el poderoso Sakhr?' El otro contestó: 'Detrás del monte Cáucaso, que se halla a una distancia de setenta y cinco meses de aquí, según medida humana. Pero nosotros podemos ir allá en un abrir y cerrar de ojos. ¡Si quieres, podemos llevarte con nosotros y presentarte a nuestro señor, ya que eres hijo de rey!' No dejó de aceptar Belukia, y al punto fue transportado por los genn a la residencia de su rey, el rey Sakhr.

Cuando estuvo en presencia del rey, Belukia comenzó por besar la tierra entre sus manos y le cumplimentó. Entonces, el rey Sakhr, con mucha benevolencia, le invitó a sentarse al lado suyo en un sillón de oro. Luego le pidió que le dijese su nombre y le contara su historia. Belukia le dijo quién era y le contó toda su historia desde el principio hasta el fin, sin omitir ningún detalle.

Al oír tal relato, el rey Sakhr y cuantos le rodeaban llegaron al límite del asombro. Luego, a una seña del rey, se extendió el mantel para el festín, y los genn de la servidumbre llevaron las bandejas y porcelanas. Las bandejas de oro contenían cincuenta camellos tiernos cocidos y otros cincuenta asados, mientras que las bandejas de plata contenían cincuenta cabezas de carnero, y las frutas, maravillosas de tamaño y calidad, aparecían dispuestas en fila y bien alineadas en las porcelanas. Y cuando estuvo todo listo, comieron y bebieron en abundancia.

Sólo entonces dijo el rey Sakhr a Belukia: 'Sin duda, ¡oh, Belukia!, ignoras nuestra historia y nuestro origen. Pues voy a decirte sobre ello algunas palabras, para que a tu regreso entre los hijos de los hombres puedas transmitir a las edades la verdad sobre tales cuestiones, todavía para ellos muy oscuras.

Y has de saber, pues, ¡oh, Belukia!, que en el principio de los tiempos Alah el Altísimo creó el fuego y lo guardó en el Globo en siete regiones diferentes, situadas una debajo de otra, cada cual a una distancia de mil años, según medida humana.

A la primera región del fuego la llamó Gehannam, y su espíritu la destinó a las criaturas rebeldes que no se arrepienten. A la segunda región la llamó Lazy, porque la construyó en forma de sima, y la destinó a todos aquellos que después de la venida futura del profeta Mohammed (¡con él la plegaria y la paz!) persistiesen en sus errores y sus tinieblas y rehusaran hacerse creyentes. Construyó luego la tercera región, y tras darle la forma de una caldera hirviente, la llamó El-Jahim, y encerró en ella a los demonios Goy y Magoy. Después de lo cual formó la cuarta región, la llamó Sair, e hizo de ella la vivienda de Eblis, jefe de los ángeles rebeldes, que se había negado a reconocer a Adán y saludarle, desobedeciendo así órdenes formales del Altísimo. Luego limitó la quinta región, la dio el nombre de Sakhar y la reservó para los impíos, para los embusteros y para los orgullosos. Hecho lo cual, abrió una caverna inmensa, la llenó de aire abrasado y pestilente, la llamó Hitmat y la destinó para las torturas de judíos y cristianos. En cuanto a la séptima, llamada Hawya, la reservó para meter allí a los judíos y cristianos que no cupiesen en la anterior, y a los que no fueran creyentes más que en apariencia. Estas dos últimas regiones son las más espantosas, mientras que la primera resulta muy soportable. Su estructura es bastante parecida. En Gehannam, la primera, por ejemplo, no se cuentan menos de setenta mil montañas de fuego, cada una de las cuales encierra setenta mil valles; cada valle comprende setenta mil ciudades; cada ciudad, setenta mil torres; cada torre, setenta mil casas, y cada casa, setenta mil bancos. Además, cada uno de estos bancos, cuyo número puede sacarse multiplicando todas estas cifras, contiene setenta mil torturas y suplicios diversos, de los que sólo Alah conoce la variedad, la intensidad y la duración. Y como esta región es la menos ardiente de las siete, puedes formarte una idea, ¡oh, Belukia!, de los tormentos guardados en las otras seis regiones.

Si te facilito este dato y estas explicaciones acerca del fuego, ¡oh, Belukia!, se debe a que los genn somos hijos del fuego.

Porque los dos primeros seres que del fuego creó Alah eran dos genn, de los cuales hizo Él su guardia particular, y a quienes llamó Khallit y Malliy. De ellos nacieron primeramente dragones, serpientes y escorpiones, con los que pobló las siete regiones, para suplicio de los condenados. Después nacieron siete varones y siete hembras, que crecieron en la obediencia. Cuando fueron mayores, uno de ellos, de conducta ejemplar, fue distinguido por el Altísimo, que le hizo jefe de sus cohortes. Su nombre era Eblis. Pero emancipado más tarde de su obediencia a Alah, hubo de precipitársele en la cuarta región con todos los que se unieron a él. Y Eblis y su descendencia poblaron de demonios machos y hembras el infierno. Los otros seis varones y las otras mujeres siguieron sumisos, uniéndose entre sí, y tuvieron por hijos a los genn, entre los cuales nos contamos.

Ahora, oh, Belukia, para que sea perfecta tu instrucción a tu regreso entre los hijos de los hombres, has de saber que a la tierra que habitamos la están refrescando siempre las nieves del monte Cáucaso, que la rodea cual un cinturón. De no ser así, no podría habitarse nuestra tierra por causa del fuego subterráneo. También está la tal constituida por siete pisos que gravitan sobre los hombros de un genni dotado de una fuerza maravillosa. Este genni está en pie encima de una roca que descansa a lomos de un toro; al toro lo sostiene un pez enorme, y el pez nada en la superficie del mar de la Eternidad.

El mar de la Eternidad tiene por lecho el piso superior del infierno, el cual, con sus siete regiones, está cogido, entre las fauces de una serpiente monstruosa que permanecerá quieta hasta el día del Juicio.

También debo decirte, para acabar tu instrucción a este respecto, que nuestra edad siempre es la misma; mientras sobre la tierra, a nuestro alrededor, la naturaleza y los hombres, y los seres creados, todos se encaminan invariablemente hacia la decrepitud, nosotros no envejecemos nunca. Esta virtud se la debemos a la fuente de vida donde bebemos, y de la que es guardián Khizr en la región de las tinieblas.

Y ahora, ¡oh, Belukia!, por haberme escuchado con tanta atención, te recompensaré haciendo que te saquen de aquí y te dejen a la entrada de tu país, siempre que lo desees.'

Al oír tales palabras, Belukia dio las gracias con efusión al rey Sakhr, jefe de los genn, por su hospitalidad, por sus lecciones y por su ofrecimiento, que aceptó en seguida. Se despidió, pues, del rey, de sus visires y de los demás genn, y se montó en los hombros de un efrit muy robusto, que en un abrir y cerrar de ojos le hizo atravesar el espacio y le depositó dulcemente en tierra conocida, cerca de las fronteras del país del joven.

Cuando Belukia se disponía a emprender el camino de su ciudad, una vez conocida la dirección que tenía que seguir, vio sentado entre dos tumbas y llorando con amargura a un joven de belleza perfecta, pero de tez pálida y aspecto muy triste. Se acercó a él, le saludó amistosamente y le dijo: '¡Oh, hermoso joven! ¿Por qué te veo llorando sentado entre estas dos tumbas? ¡Dime a qué obedece ese aire afligido, para que trate de consolarte!' El joven alzó hacia Belukia su mirada triste y le dijo con lágrimas en los ojos: '¿Para qué te detienes en tu camino, oh, viajero? ¡Deja correr mis lágrimas en la soledad sobre estas piedras de mi dolor!' Pero Belukia le dijo: '¡Oh, hermano de infortunio, sabe que poseo un corazón compasivo dispuesto a escucharte! ¡Puedes, pues, revelarme sin temor la causa de tu tristeza!' Y se sentó junto a él en el mármol, le cogió las manos con las suyas, y para animarle a hablar le contó su propia historia desde el principio hasta el fin. Luego, le dijo: '¿Y cuál es tu historia, oh, hermano mío? ¡Te ruego que me la cuentes cuanto antes, porque presiento que debe ser infinitamente atractiva!'

El joven de semblante dulce y triste que lloraba entre las dos tumbas dijo entonces al joven rey Belukia:

'Nací, ¡oh, hermano mío!, en el país de Kabul, donde reina mi padre, que es un rey muy grande y muy justiciero, y tiene bajo su soberanía a siete reyes tributarios, de los cuales cada uno es señor de cien ciudades y de cien fortalezas. Manda, además, mi padre, en cien mil jinetes valerosos y en cien mil bravos guerreros. En cuanto a mi madre, es la hija del rey Bahrawán, soberano del Khorassán. Mi nombre es Janschah.

Desde mi infancia hizo mi padre que se me instruyera en las ciencias, en las artes y en los ejercicios corporales, de modo que a la edad de quince años me contaba yo entre los mejores jinetes del reino y dirigía las cacerías y las carreras montando en mi caballo, más veloz que el antílope.

Un día entre los días, durante una cacería en la que se encontraban mi padre el rey y todos sus oficiales, después de estar tres días en las selvas y de matar muchas liebres, a la caída de la tarde vi aparecer, a algunos pasos del lugar en que me hallaba con siete de mis mamalik, una gacela de elegancia extremada. Al advertirnos, ella se asustó y huyó saltando con toda su ligereza. Entonces yo, seguido por mis mamalik, la perseguí durante varias horas; de tal suerte llegamos a un río muy ancho y muy profundo, donde creíamos que podríamos cercarla y apoderarnos de ella. Pero tras una corta vacilación, se tiró al agua y empezó a nadar para alcanzar la otra orilla. Y nosotros nos apeamos vivamente de nuestros caballos, los confiamos a uno de los nuestros, nos abalanzamos a una barca de pesca que estaba amarrada allí y maniobramos con rapidez para dar alcance a la gacela. Pero cuando llegamos a la mitad del río, no pudimos dominar ya nuestra embarcación, que arrastraron a la deriva el viento y la poderosa corriente, en medio de la oscuridad que aumentaba, sin que nuestros esfuerzos pudiesen llevarnos por buen camino. Y de aquel modo fuimos arrastrados durante toda la noche con una rapidez asombrosa, creyendo estrellarnos a cada instante contra alguna roca a flor de agua o cualquier otro obstáculo que se alzase en nuestra ruta forzosa. Y aquella carrera aún duró todo el día y toda la noche siguientes. Y sólo al otro día por la mañana pudimos desembarcar al fin en una tierra a la que nos arrojó la corriente.

Después de un descanso empezamos a andar y nos encontramos con un hermoso manantial que corría bajo los árboles, y nos encontramos con un hombre que se refrescaba los pies en el agua, sentado tranquilamente. Le saludamos con cortesía y le preguntamos dónde estábamos. Pero, sin devolvernos el saludo, nos respondió el hombre con una voz semejante al graznido de un cuervo u otra ave. Luego se levantó de un salto, se partió en dos partes al hacer un movimiento, cortándose por la mitad, y corrió a nosotros con el tronco solamente, mientras su parte inferior corría en dirección distinta. Y en el mismo momento surgieron de todos los puntos de la selva otros hombres semejantes a aquél, los cuales corrieron a la fuente, se partieron en dos partes con un movimiento de retroceso y se abalanzaron a nosotros con su tronco solamente. Arrojáronse entonces sobre los tres de mis mamalik más próximos a ellos y se pusieron al punto a devorarlos vivos, mientras que yo y mis otros mamalik nos lanzamos a nuestra barca, y prefiriendo mil veces ser devorados por el agua que devorados por aquellos monstruos, nos dimos prisa a alejarnos de la orilla, dejándonos de nuevo llevar por la corriente.

Y llegamos a una tierra cubierta de árboles y jardines de flores encantadoras. Pero cuando amarramos nuestra barca, no quise echar pie a tierra, y encargué a mis tres mamalik que fuesen primero a inspeccionar el terreno. Así lo hicieron y, después de estar ausentes medio día, volvieron a contarme que habían recorrido una distancia grande, caminando de un lado a otro, sin encontrar nada sospechoso; más tarde habían visto un palacio de mármol blanco, cuyos pabellones eran de cristal puro, y en medio del cual aparecía un jardín magnífico con un lago soberbio; entraron en el palacio y vieron una sala inmensa, donde se alineaban sillones de marfil alrededor de un trono de oro enriquecido con diamantes y rubíes; pero no encontraron a nadie ni en los jardines ni en el palacio.

En vista de un relato tan tranquilizador, me decidí a salir de la barca y emprendí con ellos el camino del palacio. Empezamos por satisfacer nuestra hambre comiendo las frutas deliciosas de los árboles del jardín, y luego entramos a descansar en el palacio. Yo me senté en el trono de oro y mis mamalik en los sillones de marfil; aquel espectáculo hubo de recordarnos a mi padre el rey, a mi madre y al trono que perdí, y me eché a llorar, y mis mamalik también lloraron de emoción.

Cuando nos sumíamos en tan tristes recuerdos, oímos un gran ruido semejante al del mar, y en seguida vimos entrar en la sala donde nos hallábamos un cortejo formado por visires, emires, chambelanes y notables; pero pertenecientes todos a la especie de los monos. Los había entre ellos grandes y pequeños. Y creíamos que había llegado nuestro fin. Pero el gran visir de los monos, que pertenecía a la variedad más corpulenta, fue a inclinarse ante nosotros con las más evidentes muestras de respeto, y en lenguaje humano me dijo que él y todo el pueblo me reconocían como a su rey y nombraban jefes de su ejército a mis tres mamalik. Luego, tras de haber hecho que nos sirvieran de comer gacelas asadas, me invitó a pasar revista al ejército de mis súbditos, los monos, antes del combate que debíamos librar con sus antiguos enemigos los ghuls, que habitaban la comarca vecina.

Entonces, yo, como estaba muy fatigado, despedí al gran visir y a los demás, conservando en mi compañía sólo a mis tres mamalik. Después de discutir durante una hora acerca de nuestra nueva situación, resolvimos huir de aquel palacio y de aquella tierra cuanto antes, y nos dirigimos a nuestra embarcación; pero al llegar al río notamos que había desaparecido la barca, y nos vimos obligados a regresar al palacio, donde estuvimos durmiendo hasta la mañana.

Cuando nos despertamos, fue a saludarnos el gran visir de mis nuevos súbditos y me dijo que todo estaba dispuesto para el combate contra los ghuls. Y al mismo tiempo los demás visires llevaron a la puerta del palacio cuatro perros enormes que debían servirnos de cabalgadura a mí y a mis mamalik, y estaban embridados con cadenas de acero. Y nos vimos obligados yo y mis mamalik a montar en aquellos perros y tomar la delantera, en tanto que a nuestras espaldas, lanzando aullidos y gritos espantosos, nos seguía todo el ejército innumerable de mis súbditos monos capitaneados por mi gran visir.

Al cabo de un día y una noche de marcha, llegamos frente a una alta montaña negra, en la que se encontraban las guaridas de los ghuls, los cuales no tardaron en mostrarse. Los había de diferentes formas, a cual más espantable. Unos ostentaban cabeza de buey sobre un cuerpo de camello, otros parecían hienas, mientras otros tenían un aspecto indescriptible por lo horroroso, y no se asemejaban a nada conocido que permitiera establecer una comparación.

Cuando los ghuls nos vislumbraron, bajaron de la montaña y, parándose a cierta distancia, nos abrumaron con una lluvia de piedras. Mis súbditos respondieron del propio modo, y la refriega se hizo terrible por una y otra parte. Armados con nuestros arcos, yo y mis mamalik disparamos a los ghuls una gran cantidad de flechas, que mataron a un gran número, para júbilo de mis súbditos, a quienes aquel espectáculo llenó de ardor. Así es que acabamos por lograr la victoria y nos pusimos a perseguir ghuls.

Entonces, yo y mis mamalik determinamos aprovecharnos del desorden de aquella retirada y, montados en nuestros perros, escapar de mis súbditos los monos, poniéndonos en fuga por el lado opuesto, sin que se diesen ellos cuenta; así que a galope tendido desaparecimos de su vista.

Después de correr mucho, nos detuvimos para dar un respiro a nuestras cabalgaduras, y vimos enfrente de nosotros una roca grande y dos caminos que nos hicieron dudar. Tiramos por el de la izquierda y, ya llevábamos una jornada de marcha, cuando sentimos temblar el suelo bajo nuestros pies y al punto vimos aparecer detrás de nosotros a mis súbditos los monos, que llegaban a toda velocidad con el gran visir a la cabeza. Cuando nos dieron alcance, nos rodearon por todos lados, lanzando aullidos de alegría por habernos encontrado, y el gran visir se hizo intérprete de todos pronunciando una arenga para cumplimentarnos por haber salido con bien.

Aquel encuentro nos contrarió mucho, aunque tuvimos cuidado de ocultarlo, e íbamos a emprender de nuevo con mis súbditos el camino de palacio, cuando del valle que en aquel momento atravesábamos vimos salir un ejército de hormigas, cada una de las cuales tenía la corpulencia de un perro. Y en un abrir y cerrar de ojos comenzó una pelea espantable entre mis súbditos y las hormigas monstruosas, cogiendo con sus patas a los monos y partiéndolos en dos de un golpe, y abalanzándose de diez en diez los monos contra cada hormiga para poder matarla.

En cuanto a nosotros, quisimos aprovecharnos del combate para huir a lomos de nuestros perros; pero desgraciadamente fui yo el único que pude escaparme, porque las hormigas advirtieron a mis tres mamalik y se apoderaron de ellos, partiéndolos en dos con sus garras formidables.

Cuando me desperté, eché a andar durante días y días, comiendo plantas y raíces, hasta llegar a la montaña consabida, al pie de la cual vi, efectivamente, una gran ciudad, que era la Ciudad de los Judíos, y me encaminé entonces hacia la primera casa que encontré en mi camino, abrí la puerta y penetré en ella. Me hallé entonces en una sala donde estaban sentados en corro muchos personajes de aspecto venerable. Entonces, animado por la bondad de sus rostros, me acerqué a ellos respetuosamente y, después del saludo, les dije: 'Soy Janschah, hijo del rey Tigmos, señor de Kabul y jefe de los Bani-Schalán. Os ruego, ¡oh, mis señores!, que me digáis a qué distancia estoy de mi país y qué camino debo tomar para llegar a él. ¡Además, tengo hambre!' Entonces me miraron sin contestarme cuantos estaban sentados allí, y el que parecía ser su jeque me dijo por señas solamente y sin pronunciar una palabra: '¡Come y bebe, pero no hables!' Y me mostró una bandeja de manjares asombrosos, que por cierto jamás había yo visto, y que estaban guisados con aceite, a juzgar por el olor.

Después, siempre sin hablar, le saludé por señas y salí a la calle, asombrándome en extremo de sus maneras extrañas. Ya en la calle intentaba orientarme, cuando por fin oí a un pregonero público que decía a voces: '¡Quien quiera ganarse mil monedas de oro y poseer una esclava joven de belleza sin igual, que venga conmigo, para efectuar un trabajo de una hora!' Como yo estaba en la penuria, me acerqué al pregonero y le dije: '¡Acepto el trabajo, y al mismo tiempo los mil dinares y la esclava joven!' Entonces me cogió de la mano y me llevó a una casa amueblada muy ricamente, en la que estaba sentado en un sillón de ébano un judío viejo, que me recibió amablemente, ordenando que me dieran de comer y de beber y cumpliendo después su compromiso sin exigirme nada, y así pasé tres días, y a la mañana del cuarto me llamó el anciano y me dijo: '¿Estás dispuesto a realizar el trabajo que aceptaste y te he pagado?' Y respondí que estaba dispuesto, aun sin saber de lo que se trataba.

Entonces el viejo judío ordenó a sus esclavos que enjaezaran y llevaran dos mulas, y los esclavos llevaron dos mulas enjaezadas. Montó en una él y yo en otra, y me dijo que le siguiera. Íbamos a buen paso, y de tal suerte caminamos hasta mediodía, hora en la que llegamos al pie de una alta montaña cortada a pico, y en cuyas laderas no se veía ningún sendero por donde pudiese aventurarse un hombre o una cabalgadura cualquiera. Echamos pie a tierra, y el viejo judío me tendió un cuchillo, diciéndome: '¡Clávalo en el vientre de tu mula! ¡Ha llegado el momento de empezar a trabajar!' Yo obedecí y clavé el cuchillo en el vientre de la mula, que no tardó en sucumbir; luego, por orden del judío, desollé al animal y limpié la piel. Entonces mi interlocutor me dijo: 'Tienes que echarte ahora encima de esa piel, para que yo la cosa contigo dentro como si estuvieras en un saco.' Y obedecí asimismo, y me eché encima de la piel, la cual cosió el anciano cuidadosamente conmigo dentro; luego me dijo: '¡Escucha bien mis palabras! De un instante a otro se arrojará sobre ti un pájaro enorme y te cogerá para llevarte a su nido, que está situado en la cima de esta montaña escarpada. Ten mucho cuidado de no moverte cuando te sientas transportado por los aires, porque te soltaría el pájaro y te estrellarías al caer al suelo; pero cuando te haya dejado en la montaña, corta la piel con el cuchillo que te di y sal del saco. El pájaro se asustará y no te hará nada. Entonces has de recoger las piedras preciosas de que está cubierta la cima de esta montaña y me las arrojas. Hecho lo cual, bajarás a reunirte conmigo.'

Y he aquí que apenas había acabado de hablar el viejo judío, me sentí transportado por los aires, y al cabo de algunos instantes me dejaron en el suelo. Entonces corté con mi cuchillo el saco y asomé por la abertura mi cabeza. Aquello asustó al pájaro monstruoso, que huyó volando a toda prisa. Yo me puse entonces a recoger rubíes, esmeraldas y demás piedras preciosas que cubrían el suelo y se las arrojé al viejo judío. Pero cuando quise bajar advertí que no había ni un sendero donde poner el pie y vi que el viejo judío montaba en su mula, después de recoger las piedras, y se alejaba rápidamente hasta desaparecer de mi vista.

Entonces, en el límite de la desesperación, lloré mi destino y, pensando hacia qué lado me convendría más encaminarme, eché a andar todo derecho delante de mí y a la ventura, errando de tal suerte dos meses hasta llegar al final de la cadena de montañas, a la entrada de un valle magnífico, en el que los arroyos, los árboles y las flores glorificaban al Creador entre gorjeos de pájaros. Allí vi un inmenso palacio que se elevaba a gran altura por los aires y hacia el cual me encaminé. Llegué a la puerta, donde hallé sentado en el banco del zaguán a un anciano cuyo rostro brillaba de luz. Tenía en la mano un cetro de rubíes y llevaba en la cabeza una corona de diamantes. Le saludé, me devolvió el saludo con amabilidad y me dijo: '¡Siéntate junto a mí, hijo mío!' Y cuando me senté, me preguntó: '¿De dónde vienes a esta tierra que nunca holló la planta de un adamita? ¿Y adónde te propones ir?' Por toda respuesta estallé en sollozos, y se diría que me iba a ahogar el llanto. Entonces me dijo el anciano: 'Cesa de llorar así, hijo mío, porque me encoges el corazón. Ten valor y empieza por reanimarte comiendo y bebiendo.' Y me introdujo en una vasta sala, dándome de comer y de beber. Y cuando me vio en mejor estado de ánimo, me rogó que le contase mi historia, y satisfice su deseo, y a mi vez le rogué que me dijese quién era y a quién pertenecía aquel palacio. Me contestó: 'Sabe, hijo mío, que este palacio fue construido antaño por nuestro señor Soleimán, de quien soy representante para gobernar a las aves. Cada año vienen aquí a rendirme pleitesía todas las aves de la Tierra. Si deseas regresar a tu país, te recomendaré a ellas la primera vez que vengan a recibir órdenes mías, y te transportarán a tu país. En tanto, para matar el tiempo hasta que lleguen, puedes circular por todo este inmenso palacio y puedes entrar en todas las salas, con excepción de una sola, la que se abre con la llave de oro que ves entre todas estas llaves que te doy.' Y el anciano gobernador de las aves me entregó las llaves y me dejó en completa libertad.

Empecé por visitar las salas que daban al patio principal del palacio; luego penetré en las otras estancias, que estaban todas arregladas para que sirvieran de jaulas a las aves, y de tal suerte llegué ante la puerta que se abría con la llave de oro, mirándola, sin osar ni tocarla con la mano en vista de la prohibición que me hizo el anciano; pero al cabo no pude resistir a la tentación que colmaba mi alma, metí la llave de oro en la cerradura, abrí la puerta y, presa del temor, penetré en el lugar prohibido.

Primero vi, en medio de un pabellón con el piso incrustado de pedrerías de todos colores, un estanque de plata rodeado de pájaros de oro que echaban agua por el pico, con un ruido tan maravilloso que creí oír los trinos de cada uno de ellos resonar melodiosamente contra las paredes de plata. Había en torno al estanque, divididos por clases, cuadros de flores de suaves perfumes que casaban sus colores con los de las frutas de que estaban cargados los árboles que esparcían sobre el agua su frescura asombrosa.

Me detuve extático ante cosas tan sencillas nacidas de la unión pura de los elementos y vi que se adelantaban hacia el estanque, sacudiendo sus plumas blancas, tres elegantes palomas que iban a darse un baño. Saltaron con gracia el ancho borde del estanque de plata y, después de abrazarse y hacerse mil caricias encantadoras, ¡oh, mis ojos maravillados!, las vi arrojar lejos de sí su virginal manto de plumas y aparecer en una desnudez de jazmín, con el aspecto de tres jóvenes bellas como lunas. Y al punto se sumergieron en el estanque para entregarse a mil juegos y mil locuras, ora desapareciendo, ora reapareciendo entre remolinos brillantes, para volver a desaparecer riendo a carcajadas, mientras sólo sus cabelleras flotaban sobre el agua, sueltas en un vuelo de llama.

Ante tal espectáculo, ¡oh, hermano Belukia!, sentí que mi corazón nadaba en mi cerebro y trataba de abandonarlo. Y como no podía contener mi emoción, corrí enloquecido hacia el estanque y grité: '¡Oh, jóvenes; oh, lunas; oh, soberanas!'

Cuando me vislumbraron las jóvenes lanzaron un grito de terror y, saliendo del agua con ligereza, corrieron a coger sus mantos de plumas, que echaron sobre su desnudez, y volaron al árbol más alto entre los que daban sombra a la pila, y se echaron a reír mirándome.

Entonces me acerqué al árbol, levanté hacia ellas los ojos y les dije: '¡Oh, soberanas, os ruego que me digáis quiénes sois! ¡Yo soy Janschah, hijo del rey Tigmos, soberano de Kabul y jefe de los Banischalán!' Entonces la más joven de las tres, precisamente aquella cuyos encantos habíanme impresionado más, me dijo: 'Somos las hijas del rey Nassr, que habita en el palacio de los diamantes. Venimos aquí para dar un paseo y con el solo fin de distraernos.' Dije: 'En ese caso, ¡oh, mi señora!, ten compasión de mí y baja a completar el juego conmigo.' Ella me dijo: '¿Y desde cuándo pueden las jóvenes jugar con los jóvenes, oh, Janschah? ¡Pero si deseas absolutamente conocerme mejor, no tienes más que seguirme al palacio de mi padre!' Y dicho esto emprendió el vuelo con sus dos hermanas hasta que la perdí de vista.

Al no poder seguirlas, desesperado, caí al suelo como desmayado. Al volver en mí estaba a mi lado el anciano, que me reprendió por mi desobediencia. Yo le dije que quería morir si no volvía a ver a la joven que me había hablado. Y él me tendió la mano, me levantó y me dijo: 'Veo que tu corazón está consumido de pasión por la joven, y voy a indicarte el medio de que vuelvas a verla. Te ocultas pacientemente y espera el regreso de las palomas. Las dejas desnudarse y meterse en el estanque y entonces te precipitas sobre sus mantos de plumas y te apoderas de ellos. Verás cómo ellas se acercan a ti y te hacen mil caricias y te suplicarán las devuelvas sus plumas. Pero no te dejes conmover, porque entonces acabarán para siempre para ti. Y las dirás: Os daré vuestros mantos, pero así que venga el jeque. Y, efectivamente, las entretienes con galanterías hasta que yo llegue.'

Al oír estas palabras, di muchas gracias al venerable gobernador de las aves y en seguida corrí a ocultarme detrás de los árboles, en tanto que se retiraba él a su pabellón para recibir a sus súbditos.

Esperé bastante tiempo la llegada de las palomas. Pero al fin aparecieron y se posaron al borde del estanque, quitándose el manto de plumas. Y todo ocurrió como el jeque había dicho.

Cuando apareció todos nos levantamos en su honor, nos adelantamos a recibirle y le besamos las manos respetuosamente. Nos rogó él entonces que nos sentáramos y, encarándose con la amable Schamsa, le dijo: 'Estoy encantado, hija mía, de la elección que has hecho correspondiendo a este joven que te ama con locura. ¡Porque has de saber que pertenece a un linaje ilustre! Su padre es el rey Tigmos, señor del Afganistán. ¡Harás bien, pues, al aceptar esa alianza y al decidir igualmente a tu padre el rey Nassr para que otorgue su consentimiento!' Ella contestó: '¡Escucho y obedezco!' Entonces le dijo el jeque: 'Si verdaderamente aceptas esa alianza, ¡júrame y prométeme ser fiel a tu esposo y no abandonarle nunca!' Y la bella Schamsa se levantó al punto y prestó el consabido juramento entre las manos del venerable jeque. Entonces nos dijo él: 'Demos gracias al Altísimo por vuestra unión, hijos míos. ¡Y ya podéis ser dichosos! ¡He aquí que invoco la bendición para vosotros! Ahora podéis amaros libremente. ¡Y tú, Janschah, devuélvele su manto, pues no ha de dejarte!' Y dichas estas palabras, el jeque nos introdujo en una sala, donde había colchones cubiertos con tapices y también fuentes llenas de hermosas frutas y otras cosas exquisitas.

Por la mañana fue Schamsa quien se puso primero en pie. Vistióse con su manto de plumas, me despertó, me besó entre los dos ojos y me dijo: 'Ya es hora de que vayamos al palacio de los diamantes a ver a mi padre el rey Nassr. ¡Vístete, pues, cuanto antes!' Obedecí en seguida y, cuando estuve dispuesto, fuimos a besar las manos del jeque gobernador de las aves y le dimos muchas gracias. Entonces me dijo Schamsa: '¡Ahora súbete en mis hombros y sostente bien, porque el viaje será un poco largo, aunque me propongo hacerlo a toda velocidad!'

El rey Nassr, padre de Schamsa y señor de los genn, experimentó una inmensa alegría al verme; me cogió en brazos y me oprimió contra su pecho. Luego ordenó que me vistieran con un magnífico ropón de honor, me puso en la cabeza una corona tallada en un solo diamante, me condujo después a presencia de la reina, madre de mi esposa, la cual reina me manifestó su júbilo y felicitó a su hija por la elección que de mi persona hizo. Y regaló más tarde a su hija una cantidad enorme de pedrerías, pues el palacio estaba lleno de ellas, y ordenó que a ambos nos llevaran al hammam, en donde nos lavaron y perfumaron con agua de rosas, almizcle, ámbar y aceites aromáticos, que nos refrescaron maravillosamente. Tras lo cual se dieron en honor nuestros festines que duraron treinta días y treinta noches consecutivas.

Entonces manifesté mis deseos de presentar a mi vez a mi esposa a mis padres en mi país. Y aunque muy apenados por tener que separarse de su hija, el rey y la reina aprobaron mi proyecto, pero me hicieron prometer que todos los años iríamos a pasar con ellos una temporada.

Cuando mi padre y mi madre me vieron llegar después de una ausencia que les había hecho perder toda esperanza de encontrarme, y cuando contemplaron a mi esposa y supieron quién era y en qué circunstancias me casé con ella, llegaron al límite de la alegría, y lloraron mucho besándome y besando a mi muy amada Schamsa. Y tanto se conmovió mi pobre madre, que cayó desvanecida y no volvió en sí más que gracias al agua de rosas que llevaba en un frasco grande mi esposa Schamsa.

Después de todos los festines y todos los regocijos que se organizaron con motivo de nuestra llegada y de nuestros esponsales, mi padre preguntó a Schamsa: '¿Qué quieres que haga para agradarte, hija mía?' Y Schamsa, que tenía gustos muy modestos, contestó: '¡Oh, rey afortunado! Solamente anhelo tener para nosotros dos un pabellón en medio de un jardín regado por arroyos.' Y al punto dio mi padre el rey las órdenes necesarias, y al cabo de un corto espacio de tiempo tuvimos nuestro pabellón y nuestro jardín, donde vivimos en el límite de la felicidad.

Pasado de tal suerte un año en un mar de delicias, mi esposa Schamsa quiso volver al palacio de los diamantes para ver de nuevo a su padre y a su madre, y me recordó la promesa que les hice de ir todos los años a pasar con ellos una temporada. No quise contrariarla, porque la amaba mucho; pero, ¡ay!, la desgracia debía abatirse sobre nosotros por causa de aquel maldito viaje.

Nos colocamos, pues, en el trono llevado por nuestros genios servidores y viajamos a gran velocidad, recorriendo cada día una distancia de un mes de camino, y deteniéndonos por las tardes para descansar cerca de algún manantial o a la sombra de los árboles. Y he aquí que un día hicimos alto precisamente en este sitio para pasar la noche, y mi esposa Schamsa quiso ir a bañarse en el agua de ese río que corre ante nosotros. Me esforcé cuanto pude por disuadirla, hablándole del fresco excesivo de la tarde y de los perjuicios que la podría ocasionar; no quiso escucharme, y se llevó en su compañía a algunas de sus esclavas para que se bañaran con ella. Se desnudaron en la ribera y se metieron en el agua, donde Schamsa parecía la Luna al salir en medio de un cortejo de estrellas. Estaban retozando y jugando entre sí, cuando de repente Schamsa lanzó un grito de dolor y cayó en brazos de sus esclavas, que se apresuraron a sacarla del agua y llevarla a la orilla. Pero cuando quise hablarle y cuidarla, ya estaba muerta. Y las esclavas me enseñaron en el talón de mi esposa una mordedura de serpiente acuática.

Ante aquel espectáculo, caí desmayado y permanecí en tal estado tanto tiempo que me creyeron muerto también. Pero, ¡ay!, hube de sobrevivir a Schamsa para llorar por ella y erigirle esta tumba que ves. En cuanto a la otra tumba, es la mía propia, que hice construir junto a la de mi pobre bienamada. ¡Y dejo transcurrir mi vida ahora entre lágrimas y recuerdos crueles, esperando el momento de dormir al lado de mi esposa Schamsa, lejos de mi reino, al que renuncié, lejos del mundo, que es para mí un desierto horrible, en este asilo solitario de la muerte!'

Cuando el hermoso joven triste acabó de contar su historia a Belukia, escondió el rostro entre sus manos y se echó a llorar. Entonces le dijo Belukia: '¡Por Alah, oh, hermano mío! Tu historia es tan asombrosa y tan extraordinaria, que olvidé mis propias aventuras, aunque las creía prodigiosas entre todas las aventuras! ¡Alah te sostenga en tu dolor, oh, hermano mio, y enriquezca con el olvido tu alma!'

Estuvo con él una hora todavía, tratando de decidirle a que le acompañara a su reino para cambiar de aires y horizontes; pero fue en vano. Entonces viose obligado a abandonarle para no importunarle y, después que le abrazó y le dijo aún algunas palabras de consuelo, emprendió de nuevo el camino de su ciudad, a la que llegó sin incidencia tras una ausencia de cinco años.

¡Y desde entonces no he vuelto a tener noticias suyas! Y como ahora te hallas aquí tú, ¡oh, Hassib!, olvidaré completamente a aquel joven rey Belukia, a quien esperaba volver a ver por acá un día u otro. ¡Tú, al menos, no me abandonarás tan pronto, porque pienso retenerte en mi compañía largos años, sin dejarte carecer de nada para persuadirte a que accedas! ¡Por cierto que todavía he de contarte tantas historias asombrosas, que la del rey Belukia y del hermoso joven triste parecerán simples aventuras corrientes! ¡Y para darte desde ahora una prueba de que te quiero bien por haberme escuchado todo este tiempo con tanta atención, he aquí que mis mujeres van a servirnos de comer y beber, y van a cantar para deleitarnos, y nos van a aligerar el espíritu hasta que llegue la mañana!"

Cuando la reina Yamlika, princesa subterránea, hubo acabado de contar al joven Hassib, hijo del sabio Danial, la historia de Belukia y la del hermoso joven triste, y cuando el festín, y los cantos, y las danzas de las mujeres serpientes llegaron a su término, se levantó la sesión y se formó el cortejo para volver a la otra residencia. Pero el joven Hassib, que amaba en extremo a su madre y a su esposa, dijo: "¡Oh, reina Yamlika! ¡No soy más que un pobre leñador y me ofreces aquí una vida llena de delicias; pero en mi casa esperan una madre y una esposa! Y no puedo, ¡por Alah!, dejar que me esperen más tiempo sumidas en la desesperación que las producirá mi ausencia. Permíteme, pues, que regrese junto a ellas, porque si no morirían de dolor. ¡Y créeme que en verdad sentiré toda mi vida no haber podido escuchar las demás historias con que tenías la intención de deleitarme durante mi estancia en tu reino!"

Al oír estas palabras, la reina Yamlika comprendió que estaba justificado el motivo de la partida de Hassib, y le dijo: "Consiento, ¡oh, Hassib!, en dejarte regresar junto a tu madre y esposa, aunque me cuesta mucho trabajo separarme de un auditor tan atento como tú. Solamente exijo de ti un juramento, sin el cual me será imposible dejarte partir. Vas a prometerme no ir nunca en lo sucesivo a tomar un baño en el hammam durante toda tu vida. De lo contrario, llegará tu perdición. ¡Por el momento no puedo ser más explícita!"

El joven Hassib, a quien tal petición asombraba en extremo, no quiso contrariar a la reina Yamlika y prestó el juramento consabido, en el cual prometía no ir en toda su vida a tomar un baño en el hammam. Entonces, después de las despedidas, la reina Yamlika hizo que una de sus mujeres serpientes le acompañara hasta los confines del reino, del que se salía por una abertura escondida en una casa ruinosa que estaba enclavada en el lado opuesto al paraje donde se hallaba el agujero por el cual pudo penetrar Hassib en la residencia subterránea.

Amarilleaba el sol cuando Hassib llegó a su calle y llamó a la puerta de su casa; fue a abrir su madre, quien al conocerle lanzó un grito agudo y se arrojó en sus brazos llorando de alegría. Y su esposa, por su parte, al oír el grito y los sollozos de la madre, corrió a la puerta, le reconoció también y le saludó respetuosamente besándole las manos. Después de lo cual entraron en la casa y se entregaron con libertad a los más vivos transportes de júbilo.

Cuando estuvieron un poco calmados, Hassib les pidió noticias de sus antiguos camaradas los leñadores que le habían abandonado en la cueva de la miel. Su madre le contó que fueron a darle la mala nueva de su muerte entre los dientes de un lobo, y que se habían hecho ricos mercaderes y propietarios de muchos bienes y de hermosas tiendas, viendo a diario dilatarse cada vez más el mundo ante sus ojos.

Entonces Hassib reflexionó un instante y dijo a su madre: "¡Mañana irás a buscarles al zoco y, cuando estén reunidos, les anunciarás mi regreso, diciéndoles que tendré mucho gusto en verles!" Así es que al día siguiente la madre de Hassib no dejó de hacer el encargo y, al saber la noticia, los leñadores cambiaron de color. Luego resolvieron arreglar el asunto lo mejor posible. Empezaron por regalar a la madre de Hassib hermosas sedas y la acompañaron a casa y se avinieron a entregar a Hassib cada uno la mitad de las riquezas, esclavas y propiedades que tenían en su poder. Y éste se convirtió en un hombre rico, y se hizo mercader y abrió una tienda en el zoco que llegó a ser la mejor. Y un día que iba a ella, como de costumbre, pasó por delante del hammam, situado a la entrada del zoco. Y el propietario, que estaba tomando el aire a la puerta, al reconocerle le saludó y le dijo que entrara, que quería fuera su cliente. Pero Hassib se acordó de su juramento y rehusó hacerlo. El dueño del hammam insistió y le ofreció un baño gratuito, y tanto llamó la atención de la gente que al fin le llevaron a la fuerza y después le ofrecieron un sorbete. Y no sabía si aceptar esta invitación cuando invadieron el hammam los guardias del rey, que se apoderaron de él tal como estaba y le llevaron al palacio del rey y le pusieron ante el gran visir, que le esperaba con impaciencia.

Al ver a Hassib, el gran visir tuvo una alegría extremada, le recibió con las señales más notorias de respeto y le rogó que le acompañase a la presencia del rey. Y resuelto ya a dejar correr su destino, Hassib siguió al gran visir, que le introdujo, para presentarle al rey, en una sala donde se alineaban por orden jerárquico dos mil gobernadores de provincia, dos mil jefes militares y dos mil portaalfanjes, que no esperaban más que un signo para hacer volar las cabezas. En cuanto al rey, estaba acostado en amplio lecho de oro y parecía dormir, con la cabeza y el rostro cubiertos por un pañuelo de seda.

Al ver todo aquello, el aterrado Hassib se sintió morir y cayó al pie del lecho, protestando públicamente de su inocencia. Pero el gran visir se apresuró a levantarle con toda clase de respetos y le dijo: "¡Oh, hijo de Danial, esperamos de ti que salves a nuestro rey Karazdán! ¡Una lepra, que hasta ahora no tuvo remedio, le cubre el rostro y el cuerpo! ¡Y hemos pensado en ti para que le cures, ya que eres hijo del sabio Danial!"

Al oír estas palabras, se dijo el asustado Hassib: "¡Por Alah! ¡Me toman por un sabio!" Luego dijo al gran visir: "¡En verdad que soy el hijo de Danial! ¡Pero no soy más que un ignorante! Me llevaron a la escuela y no aprendí en ella nada; quisieron enseñarme la medicina, pero al cabo de un mes renunciaron a ello al ver la mala calidad de mi entendimiento. Y como último recurso, mi madre me compró un asno y cuerdas, e hizo de mí un leñador, y eso es todo lo que sé!" Pero el visir le dijo: "Es inútil, ¡oh, hijo de Danial!, que sigas ocultando tus conocimientos. ¡Demasiado sabemos que, aunque recorriéramos el Oriente y el Occidente, no encontraríamos quien te igualase como médico! Porque el rey sólo se curará con un ungüento que nada más existe en el reino subterráneo de la princesa Yamlika."

Pero él negó haber oído hablar nunca de esa princesa. El visir sonrió y dijo: "¡Puesto que te niegas aún, voy a demostrarte que no te servirá de nada! ¡Te digo que has estado en los dominios de la reina Yamlika! Además, cuantos fueron allá en los tiempos antiguos volvieron con la piel del vientre negra. Así lo dice este libro que tengo a la vista. Pero la piel del vientre no se le pone negra al visitante de la reina Yamlika más que después de su entrada en el hammam, ¡oh, hijo de Danial! Y he aquí que los espías que yo tenía apostados en el hammam para que examinaran el vientre a todos los bañistas, han venido hace un rato a decirme que se te había puesto de pronto negro el vientre mientras te bañaban. ¡Es inútil, pues, que continúes negando!"

Al oír estas palabras, exclamó Hassib: "¡No, por Alah! ¡Nunca estuve en los dominios de la princesa subterránea!" Entonces se acerco a él el gran visir, le quitó las toallas que le envolvían y le dejó el vientre al descubierto. Estaba negro como el vientre de un búfalo.

Al ver aquello, Hassib estuvo a punto de caerse desmayado de espanto; luego tuvo una idea y dijo al visir: "Debo declararte, ¡oh, mi señor!, que nací con el vientre completamente negro." El visir sonrió y dijo: "Pues no lo estaba cuando entraste en el hammam. ¡Así me lo dijeron los espías!" Pero Hassib, que de ninguna manera quería hacer traición a la princesa subterránea revelando su residencia, siguió negando haber tenido relaciones con ella ni haberla visto nunca. Entonces el visir hizo una seña a dos verdugos, que se acercaron al joven, le echaron en el suelo, desnudo como estaba, y empezaron a administrarle en las plantas de los pies palos tan crueles y tan repetidos que habría muerto si no se decidiera a pedir gracia confesando la verdad.

En seguida hizo el visir que levantaran al joven y ordenó que le pusiesen un magnífico ropón de honor en lugar de las toallas con que a su llegada se envolvía. Tras lo cual le condujo por sí mismo al patio del palacio, donde le hizo montar en el caballo más hermoso de las caballerizas reales, montando él a caballo también, y, acompañados ambos por un séquito numeroso, tomaron el camino de la casa ruinosa por donde salió Hassib de los dominios de la reina Yamlika.

El visir, que había aprendido en los libros la ciencia de los conjuros, se puso a quemar allí perfumes y a pronunciar las fórmulas mágicas que abren las puertas, mientras Hassib, por su parte, siguiendo órdenes del visir emplazaba a la reina para que se mostrase a él. Y de pronto se produjo un temblor de tierra que tiró al suelo a la mayoría de los circunstantes y se abrió un agujero por el que surgió, sentada en un azafate de oro transportado por cuatro serpientes con cabeza humana que vomitaban llamas, la reina Yamlika, cuyo rostro tenía áureos resplandores. Miró a Hassib con ojos preñados de reproches y le dijo: "¿Es así, ¡oh, Hassib!, como cumples el juramento que me hiciste?" Y exclamó Hassib: "¡Por Alah! ¡Oh, reina! La culpa es del visir, que por poco me mata a golpes!" Ella dijo: "¡Ya lo sé! Y por eso no quiero castigarte; te han hecho venir aquí, y hasta a mí misma me obligan a salir de mi morada para curar al rey. He aquí dos frascos. Uno que está marcado con una raya roja es para curar al rey. El otro es para el visir que te mandó apalear." Y la tierra volvió a cerrarse para ella y las que la transportaban.

Cuando llegó Hassib al palacio, hizo exactamente lo que le había indicado la reina. Se acercó, pues, al rey y le dio a beber del primer frasco. Y no bien el rey hubo bebido aquella leche, se puso a sudar por todo su cuerpo y, al cabo de algunos instantes, comenzó a caérsele a pedazos la piel atacada de lepra, a la vez que le nacía otra piel dulce y blanca como la plata. Y quedó curado en el momento. En cuanto al visir, quiso beber también de aquella leche, cogió el segundo frasco y lo vació de un trago. Y al punto empezó a hincharse poco a poco, y después de ponerse gordo como un elefante, estalló de pronto y murió inmediatamente. Y le retiraron de allí en seguida para enterrarlo.

Cuando el rey se vio curado de aquel modo, hizo sentarse a Hassib al lado suyo, le dio muchas gracias y le nombró gran visir en lugar del que había muerto en su presencia.

Tras lo cual, todos los oficiales, chambelanes y notables, por orden del rey, que les dijo: "¡Quien me honre que le honre!", se acercaron a Hassib y le besaron la mano por orden de categorías, demostrándole su sumisión y patentizándole su respeto. Luego tomó Hassib posesión del palacio del antiguo visir y habitó en él con su madre, sus esposas y sus favoritas. Y vivió así rodeado de honores y de riquezas durante largos años, en los cuales tuvo tiempo de aprender a leer y a escribir.

Cuando aprendió Hassib a leer y a escribir, se acordó de que su padre Danial había sido un gran sabio y tuvo la curiosidad de preguntar a su madre si no le había dejado como herencia sus libros y sus manuscritos. Y la madre de Hassib contestó: "Hijo mío, tu padre destruyó antes de morir todos sus papeles y todos sus manuscritos, y no te dejó como herencia más que una hojita de papel, que me encargó te entregase cuando me expresaras tal deseo." Y dijo Hassib: "¡Anhelo mucho poseerla, porque ahora deseo instruirme para dirigir mejor los asuntos del reino!"

Y entonces la madre de Hassib corrió a sacar del estuche, donde la había guardado con sus alhajas, la hojita de papel, único legado del sabio Danial, y fue a entregársela a Hassib, que la cogió y la desenrolló. Y leyó en ella estas sencillas palabras: "Toda ciencia es vana, porque llegaron los tiempos en que el Elegido de Alah indicará a los hombres las fuentes de la sabiduría. ¡Se llamará Mohammed! ¡Con él y con sus compañeros y con sus creyentes sean la paz y la bendición hasta la extinción de las edades!

Y tal es, ¡oh, rey afortunado! —continuó Schehrazada—, la historia de Hassib, hijo de Danial, y de la reina Yamlika, princesa subterránea. ¡Pero Alah es más sabio!»

HISTORIA DEL CABALLO DE ÉBANO

«Hubo en la antigüedad del pasado un rey muy grande y poderoso entre los reyes de los persas que se llamaba Sabur y era sin duda el más rico en tesoros y en sabiduría. Además era generoso y amable, y tenía siempre la mano abierta para los que le imploraban un socorro. Y cuantos extranjeros acudían a su palacio siempre hallaban la más generosa hospitalidad. Pero con los opresores no tenía gracia ni indulgencia en severa justicia.

El rey Sabur tenía tres hijas, que eran como otras tantas lunas hermosas en un cielo glorioso o como tres flores maravillosas por su brillo en un parterre bien cuidado, y un hijo que era la misma Luna y se llamaba Kamaralakmar.

Todos los años daba el rey a su pueblo dos grandes fiestas, una al comienzo de la primavera, la de Nuruz, y otra en el otoño, la del Mihrgán, y en ambas ocasiones mandaba abrir las puertas de todos sus palacios, distribuía dádivas, hacía que sus pregoneros públicos proclamasen edictos de indulto, nombraba numerosos dignatarios y otorgaba ascenso a sus lugartenientes y chambelanes. Así es que de todos los puntos de su vasto imperio acudían los habitantes para rendir pleitesía a su rey y regocijarse en aquellos días de fiesta, llevándole presentes de todo género y esclavos y eunucos en calidad de regalo.

Y he aquí que durante una de esas fiestas, la de la primavera precisamente, estaba sentado en el trono de su reino el rey, quien a todas sus cualidades añadía el amor a la ciencia, a la geometría y a la astronomía, cuando vio que ante él avanzaban tres sabios, hombres muy versados en las diversas ramas de los conocimientos más secretos y de las artes más sutiles, los cuales sabían modelar la forma con una perfección que confundía al entendimiento y no ignoraban ninguno de los misterios que de ordinario escapan al espíritu humano. Y llegaban a la ciudad del rey estos tres sabios desde tres comarcas muy distintas y hablando diferente lengua cada uno: el primero era hindí, el segundo rumí y el tercero ajamí de las fronteras extremas de Persia.

Se acercó primero al trono el sabio hindí, se prosternó ante el rey, besó la tierra entre sus manos y, después de haberle deseado alegría y dicha en aquel día de fiesta, le ofreció un presente verdaderamente real: consistía en un hombre de oro, incrustado de gemas y pedrerías de gran precio, que tenía en la mano una trompeta de oro. Y le dijo el rey Sabur: "¡Oh, sabio! ¿Para qué sirve esta figura?" El sabio contestó: "¡Oh, mi señor! Este hombre de oro posee una virtud admirable! ¡Si le colocas a la puerta de la ciudad, será un guardián a toda prueba, pues, si viniese un enemigo para tomar la plaza, le adivinará a distancia y, soplando en la trompeta que tiene a la altura de su rostro, le paralizará y le hará caer muerto de terror!"

Entonces se adelantó el sabio rumí, que besó la tierra entre las manos del rey, y le ofreció como regalo una gran fuente de plata, en medio de la cual se encontraba un pavo real de oro rodeado por veinticuatro pavas reales del mismo metal. Y el rey Sabur los miró con asombro y, encarándose con el rumí, le dijo: "¡Oh, sabio! ¿Para qué sirve este pavo y estas pavas?" El sabio contestó: "¡Oh, mi señor! A cada hora que transcurre del día o de la noche, el pavo da un picotazo a cada una de las veinticuatro pavas marcando las horas; luego, cuando ha dejado transcurrir el mes de esta manera, abre la boca y en el fondo de su gaznate aparece el cuarto creciente de la Luna nueva."

El tercero que avanzó fue el sabio de Persia. Besó la tierra entre las manos del rey y, después de los cumplimientos y de los votos, le ofreció un caballo de madera de ébano, de la calidad más negra y rara, incrustado de oro y pedrerías, y enjaezado maravillosamente con una silla, una brida y unos estribos como sólo llevan los caballos de los reyes. Así es que el rey Sabur quedó maravillado hasta el límite de la maravilla y, desconcertado por la belleza y las perfecciones de aquel caballo, dijo: "¿Y qué virtudes tiene este caballo de ébano?" El persa contestó: "¡Oh, mi señor! Las virtudes que posee este caballo son cosa prodigiosa, hasta el punto de que cuando uno monta en él parte con su jinete a través de los aires con la rapidez del relámpago y le lleva a cualquier sitio donde se le guíe, cubriendo en un día distancias que tardaría un año en recorrer un caballo vulgar."

Tras lo cual el rey mandó someter a prueba durante tres días las virtudes diversas de los tres regalos, haciendo que los tres sabios los pusieran en movimiento.

Al ver todo aquello, el rey Sabur quedó al principio estupefacto y luego se tambaleó de tal manera que parecía iba a volverse loco de alegría. Dijo entonces a los sabios: "¡Oh, sabios ilustres! Ahora tengo ya una prueba de la verdad de vuestras palabras y a mi vez cumpliré mi promesa. ¡Pedidme, pues, lo que deseéis y se os concederá al instante!"

Entonces contestaron los tres sabios: "¡Puesto que nuestro amo el rey está satisfecho de nosotros y de nuestros presentes y nos deja que elijamos lo que hemos de pedirle, le rogamos que nos dé en matrimonio a sus tres hijas, pues anhelamos vivamente ser yernos suyos! ¡Y en nada podrá turbar tal cosa la tranquilidad del reino! ¡Aunque así fuese, los reyes no se desdicen de sus promesas nunca!" El rey contestó: "¡Al instante daré satisfacción a vuestro deseo!" Y al punto dio orden de hacer ir al cadí y a los testigos para que extendieran el contrato de matrimonio de sus tres hijas con los tres sabios.

Pero acaeció que, mientras tanto, las tres hijas del rey estaban sentadas precisamente detrás de una cortina de la sala de recepción y oían aquellas palabras. Y la más joven de las tres hermanas se puso a considerar con atención al sabio que debía escogerla por esposa, ¡y he aquí su descripción!: Era un viejo muy anciano, de una edad de cien años lo menos, como no tuviese más; con restos de cabellos blanqueados por el tiempo, una cabeza oscilante, cejas roídas de tiña, orejas colgantes y hendidas; sin duda el hombre más deforme de su época.

De modo que cuando vio al sabio que debía tocarle en suerte, corrió a su habitación y se dejó caer de bruces en el suelo, desgarrándose los vestidos, arañándose las mejillas y sollozando y lamentándose.

Mientras permanecía ella en aquel estado, su hermano el príncipe Kamaralakmar, que la quería mucho y la prefería a sus otras hermanas, volvía de una partida de caza y, al oír lamentarse y llorar a su hermana, penetró en su aposento y le preguntó: "¿Qué tienes? ¿Qué te ha ocurrido? ¡Dímelo en seguida!" La joven contestó: "¡Oh, único hermano mío! ¡Oh, querido! Has de saber que mi padre me prometió en matrimonio a un sabio viejo, a un mago horrible que le ha regalado un caballo de madera de ébano, y sin duda le ha embrujado con su hechicería y ha abusado de él con su astucia y su perfidia. ¡En cuanto a mí, estoy resuelta a dejar este mundo antes que pertenecer a ese viejo asqueroso!"

Su hermano empezó entonces a tranquilizarla y a consolarla, acariciándola y mimándola, y luego se fue en busca de su padre el rey, y le dijo: "¿Quién es ese hechicero a quien prometiste casarle con mi hermana pequeña? ¿Y qué regalo es ese que te ha traído para decidirte así a hacer que muera de pena mi hermana? ¡Eso no es justo y no puede suceder!"

Y he aquí que el persa estaba cerca y oía aquellas palabras del hijo del rey, y se sintió muy furioso y muy mortificado.

Y el rey contestó: "¡Oh, hijo mío Kamaralakmar! ¡No estarías tan turbado y tan estupefacto si vieras el caballo que me ha dado el sabio!" Y salió en seguida con su hijo al patio principal del palacio y dio orden a los esclavos de que llevaran el caballo consabido. Y los esclavos ejecutaron la orden.

Cuando el joven príncipe vio el caballo, lo encontró muy hermoso y le entusiasmó mucho. Y como era un jinete excelente, saltó con ligereza a lomos del bruto y le pinchó de pronto en los flancos con las espuelas, metiendo los pies en los estribos. Pero no se movió el caballo. Y el rey dijo al sabio: "¡Ve a mirar por qué no se mueve y ayuda a mi hijo, quien a su vez tampoco dejará de ayudarte para que realices tus anhelos!"

De modo que el persa, que guardaba rencor al joven a causa de su oposición al matrimonio de su hermana, se acercó al príncipe caballero y le dijo: "Esta clavija de oro que hay a la derecha del arzón de la silla es la clavija que sirve para subir. ¡No tienes más que darle la vuelta!"

Entonces el príncipe dio la vuelta a la clavija que sería para subir, ¡y he aquí lo que pasó!: Al punto se elevó por los aires el caballo con la rapidez del ave, y a tanta altura que el rey y todos los circunstantes le perdieron de vista a los pocos momentos.

Al ver desaparecer así a su hijo, sin que regresara al cabo de algunas horas que estuvieron esperándole, inquietóse mucho el rey Sabur y, muy perplejo, dijo al persa: "¡Oh, sabio! ¿Qué vamos a hacer ahora para que vuelva?" El sabio contestó: "¡Oh, mi amo! ¡Nada puedo hacer ya, y no verás de nuevo a tu hijo hasta el día de la Resurrección! ¡Porque el príncipe no ha querido escuchar más que a su presunción y a su ignorancia, y en vez de darme tiempo para que le explicase el mecanismo de la clavija de la izquierda, que es la clavija que sirve para bajar, ha puesto en marcha el caballo antes de lo debido!"

Cuando el rey Sabur hubo oído estas palabras del sabio, se llenó de furor e, indignándose hasta el límite de la indignación, ordenó a los esclavos que dieran una paliza al persa y le arrojaran después al calabozo más lóbrego.

Por lo que afecta al príncipe, el caballo continuó elevándose por los aires con él, sin detenerse y como si fuera a tocar el Sol. Entonces comprendió el joven el peligro que corría y cuán horrible muerte le esperaba en aquellas regiones del cielo, y se inquietó bastante y se arrepintió. Y luego se dijo: "Pero, ¿quién sabe si no hay una segunda clavija que sirva para bajar, lo mismo que la otra sirve para subir?" Y como estaba dotado de sagacidad, de ciencia y de inteligencia, se puso a buscarla por todo el cuerpo del caballo y acabó por encontrar, en el lazo izquierdo de la silla, un tornillo minúsculo, no mayor que la cabeza de un alfiler; entonces se dijo: "¡No veo más que esto!" Así que apretó aquel tornillo y al punto comenzó a disminuir la ascensión poco a poco y el caballo se paró un instante en el aire.

Y he aquí que, entre las ciudades que de aquella suerte se mostraban por debajo de él, divisó una ciudad de casas y edificios alineados con simetría y de manera encantadora en medio de una comarca surcada por numerosas aguas corrientes y ricas en prados donde triscaban en paz saltarinas gacelas.

Mientras tanto, empezaba a declinar el día y el Sol había llegado en el horizonte a lo más bajo de su carrera, y pensó el príncipe: "¡Por Alah, que no encontraré indudablemente sitio mejor para pasar la noche que esta ciudad! Por consiguiente, dormiré aquí y al apuntar el día de mañana emprenderé de nuevo la ruta de mi reino para regresar con mis parientes y mis amigos. ¡Y contaré entonces a mi padre cuanto me acaeció y cuanto han visto mis ojos!" Y echó en torno suyo una mirada para escoger un lugar donde pasar la noche con seguridad y sin que se le importunase y donde resguardar a su caballo, y acabó por dejar recaer su elección en un palacio elevado que aparecía en medio de la ciudad, y lo flanqueaban torres almenadas, y lo guardaban cuarenta esclavos negros vestidos con cotas de malla y armados con lanzas, alfanjes, arcos y flechas. Así es que se dijo el joven: "¡He ahí un lugar excelente!" Y, apretando el tornillo que servía para bajar, guió hacia aquel lado a su caballo, que fue a posarse dulcemente, como un pájaro cansado, en la terraza del palacio. Entonces dijo el príncipe: "¡Loor a Alah!" Y se apeó de su caballo. Púsose luego a dar vueltas en torno al animal y a examinarlo, diciendo: "¡Por Alah! ¡Quien con tal perfección te fabricó es un maestro como obrero y el más hábil de los artífices! ¡De modo que si el Altísimo prolonga el término de mi vida y me reúne con mi padre y con los míos, no dejaré de colmar con mis bondades a ese sabio y de hacer que se beneficie con mi generosidad!"

Pero ya había caído la noche, y el príncipe permaneció en la terraza, esperando que en el palacio estuviese dormido todo el mundo. Después, como se sentía torturado por el hambre y la sed, ya que desde su partida no había comido ni bebido nada, se dijo: "¡En verdad que no debe carecer de víveres un palacio como éste!" Dejó, pues, el caballo en la terraza y, resuelto a buscar algo con que alimentarse, se encaminó a la escalera del palacio y descendió por sus peldaños hasta abajo. Y de pronto se encontró en un ancho patio con piso de mármol blanco y de alabastro transparente, en el que se reflejaba por la noche la luz de la Luna. Y le maravilló la belleza de aquel palacio, y su arquitectura; pero en vano miró a derecha y a izquierda, porque no vio alma viviente ni oyó sonido de una voz humana; se notó muy inquieto y muy perplejo, y no supo qué hacer.

Y siguió explorando hasta llegar a una habitación defendida por un negro, que estaba roncando en aquel momento. Saltando por encima, penetró en una sala y halló dormida a una joven en su lecho. ¡Y tan hermosa era que se la hubiera tomado por la luna más maravillosa que pudiera surgir de las manos del Creador!

Y el joven sintió que se enamoraba ciegamente de ella y no pudo menos que besarla en la mejilla derecha.

Al contacto de aquel beso la joven se despertó sobresaltada, abrió mucho los ojos y, advirtiendo al joven príncipe que permanecía en pie a su cabecera, exclamó: "¿Quién eres y de dónde vienes?" Él contestó: "¡Soy tu esclavo y el enamorado de tus ojos!" Ella preguntó: "¿Y quién te condujo hasta aquí?" Él contestó: "¡Alah, mi destino y mi buena suerte!"

Al oír estas palabras, la princesa Schamsennahar (que tal era su nombre), sin mostrar demasiada sorpresa ni espanto, dijo al joven: "¿Acaso eres el hijo del rey de la India que me pidió ayer en matrimonio, y a quien mi padre el rey no aceptó como yerno a causa de su pretendida fealdad? Porque si eres tú, ¡por Alah!, no tienes nada de feo y tu belleza ya me ha subyugado, ¡oh, mi señor!"

Pero en aquel momento se despertó el negro guardián y empezó a dar tales gritos que se alborotó el palacio entero. Y también se despertó el rey, que se puso muy furioso al enterarse de que había un extraño con su hija.

Precipitándose por la puerta, avanzó hacia ellos con la espada, feroz cual un ghul monstruoso. Pero el príncipe, que desde lejos vióle llegar, preguntó a la joven: "¿Es éste tu padre?" Ella contestó: "¡Sí!" Al punto saltó sobre ambos pies el joven y, empuñando su alfanje, lanzó a la vista del rey un grito tan terrible que hubo de asustarle. Más amenazador que nunca, entonces Kamaralakmar se dispuso a arrojarse sobre el rey y a atravesarle; pero el rey, que se comprendió el más débil, se apresuró a envainar su espada y tomó una actitud conciliadora. De modo que cuando vio ir hacia él al joven, le dijo con el tono más cortés y más amable: "¡Oh, jovenzuelo! ¿Eres hombre o genni?" El otro contestó: "¡Por Alah, que si no respetara tus derechos tanto como los míos, y si no me preocupase del honor de tu hija, ya hubiera vertido sangre tuya! ¿Cómo te atreves a confundirme con los genn y los demonios, cuando soy un príncipe real de la raza de los Khosroes, que si quisieran apoderarse de tu reino sería para ellos cosa de juego el hacerte saltar de tu trono como si sintieras un temblor de tierra, y frustrarte los honores, la gloria y el poderío?"

Cuando el rey hubo oído estas palabras, le invadió un gran sentimiento de respeto y temió mucho por su propia seguridad. Así es que se dio prisa a responder: "¿Cómo se explica entonces, si eres verdaderamente hijo de reyes, que te hayas atrevido a penetrar en mi palacio sin mi consentimiento, a destruir mi honor y hasta a posesionarte de mi hija, pretendiendo ser un esposo y proclamando que yo te la había concedido en matrimonio, cuando hice matar a tantos reyes e hijos de reyes que querían obligarme a que se la diera por esposa?" Y excitado por sus propias palabras, continuó el rey: "¿Y quién podrá ahora salvarte de entre mis manos poderosas cuando yo ordene a mis esclavos que te condenen a la peor de las muertes y obedezcan ellos en esta hora y en este instante?"

Cuando el príncipe Kamaralakmar oyó del rey estas palabras, contestó: "¡En verdad que estoy estupefacto de tu corta vista y del espesor de tu entendimiento! Dime, ¿podrás encontrar jamás mejor partido que yo para tu hija? ¿Y acaso viste nunca a un hombre más intrépido o mejor formado, o más rico en ejércitos, esclavos y posesiones que yo mismo?" El rey contestó: "¡No, por Alah! Pero, ¡oh, jovenzuelo!, yo hubiese querido ver que te convertías en marido de mi hija ante el cadí y los testigos. ¡Pero un matrimonio efectuado de esta manera secreta sólo podrá destruir mi honor!" El príncipe contestó: "Bien hablas, ¡oh, rey! ¿Pero es que no sabes que si verdaderamente tus esclavos y tus guardias vinieran a precipitarse sobre mí todos y me condenaran a muerte, según tus recientes amenazas, no harías más que correr de un modo cierto a la perdición de tu honor y de tu reino, haciendo pública tu desgracia y obligando a tu mismo pueblo a revolverse contra ti? Créeme, ¡oh, rey! Y así que una de dos: o te avienes a luchar conmigo en singular combate, y el que venza a su adversario será proclamado el más valiente y ostentará así un título serio que le dé opción al trono del reino, o bien me dejas pasar aquí toda esta noche con tu hija, y mañana por la mañana mandas contra mí al ejército entero de tu caballería, tu infantería y tus esclavos, y yo lucharé contra todos ellos. Si me matan queda a salvo tu honor. Si yo triunfo habrás encontrado un yerno del que podrían enorgullecerse los reyes más ilustres."

Y el rey aceptó. Estaba seguro de que el joven moriría en la empresa y tomó un poco a broma la cosa.

A la mañana siguiente, reunido todo el ejército, le arengó para que atravesaran al joven con sus lanzas. Y se encaró con el joven, diciéndole que mostrara sus proezas. Y el joven contestó: "¡Oh, rey, todos van a caballo y yo estoy a pie!" El rey le ofreció un caballo, pero dijo que quería el suyo, que estaba en la terraza de palacio.

Al oír estas palabras, le miró con atención el rey y exclamó: "¡Qué extravagancia! ¡Esa es la mejor prueba de tu locura! ¿Cómo es posible que un caballo suba a una terraza? ¡Pero en seguida vamos a ver si mientes o si dices la verdad!" Luego se encaró con el jefe de sus tropas y le dijo: "¡Corre al palacio y vuelve a decirme lo que veas! ¡Y tráeme lo que haya en la terraza!"

Cuando se lo trajeron, le preguntó: "¡Oh, joven! ¿Es ése tu caballo?" El príncipe contestó: "Sí, ¡oh, rey! ¡Es mi caballo, y no tardarás en ver las cosas maravillosas que va a mostrarte!" Y le dijo al rey: "¡Tómale y móntate en él entonces!" El príncipe contestó: "¡No lo enseñaré mientras no se alejen toda esa gente y esas tropas que se agrupan a su alrededor!"

Entonces el rey dio a todo el mundo orden de que se distanciaran de allí a un tiro de flecha. Y le dijo el joven príncipe: "Mírame bien, ¡oh, rey! Voy a subir en mi caballo y a precipitarme a todo galope sobre tus tropas, dispersándolas a derecha y a izquierda, ¡e infundiré el espanto y el pavor en sus corazones!" Y contestó el rey: "Haz ahora lo que quieras, ¡y no tengas compasión de ellos, porque ellos no la tendrán de ti!"

En cuanto a Kamaralakmar, una vez que se afirmó bien sobre la silla, hizo jugar la clavija que servía para subir, en tanto que se volvían hacia él todos los ojos para ver qué iba a hacer. Y al punto empezó su caballo a agitarse, a piafar, a balancearse, a inclinarse, a avanzar y a retroceder para comenzar luego, con una elasticidad maravillosa, a caracolear y a andar de lado de la manera más elegante que caracolearon nunca los caballos mejor guiados de reyes y sultanes.

Y de pronto se estremecieron y se hincharon de viento sus flancos, ¡y, más rápido que una flecha disparada al aire, emprendió con su jinete el vuelo en línea recta por el cielo!

Al ver aquello, creyó el rey volverse loco de sorpresa y de furor, y gritó a los oficiales de sus guardias: "¡La desgracia sobre vosotros! ¡Cogedle! ¡Cogedle! ¡Que se nos escapa!" Pero le contestaron sus visires y lugartenientes: "¡Oh, rey! ¿Puede el hombre alcanzar al pájaro que tiene alas? ¡Sin duda no se trata de un hombre como los demás, sino de un poderoso mago o de algún efrit o mared entre los efrits y mareds del aire! ¡Y Alah te ha librado de él, y a nosotros contigo! ¡Demos, pues, gracias al Altísimo que ha querido salvarte de entre sus manos, y contigo a tu ejército!"

Emocionado hasta el límite de la perplejidad el rey regresó entonces a su palacio y, entrando en el aposento de su hija, le puso al corriente de lo que acababa de ocurrir en el meidán. Y al saber la noticia de la desaparición del joven príncipe, la joven se quedó afligida y desesperada, y lloró y se lamentó de manera tan dolorosa que cayó gravemente enferma y la acostaron en su lecho, presa del calor de la fiebre y la negrura de sus ideas.

¡Pero he aquí ahora lo relativo al príncipe Kamaralakmar! Cuando se elevó muy alto por los aires, hizo volver la cabeza a su caballo en dirección a su tierra natal y, puesto ya en el buen camino, se dedicó a soñar con la belleza de la princesa. Y le parecía muy difícil la cosa, aunque tuvo cuidado de que ella le informara acerca del nombre de la ciudad de su padre. Así había sabido que aquella ciudad se llamaba Sana y era la capital del reino de Al-Yamán.

Mientras duró el viaje continuó él pensando en todo aquello y, merced a la gran rapidez de su caballo, acabó por llegar a la ciudad de su padre. Entonces hizo ejecutar a su caballo un círculo aéreo por encima de la ciudad, y fue a echar pie a tierra en la terraza del palacio. Dejó entonces a su caballo en la terraza y bajó al palacio, donde notó por todas partes un ambiente de duelo y vio regadas de cenizas todas las habitaciones y, creyendo que habría muerto alguien de su familia, penetró, como tenía por costumbre, en los aposentos privados y encontró a su padre, a su madre y a sus hermanas vestidos con trajes de luto, y muy amarillos de cara, y enflaquecidos, y demudados, y tristes, y desolados. Y he aquí que, cuando entró él, su padre se levantó de pronto al advertirle y, cierto ya de que aquél era verdaderamente su hijo, lanzó un gran grito y cayó desmayado; luego recobró el sentido y se arrojó en los brazos, y le abrazó, y le estrechó contra su pecho con transportes de la más loca alegría y emocionado hasta el límite de la emoción, y su madre y sus hermanas, llorando y sollozando, se lo comían a besos a cual más, y bailaban y saltaban en medio de su dicha.

El joven contó su aventura, y para celebrar su regreso se celebraron grandes fiestas, que duraron siete días. Y todo el pueblo participó de ellas con gran contento.

Durante este tiempo, a pesar de los regocijos y festines que su padre continuaba dando con motivo de su regreso, Kamaralakmar estaba lejos de olvidar a la princesa Schamsennahar, y lo mismo cuando comía que cuando bebía pensaba siempre en ella.

Y un día subió a la terraza del palacio, saltó a lomos del caballo de ébano y se elevó por los aires como un pájaro.

Y llegó a la ciudad de Sana. Y penetró en el palacio saltando sobre el esclavo dormido, y escuchó tras la cortina. Y oyó a su amada quejarse amargamente, mientras sus acompañantes trataban de consolarla. Sin tardanza levantó la cortina y penetró en la habitación. Y vio a su amada resplandeciente de belleza y la acarició muy dulcemente. Y ella le dijo: "¡Todas mis penas son por tu ausencia, oh, luz de mis ojos!"

Entonces dio orden la joven a sus servidoras de que le llevaran manjares y bebidas, y se pusieron ambos a comer y a beber y a charlar hasta que casi hubo transcurrido toda la noche. Entonces, como comenzaba a apuntar el día, Kamaralakmar se levantó para despedirse de la joven y marcharse antes de que se despertara el eunuco; pero le preguntó Schamsennahar: "¿Y adónde vas a ir así?" Él contestó: "¡A casa de mi padre! ¡Pero me comprometo bajo juramento a volver a verte una vez a la semana!" Al oír estas palabras, ella rompió en sollozos y exclamó: "¡Oh, te conjuro por Alah el Todopoderoso a que me cojas y me lleves contigo a donde quieras, antes que hacerme saborear de nuevo la amargura de la separación!"

Entonces la condujo Kamaralakmar y, tras hacerla subir a la terraza del palacio, saltó a lomos de su caballo, la sentó a ella en la grupa, le recomendó que se sujetara con fuerza y la ató con cuerdas sólidas. Tras lo cual dio vuelta a la clavija que servía para subir y remontó el vuelo el caballo y se elevó con ellos por los aires. Y llegaron felizmente a la capital del rey Sabur.

Cuando el rey Sabur vio llegar a su hijo, creyó morirse de alegría y de emoción, y, después de los abrazos y bienvenidas, le reprochó, llorando, su marcha, que les puso en las puertas de la tumba a todos. Tras lo cual le dijo Kamaralakmar: "¿A que no adivinas a quién traje de allá conmigo? El rey contestó: "¡Por Alah, no lo adivino!" El joven dijo: "¡A la propia hija del rey de Sana, a la joven más perfecta de Persia y de Arabia! ¡La he dejado, por el pronto, fuera de la ciudad, en nuestro jardín, y vengo a avisarte para que hagas que dispongan al punto el cortejo que ha de ir a buscarla y que deberá ser lo más espléndido posible, para darle de antemano una alta idea de tu poderío, de tu grandeza y de tus riquezas!" Y contestó el rey: "¡Con alegría y generosidad, por darte el gusto!" E inmediatamente dio orden de que adornaran la ciudad y la embellecieran con el decorado más hermoso y los más hermosos ornamentos, y después de organizar un cortejo extraordinario, él mismo se puso a la cabeza de sus jinetes vestidos de gala, y a banderas desplegadas salió al encuentro de la princesa Schamsennahar, cruzando por todos los barrios de la ciudad entre la aglomeración de los habitantes, que se alineaban en varias filas, precedido por tañedores de pífanos, clarinetes, timbales y tambores, y seguido por la multitud inmensa de guardias, soldados, gente del pueblo, mujeres y niños.

En cuanto a Kamaralakmar, no tuvo paçiencia para acompañar el cortejo al paso y, lanzando su caballo a la carrera, tomó por el atajo más corto y en algunos instantes llegó al pabellón donde había dejado a la princesa, hija del rey de Sana. Y la buscó por todas partes; pero ni encontró a la princesa ni al caballo de ébano.

Entonces, en el límite de la desesperación, Kamaralakmar se abofeteó con ira el rostro, rompió sus vestidos y echó a correr y a vagar como un loco por el jardín, gritando mucho y llamando con toda la fuerza de su garganta. ¡Pero fue en vano!

Al cabo de cierto tiempo, hubo de calmarse un poco y volver a la razón, y se dijo: "¿Cómo ha podido dar con el secreto para el manejo del caballo de ébano, si no le revelé nada que con ello se relacionase? ¡Como no sea que el sabio constructor del caballo haya caído sobre ella de improviso y se la haya llevado para vengarse del tratamiento que le infligió mi padre!"

Y era que así había sido decretado por el Destino. El mago persa fue aquel día al jardín, para coger, efectivamente, hierbas curativas y simples, y plantas aromáticas, y sintió un olor delicioso de almizcle y otros perfumes admirables; así es que, venteando con la nariz, se encaminó hacia el lado por donde llegaba hasta él aquel olor extraordinario. Y aquel olor era precisamente el que despedía la princesa, embalsamando con él todo el jardín. De modo que, guiado por su olfato perspicaz, no tardó el mago tras algunos tanteos en llegar al propio pabellón en que se encontraba la princesa. ¡Y cuál no sería su alegría al ver desde el umbral, en pie sobre las cuatro patas, el caballo mágico, obra de sus manos! ¡Y cuáles no serían los estremecimientos de su corazón al ver aquel objeto cuya pérdida le había quitado la gana de comer y de beber y el reposo y el sueño! Se puso entonces a examinarlo por todas partes y lo encontró intacto y en buen estado. Luego, cuando se disponía a saltar encima y hacerlo volar, dijo para sí: "¡Antes conviene que vea qué ha podido traer en el caballo y dejar aquí el príncipe!" Y penetró en el pabellón. Entonces vio perezosamente tendida en el diván a la princesa, a quien tomó primero por el sol cuando sale de un cielo tranquilo. Y con engaños, como si fuera un mensajero, sentó en la grupa a la joven, sujetándola contra él y atándola sólidamente con cuerdas, en tanto que la princesa estaba muy ajena de lo que con ella iba a hacer. Dio vuelta entonces él a la clavija que servía para subir, y súbitamente el caballo llenó de viento su vientre, se movió y se agitó saltando como las olas del mar; remontó el vuelo, elevándose por los aires cual un pájaro, y en un instante dejó detrás de sí, en la lejanía, la ciudad y los jardines.

Al ver aquello, exclamó la joven, muy sorprendida: "¡Oye! ¿Adónde vas sin ejecutar las órdenes de tu amo?" El sabio contestó: "¡Mi amo! ¿Y quién es mi amo?" Ella dijo: "¡No sé quién!" Al oír estas palabras se echó a reír el mago y dijo: "Si te refieres al joven Kamaralakmar, ¡confunda Alah a ese bribón estúpido, que en suma no es más que un pobre muchacho!" Ella exclamó: "¡La desgracia sobre ti, oh, barba de mal agüero! ¿Cómo te atreves a hablar así de tu amo y a desobedecerle?" El mago contestó: "¡Te repito que ese jovenzuelo no es mi amo! ¿Sabes quién soy?" La princesa dijo: "¡No sé de ti más que lo que tú mismo me has contado!" El sabio sonrió y dijo: "¡Lo que te conté sólo era una estratagema ideada por mí en contra tuya y del hijo del rey! Porque has de saber que ese canalla logró robarme este caballo en que estás ahora, y que es obra de mis manos, y me quemó durante mucho tiempo el corazón haciéndome llorar tal pérdida. ¡Pero he aquí que de nuevo soy dueño de lo mío, y a mi vez quemo el corazón a ese ladrón y hago que sus ojos lloren por haberte perdido! Reanima, pues, tu alma y seca y refresca tus ojos, porque seré para ti yo más provechoso que ese joven alocado. Además, soy generoso y poderoso y rico; mis servidores y mis esclavos te obedecerán como a su ama; te vestiré con los más hermosos vestidos y te engalanaré con las galas más hermosas, ¡y realizaré el menor de tus deseos antes de que me lo formules!"

Al oír estas palabras, la joven se golpeó el rostro y empezó a sollozar; luego dijo: "¡Ah, qué desgracia la mía! ¡Ay! ¡Acabo de perder a mi bienamado, y antes perdí a mi padre y a mi madre!" Y siguió vertiendo lágrimas muy amargas y abundantes por lo que le sucedía, en tanto que el mago guiaba el vuelo de su caballo hacia el país de los rums, y después de un largo, aunque veloz, viaje aterrizó sobre una verde pradera rica en árboles y en aguas corrientes.

Pero aquella pradera estaba situada cerca de una ciudad donde reinaba un rey muy poderoso. Y precisamente aquel día salió de la ciudad el rey para tomar el aire y encaminó su paseo por el lado de la pradera. Y divisó al sabio junto al caballo y la joven. Y antes de que el mago tuviese tiempo de evadirse, los esclavos del rey habíanse precipitado sobre él, la joven y el caballo, y los habían llevado entre las manos del rey.

Cuando vio el rey la horrible fealdad del viejo y su horrible fisonomía, y la belleza de la joven y sus encantos arrebatadores, dijo: "¡Oh, mi dueña! ¿Qué parentesco te une a este viejo tan horroroso?" Pero el persa se apresuró a responder: "¡Es mi esposa y la hija de mi tío!" Entonces, a su vez, se apresuró la joven a contestar, desmintiendo al viejo: "¡Oh, rey! ¡Por Alah, que no conozco a este adefesio! ¡Qué ha de ser mi esposo! ¡No es sino un pérfido hechicero que me ha raptado a la fuerza y con astucias!"

Al oír estas palabras de la joven, el rey de los rums dio orden a sus esclavos de que apalearan al mago, y tan a conciencia lo hicieron, que estuvo a punto de expirar bajo los golpes. Tras lo cual mandó el rey que se lo llevaran a la ciudad y le arrojaran en un calabozo, mientras él mismo conducía a la joven y hacía transportar el caballo mágico, cuyas virtudes y manejo secreto estaba muy lejos de suponer.

En cuanto al príncipe Kamaralakmar, se vistió de viaje, tomó consigo los víveres y el dinero de que tenía necesidad, y emprendió el camino, con el corazón muy triste y el espíritu en muy mal estado. Y se puso en busca de la princesa, viajando de país en país y de ciudad en ciudad, y en todas partes pedía noticias del caballo de ébano, y aquellos a quienes interrogaba se asombraban en extremo de su lenguaje y encontraban sus preguntas de lo más extrañas y extravagantes.

Y así continuó durante mucho tiempo, haciendo pesquisas más activas cada vez y pidiendo cada vez más datos, sin llegar a saber ninguna noticia que le orientase. Tras lo cual acabó por llegar a la ciudad de Sana, donde reinaba el padre de Schamsennahar, y pidió informes al llegar; pero nadie había oído nada relacionado con la joven, ni pudieron decirle lo que fue de ella desde su rapto, y le enteraron del estado de aniquilamiento y desesperación en que se hallaba sumido el viejo rey. Entonces continuó su ruta y se encaminó al país de los rums, inquiriendo siempre nuevas de la princesa y del caballo de ébano en todos los sitios por donde pasaba y en todas las etapas del viaje.

Y allí casualmente oyó noticias sobre un caballo de ébano a unos mercaderes. Y también de una hermosa joven y un viejo repulsivo encontrados por el rey.

Cuando Kamaralakmar hubo oído esta historia, no dudó ni por un instante de que se trataba de su bienamada y del caballo mágico. Así es que, tras informarse bien del nombre y situación de la ciudad, se puso en camino en seguida, dirigiéndose hacia aquel lado, y viajó sin dilación hasta que llegó allá. Pero cuando quiso franquear las puertas de la ciudad aquella, los guardias se apoderaron de él para conducirle a presencia de su rey, según los usos en vigor dentro de aquel país, a fin de interrogarle por su condición, por la causa de su ida al país y por su oficio. Y he aquí que ya era muy tarde el día en que llegó el príncipe, y como sabían que el rey estaba muy ocupado, los guardias dejaron para el día siguiente la presentación del joven y le llevaron a la cárcel para que pasase allí la noche.

Y al día siguiente los carceleros fueron a sacar de la prisión al príncipe y le llevaron a presencia del rey, diciendo: "¡Este joven llegó ayer por la noche muy tarde y no pudimos traerle a tu presencia antes, oh, rey, para que sea sometido a interrogatorio!" Entonces le preguntó el rey: "¿De dónde vienes? ¿Cómo te llamas? ¿Cuál es tu profesión? ¿Y a qué obedece tu venida a nuestra ciudad?" El príncipe contestó: "¡Respecto a mi nombre, me llamo en persa Harjah! ¡En cuanto a mi país, es Persia! Y por lo que afecta a mi oficio, soy un sabio entre los sabios, especialmente versado en la medicina y en el arte de curar a locos y alienados. ¡Y con tal objeto recorro comarcas y ciudades para ejercer mi arte y adquirir nuevos conocimientos que añadir a los que poseo ya! Y hago todo esto sin ataviarme como por lo general lo hacen los astrólogos y los sabios; no ensancho mi turbante ni aumento el número de sus vueltas, no me alargo las mangas, no llevo bajo el brazo un gran paquete de libros, no me ennegrezco los párpados con kohl negro, no me cuelgo al cuello un inmenso rosario con millares de cuentas grandes, y curo a mis enfermos sin musitar palabras en un lenguaje misterioso, sin soplarles en la cara y sin morderles el lóbulo de la oreja. ¡Y tal es, oh, rey, mi profesión!"

Cuando el rey hubo oído estas palabras, se regocijó con una alegría considerable, y le dijo: "¡Oh, excelentísimo médico, llegas a nosotros en el momento en que más necesidad tenemos de tus servicios!"

Y le contó la historia del caballo de ébano, el sabio persa y la joven, que estaba loca por los males sufridos y a quien quería sanar, pues era muy hermosa. Y le condujo donde se hallaba la princesa.

En cuanto penetró en la estancia donde estaba ella, vio que se retorcía las manos, y se golpeaba el pecho, y se arrojaba al suelo revolcándose, y hacía jirones sus vestidos, como tenía por costumbre. Y comprendió que no se trataba más que de una locura simulada, sin que ni genn ni hombres la hubiesen trastornado la razón, sino al contrario. ¡Y advirtió que no hacía todo aquello más que con el fin de impedir cualquier asechanza!

Al darse cuenta, Kamaralakmar se adelantó hacia ella y le dijo: "¡Oh, encantadora de los Tres Mundos, lejos de ti penas y tormentos!" Y cuando le hubo mirado, reconocióle ella en seguida, y llegó a una alegría tan enorme que lanzó un gran grito y cayó sin conocimiento. Y el rey no dudó de que aquella crisis era efecto del temor que le inspiraba el médico. Pero Kamaralakmar se inclinó sobre ella y, tras reanimarla, le dijo en voz baja: "¡Oh, Schamsennahar! ¡Oh, pupila de mis ojos, núcleo de mi corazón! Cuida de tu vida y de mi vida y ten valor y un poco de paciencia aún; porque nuestra situación reclama gran prudencia y precauciones infinitas, si queremos evadirnos de las manos de este rey tiránico. Por lo pronto, voy a afirmarle en su idea con respecto de ti, diciéndole que estás poseída por los genn y que a eso obedece tu locura; pero le aseguraré que acabo de curarte en el instante por medio de medicinas misteriosas que poseo. ¡Tú no tienes más que hablarme con calma y amenidad para probarle así tu curación con mi ciencia! ¡Y de ese modo lograremos nuestro deseo y podremos realizar nuestro plan!" Y contestó la joven: "¡Escucho y obedezco!"

Entonces Kamaralakmar se acercó al rey, que se mantenía en un extremo de la estancia, y con un semblante de buen augurio le dijo: "¡Oh, rey afortunado! Merced a tu buena suerte, he podido conocer la enfermedad y dar con el remedio de la dolencia. Y la he curado".

De modo que el rey, con el pecho dilatado en extremo y satisfecha el alma, dijo al joven príncipe: "¡Oh, prudente! ¡Oh, sabio médico! ¡Oh, tú el dotado de filosofía! ¡Toda esta dicha que nos llega ahora se la debemos a tus méritos y a tu bendición! ¡Aumente Alah en nosotros los beneficios de tu soplo curativo!" El joven contestó: "¡Oh, rey! Para dar cima a la curación, es preciso que con todo tu séquito, tus guardias y tus tropas vayas al paraje donde encontraste a la joven, llevándola contigo y haciendo transportar allá el caballo de ébano que estaba al lado suyo y que no es otra cosa que un genni demoníaco, y él es precisamente el que la poseía y la había vuelto loca. Y allí haré entonces los exorcismos necesarios, sin lo cual tornaría ese genni a poseerla a primeros de cada mes, y no habríamos conseguido nada. ¡Mientras que ahora, en cuanto me haya adueñado de él, le acorralaré y le mataré!" Y exclamó el rey de los rums: "¡De todo corazón y como homenaje debido!" Y acompañado por el príncipe y la joven, y seguido de todas sus tropas, el rey emprendió inmediatamente el camino de la pradera consabida.

Cuando llegaron allá, Kamaralakmar dio orden de que montaran a la joven en el caballo de ébano y se mantuvieran todos a bastante distancia, con objeto de que ni el rey ni sus tropas pudiesen fijarse bien en sus manejos. Y se ejecutó la orden al instante. Entonces dijo él al rey de los rums: "¡Ahora con tu permiso y tu venia voy a proceder a las fumigaciones y a los conjuros, apoderándome de ese enemigo del género humano para que no pueda ser dañoso en adelante! Tras lo cual también yo me montaré en ese caballo de madera que parece de ébano, y pondré detrás de mí a la joven. Y verás entonces cómo se agita el caballo en todos los sentidos, vacilando hasta decidirse a echar a correr para detenerse entre tus manos. Y de este modo te convencerás de que le tenemos por completo a nuestro albedrío. ¡Después podrás ya hacer con la joven cuanto quieras!"

Cuando el rey de los rums oyó estas palabras, se regocijó, en tanto que Kamaralakmar subía al caballo y sujetaba fuertemente detrás de sí a la joven. Y mientras todos los ojos estaban fijos en él y le miraban maniobrar, dio vuelta a la clavija que servía para subir, y el caballo, emprendiendo el vuelo, se elevó con ellos en línea recta, desapareciendo por los aires en la altura.

El rey de los rums, que estaba lejos de sospechar la verdad, continuó en la pradera con sus tropas, esperando durante medio día a que regresaran. Pero como no les veía volver, acabó por decidirse a esperarles en su palacio. Y su espera fue igualmente vana. Entonces pensó en el horrible viejo que estaba encerrado en el calabozo y, haciéndole ir a su presencia, le dijo: "¡Oh, viejo traidor! ¡Oh, posaderas de mono! ¿Cómo te atreviste a ocultarme el misterio de ese caballo hechizado y poseído por los genn demoníacos? He aquí que acaba de llevarse por los aires ahora al médico que ha curado de su locura a la joven y hasta a la propia joven. ¡Y quién sabe lo que les ocurrirá! ¡Además, te hago responsable por la pérdida de todas las alhajas y cosas preciosas con que hice que la ataviaran a ella al salir del hammam, y que valen un tesoro! ¡Así, pues, al instante va a saltar de tu cuerpo tu cabeza!" Y a una señal del rey se adelantó al portaalfanje, ¡y de un solo tajo hizo del persa dos persas! ¡Y he aquí lo concerniente a todos éstos!

Pero en cuanto al príncipe Kamaralakmar y la princesa Schamsennahar, prosiguieron tranquilamente su veloz viaje aéreo y llegaron con toda seguridad a la capital del rey Sabur. Aquella vez no aterrizaron ya en el pabellón del jardín, sino en la misma terraza del palacio. Y el príncipe se apresuró a dejar en sitio seguro a su bienamada, para ir cuanto antes a avisar a su padre y a su madre de su llegada. Entró, pues, en el aposento donde se hallaban el rey, la reina y sus hermanas las tres princesas, sumidos en lágrimas y desesperación, y les deseó la paz y les abrazó, mientras ellos, al verle, sentían que se les llenaba de felicidad el alma y se les aligeraba el corazón del peso de aflicciones y tormentos.

Entonces, para conmemorar aquel regreso y la llegada de la princesa hija del rey de Sana, el rey Sabur dio a los habitantes de la ciudad grandes festines y festejos, que duraron un mes entero. Y Kamaralakmar entró en la cámara nupcial y se regocijó con la joven en el transcurso de largas noches benditas.

Tras lo cual, para estar en lo sucesivo con el espíritu tranquilo, el rey Sabur mandó hacer añicos el caballo de ébano y él mismo destruyó el mecanismo.»

HISTORIA DEL SACO ENCANTADO

«Hubo antaño un mercader llamado Omar, que tenía tres hijos: el mayor se llamaba Salem, el segundo Salim y el más pequeño Juder. Como quisiera al pequeño más que a ninguno, sus hermanos, envidiosos, acabaron por odiarle. Y Omar, sintiéndose viejo, distribuyó sus bienes entre sus hijos, diciendo: "Tomad. Esta es toda mi fortuna. Os la entrego ahora para que a mi muerte no haya disputas entre vosotros. Me reservo la cuarta parte para mi esposa, a fin de que con ella atienda sus necesidades."

Y he aquí que poco tiempo después murió el anciano; pero sus hijos Salem y Salim no quisieron contentarse con el reparto que se había hecho y reclamaron a Juder parte de lo que le había tocado, diciéndole: "¡La fortuna de nuestro padre fue a parar a tus manos!" Y Juder se vio obligado a recurrir en contra de ellos a los jueces y a hacer comparecer a los testigos musulmanes que habían asistido al reparto y que dieron fe de lo que sabían; así es que el juez prohibió a los dos hermanos mayores que tocaran el patrimonio de Juder. Pero las costas del proceso hicieron perder a Juder y a sus hermanos parte de lo que poseían. Aquello, sin embargo, no impidió que estos últimos conspiraran contra Juder, el cual se vio obligado a apelar una vez más en contra de ellos a los jueces, y de nuevo el pleito les hizo gastar a los tres una buena parte de su peculio en las costas. Pero no cejaron en sus propósitos, y fueron a un tercer juicio, y luego a un cuarto, y así sucesivamente, hasta que los jueces se comieron toda la herencia, y los tres quedaron tan pobres que no tenían ni una moneda de cobre para comprarse un panecillo y una cebolla.

Cuando los dos hermanos Salem y Salim se vieron en aquel estado, como ya no podían reclamar nada a Juder, que estaba tan miserable como ellos, conspiraron contra su madre, a la que engañaron y despojaron después de maltratarla.

Y acudió la mujer en busca de su hijo menor, que no quiso acudir a los jueces, porque con ellos había perdido su capital, y la trató cariñosamente.

Y Juder siguió prodigando a su madre palabras de consuelo, acariciándola y calmándola, y consiguió así aliviarla y decidirla a que se fuera a vivir con él. Y para ganarse el sustento, se procuró una red de pesca, y todos los días se iba a pescar al Nilo, en Bulak, a los estanques grandes o a otros sitios en que hubiese agua, y de aquel modo sacaba una ganancia de diez monedas de cobre unas veces, de veinte otras, de treinta otras, y se lo gastaba todo en su madre y en sí mismo; así es que comían y bebían bien.

Sus hermanos no tardaron en disipar lo que habían arrebatado a su madre; quedaron reducidos a la más miserable condición y se convirtieron en dos mendigos desnudos que carecían de todo. Así es que se vieron obligados a recurrir a su madre y a humillarse ante ella hasta el extremo, y a quejársele del hambre que les torturaba. ¡Y el corazón de una madre es compasivo y piadoso! Conmovida de su miseria, su madre les daba los mendrugos que sobraban y que con frecuencia estaban mohosos, y les servía también las sobras de la comida de la víspera, diciéndoles: "¡Comed pronto y marchaos antes de que vuelva vuestro hermano, pues al veros aquí se disgustará y se le endurecerá el corazón en contra mía, con lo que me comprometeréis ante él!" Y se daban prisa ellos a comer y a marcharse. Pero un día entre los días, entraron en casa de su madre, que, como de costumbre, les sacó manjares y pan para que comiesen, y entró de pronto Juder. La madre se quedó muy avergonzada y bastante confusa y, temiendo que se enfadase con ella, bajó la cabeza, con miradas muy humildes para su hijo. Pero Juder, lejos de mostrarse contrariado, sonrió a sus hermanos y les dijo: "¡Bien venidos seáis, oh, hermanos míos! ¡Y bendita sea vuestra jornada! Pero, ¿qué os ocurrió para que al fin os hayáis decidido a venir a vernos en este día de bendición?" Y se colgó a su cuello y les abrazó con efusión, diciéndoles: "¡En verdad que hicisteis mal en dejarme languidecer así con la tristeza de no veros! ¡No vinisteis nunca a mi casa para saber de mí y de vuestra madre!" Ellos contestaron: "¡Por Alah, oh, hermano nuestro! También nos hizo languidecer el deseo de verte y no nos ha alejado de ti más que la vergüenza por lo que hubo de pasar entre nosotros y tú. ¡Pero henos aquí ya en extremo arrepentidos! ¡Sin duda, aquella fue obra de Satán (¡maldito sea por Alah el Exaltado!), y ahora no tenemos otra bendición que tú y nuestra madre!" Y Juder, muy conmovido con estas palabras, les dijo: "¡Y yo no tengo otra bendición que vosotros dos, hermanos míos!" Entonces la madre se encaró con Juder y le dijo: "¡Oh, hijo mío, blanquee Alah tu rostro y aumente tu prosperidad, pues eres el más generoso de todos nosotros!" Y dijo Juder: "¡Bien venidos seáis y venid conmigo! ¡Alah es generoso y en la morada hay abundancia!" Y acabó de reconciliarse con sus hermanos, que cenaron en su compañía y pasaron la noche en su casa.

Al día siguiente almorzaron todos juntos, y Juder, cargado con su red, se marchó confiando en la generosidad del Abridor, mientras sus dos hermanos se iban por otra parte y permanecían ausentes hasta mediodía para volver a comer con su madre. En cuanto a Juder, no volvió hasta la noche llevando consigo carne y verduras compradas con su ganancia del día. Y así vivieron durante el transcurso de un mes, pescando Juder peces para venderlos y gastar el producto con su madre y sus hermanos, que comían y triunfaban.

Pero un día no pescó nada, por más que echaba la red en diferentes sitios, y se fue a casa muy apenado. Y tuvo que pedir fiado al panadero, que lo hizo muy gustosamente.

Tampoco al día siguiente pescó Juder nada en absoluto, y una vez más se vio obligado a presentarse en casa del panadero, y tuvo la misma mala suerte durante siete días seguidos, al cabo de los cuales se le puso muy angustiado el corazón y dijo para sí: "Hoy voy a ir a pescar al lago Karún. ¡Acaso encuentre mi destino allí!"

Fue, pues, al lago Karún, situado no lejos de El Cairo, y se disponía a echar su red, cuando vio ir hacia él a un moghrabín montado en una mula. Iba vestido con un traje extraordinariamente hermoso, y tan envuelto estaba en su albornoz y en su pañuelo de la cabeza, que no se le veía más que un ojo.

Cuando el moghrabín estuvo junto a Juder, se apeó de su mula y le dijo: "¡Oh, Juder, hijo de Omar! ¡Vas a atarme los brazos con estos cordones de seda lo más sólidamente que puedas! Después de lo cual me arrojarás al lago y esperarás algún tiempo. Si ves aparecer por encima del agua una mano mía antes que mi cuerpo, echa en seguida tu red y sácame con ella a la orilla; pero si ves aparecer un pie mío fuera del agua, sabe que habré muerto. No te inquietes por mí ya entonces, coge la mula con las alforjas y ve al zoco de los mercaderes, donde encontrarás a un judío llamado Schamayaa. ¡Le entregarás la mula y te dará él cien dinares, con los cuales te irás por tu camino! ¡Pero has de guardar el mayor secreto de todo esto!" Entonces contestó Juder: "¡Escucho y obedezco!" Y ató los brazos al moghrabín, que le decía: "¡Más fuerte todavía!" Y cuando acabó la cosa, lo levantó y lo tiró al lago. Al cabo de cierto tiempo vio surgir del agua los pies del moghrabín.

Entonces comprendió que había muerto el hombre y, sin inquietarse más por él, cogió la mula y fue al zoco de los mercaderes, donde, efectivamente, vio sentado en una silla, a la puerta de su tienda, al consabido judío, que exclamó al ver la mula: "¡No hay duda! ¡Ha perecido el hombre!" Luego prosiguió: "¡Ha sido víctima de la codicia!" Y sin añadir una palabra, tomó de manos de Juder la mula y le contó cien dinares de oro, recomendándole que guardara el secreto.

Juder cogió, pues, el dinero del judío y se apresuró a ir en busca del panadero, al cual tomó el pan de costumbre y, dándole un dinar, le dijo: "¡Esto es para pagarte lo que te debo!" Y el panadero echó la cuenta y le dijo: "¡Todavía con lo que sobra tienes pagado en mi casa el pan de dos días!" Y Juder le dejó y fue en busca del carnicero y del verdulero, dándoles un dinar a cada uno, y les dijo: "¡Dadme lo que necesito y quedaos con el resto del dinero a cuenta de lo que compre más adelante!" Y compró carne y verduras, y lo llevó todo a su casa, donde encontró a sus hermanos con mucha hambre y a su madre que les decía que tuviesen paciencia hasta la vuelta del hermano. Entonces dejó ante ellos las provisiones, sobre las cuales se precipitaron como ghuls, y empezaron por devorar todo el pan mientras se hacía la comida.

Al día siguiente iba a empezar su trabajo cuando vio avanzar hacia él a un segundo moghrabín parecido al primero, que iba vestido con más riqueza aún y también montado en una mula. Y aconteció todo exactamente igual que el día anterior, con lo que se encontró con dinero abundante, que entregó en casa. Y su madre le preguntó el origen de tal dinero. Y al saberlo le aconsejó no volviera al lago Karún. Y él contestó: "¿Por qué no hacerlo, si los tiro al agua con su consentimiento y me gano cien dinares diarios?"

Al tercer día, pues, volvió Juder al lago Karún, y en el mismo instante vio llegar a un tercer moghrabín, que se parecía asombrosamente a los dos primeros, pero que les superaba aún en la riqueza de sus vestidos y en la hermosura de los jaeces con que estaba adornada la mula en que montaba, y detrás de él, en cada lado de las alforjas, había un bote de cristal con su tapadera. Se acercó aquel hombre a Juder y le dijo: "¡La zalema contigo, oh, Juder, hijo de Omar!" El pescador le devolvió la zalema, pensando: "¿Cómo me conocerán y sabrán mi nombre todos?"

Y el moghrabín le preguntó: "¿Has visto pasar moghrabines por aquí?" El pescador contestó: "¡Dos!" El otro preguntó: "¿Por dónde han ido?" El pescador dijo: "¡Les até los brazos y les tiré a este lago, en donde se ahogaron! ¡Y si te conviene seguir su suerte, puedo hacer contigo lo mismo!" Al oír estas palabras, el moghrabín se echó a reír y contestó: "Sí, deseo que hagas conmigo igual que hiciste con ellos." Y le presentó los brazos. Juder se los ató a la espalda; luego lo levantó en alto y lo arrojó al lago, en donde le vio hundirse y desaparecer. Y antes de marcharse con la mula, esperó a que saliesen del agua los pies del moghrabín; pero, con gran sorpresa por su parte, vio que surgían del agua las dos manos precediendo a la cabeza y al moghrabín entero, que le gritó: "¡No sé nadar! ¡Cógeme en seguida con tu red, oh, pobre!" Y Juder le echó la red y consiguió sacarle a la orilla. A la sazón vio en las manos de aquel hombre, sin que lo hubiese notado antes, dos peces de color rojo como el coral, un pez en cada mano. Y el moghrabín se apresuró a coger de su mulo los dos botes de cristal, metió un pez en cada bote, los tapó y colocó de nuevo los botes en las alforjas. Tras lo cual volvió hacia Juder y, cogiéndole en brazos, se puso a besarle con mucha efusión en la mejilla derecha y en la mejilla izquierda, y le dijo: "¡Por Alah! ¡Sin ti no estaría vivo yo ahora y no hubiera podido atrapar estos dos peces!"

Y he aquí que Juder, que estaba inmóvil de sorpresa, acabó por decirle: "¡Por Alah, oh, mi señor peregrino! ¡Si verdaderamente crees que intervine algo en tu liberación y en la captura de esos peces, cuéntame pronto, como única prueba de gratitud, lo que sepas con respecto de los dos moghrabines ahogados, y la verdad acerca de los dos peces consabidos, y acerca del judío Schamayaa, el del zoco!" Entonces dijo el moghrabín:

"¡Oh, Juder! Sabe que los dos moghrabines que se ahogaron eran hermanos míos. Uno se llamaba Abd al-Salam y el otro se llamaba Abd al-Ahad. En cuanto a mí, me llamo Abd al-Samad. Y el que tú crees judío no tiene nada de judío, pues es un verdadero musulmán del rito malekita; su nombre es Abd al-Rahim y también es hermano nuestro. Y he aquí, Juder, que nuestro padre, que se llamaba Abd al-Wadud, era un gran mago que poseía a fondo todas las ciencias misteriosas y nos enseñó a sus cuatro hijos la magia, la hechicería y el arte de descubrir y abrir los tesoros más ocultos. Así es que hubimos de dedicarnos incesantemente al estudio de esas ciencias, en las que logramos alcanzar tal grado de sabiduría que acabamos por someter a nuestras órdenes a los genn, a los mareds y a los efris.

Cuando murió nuestro padre, nos dejó muchos bienes y riquezas inmensas. Entonces nos repartimos equitativamente los tesoros que nos dejó, los talismanes y los libros de ciencia; pero no nos pusimos de acuerdo sobre la posesión de ciertos manuscritos.

Mientras comenzaba a acentuarse entre nosotros la discordia, vimos entrar en nuestra casa a un venerable jeque, el mismo que había educado a nuestro padre y le había enseñado la magia y la adivinación. Y aquel jeque, que se llamaba El Profundísimo Cohén, nos dijo: '¡Traedme ese libro!' Y le llevamos los *Anales de los Antiguos,* que cogió él y nos dijo: '¡Oh, hijos míos, sois hijos de mi hijo y no puedo favorecer a uno de vosotros en detrimento de los demás! ¡Es necesario, pues, que aquel de vosotros que desee poseer este libro vaya a abrir el tesoro llamado Al-Schamardal, y me traiga la esfera celeste, la redomita de kohl, el alfanje y el anillo, que todos estos objetos contiene el tesoro! ¡Y son extraordinarias sus virtudes! En efecto, el sello está guardado por un genni, cuyo sólo nombre da miedo pronunciarlo: se llama el efrit Trueno-Penetrante. Y el hombre que se haga dueño de este anillo puede afrontar sin temor el poderío de los reyes y sultanes, y cuando quiera podrá ser el dominador de la Tierra en todo lo que tiene de ancha y larga. Quien posea el alfanje podrá destruir a su albedrío ejércitos sin más que blandirlo, pues al punto saldrán de él llamas y relámpagos, que reducirán a la nada a todos los guerreros. Quien posea la esfera celeste podrá viajar a su antojo por todos los puntos del universo sin molestarse ni cambiar de sitio, y a visitar todos los países de Oriente y Occidente. En cuanto a la redomita de kohl, quien se frota los párpados con su contenido ve al instante todos los tesoros ocultos de la Tierra. Sabed que el tesoro de Schamardal se encuentra bajo la dominación de los dos hijos del rey Rojo, transformados en peces rojos, al fondo del lago Karún. Pero el tesoro no puede abrirse más que con la ayuda y en presencia de un joven de El Cairo, llamado Juder ben-Omar, pescador de oficio. Y el encanto de ese lago no lo puede romper más que el propio Juder, que deberá atar los brazos de aquel cuyo destino sea bajar al lago. Y le tirará al agua, y allí luchará con los dos hijos encantados del rey Rojo y si los vence no se ahogará y sacará la mano a la superficie; pero si es vencido se ahogará y debe ser abandonado.'

Al oír estas palabras del jeque El Profundísimo Cohén, contestamos: '¡Ciertamente, intentaremos la empresa, aun a riesgo de perecer!' Sólo nuestro hermano Abd al-Rahim no quiso intentar la aventura, y nos dijo: '¡Yo no quiero!' Entonces le indujimos a que se disfrazara de mercader judío y juntos convinimos en enviarle la mula y las alforjas para que se las comprase al pescador, dado el caso de que pereciésemos en nuestra tentativa.

Por lo demás, ya sabes, ¡oh, Juder!, lo ocurrido. ¡Mis dos hermanos perecieron en el lago, víctimas de los hijos del rey Rojo! Y también yo creí sucumbir a mi vez luchando contra ellos cuando me tiraste al lago, pero gracias a un conjuro mental logré desembarazarme de mis ligaduras, romper el encanto invencible del lago y apoderarme de los dos hijos del rey Rojo, que son estos dos peces color de coral que me has visto encerrar en los botes de mis alforjas. Y he aquí que esos dos peces encantados, hijos del rey Rojo, son nada menos que dos efrits poderosos, y merced a su captura, por fin voy a poder abrir el tesoro de Schamardal.

¡Pero para abrir el tal tesoro es absolutamente necesario que estés presente, porque el horóscopo sacado por El Profundísimo Cohén predecía que la cosa no podría hacerse más que a tu vista!"

Cuando Juder hubo oído estas palabras, contestó: "¡Oh, mi señor peregrino, tengo pendientes de mi cuello a mi madre y a mis hermanos! ¡Y soy yo el encargado de mantenerles! Así pues, si consiento en marcharme contigo, ¿quién les dará el pan para alimentarse?" El moghrabín contestó: "¡Te abstienes sólo por pereza! ¡Si verdaderamente no te impide partir más que la falta de dinero y el cuidado de tu madre, estoy dispuesto a darte en seguida mil dinares de oro para que subsista tu madre mientras tú vuelves, que será al cabo de una ausencia de cuatro meses apenas!"

Y así lo hizo con gran alegría de Juder, que llevó a su madre el dinero y se despidió de ella, volviendo junto al mago, con quien emprendió la marcha.

Pero he aquí que el viaje despertó un gran apetito en Juder, que tenía mucha hambre. Pero como no veía provisiones en el saco de viaje, dijo al moghrabín: "¡Oh, mi señor peregrino, me parece que se te olvidó coger víveres para comer durante el viaje!" El otro contestó: "¿Acaso tienes hambre?" Juder dijo: "¡Ya lo creo! ¡Ualah!" Entonces el moghrabín detuvo la mula, echó pie a tierra seguido de Juder y dijo a éste: "¡Dame el saco!" Y cuando le dio el saco Juder le preguntó: "¿Qué anhela tu alma, oh, hermano mío?" Juder contestó: "¡Cualquier cosa!" El moghrabín dijo: "¡Por Alah sobre ti, dime qué quieres comer!" Juder contestó: "¡Pan y queso!" El otro sonrió y dijo: "¿Nada más que pan y queso? ¡Qué pobre! ¡Verdaderamente, es poco digno de tu categoría! ¡Pídeme, pues, algo excelente!" Juder contestó: "¡En este momento todo lo encontraría excelente!" El moghrabín le preguntó: "¿Te gustan los pollos asados?" Juder dijo: "¡Ya Alah! ¡Sí!" El otro le preguntó: "¿Te gusta el arroz con miel?" Juder dijo: "¡Mucho!" El otro le preguntó: "¿Te gustan las berenjenas rellenas? ¿Y las cabezas de pájaros con tomate? ¿Y las cotufas con perejil y las colocasias? ¿Y las cabezas de carnero al horno? ¿Y los buñuelos de harina de cebada rebozados? ¿Y las hojas de vid rellenas? ¿Y los pasteles? ¿Y *esta y aquella cosa y la de más allá*?" Y enumeró así hasta veinticuatro platos distintos, en tanto que Juder pensaba: "¿Estará loco? Porque, ¿de dónde va a sacar los platos que acaba de enumerarme, si no hay aquí cocina ni cocinero? ¡Voy a decirle que ya basta en verdad!" Y dijo al moghrabín: "¡Basta!

¿Hasta cuándo vas a estar haciéndome desear esos diferentes manjares sin mostrarme ninguno?" Pero contestó el moghrabín: "¡La bienvenida sobre ti, oh, Juder!" Y metió la mano en el saco, y extrajo de él un plato de oro con dos pollos asados y calientes; luego metió la mano por segunda vez y sacó un plato de oro con chuletas de cordero, y uno tras otro sacó exactamente los veinticuatro platos que había enumerado.

Estupefacto quedó Juder al ver aquello. Y le dijo el moghrabín: "¡Come, pobre amigo mío!" Pero exclamó Juder: "¡Ualah! ¡Oh, mi señor peregrino! Sin duda has colocado en ese saco una cocina con sus utensilios y cocineros!" El moghrabín se echó a reír y contestó: "¡Oh, Juder, este saco está encantado! ¡Lo sirve un efrit que, si quisiéramos, nos traería al instante mil manjares indios y mil manjares chinos!" Y exclamó Juder: "¡Oh, qué hermoso saco, y qué prodigios contiene y qué opulencia!" Luego comieron ambos hasta saciarse y tiraron lo que les sobró de la comida. Y el moghrabín guardó otra vez en el saco los platos de oro; luego metió la mano en el otro bolso de las alforjas y sacó una jarra de oro llena de agua fresca y dulce. Y bebieron e hicieron sus abluciones y recitaron la plegaria de la tarde, metiendo después la jarra en el saco junto a uno de los botes, poniendo el saco a lomos de la mula y montando en la mula ellos para continuar su viaje. Siguieron su camino hacia el Maghreb, y todos los días, por la mañana y por la tarde, el saco atendía a todas sus necesidades, y Juder no tenía más que desear un manjar, aunque fuera el más complicado y el más extraordinario, para encontrarlo al punto en el fondo del saco, completamente guisado y servido en un plato de oro. Y de tal suerte, al cabo de cinco días llegaron al Maghreb y entraron en la ciudad de Mas y Miknas.

En cuanto al moghrabín, comenzó primero por coger del lomo de la mula el saco, y dijo: "¡Oh, mula, vuélvete al sitio de donde viniste! ¡Y Alah te bendiga!" Y he aquí que de pronto se abrió la tierra y recibió en su seno a la mula para cerrarse sobre ella inmediatamente.

Por la mañana del vigésimo primer día, fue a buscarle el moghrabín, que le dijo: "¡Levántate, oh, Juder! ¡Hoy es el día fijado para la apertura del tesoro de Schamardal!" Y Juder se levantó y salió con el moghrabín. Y cuando llegaron extramuros de la ciudad, aparecieron de pronto dos mulas, en las que se montaron ellos, y dos esclavos negros se echaron a andar detrás de las mulas. Y caminaron de aquel modo hasta mediodía, en que llegaron a orillas de un río, y el moghrabín echó pie a tierra y dijo a Juder: "¡Apéate!"

Entonces levantóse el moghrabín, colocó ante él encima de un taburete los dos botes y se puso a murmurar sobre ellos fórmulas mágicas y conjuros, hasta que empezaron a gritar ambos peces dentro: "¡Henos aquí! ¡Oh, soberano mago, ten misericordia de nosotros!" Y continuaron suplicándole en tanto que formulaba él los conjuros. Y de pronto estallaron a la vez y volaron en pedazos ambos botes, mientras aparecían frente al moghrabín dos personajes que decían, con los brazos cruzados humildemente: "¡La salvaguardia y el perdón, el poderoso adivino! ¿Qué intención abrigas para con nosotros?" El moghrabín contestó: "¡Mi intención es estrangularos y quemaros a menos que me prometáis abrir el tesoro de Schamardal!" Los otros dijeron: "¡Te lo prometemos y abriremos para ti el tesoro! Pero es absolutamente preciso que hagas venir aquí a Juder, el pescador de El Cairo." Contestó que era el que estaba allí presente, y los dos personajes, mirándole con atención, dijeron: "¡Ya están salvados todos los obstáculos y puedes contar con nosotros! ¡Te lo juramos por el nombre!" Y desaparecieron en el río.

Entonces el moghrabín cogió una gruesa caña hueca, encima de la cual colocó dos láminas de cornalina roja, y encima de estas dos láminas puso un braserillo de oro lleno de carbón, soplándolo una sola vez. Y al punto encendió el carbón y hubo de tornarse brasa ardiente. A la sazón el moghrabín esparció incienso sobre las brasas y dijo: "¡Oh, Juder, ya se eleva el humo del incienso y en seguida voy a recitar los conjuros mágicos de la apertura! Pero como una vez comenzados los conjuros no podré interrumpirlos sin riesgo de anular los poderes talismánicos, voy antes a instruirte acerca de lo que tienes que hacer para lograr el fin que nos hemos propuesto al venir al Maghreb. Sabe, ¡oh, Juder!, que cuando yo me ponga a recitar las fórmulas mágicas sobre el incienso humeante, el agua del río empezará a disminuir poco a poco, y el río acabará por secarse completamente y dejar su lecho al descubierto. Entonces verás que en la pendiente del cauce seco se te aparece una gran puerta de oro, tan alta como la puerta de la ciudad, con dos aldabas del mismo metal. Dirígete a esa puerta y golpéala muy ligeramente con una de las aldabas que tiene en cada hoja, y espera un instante. Llama luego con un segundo aldabonazo más fuerte que el primero, ¡y espera todavía! Después llamarás con un tercer aldabonazo más fuerte que los otros dos, y no te muevas ya. Y cuando hayas llamado así con tres aldabonazos consecutivos, oirás gritar a alguien desde dentro: '¿Quién llama a la puerta?'

Cuando hayas roto de tal modo ese primer encanto, penetrarás dentro y verás una segunda puerta, a la que llamarás con un aldabonazo solo, pero muy fuerte. Entonces se te aparecerá un jinete con una lanza grande al hombro, que te dirá, amenazándote con su lanza enristrada de repente: '¿Qué motivo te trae a estos lugares que no frecuentan ni pisan nunca las hordas humanas ni las tribus de los genn?' Y por toda respuesta le presentarás resueltamente tu pecho descubierto para que te hiera, y te dará con su lanza. Pero no sentirás daño ninguno, caerá él a tus pies, ¡y no verás más que un cuerpo sin alma! ¡Pero te matará si retrocedes!

Llegarás entonces a una tercera puerta, por la que saldrá a tu encuentro un arquero que te amenazará con su arco armado de flecha; pero preséntale resueltamente tu pecho como blanco, ¡y caerá a tus pies convertido en un cuerpo sin alma! ¡No obstante, te matará, como vaciles!

Penetrarás más adentro y llegarás a una cuarta puerta, desde la cual se abalanzará sobre ti un león de cara espantosa, que abrirá las anchas fauces para devorarte. No has de tenerle ningún miedo ni huir de él, sino que le tenderás tu mano y, en cuanto le des con ella en la boca, caerá a tus pies sin hacerte daño.

Dirígete entonces a la quinta puerta, de la que verás salir a un negro de betún que te preguntará: '¿Quién eres?' Tú dirás: '¡Soy Juder!' Y te contestará él: '¡Si eres verdaderamente ese hombre, intenta abrir la sexta puerta!'

Al punto irás a abrir la sexta puerta y exclamarás: '¡Oh, Jesús, ordena Moisés que abra la puerta!' Y la puerta se abrirá ante ti y verás aparecer dos dragones enormes, uno a la derecha y otro a la izquierda, los cuales saltarán sobre ti con las fauces abiertas. ¡No tengas miedo! Tiéndele a cada uno, una de tus manos, en las que te querrán morder; pero en vano, porque ya habrán caído impotentes a tus pies. Y sobre todo no aparentes temerlos, pues tu muerte sería segura.

Llegarás a la séptima puerta, por último, y llamarás en ella. ¡Y la persona que ha de abrirte y aparecerse en el umbral será tu madre! Y ella procurará conmoverte y hará por engañarte para que te apiades de ella. Pero guárdate de dejarte persuadir por sus ruegos, y entonces verás que se desvanece y desaparece.

Y rotos ya por fin todos los encantos franquea esa puerta y dentro encontrarás montones de oro. Pero no les prestes la menor atención y dirígete a un pabellón pequeño que hay en medio de la estancia del tesoro, y sobre el cual se extiende una cortina corrida. ¡Levanta entonces la cortina y verás, acostado en un trono de oro, al gran mago Schamardal, el mismo a quien pertenece el tesoro! Y junto a su cabeza verás brillar una cosa redonda como la Luna: es la esfera celeste. ¡Le verás con el alfanje consabido a la cintura, con el anillo de un dedo y con la redomita del kohl sujeta al cuello por una cadena de oro! ¡No vaciles entonces! ¡Apodérate de esos cuatro objetos preciosos y date prisa a salir del tesoro para venir a entregármelos!"

Y cuando hubo hablado así, el moghrabín reiteró a Juder sus recomendaciones una, dos, tres y cuatro veces para que se las aprendiera bien, y siguió repitiéndoselas, hasta que el propio Juder le dijo:

"¡Ya lo sé perfectamente! Pero, ¿qué ser humano podrá afrontar esos formidables talismanes de que hablas y soportar tan terribles peligros?" El moghrabín contestó: "¡Oh, Juder, no les tengas ningún temor! ¡Los diversos personajes a quienes verás en las puertas no son más que vanos fantasmas sin alma! ¡Puedes, pues, estar verdaderamente tranquilo." Y pronunció Juder: "¡Pongo mi confianza en Alah!"

Al punto comenzó el moghrabín con sus fumigaciones mágicas. Echó de nuevo incienso en la lumbre del brasero y se puso a recitar las fórmulas conjuratorias. Y he aquí que el agua del río disminuyó poco a poco y desapareció, y el lecho del río quedó seco y ostentando la enorme puerta del tesoro.

Al ver aquello, Juder, sin dudar ya, avanzó por el cauce del río y se encaminó a la puerta de oro, llamando a ella ligeramente una, dos y tres veces.

Y todo fue bien hasta la séptima puerta, en que Juder se dejó convencer por su madre, y entonces todo se deshizo.

Y he aquí que el moghrabín vio que le arrojaban de la puerta, y se apresuró a recogerle, pues ya las aguas surgían otra vez con gran estrépito, invadiendo el lecho del río y tornando a su curso interrumpido. Y le transportó a la orilla, desmayado, y se puso a recitar sobre él versículos del Corán hasta que recobró el sentido.

Entonces le dijo el moghrabín: "¿No te recomendé que no me desobedecieras? ¡Ya lo ves! ¡Y tendremos que esperar hasta el año próximo para repetir nuestras tentativas! ¡Desde ahora hasta entonces vivirás conmigo!"

Juder vivió, pues, en casa del moghrabín un año entero, poniéndose cada día un traje nuevo de gran valor y comiendo bien y bebiendo de cuanto salía del saco, conforme a sus anhelos y deseos.

Y he aquí que llegó el día de la nueva tentativa, a primeros del año siguiente, y el moghrabín fue en busca de Juder y le dijo: "¡Levántate! ¡Y vamos a donde tenemos que ir!" Juder contestó: "¡Bueno!" Y salieron de la ciudad, y vieron a los dos negros, que les presentaron las dos mulas, y subieron al punto a ellas y las guiaron en dirección del río, a cuyas orillas no tardaron en llegar. Y poco después de comer, el moghrabín cogió la caña hueca, las tabletas de cornalina roja, el braserillo con lumbre y el incienso, y antes de comenzar las fumigaciones mágicas dijo a Juder: "¡Oh, Juder, tengo que hacerte una recomendación! No vayas a imaginarte otra vez que la vieja es tu madre, pues no es más que un fantasma que toma la apariencia de tu madre para inducirte a error! ¡Y sabe que si la primera vez saliste de allá con tus huesos cabales, si te dejas engañar, es seguro que los perderás en el tesoro!" Juder contestó: "¡Me dejé engañar una vez! ¡Pero si ahora volviera a engañarme merecería que me quemaran!"

Entonces el moghrabín echó incienso en la lumbre y formuló sus conjuros. Y al punto se secó el río y permitió a Juder adelantarse hacia la puerta de oro. Y salió triunfante de todas las pruebas.

Juder penetró entonces sin dificultad en la estancia del tesoro y vio los montones de oro agrupados en apretadas filas; pero se dirigió al pabellón sin prestarles la menor atención y, cuando hubo levantado la cortina, vio al gran adivino Al-Schamardal acostado en el trono de oro, con el alfanje talismánico a la cintura, el anillo en un dedo, la redomita de kohl sujeta al cuello por una cadena de oro y encima de su cabeza aparecía la esfera celeste, brillante y redonda como la Luna.

Entonces se adelantó Juder sin vacilar y quitó del tahalí el alfanje, sacó el anillo talismánico, desató la redoma de kohl, cogió la esfera celeste y retrocedió para salir. Y al punto se hizo oír a su alrededor un concierto de instrumentos que hubo de acompañarle triunfalmente hasta la salida, en tanto que de todos los puntos del tesoro subterráneo se elevaban las voces de los guardianes, que le felicitaban gritando: "¡Que te haga buen provecho, oh, Juder, lo que supiste ganar! ¡Enhorabuena! ¡Enhorabuena!" Y no dejó de tocar la música ni dejaron de felicitarle las voces hasta que estuvo fuera del tesoro subterráneo.

Y al verle llegar cargado con los talismanes, el moghrabín cesó en sus fumigaciones y conjuros, y se levantó y empezó a besarle, oprimiéndole contra su pecho y haciéndole zalemas cordiales. Y cuando Juder le hubo entregado los cuatro talismanes, llamó a los dos negros, que llegaron desde el fondo del aire, cerraron la tienda de campaña y les presentaron las dos mulas, en las que se montaron Juder y el moghrabín para regresar a la ciudad de Fas.

Cuando estuvieron en el palacio, se sentaron ante el mantel puesto y servido con innumerables platos sacados del saco, y el moghrabín dijo a Juder: "¡Oh, hermano mío! ¡Oh, Juder, come!" Y Juder comió y se hartó. Entonces metieron otra vez en el saco los platos vacíos, levantaron el mantel y el moghrabín Abd al-Samad dijo: "¡Oh, Juder, abandonaste tu tierra y tu país por mi causa! ¡Y has sacado a flote mis asuntos! ¡Y he aquí que te soy deudor de los derechos que sobre mí adquiriste! ¡No tienes más que estipular tú mismo esos derechos, porque Alah (¡exaltado sea!) se sentirá generoso para contigo por intercesión nuestra! ¡Pide, pues, lo que anheles y no te avergüences de hacerlo, ya que lo has merecido!" Juder contestó: "¡Oh, mi señor! ¡Solamente anhelo de Alah y de ti que me des el saco!" Y al punto el moghrabín le puso el saco entre las manos, diciéndole: "¡Sin duda lo mereciste! ¡Y si hubieras deseado cualquier otra cosa, la hubieras tenido! Pero, ¡oh, pobre!, este saco sólo te servirá para comer." Juder contestó: "¿Y qué más podría yo anhelar?" El otro dijo: "Soportaste en mi compañía bastantes fatigas y te prometí reconducirte a tu país con el corazón jubiloso y satisfecho. Y he aquí que este saco no puede suministrarte más que la comida, pero no te enriquecerá. ¡Y yo quiero, además, enriquecerte! Toma, pues, el saco para extraer de él todos los manjares que anheles, pero voy a darte también un saco lleno de oro y de joyas de todas clases, para que, cuando te halles de regreso en tu país, te hagas mercader en gran escala y puedas atender con exceso a todas tus necesidades y a las de tu familia, sin preocuparte nunca de economizar." Luego añadió: "¡Con respecto al saco de la comida, voy a enseñarte cómo te has de servir de él para extraer los manjares que desees! ¡No tienes más que meter la mano, diciendo: '¡Oh, servidor de este saco, por la virtud de los Potentes Nombres Mágicos que lo pueden todo sobre ti, te conjuro a que traigas tal manjar!' ¡Y al instante encontrarás en el fondo del saco todos los manjares que hayas deseado, aunque cada día fueran mil de colores diferentes y de diferente sabor!"

Luego el moghrabín hizo aparecer a uno de los dos negros con una de las dos mulas, cogió unas alforjas grandes parecidas al saco de la comida y llenó uno de los bolsos con oro en monedas y en lingotes, y el otro bolso con joyas y pedrerías; lo puso a lomos de la mula, lo tapó con el saco de la comida, que parecía completamente vacío, y dijo a Juder: "¡Monta en la mula! El negro irá delante de ti y te enseñará el camino que has de seguir, y te conducirá de tal suerte hasta la misma puerta de tu casa de El Cairo."

Y llegó a su casa. Y vio sentada en el umbral a su madre, que pedía diciendo: "¡Dadme algo, por Alah!"

Al ver aquello, abandonó la razón a Juder, que apeóse de la mula y con los brazos abiertos se abalanzó a su madre, la cual hubo de echarse a llorar al verle. Y la arrastró a la casa, después de coger los dos sacos y confiar la mula al negro para que se la llevara al moghrabín; porque la mula era una gennia y el negro un genni.

Cuando Juder estuvo con su madre dentro de la casa, le hizo sentarse en la estera y, afectado muy penosamente de verla mendigar por la calle, le dijo: "¡Oh, madre! ¿Están bien mis hermanos?" Ella contestó: "¡Bien están!" Él preguntó: "¿Por qué mendigas en la calle?" Ella contestó: "¡Oh, hijo mío, porque tengo hambre!" Él dijo: "¿Cómo es eso? ¡Antes de partir te di cien dinares un día, cien dinares otro día y mil dinares el día de la marcha!" Ella dijo: "¡Oh, hijo mío, tus hermanos imaginaron contra mí una estratagema y consiguieron cogerme todo ese dinero, echándome luego de la casa! ¡Y para no morirme de hambre me he visto obligada a mendigar por las calles!" Él dijo: "¡Oh, madre mía, ya no tienes nada por qué sufrir estando yo de vuelta! ¡No te preocupe, pues, lo más mínimo! ¡He aquí un saco lleno de oro y joyas! ¡Y la riqueza abunda hoy en la morada!" Ella contestó: "¡Oh, hijo mío, verdaderamente naciste bendito y afortunado! ¡Concédate Alah sus buenas mercedes y aumente sobre ti sus beneficios! ¡Ve ahora, hijo mío, en busca de un poco de pan para ambos, porque ayer me acosté sin haber comido nada y esta mañana estoy en ayunas todavía!" Y al oír hablar de pan, Juder sonrió y dijo: "La bienvenida y la liberalidad sobre ti, ¡oh, madre mía! ¡No tienes más que pedir los manjares que anheles y te los daré al instante, sin tener que ir a comprarlos al zoco ni guisarlos en la cocina!" Ella dijo: "¡Oh, hijo mío! ¡El caso es que no veo que tengas nada de comer! ¡Y por todo equipaje no has traído más que esos tres sacos, vacío uno de ellos!" Él dijo: "¡Tengo todos los manjares que quieras y de todos los colores!" Ella dijo: "¡Hijo mío, cualquiera vendrá bien y calmará el hambre!" Él dijo: "¡Es verdad! ¡Cuando el hombre está necesitado se contenta con la menor cosa! ¡Pero habiendo abundancia de todo, da gusto escoger y comer sólo las cosas más delicadas! ¡Y he aquí que tengo abundancia de todo y puedes elegir!" Ella dijo: "¡Entonces, hijo mío, deseo un panecillo caliente y un pedazo de queso!" Él contestó: "¡Oh, madre mía! ¡Eso no es digno de tu categoría!" Ella dijo: "Más bien que yo sabrás tú lo que es mejor. ¡Haz, pues, lo que mejor te parezca!" Él dijo: "¡Oh, madre mía! ¡Me parece lo mejor y más digno de tu categoría un cordero asado, y también unos pollos asados y arroz sazonado con pimienta! ¡Asimismo, me parecen propios de tu categoría las tripas rellenas, las calabazas rellenas, los carneros rellenos, las chuletas rellenas, la kenafa hecha con almendras, miel de abejas y azúcar, los pasteles rellenos de alfónsigos y perfumados con ámbar y los losanges de Baklaua!" Al oír estas palabras, la pobre mujer creyó que su hijo se burlaba de ella o que había perdido la razón, y exclamó: "¡Yuh! ¡Yuh! ¿Qué te ha sucedido, oh, hijo mío; oh, Juder? ¿Sueñas, o acaso te has vuelto loco?" Él dijo: "¿Y por qué?" Ella contestó: "¡Pues porque acabas de citarme cosas tan asombrosas, tan caras y tan difíciles de preparar que costaría un trabajo ímprobo poseerlas!" Él dijo: "¡Por mi vida, que necesito absolutamente que comas al instante cuanto acabo de enumerar!" Ella contestó: "¡Pues aquí no veo por ninguna parte nada de eso!" Él dijo: "¡Tráeme el saco!" Le llevó ella el saco, y lo palpó y lo encontró vació. Se lo dio, sin embargo, y al punto metió la mano él en el saco y extrajo primero un plato de oro en que se alineaban, olorosas y húmedas y nadando en su propia salsa apetitosa, las tripas rellenas; luego metió la mano por segunda vez, y una porción de veces más, para ir sacando sucesivamente todas las cosas que había enumerado y hasta algunas otras que no hubo de enumerar. Y le dijo su madre: "¡Hijo mío, el saco es pequeñito y estaba completamente vacío, y he aquí que sacaste de él todos esos manjares y todos esos platos! ¿Dónde estaba todo eso?" Él dijo: "¡Oh, madre mía! ¡Has de saber que este saco me lo dio el moghrabín! ¡Y está encantado! ¡Tiene por servidor un genni que obedece las órdenes que se le dan según tal fórmula!" Y le dijo la fórmula. Y le preguntó su madre: "Así pues, si yo meto la mano en este saco pidiendo un manjar con arreglo a la fórmula, ¿lo encontraré?" Él dijo: "¡Sin duda!" Entonces metió la mano ella y dijo: "¡Oh, servidor de este saco! ¡Por la virtud de los Nombres Mágicos que lo pueden todo sobre ti, te conjuro a que me traigas además otra chuleta rellena!"

Y Juder dijo: "¡Oh, madre mía! ¡Es preciso al terminar que metamos en el saco todos los platos, pues así lo exige el talismán, y no divulges el secreto y oculta bien este saco en tu cofre para no sacarlo más que en el momento que se necesite! Pero no tengas cuidado por lo demás; sé generosa con todo el mundo, con los vecinos y los pobres, y sirve de todos los manjares a mis hermanos, igual estando yo presente que en mi ausencia."

¡Y he aquí que, apenas había acabado de hablar Juder, entraron sus dos hermanos y vieron la comida maravillosa!

Así pues, cuando entraron y los vio Juder, se levantó en honor suyo y hubo de desearles la paz con las mayores muestras de consideración, y les dijo: "¡Sentaos y comed con nosotros!" Y se sentaron y comieron. ¡Y estaban muy debilitados y enflaquecidos por el hambre y las privaciones!

Por la noche, a la hora de cenar, Juder cogió el saco y sacó de él cuarenta especies de platos que su madre puso sobre el mantel uno tras de otro; luego invitó a sus hermanos a que entrasen para comer. Y cuando hubieron acabado, les sacó pasteles para que se endulzasen, y se endulzaron. Entonces les dijo: "¡Coged lo que sobró de la comida y repartidlo entre los pobres y los mendigos!" Al día siguiente les sirvió comidas no menos espléndidas, y lo mismo ocurrió en el transcurso de diez días consecutivos.

Pero al cabo de este tiempo, Salem dijo a Salim: "¿Sabes cómo se arregla nuestro hermano para servirnos comidas tan espléndidas a diario, una por la mañana, otra a mediodía, otra por la noche, y por la noche también pasteles? ¡En verdad que ni los sultanes comen así! ¿De dónde pudo venirle semejante fortuna y tanta opulencia? ¡Y es cosa de preguntarse asimismo de dónde saca todos esos manjares asombrosos y esa pastelería, si jamás le vemos comprar nada, ni encender lumbre, ni atender a la cocina, ni poseer cocinero!" Y contestó Salem: "¡Por Alah, que no sé nada! Pero, ¿conoces a alguien que pueda revelarnos la verdad de todo eso?" El otro dijo: "¡Únicamente nuestra madre podría ilustrarnos acerca del particular!" Y al instante imaginaron una estratagema y entraron en casa de su madre en ausencia de su hermano, y le dijeron: "¡Oh, madre nuestra, tenemos hambre!" Ella contestó: "¡Pues regocijaos porque vais a satisfacerla en seguida!" Y entró en la sala donde estaba el saco, metió la mano en él pidiendo al servidor algunos manjares bien calientes y los sacó al punto para llevárselos a sus hijos, que le dijeron: "¡Oh, madre nuestra, estos manjares están calientes, y el caso es que jamás te vemos cocinar ni soplar la lumbre!" Ella contestó: "¡Lo cojo del saco!" Ellos preguntaron: "¿Y qué saco es ése?" Ella contestó: "Es un saco encantado. Y el genni servidor del saco proporciona cuanto se le pide." Les explicó la fórmula y les dijo: "¡Guardad el secreto!" Ellos contestaron: "Puedes estar tranquila. ¡Guardaremos el secreto!" Y después de haber experimentado por sí mismos las virtudes del saco y conseguir extraer de él varios manjares, se quedaron tranquilos por aquella noche.

Pero al día siguiente Salem dijo a Salim: "¡Oh, hermano mío! ¿Hasta cuándo vamos a continuar viviendo en casa de Juder como unos criados, comiendo de limosna? ¿No te parece mejor que nos valgamos de alguna estratagema para coger ese saco y llevárnoslo para nosotros solos?" Salim contestó: "¿Y qué estratagema inventaríamos?" El otro dijo: "¡Sencillamente, vender a nuestro hermano Juder al capitán mayor del mar de Suez!" Salim preguntó: "¿Y cómo nos arreglaremos para venderle?" Salem contestó: "¡Iremos tú y yo a ver a este capitán que se halla en El Cairo y le invitaremos a que venga con dos de sus marineros a comer en nuestra compañía! ¡Y ya verás! ¡Tú no tienes más que asentir a todas las palabras que yo diga a Juder, y ya verás lo que hago antes de que acabe la noche!"

Cuando se pusieron de acuerdo acerca de la venta de su hermano que proyectaban, fueron en busca del capitán mayor de Suez, y le dijeron después de las zalemas: "¡Oh, capitán, venimos a verte para algo que te regocijará sin duda!" El capitán contestó: "¡Bueno!" Ellos dijeron: "Somos dos hermanos, pero tenemos otro hermano, que es un bergante que no sirve para nada. Cuando murió nuestro padre, nos dejó una herencia, que repartimos entre los tres; nuestro hermano cogió su parte y en seguida hubo de derrocharla en el libertinaje y la corrupción. Y cuando viose reducido a la miseria, empezó a tratarnos con una injusticia extraordinaria, y acabó por citarnos ante jueces inicuos y opresores, acusándonos de haberle privado de su parte de herencia. ¡Y no tardaron los jueces inicuos y corrompidos en hacernos proceso! ¡Pero no se contentó él con esta primera fechoría! ¡Hubo de citarnos por segunda vez ante los opresores, y de tal modo consiguió reducirnos a la última miseria! ¡Y como no sabemos lo que medita ahora contra nosotros, venimos en tu busca para pedirte que nos libres de su presencia, comprándonosle para utilizarle como remero en alguno de tus navíos!"

Vueltos a casa, Salem les presentó como antiguos amigos que querían pasar un rato juntos. Y Juder se levantó y les dio la bienvenida, y rogó a su madre les sirviera una comida de cuarenta platos de distinto color. Luego se sirvieron dulces y pasteles, y se comió hasta la medianoche. A esta hora, y a una señal de Salem, los marineros que acompañaban al capitán se abalanzaron contra Juder, le ataron y le llevaron al puerto de Suez, donde le arrojaron al fondo de uno de los navíos, entre otros esclavos forzados, y le condenaron a prestar servicio un año en los bancos de los remeros.

Al día siguiente, los dos hermanos entraron en casa de su madre y le dijeron que Juder había marchado nuevamente de viaje en compañía de los marinos, en su afán de aventuras. Y empezaron a buscar por todas partes, hasta que encontraron el saco encantado y el saco de las cosas preciosas. Y se repartieron las joyas y el oro del segundo saco. Pero regañaron al tratar de repartirse el saco encantado. Y tal escándalo armaron que lo oyó un alguacil del rey y los llevó detenidos. Y les quitó los dos sacos y los encerró en un calabozo. Y a la madre le señaló una pensión suficiente.

¡Pero volvamos a Juder! Cuando ya hacía un año que estaba de esclavo en el navío perteneciente al capitán mayor de Suez, se levantó una tempestad que puso en peligro el navío, y lo desamparó y lo arrojó contra una costa escarpada, de modo que se estrelló el barco y se ahogaron todos los que en él iban, excepto Juder, que pudo ganar a nado la orilla. Y logró adentrarse por tierra, y de tal suerte llegó a un campamento de beduinos nómadas, que le interrogaron acerca de su estado y le preguntaron si era marino. Y les contó que, efectivamente, era marino a bordo de un navío que había naufragado, y les dio detalles de su historia.

Y he aquí que en el campamento había un mercader oriundo de Jedda, que sintió compasión por Juder y le dijo: "¿Quieres entrar a mi servicio, oh, egipcio? Yo te daré ropa y te llevaré conmigo a Jedda." Y Juder consintió entrar a su servicio y partió con él y llegó a Jedda, donde el mercader le trató generosamente y le colmó de beneficios. Algún tiempo después el mercader fue en peregrinación a La Meca y le llevó también consigo.

Y cuando llegaron a La Meca, Juder se apresuró a agregarse a la procesión que rodeaba el recinto sagrado de La Kaaba para dar las siete vueltas rituales, y he aquí que precisamente encontró entre los peregrinos a su amigo el jeque Abd al-Samad el moghrabín, que también estaba dando sus siete vueltas. Y el moghrabín le vio a su vez, y le hizo una zalema fraternal y le pidió noticias suyas. Entonces se echó a llorar Juder. Luego le contó lo que había ocurrido. Y el moghrabín le cogió de la mano y le condujo a la casa en que se hospedaba, le trató generosamente, le vistió con un traje espléndido y le dijo: "¡La desgracia se alejó de ti por completo, oh, Juder!"

Y como Juder no quisiera quedarse con el moghrabín, a pesar de sus insistentes ruegos, éste decidió darle un buen regalo de despedida y se quitó el anillo del tesoro de Schamardal, servido por el genio Trueno-Penetrante, y le enseñó su manejo, colocándoselo después en su mano derecha.

Entonces Juder se despidió de Abd al-Samad el moghrabín y frotó el anillo. Y al instante apareció Trueno-Penetrante, que le dijo: "¡Heme aquí! ¡Pide y obtendrás!" Y Juder contestó: "¡Condúceme a El Cairo hoy mismo!" El genni dijo: "¡Fácil es!" Y encorvándose por completo, se lo puso a la espalda y echó a volar con él. Y duró el viaje desde mediodía hasta medianoche, y el efrit dejó a Juder en El Cairo, en la propia casa de su madre, y desapareció.

Cuando la madre de Juder vio entrar a éste, se levantó y lloró, deseándole la paz. Luego le contó lo que les había sucedido a sus hermanos, cómo el rey había hecho que les apalearan y les había quitado el saco encantado y el saco del oro y de las joyas. Y al oír aquello, Juder no pudo permanecer indiferente a la suerte de sus hermanos, y dijo a su madre: "¡No te aflijas por eso! ¡Al instante te probaré lo que puedo y te traeré a mis hermanos!" Y al mismo tiempo frotó el engarce del anillo, y al punto apareció el servidor, que dijo: "¡Heme aquí! ¡Pide y obtendrás!" Juder dijo: "¡Te ordeno que vayas a sacar a mis hermanos del calabozo del rey para traérmelos aquí!" Y desapareció el genni para ejecutar la orden.

Y en un instante Juder se vio echado en una alfombra con sus hermanos, uno a cada lado, y a su madre que los cuidaba con solicitud. Y les dijo:

"Que sean con vosotros todas las zalemas, ¡oh, hermanos míos! ¿No me reconocéis ya y me habéis olvidado?" Bajaron ellos la cabeza y se echaron a llorar en silencio. Entonces les dijo Juder: "¡No lloréis! ¡Porque fueron Satán y la codicia los que hubieron de obligaros a obrar como obrasteis! Mas, ¿cómo pudisteis decidiros a venderme? ¡Pero no lloréis! ¡Si para mí es un consuelo pensar que me parezco en eso a José, hijo de Jacob, a quien también vendieron sus hermanos! ¡No obstante, los hermanos de José se portaron con él peor que vosotros conmigo, pues además le arrojaron al fondo de una cisterna! ¡Limitaos a pedir perdón a Alah, arrepintiéndoos, y os perdonará (porque es el Clemente Ilimitado y el Gran Perdonador) como yo os perdono! ¡Sea con vosotros la bienvenida! ¡Y estad en adelante tranquilos, sin ningún temor y sin ningún encogimiento!" Y siguió consolándolos y reconfortándolos hasta que hubo colmado sus corazones; luego empezó a contarles todos los sinsabores y sufrimientos que soportó hasta encontrar en La Meca al jeque Abd al-Samad. Y también les enseñó el anillo mágico.

Y cuando los hermanos le contaron lo que había hecho el rey pensó darle una lección y, frotando el anillo, ordenó a Trueno le llevase todas las alhajas del rey y los dos sacos de que despojó a sus hermanos. Y lo hizo. Y después le mandó construir un palacio suntuoso y llevar esclavos y esclavas para el servicio de todos, y muchos trajes lujosos.

Como el palacio era muy grande, Juder hizo habitar en uno de los lados del edificio a su hermano Salem y a sus servidores y mujeres, y en el otro a su hermano Salim con sus servidores y mujeres. En cuanto a él, habitó con su madre en el centro del palacio. Y cada uno tenía sus aposentos como un sultán.

¡Pero volvamos al rey! Cuando el tesorero mayor fue por la mañana a coger del armario del tesoro algunos objetos que necesitaba para el rey, lo abrió y se encontró con que no había nada.

Y al ver aquello, el tesorero mayor lanzó un grito estridente y cayó sin conocimiento. Y cuando volvió en sí, se precipitó fuera de la estancia del tesoro, y con los brazos en alto corrió en busca del rey Schams al-Daula, al cual dijo: "¡Oh, Emir de los Creyentes! ¡Vengo a informarte que esta noche dejaron vacío el tesoro!" Y exclamó el rey: "¡Oh, miserable! ¿Qué hiciste de las riquezas que contenía el tesoro? ¿Y han desaparecido asimismo los dos sacos?" Y al recibir contestación afirmativa la razón huyó de la cabeza del rey. Y, sospechando de Juder, mandó a un emir con cincuenta guerreros para apresarle.

Y he aquí que el tal emir Othmán era un hombre estúpido, orgulloso e infatuado. Al llegar a la puerta del palacio vio a un eunuco sentado sobre el umbral en una hermosa silla de bambú. Y avanzó a él; pero el eunuco no se levantó ni se preocupó por el emir lo más mínimo, como si no le viera. ¡Y sin embargo, el emir Othmán era muy visible, y llevaba consigo cincuenta hombres muy visibles! Y al ver aquello, el emir Othmán llegó al límite de la indignación y, blandiendo su maza, quiso pegar con ella al eunuco. Pero ignoraba que el tal eunuco no era otro que Trueno-Penetrante, el efrit del anillo, a quien Juder había encargado que actuase de portero del palacio. Así es que cuando el presunto eunuco vio el movimiento del emir Othmán, se levantó, mirándole sólo con un ojo y manteniendo cerrado el otro ojo, le sopló en la cara y bastó aquel soplo para tirarle al suelo. Luego le quitó de las manos la maza y, sin más ni más, le asestó cuatro mazazos.

Al ver aquello, se indignaron los cincuenta soldados del emir y, no pudiendo soportar la afrenta infligida a su jefe, sacaron sus alfanjes y se precipitaron sobre el eunuco para exterminarle. Pero el eunuco sonrió con calma y les dijo: "¡Ah! ¿Sacáis vuestros alfanjes, oh, perros? ¡Pues esperad un poco!" Y cogió a algunos y les hundió en el vientre sus propios alfanjes y los ahogó en su propia sangre. Y siguió diezmándolos de tal manera que los que quedaron huyeron poseídos de espanto con el emir a la cabeza, y no pararon hasta llegar a la presencia del rey, en tanto que Trueno volvía a tomar en la silla su postura indolente.

Cuando el rey se enteró por el emir Othmán de lo que acababa de suceder, llegó al límite del furor y dijo: "¡Que vayan contra ese eunuco cien guerreros!" Y llegados que fueron los cien guerreros a la puerta del palacio, el eunuco los recibió a mazazos, zurrándolos y poniéndolos en fuga en un abrir y cerrar de ojos. Y volvieron a decir al rey: "¡Nos ha dispersado y aterrado!" Y el rey dijo: "¡Que vayan doscientos!" Y salieron doscientos, y fueron destrozados por el eunuco. Entonces gritó el rey a su gran visir: "¡Tú mismo irás ahora con quinientos guerreros para traérmelo al instante! ¡Y también me traerás a su amo Juder con sus dos hermanos!" Pero contestó el gran visir: "¡Oh, rey del tiempo, prefiero no llevar conmigo guerrero ninguno e ir en su busca completamente solo y sin armas!" El rey dijo: "¡Ve y haz lo que te parezca mejor!"

Entonces arrojó el gran visir de sí sus armas y se vistió con un largo ropón blanco; luego se puso en la mano un rosario muy grande y se encaminó con lentitud a la puerta del palacio de Juder, pasando las cuentas del rosario. Y vio sentado en la silla al eunuco consabido, se le acercó sonriendo, se sentó en el suelo frente a él con mucha cortesía y le dijo: "¡La zalema sea con vos!" El otro contestó: "¡Sea contigo la zalema, oh, ser humano! ¿Qué deseas?" Cuando el gran visir hubo oído lo de "ser humano", comprendió que el eunuco era un genni entre los genn, y tembló de espanto. Luego le preguntó humildemente: "¿Está tu amo, el señor Juder?" El otro contestó: "¡Sí, está en el palacio!" El visir añadió: "¡Ya sidi! Te ruego que vayas a buscarle y a decirle: '¡Ya sidi! El rey Schams al-Daula te invita a que te presentes a él, pues da un festín en tu honor. ¡Y él mismo te transmite la zalema y te ruega que honres su morada aceptando su hospitalidad!'." Trueno contestó: "¡Espérame aquí mientras voy a pedirle su beneplácito!"

Y al poco tiempo bajó, diciendo al gran visir que su amo le recibiría. Subió al palacio y entró en una gran sala de recepción, donde vio a Juder, más imponente que los reyes, sentado en un trono como no podría poseerlo ningún sultán, con un tapiz de lo más espléndido extendido a sus pies. Y quedó estupefacto, y permaneció pasmado, y absorto, y deslumbrado por la belleza del palacio, por sus adornos, por su decorado, por sus esculturas y por sus muebles, y vio que en comparación era él menos que un mendigo junto a cosas tan hermosas y frente al dueño de aquel recinto. Así es que se inclinó y besó la tierra entre las manos de Juder e hizo votos por su prosperidad. Y Juder le preguntó: "¿Qué tienes que pedirme, oh, visir?" El visir contestó: "¡Oh, mi señor, tu amigo el rey Schams al-Daula te transmite la zalema! ¡Y desea ardientemente alegrarse los ojos con tu cara, y a tal objeto da un festín en tu honor! ¿Querrás aceptarlo por complacerle?" Juder contestó: "¡Desde el momento en que es mi amigo, ve a transmitirle mi zalema y dile que venga él antes a mi casa!" Y el visir fue en busca del rey y le dijo que estaba invitado. Éste montó a caballo y, seguido por su guardia, se dirigió al palacio de Juder.

Cuando Juder vio desde lejos llegar al rey con su séquito, dijo al efrit del anillo: "Deseo que me traigas a tus compañeros los efrits para que, con aspecto de seres humanos, formen el paso del rey en el patio principal del palacio. Y como el rey advertirá su número y calidad, quedará aterrado y espantado, y se estremecerá su corazón. ¡Y comprenderá entonces para su bien que mi poder supera al suyo!" Y al instante el efrit Trueno convocó e hizo aparecer a doscientos efrits con aspecto de guardias armados y de estatura enorme. Y entró el rey en el patio y pasó por entre las dos filas de soldados, y al ver su aspecto terrible, sintió estremecérsele el corazón. Luego subió al palacio y entró en la sala donde se hallaba Juder, y le encontró sentado de una manera y con una apostura que no tuvo nunca verdaderamente ningún rey ni sultán. Y le hizo la zalema, y se inclinó entre sus manos, y formuló sus votos, sin que Juder se levantase en honor suyo o le guardara consideraciones o le invitara a sentarse. Por el contrario, le tuvo en pie para hacerse valer así, de modo que el rey perdió por completo la serenidad y no supo si debía permanecer allí o marcharse. Y al cabo de cierto tiempo, le dijo Juder por fin: "¿Te parece, en verdad, manera de conducirse el oprimir, como lo has hecho, a personas indefensas, despojándolas de sus bienes?" El rey contestó: "¡Oh, mi señor, dígnate excusarme! ¡Me impulsaron a obrar así la codicia y la ambición, y tal era mi destino! ¡Y por otra parte, si no hubiera falta, no habría perdón!"

Y no cesó de humillarse de aquel modo entre las manos de Juder, hasta que éste hubo de decirle: "¡Que te perdone Alah!" Y le permitió sentarse, y se sentó el rey. Entonces Juder le puso el ropón de la salvaguardia y dio a sus hermanos orden de que extendieran el mantel y sirvieran manjares extraordinarios y numerosos. Y después de la comida regaló hermosas vestiduras a todos los individuos del séquito del rey, y les trató con miramientos y generosidad. Sólo entonces fue cuando el rey se despidió de Juder y salió del palacio; pero fue para volver todos los días a pasarlos por entero con Juder y hasta reunió en casa de éste su diwán, ventilando allí los asuntos del reino. Y la amistad entre ambos no hizo más que aumentar y consolidarse. Y así vivieron algún tiempo.

Pero el rey, para asegurarse la amistad con Juder, a quien temía, le casó con su hija con gran contento por parte de ambos. Y durante días numerosos vivieron todos en paz. Al fin el rey murió.

Entonces las tropas reclamaron a Juder para el sultanato, y como él rehusara, siguieron importunándole hasta que aceptó. Y le nombraron sultán.

Y he aquí que el primer acto de Juder como sultán consistió en erigir una mezquita sobre la tumba del rey Schams al-Daula, llevando allí ricos donativos, y para emplazamiento de aquella mezquita escogió el barrio de los Bundukania, elevándose su palacio en el barrio de los Yamania. Y desde aquel entonces el barrio de la mezquita y la propia mezquita tomaron el nombre de Judería.

Luego se apresuró el sultán Juder a nombrar visires a sus dos hermanos, a Salem visir de Su Derecha y a Salim visir de Su Izquierda. Y vivieron así en paz sólo un año, no más.

Y al cabo de este tiempo, Salem dijo a Salim: "¡Oh, hermano mío! ¿Hasta cuándo vamos a permanecer en tal estado? ¿Nos vamos a pasar toda la vida como servidores de Juder, sin disfrutar a nuestra vez de la autoridad y la felicidad mientras Juder viva?" Salim contestó: "¿Qué podríamos hacer para matarle y quitarle el anillo y el saco? ¡Sólo tú sabrás combinar alguna estratagema para llegar a matarle, porque eres más experto y más inteligente que yo!"

Cuando hubieron combinado la estratagema, fueron en busca de Juder y le dijeron: "¡Oh, hermano nuestro! ¡Quisiéramos que esta tarde te dignaras darnos el gusto de ir a merendar en nuestro mantel, porque hace mucho tiempo que no te hemos visto franquear el umbral de nuestra hospitalidad!" Dijo Juder: "¡Pues no os atormentéis por eso! ¿En casa de quién de vosotros dos debo presentarme y aceptar la invitación?" Salem contestó: "¡Primero en mi casa! ¡Y cuando hayas probado los manjares de mi hospitalidad, irás a aceptar la invitación de mi hermano!" Juder repuso: "No hay inconveniente." Y fue a ver a Salem en sus habitaciones del palacio.

¡Pero no sabía lo que le esperaba, porque apenas tomó el primer bocado del festín, cayó hecho trizas, con la carne por un lado y los huesos por otro! El veneno había surtido su efecto.

Entonces se levantó Salem y quiso sacarle del dedo el anillo; pero como el anillo no quería salir, le cortó el dedo con un cuchillo. Cogió entonces el anillo y frotó el engarce. Al punto apareció el efrit Trueno-Penetrante, servidor del anillo, que dijo: "Te ordeno que te apoderes de mi hermano Salim y le mates. ¡Luego le cogerás y también cogerás a Juder, que está ahí sin vida, y arrojarás los dos cuerpos, el del envenenado y el del asesinado, a los pies de los principales jefes de las tropas!" Y el efrit Trueno, que obedecía todas las órdenes dadas por cualquier poseedor del anillo, fue en seguida a buscar a Salim y le mató; después cogió los dos cuerpos sin vida y los arrojó a los pies de los jefes de las tropas que precisamente estaban reunidos comiendo en la sala de las comidas.

Y en aquel mismo momento hizo Salem su entrada y dijo: "¡Oh, jefes de mis tropas y vosotros todos, soldados míos, comed y estad contentos! Me he hecho dueño de este anillo que arrebaté a mi hermano Juder. Y este mared que tenéis ante vosotros es el mared Trueno-Penetrante, servidor del anillo. ¡Y soy yo quien le ha ordenado que diera muerte a mi hermano Salim para no tener que compartir el trono con él! ¡Por otra parte, era un traidor, temía que me traicionase! ¡Así es que, como Juder ha muerto, quedo yo por sultán único! ¿Queréis aceptarme para rey, o queréis mejor que frote el anillo y haga que el efrit os mate a todos, grandes y pequeños, hasta el último?"

Al oír estas palabras, los jefes de las tropas, poseídos de un temor grande, no osaron protestar y contestaron: "¡Te aceptamos por rey y sultán!"

Entonces ordenó Salem que se celebraran los funerales de sus hermanos. Luego convocó al diwán y, cuando todo el mundo estuvo de vuelta de los funerales, se sentó en el trono, y recibió como rey los homenajes de sus súbditos, después de lo cual, dijo: "¡Ahora quiero que se extienda mi contrato matrimonial con la esposa de mi hermano!" Le contestaron: "¡No hay inconveniente! ¡Pero es preciso esperar a que pasen los cuatro meses y diez días de viudedad!" Salem contestó: "Conmigo no rezan esas formalidades ni otras fórmulas análogas!" No hubo más remedio que extender el contrato de matrimonio.

Y se previno de tal cosa a la esposa de Juder, El-Sett Asia, la cual repuso: "¡Que venga!" Y cuando llegó la noche, Salem penetró en el aposento de la esposa de Juder, que hubo de recibirle con las demostraciones de la alegría más viva y con los deseos de bienvenida. Y le ofreció, para que se refrescase, una copa de sorbete, bebiéndola él para caer destrozado, como cuerpo sin alma. Y así acaeció su muerte.

A la sazón El-Sett Asia cogió el anillo mágico y lo hizo añicos para que nadie en adelante lo utilizase de un modo culpable, y cortó en dos el saco encantado, rompiendo así el encanto que poseía.

Tras lo cual, mandó prevenir al jeque Al-Islam de cuanto había sucedido, y avisó a los notables del reino que ya podían elegir nuevo rey, diciéndoles: "¡Escoged otro sultán para que os gobierne!".»

HISTORIA DE ALADINO
O LA LÁMPARA MARAVILLOSA

Había en la antigüedad, y en una ciudad entre las ciudades de la China, y de cuyo nombre no me acuerdo en este instante, había —pero Alah es más sabio— un hombre que era sastre de oficio y pobre de condición. Y aquel hombre tenía un hijo llamado Aladino, que era un niño mal educado y que desde su infancia resultó un galopín muy travieso. Y he aquí que, cuando el niño llegó a la edad de diez años, su padre quiso hacerle aprender por lo pronto algún oficio honrado; pero, como era muy pobre, no pudo atender a los gastos de la instrucción y tuvo que limitarse a tener con él en la tienda al hijo, para enseñarle el trabajo de aguja en que consistía su propio oficio. Pero Aladino, que era un niño indómito, acostumbrado a jugar con los muchachos del barrio, no pudo amoldarse a permanecer un solo día en la tienda.

Así es que su padre, apenado y desesperado por tener un hijo tan dado a todos los vicios, acabó por abandonarle a su libertinaje, y su dolor le hizo contraer una enfermedad, de la que hubo de morir. ¡Pero no por eso se corrigió Aladino de su mala conducta!

Entonces la madre de Aladino, al ver que su esposo había muerto y que su hijo no era más que un bribón, con el que no se podía contar para nada, se decidió a vender la tienda y todos sus utensilios, a fin de poder vivir algún tiempo con el producto de la venta. Pero como todo se agotó en seguida, tuvo necesidad de acostumbrarse a pasar sus días y sus noches hilando lana y algodón para ganar algo y alimentarse y mantener al ingrato de su hijo.

En cuanto a Aladino, cuando se vio libre del temor a su padre, no le retuvo ya nada y se entregó a la pillería y la perversidad. Y se pasaba todo el día fuera de casa para no entrar más que a las horas de comer. Y la pobre y desgraciada madre, a pesar de las incorrecciones de su hijo para con ella y del abandono en que la tenía, siguió manteniéndole con el trabajo de sus manos y el producto de sus desvelos, llorando lágrimas muy amargas. Y así fue cómo Aladino llegó a la edad de quince años. Y era verdaderamente hermoso y bien formado, con dos magníficos ojos negros, una tez de jazmín y un aspecto de lo más seductor.

Un día entre los días, estando él en medio de la plaza que había a la entrada de los zocos del barrio, sin ocuparse más que de jugar con los pillastres y vagabundos de su especie, acertó a pasar por allí un derviche maghrebín, que se detuvo mirando a los muchachos obstinadamente. Y acabó por posar en Aladino sus miradas y por observarle de una manera bastante singular y con una atención muy particular, sin ocuparse ya de los otros niños camaradas suyos. Y aquel derviche, que venía del último confín del Maghreb, de las comarcas del interior lejano, era un insigne mago muy versado en la astrología y en la ciencia de las fisonomías, y en virtud de su hechicería podía conmover y hacer chocar unas con otras las montañas más altas. Y continuó observando a Aladino con mucha insistencia y pensando: "¡He aquí por fin el niño que necesito, el que busco desde hace largo tiempo y en pos del cual partí!" Y aproximóse a un muchacho y, sin perder de vista a Aladino, le llamó aparte sin hacerse notar, y por él se informó minuciosamente del padre y de la madre de Aladino, así como de su nombre y de su condición. Y con aquellas señas, se acercó a Aladino sonriendo, consiguió atraerle a una esquina y le dijo: "¡Oh, hijo mío! ¿No eres Aladino, el hijo del honrado sastre?" Y Aladino contestó: "Sí, soy Aladino. ¡En cuanto a mi padre, hace mucho tiempo que ha muerto!" Al oír estas palabras, el derviche maghrebín se colgó al cuello de Aladino y le cogió en brazos, y estuvo mucho tiempo besándole en las mejillas, llorando ante él en el límite de la emoción. Y Aladino, extremadamente sorprendido, le preguntó: "¿A qué obedecen tus lágrimas, señor? ¿Y de qué conocías a mi difunto padre?" Y contestó el maghrebín, con una voz muy triste y entrecortada: "¡Ah, hijo mío! ¿Cómo no voy a verter lágrimas de duelo y de dolor, si soy tu tío y acabas de revelarme de una manera tan inesperada la muerte de tu difunto padre, mi pobre hermano? ¡Oh, hijo mío, has de saber, en efecto, que llego a este país después de abandonar mi patria y afrontar los peligros de un largo viaje, únicamente con la halagüeña esperanza de volver a ver a tu padre y disfrutar con él la alegría del regreso y de la reunión! ¡Y he aquí, ay, que me cuentas su muerte!"

Luego el maghrebín sacó de su cinturón diez dinares de oro y se los puso en la mano de Aladino, preguntándole: "¡Oh, hijo mío! ¿Dónde habita tu madre, la mujer de mi hermano?" Y Aladino, completamente conquistado por la generosidad y la cara sonriente del maghrebín, le cogió de la mano, le condujo al extremo de la plaza y le mostró con el dedo el camino de su casa, diciendo: "¡Allí vive!" Y el maghrebín le dijo: "Estos diez dinares que te doy, ¡oh, hijo mío!, se los entregarás a la esposa de mi difunto hermano, transmitiéndole mis zalemas! ¡Y le anunciarás que tu tío acaba de llegar de viaje, tras larga ausencia en el extranjero, y que espera, si Alah quiere, poder presentarse en la casa mañana para formular por sí mismo los deseos a la esposa de su hermano y ver los lugares donde pasó su vida el difunto y visitar su tumba!"

Cuando Aladino oyó estas palabras del maghrebín, quiso inmediatamente complacerle y, después de besarle la mano, se apresuró a correr con alegría a su casa.

Al día siguiente, Aladino salió de casa a primera hora de la mañana, y el maghrebín, que ya andaba buscándole, le encontró en el mismo sitio que la víspera, dedicado a divertirse, como de costumbre, con los vagabundos de su edad. Y se acercó inmediatamente a él, le cogió de la mano, le estrechó contra su corazón y le besó con ternura. Luego sacó de su cinturón dos dinares y se los entregó, diciendo: "Ve a buscar a tu madre y dile, dándole estos dos dinares: '¡Mi tío tiene intención de venir esta noche a cenar con nosotros, y por esto te envía este dinero para que prepares manjares excelentes!'."

Entonces, al ver los dos dinares, se dijo la madre de Aladino: "¡Quizá no conociera yo a todos los hermanos del difunto!" Y se levantó y a toda prisa fue al zoco, en donde compró las provisiones necesarias para una buena comida, y volvió para ponerse en seguida a preparar los manjares. Pero como la pobre no tenía utensilios de cocina, fue a pedir prestados a las vecinas las cacerolas, pla-

tos y vajilla que necesitaba. Y estuvo cocinando todo el día, y al hacerse la
noche, dijo a Aladino: "¡La comida está dispuesta, hijo mío, y como tu tío no
sabe bien el camino de nuestra casa, debes salirle al encuentro o esperarle en la
calle!" Y Aladino contestó: "¡Escucho y obedezco!" Y cuando se disponía a
salir, llamaron a la puerta. Y corrió a abrir él. Era el maghrebín, e iba acompañado de un mandadero que llevaba a la cabeza una carga de frutas, de pasteles
y bebidas. Y Aladino les introdujo a ambos. Y el mandadero se marchó cuando
dejó su carga y le pagaron. Y Aladino condujo al maghrebín a la habitación en
que estaba su madre. Y el maghrebín se inclinó y dijo con voz conmovida: "La
paz sea contigo, ¡oh, esposa de mi hermano!" Y la madre de Aladino le devolvió la zalema. Entonces el maghrebín se echó a llorar en silencio. Luego preguntó: "¿Cuál es el sitio en que tenía costumbre de sentarse el difunto?" Y la
madre de Aladino le mostró el sitio en cuestión, y al punto se arrojó al suelo el
maghrebín y se puso a besar aquel lugar y a suspirar con lágrimas en los ojos y
a decir: "¡Ah, qué suerte la mía! ¡Ah, qué miserable suerte fue haberte perdido, ¡oh, hermano mío!, ¡oh, estría de mis ojos!" Y continuó llorando y lamentándose de aquella manera, y con una cara tan transformada y tanta alteración
de entrañas que estuvo a punto de desmayarse, y la madre de Aladino no dudó
ni por un instante de que fuese el propio hermano de su difunto marido. Y se
acercó a él, le levantó del suelo y le dijo: "¡Oh, hermano de mi esposo! ¡Vas a
matarte en balde a fuerza de llorar! ¡Ay, lo que está escrito debe ocurrir!" Y
siguió consolándole con buenas palabras hasta que le decidió a beber un poco
de agua para calmarse y sentarse a comer.

Cuando estuvo puesto el mantel, el maghrebín comenzó a hablar con la madre
de Aladino. Y le contó lo que tenía que contarle, diciéndole:

"¡Oh, mujer de mi hermano! No te parezca extraordinario el no haber tenido todavía ocasión de verme y el no haberme conocido en vida de mi difunto hermano. Porque hace treinta años que abandoné este país y partí para el
extranjero, renunciando a mi patria. Y desde entonces no he cesado de viajar
por las comarcas de la India y del Sindh, y de recorrer el país de los árabes y
las tierras de otras naciones. ¡Y también estuve en Egipto y habité la magnífica ciudad de Masr, que es el milagro del mundo! Y tras residir allá mucho
tiempo, partí para el país del Maghreb central, en donde acabé por fijar residencia durante veinte años."

Así habló el maghrebín. Y advirtió que, ante aquellos recuerdos evocados,
la madre de Aladino lloraba amargamente. Y para que olvidara sus tristezas y
se distrajera de sus ideas negras, se encaró con Aladino y, variando la conversación, le dijo: "Hijo mío, ¿qué oficio aprendiste y en qué trabajo te ocupas para
ayudar a tu pobre madre y vivir ambos?"

Al oír aquello, avergonzado de su vida por primera vez, Aladino bajó la
cabeza mirando al suelo. Y como no decía palabra, contestó en lugar suyo su
madre: "¿Un oficio? ¡Oh, hermano de mi esposo! ¿Tener un oficio Aladino?
¿Quién piensa en eso? ¡Por Alah, que no sabe nada absolutamente! ¡Ah, nunca
vi un niño tan travieso! ¡Se pasa todo el día corriendo con otros niños del
barrio, que son unos vagabundos, unos pillastres, unos haraganes como él, en
vez de seguir el ejemplo de los hijos buenos, que están en la tienda con
sus padres! ¡Sólo por causa suya murió su padre, dejándome amargos recuerdos! ¡Y también yo me veo reducida a un triste estado de salud! Y aunque
apenas si veo con mis ojos, gastados por las lágrimas y las vigilias, tengo
que trabajar sin descanso y pasarme días y noches hilando algodón para tener
con qué comprar dos panes de maíz, lo preciso para mantenernos ambos. ¡Y

tal es mi condición! ¡Y te juro por tu vida, oh, hermano de mi esposo, que sólo entra él en casa a las horas precisas de las comidas! ¡Y esto es todo lo que hace! Así es que a veces, cuando me abandona de tal suerte, por más que soy su madre pienso cerrar la puerta de la casa y no volver a abrirla, a fin de obligarle a que busque un trabajo que le dé para vivir. ¡Y luego me falta valor para hacerlo, porque el corazón de una madre es compasivo y misericordioso! ¡Pero mi edad avanza, y me estoy haciendo muy vieja, oh, hermano de mi esposo! ¡Y mis hombros no soportan las fatigas de antes! ¡Y ahora apenas si mis dedos me permiten dar vuelta al huso! ¡Y no sé hasta cuándo voy a poder continuar una tarea semejante sin que me abandone la vida, como me abandona mi hijo, este Aladino, que tienes delante de ti, oh, hermano de mi esposo!" Y se echó a llorar.

Entonces el maghrebín se encaró con Aladino y le dijo: "¡Oh, hijo de mi hermano! ¡En verdad que no sabía yo todo eso que a ti se refiere! ¿Por qué marchas por esa senda de haraganería? ¡Qué vergüenza para ti, Aladino! ¡Eso no está bien en hombres como tú! ¡Te hallas dotado de razón, hijo mío, y eres un vástago de buena familia! ¿No es para ti una deshonra dejar así que tu pobre madre, una mujer vieja, tenga que mantenerte, siendo tú un hombre con edad para tener una ocupación con que pudierais manteneros ambos...? ¡Y por cierto, oh, hijo mío, que gracias a Alah lo que sobra en nuestra ciudad son maestros de oficio! ¡Sólo tendrás, pues, que escoger tú mismo el oficio que más te guste y yo me encargaré de colocarte! ¡Y de ese modo, cuando seas mayor, hijo mío, tendrás entre las manos oficio seguro que te proteja contra los embates de la suerte! ¡Habla ya! ¡Y si no te agrada el trabajo de aguja, oficio de tu difunto padre, busca otro y avísamelo! Y yo te ayudaré todo lo que pueda, ¡oh, hijo mío!"

Pero en vez de contestar, Aladino continuó con la cabeza baja y guardando silencio, con lo cual indicaba que no quería más oficio que el de vagabundo. Y el maghrebín advirtió su repugnancia por los oficios manuales y trató de atraérsele de otra manera. Y le dijo, por tanto: "¡Oh, hijo de mi hermano! ¡No te enfades ni te apenes por mi insistencia! ¡Pero déjame añadir que, si los oficios te repugnan, estoy dispuesto, caso de que quieras ser un hombre honrado, a abrirte una tienda de mercader de sederías en el zoco grande! Y te surtiré la tienda con las telas más caras y brocados de la calidad más fina. Y así te harás con buenas relaciones entre los mercaderes."

¡Eso fue todo! Y la madre de Aladino, que oía aquellas exhortaciones y veía aquella generosidad, bendecía a Alah el Bienhechor, que de manera tan inesperada le enviaba a un pariente que la salvaba de la miseria y llevaba por el buen camino a su hijo Aladino. Y sirvió la comida con el corazón alegre, como si hubiese rejuvenecido veinte años.

Y he aquí que al día siguiente, a primera hora, llamaron a la puerta. Y la madre de Aladino fue a abrir por sí misma, y vio que precisamente era el hermano de su esposo, el maghrebín, que cumplía su promesa de la víspera. Sin embargo, a pesar de las instancias de la madre de Aladino, no quiso entrar, pretextando que no era hora de visitas, y solamente pidió permiso para llevarse a Aladino consigo al zoco. Y Aladino, levantado y vestido ya, corrió en seguida a ver a su tío, y le dio los buenos días y le besó la mano. Y el maghrebín le cogió de la mano y se fue con él al zoco. Y entró con él en la tienda del mejor mercader y pidió un traje que fuese el más hermoso y el más lujoso entre los trajes a la medida de Aladino. Y el mercader le enseñó varios a cual más hermoso. Y el maghrebín dijo a Aladino: "¡Escoge tú mismo el que te guste, hijo mío!"

Y en extremo encantado de la generosidad de su tío, Aladino escogió uno que era todo de seda rayada y reluciente. Y también escogió un turbante de muselina de seda recamada de oro fino, un cinturón de Cachemira y botas de cuero rojo brillante. Y el maghrebín lo pagó todo sin regatear y entregó el paquete a Aladino, diciéndole: "¡Vamos ahora al hammam para que estés bien limpio antes de vestirte de nuevo!" Y le condujo al hammam, y entró con él en una sala reservada, y le bañó con sus propias manos, y se bañó él también. Luego pidió los refrescos que suceden al baño, y ambos bebieron con delicia y muy contentos. Y entonces se puso Aladino el suntuoso traje consabido de seda rayada y reluciente, se colocó el hermoso turbante, se ciñó al talle el cinturón de Indias y se calzó las botas rojas. Y de este modo estaba hermoso cual la Luna y comparable a algún hijo de rey o de sultán. Y en extremo encantado de verse transformado así, se acercó a su tío, le besó la mano y le dio muchas gracias por su generosidad. Y el maghrebín le besó y le dijo: "¡Todo esto no es más que el comienzo!" Y salió con él del hammam, y le llevó a los zocos más frecuentados, y le hizo visitar las tiendas de los grandes mercaderes. Y hacíale admirar las telas más ricas y los objetos de precio, enseñándole el nombre de cada cosa en particular, y le decía: "¡Como vas a ser mercader es preciso que te enteres de los pormenores de ventas y compras!" Luego le hizo visitar los edificios notables de la ciudad y las mezquitas principales y los khans en que se alojaban las caravanas. Y terminó el paseo haciéndole ver los palacios del sultán y los jardines que los circundaban. Y por último le llevó al khan grande, donde paraba él, y le presentó a los mercaderes conocidos suyos, diciéndoles: "¡Es el hijo de mi hermano!" Y les invitó a todos a una comida que dio en honor de Aladino, y les regaló con los manjares más selectos, y estuvo con ellos y con Aladino hasta la noche.

Entonces se levantó y se despidió de sus invitados, diciéndoles que iba a llevar a Aladino a su casa. Y en efecto, no quiso dejar volver solo a Aladino, y le cogió de la mano y se encaminó con él a casa de la madre. Y al ver a su hijo tan magníficamente vestido, la pobre madre de Aladino creyó perder la razón de alegría. Y empezó a dar gracias y a bendecir mil veces a su cuñado.

Y Aladino pensó durante la noche en todas aquellas cosas hermosas que acababa de ver y en las alegrías que acababa de experimentar, y se prometió nuevas delicias para el siguiente día. Así es que se levantó con la aurora, sin haber podido pegar los ojos, y se vistió sus ropas nuevas, y empezó a andar de un lado para otro, enredándose los pies con aquel traje largo, al cual no estaba acostumbrado. Luego, como su impaciencia le hacía pensar que el maghrebín tardaba demasiado, salió a esperarle a la puerta, y acabó por verle aparecer. Y corrió a él como un potro y le besó la mano. Y el maghrebín le besó y le hizo muchas caricias, y le dijo que fuera a advertir a su madre de que se lo llevaba. Después le cogió de la mano y se fue con él. Y echaron a andar juntos, hablando de unas cosas y de otras, y franquearon las puertas de la ciudad, de donde nunca había salido aún Aladino. Y empezaron a aparecer ante ellos, las hermosas casas particulares y los hermosos palacios rodeados de jardines, y Aladino los miraba maravillado, y cada cual le parecía más hermoso que el anterior. Y así anduvieron mucho por el campo, acercándose más cada vez al fin que se proponía el maghrebín. Pero llegó un momento en que Aladino comenzó a cansarse y dijo al maghrebín: "¡Oh, tío mío! ¿Tenemos que andar mucho todavía? ¡Mira que hemos dejado atrás los jardines y ya sólo tenemos delante de nosotros la montaña! ¡Además, estoy fatigadísimo y quisiera tomar un bocado!" Y el maghrebín se sacó del cinturón un pañuelo con frutas y pan, y dijo a Aladino: "Aquí tienes, hijo mío, con qué saciar tu hambre y tu sed. ¡Pero aún tenemos que andar un poco para llegar al paraje maravilloso que voy a enseñarte y que no tiene igual en el mundo! ¡Repón tus fuerzas y toma alientos, Aladino, que ya eres un hombre!" Y continuó animándole, a la vez que le daba consejos acerca de su conducta en el porvenir y le impulsaba a separarse de los niños para acercarse a los hombres sabios y prudentes. ¡Y consiguió distraerle de tal manera que acabó por llegar con él a un valle desierto al pie de la montaña, y en donde no había más presencia que la de Alah!

¡Allí precisamente terminaba el viaje del maghrebín! ¡Y para llegar a aquel valle había salido del fondo del Maghreb y había ido a los confines de la China!

Se encaró entonces con Aladino, que estaba extenuado de fatiga, y le dijo sonriendo: "¡Ya hemos llegado, hijo mío, Aladino!" Y se sentó en una roca y le hizo sentarse al lado suyo; le abrazó con mucha ternura, y le dijo: "Descansa un poco, Aladino. Porque al fin voy a mostrarte lo que jamás vieron los ojos de los hombres. Sí, Aladino; en seguida vas a ver aquí mismo un jardín más hermoso que todos los jardines de la Tierra. Y sólo cuando hayas admirado las maravillas de ese jardín tendrás verdaderamente razón para darme gracias y olvidarás las fatigas de la marcha y bendecirás el día en que me encontraste por primera vez." Y le dejó descansar un instante, con los ojos muy abiertos de asombro al pensar que iba a ver un jardín en un paraje donde no había más que rocas desperdigadas y matorrales. Luego le dijo: "¡Levántate ahora, Aladino, y recoge entre esos matorrales las ramas más secas y los trozos de leña que encuentres, y tráemelos! ¡Y entonces verás el espectáculo gratuito a que te invito!" Y Aladino se levantó y se apresuró a recoger entre los matorrales y la maleza una gran cantidad de ramas secas y trozos de leña, y se los llevó al maghrebín, que le dijo: "Ya tengo bastante. ¡Retírate ahora y ponte detrás de mí!" Y Aladino obedeció a su tío, y fue a colocarse a cierta distancia detrás de él.

Entonces el maghrebín sacó del cinturón un eslabón, con el que hizo lumbre, y prendió fuego al montón de ramas y hierbas secas, que llamearon crepitando. Y al punto sacó del bolsillo una caja de concha, la abrió y tomó un poco de incienso, que arrojó en medio de la hoguera. Y levantóse una humareda muy espesa que apartó él con sus manos a un lado y a otro, murmurando fórmulas en una lengua incomprensible en absoluto para Aladino. Y en aquel mismo momento tembló la tierra y se conmovieron sobre su base las rocas, y se entreabrió el suelo en un espacio de unos diez codos de anchura. Y en el fondo de aquel agujero apareció una losa horizontal de mármol de cinco codos de ancho con una anilla de bronce en medio.

Al ver aquello, Aladino, espantado, lanzó un grito y, cogiendo con los dientes el extremo de su traje, volvió la espalda y emprendió la fuga, agitando las piernas. Pero de un salto cayó sobre él el maghrebín y le atrapó. Y le miró con ojos medrosos, le zarandeó teniéndole cogido de una oreja, y levantó la mano y le aplicó una bofetada tan terrible que por poco le salta los dientes, y Aladino quedó todo aturdido y se cayó al suelo.

Entonces le levantó y, acercándose, le dijo con voz queda: "¡Sabe, Aladino, que si te traté así fue para enseñarte a ser un hombre! ¡Porque soy tu tío, el hermano de tu padre, y me debes obediencia!" Luego añadió con una voz de lo más dulce: "¡Vamos, Aladino, escucha bien lo que voy a decirte y no pierdas ni una sola palabra! ¡Porque si así lo haces sacarás de ello ventajas considerables y en seguida olvidarás los trabajos pasados!" Y le besó, y, teniéndole para en adelante completamente sometido y dominado, le dijo: "¡Ya acabas de ver, hijo mío, cómo se ha abierto el suelo en virtud de las fumigaciones y fórmulas que he pronunciado! Pero es preciso que sepas que obré de tal suerte únicamente por tu bien; porque debajo de esta losa de mármol que ves en el fondo del agujero con un anillo de bronce se halla un tesoro que está inscrito a tu nombre y no puede abrirse más que con tu presencia."

Cuando oyó estas palabras del maghrebín, el pobre Aladino se olvidó de sus fatigas y de la bofetada recibida, y contestó: "¡Oh, tío mío! ¡Mándame lo que quieras y te obedeceré!" Y el maghrebín le cogió en brazos y le besó varias veces en las mejillas, y le dijo: "¡Oh, Aladino! ¡Eres para mí más querido que un hijo, pues no tengo en la tierra más parientes que tú; por eso, tú serás mi único heredero, ¡oh, hijo mío! Porque, al fin y al cabo, por ti, en suma, es por quien trabajo en este momento y por quien vine desde tan lejos." Y cuando hubo hablado así, se metió él primero en el agujero y dio la mano a Aladino para ayudarle a bajar. Y ya abajo, Aladino le dijo: "Pero, ¿cómo voy a arreglarme, ¡oh, tío mío!, para levantar una losa tan pesada siendo yo un niño? ¡Si, al menos, quisieras ayudarme tú, me prestaría a ello con mucho gusto!" El maghrebín contestó: "¡Ah, no! ¡Si, por desgracia, echara yo una mano, no podrías hacer nada ya y tu nombre se borraría para siempre del tesoro! ¡Prueba tú solo y verás cómo levantas la losa con tanta facilidad como si alzaras una pluma de ave! ¡Sólo tendrás que pronunciar tu nombre y el nombre de tu padre y el de tu abuelo al coger la anilla!"

Entonces se inclinó Aladino, cogió la anilla y tiró de ella, diciendo: "¡Soy Aladino, hijo del sastre Mustafá, hijo del sastre Alí!" Y levantó con gran facilidad la losa de mármol, y la dejó a un lado. Y vio una cueva con doce escalones de mármol que conducían a una puerta de dos hojas de cobre rojo con gruesos clavos. Y el maghrebín le dijo: "Hijo mío, Aladino, baja ahora a esa cueva. Y cuando llegues al duodécimo escalón entrarás por esa puerta de cobre, que se abrirá sola delante de ti. Y te hallarás debajo de una bóveda grande dividida en tres salas que se comunican una con otra. En la primera sala verás cuatro grandes calderas de cobre llenas de oro líquido, y en la segunda sala cuatro grandes calderas de plata llenas de oro, y en la tercera sala cuatro grandes calderas de oro llenas de dinares de oro. Pero pasa sin detenerte y recógete bien el traje, sujetándotelo a la cintura para que no toques a las calderas; porque si tuvieras la desgracia de tocar con los dedos o rozar siquiera con tus ropas una de las calderas o su contenido, al instante te convertirás en una mole de piedra negra. Entrarás, pues, en la primera sala, y muy deprisa pasarás a la segunda, desde la cual, sin detenerte un instante, penetrarás en la tercera, donde verás una puerta claveteada, parecida a la de entrada, que al punto se abrirá ante ti. Y la franquearás, y te encontrarás de pronto en un jardín magnífico plantado de árboles agobiados por el peso de sus frutas. ¡Pero no te detengas allí tampoco! Lo atravesarás, caminando adelante todo derecho, y llegarás a una escalera de columnas con treinta peldaños, por los que subirás a una terraza. Cuando estés en esta terraza, ¡oh, Aladino!, ten cuidado, porque enfrente de ti verás una especie de hornacina al aire libre, y en esta hornacina, sobre un pedestal de bronce, encontrarás una lamparita de cobre. Y estará encendida esta lámpara. ¡Ahora, fíjate bien, Aladino! ¡Cogerás esta lámpara, la apagarás, verterás en el suelo el aceite y te la esconderás en el pecho en seguida! Y no temas mancharte el traje, porque el aceite que viertas no será aceite, sino otro líquido que no deja huella alguna en las ropas. ¡Y volverás a mí por el mismo camino que hayas seguido! Y al regreso, si te parece, podrás detenerte un poco en el jardín y coger de este jardín tantas frutas como quieras. Y una vez que te hayas reunido conmigo, me entregarás la lámpara, fin y motivo de nuestro viaje y origen de nuestra riqueza y de nuestra gloria en el porvenir, ¡oh, hijo mío!"

Cuando el maghrebín hubo hablado así, se quitó un anillo que llevaba en el dedo y se lo puso a Aladino en el pulgar, diciéndole: "Este anillo, hijo mío, te pondrá a salvo de todos los peligros y te preservará de todo mal. ¡Reanima, pues, tu alma y llena de valor tu pecho, porque ya no eres un niño, sino un hombre! ¡Y con ayuda de Alah, te saldrá bien todo! ¡Y disfrutaremos de riquezas y de honores durante toda la vida, y gracias a la lámpara!" Luego añadió: "¡Pero te encarezco una vez más, Aladino, que tengas cuidado de recogerte mucho el traje y de ceñírtelo cuanto puedas, porque, de no hacerlo así, estás perdido y contigo el tesoro!"

Luego le besó y, acariciándole varias veces en las mejillas, le dijo: "¡Vete tranquilo!"

Entonces, en extremo animado, Aladino bajó corriendo por los escalones de mármol y, alzándose el traje hasta más arriba de la cintura y ciñéndoselo bien, franqueó la puerta de cobre, cuyas hojas se abrieron por sí solas al acercarse él. Y sin olvidar ninguna de las recomendaciones del maghrebín, atravesó con mil precauciones la primera, la segunda y la tercera salas, evitando las calderas llenas de oro; llegó a la última puerta, la franqueó, cruzó el jardín sin detenerse, subió los treinta peldaños de la escalera de columnas, se remontó a la terraza y encaminóse directamente a la hornacina que había al frente. Y en el pedestal de bronce vio la lámpara encendida. Tendió la mano y la cogió. Y vertió en el suelo el contenido y, al ver que inmediatamente quedaba seco el depósito, se la ocultó en el pecho en seguida, sin temor a mancharse el traje. Y bajó de la terraza y llegó de nuevo al jardín.

Libre entonces de su preocupación, se detuvo un instante en el último peldaño de la escalera para mirar al jardín. Y se puso a contemplar aquellos árboles, cuyas frutas no había tenido tiempo de ver a la llegada. Y observó que los árboles de aquel jardín, en efecto, estaban agobiados bajo el peso de sus frutas, que eran extraordinarias de forma, de tamaño y de color. Y notó que, al contrario de lo que ocurre con los árboles de los huertos, cada rama de aquellos árboles tenía frutas de diferentes colores. Las había blancas, de un blanco transparente como el cristal, o de un blanco turbio como el alcanfor, o de un blanco opaco como la cera virgen. Y las había rojas, de un rojo como los granos de la granada o de un rojo como la naranja sanguínea. Y las había verdes, de un verde oscuro y de un verde suave, y había otras que eran azules y violetas y amarillas, y otras que ostentaban colores y matices de una variedad infinita. ¡Y el pobre de Aladino no sabía que las frutas blancas eran diamantes, perlas, nácar y piedras lunares; que las frutas rojas era rubíes, carbunclos, jacintos, coral y cornalinas; que las verdes eran esmeraldas, berilos, jade, prasios y aguamarinas; que las azules eran zafiros, turquesas, lapislázuli y lazulitas; que las violetas eran amatistas, jaspes y sardócines; que las amarillas eran topacios, ámbar y ágatas, y que las demás, de colores desconocidos, eran ópalos, venturinas, crisólitos, cimófanos, hematites, turmalinas, peridotos, azabaches y crisopacios! Y caía el sol a plomo sobre el jardín. Y los árboles despedían llamas de todas sus frutas, sin consumirse.

Entonces, en el límite del placer, se acercó Aladino a uno de aquellos árboles y quiso coger algunas frutas para comérselas. Y observó que no se las podía meter el diente, y que no se asemejaban más que por su forma a las naranjas, a los higos, a los plátanos, a las uvas, a las sandías, a las manzanas y a todas las demás frutas excelentes de la China. Y se quedó muy desilusionado al tocarlas, y no las encontró nada de su gusto. Y creyó que sólo eran bolas de vidrio coloreado, pues en su vida había tenido ocasión de ver piedras preciosas. Sin embargo, a pesar de su desencanto, se decidió a coger algunas para regalárselas a los niños que fueron antiguos camaradas suyos, y también a su pobre madre. Y cogió varias de cada color, llenándose con ellas el cinturón, los bolsillos y el forro de la ropa, guardándoselas asimismo entre el traje y la camisa y entre la camisa y la piel, y se metió tal cantidad de aquellas frutas, que parecía un asno cargado a un lado y a otro. Y agobiado por todo aquello, se alzó cuidadosamente el traje ciñéndoselo mucho a la cintura, y lleno de prudencia y de precaución atravesó con ligereza las tres salas de calderas y ganó la escalera de la cueva a la entrada de la cual le esperaba ansiosamente el maghrebín.

Y he aquí que, en cuanto Aladino franqueó la puerta de cobre y subió el primer peldaño de la escalera, el maghrebín, que se hallaba encima de la abertura, junto a la entrada misma de la cueva, no tuvo paciencia para esperar a que subiese todos los escalones y saliese de la cueva por completo, y le dijo: "Bueno, Aladino, ¿dónde está la lámpara?" Y Aladino contestó: "¡La tengo en el pecho!" El otro dijo: "¡Sácala ya y dámela!" Pero Aladino le dijo: "¿Cómo quieres que te la dé pronto, ¡oh, tío mío!, si está entre todas las bolas de vidrio con que me he llenado la ropa por todas partes? ¡Déjame antes subir esta escalera y ayúdame a salir del agujero; entonces descargaré todas estas bolas en lugar seguro, y no sobre estos peldaños, por los que rodarían y se romperían!" Pero el maghrebín, muy furioso y persuadido de que Aladino sólo ponía estas dificultades porque quería guardarse para él la lámpara, le gritó con una voz espantosa como la de un demonio: "¡Oh, hijo de perro! ¿Quieres darme la lámpara en seguida o morir?" Y Aladino, que no sabía a qué atribuir este cambio de modales de su tío, y aterrado al verle en tal estado de furor, y temiendo recibir otra bofetada más violenta que la primera, se dijo: "¡Por Alah, que más vale resguardarse! ¡Y voy a entrar de nuevo en la cueva mientras él se calma!" Volvió la espalda y, recogiéndose el traje, entró prudentemente en el subterráneo.

Al ver aquello, el maghrebín lanzó un grito de rabia y, en el límite del furor, pataleó y se convulsionó, arrancándose las barbas de desesperación por la imposibilidad en que se hallaba de correr tras Aladino a la cueva vedada por los poderes mágicos. Y corrió hacia la hoguera, que no se había apagado todavía, y echó en ella un poco de polvo de incienso que llevaba consigo, murmurando una fórmula mágica. Y al punto la losa de mármol que servía para tapar la entrada de la cueva se cerró por sí sola y volvió a su sitio primitivo, cubriendo herméticamente el agujero de la escalera, y tembló la tierra y se cerró de nuevo, y el suelo se quedó tan liso como antes de abrirse. Y Aladino encontróse de tal suerte encerrado en el subterráneo. Así que empezó a dar muchos gritos, llamando a su tío y prometiéndole, con toda clase de juramentos, que estaba dispuesto a darle en seguida la lámpara. Pero claro es que sus gritos y sollozos no fueron oídos por el mago, que ya se encontraba lejos. Y al ver que su tío no le contestaba, Aladino empezó a abrigar algunas dudas con respecto a él, sobre todo al acordarse de que le había llamado hijo de perro, gravísima injuria que jamás dirigiría un verdadero tío al hijo de su hermano. De todos modos, resolvió entonces ir al jardín, donde había luz, y buscar una salida por donde escapar de aquellos lugares tenebrosos. Pero al llegar a la puerta que daba al jardín observó que estaba cerrada y que no se abría ante él entonces. Enloquecido ya, corrió de nuevo a la puerta de la cueva y se echó llorando en los peldaños de aquella cueva, llena de negrura y de horror, a pesar de todo el oro que contenía. Y sollozó durante mucho tiempo, sumido en su dolor. Y por primera vez en su vida dio en pensar en todas las bondades de su pobre madre y en su abnegación infatigable, no obstante la mala conducta y la ingratitud de él. Y la muerte en aquella cueva hubo de parecerle más amarga, por no haber podido refrescar en vida el corazón de su madre mejorando algo su carácter y demostrándole de alguna manera su agradecimiento. Y suspiró mucho al asaltarle este pensamiento, y empezó a retorcerse los brazos y a restregarse las manos, como generalmente hacen los que están desesperados, diciendo, a modo de renuncia a la vida: "¡No hay recurso ni poder más que en Alah!" Y he aquí que, con aquel movimiento, Aladino frotó sin querer el anillo que llevaba en el pulgar y que le había prestado el mago para preservarle de los peligros del subterráneo. Y no sabía aquel maghrebín maldito que el tal anillo había de salvar la vida de Aladino precisamente, pues de saberlo, no se lo hubiera confiado desde luego, o se hubiera apresurado a quitárselo, o incluso no hubiera cerrado el subterráneo mientras el otro no se lo devolviese. Pero todos los magos son, por esencia, semejantes a aquel maghrebín hermano suyo: a pesar del poder de su hechicería y de su ciencia maldita, no saben prever las consecuencias de las acciones más sencillas y jamás piensan en precaverse de los peligros más vulgares. ¡Porque con su orgullo y su confianza en sí mismos, nunca recurren al Señor de las criaturas, y su espíritu permanece constantemente oscurecido por una humareda más espesa que la de sus fumigaciones, y tienen los ojos tapados por una venda, y van a tientas por las tinieblas!

Y he aquí que, cuando el desesperado Aladino frotó, sin querer, el anillo que llevaba en el pulgar y cuya virtud ignoraba, y vio surgir de pronto ante él, como si brotara de la tierra, un inmenso y gigantesco efrit, semejante a un negro embetunado, con una cabeza como un caldero, una cara espantosa y unos ojos rojos, enormes y llameantes, el cual se inclinó ante él, y con una voz tan retumbante cual el ruido del trueno, le dijo: *¡Aquí tienes entre tus manos a tu esclavo! ¿Qué quieres? Habla. ¡Soy el servidor del anillo en la tierra, en el aire y en el agua!*

Al ver aquello, Aladino, que no era valeroso, quedó muy aterrado, y en cualquier otro sitio y en cualquier otra circunstancia hubiera caído desmayado o hubiera procurado escapar. Pero en aquella cueva, donde ya se creía muerto de hambre y de sed, la intervención de aquel espantoso efrit pareció le un gran socorro, sobre todo cuando oyó la pregunta que le hacía. Y al fin pudo mover la lengua y contestar: "¡Oh, gran jeque de los efrits, sácame de esta cueva!"

Apenas había él pronunciado estas palabras, se conmovió y se abrió la tierra por encima de su cabeza, y en un abrir y cerrar de ojos sintióse transportado fuera de la cueva, en el mismo paraje donde encendió la hoguera el maghrebín. En cuanto al efrit, había desaparecido.

Entonces, todo tembloroso de emoción todavía, pero muy contento por verse de nuevo al aire libre, Aladino dio gracias a Alah el Bienhechor que le había librado de una muerte cierta y le había salvado de las emboscadas del maghrebín. Y miró en torno suyo y vio a lo lejos la ciudad en medio de sus jardines. Y se apresuró a desandar el camino por donde le había conducido el mago, dirigiéndose al valle sin volver la cabeza atrás ni una sola vez. Y, extenuado y falto de aliento, llegó ya muy de noche a la casa en que le esperaba su madre lamentándose, muy inquieta por su tardanza. Y corrió ella a abrirle, llegando a tiempo para acogerle en sus brazos, en los que cayó el joven desmayado, sin poder resistir más la emoción.

Cuando a fuerza de cuidados volvió Aladino de su desmayo, su madre le dio a beber de nuevo un poco de agua de rosas. Luego, muy preocupada, le preguntó qué le pasaba. Y contestó Aladino: "¡Oh, madre mía, tengo mucha hambre! ¡Te ruego, pues, que me traigas algo de comer, porque no he tomado nada desde esta mañana!" Y la madre de Aladino corrió a llevarle lo que había en la casa. Y Aladino se puso a comer con tanta prisa que su madre le dijo, temiendo que se atragantara: "¡No te precipites, hijo mío, que se te va a reventar la garganta! ¡Y si es que comes tan deprisa para contarme cuanto antes lo que me tienes que contar, sabe que tenemos por nuestro todo el tiempo! ¡Desde el momento en que volví a verte estoy tranquila, pero Alah sabe cuál fue mi ansiedad cuando noté que avanzaba la noche sin que estuvieses de regreso!" Luego se interrumpió para decirle: "¡Ah, hijo mío! ¡Modérate, por favor, y coge trozos más pequeños!" Y Aladino, que había devorado en un momento todo lo que tenía delante, pidió de beber y cogió el cantarillo de agua y se lo vació en la garganta sin respirar. Tras lo cual se sintió satisfecho y dijo a su madre: "¡Al fin voy a poder contarte, oh, madre mía, todo lo que me aconteció con el hombre a quien tú creías mi tío, y que me ha hecho ver la muerte a dos dedos de mis ojos! ¡Ah! ¡Tú no sabes que ni por asomo era tío mío ni hermano de mi padre ese embustero que me hacía tantas caricias y me besaba tan tiernamente, ese maldito maghrebín, ese hechicero, ese mentiroso, ese bribón, ese embaucador, ese enredador, ese perro, ese sucio, ese demonio que no tiene par entre los demonios sobre la faz de la Tierra! ¡Alejado sea el Maligno!" Luego añadió: "¡Escucha, oh, madre, lo que me ha hecho!" Y dijo todavía: "¡Ah, qué contento estoy de haberme librado de sus manos!" Luego se detuvo un momento, respiró con fuerza y, de repente, sin tomar aliento, contó cuanto le había sucedido, desde el principio hasta el fin, incluso la bofetada, la injuria y lo demás, sin omitir un solo detalle.

Y cuando hubo acabado su relato se quitó el cinturón y dejó caer en el colchón que había en el suelo la maravillosa provisión de frutas transparentes y coloreadas que hubo de coger en el jardín. Y también cayó la lámpara en el montón, entre bolas de pedrería.

Y al día siguiente, al despertarse, empezaron por besarse mucho, y Aladino dijo a su madre que su aventura le había corregido para siempre de la travesura y haraganería, y que en lo sucesivo buscaría trabajo como un hombre. Luego, como aún tenía hambre, pidió el desayuno, y su madre le dijo: "¡Ay, hijo mío! Ayer por la noche te di todo lo que había en casa y ya no tengo ni un pedazo de pan. ¡Pero ten un poco de paciencia y aguarda a que vaya a vender el poco de algodón que hube de hilar estos últimos días, y te compraré algo con el importe de la venta!" Pero contestó Aladino: "Deja el algodón para otra vez, ¡oh, madre!, y coge hoy esta lámpara vieja que me traje del subterráneo y ve a venderla al zoco de los mercaderes de cobre. ¡Probablemente sacarás por ella algún dinero que nos permita pasar todo el día!" Y contestó la madre de Aladino: "¡Verdad dices, hijo mío! ¡Y mañana cogeré las bolas de vidrio que trajiste también de ese lugar maldito e iré a venderlas en el barrio de los negros, que me las comprarán a más precio que los mercaderes de oficio!"

La madre de Aladino cogió, pues, la lámpara para ir a venderla; pero la encontró muy sucia, y dijo a Aladino: "¡Primero, hijo mío, voy a limpiar esa lámpara, que está sucia, a fin de dejarla reluciente y sacar por ella el mayor precio posible!" Y fue a la cocina, se echó en la mano un poco de ceniza, que mezcló con agua, y se puso a limpiar la lámpara. Pero apenas había empezado a frotarla, cuando surgió de pronto ante ella, sin saberse de dónde había salido, un espantoso efrit, más feo indudablemente que el del subterráneo y tan enorme que tocaba el techo con la cabeza. Y se inclinó ante ella y dijo con voz ensordecedora: *¡Aquí tienes entre tus manos a tu esclavo! ¿Qué quieres? Habla. ¡Soy el servidor de la lámpara en el aire por donde vuelo y en la tierra por donde me arrastro!*

Cuando la madre de Aladino vio esta aparición, que estaba tan lejos de esperarse, como no estaba acostumbrada a semejantes cosas, se quedó inmóvil de terror, se le trabó la lengua y se le abrió la boca, y loca de miedo y horror no pudo soportar por más tiempo el tener a la vista una cara tan repulsiva y espantosa como aquélla, y cayó desmayada.

Pero Aladino, que se hallaba también en la cocina, y que estaba ya un poco acostumbrado a caras de aquella clase, después de la que había visto en la cueva, quizá más fea y monstruosa, no se asustó tanto como su madre. Y comprendió que la causante de la aparición del efrit era aquella lámpara, y se apresuró a quitársela de las manos a su madre, que seguía desmayada, y la cogió con firmeza entre los diez dedos, y dijo al efrit: "¡Oh, servidor de la lámpara! ¡Tengo mucha hambre y deseo que me traigas cosas excelentes en extremo para que me las coma!" Y el genni desapareció al punto, mas para volver un instante después, llevando en la cabeza una gran bandeja de plata maciza, en la cual había doce platos de oro llenos de manjares olorosos y exquisitos al paladar y a la vista, con seis panes muy calientes y blancos como la nieve y dorados por en medio, dos frascos grandes de vino añejo, claro y excelente, y en las manos un taburete de ébano incrustado de nácar y de plata, y dos tazas de plata. Y puso la bandeja en el taburete, colocó con presteza lo que tenía que colocar y desapareció discretamente.

Entonces Aladino, al ver que su madre seguía desmayada, le echó en el rostro agua de rosas, y aquella frescura, complicada con las deliciosas emanaciones de los manjares humeantes, no dejó de reunir los espíritus dispersos y de hacer volver en sí a la pobre mujer. Y Aladino se apresuró a decirle: "¡Vamos, oh, madre, eso no es nada! ¡Levántate y ven a comer! ¡Gracias a Alah, aquí hay con qué reponerte por completo el corazón y los sentidos y con qué aplacar nuestra hambre! ¡Por favor, no dejemos enfriar estos manjares excelentes!"

Cuando la madre de Aladino vio la bandeja de plata encima del hermoso taburete, los doce platos de oro con su contenido, los seis maravillosos panes, los dos frascos y las dos tazas, y cuando percibió su olfato el olor sublime que exhalaban todas aquellas cosas buenas, se olvidó de las circunstancias de su desmayo y dijo a Aladino: "¡Oh, hijo mío! ¡Alah proteja la vida de nuestro sultán! ¡Sin duda ha oído hablar de nuestra pobreza y nos ha enviado esta bandeja por uno de sus cocineros!" Pero Aladino contestó: "¡Oh, madre mía! ¡No es ahora el momento oportuno para suposiciones y votos! Empecemos por comer y ya te contaré después lo que ha ocurrido."

Entonces la madre de Aladino fue a sentarse junto a él, abriendo unos ojos llenos de asombro y de admiración ante novedades tan maravillosas, y se pusieron ambos a comer con gran apetito.

Después Aladino le reveló lo que había pasado.

Entonces la madre de Aladino, que había escuchado el relato de su hijo con un espanto creciente, fue presa de gran agitación, y exclamó: "¡Ah, hijo mío, por la leche con que nutrí tu infancia te conjuro a que arrojes lejos de ti esa lámpara y te deshagas de ese anillo, don de los malditos efrits, pues no podré soportar por segunda vez la vista de caras tan feas y espantosas, y me moriré a consecuencia de ello!"

Aladino contestó: "¡Tus palabras, madre mía, están por encima de mi cabeza y de mis ojos! ¡Pero, realmente, no puedo deshacerme de la lámpara ni del anillo! Porque el anillo me fue de suma utilidad al salvarme de una muerte segura en la cueva, y tú misma acabas de ser testigo del servicio que nos ha prestado esta lámpara."

Al otro día, cuando se terminaron las excelentes provisiones, Aladino, sin querer recurrir tan pronto a la lámpara, para evitar a su madre disgustos, cogió uno de los platos de oro, se lo escondió en la ropa y salió con intención de venderlo en el zoco e invertir el dinero de la venta en proporcionarse las provisiones necesarias en la casa. Y fue a la tienda de un judío, que era más astuto que el Cheitán. Y sacó de su ropa el plato de oro y se lo entregó al judío, que lo cogió, lo examinó, lo raspó y preguntó a Aladino con aire distraído: "¿Cuánto pides por esto?" Y Aladino, que en su vida había visto platos de oro y estaba lejos de saber el valor de semejantes mercaderías, contestó: "¡Por Alah, oh, mi señor, tú sabrás mejor que yo lo que puede valer ese plato, y yo me fío en tu tasación y en tu buena fe!" Y el judío, que había visto bien que el plato era del oro más puro, se dijo: "He ahí un mozo que ignora el precio de lo que posee. ¡Vaya un excelente provecho que me proporciona hoy la bendición de Abraham!" Y abrió un cajón, disimulado en el muro de la tienda, y sacó de él una sola moneda de oro, que ofreció a Aladino, y que no representaba ni la milésima parte del valor del plato, y le dijo: "¡Toma, hijo mío, por tu plato! ¡Por Moisés y Aarón que nunca hubiera ofrecido semejante suma a otro que no fueses tú; pero lo hago sólo por tenerte por cliente en lo sucesivo!" Y Aladino cogió a toda prisa el dinar de oro y, sin pensar siquiera en regatear, echó a correr muy contento. Y al ver la alegría de Aladino y su prisa por marcharse, el judío sintió mucho no haberle ofrecido una cantidad más inferior todavía, y estuvo a punto de echar a correr detrás de él para rebajar algo de la moneda de oro; pero renunció a su proyecto al ver que no podía alcanzarle.

En cuanto a Aladino, corrió sin pérdida de tiempo a casa del panadero, le compró pan, cambió el dinar de oro y volvió a su casa para dar a su madre el pan y el dinero, diciéndole: "¡Madre mía, ve ahora a comprar con este dinero las provisiones necesarias porque yo no entiendo de esas cosas!" Y la madre se levantó y fue al zoco a comprar todo lo que necesitaban. Y aquel día comieron y se saciaron. Y desde entonces, en cuanto les faltaba dinero, Aladino iba al zoco a vender un plato de oro al mismo judío, que siempre le entregaba un dinar, sin atreverse a darle menos después de haberle dado esta suma la primera vez y temeroso de que fuera a proponer su mercancía a otros judíos, que se aprovecharían de ello, en lugar suyo, del inmenso beneficio que suponía el tal negocio. Así es que Aladino, que continuaba ignorando el valor de lo que poseía, le vendió de tal suerte los doce platos de oro. Y entonces pensó en llevarle el bandejón de plata maciza; pero como le pesaba mucho, fue a buscar al judío, que se presentó en la casa, examinó la bandeja preciosa y dijo a Aladino: "¡Esto vale dos monedas de oro!" Y Aladino, encantado, consintió en vendérselo y tomó el dinero, que no quiso darle el judío más que mediante las dos tazas de plata como propina.

De esta manera tuvieron aún para mantenerse durante unos días Aladino y su madre. Y Aladino continuó yendo a los zocos a hablar formalmente con los mercaderes y las personas distinguidas; porque desde su vuelta había tenido cuidado de abstenerse del trato de sus antiguos camaradas, los chicos del barrio, y a la sazón procuraba instruirse escuchando las conversaciones de las personas mayores, y como estaba lleno de sagacidad, en poco tiempo adquirió toda clase de nociones preciosas que muy escasos jóvenes de su edad serían capaces de adquirir.

Entre tanto, de nuevo hubo de faltar dinero en la casa y, como no podía obrar de otro modo, a pesar de todo el terror que inspiraba a su madre, Aladino se vio obligado a recurrir a la lámpara mágica. Pero, advertida del proyecto de Aladino, la madre se apresuró a salir de la casa, sin poder sufrir el encontrarse allí en el momento de la aparición del efrit. Y libre entonces de obrar a su antojo, Aladino cogió la lámpara; luego la frotó despacio y muy suavemente. Y al punto apareció el genni, que inclinóse y, con voz muy tenue, a causa precisamente de la suavidad del frotamiento, dijo a Aladino: *¡Aquí tienes entre tus manos a tu esclavo! ¿Qué quieres? Habla. ¡Soy el servidor de la lámpara en el aire por donde vuelo y en la tierra por donde me arrastro!* Y Aladino se apresuró a contestar: "¡Oh, servidor de la lámpara! ¡Tengo mucha hambre y deseo una bandeja de manjares en un todo semejante a la que me trajiste la primera vez!" Y el genni desapareció, mas para reaparecer, en menos de un abrir y cerrar de ojos, cargado con la bandeja consabida, que puso en el taburete, y se retiró sin saberse por dónde.

Poco tiempo después volvió la madre de Aladino, que vio la bandeja con su aroma y su contenido tan encantador, y no se maravilló menos que la primera vez. Y se sentó al lado de su hijo, y probó los manjares, encontrándolos más exquisitos todavía que los de la primera bandeja.

Y cuando se terminaron las provisiones de la bandeja, como la vez primera, Aladino no dejó de coger uno de los platos de oro e ir al zoco, según tenía por costumbre, para vendérselo al judío, lo mismo que había hecho con los otros platos. Y cuando pasaba por delante de la tienda de un venerable jeque musulmán, que era un orfebre muy estimado por su probidad y buena fe, oyó que le llamaban por su nombre y se detuvo. Y el venerable orfebre le dijo: "Hijo mío, he tenido ocasión de verte pasar por el zoco bastantes veces y he notado que llevabas siempre entre la ropa algo que querías ocultar y entrabas en la tienda de mi vecino el judío para salir luego sin el objeto que ocultabas. ¡Pero tengo que advertirte de una cosa que acaso ignores a causa de tu tierna edad! Has de saber, en efecto, que los judíos son enemigos natos de los musulmanes y creen que es lícito escamotearnos nuestros bienes por todos los medios posibles. ¡Y entre todos los judíos, precisamente ése es el más destacable, el más listo, el más embaucador y el más nutrido de odio contra nosotros los que creemos en Alah el Único! ¡Así pues, si tienes que vender alguna cosa, oh, hijo mío, empieza por enseñármela, y por la verdad de Alah el Altísimo te juro que la tasaré en su justo valor, a fin de que al cederla sepas exactamente lo que hacer! Enséñame, pues, sin temor ni desconfianza lo que ocultas en tu traje, ¡y Alah maldiga a los embaucadores y confunda al Maligno! ¡Alejado sea por siempre!"

Al oír estas palabras del viejo orfebre, Aladino, confiado, no dejó de sacar de debajo de su traje el plato de oro y mostrárselo. Y el jeque calculó al primer golpe de vista el valor del objeto y preguntó a Aladino: "¿Puedes decirme ahora, hijo mío, cuántos platos de esta clase vendiste al judío y en el precio a que se los cediste?" Y Aladino contestó: "¡Por Àlah, oh, tío mío, que ya he dado doce platos como éste a un dinar cada uno!" Y al oír estas palabras, el viejo orfebre llegó al límite de la indignación y exclamó: "¡Ah, maldito judío, hijo de perro, posteridad de Eblis!" Y al propio tiempo puso el plato en la balanza, lo pesó y dijo: "¡Has de saber, hijo mío, que este plato es del oro más fino y que no vale un dinar, sino doscientos dinares exactamente! ¡Es decir, que el judío te ha robado a ti solo tanto como roban en un día, con detrimento de los musulmanes, todos los judíos del zoco reunidos!" Luego añadió: "¡Ah, hijo mío, lo pasado pasado está, y como no hay testigos, no podemos hacer empalar a ese judío maldito! ¡De todos modos, ya sabes a qué atenerte en lo sucesivo! Y si quieres al momento voy a contarte doscientos dinares por tu plato. ¡Prefiero, sin embargo, que antes de vendérmelo vayas a proponerlo y que te lo tasen otros mercaderes, y si te ofrecen más, consiento en pagarte la diferencia y algo más de sobreprecio!" Pero Aladino, que no tenía ningún motivo para dudar de la reconocida probidad del viejo orfebre, se dio por muy contento con cederle el plato a tan buen precio. Y tomó los doscientos dinares. Y en lo sucesivo no dejó de dirigirse al mismo honrado orfebre musulmán para venderle los otros once platos y la bandeja.

Y he aquí que, enriquecidos de aquel modo, Aladino y su madre no abusaron de los beneficios del Retribuidor. Y continuaron llevando una vida modesta, distribuyendo a los pobres y a los menesterosos lo que sobraba a sus necesidades. Y entre tanto, Aladino no perdonó ocasión de seguir instruyéndose y afinando su ingenio con el contacto de las gentes del zoco, de los mercaderes distinguidos y de las personas de buen tono que frecuentaban los zocos. Y así aprendió en poco tiempo las maneras del gran mundo, y mantuvo relaciones sostenidas con los orfebres y joyeros, de quienes se convirtió en huésped asiduo. ¡Y habituándose entonces a ver joyas y pedrerías, se enteró de que las frutas que se había llevado de aquel jardín y que se imaginaba serían bolas de vidrio coloreado, eran maravillas inestimables que no tenían igual en casas de los reyes y sultanes más poderosos y más ricos! Y como se había vuelto muy prudente y muy inteligente, tuvo la precaución de no hablar de ello a nadie, ni siquiera a su madre. Pero en vez de dejar las frutas de pedrería tiradas debajo de los cojines del diván y por todos los rincones, las recogió con mucho cuidado y las guardó en un cofre que compró a propósito. Y he aquí que pronto habría de experimentar los efectos de su prudencia de la manera más brillante y más espléndida.

Así en efecto, un día entre los días, charlando él a la puerta de una tienda con algunos mercaderes amigos suyos, vio cruzar los zocos a dos pregoneros del sultán armados de largas pértigas, y les oyó gritar al unísono en alta voz: "¡Oh, vosotros todos, mercaderes y habitantes! ¡De orden de nuestro amo magnánimo, el rey del tiempo y el señor de los siglos y de los momentos, sabed que tenéis que cerrar vuestras tiendas al instante y encerraros en vuestras casas, con todas las puertas cerradas por fuera y por dentro! ¡Porque va a pasar, para ir a tomar su baño en el hammam, la perla única, la maravillosa, la bienhechora, nuestra joven ama Badrú'l-Budur, luna llena de las lunas llenas, hija de nuestro glorioso sultán! ¡Séale el baño delicioso! ¡En cuanto a los que se atrevan a infringir la orden y a mirar por puertas y ventanas, serán castigados con el alfanje, el palo o el patíbulo! ¡Sirva, pues, de aviso a quienes quieran conservar su sangre en su cuello!"

Al oír este pregón público, Aladino se sintió poseído de un deseo irresistible por ver pasar a la hija del sultán, aquella maravillosa Badrú'l-Budur, de quien se hacían lenguas en toda la ciudad y cuya belleza de luna y perfecciones eran muy elogiadas. Así es que, en vez de hacer como todo el mundo y correr a encerrarse en su casa, se le ocurrió ir a toda prisa al hammam y esconderse detrás de la puerta principal para poder, sin ser visto, mirar a través de las junturas y admirar a su gusto a la hija del sultán cuando entrase en el hammam.

Y he aquí que a los pocos instantes de situarse en aquel lugar vio llegar el cortejo de la princesa, precedido por la muchedumbre de eunucos. Y la vio a ella misma en medio de sus mujeres, cual la Luna en medio de las estrellas, cubierta con sus velos de seda. Pero en cuanto llegó al umbral del hammam se apresuró a destaparse el rostro, y apareció con todo el resplandor solar de una belleza que superaba a cuanto pudiera decirse. Porque era una joven de quince años, más bien menos que más, derecha como la letra alef, con una cintura que desafiaba a la rama tierna del árbol ban, con una frente deslumbradora, como el cuarto creciente de la Luna en el mes de Ramadán, con cejas rectas y perfectamente trazadas, con ojos negros, grandes y lánguidos, cual los ojos de la gacela sedienta, con párpados modestamente bajos y semejantes a pétalos de rosa, con una nariz impecable como labor selecta, una boca minúscula con dos labios encarnados, una tez de blancura lavada en el agua de la fuente Salsabil, un mentón sonriente, dientes como granizos, de igual tamaño, un cuello de tórtola, y lo demás, que no se veía, por el estilo.

Cuando la princesa llegó a la puerta del hammam, como no temía las miradas indiscretas, se levantó el velillo del rostro y apareció así en toda su belleza. Y Aladino la vio, y en un momento sintió bullirle la sangre en la cabeza tres veces más deprisa que antes. Y sólo entonces se dio cuenta él, que jamás tuvo ocasión de ver al descubierto rostros de mujer, de que podía haber mujeres hermosas y mujeres feas, y de que no todas eran viejas semejantes a su madre. Y aquel descubrimiento, unido a la belleza incomparable de la princesa, le dejó estupefacto y le inmovilizó en un éxtasis detrás de la puerta. Y ya hacía mucho tiempo que había entrado la princesa en el hammam, mientras él permanecía aún allí asombrado y todo tembloroso de emoción. Y cuando pudo recobrar un poco el sentido, se decidió a escabullirse de su escondite y a regresar a su casa, ¡pero en qué estado de mudanza y turbación! Y pensaba: "Por Alah, ¿quién hubiera podido imaginar jamás que sobre la Tierra hubiese una criatura tan hermosa? ¡Bendito sea Él que la ha formado y la ha dotado de perfección!" Y asaltado por un cúmulo de pensamientos, entró en casa de su madre y, con la espalda quebrantada de emoción y el corazón arrebatado de amor por completo, se dejó caer en el diván y estuvo sin moverse.

Y he aquí que su madre no tardó en verle en aquel estado tan extraordinario, y se acercó a él y le preguntó con ansiedad qué le pasaba. Pero él se negó a dar la menor respuesta. Entonces le llevó la bandeja de los manjares para que almorzase, pero él no quiso comer. Y le preguntó ella: "¿Qué tienes, oh, hijo mío? ¿Te duele algo? ¡Dime qué te ha ocurrido!" Y acabó él por contestar: "¡Déjame!" Y ella insistió para que comiese, y hubo de instarle de tal manera que consintió él en tocar los manjares, pero comió infinitamente menos que de ordinario y tenía los ojos bajos, y guardaba silencio, sin querer contestar a las preguntas inquietas de su madre. Y estuvo en aquel estado de somnolencia, de palidez y de abatimiento hasta el día siguiente.

Entonces la madre de Aladino, en el límite de la ansiedad, se acercó a él, con lágrimas en los ojos, y le dijo: "¡Oh, hijo mío! ¡Por Alah sobre ti, dime lo que te pasa y no me tortures más el corazón con tu silencio! ¡Si tienes alguna enfermedad, no me la ocultes, y en seguida iré a buscar al médico! Precisamente está hoy de paso en nuestra ciudad un médico famoso del país de los árabes, a quien ha hecho venir ex profeso nuestro sultán para consultarle. ¡Y no se habla de otra cosa que de su ciencia y de sus remedios maravillosos! ¿Quieres que vaya a buscarle?"

Entontes Aladino, con tono de voz muy triste, contestó: "¡Sabe, oh, madre, que estoy bueno y no sufro de enfermedad! ¡Y si me ves en este estado de mudanza es porque hasta el presente me imaginé que todas las mujeres se te parecían! ¡Y sólo ayer hube de darme cuenta de que no había tal cosa!" Y la madre de Aladino alzó los brazos y exclamó: "¡Alejado sea el Maligno! ¿Qué estás diciendo, Aladino?" El joven contestó: "¡Estate tranquila, que sé bien lo que digo! ¡Porque ayer vi entrar en el hammam a la princesa Badrú'l-Budur, hija del sultán, y su sola vista me reveló la existencia de la belleza! ¡Y ya no estoy para nada! ¡Y por eso no tendré reposo ni podré volver a mí mientras no la obtenga de su padre el sultán en matrimonio!"

Al oír estas palabras, la madre de Aladino pensó que su hijo había perdido el juicio, y le dijo: "¡El nombre de Alah sobre ti, hijo mío! ¡Vuelve a la razón! ¡Ah, pobre Aladino, piensa en tu condición y desecha esas locuras!" Aladino contestó: "¡Oh, madre mía! No tengo para qué volver a la razón, pues no me cuento en el número de los locos. ¡Y tus palabras no me harán renunciar a mi idea de matrimonio con El Sett Badrú'l-Budur, la hermosa hija del sultán! ¡Y tengo más intención que nunca de pedírsela a su padre en matrimonio!" Ella dijo: "¡Oh, hijo mío! ¡Por mi vida sobre ti, no pronuncies tales palabras, y ten cuidado de que no te oigan en la vecindad y transmitan tus palabras al sultán, que te haría ahorcar sin remisión! Y además, si de verdad tomaste una resolución tan imprudente, ¿crees que vas a encontrar quien se encargue de hacer esa petición?" El joven contestó: "¿Y a quién voy a encargar de una misión tan delicada estando tú aquí, oh, madre? ¿Y en quién voy a tener más confianza que en ti? ¡Sí, ciertamente, tú serás quien vaya a hacer al sultán esa petición de matrimonio!" Ella exclamó: "¡Alah me preserve de llevar a cabo semejante empresa, oh, hijo mío! ¡Yo no estoy, como tú, en el límite de la locura! ¡Ah! ¡Bien veo al presente que te olvidas de que eres hijo de uno de los sastres más pobres y más ignorados de la ciudad, y de que tampoco yo, tu madre, soy más noble! ¡Bien sé que nuestro sultán está lleno de benevolencia y que jamás despide a ningún súbdito suyo sin hacerle la justicia que necesita! ¡También sé que es generoso con exceso y que nunca rehúsa nada a quien ha merecido sus favores con alguna acción brillante, algún hecho de bravura o algún servicio grande o pequeño! Pero, ¿puedes decirme en qué has sobresalido tú hasta el presente y qué títulos tienes para merecer ese favor incomparable que solicitas? Y además, ¿dónde están los regalos que, como solicitante de gracias, tienes que ofrecer al rey en calidad de homenaje de súbdito leal a su soberano?" El joven contestó: "¡Pues bien, si no se trata más que de hacer un buen regalo para obtener lo que anhela tanto mi alma, precisamente creo que ningún hombre sobre la Tierra puede competir conmigo en ese terreno! Porque has de saber, ¡oh, madre!, que esas frutas de todos los colores que me traje del jardín subterráneo y que creía eran sencillamente bolas de vidrio sin valor ninguno, y buenas, a lo más, para que jugasen los niños pequeños, son pedrerías inestimables como no las posee ningún sultán."

Y continuó hablando a su madre con tanto calor y seguridad, que acabó por convencerla completamente.

Así, en efecto, al siguiente día la madre de Aladino fue a palacio teniendo cogido por las cuatro puntas el pañuelo que envolvía el obsequio de pedrerías. Y estaba muy resuelta a sobreponerse a su timidez y formular su petición.

Y entró en el diwán, y se colocó en primera fila. Y se levantó la sesión sin resultado, y se volvió ella a su casa, con la cabeza baja, para anunciar a Aladino el fracaso de su tentativa, pero prometiéndole el éxito para la próxima vez. Y Aladino se vio precisado a hacer nueva provisión de paciencia, amonestando a su madre por su falta de valor y de firmeza. Pero no sirvió de gran cosa, pues la pobre mujer fue a palacio con la porcelana seis días consecutivos, y se colocó siempre frente al sultán, aunque sin tener más valor ni lograr más éxito que la primera vez. Y sin duda habría vuelto cien veces más tan inútilmente, y Aladino habría muerto de desesperación y de impaciencia reconcentrada, si el propio sultán, que acabó por fijarse en ella, ya que estaba en primera fila en cada sesión del diwán, no hubiese tenido la curiosidad de informarse de ella y el motivo de su presencia. Y el visir contestó con el oído y la obediencia, llevándose la mano a la frente. Y dio unos pasos hacia la madre de Aladino, y le hizo seña con la mano para que se acercara. Y la pobre mujer se adelantó al pie del trono, toda temblorosa, y besó la tierra entre las manos del sultán, como había visto hacer a los demás concurrentes. Y siguió en aquella postura hasta que el gran visir le tocó en el hombro y le ayudó a levantarse. Y se mantuvo entonces en pie, llena de emoción, y el sultán le dijo: "Oh, mujer, hace ya varios días que te veo venir al diwán y permanecer inmóvil sin pedir nada. Dime, pues, qué te trae por aquí y qué deseas, a fin de que te haga justicia." Y un poco alentada por la voz benévola del sultán, contestó la madre de Aladino: "Alah haga descender sus bendiciones sobre la cabeza de nuestro amo el sultán. ¡En cuanto a tu servidora, oh, rey del tiempo, antes de exponer su demanda te suplica que te dignes concederle la promesa de seguridad, pues, de no ser así, temeré ofender los oídos del sultán, ya que mi petición puede parecer extraña o singular!" Y he aquí que el sultán, que era hombre bueno y magnánimo, se apresuró a prometerle la seguridad, e incluso dio orden de hacer desalojar completamente la sala, a fin de permitir a la mujer que hablase con toda libertad. Y no retuvo a su lado más que a su gran visir. Y se encaró con ella, y le dijo: "Puedes hablar, la seguridad de Alah está contigo, ¡oh, mujer!" Pero la madre de Aladino, que había recobrado por completo el valor en vista de la acogida favorable del sultán, contestó: "¡También pido perdón de antemano al sultán por lo que en mi súplica pueda encontrar de inconveniente y por la audacia extraordinaria de mis palabras!" Y dijo el sultán, cada vez más intrigado: "Habla ya sin restricción, ¡oh, mujer! ¡Contigo están el perdón y la gracia de Alah para todo lo que puedas decir y pedir!"

Entonces, después de prosternarse por segunda vez ante el trono y de haber llamado sobre el sultán todas las bendiciones y los favores del Altísimo, la madre de Aladino se puso a contar cuanto le había sucedido a su hijo desde el día en que oyó a los pregoneros públicos proclamar la orden de que los habitantes se ocultaran en sus casas para dejar paso al cortejo de Sett Badrú'l-Budur. Y no dejó de decirle el estado en que se hallaba Aladino, que hubo de amenazar con matarse si no obtenía a la princesa en matrimonio. Y narró la historia con todos sus detalles, desde el comienzo hasta el fin. Pero no hay utilidad en repetirla. Luego, cuando acabó de hablar, bajó la cabeza, presa de gran confusión, añadiendo: "¡Y ya, oh, rey del tiempo, no me queda más que suplicar a Tu Altísimo que no sea riguroso con la locura de mi hijo y me excuse si la ternura de madre me ha impulsado a venir a transmitirle una petición tan singular!"

Cuando el sultán, que había escuchado estas palabras con mucha atención, pues era justo y benévolo, vio que había callado la madre de Aladino, lejos de mostrarse indignado de su demanda, se echó a reír con bondad y le dijo: "¡Oh, pobre! ¿Y qué traes en ese pañuelo que sostienes por las cuatro puntas?"

Entonces la madre de Aladino desató el pañuelo en silencio, y sin añadir una palabra presentó al sultán la fuente de porcelana en que estaban dispuestas las frutas y pedrerías. Y al punto se iluminó todo el diwán con su resplandor, mucho más que si estuviese alumbrado con innúmeras arañas y antorchas. Y el sultán quedó deslumbrado de su claridad y le pasmó su hermosura. Luego cogió la porcelana de manos de la buena mujer y examinó las maravillosas pedrerías, una tras otra, tomándolas entre sus dedos. Y estuvo mucho tiempo mirándolas y tocándolas, en el límite de la admiración. Y acabó por exclamar, encarándose con su gran visir: "¡Por vida de mi cabeza, oh, visir mío, qué hermoso es todo esto y qué maravillosas son esas frutas! ¿Las viste nunca parecidas u oíste hablar siquiera de la existencia de cosas tan admirables sobre la faz de la Tierra? ¿Qué te parece? ¡Di!" Y el visir contestó: "¡En verdad, oh, rey del tiempo, que nunca he visto ni oído hablar de cosas tan maravillosas! ¡Ciertamente, estas pedrerías son únicas en su especie! ¡Y las joyas más preciosas del armario de nuestro rey no valen, reunidas, tanto como la más pequeña de estas frutas, a mi entender!" Y dijo el rey: "¿No es verdad, oh, visir mío, que el joven Aladino, que por mediación de su madre me envía un presente tan hermoso, merece, sin duda alguna, mejor que cualquier hijo de rey, que se acoja bien su petición de matrimonio con mi hija Badrú'l-Budur?"

A esta pregunta del rey, la cual estaba lejos de esperarse, al visir se le mudó el color y se le trabó mucho la lengua y se apenó mucho. Porque, desde hacía largo tiempo, le había prometido el sultán que no daría en matrimonio a la princesa a otro que no fuese un hijo que tenía el visir y que ardía de amor por ella desde la niñez. Así es que, tras largo rato de perplejidad, de emoción y de silencio, acabó por contestar con voz muy triste: "Sí, ¡oh, rey del tiempo! Pero Tu Serenidad olvida que ha prometido la princesa al hijo de tu esclavo. ¡Sólo te pido, pues, como gracia, ya que tanto te satisface este regalo de un desconocido, que me concedas un plazo de tres meses, al cabo del cual me comprometo a traer yo mismo un presente más hermoso todavía que éste para ofrecérselo de dote a nuestro rey, en nombre de mi hijo!"

Y el rey, que a causa de sus conocimientos en materia de joyas y pedrería sabía bien que ningún hombre, aunque fuese hijo de rey o de sultán, sería capaz de encontrar un regalo que compitiese de cerca ni de lejos con aquellas maravillas, únicas en su especie, no quiso desairar a su viejo visir rehusándole la gracia que solicitaba, por muy inútil que fuese, y con benevolencia le contestó: "¡Claro está, oh, visir mío, que te concedo el plazo que pides! ¡Pero has de saber que, si al cabo de esos tres meses no has encontrado para tu hijo una dote que ofrecer a mi hija que supere o iguale solamente a la dote que me ofrece esta buena mujer en nombre de su hijo Aladino, no podré hacer más por tu hijo, a pesar de tus buenos y leales servicios!" Luego se encaró con la madre de Aladino y le dijo con mucha afabilidad: "¡Oh, madre de Aladino! ¡Puedes volver con toda alegría y seguridad al lado de tu hijo y decirle que su petición ha sido bien acogida y que mi hija está comprometida con él en adelante! ¡Pero dile que no podrá celebrarse el matrimonio hasta pasados tres meses, para dar tiempo a preparar el equipo de mi hija y hacer el ajuar que corresponde a una princesa de su calidad!"

Y la madre de Aladino, en extremo emocionada, alzó los brazos al cielo e hizo votos por la prosperidad y la dilatación de la vida del sultán, y se despidió para volar llena de alegría a su casa en cuanto salió de palacio. Y no bien entró en ella, Aladino vio su rostro iluminado por la dicha y corrió hacia ella y le preguntó, muy turbado: "Y bien, ¡oh, madre!, ¿debo vivir o debo morir?" Y la pobre mujer, extenuada de fatiga, comenzó por sentarse en el diván y quitarse el velo del rostro, y le dijo: "Te traigo buenas noticias, ¡oh, Aladino! ¡La hija del sultán está comprometida contigo para en adelante! ¡Y tu regalo, como ves, ha sido acogido con alegría y contento! ¡Pero hasta dentro de tres meses no podrá celebrarse tu matrimonio con Badrú'l-Budur! ¡Y esta tardanza se debe al gran visir, barba calamitosa, que ha hablado en secreto con el rey y le ha convencido para retardar la ceremonia, no sé por qué razón!"

Y al oír lo que acababa de anunciarle su madre, Aladino osciló de tranquilidad y contento, y exclamó: "¡Glorificado sea Alah, oh, madre, que hace descender Sus Gracias a nuestra casa y te da por hija a una princesa que tiene sangre de los más grandes reyes!" Y besó la mano a su madre y le dio muchas gracias por todas las penas que hubo de tomarse para la consecución de aquel asunto tan delicado.

Y desde aquel día pusiéronse a contar, con impaciencia extremada, las horas que les separaban de la dicha que se prometían hasta la expiración del plazo de tres meses. Y no cesaban de hablar de sus proyectos y de los festejos y limosnas que pensaban dar a los pobres, sin olvidar que ayer estaban ellos mismos en la miseria y que la cosa más meritoria a los ojos del Retribuidor era, sin duda alguna, la generosidad.

Y he aquí que de tal suerte transcurrieron dos meses. Y la madre de Aladino, que salía a diario para hacer las compras necesarias con anterioridad a las bodas, había ido al zoco una mañana y comenzaba a entrar en las tiendas, haciendo mil pedidos grandes y pequeños, cuando advirtió una cosa que no había visto al llegar. Vio, en efecto, que todas las tiendas estaban decoradas y adornadas con follaje, linternas y banderolas multicolores que iban de un extremo a otro de la calle, y que todos los tenderos, compradores y grandes del zoco, lo mismo ricos que pobres, hacían grandes demostraciones de alegría, y que todas las calles estaban atestadas de funcionarios de palacio ricamente vestidos con sus brocados de ceremonia y montados en caballos enjaezados maravillosamente, y que todo el mundo iba y venía con una animación inesperada. Así es que se apresuró a preguntar a un mercader de aceite, en cuya casa se aprovisionaba, qué fiesta, ignorada por ella, celebraba toda aquella alegre muchedumbre y qué significaban todas aquellas demostraciones. Y el mercader de aceite, en extremo asombrado de semejante pregunta, la miró de reojo, y contestó: "¡Por Alah, que se diría que te estás burlando! ¿Acaso eres una extranjera para ignorar así la boda del hijo del gran visir con la princesa Badrú'l-Budur, hija del sultán? ¡Y precisamente esta es la hora en que ella va a salir del hammam! ¡Y todos esos jinetes ricamente vestidos con trajes de oro son los guardias que le darán escolta hasta el palacio!"

Cuando la madre de Aladino hubo oído estas palabras del mercader de aceite, no quiso saber más y, enloquecida y desolada, echó a correr por los zocos, olvidándose de sus compras a los mercaderes, y llegó a su casa, adonde entró, y se desplomó sin aliento en el diván, permaneciendo allí un instante sin poder pronunciar una palabra. Y cuando pudo hablar, dijo a Aladino, que había acudido: "¡Ah! ¡Hijo mío, el Destino ha vuelto contra ti la página fatal de su libro, y he aquí que todo está perdido y que la dicha hacia la cual te encaminabas se ha desvanecido antes de realizarse!" Y Aladino, muy alarmado del estado en que veía a su madre y de las palabras que oía, le preguntó: "Pero, ¿qué ha sucedido de fatal, oh, madre? ¡Dímelo pronto!" Ella dijo: "¡Ah! ¡Hijo mío, el sultán se olvidó de la promesa que nos hizo! ¡Y hoy precisamente casa a su hija Badrú'l-Budur con el hijo del gran visir, de ese rostro de brea, de ese calamitoso a quien yo temía tanto! ¡Y toda la ciudad está adornada, como en las fiestas mayores, para la boda de esta noche!" Y al escuchar esta noticia, Aladino sintió que la fiebre le invadía el cerebro y hacía bullir su sangre a borbotones precipitados. Y se quedó un momento pasmado y confuso, como si fuera a caerse. Pero no tardó en dominarse, acordándose de la lámpara maravillosa que poseía y que le iba a ser más útil que nunca. Y la cogió y frotó en el sitio que conocía ya. Y en el mismo momento se le apareció el efrit de la lámpara, quien dijo: "¡Ordena y obedeceré!" Y contestó Aladino: "¡Pues esta noche, en cuanto los recién casados se acuesten en su lecho nupcial, y antes de que ni siquiera tengan tiempo de tocarse, los cogerás con lecho y todo y los transportarás aquí mismo, en donde ya veré lo que tengo que hacer!" Y el efrit de la lámpara se llevó la mano a la frente y contestó: "¡Escucho y obedezco!" Y desapareció.

No bien estuvieron solos los recién casados, y antes de que tuviesen tiempo de hacerse la menor caricia, sintiéronse de pronto elevados con su lecho, sin poder darse cuenta de lo que les sucedía. Y en un abrir y cerrar de ojos se vieron transportados fuera del palacio y depositados en un lugar que no conocían, y que no era otro que la habitación de Aladino. Y dejándoles llenos de espanto, el efrit fue a prosternarse ante Aladino, y le dijo: "Ya se ha ejecutado tu orden, ¡oh, mi señor! ¡Y heme aquí dispuesto a obedecerte en todo lo que tengas que mandarme!" Y le contestó Aladino: "¡Tengo que mandarte que cojas a ese joven y le encierres durante toda la noche en el retrete!"

En cuanto a Aladino, cuando estuvo solo con la princesa Badrú'l-Budur, a pesar del gran amor que por ella sentía, no pensó ni por un instante en abusar de la situación. Y empezó por inclinarse ante ella, llevándose la mano al corazón, y le dijo con voz apasionada: "¡Oh, princesa, sabe que aquí estás más segura que en el palacio de tu padre el sultán! ¡Si te hallas en este lugar que desconoces, sólo es para que no sufras las caricias de ese joven cretino, hijo del visir de tu padre! ¡Y aunque es a mí a quien te prometieron en matrimonio, me guardaré bien de tocarte antes de tiempo y antes de que seas mi esposa legítima por el Libro y la Sunnah!"

Al oír estas palabras de Aladino, la princesa no pudo comprender nada, primeramente porque estaba muy emocionada y, además, porque ignoraba la antigua promesa de su padre y todos los pormenores del asunto. Y sin saber qué decir, se limitó a llorar mucho.

Al siguiente día por la mañana, sin que Aladino tuviese necesidad de frotar la lámpara de nuevo, el efrit, cumpliendo la orden que se le dio, fue solo a esperar que se despertase el dueño de la lámpara. Y como tardara en despertarse, lanzó varias exclamaciones que asustaron a la princesa, a la cual no le era posible verle. Aladino abrió los ojos y, en cuanto hubo reconocido al efrit, se levantó del lado de la princesa y se separó del lecho un poco, para no ser oído más que por el efrit, y le dijo: "Date prisa a sacar del retrete al hijo del visir y vuelve a dejarle en la cama en el sitio que ocupaba. Luego llévalos a ambos al palacio del sultán, dejándolos en el mismo lugar de donde los trajiste. ¡Y, sobre todo, vigílales bien para impedirles que se acaricien, ni siquiera que se toquen!" Y el efrit de la lámpara contestó con el oído y la obediencia, y se apresuró primero a quitar el frío al joven del retrete y a ponerle en el lecho, al lado de la princesa, para transportar en seguida a ambos a la cámara nupcial del palacio del sultán en menos tiempo del que se necesita para parpadear, sin que pudiesen ellos ver ni comprender lo que les sucedía, ni a qué obedecía tan rápido cambio de domicilio. Y a fe que era lo mejor que podía ocurrirles, porque la sola vista del espantable genni servidor de la lámpara sin duda alguna les habría asustado hasta morir.

Y he aquí que, apenas el efrit transportó a los dos recién casados a la habitación del palacio, el sultán y su esposa hicieron su entrada matinal, impacientes por saber cómo había pasado su hija aquella noche de bodas y deseosos de felicitarla y de ser los primeros en verla para desearle dicha y delicias prolongadas. Y muy emocionados se acercaron al lecho de su hija, y la besaron con ternura entre ambos ojos, diciéndole: "Bendita sea tu misión, ¡oh, hija de nuestro corazón! ¡Y ojalá veas germinar de tu fecundidad una larga sucesión de descendientes hermosos e ilustres que perpetúen la gloria y la nobleza de tu raza! ¡Ah! ¡Dinos cómo has pasado esta primera noche y de qué manera se ha portado contigo tu esposo!" Y tras hablar así, se callaron, aguardando su respuesta. Y he aquí que de pronto vieron que, en lugar de mostrar un rostro fresco y sonriente, estallaba ella en sollozos y les miraba con ojos muy abiertos, tristes y preñados de lágrimas.

Entonces quisieron interrogar al esposo, y miraron hacia el lado del lecho en que creían que aún estaría acostado; pero, precisamente en el mismo momento en que entraron ellos, había salido él de la habitación para lavarse todas las inmundicias con que tenía embadurnada la cara. Y creyeron que había ido al hammam a tomar el baño. Y de nuevo se volvieron hacia su hija y le interrogaron ansiosamente, con el gesto, con la mirada y con la voz, acerca del motivo de sus lágrimas y su tristeza. Y como continuara ella callada, creyeron que sólo era el pudor propio de la primera noche de bodas lo que la impedía hablar y que sus lágrimas eran propias de las circunstancias, y esperaron un momento. Pero como la situación amenazaba con durar mucho tiempo y el llanto de la princesa aumentaba, a la reina le faltó paciencia y acabó por decir a la princesa, con tono malhumorado: "Vaya, hija mía, ¿quieres contestarme y contestar a tu padre ya? ¿Y vas a seguir así por mucho rato todavía? También yo, hija mía, estuve recién casada como tú y antes que tú; pero supe tener tacto para no prolongar con exceso esas actitudes de gallina asustada. ¡Y además, te olvidas de que al presente nos estás faltando al respeto que nos debes con no contestar a nuestras preguntas!"

Al oír estas palabras de su madre, que se había puesto seria, la pobre princesa, abrumada en todos los sentidos a la vez, se vio obligada a salir del silencio que guardaba y, lanzando un suspiro prolongado y muy triste, contestó: "¡Alah me perdone si falté al respeto que debo a mi padre y a mi madre; pero me disculpa el hecho de estar en extremo turbada, y muy emocionada, y muy triste, y muy estupefacta de todo lo que me ha ocurrido esta noche!" Y contó todo lo que le había sucedido la noche anterior, no como las cosas habían pasado realmente, sino sólo como pudo juzgar acerca de ellas con sus ojos. Dijo que, apenas se acostó en el lecho al lado de su esposo, el hijo del visir, había sentido conmoverse el lecho debajo de ella; que se había visto transportada en un abrir y cerrar de ojos desde la cámara nupcial a una casa que jamás había visitado antes; que la habían separado de su esposo, sin que pudiese ella saber de qué manera le habían sacado y reintegrado luego; que le había reemplazado, durante toda la noche, un joven hermoso, muy respetuoso desde luego y en extremo atento, el cual, para no verse expuesto a abusar de ella, había dejado su sable desenvainado entre ambos y se había dormido con la cara vuelta a la pared, y por último, que a la mañana, vuelto ya al lecho su esposo, de nuevo se la había transportado con él a su cámara nupcial del palacio, apresurándose él a levantarse para correr al hammam con objeto de limpiarse un cúmulo de cosas horribles que le cubrían la cara.

Cuando el sultán y su esposa oyeron estas palabras de su hija Badrú'l-Budur, se quedaron estupefactos y, mirándose con los ojos en blanco, no quisieron dar fe a ninguna de sus palabras.

En cuanto a Aladino, que sospechaba lo que ocurría en palacio, pasó el día deleitándose al pensar en la broma excelente de que acababa de hacer víctima al hijo del visir. Pero no se dio por satisfecho y quiso saborear hasta el fin la humillación de su rival. Así es que le pareció lo más acertado no dejarle un momento de tranquilidad, y en cuanto llegó la noche cogió su lámpara y la frotó. Y se le apareció el genni, pronunciando la misma fórmula que las otras veces. Y le dijo Aladino: "¡Oh, servidor de la lámpara, ve al palacio del sultán! Y en cuanto veas acostados juntos a los recién casados, cógelos con lecho y todo y tráemelos aquí, como hiciste la noche anterior!" Y el genni se apresuró a ejecutar la orden, y no tardó en volver con su carga, depositándola en el cuarto de Aladino para coger en seguida al hijo del visir y meterle de cabeza en el retrete. Y no dejó Aladino de ocupar el sitio vacío y de acostarse al lado de la princesa, pero con tanta decencia como la vez primera. Y tras colocar el sable entre ambos, se volvió de cara a la pared y se durmió tranquilamente. Y al siguiente día todo ocurrió exactamente igual que la víspera, pues el efrit, siguiendo las órdenes de Aladino, volvió a dejar al joven junto a Badrú'l-Budur, y les transportó a ambos con el lecho a la cámara nupcial del palacio del sultán.

Pero el sultán, más impaciente que nunca por saber de su hija después de la segunda noche, llegó a la cámara nupcial en aquel mismo momento, completamente solo, porque temía el malhumor de su esposa la sultana y prefería interrogar por sí mismo a la princesa. Y apoyando la cabeza en el pecho de su padre, la princesa le contó lo que había sufrido las dos noches que acababa de pasar, y terminó su relato añadiendo: "Mejor será, ¡oh, padre mío bien amado!, que interrogues también al hijo del visir, a fin de que te confirme mis palabras."

Y el sultán, al oír el relato de aquella extraña aventura, llegó al límite de la perplejidad y compartió la pena de su hija y, como la amaba tanto, sintió humedecerse de lágrimas sus ojos. Y le dijo: "La verdad, hija mía, es que yo sólo soy el causante de todo esto tan horrible que te sucede, pues te casé con un pasmado que no sabe defenderte y resguardarte de esas aventuras singulares. ¡Porque lo cierto es que quise labrar tu dicha con este matrimonio, y no tu desdicha y tu muerte! ¡Por Alah, que en seguida voy a hacer que venga el visir y el cretino de su hijo, y le voy a pedir explicaciones de todo esto! ¡Pero, de todos modos, puedes estar muy tranquila, hija mía, porque no se repetirán esos sucesos! ¡Te lo juro por vida de mi cabeza!" Luego se separó de ella, dejándola al cuidado de sus mujeres, y regresó a sus aposentos, hirviendo en cólera.

Y al punto hizo ir a su gran visir, y en cuanto se presentó entre sus manos le gritó: "¿Dónde está el entremetido de tu hijo? ¿Y qué te ha dicho de los sucesos ocurridos estas dos últimas noches?" El gran visir contestó, estupefacto: "No sé a que te refieres, ¡oh, rey del tiempo! ¡Nada me ha dicho mi hijo que pueda explicarme la cólera de nuestro rey! ¡Pero, si me lo permites, ahora mismo iré a buscarle y a interrogarle!" Y dijo el sultán: "¡Ve! ¡Y vuelve pronto a traerme la respuesta!" Y el gran visir, con la nariz muy alargada, salió doblando la espalda y fue en busca de su hijo, a quien encontró en el hammam dedicado a lavarse las inmundicias que le cubrían. Y le dijo: "¡Oh, hijo de perro! ¿Por qué me has ocultado la verdad? ¡Si no me pones en seguida al corriente de los sucesos de estas dos últimas noches, será este tu último día!" Y el hijo bajó la cabeza y contestó: "¡Ay, padre mío, sólo la vergüenza me impidió hasta el presente revelarte las desgraciadas aventuras de estas dos últimas noches y los incalificables tratos que sufrí, sin tener posibilidades de defenderme, ni siquiera de saber cómo y en virtud de qué poderes enemigos nos ha sucedido todo esto a ambos en nuestro lecho!" Y contó a su padre la historia con todos sus detalles, sin olvidar nada. Pero no hay utilidad en repetirla. Y añadió: "¡En cuanto a mí, oh, padre mío, prefiero la muerte a semejante vida! ¡Y hago ante ti el triple juramento del divorcio definitivo con la hija del sultán! ¡Te suplico, pues, que vayas en busca del sultán y le hagas admitir la declaración de nulidad de mi matrimonio con su hija Badrú'l-Budur! ¡Porque es el único medio de que cesen esos malos tratos y de tener tranquilidad! ¡Y entonces podré dormir en mi lecho en lugar de pasarme las noches en los retretes!"

Al oír estas palabras de su hijo, el gran visir quedó muy apenado. Porque la aspiración de su vida había sido ver casado a su hijo con la hija del sultán, y le costaba mucho trabajo renunciar a tan gran honor. Así es que, aunque convencido de la necesidad del divorcio en tales circunstancias, dijo a su hijo: "Claro, ¡oh, hijo mío!, que no es posible soportar por más tiempo semejantes tratos. ¡Pero piensa en lo que pierdes con ese divorcio! ¿No será mejor tener paciencia todavía una noche, durante la cual vigilaremos todos junto a la cámara nupcial, con los eunucos armados de sables y de palos? ¿Qué te parece?" El hijo contestó: "Haz lo que gustes, ¡oh, gran visir, padre mío! ¡En cuanto a mí, estoy resuelto a no entrar ya en esa habitación de brea!"

Entonces el visir separóse de su hijo y fue en busca del rey. Y se mantuvo en pie, bajando la cabeza. Y el rey preguntó: "¿Qué tienes que decirme?" El visir contestó: "¡Por vida de nuestro amo, que es muy cierto lo que ha contado la princesa Badrú'l-Budur! ¡Pero la culpa no la tiene mi hijo! De todos modos, no conviene que la princesa siga expuesta a nuevas molestias por causa de mi hijo. ¡Y si lo permites, mejor será que ambos esposos vivan en adelante separados por el divorcio!" Y dijo el rey: "¡Por Alah, que tienes razón! ¡Pero, a no ser hijo tuyo el esposo de mi hija, la hubiese dejado libre a ella con la muerte de él! ¡Que se divorcien, pues!" Y al punto dio el sultán las órdenes oportunas para que cesaran los regocijos públicos, tanto en el palacio como en la ciudad y en todo el reino de la China, e hizo proclamar el divorcio de su hija Badrú'l-Budur con el hijo del gran visir.

Cuando Aladino, al mismo tiempo que los habitantes de la ciudad, se enteró, por la proclama de los pregoneros públicos, del divorcio de Badrú'l-Budur sin haberse consumado el matrimonio y de la partida del burlado, se alegró hasta el límite de la alegría y se dijo: "¡Bendita sea esta lámpara maravillosa, causa de toda mi prosperidad!" Y sin preocuparse ya, como si no hubiese ocurrido nada anómalo desde su petición de matrimonio, esperó con toda tranquilidad a que transcurriesen los tres meses del plazo exigido, enviando a palacio, en la mañana que siguió al último día del plazo consabido, a su madre, vestida con sus mejores trajes, para que recordase al sultán su promesa.

Y he aquí que, en cuanto entró en el diwán la madre de Aladino, el sultán, que estaba dedicado a despachar los asuntos del reino, como de costumbre, dirigió la vista hacia ella y la reconoció en seguida. Y no tuvo ella necesidad de hablar, porque el sultán recordó por sí mismo la promesa que le había dado y el plazo que había fijado. Y el visir la mandó avanzar hasta el pie del trono.

Entonces la madre de Aladino se prosternó y besó la tierra por tres veces entre las manos del rey, quien le dijo: "Has de saber, ¡oh, tía!, que no he olvidado mi promesa. ¡Pero hasta el presente no hablé aún de la dote exigida por mi hija, cuyos méritos son muy grandes! Dirás, pues, a tu hijo que se efectuará su matrimonio con mi hija El Sett Badrú'l-Budur cuando me haya enviado lo que exijo como dote para mi hija, a saber: cuarenta fuentes de oro macizo llenas hasta los bordes de las mismas especies de pedrerías en forma de frutas de todos los colores y tamaños, como las que me envió en la fuente de porcelana, y estas fuentes las traerán a palacio cuarenta esclavas jóvenes, bellas como lunas, que serán conducidas por cuarenta esclavos negros, jóvenes y robustos, e irán todos formados en cortejo, vestidos con mucha magnificencia, y vendrán a depositar en mis manos las cuarenta fuentes de pedrerías. ¡Y eso es todo lo que pido, mi buena tía! ¡Pues no quiero exigir más a tu hijo, en consideración al presente que me ha entregado ya!"

Y la madre de Aladino, muy aterrada por aquella petición exorbitante, se limitó a prosternarse por segunda vez ante el trono y se retiró para ir a dar cuenta de su misión a su hijo. Y le dijo: "¡Oh, hijo mío, ya te aconsejé desde un principio que no pensaras en el matrimonio con la princesa Badrú'l-Budur!" Y suspirando mucho contó a su hijo la manera, muy afable desde luego, que tuvo de recibirla el sultán y las condiciones que ponía antes de consentir definitivamente en el matrimonio.

Y he aquí que, en cuanto la madre salió para ir al zoco a comprar las provisiones necesarias, Aladino se apresuró a encerrarse en su cuarto. Y cogió la lámpara y la frotó en el sitio que sabía. Y al punto apareció el genni, quien después de inclinarse ante él dijo: "¡Aquí tienes entre tus manos a tu esclavo! ¿Qué quieres? Habla. ¡Soy el servidor de la lámpara en el aire por donde vuelo y en la tierra por donde me arrastro!" Y Aladino le dijo: "¡Sabe, oh, efrit, que el sultán consiente en darme a su hija, la maravillosa Badrú'l-Budur, a quien ya conoces; pero lo hace a condición de que le envíe lo más pronto posible cuarenta bandejas de oro macizo, de pura calidad, llenas hasta los bordes de frutas de pedrerías semejantes a las de la fuente de porcelana, que las cogí en los árboles del jardín que hay en el sitio donde encontré la lámpara de que eres servidor. ¡Pero no es eso todo! Para llevar esas bandejas de oro llenas de pedrerías, me pide, además, cuarenta esclavas jóvenes, bellas como lunas, que han de ser conducidas por cuarenta negros jóvenes, hermosos, fuertes y vestidos con mucha magnificencia. ¡Eso es lo que, a mi vez, exijo de ti! ¡Date prisa a complacerme, en virtud del poder que tengo sobre ti como dueño de la lámpara!" Y el genni contestó: "¡Escucho y obedezco!" Y desapareció, mas para volver al cabo de un momento.

Y le acompañaban los ochenta esclavos consabidos, hombres y mujeres, a los que puso en fila en el patio, a lo largo del muro de la casa. Y cada una de las esclavas llevaba en la cabeza una bandeja de oro macizo llena hasta el borde de perlas, diamantes, rubíes, esmeraldas, turquesas y otras mil especies de pedrerías en forma de frutas de todos los colores y tamaños. Y cada bandeja estaba cubierta con una gasa de seda con flores de oro en el tejido.

Y verdaderamente eran las pedrerías mucho más maravillosas que las presentadas al sultán en la porcelana. Y una vez alineados contra el muro los cuarenta esclavos el genni fue a inclinarse ante Aladino, y le preguntó: "¿Tienes todavía, ¡oh, mi señor!, que exigir alguna cosa al servidor de la lámpara?" Y Aladino le dijo: "¡No, por el momento nada más!" Y al punto desapareció el efrit.

En aquel instante entró la madre de Aladino cargada con las provisiones que había comprado en el zoco. Y se sorprendió mucho al ver su casa invadida por tanta gente, y al punto creyó que el sultán mandaba detener a Aladino para castigarle por la insolencia de su petición. Pero no tardó Aladino en disuadirla de ello, pues, sin darle lugar a quitarse el velo del rostro, le dijo: "¡No pierdas el tiempo en levantarte el velo, oh, madre, porque vas a verte obligada a salir sin tardanza para acompañar al palacio a estos esclavos que ves formados en el patio!"

Inmediatamente la madre de Aladino hizo salir de la casa por orden a los ochenta esclavos, formándolos en hilera por parejas: una esclava joven precedida de un negro, y así sucesivamente hasta la última pareja.

Y en medio de la estupefacción de todo un pueblo, acabó el cortejo por llegar a palacio. Y no bien los guardias y porteros divisaron a la primera pareja, llegaron a tal estado de maravilla que, poseídos de respeto y admiración, se formaron espontáneamente en dos filas para que pasaran.

En cuanto el sultán, que en aquel momento despachaba los asuntos del reino, vio en el patio aquel cortejo magnífico que borraba con su esplendor el brillo de todo lo que él poseía en el palacio, hizo desalojar el diwán inmediatamente y dio orden de recibir a los recién llegados. Y entraron éstos gravemente, de dos en dos, y se alinearon con lentitud, formando una gran media luna ante el trono del sultán. Y cada una de las esclavas jóvenes, ayudada por su compañero negro, depositó en la alfombra la bandeja que llevaba. Luego se prosternaron a la vez los ochenta y besaron la tierra entre las manos del sultán, levantándose en seguida, y todos a una descubrieron con igual diestro ademán las bandejas rebosantes de frutas maravillosas. Y con los brazos cruzados sobre el pecho permanecieron en pie, en actitud del más profundo respeto.

Sólo entonces fue cuando la madre de Aladino, que iba la última, se destacó de la media luna que formaban las parejas alternadas y, después de las prosternaciones y las zalemas de rigor, dijo al rey, que había enmudecido por completo ante aquel espectáculo sin par: "¡Oh, rey del tiempo! ¡Mi hijo Aladino, esclavo tuyo, me envía con la dote que has pedido como precio de Sett Badrú'l-Budur, tu hija honorable! ¡Y me encarga te diga que te equivocaste al apreciar la valía de la princesa, y que todo está muy por debajo de sus méritos! ¡Pero cree que le disculparás por ofrecerte tan poco, y que admitirás este insignificante tributo en espera de lo que piensa hacer en lo sucesivo!"

Así habló la madre de Aladino. Pero el rey, que no estaba en estado de escuchar lo que ella le decía, seguía absorto y con los ojos muy abiertos ante el espectáculo que se ofrecía a su vista. Y miraba alternativamente las cuarenta bandejas, el contenido de las cuarenta bandejas, las esclavas jóvenes que habían llevado las cuarenta bandejas y los jóvenes negros que habían acompañado a las portadoras de las bandejas. ¡Y no sabía qué debía admirar más, si aquellas joyas, que eran las más extraordinarias que vio nunca en el mundo, o aquellas esclavas jóvenes, que eran como lunas, o aquellos esclavos negros, que se dirían otros tantos reyes! Y así se estuvo una hora de tiempo, sin poder pronunciar una palabra ni separar sus miradas de las maravillas que tenía ante sí. Y en lugar de dirigirse a la madre de Aladino para manifestarle su opinión acerca de lo que le llevaba, acabó por encararse con su gran visir y decirle: "¡Por mi vida! ¿Qué suponen las riquezas que poseemos y qué supone mi palacio ante tal magnificencia? ¿Y qué debemos pensar del hombre que, en menos tiempo del preciso para desearlos, realiza tales esplendores y nos los envía? ¿Y qué son los méritos de mi hija comparados con semejante profusión de hermosura?" Y no obstante el despecho y el rencor que experimentaba por cuanto le había sucedido a su hijo, el visir no pudo menos de decir: "¡Sí, por Alah, hermoso es todo esto; pero, aun así, no vale lo que un tesoro único como la princesa Badrú'l-Budur!" Y dijo el rey: "¡Por Alah! Ya lo creo que vale tanto como ella y la supera con mucho en valor. ¡Por eso no me parece mal negocio concedérsela en matrimonio a un hombre tan rico, tan generoso y tan magnífico como el gran Aladino, nuestro hijo!" Y se encaró con los demás visires, emires y notables que le rodeaban, y les interrogó con la mirada. Y todos contestaron inclinándose profundamente hasta el suelo por tres veces para indicar bien su aprobación a las palabras de su rey.

Entonces no vaciló más el rey. Y sin preocuparse ya de saber si Aladino reunía todas las condiciones requeridas para ser esposo de una hija de rey, se encaró con la madre de Aladino y le dijo: "¡Oh, venerable madre de Aladino, te ruego que vayas a decir a tu hijo que desde este instante ha entrado en mi raza y en mi descendencia, y que ya no aguardo más que a verle para besarle como un padre besaría a su hijo y para unirle a mi hija Badrú'l-Budur por el Libro y la Sunnah."

Y después de las zalemas, por una y otra parte, la madre de Aladino se apresuró a retirarse para volar en seguida a su casa, desafiando la rapidez del viento, y poner a su hijo Aladino al corriente de lo que acababa de pasar. Y le apremió para que se diera prisa a presentarse al rey, que tenía la más viva impaciencia por verle. Y Aladino, que con aquella noticia veía satisfechos sus anhelos después de tan larga espera, no quiso dejar ver cuán embriagado de alegría estaba. Y contestó, con aire muy tranquilo y acento mesurado: "Toda esta dicha me viene de Alah y de tu bendición, ¡oh, madre!, y de tu celo infatigable." Y le besó las manos, le dio muchas gracias y le pidió permiso para retirarse a su cuarto, a fin de prepararse para ir a ver al sultán.

No bien estuvo solo, Aladino cogió la lámpara mágica, que hasta entonces había sido de tanta utilidad para él, y la frotó como de ordinario. Y al instante apareció el efrit, quien, después de inclinarse ante él, le preguntó con la fórmula habitual qué servicio podía prestarle. Y Aladino contestó: "¡Oh, efrit de la lámpara, deseo tomar un baño! ¡Y para después del baño quiero que me traigas un traje que no tenga igual en magnificencia entre los sultanes más grandes de la Tierra, y tan bueno que los inteligentes puedan estimarlo en más de mil millares de dinares de oro, y un caballo que no tenga hermano en hermosura ni en las caballerizas del sultán ni en las de los monarcas más poderosos del mundo. Y es preciso que sus arreos valgan por sí solos mil millares de dinares de oro, por lo menos. Al mismo tiempo me traerás cuarenta y ocho esclavos jóvenes, bien formados, de talla aventajada y llenos de gracia, vestidos con mucha limpieza, elegancia y riqueza, para que abran la marcha delante de mi caballo veinticuatro de ellos puestos en dos hileras de a doce, mientras los otros veinticuatro irán detrás de mí en dos hileras de a doce también. Tampoco has de olvidarte, sobre todo, de buscar para el servicio de mi madre doce jóvenes como lunas, únicas en su especie, vestidas con mucho gusto y magnificencia y llevando en los brazos cada una un traje de tela y color diferentes y con el cual pueda vestirse con toda confianza una hija de rey. Por último, a cada uno de mis cuarenta y ocho esclavos le darás, para que se lo cuelgue al cuello, un saco con cinco mil dinares de oro, a fin de que haga yo de ello el uso que me parezca. ¡Y eso es todo lo que deseo de ti por hoy!"

Apenas acabó de hablar Aladino, cuando el genni, después de la respuesta con el oído y la obediencia, apresuróse a desaparecer, mas para volver al cabo de un momento con el caballo, los cuarenta y ocho esclavos jóvenes, las doce jóvenes, los cuarenta y ocho sacos con cinco mil dinares cada uno y los doce trajes de tela y color diferentes. Y todo era absolutamente de la calidad pedida, aunque más hermoso aún. Y Aladino se posesionó de todo y despidió al genni, diciéndole: "¡Te llamaré cuando tenga necesidad de ti!" Y sin pérdida de tiempo se despidió de su madre, besándole una vez más las manos, y puso a su servicio a las doce esclavas jóvenes, recomendándoles que no dejaran de hacer todo lo posible por tener contenta a su ama y que le enseñaran la manera de ponerse los hermosos trajes que habían llevado.

Tras de lo cual Aladino se apresuró a montar a caballo y a salir al patio de la casa. Y aunque subía entonces por primera vez a lomos de un caballo, supo sostenerse con una elegancia y una firmeza que le hubieran envidiado los más consumados jinetes. Y se puso en marcha, con arreglo al plan que había imaginado para el cortejo, precedido por veinticuatro esclavos formados en dos hileras de a doce, acompañado por cuatro esclavos que iban a ambos lados llevando los cordones de la gualdrapa del caballo, y seguido por los demás, que cerraban la marcha.

Cuando el cortejo echó a andar por las calles se aglomeró en todas partes, lo mismo en zocos que en ventanas y terrazas, una inmensa muchedumbre mucho más considerable que la que había acudido a ver el primer cortejo. Y siguiendo las órdenes que les había dado Aladino, los cuarenta y ocho esclavos empezaron a coger oro de sus sacos y a arrojárselo a puñados a derecha y a izquierda al pueblo que se aglomeraba a su paso. Y resonaban por toda la ciudad las aclamaciones, no sólo a causa de la generosidad del magnífico donador, sino también a causa de la belleza del jinete y de sus esclavos espléndidos. Porque en su caballo Aladino estaba verdaderamente muy arrogante, con su rostro al que la virtud de la lámpara mágica hacía aún más encantador, con su aspecto real y el airón de diamantes que se balanceaba sobre su turbante. Y así fue como, en medio de las aclamaciones y la admiración de todo un pueblo, Aladino llegó a palacio precedido por el rumor de su llegada, y todo estaba preparado allí para recibir con todos los honores debidos al esposo de la princesa Badrú'l-Budur.

Y he aquí que el sultán le esperaba precisamente en la parte alta de la escalera de honor, que empezaba en el segundo patio. Y no bien Aladino echó pie a tierra, ayudado por el propio gran visir, que le tenía el estribo, el sultán descendió en honor suyo dos o tres escalones. Y Aladino subió en dirección a él y quiso prosternarse entre sus manos; pero se lo impidió el sultán, que recibióle en sus brazos y le besó como si de su propio hijo se tratara, maravillado de su arrogancia, de su buen aspecto y de la riqueza de sus atavíos. Y en el mismo momento retembló el aire con las aclamaciones lanzadas por todos los emires, visires y guardias, y con el sonido de trompetas, clarinetes, oboes y tambores. Y pasando el brazo por el hombro de Aladino, el sultán le condujo al salón de recepciones y le hizo sentarse a su lado en el lecho del trono, y le besó por segunda vez, y le dijo: "¡Por Alah, oh, hijo mío Aladino, que siento mucho que mi destino no me haya hecho encontrarte antes de este día, y haber diferido así tres meses tu matrimonio con mi hija!" Y entonces se puso a hablar con él y a interrogarle con mucho afecto, admirándose de la prudencia de sus respuestas y de la elocuencia y sutileza de sus discursos. Y mandó preparar, en la misma sala del trono, un festín magnífico, y comió sólo con Aladino, haciéndose servir por el gran visir, a quien se le había alargado con el despecho la nariz hasta el límite del alargamiento, y por los emires y los demás altos signatarios.

Cuando terminó la comida, el sultán, que no quería prolongar por más tiempo la realización de su promesa, mandó llamar al cadí y a los testigos, y les ordenó que redactaran inmediatamente el contrato de matrimonio de Aladino y su hija la princesa Badrú'l-Budur.

Y quiso el joven ofrecer a su bella esposa un palacio digno de su hermosura, para lo cual pidió al rey un terreno apropiado para construirle. Y se lo concedió de buen grado, pero apremiándole para que lo hiciese pronto.

Después se despidió del sultán y regresó a su casa con el mismo cortejo que le había acompañado y seguido por las aclamaciones del pueblo y por votos de dicha y prosperidad.

En cuanto entró en su casa puso a su madre al corriente de lo que había pasado y se apresuró a retirarse a su cuarto completamente solo. Cogió la lámpara mágica y la frotó, y al aparecer el efrit le dijo Aladino: "¡Oh, efrit de la lámpara! Ante todo, te felicito por el celo que desplegaste en servicio mío. Y después tengo que pedirte otra cosa, más difícil, según creo, de realizar que cuanto hiciste por mí hasta hoy, a causa del poder que ejercen sobre ti las virtudes de tu señora, que es esta lámpara de mi pertenencia. ¡Escucha! ¡Quiero que en el plazo más corto posible me construyas, frente por frente del palacio del sultán, un palacio que sea digno de mi esposa El Sett Badrú'l-Budur! ¡Y a tal fin, dejo a tu buen gusto y a tus conocimientos acreditados el cuidado de todos los detalles de ornamentación y la elección de materiales preciosos, tales como piedras de jade, pórfido, alabastro, ágata, lapislázuli, jaspe, mármol y granito! Solamente te recomiendo que en medio de este palacio eleves una gran cúpula de cristal, construida sobre columnas de oro macizo y de plata, alternadas, y agujereada con noventa y nueve ventanas enriquecidas con diamantes, rubíes, esmeraldas y otras pedrerías, pero procurando que la ventana número noventa y nueve quede imperfecta, no de arquitectura, sino de ornamentación. Porque tengo un proyecto sobre el particular. Y no te olvides de trazar un jardín hermoso, con estanques y saltos de agua y plazoletas espaciosas. Y sobre todo, ¡oh, efrit!, pon un tesoro enorme lleno de dinares y de oro en cierto subterráneo, cuyo emplazamiento has de indicarme. ¡Y en cuanto a lo demás, así como en lo referente a cocinas, caballerizas y servidores, te dejo en completa libertad, confiando en tu sagacidad y en tu buena voluntad!"

Y he aquí que al despuntar del día siguiente estaba todavía en su lecho Aladino, cuando vio aparecer ante él al efrit de la lámpara, quien, después de las zalemas de rigor, le dijo: "¡Oh, dueño de la lámpara! Se han ejecutado tus órdenes. ¡Y te ruego que vayas a revisar su realización!" Aladino se prestó a ello y el efrit le transportó inmediatamente al sitio designado, y le mostró frente por frente al palacio del sultán, en medio de un magnífico jardín, y precedido de dos inmensos patios de mármol, un palacio mucho más hermoso de lo que el joven esperaba.

Entonces Aladino, en el límite de la satisfacción, dijo al efrit: "Está perfectamente. ¡Llévame a casa!" Y el efrit le cogió y le transportó a su cuarto cuando en el palacio del sultán los individuos de la servidumbre comenzaban a abrir las puertas para dedicarse a sus ocupaciones habituales. Y lo primero que vieron fue la magnífica alfombra de terciopelo que se extendía entre el césped lozano y casaba sus colores con los matices naturales de flores y arbustos. Y siguiendo con la mirada aquella alfombra, entre las hierbas del jardín milagroso divisaron entonces el soberbio palacio construido con piedras preciosas y cuya cúpula de cristal brillaba como el Sol. Y sin saber ya qué pensar, prefirieron ir a contar la cosa al gran visir, quien, después de mirar el nuevo palacio, a su vez fue a prevenir de la cosa al sultán, diciéndole: "No cabe duda, ¡oh, rey del tiempo! ¡El esposo de Sett Badrú'l-Budur es un insigne mago!" Pero el sultán le contestó: "¡Mucho me asombra, oh, visir, que quieras insinuarme que el palacio de que me hablas es obra de magia! ¡Bien sabes, sin embargo, que el hombre que me hizo el don de tan maravillosos presentes es muy capaz de hacer construir todo un palacio en una sola noche, teniendo en cuenta las riquezas que debe poseer y el número considerable de obreros de que se habrá servido, merced a su fortuna!"

No bien los guardias del sultán divisaron a la madre de Aladino en medio de las doce jóvenes que le servían de cortejo, corrieron a prevenir al sultán, que se apresuró a ir a su encuentro. Y la recibió con las señales del respeto y los miramientos debidos a su nuevo rango. Y dio orden al jefe de los eunucos para que la introdujera en el harén, a presencia de Sett Badrú'l-Budur. Y en cuanto la princesa la vio y supo que era la madre de su esposo Aladino, se levantó en honor suyo y fue a besarla. Luego la hizo sentarse a su lado y la regaló con diversas confituras y golosinas, y acabó de hacerse vestir por sus mujeres y de adornarse con las más preciosas joyas con que le obsequió su esposo Aladino. Y poco después entró el sultán y pudo ver al descubierto entonces por primera vez, gracias al nuevo parentesco, el rostro de la madre de Aladino. Y en la delicadeza de sus facciones notó que debía haber sido muy agraciada en su juventud, y que aun entonces, vestida como estaba con un buen traje y arreglada con lo que más la favorecía, tenía mejor aspecto que muchas princesas y esposas de visires y de emires. Y la cumplimentó mucho por ello, lo cual conmovió y enterneció profundamente el corazón de la pobre mujer del difunto sastre Mustafá, que fue tan desdichada, y hubo de llenársele de lágrimas los ojos.

Tras lo cual se pusieron a departir los tres con toda cordialidad, haciendo así más amplio conocimiento, hasta la llegada de la sultana, madre de Badrú'l-Budur. Pero la vieja sultana estaba lejos de ver con buenos ojos aquel matrimonio de su hija con el hijo de gentes desconocidas, y era del bando del gran visir, que seguía estando muy mortificado en secreto por el buen cariz que el asunto tomaba en detrimento suyo. Sin embargo, no se atrevió a poner demasiada mala cara a la madre de Aladino, a pesar de las ganas que tenía de hacerlo, y tras las zalemas por una y otra parte, se sentó con los demás, aunque sin interesarse en la conversación.

Y he aquí que cuando llegó el momento de las despedidas para marcharse al nuevo palacio, la princesa Badrú'l-Budur se levantó y besó con mucha ternura a su padre y a su madre, mezclando a los besos muchas lágrimas, apropiadas a las circunstancias. Luego, apoyándose en la madre de Aladino, que iba a su izquierda, y precedida por diez eunucos vestidos con ropa de ceremonia y seguida de cien jóvenes esclavas ataviadas con una magnificencia de libélulas, se puso en marcha hacia el nuevo palacio, entre dos filas de cuatrocientos jóvenes esclavos y negros alternados, que formaban entre los dos palacios y tenían cada cual una antorcha de oro en que ardía una bujía grande de ámbar y de alcanfor blanco. Y la princesa avanzó lentamente en medio de aquel cortejo, pasando por la alfombra de terciopelo, mientras que a su paso se dejaba oír un concierto admirable de instrumentos en las avenidas del jardín y en lo alto de las terrazas del palacio de Aladino. Y a lo lejos resonaban las aclamaciones lanzadas por todo el pueblo, que había acudido a las inmediaciones de ambos palacios, y unía el rumor de su alegría a toda aquella gloria. Y acabó la princesa por llegar a la puerta del nuevo palacio, en donde la esperaba Aladino. Y salió él a su encuentro sonriendo, y ella quedó encantada de verle tan hermoso y tan brillante. Y entró con él en la sala del festín, bajo la cúpula grande con ventanas de pedrerías. Y sentáronse los tres ante las bandejas de oro debidas a los cuidados del efrit de la lámpara, y Aladino estaba sentado en medio, con su esposa a la derecha y su madre a la izquierda. Y empezaron a comer al son de una música que no se veía y que era ejecutada por un coro de efrits de ambos sexos. Y Badrú'l-Budur, encantada de cuanto veía y oía, decía para sí: "¡En mi vida me imaginé cosas tan maravillosas!" Y hasta dejó de comer para escuchar mejor los cánticos y el concierto de los efrits. Y Aladino y su madre no cesaban de servirla y de echarle de beber bebidas que no necesitaba, pues ya estaba ebria de admiración. Y fue para ellos una jornada espléndida que no tuvo igual en los tiempos de Iskandar y de Soleimán.

Y cuando llegó la noche levantaron los manteles e hizo al punto su entrada en la sala de la cúpula un grupo de danzarinas, que estaba compuesto de cuatrocientas jóvenes, hijas de mareds y de efrits, vestidas como flores y ligeras como pájaros. Y al son de una música aérea se pusieron a bailar varias clases de motivos y con pasos de danza como no pueden verse más que en las regiones del Paraíso. Y entonces fue cuando Aladino se levantó y, cogiendo de la mano a su esposa, se encaminó con ella a la cámara nupcial con paso cadencioso.

Al día siguiente, después de toda una noche de delicias, Aladino salió de los brazos de su esposa Badrú'l-Budur para hacer que al punto le pusieran un traje más magnífico todavía que el de la víspera, y disponerse a ir a ver al sultán. Y mandó que le llevaran un soberbio caballo de las caballerizas pobladas por el efrit de la lámpara, y lo montó y se encaminó al palacio del padre de su esposa en medio de una escolta de honor. Y el sultán le recibió con muestras del más vivo regocijo, y le besó y le pidió con mucho interés noticias suyas y noticias de Badrú'l-Budur. Y Aladino le dio la respuesta conveniente acerca del particular, y le dijo: "¡Vengo sin tardanza, oh, rey del tiempo, para invitarte a que vayas hoy a iluminar mi morada con tu presencia y a compartir con nosotros la primera comida que celebramos después de las bodas! ¡Y te ruego que, para visitar el palacio de tu hija, te hagas acompañar del gran visir y de los emires!" Y el sultán, para demostrarle su estimación y su afecto, no puso ninguna dificultad al aceptar la invitación, y se levantó en aquella hora y en aquel instante, y seguido de su gran visir y de sus emires salió con Aladino.

Y he aquí que, a medida que el sultán se aproximaba al palacio de su hija, su admiración crecía considerablemente y sus exclamaciones se hacían más acentuadas y más altisonantes. Y lo que acabó de deslumbrarle fue la sala de la cúpula de cristal, cuya arquitectura aérea y cuya ornamentación no podía dejar de admirar. Y quiso contar el número de ventanas enriquecidas con pedrerías, y vio que, en efecto, ascendían al número de noventa y nueve, ni una más ni una menos. Y se asombró enormemente. Pero asimismo notó que la ventana que hacía el número noventa y nueve no estaba concluida y carecía de todo adorno, y se encaró con Aladino y le dijo, muy sorprendido: "¡Oh, hijo mío, Aladino! Pero, ¿puedes decirme qué motivo te ha impedido acabar la labor de esa ventana que con sus imperfecciones afea la hermosura de sus hermanas?" Y Aladino sonrió y contestó: "¡Oh, rey del tiempo! Te ruego que no creas fue por olvido o por economía, o por simple negligencia, por lo que dejé esa ventana en el estado imperfecto en que la ves; porque la he querido así a sabiendas. Y el motivo consiste en dejar a tu alteza el cuidado de hacer acabar esa labor para sellar de tal suerte en la piedra de este palacio tu nombre glorioso y el recuerdo de tu reinado." Y halagado por esa atención de Aladino, el rey le dio las gracias y quiso que al instante se comenzara aquel trabajo. Y a este efecto dio orden a sus guardias para que hicieran ir al palacio, sin demora, a los joyeros más hábiles y mejor surtidos de pedrerías, para acabar las incrustaciones de la ventana.

Y enseñó a los orfebres la ventana sin terminar, diciéndoles: "¡Es preciso que en el plazo más breve posible acabéis la labor que necesita esta ventana en cuanto a incrustaciones de perlas y pedrerías de todos los colores!" Y los orfebres y joyeros contestaron con el oído y la obediencia, y se pusieron a examinar con mucha minuciosidad la labor y las incrustaciones de las demás ventanas, mirándose unos a otros con ojos muy dilatados de asombro. Y después de ponerse de acuerdo entre ellos, volvieron junto al sultán y, tras las prosternaciones, le dijeron: "¡Oh, rey del tiempo! ¡No obstante todo nuestro repuesto de piedras preciosas, no tenemos en nuestras tiendas con qué adornar la centésima parte de esa ventana!"

Y el rey mandó traer las piedras preciosas que le regaló Aladino y luego todas las de los visieres y ricos del reino, y con todas ellas faltaban más de la mitad. Y además necesitaban tres meses para terminar la obra.

Al oír estas palabras, el rey llegó al límite del desaliento y de la perplejidad, y sintió alargársele la nariz hasta los pies, de lo que le avergonzaba su impotencia en circunstancias tan penosas para su amor propio. Entonces Aladino, sin querer ya prolongar más la prueba a la que le hubo de someter, y dándose por satisfecho, se encaró con los orfebres y los joyeros, y les dijo: "¡Recoged lo que os pertenece y salid!" Y dijo a los guardias: "¡Devolved las pedrerías a sus dueños!" Y dijo al rey: "¡Oh, rey del tiempo! ¡No estaría bien que admitiera de ti yo lo que te di una vez! ¡Te ruego, pues, veas con agrado que te restituya yo estas frutas de pedrerías y te reemplace en lo que falta hacer para llevar a cabo la ornamentación de esa ventana! ¡Solamente te suplico que me esperes en el aposento de mi esposa Badrú'l-Budur, porque no puedo trabajar ni dar ninguna orden cuando sé que me están mirando!" Y el rey se retiró con su hija Badrú'l-Budur para no importunar a Aladino.

Entonces Aladino sacó del fondo de un armario de nácar la lámpara mágica, que había tenido mucho cuidado de no olvidar en la mudanza de la antigua casa al palacio, y la frotó como tenía por costumbre hacerlo. Y al instante apareció el efrit y se inclinó ante Aladino esperando sus órdenes. Y Aladino le dijo: "¡Oh, efrit de la lámpara! ¡Te he hecho venir para que hagas, de todo punto semejante a sus hermanas, la ventana número noventa y nueve!" Y apenas había él formulado esta petición cuando desapareció el efrit. Y oyó Aladino como una infinidad de martillazos y chirridos de limas en la ventana consabida y, en menos tiempo del que el sediento necesita para beberse un vaso de agua fresca, vio aparecer y quedar rematada la milagrosa ornamentación de pedrerías de la ventana. Y no pudo encontrar la diferencia con las otras. Y fue en busca del sultán y le rogó que le acompañara a la sala de la cúpula.

Cuando el sultán llegó frente a la ventana, que había visto tan imperfecta unos instantes atrás, creyó que se había equivocado de sitio, sin poder diferenciarla de las otras. Pero cuando, después de dar vuelta varias veces a la cúpula, comprobó que en tan poco tiempo se había hecho aquel trabajo, para cuya terminación exigían tres meses enteros todos los joyeros y orfebres reunidos, llegó al límite de la maravilla.

Y he aquí que, desde aquel día, el sultán no dejó de ir a pasar, después del diwán, algunas horas cada tarde en compañía de su yerno Aladino y de su hija Badrú'l-Budur, para contemplar las maravillas del palacio, donde siempre encontraba cosas nuevas más admirables que las antiguas, y que le maravillaban y transportaban.

En cuanto a Aladino, lejos de envanecerse con lo agradable de su vida, tuvo cuidado de consagrarse, durante las horas que no pasaba con su esposa Badrú'l-Budur, a hacer el bien a su alrededor y a informarse de las gentes pobres para socorrerlas. Porque no olvidaba su antigua condición y la miseria en que había vivido con su madre en los años de su niñez. Y además, siempre que salía a caballo se hacía escoltar por algunos esclavos que, siguiendo órdenes suyas, no dejaban de tirar en todo el recorrido puñados de dinares de oro a la muchedumbre que acudía a su paso. Y a diario, después de la comida de mediodía y de la noche, hacía repartir entre los pobres las sobras de su mesa, que bastarían para alimentar a más de cinco mil personas. Así es que su conducta tan generosa y su bondad y su modestia le granjearon el afecto de todo el pueblo y le atrajeron las bendiciones de todos los habitantes. Y no había ni uno que no jurase por su nombre y por su vida. Pero lo que acabó de conquistarle los corazones y cimentar su fama fue cierta gran victoria que logró sobre unas tribus rebeladas contra el sultán, y donde había dado prueba de un valor maravilloso y de cualidades guerreras que superaban a las hazañas de los héroes más famosos. Y Badrú'l-Budur le amó cada vez más, y cada vez felicitóse más de su feliz destino, que le había dado por esposo al único hombre que se la merecía verdaderamente. Y de tal suerte vivió Aladino varios años de dicha perfecta entre su esposa y su madre, rodeado del afecto y la abnegación de grandes y pequeños, y más querido y más respetado que el mismo sultán, quien, por cierto, continuaba teniéndole en alta estima y sintiendo por él una admiración ilimitada. ¡Y he aquí lo referente a Aladino!

He aquí ahora lo que se refiere al mago maghrebín a quien encontramos al principio de todos estos acontecimientos y que, sin querer, fue causa de la fortuna de Aladino.

Cuando abandonó a Aladino en el subterráneo, para dejarle morir de sed y de hambre, se volvió a su país del fondo del Maghreb lejano. Y se pasaba el tiempo entristeciéndose con el mal resultado de su expedición y lamentando las penas y fatigas que había soportado tan vanamente para conquistar la lámpara mágica. Y pensaba en la fatalidad que le había quitado de los labios el bocado que tanto trabajo le costó confeccionar. Y no transcurría día sin que el recuerdo lleno de amargura de aquellas cosas asaltase su memoria y le hiciese maldecir a Aladino y el momento en que se encontró con Aladino. Y un día que estaba más lleno de rencor que de ordinario acabó por sentir curiosidad por los detalles de la muerte de Aladino. Y a este efecto, como estaba muy versado en la geomancia, cogió su mesa de arena adivinatoria, que hubo de sacar del fondo de un armario, sentóse sobre una estera cuadrada, en medio de un círculo trazado con rojo, alisó la arena y murmuró las fórmulas geománticas.

Cuando el mago se enteró de tal suerte, por medio de las operaciones de su geomancia, espumajeó de rabia. Pero entonces resolvió vengarse a toda costa de Aladino y hacerle expiar las felicidades de que en detrimento suyo gozaba con la posesión de aquella lámpara mágica que le había costado al mago tantos esfuerzos y tantas penas inútiles. Y sin cavilar un instante se puso en camino para la China.

Cuando llegó al palacio de Aladino exclamó al ver su aspecto imponente: "¡Ah, ah! ¡Ahí habita ahora el hijo del sastre Mustafá, el que no tenía un pedazo de pan que echarse a la boca al llegar la noche! ¡Ah, ah! ¡Pronto verás, Aladino, si mi Destino vence o no al tuyo, y si obligo o no a tu madre a hilar lana, como en otro tiempo, para no morirse de hambre, y si cavo o no con mis propias manos la fosa adonde irá ella a llorar!" Luego se acercó a la puerta principal del palacio, y después de entablar conversación con el portero consiguió enterarse de que Aladino había ido de caza por varios días. Y pensó: "¡He aquí ya el principio de la caída de Aladino! ¡En su ausencia podré obrar más libremente! ¡Pero, ante todo, es preciso que sepa si Aladino se ha llevado la lámpara consigo o si la ha dejado en el palacio!" Y se apresuró a volver a su habitación del khan, donde acogió su mesa geomántica y la interrogó. Y el horóscopo le reveló que Aladino había dejado la lámpara en el palacio.

Entonces el maghrebín, ebrio de alegría, fue al zoco de los caldereros y entró en la tienda de un mercader de linternas y lámparas de cobre, y le dijo: "¡Oh, mi señor! ¡Necesito una docena de lámparas de cobre completamente nuevas y muy bruñidas!" Y contestó el mercader: "¡Tengo lo que necesitas!" Y le puso delante doce lámparas muy brillantes y le pidió un precio que le pagó el mago sin regatear. Y las cogió y las puso en un cesto que había comprado en casa del cestero. Y salió del zoco.

Y entonces se dedicó a recorrer las calles con el cesto de lámparas al brazo, gritando: "¡Lámparas nuevas! ¡A las lámparas nuevas! ¡Cambio lámparas nuevas por otras viejas! ¡Quien quiera el cambio que venga por la nueva!" Y de este modo se encaminó al palacio de Aladino. En cuanto los pilluelos de las calles oyeron aquel pregón insólito y vieron el amplio turbante del maghrebín dejaron de jugar y acudieron en tropel. Y se pusieron a hacer piruetas detrás de él, mofándose y gritando a coro: "¡Al loco! ¡Al loco!" Pero él, sin prestar la menor atención a sus burlas, seguía con su pregón, que dominaba las cuchufletas: "¡Lámparas nuevas! ¡A las lámparas nuevas! ¡Cambio lámparas nuevas por otras viejas! ¡Quien quiera el cambio que venga por la nueva!"

Y de tal suerte, seguido por la burlona muchedumbre de chiquillos, llegó a la plaza que había delante de la puerta del palacio y se dedicó a recorrerla de un extremo a otro para volver sobre sus pasos y recomenzar, repitiendo, cada vez más fuerte, su pregón sin cansarse. Y tanta maña se dio, que la princesa Badrú'l-Budur, que en aquel momento se encontraba en la sala de las noventa y nueve ventanas, oyó aquel vocerío insólito y abrió una de las ventanas y miró a la plaza. Y vio a la muchedumbre insolente y burlona de pilluelos, y entendió el extraño pregón del maghrebín. Y se echó a reír. Y sus mujeres entendieron el pregón también y se echaron a reír con ella, y le dijo una: "¡Oh, mi señora! ¡Precisamente hoy, al limpiar el cuarto de mi amo Aladino, he visto en una mesita una lámpara vieja de cobre! ¡Permíteme, pues, que vaya a cogerla y a enseñársela a ese viejo maghrebín, para ver, si, realmente, está tan loco como nos da a entender su pregón y si consiente en cambiárnosla por una lámpara nueva!"

Por otra parte, la princesa Badrú'l-Budur ignoraba completamente la existencia de aquella lámpara y sus virtudes maravillosas. Así es que no vio ningún inconveniente en el cambio de que le hablaba su esclava.

Cuando el mago vio la lámpara, la reconoció al primer golpe de vista y empezó a temblar de emoción. Y la cogió y se la guardó en el pecho. Luego presentó el cesto, diciendo: "¡Coge la que más te guste!"

En cuanto al mago, echó a correr en seguida, tirando el cesto con su contenido a la cabeza de los pilluelos, que continuaban mofándose de él, para que no le siguieran. Y cuando llegó a un barrio completamente desierto, se sacó del pecho la lámpara y la frotó. Y el efrit de la lámpara respondió a esta llamada, apareciéndose ante él al punto.

Entonces el maghrebín le dijo: "¡Oh, efrit de la lámpara, te ordeno que cojas el palacio que edificaste para Aladino y lo transportes con todos los seres y las cosas que contiene a mi país!" Y contestó el esclavo de la lámpara: "¡Escucho y obedezco!"

Y efectivamente, en un abrir y cerrar de ojos se hizo. Y el maghrebín se encontró transportado, con el palacio de Aladino, en medio de su país, en el Maghreb africano.

Pero en cuanto al sultán, padre de Badrú'l-Budur, al despertarse el siguiente día salió de su palacio, como tenía por costumbre, para ir a visitar a su hija, a la que quería tanto. Y en el sitio en que se alzaba el maravilloso palacio no vio más que un amplio meidán agujereado por las zanjas vacías de los cimientos. Y en el límite de la perplejidad ya no supo si habría perdido la razón, y empezó a restregarse los ojos para darse cuenta mejor de lo que veía. Y comprobó que con la claridad del sol naciente y la limpidez de la mañana no había manera de engañarse, y que el palacio ya no estaba allí. Pero quiso convencerse más aún de aquella realidad enloquecedora, y subió al piso más alto y abrió la ventana que daba enfrente de los aposentos de su hija. Y no vio palacio ni huella de palacio, ni jardines ni huella de jardines, sino sólo un inmenso meidán, donde, de no estar las zanjas, habrían podido los caballeros justar a su antojo.

Entonces, desgarrado de ansiedad, el desdichado padre empezó a golpearse las manos una contra la otra y a mesarse la barba llorando, por más que no pudiese darse cuenta exacta de la naturaleza y de la magnitud de su desgracia. Y mientras de tal suerte desplomábase sobre el diván, su gran visir entró para anunciarle, como de costumbre, la apertura de la sesión de justicia. Vio el estado en que se hallaba, pero no supo qué pensar. Y el sultán le dijo: "¡Acércate aquí!" Y el visir se acercó y el sultán le dijo: "¿Dónde está el palacio de mi hija?" El otro dijo: "¡Alah guarde al sultán! ¡Pero no comprendo lo que quieres decir!" El sultán dijo: "¡Cualquiera creería, oh, visir, que no estás al corriente de la triste nueva!" El visir dijo: "¡Claro que no lo estoy, oh, mi señor! ¡Por Alah, que no sé nada, absolutamente nada!" El sultán dijo: "¡Entonces no has mirado hacia el palacio de Aladino!" El visir dijo: "¡Ayer tarde estuve paseándome por los jardines que lo rodean y no he notado ninguna cosa de particular, sino que la puerta principal estaba cerrada a causa de la ausencia del emir Aladino!" El sultán dijo: "¡En ese caso, oh, visir, mira por esta ventana y dime si no notas ninguna cosa particular en ese palacio que ayer viste con la puerta cerrada!" Y el visir sacó la cabeza por la ventana y miró, pero fue para levantar los brazos al cielo, exclamando: "¡Alejado sea el Maligno! ¡El palacio ha desaparecido!" Luego se encaró con el sultán y le dijo: "Y ahora, ¡oh, mi señor!, ¿vacilas en creer que ese palacio, cuya arquitectura y ornamentación admirabas tanto, sea otra cosa que la obra de la más admirable hechicería?" Y el sultán bajó la cabeza y reflexionó durante una hora de tiempo. Tras lo cual levantó la cabeza, y tenía el rostro revestido de furor. Y exclamó: "¿Dónde está ese malvado, ese aventurero, ese mago, ese impostor, ese hijo de mil perros, que se llama Aladino?" Y el visir contestó, con el corazón dilatado de triunfo: "¡Está ausente de casa, pero me ha anunciado su regreso para hoy antes de la plegaria de mediodía! ¡Y si quieres, me encargo de ir yo mismo a informarme cerca de él sobre lo que ha sido del palacio con su contenido!" Y el rey se puso a gritar: "No, ¡por Alah! ¡Hay que tratarle como a los ladrones y a los embusteros! ¡Que me lo traigan los guardias cargado de cadenas!"

Y los guardias, a disgusto, se apoderaron de Aladino, le ataron los brazos, le echaron al cuello una cadena muy gorda y muy pesada, con la que también le sujetaron por la cintura, y cogiendo el extremo de aquella cadena le arrastraron a la ciudad, haciéndole caminar a pie mientras ellos seguían a caballo su camino. Y como Aladino se había captado, por su generosidad, el afecto de los súbditos del reino, los que le vieron apresuráronse a echar a andar detrás de él, armándose de sables unos, de estacas otros, y de piedras y palos los demás. Y aumentaban en número a medida que el convoy se aproximaba a palacio; de modo que ya eran millares y millares al llegar a la plaza del meidán.

No bien el sultán le tuvo en su presencia, poseído de un furor inconcebible, no quiso perder el tiempo en preguntarle qué había sido del palacio que guardaba a su hija Badrú'l-Budur, y gritó al portaalfanje: "¡Corta en seguida la cabeza de este impostor maldito!" Y el portaalfanje se llevó a Aladino a la terraza y se dispuso a darle el golpe de muerte, volteando por tres veces y haciendo flamear el sable en el aire en torno a él. Pero la muchedumbre empezó a escalar los muros del palacio y a forzar las puertas. Y el sultán vio aquello y, temiéndose algún acontecimiento funesto, se sintió poseído de gran espanto. Y se encaró con el portaalfanje, y le dijo: "¡Aplaza por un instante el acto de cortar la cabeza a ese criminal!" Y dijo al jefe de los guardias: "¡Haz que pregonen al pueblo que le otorgo la gracia de la sangre de ese maldito!" Y aquella orden, pregonada en seguida desde lo alto de las terrazas, calmó el tumulto y el furor de la muchedumbre, e hizo abandonar su propósito a los que forzaban las puertas y a los que escalaban los muros del palacio.

Entonces Aladino, a quien se había tenido cuidado de quitar la venda de los ojos y a quien habían soltado las ligaduras que le ataban las manos a la espalda, se levantó del cuero de las ejecuciones donde estaba arrodillado y alzó la cabeza hacia el sultán, y con los ojos llenos de lágrimas le dijo: "¡Oh, rey del tiempo! ¡Suplico a tu alteza que me diga solamente el crimen que he podido cometer para ocasionar tu cólera y esta desgracia!" Y con el color muy amarillo y la voz llena de cólera reconcentrada, el sultán le dijo: "¿Que te diga tu crimen, miserable? ¿Es que finges ignorarlo? ¡Pero no fingirás más cuando yo te haya hecho ver con tus propios ojos!" Y le gritó: "¡Sígueme!" Y echó a andar delante de él y le condujo al otro extremo del palacio, hacia la parte que daba al segundo meidán, donde se erguía antes el palacio de Badrú'l-Budur rodeado de sus jardines, y le dijo: "¡Mira por esta ventana y dime, ya que debes saberlo, qué ha sido del palacio que guardaba a mi hija!" Y Aladino sacó la cabeza por la ventana y miró. Y no vio ni palacio, ni jardín, ni huella de palacio o de jardín, sino el inmenso meidán desierto, tal como estaba el día en que dio él al efrit de la lámpara orden de construir allí la morada maravillosa. Y sintió tal estupefacción y tal dolor y tal conmoción, que estuvo a punto de caer desmayado. Y no pudo pronunciar una sola palabra. Y el sultán le gritó: "Dime, maldito impostor, ¿dónde está el palacio y dónde está mi hija, el núcleo de mi corazón, mi única hija?" Y Aladino lanzó un gran suspiro y vertió abundantes lágrimas; luego dijo: "¡Oh, rey del tiempo, no lo sé!" Y le dijo el sultán: "¡Escúchame bien! No quiero pedirte que restituyas tu maldito palacio; pero sí te ordeno que me devuelvas a mi hija. Y si no lo haces al instante o si no quieres decirme qué ha sido de ella, ¡por mi cabeza que haré que te corten la tuya!" Y en el límite de la emoción, Aladino bajó los ojos y reflexionó durante una hora de tiempo. Luego levantó la cabeza y dijo: "¡Oh, rey del tiempo! ¡Ninguno escapa a su destino! ¡Y si mi destino es que se me corte la cabeza por un crimen que no he cometido, ningún poder logrará salvarme! Sólo te pido, pues, antes de morir, un plazo de cuarenta días para hacer las pesquisas necesarias con respecto a mi esposa bien amada, que ha desaparecido con el palacio mientras yo estaba de caza y sin que pudiera sospechar cómo ha sobrevenido esta calamidad: te lo juro por la verdad de nuestra fe y los méritos de nuestro señor Mohamed (¡con Él la plegaria y la paz!)." Y el sultán contestó: "Está bien; te concederé lo que me pides. ¡Pero has de saber que, pasado ese plazo, nada podrá salvarte de entre mis manos si no me traes a mi hija! ¡Porque sabré apoderarme de ti y castigarte, sea donde sea el paraje de la tierra en que te ocultes!" Y al oír estas palabras Aladino salió de la presencia del sultán y, muy cabizbajo, atravesó el palacio en medio de los dignatarios, que se apenaban mucho al reconocerle y verle tan demudado por la emoción y el dolor.

Salió de la ciudad y comenzó a errar por el campo. Y llegó a orillas de un gran río. Y se puso en cuclillas a la orilla del río y cogió agua en el hueco de las manos y se puso a frotarse los dedos y las extremidades. Y he aquí que, al hacer estos movimientos, frotó el anillo que le había dado en la cueva el maghrebín. Y en el mismo momento apareció el efrit del anillo, que se prosternó ante él, diciendo: "¡Aquí tienes entre tus manos a tu esclavo! ¿Qué quieres? Habla. ¡Soy el servidor del anillo en la tierra, en el aire y en el agua!" Y Aladino reconoció perfectamente, por su aspecto repulsivo y por su voz aterradora, al efrit que en otra ocasión hubo de sacarle del subterráneo. Y agradablemente sorprendido por aquella aparición, que estaba tan lejos de esperarse en el estado miserable en que se encontraba, interrumpió sus abluciones y se irguió sobre ambos pies, y dijo al efrit: "¡Oh, efrit del anillo; oh, compasivo; oh, excelente! ¡Alah te bendiga y te tenga en su gracia! Pero apresúrate a traerme mi palacio y mi esposa, la princesa Badrú'l-Budur!" Pero el efrit del anillo le contestó: "¡Oh, dueño del anillo, lo que me pides no está en mi facultad, porque en la tierra, en el aire y en el agua yo sólo soy servidor del anillo! ¡Y siento mucho no poder complacerte en esto, que es de la competencia del servidor de la lámpara! ¡A tal fin, no tienes más que dirigirte a ese efrit y él te complacerá!" Entonces Aladino, muy perplejo, le dijo: "¡En ese caso, oh, efrit del anillo, te ordeno que me transportes a mí mismo al paraje de la tierra en que se halla mi palacio!"

Apenas había formulado Aladino esta petición, el efrit del anillo contestó con el oído y la obediencia, y en el tiempo que se tarda solamente en cerrar un ojo y abrir otro le transportó al fondo del Maghreb, en medio de un jardín magnífico, donde se alzaba, con su hermosa arquitectura, el palacio de Badrú'l-Budur. Y le dejó con mucho cuidado debajo de las ventanas de la princesa, y desapareció.

Entonces, a la vista de su palacio, sintió Aladino dilatársele el corazón y tranquilizársele el alma y refrescársele los ojos. Y de nuevo entraron en él la alegría y la esperanza.

Y he aquí que, desde que fue arrebatada con el palacio por el mago maghrebín, la princesa tenía la costumbre de levantarse todos los días a la hora del alba, y se pasaba el tiempo llorando y las noches en vela, poseída de tristes pensamientos en su dolor por verse separada de su padre y de su esposo bien amado, además de todas las violencias de que le hacía víctima el maldito maghrebín, aunque sin ceder ella. Y no dormía, ni comía, ni bebía. Y aquella tarde, por decreto del destino, su servidora había entrado a verla para distraerla. Y abrió una de las ventanas de la sala de cristal y miró hacia fuera, diciendo: "¡Oh, mi señora! ¡Ven a ver cuán hermosos están los árboles y cuán delicioso es el aire esta tarde!" Luego lanzó de pronto un grito, exclamando: "¡Ya setti, ya setti! ¡He ahí a mi amo Aladino, he ahí a mi amo Aladino! ¡Está bajo las ventanas del palacio!"

Al oír estas palabras de su servidora, Badrú'l-Budur se precipitó a la ventana y vio a Aladino, el cual la vio también. Y casi enloquecieron ambos de alegría. Y fue Badrú'l-Budur la primera que pudo abrir la boca, y gritó a Aladino: "¡Oh, querido mío! ¡Ven pronto, ven pronto! ¡Mi servidora va a bajar para abrirte la puerta secreta! ¡Puedes subir aquí sin temor! ¡El mago maldito está ausente por el momento!" Y cuando la servidora le hubo abierto la puerta secreta, Aladino subió al aposento de su esposa que le recibió en sus brazos. Y se besaron, ebrios de alegría, llorando y riendo. Y cuando estuvieron un poco calmados se sentaron uno junto al otro, y Aladino dijo a su esposa: "¡Oh, Badrú'l-Budur! ¡Antes de nada tengo que preguntarte qué ha sido de la lámpara de cobre que dejé en mi cuarto sobre una mesilla antes de salir de caza!" Y exclamó la princesa: "¡Oh, querido mío, esa lámpara precisamente es la causa de nuestra desdicha! ¡Pero todo ha sido por mi culpa, sólo por mi culpa!" Y contó a Aladino cuanto había ocurrido en el palacio desde su ausencia, y cómo, por reírse de la locura del vendedor de lámparas, había cambiado la lámpara de la mesilla por una lámpara nueva, y todo lo que ocurrió después, sin olvidar un detalle.

Y entonces Aladino, sin el menor reproche, le dijo: "Dime ahora, ¡oh, Badrú'l-Budur!, en qué sitio del palacio está escondida, si lo sabes, la lámpara que consiguió arrebatarme ese maldito maghrebín." Ella dijo: "Nunca la deja en el palacio, sino que la lleva en el pecho continuamente. ¡Cuántas veces se la he visto sacar en mi presencia para enseñármela como un trofeo!" Entonces Aladino le dijo: "¡Está bien, pero por tu vida que no ha de seguir enseñándotela mucho tiempo! ¡Para eso únicamente te pido que me dejes un instante solo en esta habitación!" Y Badrú'l-Budur salió de la sala y fue a reunirse con sus servidoras.

Entonces Aladino frotó el anillo mágico que llevaba al dedo, y dijo al efrit que se presentó: "¡Oh, efrit, te ordeno que me traigas una onza de bang cretense, una sola toma del cual sea capaz de derribar a un elefante!" Y desapareció el efrit, mas para volver al cabo de un momento, llevando en los dedos una cajita que entregó a Aladino, diciéndole: "¡Aquí tienes, oh, amo del anillo, bang cretense de la calidad más fina!" Y se fue. Y Aladino llamó a su esposa Badrú'l-Budur y le dijo: "¡Oh, mi señora Badrú'l-Budur! Si quieres que triunfemos de ese maldito maghrebín, no tienes más que seguir el consejo que voy a darte. ¡Y te advierto que el tiempo apremia, pues me has dicho que el maghrebín estaba a punto de llegar para intentar seducirte! ¡He aquí, pues, lo que tendrás que hacer!" Y le dijo: "¡Harás estas cosas y le dirás estas otras cosas!" Y le dio amplias instrucciones respecto a la conducta que debía seguir con el mago. Y añadió: "En cuanto a mí, voy a ocultarme en este arca. ¡Y saldré en el momento oportuno!" Y le entregó la cajita de bang, diciendo: "¡No te olvides de lo que acabo de indicarte!" Y la dejó para ir a encerrarse en el arca.

Entonces la princesa Badrú'l-Budur, a pesar de la repugnancia que le producía desempeñar el papel consabido, no quiso perder la oportunidad de vengarse del mago y se propuso seguir las instrucciones de su esposo Aladino. Se levantó, pues, y mandó a sus mujeres que la peinaran y le pusieran el tocado que sentaba mejor a su cara de luna, y se hizo vestir con el traje más hermoso de sus arcas. Luego se ciñó el talle con un cinturón de oro incrustado de diamantes y se adornó el cuello con un collar de perlas dobles de igual tamaño, excepto la de en medio, que tenía el volumen de una nuez, y en las muñecas y en los tobillos se puso pulseras de oro con pedrerías que casaban maravillosamente con los colores de los demás adornos. Y perfumada y semejante a una hurí, se miró enternecida en su espejo, mientras sus mujeres maravillábanse de su belleza y prorrumpían en exclamaciones de admiración. Y se tendió perezosamente en los almohadones, esperando la llegada del mago.

No dejó éste de ir a la hora anunciada. Y la princesa, contra lo que acostumbraba, se levantó en honor suyo y con una sonrisa le invitó a sentarse junto a ella en el diván. Y el maghrebín, muy emocionado por aquel recibimiento, y deslumbrado por el brillo de los hermosos ojos que le miraban y por la belleza arrebatadora de aquella princesa tan deseada, sólo se permitió sentarse al borde del diván por cortesía y deferencia. Y la princesa, siempre sonriente, le dijo: "¡Oh, mi señor! No te asombres de verme hoy tan cambiada, porque mi temperamento, que por naturaleza es muy refractario a la tristeza, ha acabado por sobreponerse a mi pena y a mi inquietud. Y además he reflexionado sobre tus palabras con respecto a mi esposo Aladino, y ahora estoy convencida de que ha muerto a causa de la terrible cólera de mi padre el rey. ¡Lo que está escrito ha de ocurrir! Y mis lágrimas y mis pesares no darán vida a un muerto. Por eso he renunciado a la tristeza y al duelo y he resuelto no rechazar ya tus proposiciones y tus bondades. ¡Y ese es el motivo de mi cambio de humor!" Luego añadió: "¡Pero aún no te he ofrecido los refrescos de amistad!" Y se levantó, ostentando su deslumbradora belleza, y se dirigió a la mesa grande en que estaba la bandeja de los vinos y sorbetes, y mientras ella llamaba a una de sus servidoras para que sirviera la bandeja, echó un poco de bang cretense en la copa de oro que había en la bandeja. Y el maghrebín no sabía cómo darle gracias por sus bondades. Y cuando se acercó la doncella con la bandeja de los sorbetes, cogió él la copa y dijo a Badrú'l-Budur: "¡Oh, princesa! ¡Por muy deliciosa que sea esta bebida no podrá refrescarme tanto como la sonrisa de tus ojos!" Y tras hablar así se llevó la copa a los labios y la vació de un solo trago, sin respirar. ¡Pero al instante fue a caer sobre el tapiz, con la cabeza antes que con los pies, a las plantas de Badrú'l-Budur.

Al ruido de la caída Aladino lanzó un inmenso grito de triunfo y salió del armario para correr en seguida hacia el cuerpo inerte de su enemigo. Y se precipitó sobre él, le abrió la parte superior del traje y le sacó del pecho la lámpara que estaba allí escondida. Y se encaró con Badrú'l-Budur, que acudía a besarle en el límite de la alegría, y le dijo: "¡Te ruego que me dejes solo otra vez! ¡Porque ha de terminarse hoy todo!" Y cuando se alejó Badrú'l-Badur, frotó la lámpara, en el sitio que sabía, y al punto vio aparecer al efrit de la lámpara, quien, después de la fórmula acostumbrada, esperó la orden. Y Aladino le dijo: "¡Oh, efrit de la lámpara! ¡Por las virtudes de esta lámpara que sirves te ordeno que transportes este palacio, con todo lo que contiene, a la capital del reino de la China, situándolo exactamente en el mismo lugar de donde lo quitaste para traerlo aquí! ¡Y hazlo de manera que el transporte se efectúe sin conmoción, sin contratiempos y sin sacudidas!" Y el genni contestó: "¡Oír es obedecer!" Y desapareció. Y en el mismo momento, sin tardar más tiempo del que se necesita para cerrar un ojo y abrir el otro, se hizo el transporte, sin que nadie lo advirtiera; porque apenas si se hicieron sentir dos ligeras agitaciones, una al salir y otra a la llegada.

Entonces Aladino, después de comprobar que el palacio estaba en realidad frente por frente al palacio del sultán, en el sitio que ocupaba antes, fue en busca de su esposa Badrú'l-Budur, la besó mucho y le dijo: "¡Ya estamos en la ciudad de tu padre! ¡Pero, como es de noche, más vale que esperemos a mañana por la mañana para ir a anunciar al sultán nuestro regreso! Por el momento, no pensemos más que en regocijarnos con nuestro triunfo y con nuestra reunión, ¡oh, Badrú'l-Budur!" Y como desde la víspera Aladino aún no había comido nada, se sentaron ambos y se hicieron servir por los esclavos una comida suculenta en la sala de las noventa y nueve ventanas cruzadas. Luego pasaron juntos aquella noche en medio de delicias y dicha.

Al día siguiente salió de su palacio el sultán para ir, según su costumbre, a llorar por su hija en el paraje donde no creía encontrar más que las zanjas de los cimientos. Y, muy entristecido y dolorido, echó una ojeada por aquel lado y se quedó estupefacto al ver ocupado de nuevo el sitio del meidán por el palacio magnífico, y no vacío, como él se imaginaba. Y en un principio creyó que sería efecto de la niebla o de algún ensueño de su espíritu inquieto, y se frotó los ojos varias veces. Pero como la visión subsistía siempre, ya no pudo dudar de su realidad, y sin preocuparse de su dignidad de sultán echó a correr agitando los brazos y lanzando gritos de alegría, y atropellando a guardias y porteros subió la escalera de alabastro sin tomar aliento, no obstante su edad, y entró en la sala de la bóveda de cristal con noventa y nueve ventanas, en la cual precisamente esperaban su llegada, sonriendo, Aladino y Badrú'l-Budur.

Y besó a su hija, derramando lágrimas de alegría y en el límite de la ternura, y ella también. Y cuando pudo abrir la boca y articular una palabra, dijo: "¡Oh, hija mía! ¡Veo con asombro que no se te ha demudado el rostro ni se te ha puesto la tez más amarilla, a pesar de todo lo sucedido desde el día en que te vi por última vez! ¡Y date prisa, pues, oh, hija mía, a explicarme el motivo de tan escaso cambio en tu fisonomía y a contarme, sin ocultarme nada, cuanto te ha ocurrido desde el comienzo hasta el fin!" Y Badrú'l-Budur contestó: "¡Oh, padre mío! Has de saber que si se me ha demudado tan poco el rostro es porque ya he ganado lo que había perdido con mi alejamiento de ti y de mi esposo Aladino. Pues la alegría de volver a encontraros a ambos me devuelve mi frescura y mi color de antes. Pero he sufrido y he llorado mucho, tanto por verme arrebatada a tu afecto y al de mi esposo bien amado, como por haber caído en poder de un maldito mago maghrebín, que es el causante de todo lo que ha sucedido y que me decía cosas desagradables y quería seducirme después de raptarme. ¡Pero todo fue por culpa de mi atolondramiento, que me impulsó a ceder a otro lo que no me pertenecía!" Y en seguida contó a su padre toda la historia con todo detalle. Y cuando acabó de hablar, Aladino, que no había abierto la boca hasta entonces, se encaró con el sultán, estupefacto hasta el límite de la estupefacción, y le mostró, detrás de una cortina, el cuerpo inerte del mago, que tenía la cara toda negra por efecto de la violencia del bang, y le dijo: "¡He aquí al impostor, causante de nuestra pasada desdicha y de mi caída en desgracia! ¡Pero Alah le ha castigado!"

Al ver aquello, el sultán, enteramente convencido de la inocencia de Aladino, le besó muy tiernamente oprimiéndole contra su pecho y le dijo: "¡Oh, hijo mío, Aladino! ¡No me censures con exceso por mi conducta para contigo y perdóname los malos tratos que te infligí! ¡Porque merece alguna excusa el afecto que experimento por mi hija única Badrú'l-Budur, y bien sabes que el corazón de un padre está lleno de ternura, y que hubiese preferido yo perder todo mi reino antes que un cabello de la cabeza de mi hija bien amada!" Y contestó Aladino: "¡Verdaderamente, tiene excusa, oh, padre de Badrú'l-Budur, porque sólo el afecto que sientes por tu hija, a la cual creías perdida por mi culpa, te hizo usar conmigo procedimientos enérgicos. Y no tengo derecho a reprocharte de ninguna manera. Porque a mí me correspondía prevenir las asechanzas pérfidas de ese infame mago y tomar precauciones contra él. ¡Y no te darás cuenta bien de toda su malicia hasta que, cuando tenga tiempo, te relate yo la historia de cuanto me ocurrió contra él!" Y el sultán besó a Aladino una vez más, y le dijo: "En verdad, ¡oh, Aladino!, que es absolutamente preciso que busques ocasión de contarme todo eso. ¡Pero aún es más urgente desembarazarse ya del espectáculo de ese cuerpo maldito que yace inanimado a nuestros pies y regocijarnos juntos con tu triunfo!" Y Aladino dio orden a sus efrits jóvenes de que se llevaran el cuerpo del maghrebín y lo quemaran en medio de la plaza del meidán sobre un montón de estiércol y echaran las cenizas en el hoyo de la basura. Lo cual se ejecutó puntualmente en presencia de toda la ciudad reunida, que se alegraba de aquel castigo merecido y de la vuelta del emir Aladino a la gracia del sultán.

Tras lo cual, por medio de los pregoneros, que iban seguidos por tañedores de clarinetes, de timbales y de tambores, el sultán hizo anunciar que daba libertad a los presos en señal de regocijo público, y mandó repartir muchas limosnas a los pobres y a los menesterosos. Y por la noche hizo iluminar toda la ciudad, así como su palacio y el de Aladino y Badrú'l-Budur. Y así fue cómo Aladino, merced a la bendición que llevaba consigo, escapó por segunda vez a un peligro de muerte. Y aquella misma bendición debía aún salvarle por tercera vez, como vais a saber, ¡oh, oyentes míos!

En efecto, hacía ya algunos meses que Aladino estaba de regreso y llevaba con su esposa una vida feliz bajo la mirada enternecida y vigilante de su madre, que entonces era una dama venerable de aspecto imponente, aunque desprovista de orgullo y de arrogancia, cuando la esposa del joven entró un día, con rostro un poco triste y dolorido, en la sala de la bóveda de cristal, donde él estaba casi siempre para disfrutar la vista de los jardines, y se le acercó y le dijo: "¡Oh, mi señor Aladino! Alah, que nos ha colmado con sus favores a ambos, hasta el presente me ha negado el consuelo de tener un hijo. Porque ya hace bastante tiempo que estamos casados y no siento fecundadas por la vida mis entrañas. ¡Vengo, pues, a suplicarte que me permitas mandar venir al palacio a una santa vieja llamada Fatmah, que ha llegado a nuestra ciudad hace unos días, y a quien todo el mundo venera por las curaciones y alivios que proporciona y por la fecundidad que otorga a las mujeres sólo con la imposición de su mano. Aladino no puso dificultad para acceder a su deseo, y dio orden a cuatro eunucos de que fueran en busca de la vieja santa y la llevaran al palacio. Y los eunucos ejecutaron la orden y no tardaron en regresar con la santa vieja, que iba con el rostro cubierto por un velo muy espeso y con el cuello rodeado por un inmenso rosario de tres vueltas que le bajaba hasta la cintura. Y llevaba en la mano un gran báculo, sobre el cual apoyaba su marcha vacilante por la edad y las prácticas piadosas. Y en cuanto la vio la princesa salió vivamente a su encuentro, y le besó la mano con fervor, y le pidió su bendición. Y la santa vieja, con acento muy digno, invocó para ella las bendiciones de Alah y sus gracias, y pronunció en su favor una larga plegaria, con el fin de pedir a Alah que prolongase y aumentase en ella la prosperidad y la dicha, y satisficiese sus menores deseos. Y Badrú'l-Budur se puso muy colorada, y dijo: "¡Oh, santa de Alah! ¡Deseo de la generosidad de Alah tener un hijo! ¡Dime qué tengo que hacer para eso y qué beneficios y qué buenas acciones habré de llevar a cabo para merecer semejante favor!"

Al oír estas palabras de la princesa Badrú'l-Budur, los ojos de la santa, que hasta entonces habían permanecido bajos, se abrieron y se iluminaron tras el velo con un brillo extraordinario, e irradió su rostro cual si tuviese fuego dentro, y todas sus facciones expresaron el sentimiento de un éxtasis de júbilo. Y miró a la princesa durante un momento sin pronunciar ni una palabra; luego tendió los brazos hacia ella y le hizo en la cabeza la imposición de las manos, moviendo los labios como si rezase una plegaria entre dientes, y acabó por decirle: "¡Oh, hija mía! ¡Oh, mi señora Badrú'l-Budur! ¡Los santos de Alah acaban de dictarme el medio infalible de que debes valerte para ver habitar en tus entrañas la fecundidad! ¡Pero, oh hija mía, entiendo que ese medio es muy difícil, si no imposible, de emplear, porque se necesita un poder sobrehumano para realizar los actos de fuerza y valor que reclama!" Y al oír estas palabras la princesa Badrú'l-Budur no pudo reprimir más su emoción y se arrojó a los pies de la santa, rodeándola las rodillas con sus brazos, y le dijo: "¡Por favor, oh, madre nuestra, indícame ese medio, sea cual sea, pues nada resulta imposible de realizar para mi esposo bien amado, el emir Aladino! ¡Ah! ¡Habla o a tus pies moriré de deseo reconcentrado!" Entonces la santa levantó un dedo en el aire y dijo: "Hija mía, para que la fecundidad penetre en ti es necesario que cuelgues en la bóveda de cristal de esta sala un huevo del pájaro rokh, que habita en la cima más alta del monte Cáucaso. ¡Y la contemplación de ese huevo, que mirarás todo el tiempo que puedas durante días y días, modificará tu naturaleza íntima y removerá el fondo inerte de tu maternidad! ¡Y eso es lo que tenía que decirte, hija mía!" Y Badrú'l-Budur exclamó: "¡Por mi vida, oh, madre nuestra, que no sé cuál es el pájaro rokh, ni jamás vi huevos suyos; pero no dudo de que Aladino podrá al instante procurarme uno de esos huevos fecundantes, aunque el nido de esta ave esté en la cima más alta del monte Cáucaso!" Luego quiso retener a la santa, que se levantaba ya para marcharse, pero ésta le dijo: "No, hija mía, déjame ahora marcharme a aliviar otros infortunios y dolores más grandes todavía que los tuyos. Pero mañana, ¡inschalah!, yo misma vendré a visitarte y a saber noticias tuyas, que son preciosas para mí." Y no obstante todos los esfuerzos y ruegos de Badrú'l-Budur, que, llena de gratitud, quería hacerle don de varios collares y otras joyas de valor inestimable, no quiso detenerse un momento más en el palacio y se fue como había llegado, rehusando todos los regalos.

Algunos momentos después de partir la santa, Aladino fue al lado de su esposa y la besó tiernamente, como lo hacía siempre que se ausentaba, aunque fuese por un instante; pero le pareció que tenía ella un aspecto muy distraído y preocupado, y le preguntó la causa con mucha ansiedad. Y dijo sin tomar aliento: "¡Seguramente moriré si no tengo lo más pronto posible un huevo del pájaro rokh, que habita en la cima más alta del monte Cáucaso!" Y al oír estas palabras Aladino se echó a reír y dijo: "¡Por Alah, oh, mi señora Badrú'l-Budur, si no se trata más que de obtener ese huevo para impedir que mueras, refresca tus ojos! ¡Mas para que yo lo sepa, dime solamente qué piensas hacer con el huevo de ese pájaro!" Y Badrú'l-Budur contestó: "¡Es la santa vieja quien acaba de prescribirme que lo mire, como remedio soberanamente eficaz contra la esterilidad de la mujer! ¡Y quiero tenerlo para colgarlo del centro de la bóveda de cristal de la sala de las noventa y nueve ventanas!" Y Aladino contestó: "Por encima de mi cabeza y de mis ojos, oh, mi señora Badrú'l-Budur, ¡al instante tendrás ese huevo de rokh!"

Al punto dejó a su esposa y fue a encerrarse en su aposento. Y se sacó del pecho la lámpara mágica, que llevaba siempre consigo desde el terrible peligro que hubo de correr por culpa de su negligencia, y la frotó. Y en el mismo momento se apareció ante él el efrit de la lámpara, pronto a ejecutar sus órdenes. Y Aladino le dijo: "¡Oh, excelente efrit, te pido traigas al instante, para colgarlo del centro de la bóveda de cristal, un huevo del gigantesco pájaro rokh, que habita en la cima más alta del monte Cáucaso!"

Apenas Aladino había pronunciado estas palabras, el efrit se convulsionó de manera espantosa y le llamearon los ojos, y lanzó ante Aladino un grito tan amedrentador, que se conmovió el palacio en sus cimientos, y como una piedra disparada con honda Aladino fue proyectado contra el muro de la sala de un modo tan violento que por poco entra su longitud en su anchura. Y le gritó el efrit con su voz poderosa de trueno: "¿Cómo te atreves a pedirme eso, miserable Adamita? ¿Ignoras que todo genni somos esclavos del gran rokh, padre de los huevos? ¡Ah! ¡Suerte tienes con estar bajo la salvaguardia de la lámpara que sirvo, y con llevar al dedo ese anillo lleno de virtudes saludables! ¡De no ser así, ya hubiera entrado tu longitud en tu anchura!" Y dijo Aladino, estupefacto e inmóvil contra el muro: "¡Oh, efrit de la lámpara! ¡Por Alah que no es mía esta petición, sino que se la sugirió a mi esposa Badrú'l-Budur la santa vieja, madre de la fecundación y curadora de la esterilidad!" Entonces se calmó de repente el efrit y recobró su acento acostumbrado para con Aladino, y le dijo: "¡Ah, lo ignoraba! ¡Ah, está bien! ¿Conque es esa criatura la que aconsejó el atentado? ¡Puedes alegrarte mucho, Aladino, de no haber tenido la menor participación en ello! ¡Pues has de saber que por ese medio se quería obtener tu destrucción y la de tu esposa y la de tu palacio! La persona a quien llamas santa vieja no es santa ni vieja, sino un hombre disfrazado de mujer. Y ese hombre no es otro que el propio hermano del maghrebín, tu enemigo exterminado. Y se asemeja a su hermano como media haba se asemeja a su hermana. Y cierto es el proverbio que dice: '¡El hermano menor de un perro es más inmundo que su hermano mayor, porque la posteridad de un perro siempre está bastardeándose!' Y ese nuevo enemigo, a quien no conoces, todavía está más versado en la magia y en la perfidia que su hermano mayor. Y cuando, por medio de las operaciones de su geomancia, se enteró de que su hermano había sido exterminado por ti y quemado por orden del sultán, padre de tu esposa Badrú'l-Budur, determinó vengarle en todos vosotros y vino desde Maghreb aquí disfrazado de vieja santa para llegar hasta este palacio. ¡Y consiguió introducirse en él y sugerir a tu esposa esa petición perniciosa, que es el mayor atentado que se puede realizar contra mi amo supremo el rokh! Te prevengo, pues, acerca de sus proyectos pérfidos, a fin de que los puedas evitar. ¡Uassalam!" Y tras de haber hablado así a Aladino, desapareció el efrit.

Entonces Aladino, en el límite de la cólera, se apresuró a ir a la sala de las noventa y nueve ventanas en busca de su esposa Badrú'l-Budur. Y sin revelarle nada de lo que el efrit acababa de contarle, le dijo: "¡Oh, Badrú'l-Budur, ojos míos! Antes de traerte el huevo del pájaro rokh es absolutamente necesario que oiga yo con mis propios oídos a la santa vieja que te ha recetado ese remedio. ¡Te ruego, pues, que envíes a buscarla con toda urgencia, y que, con pretexto de que no la recuerdas exactamente, le hagas repetir su prescripción, mientras yo estoy escondido detrás del tapiz!" Y contestó Badrú'l-Budur: "¡Por encima de mi cabeza y de mis ojos!" Y al punto envió a buscar a la santa vieja.

En cuanto ésta hubo entrado en la sala de la bóveda de cristal, y cubierta siempre con su espeso velo que le tapaba la cara, se acercó a Badrú'l-Budur, Aladino salió de su escondite, abalanzándose a ella con el alfanje en la mano y, antes de que ella pudiera decir: "¡Bem!", de un solo tajo le separó la cabeza de los hombros.

Al ver aquello, exclamó Badrú'l-Budur, aterrada: "¡Oh, mi señor Aladino! ¡Qué atentado acabas de cometer!" Pero Aladino se limitó a sonreír, y por toda respuesta se inclinó, cogió por el mechón central la cabeza cortada y se la mostró a Badrú'l-Budur. Y en el límite de la estupefacción y del horror, vio ella que la tal cabeza, excepto el mechón central, estaba afeitada como la de los hombres y que tenía el rostro prodigiosamente barbudo. Y sin querer asustarla más tiempo, Aladino le contó la verdad con respecto a la presunta Fatmah, falsa santa y falsa vieja, y concluyó: "¡Oh Badrú'l-Budur! ¡Demos gracias a Alah, que nos ha librado por siempre de nuestros enemigos!" Y se arrojaron ambos en brazos uno de otro, dando gracias a Alah por sus favores.

Y desde entonces vivieron una vida feliz con la buena vieja, madre de Aladino, y con el sultán, padre de Badrú'l-Budur. Y tuvieron dos hijos hermosos como la Luna. Y a la muerte del sultán, reinó Aladino en el reino de la China. Y de nada careció su dicha hasta la llegada inevitable de la Destructora de delicias y Separadora de amigos.»

HISTORIA DE ALÍ BABÁ
Y LOS CUARENTA LADRONES

«He llegado a saber que, por los años del pasado, había en una ciudad entre las ciudades de Persia, dos hermanos, uno de los cuales se llamaba Kassim y el otro Alí Babá.

Cuando el padre de Kassim y de Alí Babá, que era un pobre hombre vulgar, hubo fallecido en la misericordia del Señor, los dos hermanos se repartieron con toda equidad en el reparto lo poco que les había tocado de herencia; pero no tardaron en comerse la exigua ración de su patrimonio, y de la noche a la mañana se encontraron sin pan ni queso y muy alargados de nariz y de cara.

Pero el mayor, que era Kassim, al verse a punto de derretirse de inanición en su piel, se puso pronto al acecho de una situación lucrativa. Y como era avisado y estaba lleno de astucia, se casó con una joven que tenía buen pan y tuvo él una tienda bien provista en el zoco de los mercaderes.

En cuanto al segundo hermano, que era Alí Babá, he aquí lo que le sucedió. Como por naturaleza estaba exento de ambición, tenía gustos modestos, se contentaba con poco y no tenía los ojos vacíos, se hizo leñador y se dedicó a llevar una vida de pobreza y de trabajo. Pero, a pesar de todo, supo vivir con tanta economía, merced a las lecciones de la dura experiencia, que pudo ahorrar algún dinero, empleándolo prudentemente en comprarse primero un asno, después dos asnos y después tres asnos. Y los llevaba a la selva consigo todos los días, y los cargaba con los leños y los haces que antes se veía obligado a llevar a cuestas.

Convertido de tal suerte en propietario de tres asnos, Alí Baba inspiró tanta confianza a la gente de su corporación, todos pobres leñadores, niños como lunas, que bendecían a su Creador. Y vivía modestamente dentro de la honradez, en la ciudad, con toda su familia, del producto de la venta de sus leños y haces, sin pedir a su Creador nada más que esta sencilla dicha tranquila.

Un día entre los días, estando Alí Babá ocupado en cortar leña en una espesura virgen del hacha, mientras sus asnos se pavoneaban paciendo y regoldándose no lejos de allí en espera de su carga habitual, se hizo sentir en el bosque para Alí Babá la fuerza del Destino. ¡Pero Alí Babá no podía sospecharlo, pues creía que desde hacía años seguía su curso su destino!

Fue primero en la lejanía un ruido sordo que se acercó rápidamente, hasta poderse distinguir con el oído pegado al suelo, como un galope multiplicado y creciente. Y Alí Babá, hombre pacífico que detestaba las aventuras y las complicaciones, se asustó mucho de encontrarse solo sin más acompañantes que sus tres asnos en aquella soledad. Y su prudencia le aconsejó que sin tardanza trepase a la copa de un árbol alto y gordo que se alzaba en la cima de un pequeño montículo y que dominaba toda la selva. Y apostado y escondido así entre las ramas, pudo examinar de qué se trataba.

¡Hizo bien!

Porque apenas se acomodó allí, divisó una tropa de jinetes, armados terriblemente, que avanzaban a buen paso hacia el lado donde se encontraba él. Y a juzgar por sus caras negras, por sus ojos de cobre nuevo y por sus barbas separadas ferozmente por en medio en dos alas de cuervo de presa, no dudó de que fuesen ladrones, salteadores de caminos, de la más detestable especie.

En lo cual no se equivocaba Alí Babá.

Cuando estuvieron muy cerca del montículo abrupto adonde Alí Babá —invisible pero viendo— se había encaramado, echaron pie a tierra a una seña de su jefe, que era un gigante; desembridaron sus caballos, colgaron al cuello de cada uno un saco de forraje lleno de cebada que llevaban a la grupa detrás de la silla y los ataron por el ronzal a los árboles de los alrededores. Tras lo cual cogieron los zurrones y se los cargaron a hombros. Y como pesaban mucho aquellos zurrones, los bandoleros caminaban agobiados por su peso.

Y desfilaron todos en buen orden por debajo de Alí Babá, que los pudo contar fácilmente y observar que eran cuarenta: ni uno más, ni uno menos.

Y así, cargados, llegaron al pie de una roca grande que había en la base del montículo y se detuvieron, colocándose en fila. Y su jefe, que iba a la cabeza, dejó por un instante en el suelo su pesado zurrón, se irguió cuan alto era frente a la roca y exclamó con voz estruendosa, dirigiéndose a alguien o a algo invisible para todas las miradas:

"¡Sésamo, ábrete!"

Y al punto se entreabrió con amplitud la roca.

Entonces el jefe de los bandoleros ladrones se retiró un poco para dejar pasar delante de él a sus hombres. Y cuando hubieron entrado todos, se cargó a la espalda su zurrón otra vez y penetró el último.

Luego exclamó con una voz de mando que no admitía réplica:

"¡Sésamo, ciérrate!"

Y la roca se cerró herméticamente, como si nunca la hechicería del bandolero la hubiese partido por virtud de la fórmula mágica.

Al ver aquello, Alí Babá se asombró en su alma prodigiosamente y se dijo: "¡Menos mal, si con su ciencia de la hechicería, no descubren mi escondite y me ponen entonces más ancho que largo!" Y se guardó bien de hacer el menor movimiento.

En cuanto a los cuarenta ladrones, después de una estancia bastante prolongada en la caverna donde Alí Babá les había visto meterse, indicaron su reaparición con un ruido subterráneo semejante a un trueno lejano. Y acabó por volver a abrirse la roca y dejar salir a los cuarenta con su jefe a la cabeza y llevando en la mano sus zurrones vacíos. Y cada cual se acercó a su caballo, lo embridó de nuevo y saltó montado después de sujetar el zurrón a la silla. Y el jefe se volvió entonces hacia la abertura de la caverna y pronunció en voz alta la fórmula: "¡Sésamo, ciérrate!" Y las dos mitades de la roca se juntaron y se soldaron sin ninguna huella de separación. Y con sus caras de brea y sus barbas de cerdos, tomaron otra vez el camino por donde habían venido.

Alí Babá se limitó a seguir con los ojos a los formidables jinetes hasta que los hubo perdido de vista. Y sólo mucho tiempo después de desaparecer ellos y de quedarse de nuevo la selva sumida en un silencio tranquilizador fue cuando, por fin, se decidió a bajar del árbol, aunque con mil precauciones, y volviéndose a derecha y a izquierda cada vez que abandonaba una rama alta para situarse en una rama más baja.

Cuando estuvo en tierra, Alí Babá avanzó hacia la roca consabida, pero con mucho cuidado y de puntillas, conteniendo la respiración. Y bien habría querido ir antes a ver sus asnos y a tranquilizarse con respecto a ellos, ya que eran toda su fortuna y el pan de sus hijos; pero en su corazón se había encendido una curiosidad sin precedentes por cuanto hubo de ver y oír desde la copa del árbol. Y además era su destino quien le empujaba de modo irresistible a aquella aventura.

Llegado que fue ante la roca, Alí Babá la inspeccionó de arriba abajo y la encontró lisa y sin grietas por donde hubiera podido deslizarse la punta de una guja. Y se dijo: "¡Sin embargo, ahí dentro se han metido los cuarenta y los he visto con mis propios ojos desaparecer ahí dentro! ¡Ya Alah! ¡Qué sutileza! ¡Y quién sabe qué han entrado a hacer en esa caverna defendida por toda clase de talismanes cuya primera palabra ignoro!" Luego pensó: "¡Por Alah! ¡He retenido, sin embargo, la fórmula que abre y la fórmula que cierra! ¡No sé si ensayarla un poco, solamente para ver si en mi boca tienen la misma virtud que en boca de ese espantoso bandido gigante!"

Y olvidando toda su antigua pusilanimidad, e impelido por la voz de su destino, Alí Babá el leñador se encaró con la roca y dijo:

"¡Sésamo, ábrete!"

Y no bien fueron pronunciadas con insegura voz las dos palabras mágicas, la roca se separó y se abrió con amplitud. Y Alí Babá, presa de extremado espanto, quiso volver la espalda a todo aquello y escapar de allí a todo correr, pero la fuerza de su destino le inmovilizó ante la abertura y le obligó a mirar. Y en lugar de ver allí dentro una caverna de tinieblas y de horror, llegó al límite de la sorpresa al ver abrirse ante él una ancha galería que daba al ras de una sala espaciosa abierta en forma de bóveda en la misma piedra y recibiendo mucha luz por agujeros angulares situados en el techo. De modo que se decidió a adelantar un pie y a penetrar en aquel lugar. ¡Y allá vio que las dos mitades de la roca se juntaban sin ruido y tapaban completamente la abertura; lo cual no dejó de inquietarle, a pesar de todo, ya que la constancia en el valor no era su fuerte. Sin embargo, pensó que más tarde podría, merced a la fórmula mágica, hacer que por sí mismas se abrieran ante él todas las puertas. Y a la sazón dedicóse a mirar con toda tranquilidad el espectáculo que se ofrecía a sus ojos.

Y vio, colocadas a lo largo de las paredes hasta la bóveda, pilas y pilas de ricas mercancías, y fardos de telas de seda y de brocado, y sacos con provisiones de boca, y grandes cofres llenos hasta los bordes de plata amonedada, y otros llenos de plata en lingotes, y otros llenos de dinares de oro y de lingotes de oro en filas alternadas. Y como si todos aquellos cofres y todos aquellos sacos no bastasen a contener las riquezas acumuladas, el suelo estaba cubierto de montones de oro, alhajas y de orfebrerías, hasta el punto de que no se sabía dónde poner el pie sin tropezar con alguna joya o derribar algún montón de dinares flamígeros. Y Alí Babá, que en su vida había visto el verdadero color del oro ni conocido su olor siquiera, se maravilló de todo aquello hasta el límite de la maravilla. Y al ver aquellos tesoros amontonados allí de cualquier modo, aquellas innumerables suntuosidades, las menores de las cuales hubiesen adornado ventajosamente el palacio de un rey, se dijo que debía hacer no años, sino siglos que aquella gruta de depósito, al mismo tiempo que de refugio, a generaciones de ladrones hijos de ladrones, descendientes de los saqueadores de Babilonia.

Cuando Alí Babá volvió un poco de su asombro, se dijo: "¡Por Alah, Alí Babá, he aquí que a tu destino se le pone el rostro blanco y te transporta desde el lado de tus asnos y de tus haces hasta el centro de un baño de oro como no lo han visto más que el rey Soleimán e Iskandar el de los dos cuernos! Y de improviso aprendes las fórmulas mágicas y te sirves de sus virtudes y te haces abrir las puertas de roca y las cavernas fabulosas, ¡oh, leñador bendito! Esa es una gran merced del Retribuidor, que así te hace dueño de las riquezas acumuladas por los crímenes de generaciones de ladrones y de bandidos. ¡Y si ha ocurrido todo eso, claro está que es para que en adelante puedas hallarte con tu familia al abrigo de la necesidad, utilizando de buena manera el oro del robo y del pillaje!"

Y quedando en paz con su conciencia después de tal razonamiento, Alí Babá el pobre se inclinó hacia un saco de provisiones, lo vació de su contenido y lo llenó de dinares de oro y otras piezas de oro amonedado, sin tocar la plata ni los demás objetos de la galería. Luego volvió a la sala abovedada, y de la propia manera llenó un segundo saco, luego un tercer saco y varios sacos más, todos los que le parecieron que podrían llevar sus tres asnos sin cansarse. Y hecho esto se volvió hacia la entrada de la caverna y dijo: "¡Sésamo ábrete!" Y cuando hubo acabado esta tarea pronunció la fórmula que cierra, y al punto se juntaron las dos mitades de la roca.

Entonces Alí Babá hizo ponerse en marcha delante de él a sus asnos cargados de oro, arreándolos con voz llena de respeto y no abrumándolos con las maldiciones y las injurias horrísonas que les dirigía de ordinario cuando arrastraban las patas.

Cuando la esposa de Alí Babá hubo oído el relato de la aventura, sintió que el espanto se alejaba de su corazón para que lo reemplazase una alegría grande, y se dilató, y se esponjó, y dijo: "¡Oh, día de leche! ¡Oh, día de blancura! ¡Loores a Alah, que ha hecho entrar en nuestra morada los bienes mal adquiridos por esos cuarenta bandidos salteadores de caminos, y que de tal suerte ha vuelto lícito lo que era ilícito! ¡Él es el Generoso, el Retribuidor!"

Y se levantó en aquella hora y en aquel instante, y se sentó sobre sus talones ante el montón de oro, y se dedicó a contar uno por uno los innumerables dinares. Pero Alí Babá se echó a reír y le dijo: "¿Qué haces, oh, pobre? ¿Cómo se te ocurre contar todo eso? Lo mejor es que te levantes y vengas a ayudarme a abrir un hoyo en nuestra cocina para guardar cuanto antes este oro y hacer desaparecer así sus huellas. ¡Si no, corremos el riesgo de atraer sobre nosotros la codicia de nuestros vecinos y de los agentes de policía!" Pero la esposa de Alí Babá, que era partidaria del orden en todo, y que quería tener una idea exacta acerca de la cuantía de las riquezas que les entraban en aquel día bendito, contestó: "No, ciertamente, no quiero perder tiempo en contar este oro. Pero no puedo dejar que se guarde sin haberlo pesado o medido por lo menos."

Cuando la esposa de Alí Babá salió en busca de la medida consabida, pensó que lo más rápido sería ir a pedir una a la esposa de Kassim, la rica, la infatuada, la que nunca se dignaba invitar a ninguna comida en su casa al pobre Alí Babá ni a su mujer, ya que no tenía fortuna ni relaciones; la que jamás había enviado ninguna golosina y aniversarios, ni siquiera había comprado para ellos un puñado de garbanzos, como compra la gente pobre a los niños de gente pobre.

Cuando la esposa de Kassim hubo oído la palabra medida, quedó extremadamente asombrada, pues sabía que Alí Babá y su mujer eran muy pobres y no podía comprender para qué necesitaban aquel utensilio, del que no se sirven, por lo general, más que los propietarios de grandes provisiones de grano, en tanto que los demás se limitaban a comprar el grano del día o de la semana en casa del tratante en granos. Así es que, aunque en otras circunstancias, sin duda alguna, se lo hubiese negado todo bajo cualquier pretexto, aquella vez le picó demasiado la curiosidad para dejar escapar semejante ocasión de satisfacerla. Y para saber qué clase de grano pretendía medir untó con sebo diestramente el fondo de la medida por debajo, por donde se asienta ese utensilio. Luego volvió al lado de su parienta, excusándose por haberla hecho esperar, y le entregó la medida. Y la mujer de Alí Babá se deshizo en cumplimientos y se apresuró a volver a su casa.

Y comenzó por colocar la medida en medio del montón de oro. Y se puso a llenarla y a vaciarla un poco más lejos, marcando en la pared con un trozo de carbón tantos trazos negros como veces la había vaciado. Y cuando acababa de dar fin a su trabajo entró Alí Babá, que había terminado, por su parte, de abrir el hoyo en la cocina. Y su esposa le enseñó los trazos de carbón en la pared, gozosa de alegría, y le dejó el cuidado de guardar todo el oro, para ir por sí misma con toda diligencia a devolver la medida a la impaciente esposa de Kassim. Y no sabía la pobre que debajo de la medida había quedado pegado un dinar de oro al sebo de la perfidia.

En cuanto a la esposa de Kassim, solamente esperó la taimada a que su parienta volviera la espalda, para dar vuelta a la medida de madera y mirar la parte de abajo. Y llegó al límite de la estupefacción al ver pegada en el sebo una moneda de oro en vez de algún grano de habas, de cebada o de avena. Y la piel del rostro se le puso de color azafrán y los ojos de color de betún muy oscuro. Y su corazón se sintió roído de celos y de envidia devoradora. Y exclamó: "¡Destrucción sobre su morada! ¿Desde cuándo esos miserables tienen el oro así para pesarlo y medirlo?" Y era tanto el furor inexpresable que la embargaba, que no pudo esperar a que su esposo regresase de su tienda, sino que le envió a su servidora para que le buscara a toda prisa.

Y con una tempestad de palabras, de gritos y vociferaciones le puso al corriente del asunto y le explicó la estratagema de que se había valido para hacer el asombroso descubrimiento de la riqueza de Alí Babá. Y añadió: "¡No es eso todo, oh, jeque! ¡A ti te incumbe ahora descubrir el origen de la fortuna de tu miserable hermano, ese hipócrita maldito, que finge pobreza y maneja el oro por medida y a brazadas!"

Al oír estas palabras de su esposa. Kassim no dudó de la realidad de la fortuna de su hermano. Y lejos de sentirse feliz por saber que el hijo de su padre y de su madre estaba al abrigo de toda necesidad para lo sucesivo, y de regocijarse con su dicha, alimentó una envidia biliosa y sintió que se le rompía de despecho la bolsa de la hiel. y se irguió en aquel instante, y corrió a casa de su hermano para ver por sus propios ojos lo que tenía que ver allí.

Y encontró a Alí Babá con el pico en la mano todavía, pues acababa de guardar su oro y abordándole sin dirigirle la zalema y sin llamarle por su nombre ni por su apellido y sin tratarle siquiera de hermano, pues se había olvidado de tan próximo parentesco desde que se casó con el rico producto de la alcahueta, le dijo: "¡Ah! ¿Conque así, oh, padre de los asnos, te haces el reservado y el misterioso con nosotros? ¡Sí, continúa simulando pobreza y miseria y haciéndote el menesteroso delante de la gente para medir luego el oro en tu yacija de piojos y chinches como el tratante en granos mide su grano!"

Al oír estas palabras, Alí Babá llegó al límite de la turbación y de la perplejidad, no porque fuese avaro o interesado, sino porque temía la maldad y la avidez de ojos de su hermano y de la esposa de su hermano, y contestó: "¡Por Alah sobre ti, no sé a qué aludes! ¡Explícate, pues, pronto y no me faltarán para ti franqueza y buenos sentimientos, por más que desde hace años hayas olvidado tú el lazo de la sangre y vuelvas la cara cuando te encuentras con la mía y con la de mis hijos!"

Entonces dijo el imperioso Kassim: "¡No se trata de eso ahora, Alí Babá! ¡Se trata solamente de que no finjas ignorancia conmigo, porque estoy enterado de lo que tienes interés en mantener oculto!" Y mostrándole el dinar de oro untado de sebo aún, le dijo, mirándole atravesado: "¿Cuántas medidas de dinares como éste tienes en tu granero, oh, trapisonda? ¿Y dónde has robado tanto oro, di, oh, vergüenza de nuestra casa?" Luego le reveló en pocas palabras cómo su esposa había untado de sebo por debajo de la medida que le había prestado y cómo se había pegado a ella aquella moneda de oro.

Cuando Alí Babá hubo oído estas palabras de su hermano, comprendió que el mal ya estaba hecho y no podía repararse. Así es que, sin dejar que se prolongase más el interrogatorio, y sin hacer ante su hermano la menor demostración de asombro o de pena por verse descubierto, dijo: "Alah es generoso, ¡oh, hermano mío! ¡Nos envía Sus dones antes de que los deseemos! ¡Exaltado sea!" Y le contó con todos sus detalles su aventura de la selva, aunque sin revelarle la fórmula mágica. Y añadió: "Somos, ¡oh, hermano mío!, hijos del mismo padre y de la misma madre. ¡Por eso todo lo que me pertenece te pertenece, y quiero ofrecerte la mitad del oro que he traído!"

Pero el mercader Kassim, cuya avidez igualaba a su negrura de alma, contestó: "Ciertamente, así lo entiendo yo también. Pero quiero saber, además, cómo podré entrar yo mismo en la roca si me da la gana. Y te prevengo que si me engañas acerca del particular, iré en seguida a denunciarte a la justicia como cómplice de los ladrones. ¡Y no podrás por menos de perder con esa combinación!"

Entonces el bueno de Alí Babá, pensando en la suerte de su mujer y de sus hijos en caso de denuncia, e impelido más por su natural complacencia que por el miedo a las amenazas de un hermano de alma bárbara, le reveló las dos palabras de la fórmula mágica, tanto la que servía para abrir las puertas como la que servía para cerrarlas. Y Kassim, sin tener siquiera para él una frase de reconocimiento, le dejó bruscamente, resuelto a apoderarse él solo del tesoro de la caverna.

Así pues, al día siguiente, antes de la aurora, salió para la selva, llevándose por delante diez mulos cargados de cofres grandes que se proponía llenar con el producto de su primera expedición. Además se reservaba, una vez que se hubiera enterado de las provisiones y riquezas acumuladas en la gruta, para hacer un segundo viaje con mayor número de mulos y hasta con toda una caravana de camellos, si era necesario. Y siguió al pie de la letra las indicaciones de Alí Babá, que había llevado su bondad hasta brindarse como guía, pero fue rechazado duramente por los dos pares de ojos suspicaces de Kassim y de su esposa, la resultante del alcahueteo.

Y en seguida llegó al pie de la roca, que hubo de reconocer entre todas las rocas por su aspecto enteramente liso y su altura rematada por un árbol grande. Y alzó ambos brazos hacia la roca, y dijo: "¡Sésamo, ábrete!" Y la roca de pronto se partió por la mitad. Y Kassim, que ya había atado los mulos a los árboles, penetró en la caverna, cuya abertura se cerró al punto sobre él, gracias a la fórmula para cerrar. ¡Pero no sabía él lo que le esperaba!

Y en un principio quedó deslumbrado a la vista de tantas riquezas acumuladas, de tanto oro amontonado y de tantas joyas apelotonadas. Y sintió un deseo más intenso de hacerse dueño de aquel fabuloso tesoro. Y comprendió que para llevarse todo aquello no solamente le hacía falta una caravana de camellos, sino reunir todos los camellos que viajan desde los confines de la China hasta las fronteras de Irán. Y se dijo que la próxima vez tomaría las medidas necesarias para organizar una verdadera expedición que se apoderase de aquel botín, contentándose a la sazón con llenar sus diez mulos. Y terminado este trabajo volvió a la galería que conducía a la roca cerrada, y exclamó:

"¡Cebada, ábrete!"

Porque el deslumbrante Kassim, con el espíritu enteramente turbado por el descubrimiento de aquel tesoro, había olvidado por completo la palabra que tenía que decir. Y fue para perderse sin remedio. Porque dijo varias veces: "¡Cebada, ábrete!" Pero la roca permaneció cerrada. Entonces dijo:

"¡Avena, ábrete!"

"¡Haba, ábrete!"

Pero no se produjo ninguna ranura.

Y Kassim empezó a perder la paciencia y gritó sin tomar aliento:

"¡Centeno, ábrete! ¡Mijo, ábrete! ¡Garbanzo, ábrete! ¡Maíz, ábrete! ¡Alforfón, ábrete! ¡Trigo, ábrete! ¡Arroz, ábrete! ¡Algarroba, ábrete!"

Pero la puerta de granito permaneció cerrada. Y Kasim, en el límite del espanto al advertir que se quedaba encerrado por haber perdido la fórmula, se puso a gritar, ante la roca impasible, todos los nombres de cereales y de las diferentes variedades de granos que la mano del sembrador lanzó sobre la superficie de los campos en la infancia del mundo. Pero el granito permaneció inquebrantable. Porque el indigno hermano de Alí Babá no se olvidó, entre todos los granos, más que de un solo grano, el mismo al que estaban unidas las virtudes mágicas, el misterioso sésamo.

Así es como tarde o temprano, y con frecuencia más temprano que tarde, el Destino ciega la memoria de los malos, les quita clarividencia y les arrebata la vista y el oído por orden del Poderoso sin límites.

Entonces, presa del miedo y la rabia, se puso a recorrer la caverna en todas las direcciones en busca de alguna salida. Pero no encontró por doquiera más que paredes graníticas exasperadamente lisas. Y como una bestia feroz o un camello cansado, echaba por la boca espuma de baba y de sangre y se mordía los dedos con desesperación.

Y en efecto, a la hora de mediodía los cuarenta ladrones regresaron a su caverna, como acostumbraban hacerlo a diario. Y he aquí que vieron atados a los árboles los diez mulos cargados con grandes cofres. Y al punto, a una seña de su jefe, desenvainaron sus terribles armas y lanzaron a toda brida sus caballos hacia la entrada de la caverna. Y echaron pie a tierra, y comenzaron a dar vueltas en torno de la roca para dar con el hombre a quien podían pertenecer los mulos. Pero como con sus pesquisas no conseguían nada, el jefe se decidió a penetrar en la caverna. Alzó, pues, su sable hacia la puerta invisible, pronunciando la fórmula y la roca se partió en dos mitades, que giraron en sentido inverso. Y he aquí que el encerrado Kassim se acurrucó en un rincón, dispuesto a lanzarse fuera en cuanto pudiese. Así es que en cuanto se hubo pronunciado la palabra "sésamo" y él la hubo oído, maldiciendo de su flaca memoria, y en cuanto vio practicarse la abertura, se lanzó fuera como un carnero, cabizbajo, y lo hizo tan violentamente y con tan poco discernimiento que tropezó con el propio jefe de los cuarenta, el cual se cayó al suelo cuan largo era. Pero en su caída el terrible gigante arrastró consigo a Kassim, y le echó una mano a la boca y otra al vientre. Y en el mismo momento los demás bandoleros, que iban en socorro de su jefe, cogieron todo lo que pudieran coger del agresor, del violador, y cortaron con sus sables lo que cogieron. Y así es como, en menos de un abrir y cerrar de ojos, Kassim fue mutilado de piernas, brazos, cabeza y tronco.

En cuanto a los ladrones, no bien hubieron limpiado sus sables, entraron en su caverna y encontraron alineados junto a la puerta los sacos que había preparado Kassim. Y se apresuraron a vaciarlos en donde se habían llenado, y no advirtieron la cantidad que faltaba y que se había llevado Alí Babá. Después de descargar sus nuevas adquisiciones y tomar algún reposo, prefirieron abandonar su caverna y montar de nuevo a caballo para salir a los caminos y asaltar las caravanas.

Proseguiremos el relato con orden. ¡Y vamos, por tanto, con la esposa de Kassim! ¡Ay, la maldita fue causa de la muerte de su marido, quien, por otra parte, se tenía bien merecido su fin! Porque la perfidia de aquella mujer inventora de la estratagema del sebo adherente había sido el punto de partida del degollamiento final. Así es que, sin dudar de que en seguida estaría él de regreso, había preparado ella una comida especial para regalarle. Pero cuando vio que llegó la noche y que no llegaba Kassim, ni la sombra de Kassim, ni el olor de Kassim, se alarmó en extremo, no porque le amase de un modo desmedido, sino porque le era necesario para su vida y para su codicia. Por tanto, cuando su inquietud llegó a los últimos límites, se decidió a ir en busca de Alí Babá, ella, que jamás hasta entonces había querido condescender a franquear tal umbral, y dijo a Alí Babá: "La zalema sobre ti, ¡oh, hermano preferido de mi esposo! Los hermanos se deben a los hermanos y los amigos a los amigos. Así pues, vengo a rogarte que me tranquilices acerca de la suerte que haya podido correr tu hermano, quien ha ido a la selva, como sabes, y a pesar de lo avanzado de la noche todavía no está de regreso. ¡Por Alah sobre ti, oh, rostro de bendición, apresúrate a ir a ver qué le ha sucedido en esa selva!"

Y Alí Babá, que estaba notoriamente dotado de un alma compasiva, compartió la alarma de la esposa de Kassim, y le dijo: "¡Que Alah aleje las desgracias de la cabeza de tu esposo, hermana mía! ¡Ah! ¡Si Kassim hubiese querido escuchar mi consejo fraternal me habría llevado consigo de guía! ¡Pero no te inquietes con exceso por su tardanza, pues, sin duda, le habrá parecido conveniente, para no llamar la atención de los transeúntes, no entrar en la ciudad hasta bien avanzada la noche!"

Aquello era verosímil, aun cuando, en realidad, Kassim no fue ya Kassim, sino seis trozos de Kassim, dos brazos, dos piernas, un tronco y una cabeza, que dejaron los ladrones dentro de la galería, detrás de la puerta rocosa, a fin de que espantasen con su vista y repeliesen con su hedor a cualquiera que tuviese la audacia de franquear el umbral prohibido.

Así pues, Alí Babá tranquilizó como pudo a la mujer de su hermano y le hizo comprender que de nada servirían las pesquisas en la noche negra. Y la invitó a pasar la noche con ellos con toda cordialidad. Y la esposa de Alí Babá le hizo acostarse en su propio lecho, mientra que Alí Babá le aseguraba que por la aurora iría a la selva.

Y en efecto, a los primeros resplandores del alba el excelente Alí Babá ya estaba en el patio de su casa con sus tres asnos. Y partió con ellos sin tardanza, después de recomendar a la esposa de Kassim que moderara su aflicción y a su propia esposa que la cuidase y no la dejase carecer de nada.

Al acercarse a la roca, Alí Babá se vio obligado a declararse, no viendo los mulos de Kassim, que había debido pasar algo, tanto más cuanto que, no sin gran emoción, pronunció las dos palabras mágicas que abrían y entró en la caverna.

Y el espectáculo de los seis fragmentos de Kassim espantó sus miradas e hizo temblar sus rodillas. Y estuvo a punto de caerse desmayado en el suelo. Pero los sentimientos fraternales le hicieron sobreponerse a su emoción, y no vaciló en hacer todo lo posible por cumplir los últimos deberes para con su hermano, que era musulmán al fin y al cabo, e hijo del mismo padre y de la misma madre. Y se apresuró a coger en la caverna dos sacos grandes, en los cuales metió los seis despojos de su hermano, el tronco en uno y la cabeza con los cuatro miembros en el otro. Y con ello hizo una carga para uno de sus asnos, cubriéndolo cuidadosamente de leña y de ramaje. Luego se dijo que, ya que estaba allí, más valía aprovechar la ocasión para coger algunos sacos de oro, con objeto de que no se fuesen de vacío los asnos. Cargó, pues, a los otros dos asnos con sacos llenos de oro, poniendo leña y hojas por encima, como la vez primera. Y después de mandar que se cerrase la puerta rocosa, emprendió el camino de la ciudad, deplorando en el alma el triste fin de su hermano.

En cuanto hubo llegado al patio de su casa, Alí Babá llamó a la esclava Luz Nocturna para que le ayudara a descargar los asnos. La esclava Luz Nocturna era una joven que Alí Babá y su esposa habían recogido de niña y educado con los mismos cuidados y la misma solicitud que si hubiesen sido sus propios padres. Y había crecido en casa de ellos, ayudando a su madre adoptiva en las faenas caseras y haciendo el trabajo de diez personas. Además, era agradable, dulce, diestra, entendida y fecunda en invenciones para resolver las cuestiones más arduas y lograr éxito en las cosas más difíciles.

Así es que, en cuanto bajó ella, empezó por besar la mano de su padre adoptivo y le deseó la bienvenida, como tenía costumbre de hacer cada vez que entraba él en la casa. Alí Babá le dijo: "¡Oh, Luz Nocturna! ¡Hoy es el día en que me vas a dar prueba de tu listeza, de tu abnegación y de tu discreción!" Y le contó el fin funesto de su hermano, y añadió: "Y ahora ahí le tienes, hecho seis pedazos, en el tercer asno. ¡Y es preciso que, mientras yo subo a anunciar la fúnebre noticia a su pobre viuda, pienses en el medio de que nos valdremos para hacerle enterrar como si hubiera muerto de muerte natural, sin que nadie pueda sospechar la verdad!" Y ella contestó: "¡Escucho y obedezco!" Y Alí Babá, dejándola reflexionar acerca de la situación, subió a ver a la viuda de Kassim.

Y he aquí que llevaba él una cara tan compungida, que, al verle entrar la esposa de Kassim, empezó a lanzar chillidos a más no poder. Y se dispuso a desollarse las mejillas, a mesarse los cabellos y a desgarrarse las vestiduras. Pero Alí Babá supo contarle el suceso con tanto miramiento, que consiguió evitar los gritos y lamentos que hubiesen atraído a los vecinos y provocado un trastorno en el barrio.

En cuanto a Alí Babá, que por aquel medio logró impedir los gritos penetrantes y la divulgación del secreto, bajó a reunirse con la joven Luz Nocturna.

Y se encontró con que volvía ella de la calle. Porque Luz Nocturna no había perdido el tiempo y ya había combinado toda una norma de conducta para circunstancia tan difícil. En efecto, había ido a la tienda del mercader de drogas que habitaba enfrente y le había pedido cierta especie de triaca específica para curar las enfermedades mortales. Y el mercader le había dado aquella triaca por el dinero que ella le presentó, pero no sin haberle preguntado de antemano quién estaba enfermo en casa de su amo. Y Luz Nocturna había contestado suspirando: "¡Oh, que calamidad la nuestra! El mal rojo aqueja al hermano de mi amo Alí Babá, que ha sido transportado a nuestra casa para que esté mejor cuidado." Y así al día siguiente, Luz Nocturna fue a casa del mismo mercader de drogas, y con el rostro bañado en lágrimas y con muchos suspiros e hipos que entrecortaban los suspiros, le pidió cierto electuario que por lo general no se da más que a los moribundos sin esperanza. Y se marchó diciendo: "¡Ay de nosotros! ¡Si no surte efecto este remedio todo se ha perdido!" Y al mismo tiempo tuvo cuidado de poner a todas las gentes del barrio al corriente del supuesto caso desesperado de Kassim, hermano de Alí Babá.

Así es que, cuando al día siguiente por el alba las gentes del barrio se despertaron sobresaltadas por gritos penetrantes y lamentables, no dudaron de que aquellos gritos los daban la esposa de Kassim, la joven Luz Nocturna y todas las mujeres de la familia para anunciar la muerte de Kassim.

Entre tanto, Luz Nocturna continuaba poniendo en ejecución su plan.

En efecto, ella se había dicho: "¡Hija mía, no consiste todo en hacer pasar una muerte violenta por una muerte natural; se trata de conjurar un peligro mayor! Y estriba en no dejar que la gente advierta que el difunto está cortado en seis pedazos! ¡Sin lo cual no quedará el jarro sin alguna raja!"

Y corrió sin tardanza a casa de un viejo zapatero remendón del barrio, que no la conocía, y mientras le deseaba la zalema le puso en la mano un dinar de oro, y le dijo: "¡Oh, jeque Mustafá, tu mano no es necesaria hoy!" Y el viejo zapatero remendón, que era un buen hombre, lleno de simpatía y de alegría, contestó: "¡Oh, jornada bendita por tu blanca llegada! ¡Oh, rostro de luna! ¡Habla, oh, mi señora, y te contestará por encima de mi cabeza y de mis ojos!" Y Luz Nocturna dijo: "¡Oh, tío mío Mustafá! Deseo sencillamente que te levantes y vengas conmigo. ¡Pero antes, si te parece, coge cuanto necesites para coser cuero!" Y cuando hubo hecho él lo que ella le pedía, cogió ella una venda y le vendó de pronto los ojos, diciéndole: "¡Es condición necesaria esto! ¡Sin ella no hay nada de lo dicho!" Pero él se puso a gritar, diciendo: "¿Vas a hacerme renegar, por un dinar, de la fe de mis padres, ¡oh, joven!, o a obligarme a cometer algún latrocinio o crimen extraordinario?" Pero ella le dijo: "Alejado sea el Maligno, ¡oh, jeque! ¡Ten la conciencia tranquila! ¡No temas nada de eso, pues solamente se trata de una pequeña labor de costura!" Y así diciendo, le deslizó en la mano una segunda moneda de oro, que le decidió a seguirla.

Y Luz Nocturna le cogió de la mano y le llevó, con los ojos vendados, a la bodega de la casa de Alí Babá. Y allí le quitó la venda y, mostrándole el cuerpo del difunto, que había reconstituido poniendo los pedazos en su sitio respectivo, le dijo: "¡Ya ves que es para hacer que cosas los seis despojos que aquí tienes por lo que me he tomado la pena de conducirte de la mano!" Y como el jeque retrocediera asustado, la avisada Luz Nocturna le deslizó en la mano una nueva moneda de oro y le prometió otro más si el trabajo se hacía con rapidez. Lo cual decidió al zapatero remendón a poner manos a la obra. Y cuando hubo acabado Luz Nocturna le vendó de nuevo los ojos y, tras darle la recompensa prometida, le hizo salir de la bodega y le condujo a su casa.

Y Kassim fue enterrado con todos los honores y nadie llegó a sospechar la verdad de lo sucedido.

Los ladrones llegaron al límite del asombro por no encontrar los despojos de Kassim. Y aquella vez reflexionaron seriamente acerca de la situación, y el jefe de los cuarenta dijo: "¡Oh, hombres! Estamos descubiertos y ya no hay que dudar de ello, y se conoce nuestro secreto. Y si no intentamos poner un pronto remedio, todas las riquezas que nuestros antecesores y nosotros hemos amontonado con tantos trabajos como fatigas nos serán arrebatadas en seguida por el cómplice del ladrón a quien hemos castigado. Es preciso, pues, que, sin pérdida de tiempo, tras haber hecho perecer al uno hagamos perecer al otro. Sentado esto, no queda más que un medio de lograr nuestro propósito, y es que alguno que sea tan audaz como listo vaya a la ciudad disfrazado de derviche extranjero, ponga en juego todos su recursos para descubrir si se habla del individuo a quien hemos cortado en seis pedazos y averigüe en qué casa vivía ese hombre." Y al punto, uno de los ladrones se marchó disfrazado de derviche.

Y he aquí que entró en la ciudad cuando todas las casas y tiendas estaban cerradas todavía a causa de la hora temprana, excepto la tienda del jeque Mustafá, el zapatero remendón. Y el jeque Mustafá, con la lezna en la mano, se dedicaba a confeccionar una babucha de cuero azafranado. Y alzó los ojos y vio al derviche, que le miraba trabajar, admirándole, y que se apresuró a desearle la zalema. Y el jeque Mustafá le devolvió la zalema, y el derviche se maravilló de verle, a su edad, con tan buenos ojos y con los dedos tan expertos. Y el viejo, muy halagado, se pavoneó y contestó: "¡Por Alah, oh, derviche, que todavía puedo enhebrar la aguja al primer intento, y hasta puedo coser las seis partes de un muerto en el fondo de una bodega sin luz!" Y el derviche ladrón, al oír estas palabras, creyó volverse loco de alegría y bendijo su destino, que le conducía por el camino más corto al fin deseado. Así es que no dejó escapar la ocasión y, fingiendo asombro, exclamó: "¡Oh, rostro de bendición! ¿Las seis partes de un muerto? ¿Qué quieres decir con estas palabras? ¿Acaso en este país tienen costumbre de cortar a los muertos en seis partes y coserlos luego? ¿Y hacen eso para ver qué tienen dentro?" Y a estas palabras el jeque Mustafá se echó a reír y contestó: "¡No, por Alah! Aquí no hay esa costumbre. ¡Pero yo sé lo que sé y lo que sé no lo sabrá nadie! ¡Para ello tengo varias razones, cada una más seria que las otras! ¡Y además se me ha acortado la lengua esta mañana y no obedece a mi memoria!" Y el derviche ladrón se echó a reír a su vez, tanto a causa de la manera que tenía de pronunciar sus sentencias el jeque zapatero remendón, como para atraerse al buen hombre. Luego, simulando que le estrechaba la mano, le deslizó en ella una moneda de oro y añadió: "¡Oh, hijo de hombres elocuentes! ¡Oh, tío! Alah me guarde de querer mezclarme en lo que no me incumbe. Pero si en calidad de extranjero que quiere ilustrarse pudiera dirigirte un ruego, sería el de que me hicieras el favor de decirme dónde se encuentra la casa en cuya bodega estaban las seis partes del muerto que remendaste." Y el viejo zapatero remendón contestó: "¿Y cómo voy a hacerlo, ¡oh, jefe de los derviches!, si ni yo mismo conozco esa casa! Has de saber, en efecto, que he sido conducido con los ojos vendados por una joven hechicera que ha hecho marchar las cosas con una celeridad sin par. Claro es, sin embargo, hijo mío, que, si me vendaran los ojos de nuevo, quizá pudiera encontrar la casa guiándome por ciertas observaciones que hice al paso y palpando todo en mi camino."

Y el derviche, después de deslizarle en la mano otra moneda de oro, le dijo que le gustaría verlo.

Entonces el derviche vendó los ojos a Mustafá y le llevó de la mano por la calle, y marchó a su lado, conduciéndole unas veces y guiado por él otras, a tientas, hasta la misma casa de Alí Babá. Y dijo el jeque Mustafá: "Es aquí, sin duda, y no en otra parte. ¡Conozco la casa por el olor a estiércol de asno que se exhala de ella y por este poyo con que tropecé la vez primera!" Y el ladrón, en el límite de la alegría, antes de quitar la venda al zapatero remendón, se apresuró a hacer en la puerta de la casa una señal con un trozo de tiza que llevaba consigo. Luego devolvió la vista a su acompañante, le gratificó con una nueva moneda de oro y le despidió después de darle las gracias y de prometerle que no dejaría de comprar babuchas en su casa durante el resto de sus días. Y se apresuró a emprender otra vez el camino de la selva para anunciar al jefe de los cuarenta su descubrimiento. Pero no sabía que corría derecho a hacer saltar de sus hombros su cabeza, como se va a ver.

En efecto, cuando la diligente Luz Nocturna salió para ir a la compra, notó en la puerta, al regresar del zoco, la señal blanca que había hecho el derviche ladrón. La examinó atentamente y pensó para su alma escrupulosa: "Esta señal no se ha hecho sola en la puerta. Y la mano que la ha hecho no puede ser más que una mano enemiga. ¡Hay que conjurar, pues, los maleficios, parando el golpe!" Y corrió a buscar un trozo de tiza y puso la misma señal, y en el mismo sitio exactamente, en las puertas de todas las casas de la calle, a derecha y a izquierda.

Así es que, al siguiente día, cuando los ladrones, informados por su camarada, entraron de dos en dos en la ciudad para invadir la casa con el signo, se encontraron en el límite de la perplejidad y del embarazo al observar que todas las puertas de las casas del barrio tenían la misma marca exactamente. Y a una seña de su jefe se apresuraron a regresar a su caverna de la selva para no llamar la atención de los transeúntes. Y cuando de nuevo estuvieron juntos, arrastraron al centro del círculo que formaban al ladrón guía que tan mal había tomado sus precauciones, le condenaron a muerte acto seguido y a una señal dada por su jefe le cortaron la cabeza.

Pero como la venganza que había que tomar del principal autor de todo aquello se hacía más urgente que nunca, un segundo ladrón se ofreció para ir a informarse. Y admitida por el jefe su pretensión, entró en la ciudad, se puso al habla con el jeque Mustafá, se hizo conducir ante la casa que presumían era la casa de los seis despojos cosidos e hizo una señal roja sobre la puerta en un sitio poco visible. Luego regresó a la caverna. Pero no sabía que cuando una cabeza está marcada para el salto fatal no puede menos de dar ese mismo salto y no otro.

En efecto, cuando los ladrones, guiados por su camarada, llegaron a la calle de Alí Babá se encontraron con que todas las puertas estaban señaladas con el signo rojo, exactamente en el mismo sitio. Porque la astuta Luz Nocturna, sospechándose algo, había tomado sus precauciones, como la vez primera. Y al regreso a la caverna, la cabeza del guía tuvo que sufrir la misma suerte que la de su predecesor. Pero aquello no contribuyó a hacer luz en el asunto para los ladrones, y sólo sirvió para rebajar de la partida a los dos jayanes más valerosos.

Así es que, cuando el jefe hubo reflexionado durante un buen rato acerca de la situación, levantó la cabeza y se dijo: "¡En adelante no me fiaré más que de mí mismo!" Y completamente solo partió para la ciudad.

Y he aquí que no obró como los otros. Porque, cuando se hizo indicar la casa de Alí Babá por el jeque Mustafá, no perdió el tiempo en marcar la puerta con tiza roja, blanca o azul, sino que se estuvo contemplándola atentamente para fijar bien en la memoria su emplazamiento, ya que por fuerza tenía la misma apariencia que todas las casas vecinas. Y una vez terminado su examen volvió a la selva, congregó a los treinta y siete ladrones supervivientes y les dijo: "Ya está descubierto el autor del daño que se nos ha causado, pues bien conozco ahora su casa. ¡Y su castigo será terrible! Apresuraos a traer treinta y ocho tinajas grandes de barro, barnizado por dentro, de cuello ancho y de vientre redondo. Y han de estar vacías las treinta y ocho tinajas, a excepción de una sola, que llenaréis con aceite de oliva. Y cuidad de que no tengan ninguna raja. Y volved sin demora." Y los ladrones, acostumbrados a ejecutar sin discutirlas las órdenes de su jefe, contestaron con el oído y la obediencia, y se apresuraron a ir a procurarse las treinta y ocho tinajas.

Entonces el jefe de los ladrones dijo a sus hombres: "¡Quitaos vuestras ropas y que cada uno de vosotros se meta en una tinaja sin conservar consigo más que sus armas, su turbante y sus babuchas!"

Cuando los ladrones acabaron de colocarse dentro de las tinajas en la posición menos incómoda, avanzó el jefe, los examinó a uno tras de otro y tapó las bocas de las tinajas con fibras de palmera, de modo que ocultase el contenido y al mismo tiempo que permitiese a sus hombres respirar libremente. Y para que no pudiera asaltar al espíritu de los transeúntes ninguna duda acerca del contenido, tomó aceite de la tinaja que estaba llena y frotó con él cuidadosamente las paredes exteriores de las tinajas nuevas. Y así dispuesto todo, el jefe de los ladrones se disfrazó de mercader de aceite, y guiando hacia la ciudad a los caballos portadores de la mercadería improvisada, actuó de conductor de aquella caravana.

Y he aquí que Alah le escribió la seguridad, y llegó él sin contratiempo, por la tarde, a casa de Alí Babá. Y como si todas las cosas estuviesen dispuestas a favorecerle, no tuvo que tomarse el trabajo de llamar a la puerta para ejecutar el propósito que le llevaba, pues en el umbral estaba sentado Alí Babá en persona, que tomaba el fresco. Y el jefe de los ladrones se apresuró a parar los caballos, avanzó hacía Alí Babá y le dijo, después de las zalemas y cumplimientos: "¡Oh, mi señor! Tu esclavo es mercader de aceite y no sabe dónde ir a alojarse por esta noche en una ciudad en que no conoce a nadie. ¡Espera, pues, de tu generosidad que le concedas hasta mañana por la mañana hospitalidad, por Alah, a él y a sus bestias en el patio de tu casa!"

Al escuchar esta petición, Alí Babá se acordó de la época en que era pobre y sufría la inclemencia del tiempo, y al punto se le ablandó el corazón. Y lejos de reconocer al jefe de los ladrones, a quien tiempo atrás había visto y oído en la selva, se levantó en honor suyo y le contestó: "¡Oh, mercader de aceite, hermano mío! Que la morada te proporcione descanso, y ojalá encuentres en ella comodidad y familia. ¡Bien venido seas!" Y así diciendo, le cogió de la mano y le introdujo en el patio con sus caballos. Y llamó a Luz Nocturna y a otro esclavo y les dio orden de ayudar al huésped de Alah a descargar las tinajas y dar de comer a los animales. Y cuando pusieron en fila por orden las tinajas en el fondo del patio y los caballos quedaron atados a lo largo del muro, con su saco lleno de cebada y avena al cuello cada uno, Alí Babá, siempre lleno de cortesía y amabilidad, volvió a coger de la mano a su huésped y le condujo al interior de su casa, donde le hizo sentarse en el sitio de honor, y se sentó a su lado para tomar la comida de la noche.

Terminada ésta, el fingido mercader pidió permiso para retirarse a descansar, y Luz Nocturna le acompañó, alumbrándole, hasta su habitación. Cuando se quedó solo salió y avisó a los demás ladrones que cuando llegara el momento les tiraría chinas a las tinajas. Y se fue a dormir hasta pasada la medianoche.

Pero sucedió que estando Luz Nocturna en la cocina se le apagó el candil por falta de aceite, y al ir a buscarlo vio que se había terminado. Y salió con un cacharro al patio. Cuando llegó a la primera tinaja y la destapó oyó una voz que salía de ella, diciendo: "¿Es la hora?" Y lo mismo en las siguientes.

¡Eso fue todo! ¿Y qué criatura humana, al encontrar en una tinaja un ser vivo en vez de encontrar aceite, no se hubiese imaginado que llegaba a la hora fatal del Destino? Así es que la joven Luz Nocturna, muy asustada en el primer momento, no pudo por menos que pensar: "¡Muerta soy! ¡Y todo el mundo en casa puede tenerse ya por muerto sin remedio!" Pero he aquí que de improviso la violencia de su emoción le devolvió todo su valor y toda su presencia de ánimo. Y en lugar de ponerse a dar gritos espantosos y a promover un escándalo, se inclinó sobre la boca de la tinaja y dijo: "No, no ¡oh, valiente! ¡Tu amo duerme aún! ¡Espera a que se despierte!" Porque, como Luz Nocturna era tan sagaz, lo había adivinado todo. Y para asegurarse de la gravedad de la situación, quiso inspeccionar todas las demás tinajas, aunque la tentativa no estaba exenta de peligro, y se fue aproximando a cada una, palpó la cabeza que salía en cuanto se levantaba la tapa y dijo a cada cabeza: "¡Paciencia y hasta pronto!" Y de tal suerte contó treinta y siete cabezas de ladrones barbudos, y se encontró con que la trigésima octava tinaja era la única que estaba llena de aceite. Entonces llenó su cacharro con toda tranquilidad y corrió a encender su lámpara para volver en seguida a poner en ejecución el proyecto de liberación que acababa de suscitar en su espíritu el peligro inminente.

Entonces Luz Nocturna llenó de aquel aceite hirviendo el cubo mayor de la cuadra, se acercó a una de las tinajas, levantó la tapa y de una vez vertió el líquido exterminador sobre la cabeza que salía. Y el bandido propietario de la cabeza quedó irrevocablemente escaldado y se tragó la muerte con un grito que no hubo de salir.

Y Luz Nocturna, con mano firme, hizo sufrir la misma suerte a todos los encerrados en las tinajas, que murieron asfixiados y hervidos, pues ningún hombre, aunque esté encerrado en siete tinajas, puede escapar al destino que lleva atado a su cuello.

Realizada la hazaña, Luz Nocturna apagó la lumbre de debajo de la caldera, volvió a tapar las tinajas con las tapas de fibra de palmera y tornó a la cocina, en donde sopló la linterna, quedándose a oscuras, resuelta a vigilar la continuación de la cosa. Y de tal suerte apostada en acecho, no tuvo que esperar mucho.

En efecto, hacia medianoche, el mercader de aceite se despertó, fue a sacar la cabeza por la ventana que daba al patio y, no viendo luz en ninguna parte ni oyendo ningún ruido, supuso que toda la casa estaría durmiendo. Entonces, conforme había dicho a sus hombres, cogió unas chinitas que llevaba consigo y las tiró unas tras otras a las tinajas. Y como tenía buena vista y buena puntería, acertó a dar en todas, deduciéndose por el sonido producido en la tinaja al chinarrazo. Luego esperó, sin dudar de que iba a ver surgir a sus valientes blandiendo las armas. Pero no se movió nadie. Entonces, imaginándose que se habrían dormido en sus tinajas, les tiró más chinas; pero no apareció ni una cabeza y no se produjo ni un movimiento. Y el jefe de los ladrones se irritó extremadamente contra sus hombres, a quienes creía durmiendo, y bajó hacia ellos pensando: "¡Hijos de perros! ¡No sirven para nada!" Y se abalanzó a las tinajas, pero fue para retroceder, de tan espantoso como era el olor a aceite frito y a carne abrasada que se exhalaba de ellas. Sin embargo, se aproximó de nuevo a las tinajas, tocándolas con la mano, y notó que estaban calientes como un horno. Entonces recogió un tallo de paja, lo encendió y miró dentro de las tinajas. Y vio uno tras otro a sus hombres, abrasados y humeantes, con cuerpos sin alma.

Al ver aquello, el jefe de los ladrones, comprendiendo de qué muerte tan atroz habían perecido sus treinta y siete compañeros, dio un salto prodigioso hasta el borde de la tapia del patio, saltó a la calle y echó a correr. Y desapareció y se sumergió en la noche, devorando a su paso la distancia. Y llegado que fue a su caverna, se perdió en negras reflexiones acerca de lo que tendría que hacer en adelante para vengar todo lo que había de vengar. ¡Y por el momento, esto es lo referente a él!

En cuanto a Luz Nocturna, que acababa de salvar la casa de su amo y las vidas que en ella se albergaban, una vez que se hubo dado cuenta de que todo peligro estaba conjurado por la fuga del falso mercader de aceite, esperó tranquilamente a que despuntara el día para ir a despertar a su amo Alí Babá. Y cuando estuvo vestido, creyendo que no se le había despertado tan temprano más que para que fuese al hamman, Luz Nocturna le llevó ante las tinajas y le dijo: "¡Oh, mi señor! ¡Levanta la primera tapa y mira!" Y cuando hubo mirado, Alí Babá llegó al límite del espanto y del horror. Y Luz Nocturna se apresuró a contarle todo lo que había pasado, desde el principio hasta el fin, sin omitir un detalle.

Cuando Alí Babá hubo oído el relato de su esclava Luz Nocturna lloró de emoción y, estrechando con ternura a la joven contra su corazón, le dijo frases amables, dándole muchas gracias por su valentía y abnegación.

Tras lo cual, Alí Babá, ayudado por Luz Nocturna y por el esclavo Abdalahy, procedió a enterrar a los ladrones.

Pero un día, el hijo mayor de Alí Babá, que estaba al frente de los negocios de compra y venta de la antigua tienda de Kassim, dijo a su padre al regresar del zoco: "¡Oh, padre mío! No sé qué hacer para devolver a mi vecino, el mercader Hussein, todas las atenciones con que no cesa de abrumarme desde su reciente instalación en nuestro zoco. Ya va para cinco veces que he aceptado, sin corresponder, el compartir su comida de mediodía." Y Alí Babá contestó: "Se trata del más usual de los deberes. ¡Y debiste hacerme pensar en ello antes! Pero precisamente mañana es viernes, día de descanso, y te aprovecharás de esta circunstancia para invitar a Hussein, tu vecino, a venir a compartir con nosotros el pan y la sal de la noche. No temas insistir y tráele a nuestra casa, donde creo hallará un agasajo no muy indigno de su generosidad."

En efecto, al día siguiente, después de la plegaria, el hijo de Alí Babá invitó a Hussein, el mercader recientemente establecido en el zoco, a acompañarle para dar un paseo. Y encaminó el paseo en compañía de su vecino precisamente por la parte del barrio en que estaba su morada. Y Alí Babá, que les esperaba en el umbral, avanzó a ellos con cara sonriente y, después de las zalemas y los deseos recíprocos, manifestó a Hussein su gratitud por las atenciones prodigadas a su hijo, y le invitó, porfiándole mucho, a entrar a descansar en su casa y a compartir con él y con su hijo la comida de la noche. Y añadió: "Bien sé que, por más que haga, no podré corresponder a tus bondades para con mi hijo. ¡Pero, en fin, creemos que aceptarás el pan y la sal de nuestra hospitalidad!" Pero Hussein contestó: "Por Alah, ¡oh, mi señor!, tu hospitalidad sin duda es generosa; pero, ¿cómo voy a aceptarla, si desde mucho tiempo atrás tengo hecho juramento de no tocar jamás los alimentos que estén sazonados con sal y de no probar jamás este condimento?" Y Alí Babá contestó: "¡No te importe eso, oh bendito, pues no tendré más que decir una palabra en la cocina y se guisarán los manjares sin sal y sin nada que se le parezca!" Y tanto porfió al mercader, que le obligó a entrar en la casa. Y al punto corrió a prevenir a Luz Nocturna para que tuviese cuidado de no echar sal a los alimentos y preparase especialmente aquella noche los manjares, y los rellenos y los pasteles sin ayuda de aquel condimento usual. Y Luz Nocturna, extremadamente sorprendida del horror que el nuevo huésped sentía por la sal, no supo a qué atribuir un gusto tan extraordinario y se puso a reflexionar acerca de la cosa. Sin embargo, no dejó de avisar a la cocinera negra para que tuviese en cuenta la extraña orden de su amo Alí Babá.

Cuando estuvo dispuesta la comida, Luz Nocturna la sirvió en las bandejas y ayudó al esclavo Abdalahy a llevarlas a la sala de reunión. Y como por naturaleza era curiosa, no dejó de echar de cuando en cuando una ojeada al huésped a quien no le gustaba la sal. Y cuando se terminó la comida salió Luz Nocturna para dejar que Alí Babá charlase a sus anchas con el huésped invitado.

Pero al cabo de una hora la joven hizo de nuevo su entrada en la sala. Y con gran sorpresa de Alí Babá, iba vestida de danzarina, la frente diademada de zequíes de oro, el cuello adornado con un collar de granos de ámbar amarillo, el talle preso en un cinturón de mallas de oro, y llevaba pulseras con cascabeles de oro en las muñecas y en los tobillos. Y de su cinturón colgaba, como es costumbre en las danzarinas de profesión, el puñal con mango de jade y larga hoja calada y puntiaguda que sirve para mimar las figuras de la danza. Y sus ojos de gacela enamorada, ya tan grandes de por sí y con un brillo tan profundo, estaban duramente alargados con khol negro hasta las sienes, lo mismo que sus cejas, dibujadas en arco amenazador. Y así ataviada y emperejilada, avanzó a pasos acompasados.

Y bailó todos los pasos, incansable, y esbozó todas las figuras como nunca lo hubiese hecho en los palacios de los reyes una danzarina de profesión. Y bailó como sólo quizá había bailado el pastor David ante Saúl, negro de tristeza.

Y bailó la danza de los velos, y la del pañuelo, y la del bastón. Y en verdad, maravillosa, esbozó la ondulante danza del puñal. En efecto, sacando de improviso el arma dorada de su vaina de plata, y muy conmovedora de gracia y de actitudes, al ritmo acelerado de la pandereta surgió, con el puñal amenazador, combada, flexible, ardiente, ronca y salvaje, con ojos como relámpagos y sostenida por alas que no se veían. Y la amenaza del arma tan pronto se dirigía a un enemigo invisible del aire como volvía su punta hacia los hermosos senos de la joven exaltada. Y la concurrencia lanzó en aquel momento un prolongado grito de horror, al ver tan próximo a la punta mortal el corazón de la danzarina. Pero poco a poco se hizo más lento el ritmo de la pandereta y la cadencia menguó y se atenuó hasta el silencio de la piel sonora. Y Luz Nocturna, con el pecho hinchado como una ola de mar, cesó de bailar.

Y se volvió hacia el esclavo Abdalahy, quien, a una nueva seña, le tiró la pandereta desde su sitio. Y ella la cogió al vuelo, y volviéndola del revés se sirvió de ella como de un platillo para tendérsela a los tres espectadores y solicitar su liberalidad, como es costumbre de almeas y danzarinas.

Entonces, con la pandereta siempre en la mano izquierda, se la presentó al huésped a quien no le gustaba la sal. Y Hussein sacó su bolsa, y ya se disponía a extraer de ella algún dinero para dárselo a la tan deseable danzarina, cuando de pronto Luz Nocturna, que había retrocedido dos pasos, saltó hacia delante como un gato montés y le sepultó en el corazón, hasta la empuñadura, el puñal que blandía en la mano derecha. Y Hussein, con los ojos hundidos de repente en las órbitas, abrió la boca y la volvió a cerrar, lanzando apenas un suspiro; luego se desplomó sobre la alfombra, dando con la cabeza antes que con los pies, y convertido ya en cuerpo sin alma.

Y Alí Babá y su hijo, en el límite del espanto y de la indignación, se abalanzaron sobre Luz Nocturna, que, temblando de emoción, limpiaba con su chal de seda el puñal ensangrentado. Y como la creyeran presa de delirio y de locura, y le cogieran la mano para arrancarle el arma, ella les dijo con voz tranquila: "¡Oh, amos míos! ¡Loores a Alah, que ha armado el brazo de una débil muchacha para vengaros del jefe de vuestros enemigos! ¡Ved si este muerto no es el mercader del aceite, el propio capitán de los ladrones con sus mismos ojos, el hombre que no quería probar la sal sagrada de la hospitalidad!" Y así diciendo, despojó de su mano el cuerpo yacente e hizo ver bajo su larga barba y el disfraz con que se había embozado para la circunstancia al enemigo que juró destruirles.

Cuando Alí Babá hubo reconocido de tal suerte, en el cuerpo inanimado de Hussein, al mercader de aceite dueño de las tinajas y jefe de los ladrones, comprendió que por segunda vez debía su salvación y la de toda su familia a la abnegación valiente y al valor de la joven Luz Nocturna. Y la estrechó contra su pecho y la besó entre ambos ojos, y le dijo, con lágrimas en los ojos: "¡Oh, Luz Nocturna, hija mía! ¿Quieres, para llevar mi felicidad hasta el límite, entrar definitivamente en mi familia, casándote con mi hijo, este hermoso joven que aquí tienes?" Y Luz Nocturna besó la mano de Alí Babá y contestó: "¡Por encima de mi cabeza y de mis ojos!"

Y se celebró sin tardanza el matrimonio de Luz Nocturna con el hijo de Alí Babá, ante el cadí y los testigos, en medio de regocijos y diversiones. Y se enterró secretamente el cuerpo del jefe de los ladrones en la fosa común que había servido de sepultura a sus antiguos compañeros.

Y ya después del matrimonio de su hijo, Alí Babá, que se había hecho prudente y seguía los consejos de Luz Nocturna y escuchaba sus avisos, aún se abstuvo por algún tiempo de volver a la caverna, por temor de encontrarse allí con los dos ladrones cuya suerte ignoraba y, que, en realidad, como sabes, ¡oh, rey afortunado!, habían sido ejecutados por orden de su capitán. Y sólo al cabo de un año, cuando estuvo completamente tranquilo por esa parte, se decidió a ir a visitar la caverna en compañía de su hijo y de la avispada Luz Nocturna.

Y cuando lo hubieron examinado todo en la caverna llenaron de oro y pedrerías tres sacos grandes que habían llevado, y se volvieron a su casa después de pronunciar la fórmula que cerraba. Y desde entonces vivieron en paz y con felicidad, utilizando con moderación y prudencia las riquezas que les había deparado El Donador, que es el Único Grande, el Generoso. Y así es como Alí Babá, el leñador que por toda fortuna tenía tres asnos, se tornó, gracias a su destino y a la bendición, en el hombre más rico y más honrado de su ciudad natal.»

Y tras contar esta historia Schehrazada guardó silencio.

Entonces exclamó el rey Schahriar: «¡Oh, Schehrazada! ¡Cuán espléndida es esa historia! ¡Oh, qué admirable es! Me has instruido, ¡oh docta y discreta!, y me has hecho ver los acontecimientos que les sucedieron a otros que yo, y considerar atentamente las palabras de los reyes y de los pueblos pasados, y las cosas extraordinarias o maravillosas o sencillamente dignas de reflexión que les ocurrieron. Y he aquí en verdad que, después de haberte escuchado durante estas mil noches y una noche, salgo con un alma profundamente cambiada y alegre y embebida del gozo de vivir. Así, pues, ¡gloria a quien te ha concedido tantos dones selectos, oh, bendita hija de mi visir! ¡Ha perfumado tu boca y ha puesto la elocuencia en tu lengua y la inteligencia detrás de tu frente!»

Y la pequeña Doniazada se levantó por completo de la alfombra en que estaba acurrucada y corrió a arrojarse en los brazos de su hermana, exclamando: «¡Oh, Schehrazada, hermana mía! ¡Cuán dulces y encantadoras, deliciosas e instructivas, emocionantes y sabrosas en su frescura son tus palabras!»

Y Schehrazada se inclinó hacia su hermana y, al besarla, le deslizó al oído algunas palabras que sólo oyó ésta. Y al punto la chiquilla desapareció, como el alcanfor.

Y Schehrazada se quedó sola, durante unos instantes, con el rey Schahriar. Y cuando se disponía él, en el límite del contento, a recibir en sus brazos a su maravillosa esposa, he aquí que se abrieron las cortinas y reapareció Doniazada, seguida de una nodriza que llevaba a dos gemelos colgados de sus senos, en tanto que un tercer niño marchaba a cuatro pies detrás de ella.

Y Schehrazada, sonriendo, se encaró con el rey Schahriar y le puso delante a los tres pequeñuelos, después de estrecharlos contra su pecho, y con los ojos húmedos de lágrimas le dijo: «¡Oh, rey del tiempo! He aquí a los tres hijos que en estos tres años te ha deparado el Retribuidor por mediación mía.»

Y mientras el rey Schahriar besaba a sus hijos, penetrado de una alegría indecible y conmovido hasta el fondo de sus entrañas, Schehrazada continuó: «Tu hijo mayor tiene ahora dos años cumplidos, y estos dos gemelos no tardarán en tener un año de edad (¡Alah aleje de los tres el mal de ojo!).»

Y el rey Schahriar, que estaba en el límite extremo de la emoción, paseaba sus miradas de la madre a los hijos y de los hijos a la madre, y no podía pronunciar ni una sola palabra.

Entonces, después de besar a los niños por vigésima vez, la tierna Doniazada se encaró con el rey Schahriar y le dijo: «Y ahora, ¡oh, rey del tiempo!, ¿vas a hacer cortar la cabeza a mi hermana Schehrazada, madre de tus hijos, dejando así huérfanos de madre a estos tres reyezuelos que ninguna mujer podrá amar y cuidar con el corazón de una madre?»

Y el rey Schahriar dijo, entŕe sollozos, a Doniazada: «Calla, ¡oh, niña!, y estate tranquila.» Luego, logrando dominar un poco su emoción, se encaró con Schehrazada y le dijo: «¡Oh, Schehrazada! ¡Por el Señor de la piedad y de la misericordia, que ya estabas en mi corazón antes del advenimiento de nuestros hijos! Porque supiste conquistarme con las cualidades de que te ha adornado tu Creador y te he amado en mi espíritu porque encontré en ti una mujer pura, piadosa, casta, dulce, indemne de toda trapisonda, intacta en todos los sentidos, ingenua, sutil, elocuente, discreta, sonriente y prudente. ¡Ah! ¡Alah te bendiga y bendiga a tu padre y a tu madre, y tu raza y tu origen!»

Y Schehrazada cogió entonces la mano de su esposo el rey y se la llevó a los labios, al corazón y a la frente, y dijo: «¡Oh, rey del tiempo! Te suplico que llames a tu viejo visir, a fin de que su razón se tranquilice por lo que a mí respecta y se regocije en esta noche bendita.»

Y el rey Schahriar mandó al punto llamar a su visir, quien, persuadido de que aquella era la noche fúnebre escrita en el destino de su hija, llegó llevando al brazo el sudario destinado a Schehrazada. Y el rey Schahriar se levantó en honor suyo, le besó entre ambos ojos y le dijo: «¡Oh, padre de Schehrazada! ¡Oh, visir de posteridad bendita! He aquí que Alah ha elegido a tu hija para salvación de mi pueblo, y por mediación de ella ha hecho entrar en mi corazón el arrepentimiento.» Y tan trastornado de alegría quedó el padre de Schehrazada al ver y oír aquello, que se cayó desmayado. Y acudieron a auxiliarle, y le rociaron con agua de rosas, y le hicieron recobrar el conocimiento. Y Schehrazada y Doniazada fueron a besarle la mano. Y él las bendijo. Y pasaron aquella noche juntos entre transportes de alegría y expansiones de dicha.

Y el rey Schahriar se apresuró a enviar correos rápidos en busca de su hermano Schahzamán, rey de Samarkanda al-Ajam. Y el rey Schahzamán contestó con el oído y la obediencia, y se apresuró a ir al lado de su hermano mayor, que había salido a su encuentro, a la cabeza de un magnífico cortejo, en medio de la ciudad enteramente adornada y empavesada.

Y después de las expansiones propias del encuentro, y mientras se daban regocijos y festines enteramente a costa del tesoro, el rey Schahriar llamó aparte a su hermano el rey Schahzamán y le contó cuanto en aquellos tres años le había sucedido con Schehrazada, la hija del visir. Y le dijo en resumen todo lo que de ella había aprendido y oído en máximas, palabras hermosas, historias, proverbios, crónicas, chistes, anécdotas, rasgos encantadores, maravillas, poesías y recitados. Y le habló de su belleza de su cordura, de su elocuencia, de su sagacidad, de su inteligencia, de su pureza, de su piedad, de su dulzura, de su honestidad, de su ingenuidad, de su discreción y de todas las cualidades de cuerpo y alma con que la había adornado su Creador. Y añadió: «¡Y ahora es mi esposa legítima y la madre de mis hijos!»

¡Eso fue todo! Y el rey Schahzamán se asombraba prodigiosamente y se maravillaba hasta el límite de la maravilla. Luego dijo al rey Schahriar: «¡Oh, hermano mío! Siendo así, yo también quiero casarme. Y tomaré a la hermana de Schehrazada, a esa pequeñuela cuyo nombre no conozco. Y así seremos dos hermanos carnales casados con dos hermanas carnales.» Luego añadió: «Y de ese modo, con dos esposas seguras y honradas, olvidaremos nuestra desgracia anterior.»

Cuando el rey Schahriar oyó estas palabras de su hermano se tambaleó de alegría y se levantó en aquella hora y en aquel instante, y fue en busca de su esposa Schehrazada, y le puso al corriente de lo que acababan de hablar él y su hermano. Y así fue como le notificó que el rey Schahzamán se hacía novio oficial de su hermana Doniazada.

Y Schehrazada contestó: «¡Oh, rey del tiempo! Damos nuestro consentimiento, pero con la condición expresa de que tu hermano Schahzamán habite en adelante con nosotros. Porque ni por una hora podría yo separarme de mi hermana pequeña.»

Entonces el rey Schahriar fue en busca de su hermano, con la respuesta de Schehrazada. Y el rey de Samarkanda exclamó: «Por Alah, ¡oh, hermano mío!, que esa era precisamente mi intención. ¡Porque tampoco yo podría ya separarme de ti, aunque sólo fuera una hora!»

Al oír estas palabras, el rey Schahriar no tuvo límites para su alegría y contestó: «¡Eso es lo que yo anhelaba! ¡Loado sea Alah, oh, hermano mío, que por fin nos ha reunido después de larga separación!»

Y acto seguido se envió a buscar al cadí y a los testigos. Y se extendió el contrato de matrimonio del rey Schahzamán con Doniazada, la hermana de Schehrazada. Y así fue como se casaron los dos hermanos con las dos hermanas.

Y entonces fue cuando los regocijos y las iluminaciones llegaron a su apogeo, y durante cuarenta días y cuarenta noches toda la ciudad comió y bebió y se divirtió a costa del tesoro.

F I N

VOCABULARIO

AHJAM: Extranjero; que no habla árabe o lo hace mal; persa.
ALFANJE: Sable ancho, corto y curvo de uso entre árabes.
ALFÓNSIGO: Árbol de fruto mantecoso y dulce; el fruto.
ALMEA: Bálsamo oloroso; danzarina pública y versificadora.

BANJ, BANG: Extracto de beleño; veneno poderoso.
BUZA: Bebida fermentada, muy apreciada por los negros.

CADÍ: Juez en las causas civiles.
CALENDER, CALENDA: Orden religiosa mendicante, fundada por un andaluz del
    siglo XIV.
CHEITÁN: Nombre dado al maligno, al demonio.

DAÚD: David, padre de Salomón.
DERVICHE: Especie de monje musulmán.
DINAR: Moneda árabe de oro, de gran valor.
DIWÁN: Sala suprema de justicia y Consejo de Estado.
DJERID: Lanza árabe.

EFRIT: Equivale a genio o espíritu invisible normalmente.
EMIR: Príncipe, caudillo; título de honor y dignidad.
EUNUCO: Esclavo mutilado, dedicado a cuidar el harén.

FELAH: Campesino, labrador pobre.

GENNI: Genio, a veces visible, de gran poder.
GHUL: Monstruo o bruja maligna.

HADITH: Sentencias o comentarios de Mahoma y sus compañeros conservados
    religiosamente por la tradición.
HADJ: Peregrino de La Meca, muy respetado.
HAGIB: Primer ministro del reino.
HAMMAM: Edificio para baños públicos.
HARÉN: Habitaciones reservadas a las mujeres musulmanas.
HENNE: Producto de belleza para las damas árabes.

IMÁN: Jefe religioso de la mezquita.

JEQUE: Anciano respetable; jefe o cabecilla.

KHAN: Posada o pensión; lugar de descanso de las caravanas.

MAMALIK: Plural de mamaluk; esclavo, mameluco.
MARED: Genio de categoría inferior al efrit.
MEIDÁN: Estadio o plaza dedicada a los juegos.
MEZQUITA: Edificio religioso entre los árabes; lugar de oración.
MUEZÍN: El que llama a la oración desde lo alto de la mezquita.

NABAB, NAWAB: Gobernador de una provincia; hombre muy rico.
NUSRAM: Nazareno o cristiano.

ROKH: Ave fabulosa, de fuerza extraordinaria.
RUM, RUMAN: Nombre dado por los árabes a los cristianos bizantinos.

SAALIK: Plural de saaluk; mendicante; los persas los llamaban calendas.
SCHAHRIAR: Palabra persa equivalente a «dueño de la ciudad».
SCHEHRAZADA: Palabra persa equivalente a «hija de la ciudad».
SOLEIMÁN: Salomón, rey de Judá, a quien los árabes consideraban jefe supremo de los genios.
SUNNAH: Tradición completa, explicativa del Corán.
SURA: Nombre árabe de los capítulos del Corán.

TÍO: En lugar de suegro, los árabes dicen tío; por tanto «la hija de mi tío» equivale a «mi mujer».

ULEMA: Doctor de la ley mahometana; jefe de la mezquita.

VALI, WALI: Gobernador de provincia en nombre del califa.
VISIR: Ministro del califa; GRAN VISIR: primer ministro.

WEKIL: intendente o funcionario; jefe de las cacerías.

ZALEMA: Saludo reverencioso y cortés de los musulmanes.
ZOCO: Plaza del mercado; plaza pública.

ÍNDICE